民国女性

生命如歌

王开林———— 著

团结出版社
UNITY PRESS

图书在版编目（CIP）数据

民国女性生命如歌 / 王开林 著. 一北京： 团结出
版社，2024.3
ISBN 978-7-5234-0251-1

Ⅰ.①民… Ⅱ.①王… Ⅲ.①散文集－中国－当代
Ⅳ.①I267

中国版本图书馆 CIP 数据核字（2023）第 124076 号

出　版：团结出版社
　　　　（北京市东城区东皇城根南街 84 号　邮编：100006）
电　话：（010）65228880　65244790（出版社）
　　　　（010）65238766　85113874　65133603（发行部）
　　　　（010）65133603（邮购）
网　址：http://www.tjpress.com
E-mail：zb65244790@vip.163.com
　　　　tjcbsfxb@163.com（发行部邮购）
经　销：全国新华书店
印　装：三河市东方印刷有限公司

开　本：170mm×240mm　16 开
印　张：26.25
字　数：367 千字
版　次：2024 年 3 月　第 1 版
印　次：2024 年 3 月　第 1 次印刷

书　号：978-7-5234-0251-1
定　价：88.00 元

自序：

如歌的行板

英国作家乔治·奥威尔（George Orwell，1903—1950）撰文《我为什么写作》，总结道："撇开生计缘故，一个人之所以写作，不外乎四个动机：一是纯粹的自我主义；二是审美激情；三是历史冲动；四是政治目的。"

我写《民国女性生命如歌》，一半基于"历史冲动"，另一半则源于"审美激情"。

—

唐代传奇小说《独异志》有一个撞击眼球的桥段——"爱妾换马"。

曹操的儿子曹彰偶遇一匹千里马，心痒难挠，必欲得之而后快，偏偏马主惜售，对高报价无动于衷。曹彰只好收起钱袋，将府中年轻貌美的侍姬一字排开，任由对方依循个人偏好从中任意挑选一名。倘若按照明代诗人屈复开列的市价来评估，"百金买骏马，千金买美人，万金买高爵，何处买青春"，用美人换取骏马乃是不折不扣的亏本买卖，只有二傻子才会吃这个明亏。曹彰不蠢，但他甘愿赔本就赔个爽快痛快。至于那位侍姬对瞬间易主的人生变故作何感想，有何打算，小说作者李冗竟对此忽略不计。在乱世，骏马是四条腿的牲口，美女是两条腿的牲口，二者都无法掌握自己的命运。

无独有偶，明代小说家冯梦龙编纂《情史类略》，在"情憾类"《朝云》条下，转录了一则苏东坡用婢女春娘换取白马的逸闻。春娘性格刚烈，对主人苏东坡的成命抵死不从，为此她口占绝命诗一首："为人莫作妇人身，百年苦乐由他人。今日始知人贱畜，此生苟活怨谁嗔！"众人尚在愣神，春娘已疾步跨下台阶，头撞院中古槐而死。

　　这个故事纯属虚构，但古代世相如此，女性命运如此，则大致不差。鲁迅转述过夏穗卿一句极为痛切的话语："中国在唐以前女人是奴隶，唐以后则男子全成为奴隶，女人乃是物品了。"奴隶毕竟还算是灵长动物，物品则连灵长动物的资格都被剥夺了。

　　漫长的暗夜里，无数儒生肃立于铜墙铁幕后面，整个合唱团将仁义高调唱得停云裂帛，却对春娘们的哀歌悲泣置若罔闻。倘若谁依然在苦等合唱团成员们良心觉醒、良知觉悟，就非得要有俟河之清的逆天耐性才行。

二

　　男人具备天良，理应同情女人的不幸。唐代诗人白居易写过一首五言诗《妇人苦》，便揭开了伤疤，戳中了痛处："人言夫妇亲，义合如一身。及至死生际，何曾苦乐均？妇人一丧夫，终身守孤子。有如林中竹，忽被风吹折。一折不重生，枯死犹抱节。男儿若丧妇，能不暂伤情？应似门前柳，逢春易发荣。风吹一枝折，还有一枝生……"生死之际，最能见出社会不公平，男女不平等。

　　清初女子魏于云撰《遗袁子》，吐露心声："人生天地间，肖形造物，同此六尺躯，不知何故倏分男女，无论身名事业，让与男子做；即欲高谈雄论，谢女道韫之设青帷帐，为小郎解围，今日亦不可得。《诗》曰：'无非无仪，惟酒食是议。'《礼》曰：'内言不出，外言不入。'稍不遵守，即犯逾闲之戒。呜呼，何其苦哉！"以男权为主导的时代，女子追求思想解放和婚恋自由，就不仅悲苦，而且绝望，举目四顾，周遭皆为铜墙铁壁，即使粉身碎骨也撞不动它们。

　　直到清朝末期，才有例外。名臣袁昶之女嫁给杭州首富之子高尔伊，夫君四十多岁就病死了，袁氏决意改嫁。高尔伊的弟弟高尔嘉是大学士王文韶的孙女婿，他跪倒在嫂嫂面前，恳求她清居守节，高家财雄势大，生活无忧，侄儿也有好几个，任由她挑选一个做继子。"况且嫂嫂年近五旬，勿贻家门羞！"袁氏对高尔嘉说："君言诚有理，惟贞节一说，迂儒不近人情之谭也。吾当力破此戒，以开风气，无庸更为烦聒！"于是袁氏自作主张，嫁给了一位乐善好施的商人，"毅然行乎心之所安，置非笑于不顾"。那时礼教桎梏尚严，袁夫人敢于挣脱命运的锁链，算得上是女中豪杰了。

三

天才作家萧红曾说，"我一生最大的痛苦和不幸却是因为我是个女人"；她还曾说，"女性的天空是低的，羽翼是稀薄的"；这是她的独自怅触，也是民国女性的共同感受。抗日英雄赵一曼赋诗《滨江述怀》，追询道："男儿若是全都好，女子缘何分外差？"这既是她个人的质疑，也是民国女性群体的诘问。

民国女性被官方史书习惯性忽略，这种情形至今仍然没有明显的改观。中华书局从1978年开始组织专业人士编纂出版中华民国史料丛稿《民国人物传》，迄至2005年，历时二十七载，陆续出版十二册，共收人物近千名，其中却只有寥寥十二位女性传主（慈禧太后、秋瑾、宋庆龄、宋美龄、何香凝、徐宗汉、唐群英、李德全、陈璧君、史良、阮玲玉、许广平）。由此可见一斑。

如果今人一如既往地漠视女性的处境，慢待女性的要求，轻忽女性的权利，男权社会的"镜像"随时可见、随处可见，那么所谓的现代文明被冠以引号之后，还会被打上疑问号。

四

民国女性不是用笔墨而是用血泪谱写命运交响曲，她们冲决网罗，用心探索生活的价值和生命的真谛，奋力争取平等的地位和完整的人格，其体认的过程极为曲折，绝对是中国古代女性不曾想象过的。

中华民族的文明史长达数千年，中华女性的屈辱史差不多与之等长。在20世纪前半叶，民国女性挣脱出画地为牢的闺阁，捕捉住千载难逢的机遇，倾胆智，竭心力，终于拯救了沉沦已久的精魂。

她们活出了百分之八十的真，活出了百分之九十的善，活出了百分之一百的美。

五

民国女性生命如歌，有欢歌，也有悲歌。

民国女性生活如梦，有美梦，也有噩梦。

无论是欢歌，还是悲歌；也无论是美梦，还是噩梦，她们照单全收。

民国女性百折不挠，万死不辞，践冰履霜，披荆斩棘，她们以弱肩承担责任，以纤手提挽道义，令许多骄狂不可一世的"男子汉""大丈夫"瞠乎其后，望尘莫及。

六

民国女性的馨香弥漫而不散，那是她们侠骨的馨香、勇气的馨香、智慧的馨香、爱情的馨香、艺术的馨香、梦想的馨香……民国女性的馨香氤氲而不绝，远比麝香、檀香、乳香、广藿香、迷迭香、龙涎香等等更为馥郁，存留于天地之间。

七

在21世纪，女性除了一如既往地以母亲的爱、妻子的情、姐妹的谊、女儿的心抚慰男人、照应男人，还将启用"理解优于隔绝""建设优于破坏""媾和优于交战"的理念，促使这个喧哗与骚动、冷酷与疯狂的世界从仇视和敌对的泥潭中拔足，促使那些受制于"丛林法则"的男人消除心头的悚惧，摆脱双重身份（"猎人"和"猎物"）的绞杀，回返和平、友善的轨道上来。

2023年5月2日修改于长沙松果书屋

目 录
CONTENTS

新女性
横空出世

休言女子非英物，
夜夜龙泉壁上鸣。

——秋瑾

岁月漫漫，中国女性曾被淹溺在死水一潭的社会生活之中，遭受种种苛薄的待遇，人格、尊严卑屈难伸，鲜有幸运者能够例外。三从（"在家从父，出嫁从夫，夫死从子"）四德（"妇德、妇言、妇容、妇功"）和名节观（"饿死事小，失节事大"）皆为与生俱来的精神桎梏，她们在教育上惨遭废弃，在经济上仰人鼻息，更别提参政权、议政权，就连人格完整和身心健全都无从谈起。

东汉才女班昭作《女诫》七篇，力主女性卑弱、敬顺、曲从、好学、贤淑、勤劳、温和。她引用《女宪》的成文，"得意一人，是谓永毕；失意一人，是谓永讫"，说明夫为妻天，得到夫君的欢心就能一好百好，失去夫君的欢心就会彻底凉凉。班昭还引用当时的民谚，"生男如狼，犹恐其尪；生女如鼠，犹恐其虎"，来说明女性善良柔弱乃是天经地义的，这成为了中国古代男权社会的共识。

与班昭时隔一千八百多年，张幼仪在口述自传《小脚与西服》中向侄孙女张邦梅揭破了冷酷无情的事实真相："在中国，女人家是一文不值的。她出生以后，得听父亲的话；结婚以后，得服从丈夫；守寡以后，又得顺着儿子。你瞧，女人就是不值钱。"由于"女生外向"的陋见作祟，女婴出生后，剪下的脐带被埋在屋子外头，与之相反的是，男婴的脐带则被收留在母亲床底下的坛子里。这般区别对待看似小事一桩，却极具象征意义，男女的贵贱重轻，判若云泥。毛彦文著自传《往事》，写到自己无援无助的母亲，悲剧即源于她连生六个女儿（其中两个夭折），丈夫事业失败，便将满腔的怨恨发泄在她身上，另找女人同居，恶婆婆则将儿媳妇"肚皮不争气"视为头号重罪，横加侮辱和虐待，那样的日子岂不是"地狱中的一季"吗？毛母声泪俱下，央求女儿为她做一件事情，将她的苦难史如实记录下来，给别人看看，为她出口怨气。这样的母亲，这样的媳妇，在当时的中国，何止千万，简直数不胜数。

专制王朝和宗族社会比拼的是谁比谁更狗血，谁比谁更狼心，君王变着法子欺压群臣，群臣变着法子欺压百姓，强梁践踏弱者，弱者欺侮更弱者，

"食物链"的末端即为女性。她们的生活圈子极其狭窄，交际范围严重受限，行为举止必须做到"笑不露齿，坐不摇身"，说白了，"宜室宜家"的标准就是：属于夫君独有的性玩偶，成为夫家合格的生育机器。

在中国历史上，大约有九种著名女性人物被视为例外者，其命运轨迹迥异于寻常的良家妇女：

其一，妹喜、妲己、褒姒之类的深宫后妃，每逢国运衰败之时，或社稷颠覆之后，她们必被天下人指斥为红颜祸水，唯有死路一条；

其二，王昭君、文成公主肩负"和亲""和戎"的重任，远嫁苦寒之地，奋身博取中土大国"不战而屈人之兵"的"外交胜利"；

其三，武则天伺机突破男权社会的重重机关，做成了皇帝，贵为九五之尊，掌握生杀予夺之权，表面上，她为女性争了一口爽气，出了一口恶气，实则她并未给全体女性争取到应有的平等，男权社会终将反戈一击，将她的形象涂抹得丑陋不堪；

其四，吕后、慈禧太后垂帘听政，挟持着幼冲之龄的儿皇帝，将雌威发挥得酣畅淋漓，但她们死后，竟被掘墓辱尸；

其五，赵姬（秦始皇的母亲）、山阳公主和杨玉环姐妹秽乱宫闱，弄得声名狼藉，最终也是伤心的伤心，殒命的殒命；

其六，班昭、蔡文姬、谢道韫、左芬、鲍令晖、薛涛、鱼玄机、李清照、朱淑真和顾太清具有"咏絮之才"，留下千古传诵的诗篇和词章，但她们的人生很难用"幸福"二字加以形容和概括；

其七，息夫人、西施、隋朝萧皇后、南唐小周后皆有沉鱼落雁、闭月羞花的美貌，却被强梁们当作玩物和政治筹码，她们的命运均以悲剧告终；

其八，名妓苏小小、李师师、关盼盼、秦淮八艳，她们总与浪荡才子纠缠不清，要么被辜负，要么便孤独；

其九，三贞九烈，或终身守寡，或以死抗暴，或学曹娥孝亲，或效贞女断臂（被好色之徒非礼了一下，就将自己一条好端端的胳膊卸掉），换取一块贞节牌坊，在悲剧之上加镀一层虚幻的荣誉金漆。

不用说，这九条路径并非坦途，比过独木桥更难，比走高空钢索更险，其角色被极度扭曲，荣耀背后血泪汪汪。难怪当代女权主义者执意认定：从上古到 20 世纪初，中国女性一直是男性的私有财产、传宗接代的机器和发泄性欲的玩偶。

在男权社会的铁笼中，东方女性甚至都挨不着"第二性"的边缘，因为丈夫以"七出"（旧时休弃妻子的七条理由：无子，淫泆，不事舅姑，口舌，盗窃，妒忌，恶疾）的任何一条罪名都可以休妻，其难度仅高于儿童用橡皮擦擦去一行铅笔字。身遭不幸的弃妇投诉无门，只能打掉牙齿和血吞。倘若她们胆敢红杏出墙，在婚外追求爱情，就会死得更惨。许多地方，以沉塘的极端手段惩处"荡妇淫娃"，族长即可决断行刑，官府并不过问。

三寸金莲颤颤巍巍地行走在独木桥和高空钢索上，这就是古代东方女性悲惨命运的形象写照。20 世纪初，《女子世界》主编丁祖荫将中国社会中身处于男奴之下遭受压迫的女子称为"世界第二重奴隶"，她们的苦况甚至可以穷尽人间所有的悲惨词汇。

再坚固再厚实的铜墙铁幕也终有一日会被猛火烈焰洞穿，被激流狂潮荡平。随着民主革命的声浪日益高涨，中国女性受到前所未有的刺激，终于从植物人一般的麻木状况猛然惊醒，她们逃离闺闼，冲破牢笼，清算纲常礼教的千罪万恶，吁求自由平等以及各项天赋人权。

女性乃国民之母，推动摇篮的手就是推动世界的手，男女平权无疑是衡量现代文明的基本指标。因此民国女性身处于 20 世纪的大隘口，放眼望去，前途尽是沼泽和荆棘，但她们没有迟疑，也不曾泄气，更未祈求过任何来历不明的恩赐和怜惜。

"欲新中国，必新女子；欲强中国，必强女子；欲文明中国，必先文明我女子；欲普救中国，必先普救我女子，无可疑也。"

时至今日，诗人、学者金松岑的以上论断仍然振聋发聩。

一、休言女子非英物

远古母系氏族时期，华夏先民精心创作了一个"女娲补天"的神话故事，善则善矣，美则美矣，可是太过遥远。

谁能够取代女娲的角色，用素手炼五彩石补天？这个人选将会偶然出现，或必然降临？她应当是一位革命家，在最关键的时候，在最危险的地方，如同法国历史上的女英雄贞德那样挺身而出，将个人安危置之度外。在中国近代史上，在20世纪初，秋瑾的闪亮登场，甚至令女娲都自愧不如，她是才女、美女、革命家和烈士，其履历完美无瑕，英名彪炳史册。

吴芝瑛和徐自华、徐蕴华姐妹既是秋瑾的好友，也是近代有名有数的女杰，她们的真挚情谊金坚而玉润，乃是天地间一段佳话。

秋 瑾

放眼古今，秋瑾（1875—1907）绝对算得上一位优秀诗人和词人，其作品以豪迈之气、亢爽之风令人赞不绝口。

不惜千金买宝刀，貂裘换酒也堪豪。
一腔热血勤珍重，洒去犹能化碧涛！

秋瑾的七绝代表作《对酒》堪称中国近代诗歌宝库中的极品珍藏。萦怀鸡虫得失、甘心蝇营狗苟的一众男儿，对此怎能不汗颜？秋瑾的七律代表作《黄海舟中日人索句并见日俄战争地图》字字句句同样发出爱国者热血的沸响：

万里乘风去复来，只身东海挟春雷。

忍看图画移颜色，肯使江山付劫灰。

浊酒不销忧国泪，救时应仗出群才。

拼将十万头颅血，须把乾坤力挽回。

秋瑾生于卧薪尝胆之地，长于报仇雪耻之乡，具有越东女子爽朗刚强的性格。她的诗作激情丰沛，劲气充盈，仿佛布下了横扫千军的笔阵，简直锐不可当。"身不得，男儿列；心却比，男儿烈！"秋瑾原名闺瑾，留学日本后，她剔掉了那个柔弱的"闺"字，单名为"瑾"，号"竞雄"，又别署"鉴湖女侠"。在铁血交飞的乱世，她以足够的胆智与天下英雄男儿纵论变革，笑谈生死。

19世纪末，"女权"尚未在中国萌芽，女性面对无法自主的婚姻所造成的厄运，除了逆来顺受，毫无解脱之方。秋瑾在《敬告中国二万万女同胞》一文中揭露当年订婚一节的真实情形："到了择亲的时光，只凭着两个不要脸媒人的话，只要男家有钱有势，不问身家清白，男人的性情好坏，学问高低，就不知不觉应了。"在同一篇文章中，秋瑾还描写了更加不堪的结婚情形："到了过门的时候，用一顶红红绿绿的花轿，坐在里面，连气也不能出。到了那边，要是遇着男人虽不怎么样，却还安分，这就算前生有福今生受了。遇着不好的，总不是说'前生作了孽'，就是说'运气不好'。"

1896年5月，秋瑾出嫁，丈夫是不学无术的"富二代"王廷钧（字子芳）。王廷钧的父亲王黻臣是曾国藩的表弟，在曾府当过多年账房先生。曾国藩攻破南京后，其弟曾国荃征用十余艘大船，运送金银珠宝奇器珍玩回湘乡老家。王黻臣将账目管得泉水样清明，既是亲戚，又属功臣，自然得到丰厚的打赏。王黻臣发了横财，便求田问舍，安居乐业，先后在湘潭、株洲、汉口等地开了数家当铺与钱庄。

"但恐所好殊，不遇知音赏"，秋瑾的诗句不幸而言中。王廷钧蒲柳弱质，身子骨纤瘦，全无男子汉的雄霸之风和阳刚之气。嫖赌逍遥，他倒是无所不能；诗词歌赋，他却一窍不通。王廷钧性格懦弱，胆小如鼠。平日，秋瑾口无遮拦，喜欢纵谈历史，横议现实，就算在家中夫妻相对，王廷钧也会关紧门窗，生怕被奴婢举报，招惹杀身之祸。两人的性情和志趣犹如圆枘方凿，根本合不上卯榫。

徐自华撰写《鉴湖女侠秋君墓表》，称道秋瑾"不拘小节，放纵自豪，喜酒善剑，若不可绳以礼法。平生亢爽明快，意气自雄；读书敏悟，为文章，奇警雄健如其人；尤好剑侠传，慕朱家、郭解为人"。这样罕见的奇女子，志气之大，眼界之高，一世无几，又怎肯唯唯诺诺长守闺闼，米盐琐屑以终其身？秋瑾自叹命运不济，嫁给了庸懦的王廷钧，连《浮生六记》的作者沈复和妻子陈芸那般琴瑟和谐的闺中乐趣也杳不可寻。她的诗词中不乏自伤自怜的句子："重重地网与天罗，幽闭深闺莫奈何"；"知己不逢归俗子，终身长恨咽深闺"；"俗子胸襟谁识我？英雄末路当磨折。莽红尘，何处觅知音？青衫湿"。郁积的惆怅和恨憾哽塞于胸，秋瑾不吐不快。

秋瑾在湘乡和湘潭苦度时日，生下一儿（王沅德）一女（王灿芝）。尽管王家生活优裕，但她与王廷钧同床异梦，内心苦闷之极，毫无乐趣可言。王廷钧流连秦楼楚馆，攀折倡条冶叶，秋瑾视之行若狗彘，夫妻关系降至冰点。

秋瑾身上的唯美气质和狂飙性格，足以令凡夫俗子自惭形秽。若在壮士项羽的帐中，她何尝不能作挥剑刎颈的虞姬；若在猛将韩世忠的麾下，她也尽可以作援桴击鼓的梁红玉。可是幸运星从未照临她的顶空。王廷钧胸无大志，随波逐流，她对丈夫的失望常常会在写给兄长秋誉章的家书中自然流露："吾以为天下最苦最痛之无可告语者，唯妹耳……妹如得佳偶，互相切磋，此七八年岂不能精进学业？名誉当不致如今日，必当出人头地，以为我宗父母兄弟光，奈何遇此俗子，非但无所受益，反以终日之气恼徒伤脑筋。"对于王廷钧混迹章台，拈花惹草，秋瑾更是怒不可遏："子芳之人，行为禽兽不若，人之无良，莫此为甚！"

曾有人认为，秋瑾与王廷钧结婚，犹如天鹅与乌鸦联姻，自始就注定为一场悲剧。秋瑾有一颗敏感的诗心，又极具反叛意识，在那个禁锢森严的年代，她的心灵创痛肯定百倍于常人。后来，她奋力冲破重重阻碍，毅然东渡扶桑，奋不顾身地参加种族革命（徐自华曾戏称秋瑾是明末崇祯皇帝的长公主转世），真可谓冰冻三尺，非一日之寒。在秋瑾的诗词中，壮句触目皆是，比如"休言女子非英物，夜夜龙泉壁上鸣"，又比如"肮脏尘寰，问几个男儿英哲？算只有蛾眉队里，时闻杰出……算弓鞋三寸太无为，宜改革"。切身的痛苦不断地提醒她，受纲常名教所笼罩，闺阁女子长期处于弱势地位，若不奋力冲决天罗地网，幸福人生所必备的各项权利就注定会被剥夺殆尽。这就不奇怪了，秋瑾目空一世，傲岸不羁，绝然不肯置身庸脂俗粉的队列。徐自华称赞她"英爽倜傥"，其"意气自雄"既是积健而成，亦属天性所致。尽管秋瑾有数帧照片流传于后世，20世纪初她给人的印象究竟如何？却仍是一个不容易回答的问题。所幸秋瑾的东瀛好友服部繁子写过一篇《回忆秋瑾女士》，她笔端的素描比吴芝瑛和徐氏姐妹的速写更为细致："……事情很令人意外，出现在我面前的这位朋友，到底是男是女都很难断定：苗条的身子稍向前弯，浓浓的黑发散乱地披在肩头；蓝色的鸭舌帽歪戴着，盖住了半只耳朵；身上穿着很不合身的半新半旧的普通男式西服，袖子过长……肥大的裤管下面露出茶色的皮鞋，颈口系着一条绿色的领带；脸色白里泛青，大眼睛，高鼻梁，薄嘴唇。"秋瑾有易装癖，这一点在其同时代人的笔记中屡屡被提及，服部繁子的文章即是可信的写照。

1903年春，王廷钧狂抛大堆白银，终于如愿以偿，捐得户部主事一职，秋瑾随之来到北京。据徐蕴华《炉边琐忆》记叙，某天，王廷钧欲在家中宴客，嘱咐秋瑾治炊。临到傍晚，他改变主意，与人逛窑子，吃花酒去了。秋瑾备齐酒菜，久等不见王廷钧带客人回家，闷得无趣，便身着男装，偕小厮前往戏园看戏。此事被王廷钧知道后，他二话不说就动手打了秋瑾。秋瑾一怒之下，出走阜城门外，在泰顺客栈落脚。事情越闹越僵，王廷钧原本是三招就软的懦夫，又或许真的后悔了吧，他遣人去接回妻子，事情总算得以平息。秋瑾致书大哥秋誉章，讲明此事："后妹出居泰顺栈，则又使其仆妇甘辞诱回。"所谓"甘辞"就是甜言蜜语，估计运来几马车，秋瑾才回心转意。不过，要说王廷钧斗胆动手，这多少有点令人难以置信，他弱不禁风，手无缚鸡之力，为人又胆小如鼠，一时气急败坏，骂上几句粗口完全可能，真要打人，莫非他吃了熊心豹子胆？就算他敢吧，也是心有余而力不足。秋瑾从小跟表兄单老四学武，身手矫健敏捷，在徐自华笔下，秋瑾手持倭刀（东洋刀），"盘旋起舞，光耀一室，有王郎酒酣拔剑斫地之气概"，何况她性烈如火，又岂肯吞招？

翌年春，秋瑾毅然留学日本。行前，王廷钧的抵触情绪很大，想法却十分天真，他自以为扣下妻子的珠帽与珠花，冻结其川资，就可以留人。殊不知，秋瑾为远赴东瀛早已做好第二手准备（据冯自由《革命逸史》所记，他们夫妻二人在此之前已经"定约分家产，各自为谋"，秋瑾"得万金，所托非人，尽耗其资"，然后她才变卖首饰，东渡日本）。

当初，假如秋瑾嫁的不是王廷钧，而是内心素所钦慕的对象（吴芝瑛嫁给德才兼备的廉泉即是范例），两人情投意合，灵犀相通，她又何尝不能举案齐眉。她还会弃家远游，流血革命吗？应该说，这种可能性将大打折扣。在风云激荡的中国近代史上，似"光汉子"徐锡麟那样"只解沙场为国死，何须马革裹尸还"的沸血男儿的确层出不穷，但为民族革命喋血刑场的女子，秋瑾是第一人。除了有大志向，秋瑾的内心若无大悲苦，她是很难走出这一步的。由此可以断定，了无情趣的婚姻生活成了速效催化剂，促使鉴湖女侠秋瑾奋力挣脱家庭的羁绊，毅然选择剑与火的革命生涯。革命者英勇行为的起步往往始于他们对个人现状的深度不满，女性何能例外？有道是"国家不幸诗家幸"，轮到鉴湖女侠秋瑾这儿，则一变而为"诗家不幸国家幸"，真令人感慨万端。

1907年6月，秋瑾为光复军策划浙江起义，急需军饷，于是她化装成男子到崇福去找徐自华姐妹相商。徐自华与徐蕴华均是同盟会员（由秋瑾介绍加入），深感责无旁贷，当即倾尽奁中首饰（约值黄金三十两）相助。为了报答知己的厚遇，秋瑾回赠了一双翠钏，她说："事之成败未可知，姑留此以为纪念。"临行之际，秋瑾又嘱托徐自华、徐蕴华姐妹：她若遇害，请好友将她"埋骨西泠"。

在被捕前一天，秋瑾曾收到革命党人王金发送来的情报，她有足够的时间避走他乡，但她选择了留在大通学堂。此前，她乍闻徐锡麟惨遭抉肝剖心的噩耗，即挥写了"痛同胞之酣梦犹昏；悲祖国之陆沉谁挽"的联句，现在，她更加坚信"革命要流血才会成功，如满奴能将我绑赴断头台，革命至少可以提前五年成功"。秋瑾的想法与戊戌年谭嗣同"不有死者，何以召后起"的想法何其相似！

1907年7月15日，女革命家秋瑾被浙江绍兴知府贵福下令杀害。临刑前，秋瑾向监斩官——山阴县令李钟岳提出三项要求：准其家书诀别；临刑不脱衣；不以首级示众。李钟岳准其后两条，因此秋瑾未能给家人和后世留下表明最后心迹的遗书。

一度相逢一度思，最多情处最情痴。
孤山林下三千树，耐得寒霜是此枝。

秋瑾曾作《梅》诗二首，这是其中之一。时隔一个多世纪，我们读这首诗，读到的梅花便是秋瑾，毫无疑问，她是中国近代史上最香最美的耐寒枝。

1912年4月24日，在上海张园安垲第，由女界领袖唐群英、林宗素、吴木兰等人牵头，举行秋瑾烈士追悼大会。林宗素介绍了秋瑾的生平事迹，特别指出"秋瑾非为个人而死，非为女界而死，实为我男女四万万人共有之国家而死"，这个评价不可谓不高，与会者都觉得恰如其分。

吴芝瑛　徐自华

秋瑾生前有三位志趣相投的盟姊妹，吴芝瑛（1868—1933）、徐自华（1872—1935）和徐蕴华（1884—1962），她们缔结的是道义之交，不同于狭义的闺中密友。"芝兰气味心心印，金石襟怀默默谐。文字之交管鲍谊，愿今相爱莫相乖。"气味和襟怀，这些曾被男人反复强调了几千年的东西，总算也轮到秋瑾与她的盟姊妹来讲求一番。当年，她们互换兰谱，表白过"贵贱不渝，始终如一"的"同心之言"，从后来的表现来看，也确实够得上"死者复生，生者不愧"的顶尖水准。

吴芝瑛，字紫英，人称万柳夫人。她出身于安徽桐城的诗礼之家，其父吴鞠隐，工书法，善吟咏，历任山东宁阳、禹城等县知县，其叔父吴汝纶是曾国藩的入室弟子。吴芝瑛自幼聪慧异常，家学渊源有自，十三四岁即负"才女"之美誉，名噪一方。

1885年，吴芝瑛与无锡名士廉泉结为伉俪，举案齐眉，相惜相敬。婚后四年，她移居北京，受到慈禧太后召见。及至庚子之乱平息，清政府签订《辛丑条约》，须向英、美、俄、法、日等国赔偿巨额款项，由于国库空虚而横征暴敛，造成民怨沸腾的政治危局。吴芝瑛一介弱女子，不肯置身事外，她上书清廷，倡导"国民捐"，主张"产多则多捐，产少则少捐，无产则不捐"。这一合理化建议令达官贵人如芒在背，怀恨在心。

1903年，吴芝瑛与鉴湖女侠秋瑾在京城结拜为盟姊妹，两人时相过从，常有诗词唱和，不仅政见相合，而且心气相投。

1904年，吴芝瑛敦劝丈夫廉泉退出官场，回到上海曹家渡小万柳堂隐居。正是这一年，她自号"万柳夫人"。在一次聚会中，吴芝瑛挥毫撰写了一副对联，题赠给秋瑾，上联是"今日何年，共诸君几许头颅，来此一堂痛饮"，下联是"万方多难，与四海同胞手足，竞雄世纪新元"。绍兴秋瑾故居中还收藏了另一副对联，上联是"英雄尚毅力"，下联是"志士多苦心"，同样出自吴芝瑛手笔。秋瑾曾患重病，得到吴芝瑛和徐自华、徐蕴华姐妹的精心照料，其感激之情在诗句"劝药每劳来热盏，加餐常代我调羹"中有所流露。嗣后，秋瑾在上海创办《中国女报》，自任主笔，徐自华为她筹措办刊经费，各任其劳，配合默契。此刊在沪上一纸风行，短期内刊登了不少惊世骇俗、振聋发聩的文章。

1907 年 2 月 4 日，徐自华陪同秋瑾游览杭州凤凰山，"吊南宋故宫，望西湖而陨涕，且密侦城厢内外出入径道，绘为军用地图，以备日后之用。自华见瑾过于愤激，微以时机未至为讽，瑾默然。复谒岳鄂王坟，徘徊瞻眺，几忘日夕"（郑逸梅《南社丛谈·徐自华》）。也就是在这次旅途中，徐自华开玩笑说："难道你死后要葬在这儿吗？"秋瑾叹息道："倘得埋骨于此，我愿足矣！"徐自华慨然允诺："他日你若死，我定为你卜葬此地，可是我先死，你能为我营葬吗？"秋瑾笑道："那就看我们谁抢得先机吧。"同年 5 月，秋瑾赴上海与徐锡麟相约起事，回程时，夜半叩访徐自华，告诉盟姊，皖浙行将起事，无奈资用竭蹶，短期难以筹措。于是徐自华慷慨解囊，倾其所有，秋瑾大为感激，取下翡翠手镯赠给徐自华作为纪念，重申岳墓前的旧日约定，徐自华惨然应答："倘不幸至此，我责无旁贷！"

1907 年 7 月 15 日，秋瑾在绍兴古轩亭口英勇就义，噩耗传来，吴芝瑛和徐自华至感悲恸。秋瑾牺牲后十天，吴芝瑛置个人安危于度外，慨然写就《秋女士传》，撰成《记秋女士遗事》，并发誓"愿以身家性命，保秋氏家族"。在廉泉的全力协助下，吴芝瑛和徐自华遵守前约，义葬秋瑾于杭州西湖之滨西泠桥畔。

有一个插曲来得不早不迟，正当吴芝瑛和徐自华决定分任购地和营葬事宜的紧迫关头，有一位本不相干的侠义女子参与进来，她就是大悲庵庵主慧珠。慧珠自称是甘肃武威人，父亲是镖师，她从小随父亲走南闯北，素有侠义肝肠。在北京行艺时，她被某王爷相中，纳为妾侍，颇受怜爱，嗣后改习文史，"中年始识之无"。庚子年间，义和团横行京都，王爷受惊而死，慧珠流落民间，削发为尼，遁入空门。一个偶然的机缘，她来到杭州天竺寺进香，顺便游览西湖，驻足西泠，此地山水幽绝，令她流连忘返，于是买下一座庵堂，从此晨钟暮鼓，诵经礼佛。虽是出家人，慧珠的侠义肝肠并未冷却，她听说吴芝瑛冒着生命危险欲为秋瑾营葬，深受感动，主动致函吴芝瑛，称赞道："我佛慈悲，侠士肝胆，唯夫人兼而有之！"慧珠提议由她奉献大悲庵旁的地块做秋瑾的墓园，她在信中说："敝庵虽僻，尚近官道，春秋佳日，游人多过之者。旁有余地三亩，足营兆域。夫人倘有意乎？衲愿赠之秋氏，且愿终吾之身，躬奉祭扫。"吴芝瑛对慧珠的提议欣然采纳。她致函徐自华，告知墓地已得，她打算营造生圹于一侧，将来到九泉之下陪伴秋瑾。

1907年11月28日，《时报》刊出吴芝瑛的七绝一首，见情见性："天地苍茫百感身，为君收骨泪沾巾。秋风秋雨山阴道，太息难为后死人！"由于身怀六甲，缠绵病榻，吴芝瑛无法成行，于是她嘱托徐自华前往山阴（绍兴）与秋家商议迁葬事宜。此时，徐自华痛失爱女没多久，病体尚未完全康复，但她自觉责无旁贷，强抑悲伤，在妹妹徐蕴华的陪同下，不惧地冻天寒，冒雪横渡钱塘江。

1907年12月29日，徐自华写下七绝四首，第三首是："四合彤云起暮愁，满江风雪一孤舟。可堪今日山阴道，访戴无人为葬秋。"秋瑾能有吴芝瑛和徐自华这样生死不渝的知交，自是极大的幸运。徐自华雪日过江为秋瑾卜葬而至，较之王子猷雪夜乘舟访戴逵及门而归，论情论义，实是有过之而无不及。

事情总归是一波三折。秋家未能理解吴芝瑛的用意，他们反对合葬，徐自华的信写得既委婉又明白："秋女士在日，独立性质，不肯附丽于人；此其一生最末之结果，若竟附葬，不独有违其生平之志，吾辈同人，亦有憾焉。"

这就是说，反对合葬之议的人不限于秋家。吴芝瑛的本意是要对官方打个马虎眼，避免清廷干涉，既然大家不能理解她的初衷，她也就不再坚持。

徐自华和秋瑾的长兄秋誉章在西湖边、孤山上并未找到慧珠的踪迹，连大悲庵也是子虚乌有，这个玩笑着实开得莫名其妙。吴芝瑛弄不明白，那位"慧珠老尼"为何要专挑如此严肃的事情大摆乌龙。据徐自华笔下所记，他们相中的阴宅佳地在"苏小小墓左近，与郑节妇墓相连"，"美人、节妇、侠女，三坟鼎足，真令千古西湖生色"，还与岳飞墓、于谦墓遥相呼应。吴芝瑛对秋瑾墓的选址相当满意。

秋瑾墓由徐自华撰表，吴芝瑛书篆——"呜呼鉴湖女侠秋瑾之墓"，还题写了楹联"一身不自保；千载有英名"，均勒之于石。嗣后，徐自华还召集五百余人在杭州凤林寺会祭秋瑾，由南社诗人陈去病提议，大家公推徐自华为秋社社长。吴芝瑛和徐自华还筹资在秋瑾就义处绍兴古轩亭口建造风雨亭，在杭州南湖别墅内建造悲秋阁，永志纪念和追悼。

当年，吴芝瑛、徐自华冒险义葬秋瑾的壮举令海内外革命志士极为感奋，深受鼓舞，却触怒了清廷的鹰犬爪牙，御史常徽奏请清廷下令平毁秋瑾墓，缉拿营造墓庐者吴芝瑛和徐自华。秋墓被平毁时，徐自华的妹妹徐蕴华冒死搬运墓碑，遭清兵击伤。尽管风声越来越紧，生命受到威胁，徐自华仍优游沪市，毫不介意。吴芝瑛一腔正气，全无惧色，她本来病重咯血，住在德国医院，听说清廷要严惩她和徐自华，立刻搬出病室，回到小万柳堂，"不愿更居洋场医院间，若托异族保护然，以为不知者诟议也"。吴芝瑛致书两江总督端方，郑重声明："是非纵有公论，处置则在朝廷，芝瑛不敢逃罪。……彭越头下，尚有哭人；李固尸身，犹闻收葬。……因葬秋获谴，心本无他，死亦何憾！"一时间，二位女士的命运受到各国媒体的持续关注。英国《泰晤士报》在头版显要位置刊出吴芝瑛的大幅照片，发表她的美国女友麦美德撰写的专文，声援吴芝瑛和徐自华的义举。迫于外界强大的舆论压力，清王朝未敢贸然加害于她们。

1911 年 10 月 10 日，武昌起义爆发，南方闻风易帜。吴芝瑛仗义疏财，向上海女子北伐队输送军饷，她还请缨赴敌，吟就《从军乐》六章，唱响"大哉中国岂无人，一怒能叫四海惊"的女高音。及至袁世凯窃取国柄，戕残志士，吴芝瑛不惧黑枪冷弹，撰成公开信《上袁氏万言书》，揭露袁世凯假借民主共和之名，妄行独裁专制之实，行径太过丑恶。她历数袁氏的斑斑劣迹，大有"庆父不死，鲁难未已"的意思，"公朝去，而吾民早安；公夕去，而吾民晚息；公不去，而吾民永无宁日"，寥寥数语足以戳痛袁氏脊梁。

吴芝瑛家境富裕，广有田园庐舍，一生仗义疏财，她在家乡桐城捐地捐钱，创办了一所纪念其父亲的鞠隐学堂，她还变卖了家中珍藏的董其昌手书《史记》真迹全部，得数千金，替误落风尘的才女李苹香赎身，她为救济妇孺而捐献的善款更是不计其数。吴芝瑛散尽家财，晚年为沉疴所困，万不得已，变卖沪上曹家渡小万柳堂，但其意气之雄、胆魄之壮丝毫不减当年。

辛亥革命后，徐自华排除重重阻力，向民国政府呼吁，为秋瑾营建墓、亭于西泠桥畔。1913 年，徐自华前往上海，接办纪念秋瑾的竞雄女校，在经费奇绌的情况下，四处筹措资金，惨淡经营，将小学扩充为师范和中学，初具规模。1928 年，徐自华将竞雄女校交由秋瑾之女王灿芝主持。此前，她已将秋瑾的翡翠手镯交给王灿芝收藏，并为此撰写《还钏记》一文，道明缘由和心迹。秋侠的遗物均留置在竞雄女校的展览室中，使晚辈睹物思人，不忘典范。

值得一提的是，"革命和尚"苏曼殊有幸埋骨于西湖孤山，离秋瑾墓不远，这块风水宝地就是由徐自华出资购赠的。大才子泉下有知，定当感激涕零。

徐自华青年寡居，晚岁多病，在杭州主持秋社，备尝辛劳，秋祠得以保存，她居功至伟。如此情深义重，举世能有几人？

柳亚子夸赞徐自华"娥眉绝世"，称道她的词可与李清照的词相媲美。文学的虚誉尚在其次，徐自华的高风大义才是人间奇珍。

秋瑾、吴芝瑛、徐自华姐妹能够结为知交和至交，并不是偶然的，她们都具有相当出众的文学才华，而且明大义，识大体，在巾帼队伍中矫矫不群，就算是与须眉队列中的英雄好汉相比，她们也毫不逊色。

二、女权和女拳

在中国近代，女子参政和从政，不仅需要勇气，需要理智，而且需要契机。

1901 年 3 月 24 日，为抗议沙俄侵占中国东北，由著名报人和社会活动家汪康年组织，在上海张园举行集会。会上，花季少女、年仅十六岁的薛锦琴登台发表演说，引起上海舆论界的强烈震动。保守派认定"少年女士当众演说殊为可鄙"，改良派则盛赞"薛女士在张园演说，实为我国从来未有之事……若人人能如薛女士，又何患国家不强也"。英国人办的英文报纸《字林西报》同样表示激赏，"此女士对大众演说，通晓事理，热心爱国，实足令我西人钦佩"。无论如何，薛锦琴登台发表政治演讲，既是中国女性破天荒的举动，也是中国女性不遑多让，直接介入国家政治生活的开端。

1903 年 8 月，金天翮所著《女界钟》由上海爱国女校发行，作者首次喊出了"女权万岁"这一振聋发聩的口号。对于"女子议政之权"，金天翮认为"终不可以向圣贤君主之手乞而得焉"，他主张以暴力争取，即使四万万同胞为此喋血，也在所不辞。在当时，这样挑战男权的倡导堪称惊世骇俗。

民国初年，北京风气保守，富连成社在前门外的广和楼演戏，不卖堂客票，妇女不能进去看戏。而在某些茶园，比如东安市场的吉祥茶园，侧门上的标牌写着"堂客由此进",男人则可以大模大样地走正门。男女地位悬殊,区分严格,由此可见一般。1923 年,在某些地方,女学生剪齐耳短发、穿齐膝短裙仍要受到责罚。1928 年,妇女骑自行车引起路人围观,还会被抓到警察局,课以"仿佛率众游行,究竟有伤风化"的罪名。1936 年春、夏之交,山东军阀韩复榘倒行逆施,竟然下令将街上穿短袖衣、露胳膊肘的摩登女郎抓到军法处关禁闭,一时间,济南城中时装为之敛迹。

当时的社会舆论对妇女参政议政的热潮褒少贬多,顽固的保守派分子振振有词:"不知法律,不知道德,不知名誉之人,使之参与国政,吾恐参政不已,必得以无穷希望,作非分之要求,名为二万万女子争权,实为十数女子争利,不几贻民国之玷污,而招外人之讪笑乎?"

前路固然艰险,妇女解放运动的先驱者们并没有望而却步,吕碧城试水而前,唐群英和沈佩贞挺身而出,决意为女性争取求学的权利、就业的权利和追求幸福的权利(主要是恋爱婚姻自由),此外,还有重中之重的一项,即妇女参政议政的权利。她们认为中国女性理应站到政治舞台的聚光灯下,一展身手。毕竟形势强于人,这波女权运动的攻势固然凌厉,但很快就冲高回落了。吕碧城自寻逍遥,唐群英与沈佩贞也终于分道扬镳。

洪宪帝制起动阶段,有一位女权主义者的言论不可忽略,安静生为中国妇女请愿会撰写《设会小启》,女权主义者变相争取"权利"的表现颇为刺眼:

吾侪女子,群居嗫寂,未闻有一人奔走相随于诸君子之后者,而诸君子亦未有呼醒痴迷醉梦之妇女,以为请愿之分子者。岂妇女非中国之人民耶?抑变更国体,系重大问题,非吾侪妇女所可与闻耶?查约法内载"中华民国主权在全体国民"云云,既云"全体国民",自合男女而言,同胞四万万中,女子占半数,使请愿仅男子而无女子,则此跛足不完之请愿,不几夺吾妇女之主权耶?女子不知,是谓无识,知而不起,是谓放弃。夫吾国妇女智识之浅薄,亦何可讳言,然避危求安,亦与男子同此心理,生命财产之关系,亦何可任其长此抛置，而不谋一处之保持也。静生等以纤弱之身，学识谫陋，痛时局之扰攘，嫠妇徒忧，幸蒙昧之复开，光华倍灿。聚流成海，撮土为山，女子既系国民，何可不自猛觉耶！用是不揣微末，敢率我女界二万万同胞，以相随请愿于爱国诸君子之后。姊乎妹乎，曷兴乎来。首倡者，安静生。

安静生代表二万万中国女子争取"权利"，动机似乎堂正，但她成立中国妇女请愿会的初衷相当邪乎，只是因为不甘心落后于趋奉袁世凯的"诸君子"，不乐意做旁观者，而急于引领女界为袁世凯称帝鼓与呼，好分取一杯羹。这位女权主义者的倒退和堕落着实令人痛心。安静生的丑陋表演并非个案，沈佩贞为追求权力，也被袁世凯轻而易举地收入了乾坤袋，终于蜕变为面目可憎的"母大虫"。

1922 年，梁启超撰《人权与女权》，善意地提醒道："无论何种运动，都要多培实力，少作空谈。女权运动的真正意义，是要女子有痛切的自觉，从智识能力上力争上游，务求与男子立于同等地位。这一着办得到，那么竞业参政，都不成问题；办不到，任你搅得海沸尘飞，都是废话。"事实就是这样，那个时代的中国女权运动雷声大雨点小，实绩甚微，许多活跃分子都怠于夯实基础，多做建设工作，启蒙之不彻底，教育之不完备，都直接拖住了女权运动的后腿。

吕碧城

吕碧城（1883—1943），号圣因，安徽旌德人，出生于书香门第，是清朝翰林吕佩芬的族侄女，她与三位姐姐（吕惠如、吕美荪、吕坤秀）均为美女和才女，也都与教育事业缔结过良缘。

早年，吕碧城就不肯拘守于闺阃之中，敢于特立独行。她只身北上，羁旅津门，无奈一无所遇，闷极无聊，于是她撰成一文，投寄《大公报》，主笔英敛之读罢此文，赞赏有加，初晤之后，更惊为天人。嗣后，英敛之将吕碧城介绍给京、津两地的硕学鸿儒，其中就有名动天下的大翻译家严复，还有学部大臣严修。严复尤其器重吕碧城，将她留居家中，教她逻辑学。吕碧城受到多方激赏，文思更富，胆气更雄，遂在《大公报》上连续发表鼓吹女子解放和宣传女子教育的文章，《敬告中国女同胞》《兴女权贵有坚忍之志》等，《论提倡女学之宗旨》一文中有如此敞亮的语句："欲使平等自由，得与男子同趋于文明教化之途，同习有用之学，同具强毅之气。"这些文章在社会上引起了广泛的关注和强烈的反响。诗人樊樊山写信给吕碧城，称赞她为"天马行空"的"巾帼英雄"，"以一弱女子，自立于社会，手散万金而不措意，笔扫千人而不自矜"。

1904 年 5 月，秋瑾专程赴天津寻访吕碧城，两人一见如故，此后交往密切，秋瑾曾劝导吕碧城加入革命党，后者回信婉拒。吕碧城固然热衷于改革社会，但她坚持世界主义，"同情于政体改革而无满汉之见"，并不赞成当时方兴未艾的种族革命。

1904 年 9 月，北洋女子公学成立，清廷学部大臣严修推荐吕碧城出任总教习，傅增湘为监督（校长）。两年后，北洋女子公学易名为北洋女子师范学堂，吕碧城升任监督，年仅二十三岁，她是中国女性担任此类教职最早的数人之一。

1907 年春，《中国女报》在上海创刊，秋瑾任主编，发刊词即出自吕碧城的手笔。这年 7 月 15 日，秋瑾在绍兴遇害，吕碧城用英文撰成《革命女侠秋瑾》一文，刊登于美国纽约、芝加哥等地的报纸上，立刻引起国际反响，也引起清廷鹰犬的注意，直隶总督袁世凯就一度动过逮捕吕碧城的念头。吊诡的是，后来袁世凯成了民国大总统，竟又聘用吕碧城为总统府顾问，将近四年，还称赞她为"女子模范"。当年，北京的豪门闺秀，喜尚奢荡，内务部总长朱启钤的三小姐是女首领，她们"冶服香车，招摇过市"。濮伯欣作打油诗嘲讽道："欲将东亚变西欧，到处闻人说自由。一辆汽车灯市口，朱三小姐出风头。"吕碧城别张才女之帜，学问门第皆高，又出任总统府咨议，手下有不少女徒党，她显然不是哪位女强人能够罗致的"副车"。据刘成禺《世载堂杂忆》所记，洪宪帝制议起时，北方女子活动者可分为三派：第一派是"高尚派"，吕碧城是首领；第二派是"运动派"，以女子请愿会的成员为主，首领是安静生；第三派的名目不太好听，叫"流浪派"，以沈佩贞为首领。吕碧城见机早，抽身快，她一旦察觉袁氏意欲称帝加冕，即飘然离去。嗣后，吕碧城漫游欧美，撰成两部游记《鸿雪因缘》和《欧美漫游录》。她的文学才华和语言天赋极高，被誉为"近三百年来最后一位词人"，在南社中，她是女才子中的佼佼者，其诗词颇受国内名流的推许。

掌故大王郑逸梅在《南社丛谈》中介绍吕碧城，有这样一段话："碧城放诞风流，有比诸《红楼梦》的史湘云，沾溉西方习俗，擅舞蹈，于乐声玎珰中，翩翩作交际舞，开海上摩登风气之先。"吕碧城特别爱护小动物，因为爱犬的缘故，两次与人打官司。吕碧城早年有过感情创伤（遭男方退婚），加之择偶立下高标准"不遇天人不目成"，因此她不得不与独身主义相始终，婚嫁付之阙如。她曾说："生平可称许之男子不多，梁任公（梁启超）早有妻室，汪季新（汪精卫）年岁较轻，汪荣宝尚不错，亦已有偶。张啬公（张謇）曾为诸贞壮（诸宗元）作伐，贞壮诗才固佳，奈年届不惑须发皆白何！我之目的不在资产门第，而在于文学上之地位，因此难得相当伴侣。东不成，西不合，有失机缘。"民国初年，风流才子袁克文喜欢吕碧城，派人探过她的口风，她笑而不答。袁克文惯在风月场中偎红倚翠，这样的公子哥儿可不是她肯托付终身的良人。

吕碧城长袖善舞，多金善贾，积下大笔资产，财务自由，生计无忧。四十八岁时，吕碧城望峰息心，受《印光法师嘉言录》的深刻影响，在英伦毅然断荤，皈依佛门，精研释典，法号为宝莲居士。她厌恶世间的残暴欺诈，祈祷众生早日脱出愚昧和野蛮的境地。战乱年月，她在东西方之间辗转流离，遍历艰辛，饱尝苦楚。"棋罢忘言谁胜负，梦余无迹认悲欢"，这是吕碧城律诗《琼楼》中的颔联，总结人生，相当到位。

1943 年 1 月 4 日，吕碧城将一首梦中所得的七言诗寄给忘年好友、学者张次溪，诗云："护首探花亦可哀，平生功绩忍重埋。匆匆说法谈经后，我到人间祇此回。"这是吕碧城留给世间最后的诗歌感喟，其无穷遗恨消也得消，不消也得消。似她这般明慧慈祥，"生有自来，死有所归"，确实具备跳脱五行倾轧、超越六道轮回的资格。

1943 年 1 月 24 日，吕碧城病逝于香港东莲觉苑，其遗嘱出人意料："遗体火化，把骨灰和入面粉为小丸，抛入海中，供鱼吞食。"她至死洒脱如故。

吕碧城生前已抵达天地境界，岂限于民国，诚不愧为世间少有的奇女子。

唐群英

唐群英（1871—1937），字希陶，出生于湖南衡山县新桥乡黄泥村，其父唐星照是湘军将领，累积战功，官至提督，诰封为振威将军。当年，湘军将帅多半由举人、秀才出身的书生担任，身为起起武夫，唐星照深感自卑。不到四十岁，他就毅然辞官，回归故园，筑三吉堂，槽门上联是"三多门第"，下联是"吉庆家声"。何谓"三多"？多积德，多读书，多劳作。在三吉堂右首，唐星照另建宽敞书屋，连接花园，榜其额为"是吾家"。这个名目同样是从一副对联得来，"是足下青云起处，吾心中皓月来时"，显示出屋主人不凡的抱负和脱俗的襟怀。唐星照认定一个简单而实在的道理：与其坐拥万顷良田，不如培养一群聪明勤劳的子孙。他礼聘乡贤为塾师，教导子女读书作文。在兄弟姐妹中，唐群英排行第四，尤其好学不倦，四书五经烂熟于胸，她最爱读的是东汉文学家、史学家班昭的《女诫》和南朝史学家范晔的《后汉书·列女传》，《木兰词》朗朗上口，她也能倒背如流。十五岁时，唐群英的诗才初露端倪，"邻烟连雾起，山鸟唤晴来"，这样的灵思妙句翩翩飞临纸上，塾师称赞她为"女中奇才"。

在词句中，秋瑾流露过"身不得，男儿列"的遗憾，显示出"心却比，男儿烈"的壮志，唐群英同此感慨。受益于父亲的遗传，唐群英豪爽奔放，不拘小节。做闺女时，她就骑马、击剑、吟诗，"以不能易髻而冠为恨"。父亲去世后，唐群英顿失凭依，二十岁那年，母命难违，唐群英远嫁到湘乡荷叶冲，与曾传纲结为夫妇。此后，秋瑾嫁给湘乡荷叶冲的富家公子王廷钧，与唐群英一见如故，趣味相投，两人常在一起骑马击剑，饮酒赋诗。

1901 年秋，秋瑾从北京回到湘乡，将八国联军蹂躏京城的惨状告诉唐群英，感慨道："国之兴亡，匹妇亦应责无旁贷。不是天下兴亡，匹夫有责，而是人皆有责！"这句话触动了唐群英内心最敏感的扇区。

1895 年至 1897 年，唐群英迭遭不幸，先是女儿夭折，然后是夫君病故，她的情绪一落千丈。但她很快就振作精神，决定"不再嫁人，但要重新做人"。按照当年的传统习俗和当地的曾氏族规，唐群英必须在婆家守节，才是"名门闺秀"唯一的生路（毋宁说是一条死胡同）。唐群英蔑视纲常礼教，不肯为贞节虚名苦度余生，她决意逃出樊笼，换取自由身，因此他与夫家决裂，回到衡山县新桥乡，入住"是吾家"。

女性究竟应该如何改变自身荏弱的形象？唐群英起始的想法和做法是博览新书，阅读严复的《论世变之亟》《救亡决论》和梁启超的《变法通议》等，她希望能够从中找到一条思想出路。有一次，她偶然读到维新派教父康有为的《大同书》，其中有句话产生了金声玉振的效果："女人应该有权利跟男人一样接受教育，获得荣誉，管理社会。"那一瞬间，唐群英的心眼仿佛接通了电源，霍然亮堂，于是她立定信念，今生今世，一定要跳出个人的狭小范围，为广大妇女同胞争权利、争自由、争幸福。其五言绝句《读〈大同书〉抒怀》充分祖露出她的心迹：

斗室自温酒，钩天谁换风？

犹居沧浪里，誓作踏波人！

1904 年，在秋瑾的感召下，唐群英负笈去国，漂洋过海，考入东京青山实践女校。在日本，她毫不犹豫地加入了由黄兴、宋教仁领导的华兴会，湘籍女将智勇双全，是那支革命队伍中不可多得的人物。"霾云瘴雾苦经年，侠气豪情鼓大千。欲展平均新世界，安排先自把身捐"，这类豪言壮句出自南社诗人唐群英笔下，不足为奇，她已经完全刷新了自己的思想，从改良转变为革命，对创造新世界充满了献身的激情。

1905 年 7 月 28 日，黄兴带领唐群英去拜访孙中山。孙中山态度和蔼，侃侃而谈，唐群英受到激发，也是畅所欲言，一方面她表达了自己对于男尊女卑的反感，另一方面她提出了"天下兴亡，人皆有责"的主张。孙中山称赞道："革命首先是唤醒四万万同胞，女同胞觉醒的还很少，群英女士是第一个走进革命队伍里的女同胞，是榜样，是二万万女同胞的带头人。"唐群英闻言，精神倍感振奋。

1905 年 8 月初，唐群英成为第一个在中国同盟会花名册上签字的女会员（她还是秋瑾加入中国同盟会的介绍人），她的年龄比秋瑾大将近四岁，比何香凝大六岁半，同盟会的女会员都尊称她为"唐大姐"。

1907 年，秋瑾在绍兴大通学堂被捕牺牲，唐群英既为痛失好友和同志而痛心不已，又为革命事业能够经受住血雨腥风的考验而欣慰有加，这层意思从她撰写的挽联之中不难看出：

革命潮流是秋风吹起；
自由花蕊要血雨催开。

秋瑾已为鬼雄，唐群英誓作人杰。

当年，唐群英被推举为中国留日女学生会书记和会长，她创办杂志，鞭策和激励女界同胞，在国家内忧日深、外患日亟的危险关头，疾走狂呼，与热血男儿奋袂争先，恪尽爱国救民的天职。唐群英精力弥满，魄力巨大，她练习射击，制造炸弹，那股子猛劲绝非一般男子可比，其一呼百应的凝聚力亦非大多数须眉可及。曾有一位诗人用十六个字评价唐群英，"咏絮之才，阳刚之气，钧天之志，爱国之情"，可谓切当。在《洞庭波》上，她发表过多首七绝，其中一首诗尤其令人印象深刻："熟煮黄粱梦未醒，九重恩重许朝廷。愿身化作丰城剑，斩尽奴根死也瞑！"这首七言诗受到孙中山的激赏，妙就妙在她强调"斩尽奴根"，即彻底斩断奴隶的根性，个个做公民，做天下的主人，唯有这样，革命才算成功。

1907 年 3 月 4 日，孙中山被日本政府驱逐出境，与唐群英话别时，赋五言诗一首相赠："此去浪滔天，应知身在船。若返潇湘日，为我问陈癫。"陈癫，姓陈名荆（字树人），是湘籍革命志士，此人嗜酒骂坐，颇有血性，正是唐群英急于联络的老牌革命志士。她回国之后，与陈癫秘密运作了永丰武装起义和花石武装起义，可惜前者流产而后者失败了。

1910 年夏，唐群英遵照黄兴的指示，再次渡海，前往扶桑。她考入东京音乐专科学校，用此身份作为掩护，动员留日女学生"与男子奋袂争先，共担义务……救国家之危亡"。

1911 年秋，唐群英回国，向同盟会中部总会会长宋教仁报到。她在上海发起多个女子团体，与张汉英筹建"女子北伐队"，武昌起义后，她们又组织"女子后援会"，为前线将士募集军饷，用轮船将革命军总指挥黄兴护送到武昌。她还参与组织"北伐军救济队"，奔赴战地，救护伤员。

1911 年 11 月初，江苏、浙江两省组织北伐联军，女子北伐队（共计四百名队员）被收编。江浙联军攻打南京时，女子北伐队助攻玄武门。事先，唐群英挑选八名精干女队员，混入城内，寻机杀死守卫城门的清兵，唐群英率领女子北伐队员冲锋陷阵，两江总督张人骏仓皇出逃，南京顺利光复。经此一战，女子北伐队的威名无人不知，"双枪女将唐群英"更成为了报社记者热捧盛赞的传奇人物。

1912 年 2 月，中华民国临时政府召开庆功会，唐群英以"女界协赞总会"

的代表出席，受到南京临时政府大总统孙中山接见，并被授予"二等嘉禾章"。

中华民国初肇，万象更新，百废待举，加以南北局势紧张，男女平权仍只是一句停留在纸上的空谈，毫无实际。尽管如此，南京临时政府的成立还是为女子参政议政创造了较为宽松的外部条件，因此各地妇女纷纷组织参政团体，从中涌现出一批职业政治活动家，例如林宗素、吴木兰在上海发起"女子参政同志会"和"女子同盟会"，王昌国、沈佩贞在湖南组织"女国民会"和"女子尚武会"。唐群英无疑是这些妇女运动领袖中最果敢的一位，她对当局的虚与委蛇十分不满，于是四处奔走，多方呼吁，在各种场合发表演说，鼓动妇女奋起争取自身的政治权利。1912年2月20日，唐群英做出了一个举世瞩目的大动作——在南京组织"中华民国女子参政同盟会"，其直接动机便是"要求中央政府给还女子参政权"。

1912年2月26日，由唐群英牵头，向参议院递交了《女界代表唐群英等上参议院书》，阐明"中华民国女子参政同盟会"的全部主张和要求。然而宋教仁领导的法制局对女界一波强似一波的呼求并未引起足够重视，其后由该局制定的《中华民国临时约法》删掉了"男女平等"的条款，女子参政同盟会的成员对此义愤填膺。沈佩贞硬闯参议院被阻挠，她怒从心头起，一脚端倒了全副武装的卫兵。同年3月21日，唐群英率领女界代表二十人参加参议院旁听，对"男女平等"一项展开唇枪舌剑的辩论，在会上双方各执一词，互不相让，发生了正面冲突。

1912年4月8日，中华民国女子参政同盟会正式成立，唐群英被推举为会长兼文事部长，会议通过了由她主持起草的十一条政纲，具体内容为："（一）实行男女权力平等；（二）实行普及女子教育；（三）改良家庭习惯；（四）禁止买卖奴婢；（五）实行一夫一妇制度；（六）禁止无故离婚；（七）提倡女子实业；（八）实行慈善；（九）实行强迫放脚；（十）改良女子装饰；（十一）禁止强迫卖娼。"明确提出"本会以实行男女平等、实行参政为宗旨"，还以女子参政同盟会的名义通电全国，声明"南京参议院所颁布之

《临时约法》，我女界绝不承认"。在当时特定的历史条件下，一向高瞻远瞩的革命家、政治家孙中山和宋教仁对于新兴的女权运动都不够重视，而且在认识上有较大的偏差，他们将女权问题当作可以滞后考虑的次要问题，像"女子在国会中的选举权和被举权"这样的项目干脆被他们晾在一旁。

1912 年 8 月 25 日，国民党成立大会在北京召开，同盟会联合其他小党改组为国民党，党纲草案中再次取消了"男女平权"的条文，虽经唐群英等女界代表据理力争，"男女平权"的条文依然没有写进正式党纲，这自然招致了女子参政同盟会会员的集体抗议和强烈反弹。质询时，宋教仁、林森以沉默作答，唐群英怒从心头起，恶向胆边生，冲上前去二话不说，就左右开弓，当众打了宋教仁几记响亮的耳光。三天后，《神州日报》刊出《国民党成立大会纪事》，提供了现场"录像"："……唐等犹不甘服，谓男子挟私把持，压抑女子，更向孙（中山）质问，其言终不得要领。忽唐等行至宋教仁坐地，遽举手抓其额，扭其胡，而以纤手乱批宋颊，清脆之声，震于屋瓦。众大哗，斥其无礼。"这一刻，政治家宋教仁很不幸，也毫无办法，他要代表全体男人受过挨批。唐群英以其勇武的举动向世人宣告，女性不再是闺中弱质，她们的政治权利不容抹杀。唐群英的个性刚强而执着，她发表宣言书，誓不妥协，"身可杀，此心不可死；头可断，此权不可无"，其立场之坚定令人震惊。

1912 年 9 月 2 日，孙中山致函唐群英等原同盟会女同志，善意地指出："党纲删去男女平权之条，乃多数男人之公意，非少数可能挽回。君等专寻一二理事人为难，无益也。文之意，今日女界宜专由女子发起女子之团体，提倡教育，使女界知识普及，力量乃宏，然后始可与男子争权，则必能得胜也。未知诸君以为然否？"唐群英受到启发，恍然大悟，决定从实处做起。1912 年 10 月 20 日，中华民国女子参政同盟会本部在北京成立，唐群英被推选为本部总理，各省设立支部，其声势之浩大，成为当年中国政坛最醒目的风景之一。

在唐群英看来，争取女权固然重要，唤醒女界同胞才是当务之急。1912年9月，唐群英在北京创办《女子白话旬报》，声称"本报专为普及女界知识起见，故以至浅之言，引申至真之理，务求达到男女平权的目的"。其后，她又创办《亚东丛报》，其宗旨一以贯之，"本报提倡女权，发挥民生主义，促进个人自治"。 1913年2月16日，唐群英、张汉英、丁步兰等留日归来的同学还联手创办了湖南有史以来第一张妇女报纸《女权日报》，极力标榜"男女平权，并参国政"的主张。

袁世凯高压专制期间，北洋政府严令禁止女子参政，出现了一股强大的逆流。1916年初，教育司长史宝安在讲话中宣称："女子参政，不适于女子生理及本国国情，女子以生育为其唯一天职。"封建礼教的全套锁链又悉数摆弄出来。1914年11月，北洋政府内务部勒令解散中华民国女子参政同盟会，查封该会名下的报馆，下令通缉唐群英。在此危急关头，唐群英得友人暗助，逃往天津，乘船至上海、香港，取道河内，于1915年初经由昆明辗转回到家乡衡山。

回头来看，唐群英为争取女权奋斗不懈，至死方休，而与她同时期参与女权运动的激进分子，除开那些早逝者外，例如张汉英，大多数人都发生了质的蜕变：或退隐江湖，例如吕碧城；或漂洋出国，例如林宗素；或回归家庭，例如傅文郁；或蜕变为女流氓，例如沈佩贞。沈佩贞与北洋政府的多位高官缠夹不清，湖南才子杨度见过她一面，不禁摇头感叹道："现在的社会真是污七八糟，好人家的子弟都在官场钻营堕落，沈佩贞是良家妇女，却比堂子里的姑娘（具体比照对象是花远春，杨度的风尘知己）更不知羞耻！"这当然是杨度为袁世凯称帝组织筹安会大肆鼓吹之前的愤激言论，等到他堕落为彻头彻尾的政治掮客后，这样的酷评就不太好当众乱喷了。

主观愿望强烈，才能出众，而特定的历史条件不成熟，这既是唐群英的个体悲哀，也是当时致力于妇女解放运动的中华民国女子参政同盟会会员的集体悲哀。早在1907年12月，在日本成女师范科的毕业仪式上，唐群英就慨然致词："然女师女范，昭然于史册者，若班氏、木兰、伏女辈，当时轻视女学，犹能独往独来，卓绝古今，使有以提励之，则其造诣又当何如也？无如积颓不振，女权陵夷，学识幽闭，遂成斯世困屯之形。溯国运盛衰之际，又岂非我辈担负女教责任之时耶？"她当时就意识到，振兴女学，开启女界智窦，是中国妇女解放运动的头等大事。四十三岁之后，唐群英愈加痛感女界同胞识见不足，长期没有长进，遂致力于启蒙教育，她倾尽己力，竭尽家资，在省城和家乡衡山县，一举开办了"女子法政学校""女子美术学校"和"自强女子职业学校"。在生命的后二十年，唐群英为母亲守墓，在家乡办学，既竭尽了心力，也竭尽了财力，但她无怨无悔。

1935 年，唐群英应同盟会旧友仇鳌、张继、戴季陶等人的盛情邀请，前往南京观光，风雨数载，故人相逢，彼此感慨良多。昔日的女会员，今朝非贵即阔，一个个珠玉沉沉，惟独昔日的革命精神已影迹模糊，唐群英依旧布衣素面，心中怀揣着早年的理想。风景不殊，而物是人非，唐群英遂赋诗《金陵访旧有感》，自标高操：

纷纷姊妹尽华裙，顾我何忧彻骨贫！
不见梅花亭外立，西风岭上好精神。

南京之行很败兴，民国政坛的黑暗令唐群英失望至极，妇女解放运动的绩效平平却并未令她灰心，她毅然退出政治舞台，去干自己认定值得一干的实事（启蒙办学）。表面看去，这位曾经名噪一时的风云女杰渐渐归于沉寂，实际上，她的功业在家乡留下了极好的口碑。鲁迅不愿做空头文学家，唐群英也不愿做空头政治家，她选择办学而不是继续从政，这也许会令一些人感到遗憾和惋惜，但也有人认为她的选择值得称道，如果中国有一千名一万名唐群英这样的女杰，心无旁骛地办实学，在神州，巾帼又何愁不能超越须眉，成为社会进步的中坚力量。

沈佩贞

鲁迅在《关于妇女解放》一文中提到过沈佩贞："辛亥革命后，为了参政权，有名的沈佩贞女士曾经一脚踢倒过议院门口的守卫。不过我很疑心那是他自己跌倒的，假使我们男人去踢罢，他一定会还踢你几脚。这是做女子便宜的地方。"鲁迅的怀疑精神时时警醒，也让读者不敢大意。

从现存的史料来看，沈佩贞确实胆色出众，勇气非凡，所言所行惊世骇俗，是个逢魔斩魔、遇佛杀佛的大怪胎。她早年留学日本，成为中国同盟会会员。辛亥革命时期，她加入杭州女子敢死队，嗣后又组织女子尚武会，名扬江左。她能成为中国女权运动的先锋人物，完全符合情势与逻辑。

民国初年，沈佩贞的名头更加响亮，她代表了追求权势的另类女性，为达目的，不择手段。她有姿色，有心计，更有一般女子所没有的胆魄，因此她能把民国政坛的那些"大头鱼"一网捞尽。

武昌首义之后，湖北大都督黎元洪即成为这位皖籍时尚女郎的入幕之宾，事后，黎氏致送一万元"酬金"（也有说是封口费的），算是好合好散，彼此两清。然而要想人不知，除非己莫为，黎元洪的宠妾黎本危是个厉害角色，她侦知奸情，大泼其醋，闹得黎元洪里外不是人。

沈佩贞的囊橐中有了充足的银两，打马入京，就显然比寻常北漂女子更有底气。她早就瞄准了北洋政府首任内阁总理唐绍仪，可是由于府院争权，唐绍仪与袁世凯失和，负气出走，沈佩贞的如意算盘落了空，但她并不气馁。当时，中国最有权力的男人莫过于袁世凯，沈佩贞深知袁氏本性，好色且好淫，家中除了正室于氏，还有九房姨太太。这种男人的弱点一目了然，拿下他不会是什么天大的难事。她具体操作时，功夫仍然先从外围做起，仅仅三招两式，就使得步军统领江朝宗和武卫军司令段芝贵拜倒在她的石榴裙下，她认前者为义父，认后者为义叔，有了双保险，再与袁世凯攀上瓜葛，势必水到渠成。没过多久，沈佩贞如愿以偿，江朝宗为她设总办事处，名为赞助帝制，实则是私人会所，段芝贵等政府要员下班后，就乘车到沈佩贞的总办事处来饮宴和"办事"，那些地方官员来京城攀高枝谋位置，都径直前往沈佩贞的总办事处走门路，说是车马塞途，门庭若市，半点不夸张。沈佩贞施施然往来于总统府，金吾不禁，她的名片上标明"大总统门生沈佩贞"，旁书"原籍黄陂，寄籍香山，现籍项城"，唯恐别人不知她与黎元洪、孙中山、袁世凯的热络关系。有了"总统府顾问"这样的金字招牌，沈佩贞吸金方便，行事利落，她以总办事处为机关，纠集一群"女志士"，结纳政府要员，与权贵日夜周旋，为帝制摇旗呐喊，上演劝进丑剧，声势异常煊赫，令外界为之侧目。由于种种出格出位的表演，沈佩贞成了京城大红人。

沈佩贞败就败在她的嚣张气焰上。《神州日报》指名道姓揭露了沈佩贞与步军统领江朝宗等人的隐私，在京城醒春居酒楼"划拳喝酒嗅足"的那幕活剧，众人丑态更是被刻画得栩栩如生，令读者掩鼻耻笑。沈佩贞恼羞成怒，她请江朝宗派出九门提督府的卫兵护驾，然后率领刘四奶奶、蒋三小姐等二十多名"女志士"，去南横街汪彭年的私宅大耍雌威，不仅捣毁了汪府的家具、字画和古董，而且打伤了在汪府客居的众议员郭同。这个乱子沈佩贞闹得太大了，郭同不肯善罢干休，将她告到首都地方审判厅。媒体虎视眈眈，《上海时报》刊出濮一乘的竹枝词，极尽调侃之能事："最是顽皮汪寿臣，醒春嗅脚记来真。何人敢打神州报？总统门生沈佩贞。"事已至此，沈佩贞的靠山都不敢露面左袒，为她出头。嗣后，袁世凯颁下《禁止官家妇女淫荡令》，对"都下女风"多有约束，袁世凯还严令内务总长朱启钤管好自家三小姐。沈佩贞罔顾大体，任性胡为，给袁世凯添堵添乱，不可不稍施惩戒，以息公愤。于是郭同胜诉，沈佩贞被判拘役半年，她当庭大哭大喊："他人叫我打神州报，我却受罪！"这就足证其幕后另有推手。这桩刑案当然只是走走过场，没多久沈佩贞就被江朝宗保释出狱。从此以后，冰山失靠，气焰渐熄，"洪宪女臣"沈佩贞威风不再。

从参加革命、争取女权到赞成帝制，与群魔共舞，沈佩贞走的竟是一条从进步到反动的下行通道。她过于偏激，过于强悍，过于嚣张，追求女权，只不过为了威福自享，以至于模糊奋斗目标，丧失道德底线。理想是很可能逐步变形的，沈佩贞做了多年的"话题女王"，最终一事无成，反而给女权运动抹了黑、丢了脸，相比唐群英的淡薄名利，热爱教育，其境界相差何止以道里计。

三、小脚奴与大脚仙

在古代狭隘封闭的男权社会里，残害妇女的陋俗非止一端，它们扎根于生活中，居然无人惊诧。中世纪时，西方盛行束胸和束腰，紧身褡致使女人艰于呼吸，中国的"三寸金莲"流毒更广，裹脚布比普通刑具还要残酷几分。这类陋俗透露出以下信息：一是男人以病态的审美观强加于妇女，二是男人采取控制妇女身体的手段以达到控制妇女精神的目的。

单就审美而言，南宋是一道鲜明的分水岭。在此之前，中国妇女以自然、健康、丰满、温润、活泼为美。在此之后，中国妇女则如同龚自珍笔下的病梅，被斫伤和扭曲了本性，丧失了天然风姿，折损了身心两方面的生机和活力。明、清时期，男性普遍视女子的弓足为"性"的显著标志，他们认定女人最性感的部位不是红唇、绿鬓、粉颈、玉臂、纤腰、长腿、丰乳、肥臀，而是"三寸金莲"。

小脚雅称为"莲"，大于四寸的是"铁莲"，四寸的是"银莲"，三寸的是"金莲"。精致的小脚被赞为"新月"或"莲瓣"，名目固然漂亮，但是围绕"金莲""银莲""铁莲"的各种讲究极其残忍。操作流程大致如下：农历八月廿四日，家中煮熟糯米和赤豆作团（可助趾骨软化），向灶神祈福；初次缠足的女孩年龄以四岁到五岁为宜，此时她们的骨骼较为柔软，缠足可收事半功倍之效；缠足时，先将拇趾以外的四根脚趾屈于足底，用白棉布裹牢，待小脚定型后，再套上尖头鞋（又称弓鞋），白天让人搀扶着缓慢行走，活动经络，睡觉前则用密密麻麻的针线缝紧裹脚布，以防松脱；等女孩长到六七岁光景，再将她的趾骨完全弯曲，加紧束缚，使足部停止生长；假以时日，一双符合"小、瘦、尖、弯、香、软、正"标准的"三寸金莲"就大功告成。经过多年的魔鬼训练，天足被畸足替代，其"审美"效果是：足部皮肤白皙细腻，肌肉柔软，脚窝深陷，拇趾之外的四趾细若花生米。

父母以野蛮的教程夺去女儿的天足，竟然不自觉这是施虐和犯罪。妇女一旦裹成小脚，则举步维艰，增加了接触外界、出门远行和与人约会的难度。除了老老实实待在闺阁中，遵从父母之命、媒妁之言，嫁为人妻，相夫教子之外，其他的选项只能无奈地放弃。"三寸金莲"既是男人病态审美的产物，也是妇女命运失控的缩影。明、清时期，妇女的小脚甚至被视为第二贞操，必须慎加保护，不许随便示人，良家妇女长裙拖地，为的就是将小脚遮蔽得严严实实，否则就算卖弄风骚，行为有失检点，必然招致非议，使得家人和族人蒙羞。女人任由男人捏脚，竟与自荐枕席无异。倘若男人于密室之内脱下女子的绣鞋，置杯盏于其中，饮酒作乐，即可百分之百地断定，他们的关系已经越过了"红线"。《金瓶梅》第六回，西门庆与潘金莲调情，这样写道："少顷，西门庆又脱下她一只绣花鞋儿，擎在手内，放一小杯酒在内，吃鞋杯耍子。妇人道：'奴家好小脚儿，你休笑话。'"由此可见，这种花式饮酒，竟是西门大官人洋洋自得的"高光表现"。

《金瓶梅》的作者兰陵笑笑生是明朝嘉靖年间的名士，他在第一回里写到潘金莲，交代了她取名的来由："这潘金莲是南门外潘裁的女儿，排行六姐。因她自小生得有些姿色，缠得一双好小脚儿，所以就叫金莲。"在中国古代，名叫"金莲"的女子何止万千，真是不以为耻，反以为荣。

富贵人家的小姐，"三寸金莲"款摆出凌波微步，既性感，又神秘。贫苦人家的女子，有繁重的家务活要干，一双小脚处处不利落，自然受累多多。"小脚一双，眼泪一缸"，哀叹妇女小脚之苦的民谣不少。湘北流传过这样一首小调："裹脚呀裹脚，裹了脚，难过活；脚儿裹得小，做事做不了；脚儿裹得尖，走路只喊天；一瘸一拐还一颠，要把男人当作靠身砖。"几多辛酸滋味尽在其中。

清朝遗老辜鸿铭对中国传统文化无限珍爱，尤其醉心于三寸金莲，他赞美道："小脚女子特别神秘美妙，讲究的'瘦、小、尖、弯、香、软、正'七字诀，妇人肉香，脚其一也，前代缠足，实非虐政。"中国妇女必须为神秘美妙的"肉香"付出如此惨痛的代价？儒家标榜"仁者爱人"，实则忍者害人。

藤窗寄叟著《莲钩辞语》，写到清朝末年大江南北的嫖客流连秦楼楚馆，描摹出这样一幅画面："狎妓，不重接吻而重握足。一至妆阁，妓必偎坐身旁，翘足置客膝上，任客抚弄为乐。即稠人广众之中，狎客每公然握足把玩，甚至高擎手中，鼻嗅口咬，丑态百出，人不以为非也。"好一个"人不以为非"，美丑倒置，变态为常。

美国女作家赛珍珠（1938 年的诺贝尔文学奖得主）在中国生活过很长一段时间，她在自传《我的中国世界》中特意谈到缠足，形容那些缠足的女孩"走起路来脚下像有钉子似的"，痛楚之状活现眼前。

在中国古代，妇女缠足始于何时？可谓言人人殊，正史和野史对这一陋俗的源起多半语焉不详。一说缠足始于南齐，据《南史·齐本纪下》记载，东昏侯穷奢极欲，"凿金为莲花以贴地，令潘妃行其上，曰：'此步步生莲花也。'"一说缠足始于南唐，后主李煜风流成性，雅好填词，酷爱歌舞，某位宫女姿容纤秀，能效飞燕作掌上之舞，他就令工匠打造六尺高的金莲台，教她用帛条束脚成新月状，在台上翩跹，"三寸金莲"由此得名。一说缠足始于隋朝，隋炀帝是变态狂，在残害女性方面花样百出，他让宫中娇娥裹小脚，供他闲时把玩，宫中妃嫔为了取悦龙颜，遂以小脚为美，蔚然成风。隋朝灭亡后，此风由宫中传至民间，愈燎愈炽。南宋后期，理学盛行，逼迫妇女以三从四德作为行为准则，她们谨守闺范，深居简出，男人遂将缠足当作约束女子最有效的手段加以推广。顾起元的《说略》中有一则记载："理宗朝宫妃束足纤直，名'快上马'。"宋理宗赵昀将理学定为官学，后妃束足无疑引导了病态的审美倾向，"快上马"的名目倒是不无谐谑意味。

明朝时，缠足与否更成了社会等级高低贵贱的标尺，朝廷甚至颁令："浙东丐户，凡男子不许读书，女子不准缠足。"此后，"三寸金莲"与财富、权势和门第直接挂钩，富贵人家的女子无须劳作，她们渴望拥有一双傲人的小脚，贫苦人家的女子为了干活方便，束到半残的程度就行。清人鼓词中有以脚步声辨别来人的描写法："小姐下楼格登登，丫头下楼扑通通，同是一般裙钗女，为何脚步两样声？"单从声音的轻重即可判别足弓的大小和身份的高低，可见此中学问不浅。于是"三寸金莲"荣膺"国粹"之盛誉，就合情合理了，只不过这样的"情理"完全背离了自然法则。

在20世纪30年代，北京大学历史系教授陈衡哲对女性缠足的起因发表过新颖的见解，她认为，中国的缠足现象北方盛于南方，并非由于南方妇女的体力劳动重过北方妇女，而是由于中国历史上异族总是从北方入侵的缘故。北方的游牧民族攻城不据，其用意只在掠夺中土的子女玉帛，缠足妇女行走迟缓，蛮族入侵者嫌其携带不便，往往弃之不顾，这就导致汉族妇女出于自我保护意识，把脚缠得小小的，越小越安全。时间久了，缠足成为汉人的习俗，士大夫注重夷夏之辩，缠足更形而上地代表着微妙的民族感情，这就等于将一盆洗脚水当作了一锅肉汤，令人啼笑皆非。

在欧美人士看来，清朝有三桩大丑事：其一，女子缠足；其二，男子留辫；其三，国民吸食鸦片。东方人以缠足为美，西方人则认为缠足是野蛮风俗，对此不以为然。19世纪末，清朝大臣崔国英出使英国。一天，他的夫人将洗干净的裹脚布晾挂在伦敦中国驻英公使馆楼上。英国人见到长长的白布迎风招展，误以为大清国丧，纷纷前来问讯吊唁，使馆译员对此羞于解释，弄出个老大不小的尴尬。

明朝开国之君朱元璋的老婆马氏是安徽淮西的农家女，她贵为皇后，却由于是天足而受到民间耻笑，"马大脚"的诨名流传至今。在中国古代，妇女不按时裹足，则无地自容，处境艰难，由此可见一斑。

在数不胜数的虐待狂和糊涂虫中，也有极个别理智健全、头脑清醒的人士，清代小说家李汝珍（1763—1830）在《镜花缘》中借君子国的两位长者吴之和、吴之祥之口对中国缠足的野蛮风俗表明了强烈的反感：

> 吾闻尊处向有妇女缠足之说。始缠之时，妇女百般痛苦，抚足哀号，甚至皮腐肉败，鲜血淋漓。当此之时，夜不成寝，食不下咽，种种疾病，由此而生。小子以为此女或有不肖，其母不忍置之于死，故以此法治之；谁知系为美观而设，若不如此，即为不美。试问鼻大者削者使小，额高者削之使平，人必谓为残废之人，何以两足残缺，步履艰难，却又为美？即如西子、王嫱，皆为绝世佳人，彼时又何尝将两足削去一半？况细推其由，与造淫具何异？

清军入关前，清太宗皇太极担心旗人沾染汉人缠足的陋习，为此传令八旗："效他国裹足者，重治其罪！"顺治二年（1645 年），朝廷再次颁布法令，此后所生女子严禁裹足，然而陋俗难除，群讼不便。康熙年间，为了安抚人心，朝廷弛禁。当时，汉人中竟有"男从女不从"的口号，以此彰显汉族女子的"刚烈"性情。康熙初年，禁令未弛之时，一度命令大臣眷属放足，以为士民之表率。相传左都御史王熙积极迎合上意，以其妻遵旨放足奏闻，首句为"为臣妻先放大脚事"，为士论所讥，士大夫阳奉阴违者为绝大多数。到了清朝末年，西风东渐，"三寸金莲"的审美取向受到有识之士的质疑，在当时的一张外国明信片上，中国妇女的脚掌竟比手掌更小，这简直就是奇耻大辱。为了移风易俗，康有为、梁启超等维新派人士率先在广东南海创立不缠足会，发起"天足运动"，谭嗣同在湖南遥相呼应。他们还在《时务报》上发表文章，抨击缠足的陋俗，引起全社会的关注。慈禧太后顺应民心，颁布了一道诏谕，认为"汉人妇女，率多缠足，由来已久，有伤造物之和"。此后，一些有主见有觉悟的女性不再乖乖就范，为了保全天足甚至以性命相拼，运气好的话，她们能够获得成功。现代女作家谢冰莹回忆童年生活时，这样写道：

> 我反对裹足，反对穿耳，我那时并不懂得什么男女平等，只知道同样是人，为什么男人可以不穿耳不裹足，而这些苦刑只给我们女人受？男人有资格出外读书，为什么女人没有呢？……妈妈早上替我裹脚，我可以在晚上的被窝里解开，到我哭闹着要上小学时，便把所有的裹脚布一寸寸地撕掉了。那是我与封建社会作战的第一声。

当然，也有极少数幸运儿，能够免于缠足之苦。何香凝不肯缠足，反抗生效，但她一度落入无人敢娶的窘境。张幼仪不肯缠足，得到二哥张君劢的保护，他对坚持不懈的母亲说："要是没人娶她，我会照顾她。"这句话保全了张幼仪的天足。然而在清朝末期，能够得到此类善待的女子仍然不多。

那些士大夫和传统文人对野蛮习俗恬不为怪，真正可耻！一千年的时间颇为漫长，缠足的暴行到处上演，触目惊心，竟没有几人肯为弱女子仗义执言。台湾作家姜贵（1908—1980）在《曲巷幽幽·后记》中有过疾言厉色地质疑：

> 一个陋习的逐渐形成不足异，足异的是明明致人残废的肢体毁伤，须历千年之久，始因外力的侵入而渐觉其陋，渐悟其非。又经过近百年的艰苦奋斗，奔走呼号，无可奈何，这才被革除。最早，无人防微杜渐。既经形成，无人敢非其非。其难如此，炎黄子孙的智慧和勇气到底哪里去了？

千年缠足史乃是一部血泪斑斑的缠脑史。无数天赋异禀的女子被束缚住了，被牺牲掉了，他们该想的不敢想，该说的不许说，该做的不能做。若论精神创痛，相比于身体残损，实有过之而无不及。

何香凝

在小脚奴之外，也有个别大脚仙，堪称凤毛麟角，值得我们仔细打量。

女界领袖何香凝（1878—1972）被誉为"大脚仙"，她捍卫天足，非常彻底。

何香凝的父亲何炳桓是位茶商，经营有方，在香港富户当中有名有数。按理说，香港开埠较早，殖民地成色较深，受欧风美雨影响较大，类似裹足这类传统陋俗理应先行遭到摒弃和淘汰。然而大户人家仍旧坚守故国的"体面"和"体统"，在他们看来，别的事情尽可以向洋人讨教，向洋人看齐，唯独"三寸金莲"是中华"国粹"，必须予以妥善保留。女子无才便是德，大家闺秀目不识丁，足不出户，竟然视之为理所当然。何香凝是个桀骜不驯的犟妹，白天被迫裹足，晚上她就擅自动剪刀，将那条束得紧紧绷绷、缝得密密麻麻的裹脚布剪成飞花蝴蝶。七擒七纵的游戏玩过之后，打也打够了，骂也骂够了，父母无可奈何，只好网开一面，由她去了。他们语气沉沉复幽幽地叹息道："眼下你吃不了苦头，将来一双大脚板走路，找不到像样的婆家，就算有后悔药，都来不及吃。"好女子不愁出嫁，有什么好担心的？何香凝不愿预支烦恼和焦虑，她有一双天足，"到处飞奔，上山爬树，非常快活"。第一仗大获全胜，非比寻常，何香凝一生爽朗乐观，无论遇到怎样的难题，在她看来都只是一条长长的裹脚布，拿起剪刀"咔嚓咔嚓"就能迎刃而解，这与她小时候的经历大有关联。由于受到家规的制约，她不能与兄弟同上私塾念书，就吵闹着进女馆去识文断字，不做睁眼瞎。

何家父母当初的预言果然应验，何香凝到了豆蔻年华，媒妁闻风而至，她们受到大户人家的委托，乐颠颠地跑来向何府提亲，瞧见她是大脚姑娘，一个个大惊失色，讪着脸不声不响地走了。当时，只有小户人家出身的粗使丫头才会是大脚婆，何香凝可是富家千金啊！怎么野成这副模样？何香凝的父母受到亲友的质疑和邻居的非议，为着这个嫁不出门的女儿，整天愁眉苦脸，哀声叹气。偏偏何香凝不急不愁，她就不信这个邪，偌大的花花世界、朗朗乾坤，难道就没有一位识见非凡的男子肯迎娶她这样的天足少女？

真可谓缘分巧合，廖仲恺适时登场。他是美国旧金山华侨廖竹宾之子，受过高等教育，其父临终时郑重其事地叮嘱他要娶一位天足无损的华人姑娘为妻，以免日后因为她那双颤颤巍巍的小脚遭洋人耻笑。父亲去世后，廖仲恺决意回国发展事业，到了香港，他向外界宣称非知书达理的天足少女不娶，在当时香港华人社会中，既念了书又未缠足的适婚少女极其罕见，晴天白日打着灯笼上街也难寻，何香凝的好运来了，钢门铁闸也挡不住。何炳桓听说廖家公子敲锣打鼓四处宣扬，要娶不曾受过缠足之苦的大家闺秀为妻，自然欣喜万分。机不可失，时不再来，何炳桓顺水推舟，请动良媒说合了这桩婚事。

旧式婚姻未可一概否定，像鲁迅与朱安那样圆枘方凿的怨偶固然很多，但是碰巧也会有情投意合的绝配。廖仲恺与何香凝的婚姻就堪称天作之合。男方比松奇，比竹劲，比石坚，女方比梅香，比莲洁，比玉润。廖仲恺有改造中国的雄才伟抱，何香凝有拯救苦人的侠气豪情；廖仲恺的诗词歌赋高于流俗，何香凝的咏絮之才不让须眉；廖仲恺在日本时向画家伍乙庄求教过丹青技巧，何香凝在东京本乡女子美术学校高等科专修绘画；廖仲恺行事喜欢求真务实，何香凝待人从不作伪蹈虚；廖仲恺自称中山信徒，何香凝信仰三民主义。这么多的共同点决定了他们在感情、事业上都能够琴瑟和谐，同甘共苦度患难。即使居斗室，嚼菜根，亦能其乐融融，当年何香凝笔下就曾流露出"愿年年此夜，人月双清"的心声。若非身处铁血交飞的乱世，偌大的烂摊子等着热血志士去从头收拾，他们相濡以沫，举案齐眉，类似赵明诚与李清照的亲密融洽亦不足多羡。

1905年8月7日，经孙中山和黎仲实介绍，何香凝加入了中国同盟会，成为首批会员，廖仲恺加入同盟会的时间反倒落在妻子后面。为了确保同盟会在东京的重要活动能够秘密进行，关键消息不会走漏风声，安全措施不致出现纰漏，孙中山特意选定廖仲恺的寓所作为集会地点，他让何香凝辞掉了家中做饭洗衣的日本女佣，凡事亲力亲为。以往，何家九小姐即现在的廖家少奶奶只知衣来伸手，饭来张口；如今，她不得不硬着头皮亲自下厨，以丹青妙手调制羹汤，烹炒荤素，奏响锅碗瓢盆交响曲。何香凝常把娘家汇来的钱款充作伙食费，让常来常往的盟友每月都能打上几餐牙祭。何香凝口风紧，手脚麻利，而且不辞辛劳，深得大家的赞许，被众人亲切地称为"奥巴桑"（日语意为"老管家"）。

干革命如同攀爬刀梯，穿越剑阵，是典型的危险活动，廖仲恺追随孙中山，出生入死，三次深入虎穴龙潭。1909年，廖仲恺受孙中山委派，北上津门，与法国社会党人布加卑（法国驻天津屯军参谋长）建立联系。此时，清廷磨牙吮血，垂死挣扎，对革命党人疯狂挥舞沥血的屠刀。何香凝明大义，识大体，饯别的时候，即席口占七绝一首相赠：

国仇未报心难死，忍作寻常泣别声。
劝君莫惜头颅贵，留取中华史上名！

这既是勉劝丈夫，也是激励自己。诚如秋瑾词句所言，"身不得，男儿列；心却比，男儿烈"，撇开诗艺不谈，何香凝的诗风奔放不羁，与秋瑾相仿，都以雄奇跌宕见长，无丝毫闺中弱质的缠绵气息和缱绻意味，有的只是豪情胜概。

1911年2月，广州黄花岗起义前夕，何香凝带着儿女返回香港。嗣后，革命事业遭受重大挫折，廖仲恺与何香凝被迫离开故乡，流亡东瀛，许多同志心情颓唐沮丧，投海自尽者有之，读经逃禅者有之，借酒浇愁者有之，自求多福者有之，脱离营垒者有之，然而何香凝刚强如故，笑傲如故，乐观如故，反衬得某些须眉缺斤少两。此后数年，国民革命败而复胜，胜而复败，孙中山与袁世凯的正面角斗经历了"二次革命"和"三次革命"的低潮期，幸得天才军事家蔡锷"为四万万国民争人格"，潜回云南，出手如电，身穿龙袍的袁世凯还未过足百日皇帝瘾，御座下就发生了地震和海啸。

一个袁世凯死了，数十个大大小小的北洋军阀却纷纷跳出"潘朵拉的匣子"，他们你攻我杀，涂炭生灵，致使全中国的政治环境变得愈加险恶，一团漆黑。孙中山深感革命尚未成功，于是培植和积蓄革命力量，只等时机成熟，大兴北伐之师。然而，他万万没想到会祸生肘腋，一向倚重的将领竟然窝里反。

1922 年 6 月 16 日清晨，粤军首领陈炯明的部属叶举、洪兆麟突然发动兵变，炮击观音山上的临时总统府。孙中山幸运脱身，登上永丰舰。此前两天，廖仲恺神秘失踪，何香凝以为他公务缠身，也没太在意，待到城中枪声骤起，顿觉不妙，立刻派人打探廖仲恺的下落。陈炯明先是以"领款"和"有要事相商"为由，将廖仲恺诱至惠阳，然后将他关押在广州西郊石井兵工厂。陈炯明得意地说："我抓住了廖仲恺，'孙大炮'的钱荷包就被锁死了，他迟早会向我跪地求饶。"陈炯明万万没料到，他的如意算盘很快就会落空，一只"母老虎"将要找他算账。

何香凝乘坐电汽船去石井兵工厂营救廖仲恺，看到丈夫被沉重的锁链捆缚，艰于呼吸，她又愤怒又悲伤，简直心如刀绞。他们无法接近和交谈，只能用目光默默传递彼此的心声。第二次探监，她总算给他更换了衣物；第三次探监，她还意外地得到一个纸团，那是廖仲恺写给何香凝和子女的诀别诗，其身死化厉、誓斩国仇的壮烈情怀跃然纸上：

后事凭君独任劳，莫教辜负女中豪。
我身虽去灵明在，胜似屠门握杀刀。

何香凝读罢这首诀别诗，热血为之沸腾。然而形格势禁，她展开的营救行动希望渺茫，坏消息却接二连三。当时，何香凝身染痢疾，精神几近崩溃，甚至想过一死了之。在前往石井兵工厂的电汽船上，她决心抽完手中的香烟就纵身跳江。由于雨天潮湿，加上江风迅猛，她接连废弃了十几根火柴，香烟仍未点着。当何香凝手中只剩下最后一根火柴时，她暗自祈祷，要是这根火柴能够点燃，事情必有转机，当然她也就不必投江自尽了。结果，奇迹出现，这根火柴"哧"的一声跳出了红红的火苗。

何香凝不想再这样苦候傻等夫君出狱，决定主动出击，找陈炯明当面要人，可是后者有意回避，使她几次扑空。

1922年8月18日，陈炯明在广州白云山主持军事会议。何香凝一身泥污，突然闯入会场，使到会的军官面面相觑，鸦雀无声。陈炯明赶紧让座，陪着笑脸，为何香凝斟上一杯白兰地，她毫不客气，当众一饮而尽。陈炯明又叫勤务兵领着何香凝去别的房间更换干净衣服。何香凝冷眼看罢"黔驴"的表演，然后厉声表态："衣湿有什么要紧？我今天来，还做好了血湿的准备！"这话就像尖利的鱼骨，直噎得陈炯明够呛。何香凝继续数落道："你们记恨廖仲恺帮孙先生筹款，要将孙先生的'钱荷包'锁得死死的，让他见不着天日。你们何不扪心自问，廖仲恺是否亏待过粤军？粤军在漳州闹饥荒时，他拿孙先生上海莫里哀路的住宅作抵押，填补军饷的缺口。现在可好，你们恩将仇报！"何香凝义正词严，陈炯明无言以对，脸色一忽儿白，一忽儿红，其他军官则惭愧地低下了头。何香凝铁了心要把这幕搅场大戏推向高潮，她当众放出一句硬话："我今天上山，就没打算全身而退，至于廖先生，我也不指望你们放他活路，但我一定要你们给我一个决断的答复：究竟是放他，还是杀他。要杀，随你们的便；要放，就叫他和我一同回家！"陈炯明怕把事情闹大，以免粤军将士离心离德，立刻下令释放廖仲恺。在他眼里，这只"母老虎"的凌厉气势简直比一支劲旅的火力还要强大。

何香凝未卜先知，陈炯明释放廖仲恺，只不过是做给部下看的假仁假义之举，他随时都有可能反扑回来，眼下三十六计走为上，倘若再遭黑手，必有性命之忧。果然，他们前脚刚撤（去香港避难），陈炯明的爪牙后脚就到，结果扎扎实实扑了个空。

1925年3月11日，孙中山自料不起，在弥留之际，将宋庆龄托付给何香凝这样一位最值得信赖的朋友去照顾，他叮咛再三：值此万方多难之时，他身后萧条，没有留下多少财产，请她一定要"善视孙夫人"，"弗以其夫人无产而轻视"。她坐在病榻前，听完孙中山吐词艰难的临终遗嘱，心中不胜悲恻，深感这位好友和伟人的信任之深，托付之重，当即表态："我亲近先生二十余年，同受甘苦，万一先生病不能愈，我和全体同仁当尽力保护夫人及先生遗族……"嗣后，她强抑悲伤的情绪，自始至终亲眼见证了孙中山口授政治遗嘱的场面。

在20世纪二三十年代的激进女性中，论剽悍，论刚烈，如果何香凝肯认第二，就没人敢认第一，即使是国民党内最著名的"母老虎"陈璧君也自愧不如，只得退避三舍。

孙中山逝世后，汪精卫顺利上位，成为国民党主席。"第一夫人"陈璧君得意忘形，目高于顶，每次吐痰，她都让秘书和佣人手捧痰盂，有时竟颐指气使，叫客人代劳。有一次，陈璧君命令何香凝来干这份脏活，何香凝两眼圆瞪，怒不可遏，当即指着陈璧君的鼻子斥责道："你是什么东西，竟敢要我给你端痰盂？"说完这话，何香凝仍不解气，便以其人之道还治其人之身，她指着地上的痰盂使唤陈璧君："去！我要吐痰了，你给我捧痰盂来！"陈璧君大惊失色，她猛然记起以前曾"有幸"领教过何香凝的一记大耳光，立即赔上笑脸，赶紧当众道歉。

在同盟会和国民党中，何香凝的声望极隆。她斥骂右翼分子，"拍案顿足，几乎把地板踩裂"。何香凝与孙中山夫妇的友谊摆在那儿，何香凝的元老资格摆在那儿，谁也奈何不了她。何香凝曾数次指着蒋介石的鼻子痛斥，使得作风强悍凌厉的蒋委员长下不来台，该道歉时还得道歉，该敬礼时还得敬礼。有个典型例证可以说明问题。1927年12月1日，蒋介石与宋美龄在上海春江大华礼堂举行婚礼，原本确定何香凝为证婚人，不作第二人想。然而何香凝借此机会逼迫蒋介石承诺在内政外交两方面改弦更张，回归三民主义故辙，蒋介石虚与委蛇，顾左右而言他，令何香凝怒火攻心，一气之下，她撂下挑子，拂袖而去。为解燃眉之急，蒋介石只好恳请蔡元培救场。

1928年岁末，何香凝发表声明，与蒋介石、汪精卫分道扬镳，与国民党割袍断义，她愤然辞去党内一切职务，放弃薪俸，离开上海。她游历了南洋和西欧，侨居于法国巴黎郊外，"画幅岁寒图易米，不使人间造孽钱"，在异域过着漂泊不定的旅居生活，清苦固然清苦，但可以图个眼净心安。

1931年，九一八事变后，何香凝激于民族义愤，结束旅欧生涯，决心与四万万同胞共赴时艰，共纾国难。淞沪之役，十九路军在前线浴血奋战，何香凝在后方积聚人力物力，建立伤兵医院。据她的《自传初稿》所记，大财神孔祥熙曾到上海救护所慰问伤兵，遇见何香凝，"哈哈孔"讨好地说："廖夫人办伤兵医院办得很好，你愿意到南京去办吗？南京也正预备办呢！"何香凝毫不客气，一句话将"哈哈孔"顶到南墙上："我愿意闻抗日伤兵的血腥味，不愿闻腐化官僚的铜臭味！"嗣后，东北全境沦陷，华北岌岌可危，外寇当前，蒋介石以国力孱弱、必须低调备战为由，继续抱定"攘外必先安内"的国策，优先"剿共"，延迟抗日。内战足以耗散民族元气，何香凝看不得惯这套兄弟阋墙的做法，她效仿诸葛亮当年馈赠女性用品以激怒魏军主帅司马懿的成法，给蒋介石邮寄去一条布裙，还附上一首极尽讽刺挖苦意味的诗作：

枉自称男儿，甘受敌人气。
不战送河山，万世同羞耻。
吾侪妇女们，愿往沙场死。
将我巾帼裳，换你征衣去！

蒋介石一生收到珍贵礼物无数，很难一一记得，可是这件"礼物"着实太特殊了，他至死也无法忘却。奇就奇在，这位独裁者受了耻笑，挨了讥刺，居然耐着性子未曾发作。何香凝的资历无疑是最好的挡箭牌，倘若换上杨杏佛那样的杠头，蒋介石只须给军统特务头子戴笠和毛人凤使个眼色，早就格杀勿论了。这充分说明，蒋介石敌视民主人士，还是区别对待的。

大家闺秀

她们飞得那么高，
只因为天空那么蓝……

许多人通常会先入为主，抱有这样的成见：大家闺秀一定长期生活在象牙塔中，她们出身于名门望族，受过良好的教育（多半还出洋留过学），气质上佳，骨子里高傲，足以令一众男士的自卑感挥之不散，因此对她们敬而远之。在长篇小说《围城》中，钱锺书塑造的苏文纨就是这样的尤物，方鸿渐并非真心排拒她、讨厌她，而是暗地里掂量过自己那几根骨头的斤两，不敢去硬接这一茬。

"中国语言学之父"赵元任的夫人杨步伟是正宗的名门闺秀，她的祖父杨仁山是中国佛教协会和金陵刻经处创始人。她在大家族中长大，比诸位兄长更会读书，也更顽皮。上家塾时，启蒙老师捧着《论语》，照本宣科："子曰：割不正不食。"杨步伟越想越不对头，等到了饭桌上，她就径直批评孔夫子穷讲究而且浪费食物："他只吃方块肉，那谁吃他剩下的零零碎碎边边角角呢？"结果可想而知，其高见招来父母一顿劈头盖脸的非难和指责，说她唐突先生，对孔圣人不够恭敬。杨步伟并未老实下来，她读完《百家姓》，一时兴起，竟编出顺口溜来嘲弄塾师，当成儿歌传唱："赵钱孙李，先生没米。周吴郑王，先生没床。冯陈褚卫，先生没被。蒋沈韩杨，先生没娘。"这野丫头是个大脚板，高高瘦瘦，长辈斥之为不守规矩的"万人嫌"。十六七岁时，杨步伟仗着祖父杨仁山的支持，毅然取消了与表弟的婚约，为此父女失和，两人竟有八年之久不讲半句话。杨步伟报考南京旅宁学堂，入学考试的作文题是《女子读书之益》，她胆量极大，落笔就是石破天惊的句子："女子者，国民之母也。"她原名兰仙，后来由祖父取学名韵卿，"步伟"这个名字，是她的同学、好友林贯虹看她抱负不凡专门为她量身定制的，后来林贯虹因病早逝，为了纪念她，杨步伟就让韵卿这个名字永远退出了各种表格。杨步伟留学日本帝国大学时主修的是医学，她仁心仁术，回国后遵从父亲的遗嘱，与朋友李贯中在北京西城绒线胡同创办森仁医院，只设儿科和妇产科，打算终身不嫁，以悬壶济世为己任。但"己任"终究敌不过"元任"，再坚固的磐石也会因爱情而转移，活力四射的青年才俊赵元任魅力无穷，使她欣然放弃事业，回归家庭，生下四个宝贝女儿，将她们培养成才，写出两本好书（《中华食谱》和《杂记赵家》）。杨步伟比赵元任大三岁，正应了那句"女大三，抱金砖"的老话，他们的婚姻美满幸福。

1921 年 6 月 1 日，是赵元任和杨步伟挑选的婚期，两人事先即约定，不办任何仪式，极之简约而文明。当天，只有好友胡适、朱徵收到请柬，吃饭时，两位嘉宾还不知晓这对情侣请客的事由，饭后，赵元任从口袋里掏出两页纸来，开心地说："今天请二位来作个公证"。胡适生出好奇心，立刻打开文件来看，一张是结婚通知书，文字很新鲜："杨步伟小姐和赵元任先生于 1921 年 6 月 1 日下午 3 点东经 120 度平均太阳标准时结为夫妻。……我们不收任何贺礼，但有两项例外。例外一：抽象的好意，例如表示于书信、诗文或音乐等，由送礼者自创的非物质的贺礼；例外二：或由各位用自己的名义捐款给中国科学社。"另一张是结婚证明，言简意赅："下签名者赵元任和杨步伟同意申明他们相对的感情和信用的性质和程度已经可以使得这感情和信用无条件的永久存在。所以，他们就在本日，（民国）十年 6 月 1 日，就是西历 1921 年 6 月 1 日，成为终身伴侣关系，就请最好朋友当中两个人签名作证。"胡适和朱徵都有出国留学的经历，也算是见多识广，但这样新奇的婚礼还是第一次参加，能够荣幸地成为证婚人，他们无不乐从。胡适细心，接到请柬时，他就猜测赵元任和杨步伟有大事要办，因此预先包好一部自己圈点的《水浒传》带在身边，果然不出所料，他的"抽象的好意"派上了用场，礼物的精神价值远高于物质价值，赵元任和杨步伟当即笑纳。胡适还建议赵元任夫妇在结婚证明上贴一枚四角钱的印花税票，以示完全合法。

早在结婚之前，赵元任将应该交代的也都交代了，但他还有一句话如鲠在喉，不吐不快，便找个时机对杨步伟说："你的脾气和用钱我都能由你，只有一件事，将来你也许会失望的，那就是我打算一辈子不做官，不办行政的事。"杨步伟也没有非得做官太太不可的想法，甚至认为书生从政，受骗必多、上当必多、吃亏必多，后来她还进言反对过胡适踏上仕途。

大家闺秀通常被称作"淑女"和"名媛",上海人别出心裁,为此发明出一个更加配衬的新词——"名件"。富满三代方能蝶变为贵族,这是世人的共识。大家闺秀绝对不是土豪暴发户的女儿,也并非个个仪态万方,倾国倾城,她们拥有花园洋房、宝马香车、华衣丽服、珍珠美钻,身后不乏成功男士的狂热追捧,但关键之处在于:她们的才智能与优秀男士并驾齐驱。大家闺秀动则香风细细,静则妍然百媚,是人世间的曼妙仙姝。她们具备普通女子不易具备的天然优势,根本用不着谁来循循善诱,就能自觉剔净官家女的骄狂气和富家女的脂粉气,从而保全知识女性的书卷气。她们率先解放手脚,开启灵窦,有学有识,有才有志,敢爱敢恨,敢作敢当,实堪称民国时期最惹火、最炫目的"新新人类"。

一、姐妹歧途

宋庆龄

民国时期的大家闺秀,最耀眼炫目的莫过于宋氏三姐妹。其父宋嘉树(英文名为查理)出生于海南农家,早年随堂舅闯荡美国,在茶叶店里当过伙计,在缉私船上做过水手,他还读过杜克大学神学院,最终成为基督教卫理公会的传教士,被派回上海传教。宋嘉树对美国总统亚伯拉罕·林肯倡导的"三民主义"(民有、民治、民享)思想推崇备至,他的精神架构差不多已经百分之百地美国化,因此他采用百分之百的美国教育模式去培养和铸造自己的六个儿女,就洵在情理之中。

宋嘉树蔑视男尊女卑的世俗偏见，以斯巴达精神砥砺三个女儿，有意将她们培养成公民而不是公主，让她们解放手脚，不刺绣，不缠足，跟男孩子一样去玩勇敢者的游戏，甚至淋雨，"沐于大麓，烈风雷雨而不迷"。1904年，宋嘉树将刚满十四岁的大女儿霭龄送去美国南方佐治亚州梅肯市的教会贵族学校威斯里安女子学院读书，此举就算不是破天荒，也堪称大胆。三年后，他又将十四岁的庆龄和九岁的美龄送到美国与大姐霭龄会合。完全彻底的美国化使三姐妹的学识、眼界和心气儿远远高出同时代的中国女子。宋美龄曾不无自豪地承认："只有我的脸像个中国人！"她讲英语时带有浓重的美国南方口音，她的中文竟是回国之后才囫囵学会的。

　　1914年6月，宋霭龄因筹备婚事（嫁给祖籍山西太谷的富家子弟、中国基督教青年会干事孔祥熙），辞去了孙中山的英文秘书职务，宋庆龄随即顶替了大姐留下的空缺。倘若一位少女崇拜和仰慕伟大的爱国英雄，又有幸与他朝夕相处，内心产生非他不嫁的强烈冲动，是再自然不过的事情。美国记者埃德加·斯诺曾探询宋庆龄："当年你是怎样爱上孙博士的？"她的揭秘出人意料：

　　"我当时并不是爱上他，而是出于对英雄的景仰。我偷跑出去协助他工作，是出于少女的罗曼蒂克的念头。我想为拯救中国出力，而孙博士是一位能拯救中国的人，所以，我想帮助他。"

　　有趣的是，尽管宋嘉树忠实信仰"三民主义"，但他并不赞成也不高兴让孙中山做自己的东床快婿，理由很简单：孙中山是宋庆龄的父辈，双方年龄相差悬殊；孙中山家里有元配妻子卢慕贞和三个子女；依循教规，天主教徒不准许重婚，也不准许离婚；孙中山的处境相当危险，长年漂泊不定，无法跟妻子过安定的生活。而在宋庆龄看来，这些障碍均可忽略不计。宋嘉树怒火攻心，竟然使出绝招，也是最大的昏招——另择对象，包办女儿的婚姻。宋庆龄当然不会坐以待嫁，一俟收到孙中山的密函，便索性逃出家门，乘风破浪去了东京。

　　自古英雄难过美人关，大革命家孙中山也不例外。他滞留东京时曾经向房东梅屋夫人坦承："我忘不了庆龄，遇到她以后，我感到有生以来第一次遇到爱，知道了恋爱的苦乐。"

"两人年龄相差太大，结婚后，男方是会折寿的。"梅屋夫人善意地提醒道。

"只要能与她结婚，即使第二天死去，我也不后悔！"

有什么办法呢，早婚者几乎都会遇到同样的问题——爱人姗姗来迟，连伟大的革命先行者孙中山也难逃此律。他决心与结发妻子卢慕贞正式离婚，以免贻人口实（说他纳妾），他不愿自己的私生活弄出丑闻。然而中华革命党内部许多同志私下里对这桩婚姻不以为然，胡汉民和朱执信还当面诤谏。孙中山向来从谏如流，唯独这一回，他对老伙计们的好意一概拒收。他皱紧眉头说：

"展堂，执信！我是同你们商量国家大事的，不是请你们来商量我的家庭私事。"

既然领袖的家事容不得旁人插嘴，孙中山于 1915 年 10 月 25 日举行婚礼，便只有廖仲恺、何香凝夫妇和陈其美三位同志参加。

宋嘉树风风火火赶到东京，眼见女儿的婚姻木已成舟，他在气头上狠狠地教训了孙中山一顿，骂他背叛友谊，丧失理智，竟干出这种亲者痛、仇者快的蠢事，还扬言要与孙中山绝交，与宋庆龄脱离父女关系。嘴头硬并不等于心头硬，宋嘉树回国后，即为女儿补办了一整套红木家具和高档的床上用品作为嫁妆；资助孙中山的革命事业仍旧一如既往，毫不含糊。临终之际，他尽弃前嫌，原谅了已哭成泪人儿的"不孝女"宋庆龄。

幸福迟来总比不来要好得多。"我爱我国，我爱我妻"，这样的话出自孙中山之口，并不奇怪。在这位职业革命家身边，宋庆龄不仅是忠实可靠的伴侣，还是值得信赖的秘书和参谋。孙中山曾写信告慰自己的英国恩师詹姆斯·康德黎：

我的妻子，是受过美国大学教育的女性；是我的最早合作者和朋友的女儿。我开始了一种新的生活，这是我从未享受过的真正的家庭生活。我能与自己的知心朋友和助手生活在一起，我是多么幸福！

1922年6月16日凌晨，陈炯明发动武装叛变，围攻广州总统府，欲置孙中山于死地。危急关头，身怀六甲的宋庆龄恳请孙中山先走一步，她神色凝重地说：

"中国可以没有我，不可以没有你！"

于是，孙中山乘乱突围，登上永丰舰，宋庆龄也在卫队的舍命保全和友人的巧妙掩护下幸运脱险，可是祸福相倚，由于精神高度紧张和整日奔劳，她腹中的胎儿不幸流产。经过这次突发的兵变，宋庆龄的大智大勇赢得了广泛的好评，就连那些先前对她怀有成见的革命者也都生出敬意，正式承认她为当之无愧的"总理夫人"。

十年的美满婚姻不短也不长。1925年3月12日，孙中山病逝于北京东城铁狮子胡同5号顾维钧家。在夫君的病榻前，宋庆龄三个月衣不解带，食不甘味，几近于形销骨立。孙中山尽瘁于革命事业，家无余财，他留给宋庆龄的遗产只有两千多本图书和上海莫里哀路的一栋住宅。

孙中山去世之后，宋庆龄本可以在国内或国外过着养尊处优的生活；若按捺不住权力欲望，也可以走向前台，进入高层。可是她一退再退，最终退到远离政治舞台的地方，以民间立场和个人身份去批判蒋介石和国民党政府的所作所为，她乐意做一位不眨眼不走神的监护人，而不是一位被民众顶礼膜拜的象征性的"国母"。蒋介石背离孙中山的治国方略，大搞专制独裁，宋庆龄自然看不下去，她的严厉批评使得蒋介石如坐针毡，却又无可奈何。作为"第一夫人"，宋庆龄不在乎风光和荣耀，只在乎孙中山的思想得以光大，遗志得以继承，这竟然成为了一件天大的难事。然而她既不畏苦，又不畏难，与极其强势的妹夫蒋介石斗争了二十多年，使她的小妹（另一位"第一夫人"）宋美龄感到左右为难。

宋美龄

宋美龄留学美国期间，其意中人是哥哥宋子文的哈佛同窗刘纪文，此人玉树临风，一表人才，谈吐诙谐，遇到这样出色的男士，宋美龄不禁怦然心动。诚所谓腹有诗书气自华，刘纪文性喜浪漫，对美丽大方、聪颖活泼的宋美龄一往情深，且看他当年用心吟咏的一首赞美诗：

女人是平凡的。
月朗星稀，是女人用晨炊点燃新的一天，
牵牵连连，是女人将零零碎碎缝合成一个美丽。

女人是不平凡的。
风雨交加，是女人为我们打开家门，
坎坎坷坷，是女人给我们关怀和温馨。

然而，女人又是伟大的。
人们常把母亲比作美丽和博大的化身，
人类生育女人的同时，女人也生育了整个人类。

世界少不了女人。
如果少了女人，
这个世界将失去百分之五十的真、
百分之七十的善、
百分之一百的美。

刘纪文的摄影技术相当不俗。1916年暑假，他陪伴宋美龄出游，在旧金山唐人街和洛杉矶好莱坞，用镜头为她留下了许多"巧笑倩兮，美目盼兮"的瞬间，其中好几帧靓照登上了全美风行的《明星报》。大美人，尤其是大众瞩目的美人，身边总会围绕着一群如痴如醉的穿花蛱蝶，刘纪文是性情中人，起始就打着近水楼台先得月的如意算盘。然而，他弄巧成拙，招来大批情敌，顿时慌了阵脚。

还是张爱玲的那句话烛照幽微，洞察到男女恋爱中最隐秘的心思："女人要崇拜才快乐，男人要被崇拜才快乐。"宋美龄喜欢刘纪文，却并不崇拜他。她攻读英国文学，喜欢《亚瑟王传奇》，对亚瑟王的助手墨林尤为激赏，因为他是言出必中、法力无边的预言家。除此之外，她还喜爱不辞艰险、独自上路去寻找圣杯的骑士。传说中的人物当不得真，莫非现实中就没有超级强者吗？刘纪文温文尔雅，懂浪漫，也非常聪明，但他仍然只是轻量级"拳手"，根本算不上重量级"拳王"。宋子文极力促成了小妹与刘纪文订婚，但有时候订婚与结婚之间竟隔着无法逾越的天堑。宋美龄曾对二姐说过"非英雄不嫁"的话，刘纪文的黯然出局便是或早或迟的事情。及至美龄回国，大姐夫是孔祥熙，二姐夫是孙中山，个个是人中之龙，以她不肯服输的心气儿，在婚姻上岂肯低调处理。刘纪文是跳蚤上台秤——没斤没两，别人会是什么看法，宋美龄不用猜度，也很清楚。当年，这位洋气十足的大家闺秀放眼国中，堪称铁腕强人、够格做她夫君的唯有蒋介石一人。

宋美龄是一朵"迟开的睡莲花"，注定不由刘纪文来采撷，蒋介石后发先至，后来居上，他才是宋美龄心目中的英雄人物、"聪明的勇士"。1922年春节期间，蒋介石在上海莫里哀路孙中山寓所初次见到宋美龄，她超凡脱俗的美貌、丰韵、教养和才智，放眼国内，再无第二位待字闺中的美女能出其右。仅惊鸿一瞥，蒋介石便已暗生情愫，激发出能娶宋美龄为妻方为当世第一豪杰的雄心。此后，他三天两头写信、送花、打电话给宋家小妹，嘘寒问暖，无微不至。当时，宋美龄的护花使者刘纪文尚在广东，与心上人天各一方。恋爱亦如逆水行舟，不进则退，不热则冷，不亲则疏，何况情敌强力强行，正虎视眈眈，伺机夺爱。刘纪文三振出局已是板上钉钉的事情。

有道是，"风车世界喇喇转，铁桶江山慢慢箍"，蒋介石逐步积累起来的权力野心需要安放在一个坚如磐石的基础上，他深知孙中山和宋氏家族这双重背景意味着什么，无论是为政治资本着想，为事业前途着想，还是为人生幸福着想，他都决心铆足心劲追求宋美龄。蒋介石所遭遇的硬性阻碍是多方面的：倪老太太对他的好感度明显偏低（她是基督徒，热爱和平，不喜欢屠门握杀刀的赳赳武夫），孙中山的态度则模棱两可（一再劝慰蒋介石"等一等吧"），宋庆龄坚决反对（她甚至说过"宁愿看着妹妹去死，也不愿让她嫁给蒋某人"的激烈言辞），宋子文当面回绝（他极力维护刘纪文的权益），短时间内蒋介石本人也难以摆平一妻两妾，何况杨梅大疮尚未治愈（他的头发掉尽，生育能力业已丧失）。然而他雄心万丈，一定要娶得美人归，成为孙中山总理的连襟，收获全党全军的好感和敬意。

蒋介石治国无才，治军无方，耍弄心计却堪称一流高手。障碍和利好均显而易见，蒋介石心思缜密，先已察觉到宋美龄对他抱有好感，经他极力笼络，宋霭龄愿意暗中保媒，宋霭龄眼光独到，认定蒋介石是一只能量惊人的潜力股，他的权势仍有足够的上升空间，蒋宋联姻对宋氏家族和孔氏家族的任何一位成员都是有百利而无一弊，一荣俱荣的道理她绝对懂。宋庆龄和宋子文的阻挠不足为虑，宋美龄已基本认定蒋介石是位铁腕超人，对这位赳赳武夫的柔情也很受用，只要倪老太太肯点头，此事即可玉成。为了向宋家上下表明求婚的诚意，蒋介石竟像魔术师一样大变活人，连哄带骗将结发妻子毛福梅变成了"义妹"，与侧室姚冶诚脱离关系，送情妇陈洁如去国外"考察"。这位国民革命军总司令对外撇清道："除家有二子外，并无妻女。"居然成了中华民国天字第一号的"钻石王老五"。经过宋霭龄孜孜不懈地巧妙疏通，倪老太太明白小女儿已心有所属，棒打鸳鸯不算明智，况且蒋介石也打出了最后一张王牌——他答应皈依基督教，接受洗礼。美龄啊美龄，二十八岁的老姑娘了，美的可不是年龄，老太太心一软便糊弄过去，口中还念念有词，

"儿孙自有儿孙福"。

宋美龄对刘纪文食言毁约，自感愧疚，她决心给这位才智不低、品格不俗的"前未婚夫"以优厚的补偿。她通过大姐宋霭龄，宋霭龄又通过张静江，向蒋介石提出三个条件：第一，任命刘纪文为南京市市长；第二，给他一百万元现金；第三，蒋不得干涉她与刘纪文的正常交往。此时此刻，别说三个条件，纵然有三十、三百个条件摆在面前，娘希匹的，哪管做得到做不到，蒋介石都会满口应承下来。

1927 年 12 月 1 日，四十一岁的蒋介石跑完长达五年之久的求婚马拉松，娶得二十九岁的宋美龄为妻，妙不可言的是，男傧相竟是风度翩翩的刘纪文！被人横刀夺爱，还要出面做见证人，刘纪文心里究竟想些什么？除了他自己，外人不得而知。但刘纪文始终若无其事，处之泰然，保持绅士风度，这一点令蒋介石特别满意。婚礼当天，蒋介石的文章《我们的今日》发表于上海《申报》，其中有这样的句子："……余平时研究人生哲学及社会问题，深信人生无美满之婚姻，则做人一切皆无意义，社会无安乐之家庭，则民族根本无从进步。……余第一次遇见宋女士时，即发生此为余理想中之佳偶之感想，而宋女士亦尝矢言，非得蒋某为夫，宁终身不嫁。余二人神圣之结合，实非寻常可比。"字里行间明显流露出他内心的沾沾自喜和洋洋得意。

许多人都想当然地认为蒋介石与宋美龄的婚姻是成色十足的政治联姻，事实上却并非如此。据张紫葛（宋美龄的秘书）的传记《在宋美龄身边的日子》所述，宋美龄曾经谈及这段情事，称自己与蒋介石是一见钟情："他那对闪亮的眼睛告诉我，他是个英雄。相比之下，远比我二姐夫英俊。"首次见面，他们便交换了电话号码，此后纸上谈心，深相投契。1927 年夏天，由于国内各党派的政治压力，蒋介石宣布下野，就在这个前途莫测的特殊时期，他仍然投石问路，写给宋美龄的信竟显出少有的感情冲动："功业宛如幻梦，独对女士之才华容德恋恋不能忘，但不知举世所弃之下野武人，女士视之，谓如何耳？"这就难怪了，宋美龄对外界盛传的大姐宋霭龄的暗中保媒起了决定性作用的说法嗤之以鼻，她曾对秘书张紫葛说："这项婚姻自始至终是我自己做主，与我阿姐何干？"从宋美龄崇拜英雄的感情逻辑来看，她的话显然要比某些传记作家的话更具可信度，但宋霭龄当年推波助澜的作用还是不应该全盘否认的。

一个好的爱情故事肯定不会就这么草草收场。宋美龄果然有情有义，她不断物色，终于撮合了刘纪文与金陵佳丽许淑珍的婚事。许淑珍是名门闺秀，是上海教会学校的校花，貌美而才艺出众。真可谓"失之东隅，收之桑榆"，刘纪文竟获"前未婚妻"宋美龄的鼎力相助，抱得美人归，自然是喜不自胜。他们的婚礼同样在上海大华酒店举行，宋美龄固然碍于众所周知的缘由未能出席，但她与蒋介石联名，给新郎和新娘赠送了一个硕大无朋的花篮。在贺喜的花篮上照例附有一首贺诗，出自宋美龄的手笔：

往昔进履殿恩晖，事倍争效鸟双飞。
如今寥廓横空喜，烟花烂漫至如归。

婚礼现场多有文人雅士，他们不敢妄猜诗意，但这首藏头诗一目了然，"往事如烟"，其中的余情剩意又何待明言呢？

这个爱情故事如果就此收尾，也算是可以向看官交待了，然而这个故事再起波澜，岂不是更引人入胜吗？抗战胜利之际，举国狂欢，蒋委员长也想放松一下筋骨，他与陈立夫的侄女陈颖暗度陈仓，他常去重庆近郊的黄山中学"学外文"，实际上学的都是荒腔野板的鸟语，主要功课则是一晌偷欢。这次，宋美龄亲自出马，将蒋介石和陈颖小姐捉奸在床。发火？泼醋？一哭二闹三上吊？这不是大家闺秀的风格，宋美龄高傲，自尊，因此再次选择了远远的回避，去巴西那个热情之邦抚平心灵的创伤。她不可能选择离婚，这就是问题的关键，一方面她从小就是标准的基督教徒，将婚约视为神圣契约；另一方面她自觉母仪天下，有极强的责任心，不能说撂挑子就撂挑子，令天下人侧目而视。宋美龄晚年曾对张紫葛说："我年轻时候有点重感情，多次接触爱情。自从进入政治生活，就把'天下兴亡，匹夫有责'的责任感放在第一位，再也不曾想到别的了。"尽管也有一些江湖版本说宋美龄曾经红杏出墙，与刘纪文藕断丝连，与吴国桢暗通款曲，玩弄空军飞行员，实际上都是无稽之谈。宋美龄有身心两方面的洁癖，对她来说，偷情是一件不可想象的事情，倒并非说她从未有过这样的闪念和冲动。她曾向张紫葛坦承道："我绝不是说，我成了神，我超脱了生物本能。譬如说，我拥抱飞行员、亲吻他们时，也常有本能的快感，甚至闪过性的冲动，但也只是一闪罢了，这是自然的嘛。你不知道，胡说八道攻击我的还多啦！可是，我一概不理。我照我认定的做人标准，勇往直前。我对我自己的行为负责，绝不掩饰，绝不赖账，更不偷偷摸摸！"她的这番表白是可信的，以她从小所接受的原汁原味的美国教育，为人行事要远比青帮出身的蒋介石更坦荡光明。

当年，宋美龄在极为难过的情况下，抚今思昔，她更怀念刘纪文与自己相携游历美国时的亲密无间，她要平复内心的狂涛，只有一个办法，那就是写下这段心路历程，写下这个故事。于是，她创作了平生第一部也是唯一的一部爱情小说《往事如烟》，后经中国驻美大使馆职员之手交由美国纽约《女性世界》杂志发表，署名为"东方女"。《女性世界》杂志的这期"时尚"增刊十分畅销，共销出二十余万册，成为战后美国出版界的一个热门话题。大众对于作者"东方女"的身份猜测不透，坊间出现过多种谜底，最终都归集到宋美龄身上，理由是：小说的故事活脱脱就是她与刘纪文的往事显影。对此猜测，宋美龄却一直守口如瓶，"无可奉告"。胡适是有几分证据只说几分话的考据家，连他都认为"东方女"就是宋美龄的化名。有一次，胡适对一位美国朋友说："夫人之心火如炎，沉湎昔情，以发泄其是可忍孰不可忍的苦怨。"蒋介石偷抱新欢，宋美龄缅怀旧爱，后来她还跑到美国居住了一段时间，都表明她对蒋介石的偷情行为太气愤太失望了。

2008年10月，宋美龄去世后六年，美国传记作家汉娜·帕库拉出版宋美龄的新传记《中国的皇后》，她重提这桩旧事，使人又仿佛回到尘封的过去，感觉到宋美龄缅怀旧情时的抚膺惘怅。"此情可待成追忆，只是当时已惘然"，这正是《往事如烟》的主题思想。

同样是做过"第一夫人"，论时间，论权力，论风光，论荣耀，宋美龄都盖过了二姐宋庆龄，其"母仪天下"的成色显然更足。这两姐妹一母所生，一父所教，学识、才华旗鼓相当，她们的气质、性格、为人、行事却截然不同，属于冰火两重天：宋庆龄端庄，腼腆，谦抑，冷静，保守，刚正，从从容容，分寸感强，眼睛里搁不住沙子；宋美龄则妩媚，大方，张扬，热情，开放，灵活，风风火火，亲和力足，大肚能容天下难容之事；宋庆龄崇尚民主自由，反对独裁专制；宋美龄则主张精英治国，强人掌权；宋庆龄亲共亲俄，宋美龄则反共亲美。因为性格和志趣差异太大，她们终于各跑各的道，各唱各的调，在寒光闪闪的政治悬剑下，丝丝缕缕的亲情维系自然是微乎其微而又危乎其危。

宋庆龄忠实于孙中山，她要继承其遗志，传播其思想，弘扬其精神。在她眼里，蒋介石道德品质败坏，政治品质尤其恶劣，是不折不扣的孙门叛徒，是彻头彻尾的流氓政客。当初，在小妹的婚事上，她听从大姐（宋霭龄）和大弟（宋子文）的劝告，保持了缄默，但对于关系政局和国家的大是大非，她是绝不会放弃原则，听之任之的。在宋氏家族内部，宋庆龄确实很难找到知音，大姐和小妹拥戴蒋介石自不用说，宋子文先前异常鄙薄蒋某人，现在入阁当上了财政部长，态度即发生了九十度的大转变，他认为蒋氏比共产党和俄国人好，宋子良和宋子安年纪轻，涉世未深，政治态度尚未明朗，宋氏家族内部唯有宋庆龄坚决反对蒋介石，因此她陷入孤立之境。

在20世纪二三十年代，宋庆龄曾被一些国际友人赞为"中国的圣女贞德"。于是，未曾与她谋过面的人不禁想象这位"娘子军"的首领如同法国历史上抵抗英国侵略军的女英雄贞德那样高大威猛。他们见过她的真容后，往往会大吃一惊。安娜·路易斯·斯特恩在《千千万万中国人》一书中写道："孙中山夫人宋庆龄是我认识的最温柔、最高雅的人。她身材纤细，穿着洁净的旗袍，善良而且端庄，似乎与铁血飞迸的革命斗争不太相称。"1936 年，美国记者埃德加·斯诺在英国出版《活的中国》，其卷首题词为：

献给 S·C·L（宋庆龄）

她的坚贞不屈，勇敢忠诚和她的精神之美，

是活的中国最卓越而辉煌的象征。

1927 年 7 月下旬，宁汉合流，汪蒋联手。从此，宋庆龄与蒋介石决裂，甚至退出国民党中央执行委员会，决不为反动派张目。这年 8 月 27 日，宋庆龄乘海轮前往苏联，与她同行的是秘书陈友仁。美国的某些报纸借机大造谣诼，说宋庆龄厌倦了寡居生活，正考虑与陈友仁结婚。这条假新闻充满恶意，使得她的精神受到莫大的侮辱和刺激，脖颈上的神经性顽癣急性发作，奇痒难耐。

尽管蒋介石毕生自诩为"总理的学生"，往自己的脸面贴金，但宋庆龄从他身上却看不到一丝一毫孙中山的影子。因此，对于这位青帮出身的领袖，她的三部曲只可能是：排蒋—反蒋—倒蒋。蒋介石碍于宋美龄和宋子文的手足之情，碍于大多数国民党高级干部对宋庆龄的尊敬，虽对她恨之入骨，使尽了诬蔑、诽谤、恫吓的卑劣手段，甚至多次捕杀和暗杀宋庆龄身边的忠实战友（如邓演达和杨杏佛），却不敢妄动这位"前国母"一根毫毛。

早在 20 世纪 20 年代末，宋庆龄曾对记者坦言："除了孙逸仙博士以外，我从来不信任中国的任何政治家。"西安事变后，埃德加·斯诺灵机一动，又问她："你现在还是不相信中国的任何政治家吗？"她的回答已不同以往："比起他人来，我对毛泽东还是信任的。"这种信任最终使她留在了大陆。

宋美龄嫁给蒋介石，敬佩他收拾乱局的铁腕和聚拢散沙的谋略，也渴望借助他的肩梯获得一个尽展才智的政治舞台。她受过良好的美式教育，在自由、民主和科学的精神中浸润了十多年，到头来却欣赏一个极力推行铁血专制主义的军棍子，很显然，她个人的权力野心在暗中作祟。

在宋霭龄和宋美龄看来，国家就是公司，只不过名目不同，规模有别，其实管理方式一样，运作方式也如出一辙，做总裁的必须拥有绝对权威，家族成员才可以获得最大限度的收益。基于这种理念，宋美龄爱国相当于爱家，身为蒋介石的形象代言人，她的所作所为全是处心积虑使蒋介石更具亲和力，更有人情味。1934 年 2 月，宋美龄与蒋介石在南昌发起"新生活运动"，这无疑是滑稽可笑的政治秀，她的洁癖发作了，嫌"家"里脏、乱、差，于是，这位管家婆对喝白酒、随地吐痰、穿奇装异服这些事儿都肯操心费神去管。宋庆龄对小妹热衷的"新生活运动"不以为然，她切中肯綮地批判道："新生活运动对人民毫无裨益。因此，我建议取消这个迂腐的运动。……现在需要的是革命的人生观，而不是夫子之道。"小妹喜欢冒热气，二姐高兴泼冷水，真是一对有趣的冤家。

宋美龄有魅力，有胆魄，才思敏捷，擅长外交辞令，权力欲望强烈，特别能折腾，几乎无人对此存疑。颇受蒋介石器重和信任的顾问、澳大利亚人端纳常为宋美龄鞍前马后效劳，美国援华代表、飞虎将军陈纳德对她也是一见倾心，视她为"心中的公主"。西安事变爆发后，宋美龄不顾个人安危，只身飞往西北虎口，演出了"美人救英雄"的壮剧，赢得世人的尊敬。

在抗战初期，宋美龄是中国对外宣传的"总播音员"，她揭露和谴责日军的暴行，批评美国政府对日本军国主义的纵容政策："请告诉我，西方各国坐视着这样的残杀和破坏，噤无一词，是不是可以算作讲求人道，注重品德，尊尚仁义，信仰耶稣文明的胜利征象呢？再则，现在第一等强国，袖手旁观，好像震慑于日本的暴力，不敢出一语相诋评，是不是可以看作国际道德、耶稣道德或所谓西方优美道德坠落的先声呢？"如此义正词严，自然能引起国际社会的关注和反省。

抗战期间，宋美龄出任中华民国航空委员会秘书长，远赴太平洋彼岸争取美援，最终创立中国空军，被誉为"空军之母"。当年，飞虎将军陈纳德竭力效命即颇有士为知己者死的意思。同样是在抗战期间，宋美龄慰问前线战士，途中遭遇车祸，颅内受到震荡，肋骨摔断数根，仍忍痛对官兵发表了鼓动力极强的演说。

身为"隐形的外交部长"，宋美龄长袖善舞。1942年2月4日，她陪同蒋介石出访印度，拜会了圣雄甘地。1942年11月，宋美龄大展"夫人外交"的魅力，飞往美国求取援助，成为罗斯福总统"最可爱的贵宾"，登上美国国会讲坛，用她美国南方口音的英语演讲征服了参、众两院，赢得了长达四分钟之久的热烈掌声。她这次美国之行收获不菲，为饱经战火、危如累卵的中国争取到了最大限度的经济援助和道义支持，她也因此成为《时代周刊》的封面人物。1943年7月，宋美龄陪同蒋介石参加英、美、中三方首脑高峰会晤的开罗会议，她的美丽、机智和伶牙俐齿给高傲的丘吉尔留下了深刻的印象，他承认宋美龄是他最欣赏的少数女性之一，这个评价不可谓不高。《开罗宣言》使中国取得了四强之一的国际地位，应该说，这是了不起的外交胜利。

蒋介石成于内战，也败于内战，宋美龄的魅力再大，也无法安抚1946年至1949年间日渐溃散的军心，她再次去美国求取援助，不得不接受这样一个事实：罗斯福总统曾使她有福，杜鲁门总统却使她无门。最终她一觉醒来，发现中华民国气数将尽，自己的政治舞台和外交舞台已缩小成了一座袖珍的孤岛。而且在这座孤岛上，蒋介石充分显示出他爱儿子（蒋经国）更胜过爱妻子的本意，使宋美龄的权力欲望受到抑制。从此，她的角色便是"妇联会会长"、外交人才主考官、"心战"主将（带头高呼她自己都不相信的"一年准备，二年反攻，三年扫荡，五年成功"的口号）、评议委员会主席团主席。

1975年4月5日，蒋介石去世，七十六岁的宋美龄原以为众望所归，她会受全党拥护，代理总裁，却不成想蒋介石的长期铺垫此时生效，蒋经国被推举为国民党中央主席，她的梦想宣告破灭。1986年，蒋介石冥诞一百周年，宋美龄发表《我将再起》的讲话，似乎仍存异想和野心，其实是强弩之末，此时，偏安一隅的"蒋家小王朝"因为"江南命案"大白于天下，气数已尽，别说宋美龄，蒋家第三代（蒋孝文、蒋孝武、蒋孝勇）的政治生命都已宣告结束。"寿则多辱"，庄子的这句话说中了宋美龄的现实处境。她彻底灰心了，只好带着九十余箱细软乘坐专机离开台湾，到美国定居。她折腾了一辈子，到头来，蒋家王朝"忽喇喇似大厦倾，昏惨惨似灯将尽"，或称之为煤山化灰，雪山化水，就这么回事。"富贵不出三代"，这句话直往心坎里跑，就像老北风专往门缝里钻，那寒意穿骨透髓。

大姐宋霭龄爱钱，孔家富可敌国；二姐宋庆龄爱国不爱钱，一生清素可风；宋美龄爱权又爱钱，猛虎搏二兔难免有失。1943 年，她访美归来，竟耗用战时驼峰运输（高原空运）的宝贵运力运送她在美国购买的大批化妆品、衣物和稀奇的玩意儿，使珍惜油料、热爱生命的美国飞行员勃然大怒。

1948 年，蒋经国在上海雷厉风行地"打老虎"，宣称"王子犯法与庶民同罪"，将走私大王、扬子公司的总经理孔令侃（孔祥熙的长子）抓捕归案，宋美龄却将家族利益凌驾于国家利益之上，最终导致"打虎运动"流产。她这样徇私枉法，原因有二：其一，维护亲情；其二，大卫（孔令侃）是姨妈的"敛财童子"。宋美龄后来向蒋经国推荐孔令侃出掌行政院（未能如愿），仍是这个意思。宋美龄在台湾与孔令伟（即孔二小姐）把持中华航空公司和圆山饭店数十年，公司和饭店亏空巨大，她们却捞足了松活钱。

大致比较一下，我们不难得出这样一个有趣的结论，宋庆龄与宋美龄最根本的不同之处在于：其一，二姐是一位理想主义者；小妹是一位实用主义者。其二，二姐是一位冷静的思想家，知行合一，不变如山；小妹是一位热情的活动家，随物赋形，多变如水。其三，二姐无欲则刚；小妹有容乃大。其四，政治命运方面，二姐走的是一条上行道，终点为中华人民共和国名誉主席；小妹走的则是一条下坡路，终点为蒋介石的遗孀。这四点差异，决定了她们一生的走向，也决定了她们数十年的分歧，而这种政见上的分歧长期损害着宋氏三姐妹的亲密关系。

1940 年，宋美龄赴香港治病，三姐妹得以聚首，仿佛又回到了早年在威斯里安女子学院留学的那个时期，融融洽洽，尽展欢颜。她们还一起在香港饭店用餐，公开露面，把那道名为"团结抗战"的政治大菜似有心又似无意地端到国人面前，令大家眼睛为之一亮。全面抗战烽火八年，三姐妹求同存异，共纾国难。宋庆龄组织"妇慰会"，宋霭龄则欣然出任"伤兵之友协会"主席，并且慷慨解囊，为医疗机构配备救护车，为飞行员订购皮夹克；她们一同视察重庆的防空洞，抚慰前线的伤兵和后方的孤儿，一同用英语对外广播，向美国公众吁求同情，向美国政府吁求道义支持和军事援助，并向全美听众表达中国人焦土抗战的必胜信念。

1941年初，"皖南事变"一度激怒宋庆龄，这一次，蒋介石自找台阶，向二姐郑重许诺"今后决无'剿共'的军事行动"，宋庆龄以天下为怀，以大局为重，对此事未再深究。翌年中秋节，宋家姐妹兄弟六人齐聚，赏月谈心，自1927年夏天以来，这是他们第一次、也是最后一次手足团圆。

1946年下半年，孔祥熙和宋霭龄见蒋家王朝风雨飘摇，赶紧转移巨额财产，卜居美国。1949年5月，美国总统杜鲁门获悉孔、宋两家有二十亿美元秘密存储在曼哈顿的多家银行，不禁勃然大怒，在一次访谈中，他甚至骂出了粗口："他们全是贼，他妈的，没有一个不是贼！"杜鲁门毅然发表白皮书《中国与美国的关系》，听任蒋家王朝轰然垮台，见死不救，即基于这种义愤——美国政府不可能支持一个由大群窃贼组成的政府。蒋家王朝由"大公司"缩水成了"小公司"，宋霭龄无所谓，她身居金山之上，完全可以超然物外，何况其二子二女都是敛财高手。宋庆龄留在大陆，宋美龄蛰居台湾，宋霭龄移民美国，三姐妹从此天各一方。大姐和小妹还有不少见面的机会，二姐呢？宋庆龄再也见不到姐姐、妹妹和弟弟了。

宋氏姐妹彻底改变了中国女性三从四德的传统角色特征，突破了固若金汤的男性特权（接受高等教育的权利、参政的权利、议政的权利）壁垒，她们活跃于政治和外交舞台上，为女性群体挣足了脸，也争足了气。宋庆龄生前仿佛一位神话中的人物，身后享受至高的哀荣。宋美龄则寿比南山，她是身历三个世纪的百岁寿星，饱受白发人送黑发人的凄伤和悲苦。1930年夏天，何香凝绘制《菊石图》赞美宋庆龄，题诗为：

唯菊与石，品质高洁；

唯石与菊，天生硬骨。

悠悠清泉，娟娟皓月；

唯菊与石，品质高洁。

功业卓著固然伟大，人格卓绝才是真了不起，宋庆龄一生维护孙中山的光辉形象，抨击蒋介石的专制独裁，将她的爱和恨表达得淋漓尽致。宋美龄一生靠近权力中枢，纵横捭阖于夫人外交，折冲樽俎于美国上层，乐此而不疲。百余年间，宋美龄享尽荣华富贵，虽无子女承欢，却长期备受敬重，实堪称福泽绵长。蒋介石在战场上输给了毛泽东，却在战场外获得了补偿，也算"失之东隅，收之桑榆"吧。

二、天之骄女

在民国时期，这是一个不争的事实：同样是含着金钥匙出生，名媛与阔少的普遍表现相比，竟判若云泥，她们率先挣脱羁绊，对女性的天赋人权寸土必争，个人进取意识和社会责任感均较为强烈，物质享受、感官刺激不易俘虏她们的芳心。她们悬鹄于高远，锋头劲锐，一旦踏上精神世界的寻梦之旅，就九牛拉不回头。

在尘世间，某些梦想是很难实现的，例如有人超越古希腊神话中的蜡羽飞仙代达罗斯，驾驭银鹰翱翔于广袤无际的蓝天之上。倘若民国女性有机会实现这个梦想，就更加不可思议了。

美国女飞行家路易斯·萨顿曾有句名言："女人天生就比男人更适合驾驶飞机。"然而这句话要得到男同胞的普遍认同，其概率并不比天出二日高太多。

1934年，宋美龄担任国民政府航空委员会秘书长，参与组建中国空军，这位第一夫人被誉为"中国空军之母"，将女性的特殊印记铭刻在中国航空史上。她对空军情有独钟，一生最喜欢佩戴的胸饰即为空军飞行徽章。宋美龄深知空军在现代战争中的重要地位，也清楚中国空军家底之薄：建军伊始，竟然只有区区200架战机，真正能够上天作战的不到100架，它们差不多全是濒临淘汰边缘的旧机种。

当年，那些疯魔的追梦女子被人视为"超级怪胎"，她们要驾驶银鹰飞上蓝天，仿佛徒步穿越十去九难回的戈壁无人区，这个过程极其不易。

1933年，中国名媛李霞卿报考日内瓦科因特林飞行学校，考官向她抛出一个疑问："聪明的女士，你如此美貌，为什么要选择飞行？"李霞卿应声而答："在一般人的观念中，飞行是男人的事，似乎与女人无缘，我就是想做女人不大敢做的事情。"后来，李霞卿还为同样的质疑反问过一位男记者："难道飞行不是高于一切的事情吗？"

1943年3月，美国专栏作家英戈·阿瓦德采访李霞卿后，这样写道："她将头轻轻地靠在一只枕垫上，只见她有一双大而聪慧的眼，一对柳叶眉，一头乌黑的秀发，很难想象就是那双美目要数小时紧盯着飞机的仪表盘，而那双精心涂抹了极品指甲油的纤纤玉手曾经沾满油污，更加不可思议。"

人类社会参差多样，精神力量的不整齐乃是最大的不整齐，由此形成的秩序便是强者恒强、弱者恒弱。从20世纪20年代到40年代，大家闺秀王灿芝、李霞卿、颜雅清、郑汉英、杨瑾珣、李月英（美籍华人）飞越蓝天，挑战极限，不仅向世人充分展示了华裔女性的豪情胜概，还证明了一个颠扑不破的定理——智慧、勇气和美貌，三者可以兼而有之，凡是男人能够成就的伟业，女人也不遑多让。在精神层面上，这些显著的范例鼓舞了在中国半封闭半蒙昧环境下成长的女界同胞，只要她们走出闺阁，追求梦想，就完全可以像男人那样海阔凭鱼跃，天高任鸟飞。

王灿芝

王灿芝（1901—1967）是"鉴湖女侠"秋瑾的女公子。

小时候，王灿芝是母亲的累赘。秋瑾为革命东奔西走，失于母职，一度将女儿寄养在北京友人谢涤泉家。王灿芝显然未能得到谢家的善待，她追忆童年，在《我的家庭和生活史略》一文中写道："我就衣裳褴褛，头发生虱，吃饭也有一顿无一顿的，以致饿得骨瘦神疲，满身疾病。她家中也就很讨厌我。"秋瑾被清廷鹰犬杀害后，谢家为了避嫌，将王灿芝送回湘潭祖屋。十五岁时，王灿芝拜湘乡王大老倌为师，学习武艺，动机十分单纯："我学拳，倒也并不是为身体。我从小就羡慕侠客那一流人物。我觉得学精了武艺，专为人间抱不平，把那帮贪污横暴的人杀一个干净，这是一件多么痛快的事！因此，有一个时期，我曾自题一个号叫'小侠'。"王灿芝一度打算赴东北手刃杀母仇人贵福，可惜未能如愿。

王灿芝六岁失母。年当幼冲，聚少离多，她未能记住秋瑾的音容笑貌，但她继承了母亲永不服输的性格和吃苦耐劳的精神，还遗传了母亲天纵不羁的秉赋，不仅诗文斐然可观，而且书法笔势奔放。

掌故家郑逸梅撰文《秋瑾女儿王灿芝》，记录了沪上的一次雅集，"灿芝翩然莅止，容态娴雅，但眉宇间有英气"。众人久闻王灿芝武艺超群，于是请她表演助兴。王灿芝略无矜持，慨然应允，她以杖代剑，上下腾挪，左右回旋，使出自己的看家本领。杜甫赋诗描绘公孙大娘舞剑器，有名句"来如雷霆收震怒，罢如江海凝清光"，动静之间，惊魂摄魄。王灿芝舞剑器，同样气不喘、汗不出、色不变，待她收势还原之后，观众齐声叹服。

王灿芝行侠仗义，救人之急，虽千金不吝，每每雪中送炭。友人姜容樵创办尚武进德会，数月后债台高筑，她闻讯而动，二话不说，就去典当铺变卖了母亲遗存的珍贵玉镯，为友人还清欠账。

1927年，王灿芝应母亲挚友徐自华的诚邀，出任竞雄女校校长。该校因纪念秋瑾而得名，由孙中山亲笔题写校匾。王灿芝躬亲事务，乐育英才，很快就蜚誉沪上。

1928年，王灿芝回湘潭探亲，筹得数千元川资，旋即买舟赴美，入读纽约大学航空专科，意在"俾他日贡献祖国，亦令西人知吾国女子犹能如此，可见男子想更英勇，庶可稍减其轻蔑之心"。她系统地学习了飞机制造、航空教育、驾驶学、气象学、机械工程、无线电等科目，驾驶飞机直上云霄，美国记者称赞她为"东方之女飞将"。

1930年5月，王灿芝以优异的成绩大学毕业，归国后，先是在国民政府航空署教育科任职，嗣后调入军政部所属航空学校担任教官，负责教授飞机作战技术。

在空军中，王灿芝的知名度很高，但她常常感到长才未展，大志难伸，曾慨然叹息道："中国内讧不息，外侮频侵，列强争霸于空中，恣威于海外，唯望国人奋勇直追，当仁不让，雪神州之耻，而慰先总理暨先烈在天之灵，则幸甚矣！"

抗战军兴，鼓角声闻，王灿芝对东北同胞惨遭敌机轰炸的悲惨生活感同身受，她决定再赴美利坚，研究空战要领，以图报效祖国。师友们都善意地劝阻她："年逾花信，你尚未成家，非远涉重洋之时，俟终身有托，再谋国是不迟。"1932年，王灿芝与黄公柱缔结良缘。黄公柱是广东人，早年留学法国，曾任汉阳兵工厂主管，也是一位爱国人士。两人志同道合，一边为社会效力，一边搜寻和编订秋瑾烈士的诗文。

五十岁时，王灿芝获准前往香港，后来定居台湾。

李霞卿

说到"东方之女飞将",名媛李霞卿（1912—1998）绝对值得我们大书特书一笔。

李霞卿原籍广州，家世显赫，祖父李庆春是南粤富商、两广督署洋务专员，祖母徐慕兰是中国近代著名实业家徐润的侄女，早期同盟会会员，一度担任广东女子北伐队队长，其胞妹徐宗汉被誉为"香山女侠"，是革命巨子黄兴的夫人。李霞卿的父亲李应生早年追随孙中山从事革命活动，后来脱离政治圈，经商成为巨贾。她的叔父李沛基用炸弹炸死了清朝的广州将军凤山，在革命党人中声誉极隆。

李应生很开明，他认为女孩子同样可以像男孩子那样聪明有出息。小时候，李霞卿跟随父亲漫游欧美各国，大开眼界，讲得一口流利生动的英语和法语。她极具运动天赋，而且胆量过人，因此骑马、驾车、游泳、舞蹈、打网球，样样精通。1926年，李应生与著名导演黎民伟合作创办上海民新电影公司，李霞卿豆蔻年华，即以李旦旦的艺名在影片《玉洁冰清》中崭露头角，一炮走红，成为电影明星，连影后胡蝶都不免惊呼"天上掉下个林妹妹来了"。李霞卿先后担纲主演《西厢记》《木兰从军》等数部影片，与胡蝶、阮玲玉、王人美、周璇、王莹、高倩萍一起被誉为"星级七姐妹"。

李霞卿主演《木兰从军》时，曾一箭射中高西屏导演的右眼角，险些酿成惨剧。最传奇的一幕则是她骑马追击劫匪，以一敌三，夺回民新公司遭劫的数十万元巨款，她驾车归来，毫发无损。要知道，这是现实而非电影，可见其胆色、武艺胜过须眉。

1928年秋，李霞卿游历欧洲。她接受父亲的建议，于翌年嫁给了郑毓秀的侄子、年轻英俊的外交官郑白峰，三年内生育一儿一女，从此淡出影坛，游走于上流社会。

1933年，李霞卿在巴黎观看了一场飞机特技表演，极感震惊，深受刺激，那一刻她就认定了自己未来的人生目标。相比于"冷然善也"的高空飞行，电影无足轻重。其后不久，李霞卿就报名参加日内瓦科因特林国际机场进行的试飞，在高高的蓝天白云上，她俯瞰阿尔卑斯山的皑皑雪峰，壮美的大自然如同仙境。做一位飞行家，这个梦想已在她心头开枝散叶。最令她欣慰的是，她的心愿得到了父亲的充分理解和大力支持。

1934 年 8 月 6 日，李霞卿通过严格的考试，拿到了瑞士航空俱乐部的飞行执照。但她仍想更上一层楼，去美国奥克兰的波音航空学校接受王牌教练的指导。这所学校从不招收女学员，但为她破例了。教官铁面无私，毫不通融，李霞卿天天接受魔鬼训练，从未打过退堂鼓。遮蔽座舱，只借助仪表指示的盲飞，包括特技飞行，都难不倒她。在一次严重的飞行事故中，李霞卿跳伞坠入冰冷的大海，她的镇定自若给救援人员留下了深刻的印象。

1935 年，李霞卿如愿以偿，获得了美国的飞行执照。她回国后，几经努力，终于破除某些政府官员的成见，蒋介石亲自为她颁发了飞行证书。李霞卿对国内航空事业发展的严重滞后深表忧虑，她撰写了一部二十万字的《改革中国航空的建议》，以求对中国军方有所裨益。

1936 年春天，李霞卿与郑白峰无条件离婚，两个子女都归男方，她自认是个不称职的母亲和妻子。她的身体在飞翔时，她的心灵则在漂泊。她曾开玩笑："我喜欢所有的男人，不过只是看看而已。"

1936 年 10 月下旬，李霞卿首次在上海表演空中特技，那架橙红色单翼轻型飞机立刻成为了沪上最撩人的兴奋点。

"号外号外，当年的电影明星振翅冲天！"

"请看今日神话——女娲重生！"

抗战伊始，李霞卿前往南京，找到航空委员会，申请将她编入空军中队，驾驶战斗机上天杀敌。当时，中国空军亟须王牌飞行员，但李霞卿的请求被迅速驳回，理由很简单，她是女人，战争让女人走开。此后，李霞卿做了一段时间的急救站副站长，救治上海前线的伤兵，还协助建造了难民营和孤儿院。但她更想通过飞行募捐的方式报效苦难中的祖国。

李霞卿的愿望最终得到了航空委员会秘书长宋美龄的首肯和支持，她与另外一位中国女飞行员颜雅清会合，一同确定周密的飞行计划。她们在美国东海岸城市旧金山举行的演讲活动取得了圆满成功，争取到好几位美国重量级名人的赞助，其中就有著名残障教育家海伦·凯勒、于斌总主教、美国第26任总统西奥多·罗斯福之子小西奥多·罗斯福中校及其夫人，此外，她们还争取到时任国民政府外交部部长王宠惠的夫人朱学勤、时任中国驻法大使顾维钧的夫人黄蕙兰等人的鼎力支持。

李霞卿与颜雅清驾驶橙红色的 Stinson Reliant SR-9B（NC-17174）型单翼机"新中国精神号"从纽约弗洛伊德·班尼特机场出发，环绕全美飞行募捐，总行程超过万里，历时半年。她们所到之处，华人精神振奋，踊跃捐款，争睹她们的英姿。当年，旧金山的报纸称赞她们，满是溢美之词，一位新闻记者如此描绘道：

……蓝天上，一架橙红色飞机表演了各种飞行特技之后，一个小蓝点从机舱爬向机翼……

"噢，上帝，那是一个女人！"

震耳欲聋的欢呼声如雷鸣海啸，万头攒动，望着从机舱里走出来的一位秀丽女子。她穿着蓝缎宽袖圆边大襟衫，蓝缎宽脚如意裤，一双大红闪光缎子绣花鞋，束起的发髻上斜插着一朵黄菊，完全是中国装束。

在募捐飞行途中，李霞卿几度遇险。有一次，大雾天气，她迷失了方向，飞到燃油将尽时，才找到临降的机场。正因为险象环生，美国社会对这位中国女飞行员充满了敬意。李霞卿的个人魅力和高超智慧还另有奖赏，北美各大城市的市长都争先恐后颁赠给她"荣誉市民"的金钥匙。

李霞卿身材娇小，常穿白鲨皮呢飞行服，是笑靥如花的窈窕淑女，并非力可开石的剽悍猛妇，这令许多人感到吃惊。一位弱女子为何具有如此强大的精神力量？真是太不可思议了。"她看上去就像一株薄荷，那样舒爽，那样清新。"这样的文字描绘更使她偏离了人们的固有想象。在飞行募捐的间歇，李霞卿被好莱坞派拉蒙影业公司挑中，出演影片《歧路》中的女配角，与数位国际影星合作，她驾轻就熟，胜任愉快，片酬全部捐给了抗战难民救济会。

1940年初，李霞卿制订了一个难度更高的计划，去南美大陆飞行募捐，那里的一切都是未知数，高风险也许能换来高回报。这一次，她驾驶的是马力强劲、设备精良的比奇双翼机，名为"中国之星"。李霞卿的南美之行共抵达9个国家，为期100天，行程18000英里，受到前所未有的欢迎，获得了意想不到的成绩，她在秘鲁创下了单次表演募得四万美元的辉煌纪录，秘鲁政府还颁给她一枚航空金质奖章。

李霞卿的演讲总能掀起观众情绪的热潮，她的口才，她的美貌，她的笑容，都形成强大的气场，极具征服力。在全美洲总共45000英里的飞行里程中，李霞卿让洋人领略到中国女性的坚强和美丽，她以卡通人物的形象出现在美国的泡泡糖纸上，受认可的程度可见一斑。

爱国既要诉诸语言，更要付诸行动，李霞卿完全做到了，而且真正做好了。

李霞卿毕生热爱飞行，中年之后，她仍能驾驶农用飞机表演特技，令人叹为观止。

颜雅清

颜雅清（1906—1970）是沪上名媛，其家族成员很早就开始接受完整的西式教育。1881年，她的伯祖颜永京担任上海教会学校圣约翰书院院长。她的父亲颜福庆是美国耶鲁大学医学院博士，学成归国后，主持创办了长沙湘雅医学专门学校（湖南医科大学前身）、第四中山大学医学院（上海医科大学前身），抗战初期担任过国民政府卫生署署长。她的伯父颜惠庆是著名的外交家，担任过北洋政府国务总理和国民政府驻美大使、驻苏大使。她的叔父颜德庆是著名的铁路工程师。她的舅舅曹云祥是著名学者、巴哈伊教的忠实信徒，曾担任过清华学校（清华大学前身）的校长。据《飞天名媛》的作者帕蒂·哥莉考证，颜家是当时中国唯一一个所有家庭成员都接受过国外教育的大家庭，其完全度超过了宋家（即宋美龄家）。在这样开明好学的家庭中长大，颜雅清的上进心格外强烈。

1922 年，颜雅清考入美国最负盛名的女校史密斯女子学院，受到女权主义和人道主义思想的熏陶。肄业归国后，她是长沙学联成员，在一次严厉惩治洋人的行动前夕，她抢先透露消息给湘雅医院院长胡美，使后者逃过一劫。不久，颜福庆回上海行医，二十一岁的颜雅清遵从父命，嫁给了孔祥熙的英文秘书陈炳章。这位乘龙快婿是耶鲁大学政治学博士，在仕途上前程无量。婚后，颜雅清成为上海最有名的英籍犹太富商维克多·沙逊爵士的座上宾，在各种主题派对中出尽风头。她生下儿子陈国伟、女儿陈国凤，妻子和母亲的角色却很难拴住她的手脚。

1935 年，颜惠庆出任国民政府驻苏联大使，这给了颜雅清一个进入外交圈的黄金机会，她代替伯母去做中国大使馆的女主人。此行恰好与中国文艺界访苏代表团同船，梅兰芳、胡蝶是代表团的重要团员。颜雅清在苏联剧院中观赏了梅兰芳担纲主演的《刺虎》《汾河湾》等剧目，苏联文化界名流对梅剧的狂热迷恋令她百思不得其解。为了尽快了解苏联的政治、经济、历史、文化、艺术，她不仅认真学习俄语，还在莫斯科参观博物馆。值得一提的是，作为中国代表团成员，颜雅清以技术顾问的身份去日内瓦参加国联正式会议，绝对不是去充当花瓶。她建议国联将妇女权益这一重要选题正式提上议事日程，远东媒体对此颇为留意。

1936 年 3 月初，颜雅清在伦敦办理离婚手续。她有一颗澎湃的心，注定不能在狭小的婚姻范畴内得到应有的快乐和满足，与丈夫陈炳章貌合神离、志趣不投，是她毅然选择离婚的主要原因。尽管她的行为很难取谅于各方，结果却不可更改。

1936年10月下旬，颜雅清在上海观看了女飞行员李霞卿的花式表演，一个大胆的想法随即在她大脑中成形。表演活动结束后，她找到李霞卿，两人的经历如出一辙（同为名门闺秀，均有一儿一女，长期旅居国外，属于主动离婚，事业心和爱国心十分强烈），因此一见如故。在上海，她们商量出一个大胆新颖的计划：创办一家飞行社或飞行协会，鼓励和帮助年轻的东方女性勇敢地踏入这个朝阳领域。可想而知，如果有更多的中国女性飞上蓝天，她们的生命价值将获得重估的机会，社会地位必然飙升。

身为国联中国代表团成员，颜雅清到意大利调查儿童福利状况，顺道前往利托里亚机场上了平生第一堂飞行课程。从此以后，飞越蓝天的梦想就被她放置在人生理想的最顶端。

国内偶然发生的一个悲惨事件更坚定了颜雅清航空救国的信念。1937年8月14日晨，中国空军出动一架战机去炸沉近海的日本军舰"出云号"，却因投弹失准，误炸了上海最繁华的大世界，这枚重磅炸弹瞬间夺走了1700多名平民的生命，受伤者更是数倍于此。颜雅清在日内瓦听到这个噩耗，顿时心血涨满，立刻做出决定，放下眼前的一切事务，去美国学习飞行课程，尽快拿到飞行执照。

1938年初，颜雅清成为美国首屈一指的飞行学校——沙菲尔飞行学校的学员，在总共40个课时的飞行训练中，不少于20个课时为单飞训练和教练同机训练，此外还包括翻筋斗、俯冲，水平8字、上下横8字、陌生野地着陆、跃升转弯半滚倒转等飞行特技。颜雅清没有被这张生猛的课程表吓倒，她有一个强烈的心愿：学成归国后，成为中国空军的飞行教官，一旦有必要，有需要，她也可以驾机参加空战，或去执行轰炸任务。

有趣的是，颜雅清的家人谁都不看好她学习飞行，原因很简单：颜雅清开汽车，是出了名的臭司机，磕碰刮擦是常事，熄火抛锚不稀奇，追尾撞树也有次数。但这一回，他们应该打消成见才对，颜雅清学得极为用心，为此她拒绝了外界的许多诱惑，把去中国驻美大使馆参加舞会和宴会的时间压缩到最低限度。通过将近一年的艰苦训练，颜雅清如愿以偿，通过了各项严格的考试，获得了沙菲尔飞行学校的私人飞行员执照。

1939 年 3 月 23 日，颜雅清与李霞卿在纽约弗罗伊德·班尼特机场会合，驾驶"新中国精神号"，一架 Stinson Reliant SR-9B（NC-17174）型单翼机，为支援中国抗日，她们开始了全美飞行募捐的艰险征程。当天，李霞卿让颜雅清坐在主驾驶位，担任机长。此后不久，王牌飞行员罗斯科·特纳上校送来了颜雅清那架同样被命名为"新中国精神号"的 Porterfield 35-W 单翼机，两位好友便开始了各自的单飞之旅。

1939 年 5 月 1 日，颜雅清从莫比尔飞往伯明翰，中途偏离了航道，在燃料不足的情况下，她迫降在阿拉巴马州普拉特维以南的一家农场，下机问明方向后，再次起飞，结果受到非常规"跑道"的制约，飞机栽落在灌木丛中，颜雅清获救时，已血流满面，下唇被玻璃划开了一道很深的伤口，所幸脑部未受重创，并无忧命之忧。

颜雅清飞机失事的消息经由新闻媒体的放大传播，引起了中、美两国广泛的关注，询问伤情的加急电报纷至沓来。颜雅清因祸得福，知名度激增，伤愈后，她的演讲会场场爆满，捐款者更加踊跃。善良的美国人（尤其是美籍华人）都敬佩她为苦难中的国家舍命服务的忠勇精神，连著名残障教育家海伦·凯勒都撰文向她致敬，颜雅清已成为美国民众心目中的女英雄。

在美期间，颜雅清与李霞卿为拯救中国难民的"一碗饭运动"多次举办募捐舞会，还为美国医药援华会出力，促成大量救命的医药及时送往中国战区。

1939 年底，颜雅清接受伯父颜惠庆的建议，回到香港。这是一段极不如意的日子，她为了自食其力，在海关学校担任教员，一度产生厌倦情绪。

1941 年 12 月上旬，日本偷袭珍珠港，太平洋战争全面爆发，香港首当其冲，沦为人间地狱，颜雅清也未能幸免，做了八个月的难民，暴瘦到友人都快认不出的程度。逃回内地后，她被宋美龄选中，随其访美。在美国，她也有自己的事要办，她的飞行执照已经过期，她想申请新证，却未能如愿。

郑汉英

郑汉英（1915—1943）曾被一位新闻记者形容为"一位从象牙雕像基座上走下来的美丽公主"。她英年早逝，二十八岁就撒手离开了尘寰，但这并不妨碍她在中国航空史上留下浓墨重彩的一笔。她的履历漂亮得不能再漂亮了：法国巴黎大学的法学博士，持有国际飞行执照的飞行员，精通五国语言的外交官。这三项就足以傲视群雄，何况她还是一位深谙听众心理的演说家，做过宋美龄的助手。

郑汉英出生于显赫的世家，她姑姑是大律师郑毓秀，姑父是政界、外交界的红人魏道明，尤其值得一提的是，她哥哥郑云是飞行员，她堂嫂李霞卿也是飞行员。正因为在上海欣赏了堂嫂的飞行特技表演，受到鼓舞，郑汉英才决意去香港远东飞行训练学校学习，以求考取由 FAI 颁发的国际飞行执照，到高远的蓝天上去御风而行，一探究竟。

七七事变后不久，郑汉英提请国民政府批准，允许她加入中国空军，上天杀敌。她的运气要比同样积极请缨加入中国空军的女飞行员李霞卿、颜雅清、杨瑾珣、李月英好许多，国民政府欣然接纳她到航空委员会任职，成为该委员会秘书长宋美龄的助手。1938 年，蒋介石亲自委任郑汉英为中国空军飞行中尉，她成为了中国空军史上第一位女军官。个中原因不难猜测，郑汉英是巴黎大学法学博士，以优异成绩毕业于英国皇家空军认可的飞行学校，精通五国语言，懂得外交礼仪，确实堪称女界精英和翘楚。她姑姑郑毓秀与宋美龄交情深厚，可能也是不可忽略的助力。

1938 年下半年，郑汉英被调到国民政府航空委员会驻香港办事处工作，相比一日数惊、举步维艰的重庆，香港照旧灯红酒绿，醉生梦死。一位年轻的美女，而且是一位身穿空军制服的美女，走到哪儿，都会成为男士注目的焦点。当丘比特张弓搭箭时，加拿大华侨青年司徒炳通便未能躲过他的神矢，这位外貌俊朗的富家公子与郑汉英双双坠入爱河。真叫乐极生悲，未婚先孕使郑汉英陷入了被动，她既是军官，又是天主教徒，不堕胎有伤风纪，堕胎则被视为不可饶恕的罪恶。可恼人的是，司徒炳通竟然丝毫没有做丈夫做父亲的打算，于是这对情侣发生了争执，产生了分歧，爱情的裂痕迅速扩大。郑汉英去加拿大讨要说法终告无果，生下女儿也无暇照顾，只好将她送到司徒家，由爷爷、奶奶担任监护人。这段经历成为郑汉英心头久久难以痊愈的伤痛，一直对外界秘而不宣，那些最能刨根问底的记者对此也着墨不多。

滞留加拿大期间，郑汉英在中国驻渥太华总领事馆担任专员，负责向加拿大政府和加拿大民众宣传中国抗日战争的意义和现状，争取精神和物质上的支持。这项工作并不好做，因为加拿大政府和民众更关心自家子弟兵直接参战的欧洲战场，对亚洲战局的关注度相当低。郑汉英身患重病，却坚持在加拿大的一些主要城市做连轴转的巡回演说，所到之处，她从不摇尾乞怜，只如实地讲述中国军民浴血奋战的故事，并且强调中国若有足够的战斗机和精良的重武器，必定能够在远东战场上大有作为，缓解盟军的压力，减少盟军的损失。郑汉英的演讲加深了那些友善的听众对中国的了解和同情。她感到欣慰的是，与温哥华 7 人飞行俱乐部的女飞行员们建立了深厚的友谊，飞上蓝天已成为她生命中不可多得的奢侈享受。

1943 年，郑汉英的哥哥郑云在兰州驾机起飞后失事，重伤不治，就在同一年，郑汉英患"百日痨"，医药罔效，不幸去世。她在加拿大享受到了军中最高规格的哀荣，埋骨于伯纳比海景墓园，但她远离战火纷飞的祖国，在九泉之下，恐怕也难安息。

相比生命的长度，生命的高度、宽度更为重要，爱国儿女尤其如此。

三、天雷勾地火

在 20 世纪 20 年代，新文化运动的影响无远弗届，女性追求恋爱自由和婚姻自主遂蔚然成风，一批大家闺秀冲决樊篱，不惧阻拦和咒骂，自主选择婚恋对象。宋庆龄二十岁违抗父命赴东京与孙中山结合，蒋碧薇十九岁瞒着家人与徐志摩私奔，陆小曼毅然离开赳赳武夫王赓嫁给文弱诗人徐志摩，赵四小姐不计名分追随有妇之夫张学良去东北行营，陈香梅嫁给比她大三十五岁的美国老头、飞虎将军陈纳德。她们这样做算不算飞蛾扑火？事后来看，为了真爱而焚身多半是人间值得。

赵一荻

赵四小姐（1912—2000），乳名香生，学名绮霞，又名一荻（是她少女时代英文名字 Edith 的译音），祖籍浙东兰溪，生于香港。其父赵庆华在北洋军阀统治时期担任过交通部次长、参议院议员，是个典型的旧派人物。赵四小姐在天津度过她的少女时代，入读教会中学，不仅头脑敏慧，而且天生丽质。当年，冯武越在天津办《北洋画报》，别出心裁，每期封面选登一帧名媛玉照，赵四小姐年方十五，便成了这份画报上令人惊艳的封面女郎。1928 年春，经冯武越介绍，张学良与初试舞步的赵四小姐一见钟情，双双坠入爱河。赵庆华得知待字闺中的女儿败坏家风，竟与使君有妇的张学良明修栈道，暗度陈仓，不禁怒火攻心，暴跳如雷。于是赵老爹采取强硬手段将女儿软禁在家中，满以为这样的"休克疗法"会稳妥奏效。然而，赵四小姐得到兄姊的暗中相助，寻机逃脱，追随张学良，前往东北奉天（今沈阳）。各路记者得此香艳素材，不亦乐乎，立刻刊登出"赵四小姐神秘失踪"的悬疑新闻，引人猜测其去向，一时间满城风雨，沸沸扬扬，她的私奔竟成为街谈巷议的中心话题，茶余饭后不知嚼烂了多少根舌头。

当年，纲常礼教的网罗已漏洞百出，但其评判体系依旧严密，私奔即为淫奔，不仅玷辱门户，而且为社会所不容。赵庆华受人指戳，一张老脸早挂不住了，震怒之下，他登报声明，与赵一荻断绝父女关系。经此变故，赵庆华决意远离官场，永绝是非。赵四小姐可没有宋庆龄那么幸运，宋嘉树临终前原谅了二女儿，赵庆华则至死也不肯原谅小女儿的孟浪行为。赵家这一头闹得父女成了陌路，张家那一头——沈阳大帅府内也有人严阵以待，摆出威风锣鼓准备御敌于府门之外。张学良的发妻于凤至有惩于蒋介石的发妻毛福梅被无辜休弃的教训，怀疑赵四小姐来者不善，打的是鸠占鹊巢的主意，于是她严防死守，只容许赵四小姐屈居秘书位置，连如夫人（姨太太）的名分也没打算赏给她。赵一荻就是赵一荻，她奉行爱情至上主义，只要能陪伴张学良左右，屈尊做个小秘书，她也心满意足。于凤至比张学良大一岁，绝对不是那种打掉牙和血吞的受气包，也不是那种见到丈夫另有所爱就一哭二闹三上吊的泼辣货，她有谋有识，有胆有量，少帅对赵四小姐情深义重，连青光瞎都能够瞧透几分，于凤至心细如发，目光如炬，还能视而不见，见而不明？她认定，与其退守一隅，眼睁睁地看着自己的主权一项项丧失，遭受被取代的命运，还不如立起大度宽容的形象来，化被动为主动，转劣势为优势，进而争取各方面的美誉和好感。

1929年冬，赵四小姐为张学良生下爱子张闾琳，这是天赐良机，于凤至带着奶粉，冒着风雪，去看望赵一荻，一番温慰的话语把初为人母的赵四小姐感动得热泪潸潸。于凤至眼看着赵四小姐陷入进退两难的窘况，便主动分忧，抚养婴儿，如此母仪帅府，自然收获贤声美誉。但她仍嫌功夫做得不够细致到家，又极力主张在大帅府东侧建起一幢风格相同的小洋楼，让赵四小姐入住其间。"妹妹住在外面岂不是生分了？"这话说得多贴心多暖心啊！于凤至与赵一荻姊妹相称，二女共事一夫，张学良饱享齐人之福，赵四小姐虽无名分，却有实惠。

1931年，日本关东军恶意挑衅，激成九一八事变，张学良有强大的东北军，却由于保存实力的私虑作祟，居然不战而退，放弃了东北的大好山河，背上了"不抵抗将军"的恶谥。这一回，真被胡适说中了："张学良的体力与精神，知识与训练，都不是能够担当这种重大而又危急的局面的。"

国人的价值衡定标准古今并无大异，每个不争气的坏男人身边必定有一个或几个与之相匹配的坏女人，夏桀王身边有妹喜，商纣王身边有妲己，周幽王身边有褒姒，唐玄宗身边有杨家三姐妹，秦桧身边有王氏。"红颜祸水""妖孽鬼魅"是最为常用的诟词。赵四小姐何其不幸，遭到国人千口一喙的诅咒。广西大学校长马君武罔顾事实真相，作《哀沈阳》七绝二首，其一为：

赵四风流朱五狂，翩翩蝴蝶正当行。
温柔乡是英雄冢，哪管东师入沈阳。

这首诗涉及三个女人："赵四"指赵一荻；"朱五"指朱湄筠（北洋政府内务总长朱启钤的第五个女儿），她是张学良的秘书长朱光沐的妻子；"蝴蝶"指电影明星胡蝶。此诗讽刺张学良在国难当头之际，竟置民族危亡于脑后，陷身于温柔乡中，无法自拔。马君武的诗一经刊出，全国哄传，骂声四起。胡蝶愤而辟谣，声称自己与张学良缘悭一面，更别说瑶池共舞，若非乱世，她必定挺身而出，打一场捍卫名誉的官司。赵四小姐则一笑置之，不愠不恼，还因敌取资，写了一张便笺向张学良表明心迹："我不计较，更不悔恨，只因为我有了两个'他'。"赵四小姐所说的两个"他"，一个是张学良，另一个是爱子张闾琳。千夫所指，万众唾骂，少帅正当焦头烂额之际，心灰意冷之时，读到赵四小姐的这句情话，衷肠为之一热。

1936 年 12 月 12 日，张学良发动震惊世界的"西安事变"，用兵谏这种极端方式迫使义兄蒋介石结束内战，一致对外。西安事变和平解决后，张学良陪同蒋介石返回南京，一下飞机就沦为阶下囚。

赵四小姐陪伴张学良七十二年，丧失自由的日子长达五十余度春秋。张学良不曾瘐死，不曾愤绝，居然坐穿牢底，活足百岁高龄，实属奇迹。应该承认，赵四小姐的爱心是张学良取之不尽，用之不竭的"太阳能"，靠它挺过艰难、苦闷、无望的日子。

张学铭将军（张学良的弟弟）的夫人曾十分动情地说：张家欠赵一荻夫人的情分太多了，张家上下所有的人都感激她。因为张家的亲人不管有多好的心愿，有多大的本事，有多高的地位，都不能将它们转化为直接的关怀，送达张将军面前，给他一根小指头的帮助，只有赵一荻夫人几十年如一日地形影不离，成为他的精神支柱。

张学良本人也不止一次地说过，他今生积欠赵四小姐的情分太多。这话绝对发自天良，出于肺腑。若没有赵四小姐六十年（1940—2000）如一日的精心照料和基督精神持久的牵引，早年吸食过鸦片、注射过吗啡的张学良绝对不可能活成大寿星。其实，赵四小姐的身体状况比张学良要差得多。她患过红斑狼疮，曾因跌倒而骨折，还由于长期抽烟，肺部发生癌变而动了一次大手术，半边肺叶被切除，落下痼疾，一直呼吸不畅，影响了她晚年的健康。但就是这样一位病弱的女子，竟有那么大的力气，在长达半个多世纪的时间里为张学良擎起头顶那片晴空！

赵四小姐虔信基督精神，她在回忆录《见证集》中用深情的笔触写道："为什么才肯舍己？只有为了爱，才肯舍己。世人为了爱自己的国家和为他们所爱的人，才肯舍去他们的性命！"诚哉此言，她的确用了整整一生去诠释这个广义的"爱"字，还有另一个同样广义的"善"字，诠释得那么精邃分明，留下了教科书一样的标准版本。读过之后，有人掩面羞惭，有人肃然起敬。

陈香梅

陈香梅（1925—2018）是中华民国第一位战地女记者，后来在美国政坛玩票玩得红红火火，为华裔女性争得不少荣光，为中美友好做了不少力所能及的事情。

陈香梅祖籍福建，出生于广东，她祖父陈庆云青年得志，才不过三十出头，就做了中华民国招商局的局长。陈庆云脑瓜子聪明，心肠火热，对创办实业的兴趣浓得化不开。当时，香港电车公司方兴未艾，他认为在广州也有发展前景，于是做下大笔投资。哪知两地民情不同，广州市民观念滞后，公司亏得一塌糊涂。年关逼近，债主登门，陈庆云受不了破产之后的精神打击，从五楼纵身跳下，自杀身亡，年仅三十八岁。

陈香梅的外祖父廖凤舒是广东惠阳的客家人，与廖仲恺是亲兄弟，一同参加革命。民国时期，他先后在北京政府及南京政府任职，是一位精明强干的外交官，出任过中华民国驻古巴公使和驻日本大使。早年，廖凤舒与陈庆云结为莫逆之交，居然上演了指腹为婚的传统剧目。其后天从人愿，陈家弄璋（得子），廖家弄瓦（得女），遂结为秦晋之好。

陈香梅的父亲陈应荣是英国牛津大学的法学博士和美国哥伦比亚大学的哲学博士，她母亲廖香词从小接受欧洲文化的熏陶，在法国和意大利学习过音乐和绘画，她曾结识英国上流社会一位贵族青年，芳心暗许，对于父亲订下的盲婚抱有极大的反感和抵触情绪。其时，廖凤舒膺任古巴公使，深信"女大不中留"的古训，就将陈应荣和廖香词分别从美国和英国召到古巴首都哈瓦那，为他们完婚。婚后归国，陈应荣在教育界发展，出任北京师范大学教务长和英文系主任，由于他十三岁就留洋，国学功底有限，总觉得力不从心，后来转行到外交界服务，才算是如鸟投林，如鱼得水。

陈应荣与廖香词的婚姻在世人眼中算得上十分般配，哪知他们的性格天差地别，始终未能达到灵犀相通。廖香词郁郁寡欢，闷闷不乐，即使在微笑的时候，也现出悲哀的神色。她宛如一颗粉红的钻石，从各个角度散发出美丽迷人的光芒，她是一位真正的淑女，知大节，识大体，心地善良。她一鼓作气生下六个女儿，作为外祖父，廖凤舒给她们分别取名为：香菊、香梅、香莲、香兰、香竹、香桃。真是十里飘香，四季分明，难怪飞虎将军陈纳德后来幽默地称她们六姐妹为"一座标准的植物园"。

陈香梅拥有特殊的家庭背景，从小聆听的是多国语言，目睹的是八方人物，而且随着外交官的父亲领略过异域风情，避免了千年大酱缸的浸泡污染，这是她格外幸运的地方。起点高，底气足，翅膀硬，这样的雏鹰自然要比别的鸟儿更敢于试探蓝天。

陈香梅年少失母，正赶上抗战初期，陈应荣是中华民国驻旧金山领事，他借口外交部不批准长假，居然没有回国奔丧。陈香梅不相信中国政府会如此不近情理，连妻子病逝都不准许官员请假回家。在极其危险的处境下，六姐妹大的不足二十岁，小的才不过五岁，竟沦落到无人监护的悲惨境地。陈香梅眼看着母亲变卖珠宝首饰维持生计，又眼看着她身患子宫癌在医院里痛苦挣扎，走向死亡，六姐妹最渴望得到父亲关爱时却连他模糊的背影也见不到，她很难原谅他的薄情。

尽管只有十五岁，但陈香梅已经深谙这个道理：祈求上帝垂怜无异于自寻烦恼。父亲越离越远，战火越烧越近，她必须尽快独立。在父亲的首肯之下，她和四个妹妹进入了香港铜锣湾的圣保禄女中，这是一所教会寄宿学校。

1941年12月8日清晨，日军机群轰炸香港九龙的启德机场，全岛陷入极度恐慌。陈香梅和四个妹妹、几十个同学躲藏在寒冷潮湿、令人窒息的地下室里，许多天忍饥挨饿，担惊受怕，她们都已哭干了泪水。不到一个月，日本军队占领香港，她们胆战心惊地走出地下室，走到更危险更刺目的"日光"下。什么叫生死未卜？什么叫命悬一线？陈香梅全都领教了。

1942年三四月间，谢天谢地，她们六姐妹如逢大赦，总算拿到了离港证，可以远离血气氤氲的孤岛。逃亡透出悲哀的意味，比逃亡更悲哀的则是在日军的刀枪下不许逃亡，六姊妹能够被遣送回内地，已是不幸之中的万幸。

陈香梅考入岭南大学那年，一个偶然的机会，她结识了政法大学的英俊男生毕尔，一度坠入爱河，抗日烽火却将两人隔绝开来，天各一方。毕尔奔赴滇缅公路去服役，陈香梅则随着岭南大学一路向西迁徙。后来，陈香梅大学毕业，留在昆明，被中国通讯社破例招收为战地记者，专门采访援华美军第十四航空大队（即飞虎队）的作战事迹。此后，她与父亲的好友、飞虎将军陈纳德结为忘年之交，并且偷偷地爱上了这位刚直勇猛而不乏侠骨柔情的美国老头。

在四十七岁之前，飞虎将军陈纳德到处流转，竟然一事无成，只不过是区区一名美国空军上尉。1937 年，陈纳德受宋美龄之邀到中国训练空军飞行员，由于美国是中立国，他的护照上填写的竟是"考察农业"。当时，中国的陆军装备虽差，战斗力勉强还凑合，空军则近乎一片空白，幸亏宋美龄赴美游说，陈纳德招募了一批年轻勇敢的飞行员，组建"美国空军志愿队"，中国空军猛可间输入这些洋血，才有了一点活力和生机。陈纳德为人性格坚忍不拔，极富魄力，军事指挥才能出众，在他的领导下，"飞虎队"驾驶着美制 P-40 战斗机，屡战屡捷，在整个抗战期间，共击落日机近两千架，击毁日舰数百艘，歼灭日军数万人，在空战史上，创造了以少少许胜多多许的神话。陈香梅的自传《春秋岁月》中有这样一段话："终其一生，他从未拥有过充分的'资本'——无论是飞机、战士、汽油、弹药，还是金钱。尽一己之所能，达成至上的收获，已经变为他的第二天性。"飞虎将军陈纳德绝对是一位罕见的传奇人物，是世人心目中义薄云天的大侠士大英雄。陈香梅由敬生慕，由慕生悦，由悦生恋，由恋生爱，她所循行的是美人爱英雄的标准路径。

抗战胜利后，陈纳德将军得到蒋介石和宋美龄的首肯，在上海成立民航空运公司。他的事业如日中天，这还不够，他还将获得更大的奖赏。美丽的女记者陈香梅不是没人追求，毕尔走了，中央信托公司总经理聂光坻立刻替补到位，许多次的长夜之舞却并没有抹去他们最后那几寸距离。凡夫吃不消时，便轮到英雄登场。恰巧陈香梅患胃溃疡住院，陈纳德将军每天让司机送去花篮。一天黄昏，他去医院探望可怜的"小东西"（他总是这样叫她，久而久之，就变成了昵称），见到满室鲜花，他欢笑着问道："是谁送了这么多漂亮的鲜花给你？"她也以欢笑的口气回答道："是你的司机，我还没死，你就想用鲜花葬送我！"

他是她心中的红太阳，她是他梦中的黑眸子，横亘在他们之间的三十五度春秋算得了什么？然而，要让外祖父母欣然接纳飞虎将军——一位五十多岁、脸皮比树皮更粗糙的外国人——做外孙女婿，陈香梅绞尽脑汁才想出一条妙计，让陈纳德到外公外婆家中陪二老玩桥牌。又是送花，又是输牌，又是谈笑风生，又是陪外公喝两杯，铁打的罗汉有此善解人意、巧结欢心的细腻柔情，真是难能可贵。外婆对陈纳德印象极好，但舍不得宝宝（陈香梅的乳名）远嫁，担心再也见不到她。陈香梅就劝慰外婆：飞虎将军热爱中国，他的事业根基在东方，不会有长久的分离。

20世纪40年代，中国人并不赞成异族通婚，何况是中国妙龄女郎嫁给美国老兵。即使陈应荣长期沉浸于西方文明之中，听说老朋友陈纳德近水楼台先得月，要尊他为泰山岳父，也感到吃不消。陈香梅从小虔信天主教，自然希望自己的婚姻大事能够得到父亲的祝福。父女之间一谈就崩，最终还是飞虎将军亲自出面，疏通了贝茜（陈香梅的继母）的关卡，事情才柳暗花明。

1947年12月21日，在美国将军陈纳德的私寓，二十三岁的中国新娘身披法国服装设计师绿屋夫人为她缝制的雪白嫁衣，五十八岁的新郎身穿美国空军中将的军服，在一千朵白菊花的花架下，互许终生相守的誓愿。翌日，中、美各大报章登载了一张飞虎将军陈纳德亲吻东方美人陈香梅的照片，这绝对是当年圣诞节期间最具轰动效应的大新闻。婚前，蒋介石和宋美龄祝福了这对新人，大喜之期又派外交部次长叶公超专程从南京到上海致贺，可算是给足了面子。十年后，正是这位学贯中西的乔治（叶公超的英文名）叔叔为飞虎将军题写了墓碑。

陈纳德与陈香梅的婚姻堪称美满，她本人也一再强调过："我们的结合有说不尽的深情。"中华民族知恩必报，将自己的才女和美女嫁给行侠仗义的美国英雄，使他晚年幸福，真是两全其美。结缡十年后，陈香梅在写给夫君的家书中仍一往情深地倾诉道："……我们的生命恰似两条溪水，互相汇合，流成一条江河。我们根深蒂固地愿偕白首，只为我们的爱不仅是表面上的美好，而是灵魂的真实，这是上苍可为明证的。"这样的爱情的确算得上千古绝唱。

在第二次世界大战期间，飞虎将军陈纳德英勇仗义，蜚誉全球，战后他有不少机会回到美国发展，友人劝他竞选州长或议员，有大公司请他做董事，还有一些正在筹组的航空公司聘他去掌舵。这大把大把的机会对他来说都很有吸引力，他却避开诱惑，重返中国。从1948年到1958年，陈纳德与陈香梅结婚十年，过的是相当困苦的日子。1949年，陈纳德迁居台北，事业受挫的阴影挥之不散，这位渐显疲态和老态的"飞人"已有点英雄迟暮的味道了。陈香梅则如鱼得水，做了"午饭团"（台北名流聚餐会）的核心成员，"谈笑有鸿儒，往来无白丁"，她不仅从那些著名教授、著名报人、著名艺术家、著名政要身上受益良多，而且充分锤炼和展示了自己的社交天才。

陈纳德，这位响当当硬铮铮的铁罗汉，这匹奋勇强壮的老战马，美国空军三星中将，为中国人民两肋插刀的义士，在美国人心目中，他是二战期间亚洲战场上的头号美国英雄，可他未能击败最后一个敌人——肺癌。上手术台前，他给陈香梅留下了一封遗嘱，用饱蘸深情的笔调写道："我以任何一个人所可能付出的爱，爱你和女儿，我同时相信爱将永存于死后。……要记住并教导我们的孩子生命中确切的真谛——要品行端正，要诚实忠贞，并以慈爱及于他人。生活不可过分奢侈，不要嫉妒别人，享受人间生活的舒适以及不以匮乏为忧。要谦和并全心致力于你所选择的职业……"每读此信，陈香梅的热泪必定潜潜而下，他们的爱情是一部"未完成交响曲"。

台湾作家杨子撰文《红粉知己》，提出过新观点："人生以立言、立功、立德为荣，其实，立情才是生命的最高境界：能爱与被爱，生命就如花朵之开放，灿烂繁华，固不免终于一朝凋谢，却也是不枉不朽了。"陈香梅对此观点赞赏有加，因为她走的正是"三不朽"加"立情"的路子，而且走得又快又远。

四、绝代风华

大家闺秀的群体以知识女性为中坚力量，她们出身于富贵家庭或书香门第，书法家吴芝瑛，教育家吴贻芳、曾宝荪、张默君，教授兼作家陈衡哲、袁昌英、方令孺、凌叔华、冯沅君、林徽因，诗人徐自华、徐蕴华姐妹，作家冰心、张爱玲，画家关紫兰、蔡威廉、孙多慈……在这个群体中，陆小曼和林徽因无疑是亮点中的亮点，闺秀中的闺秀，她们的成长经历和心路历程都颇具代表性，代表着知识女性的美丽、浪漫、重情和才华横溢。

陆小曼

陆小曼（1903—1965）初嫁王赓，完全顺从了父母之命。王赓的履历相当光鲜，他毕业于清华园，留学于美利坚，先在普林斯顿大学主修哲学，尔后转入西点军校攻读军事科目，与二战时期的盟军统帅艾森豪威尔是正宗的校友。归国之后，王赓被誉为军界前程远大的"希望之星"。1918 年，他荣任巴黎和会中国代表团武官，起点不低。才不过二十多岁，他就出任哈尔滨市警察局局长。郎君如此允文允武，陆小曼想挑根刺都挑不出来。

陆小曼的父亲陆定（字建三）是前清举人，毕业于东京帝国大学，是中国同盟会老会员。回国后，陆定出任过北洋政府财政部的赋税司司长，其后，又担任了多年的外交官。他共有九个儿女，存活下来的只有陆小曼一人，娇娇女自然被父母视为掌上明珠。陆小曼毕业于上海圣心学堂（法国教会学校），法文基础好，此外还修习了英文，读原版外文小说，轻轻松松，如履平地。她擅长歌舞，吟诗、作文、绘画、弹琴也都得心应手，游刃有余，确实堪称才女，加以明眸善睐，尽态极妍，自然是内慧外秀的名姝。当时，"南唐北陆"的艳誉叫得响亮，在社交圈中无人不知。"南唐"是上海的大家闺秀唐瑛，"北陆"就是北京的大家闺秀陆小曼。

20世纪20年代初，在北平外交部的交际舞会上，娇巧玲珑的陆小曼占尽风光，哪天舞池里看不到她的倩影，四座为之不欢。中外男宾目眩神迷，定力不够者都纷纷拜倒在她的石榴裙下，可是求爱者和求婚者总也踩不中步点，一二三四，二二三四，三二三四，四二三四，她父母也不知婉拒了多少膏粱子弟，最后才慧眼识英雄似的挑定了王赓这位东床快婿，毫不迟疑地将芳龄十九的掌上明珠许配给他。从订婚到结婚只花了一个月时间，是不是太仓促了些？许多人不无醋意地祝贺王赓，祝贺他冷手拣了个热饽饽，也不知前世筑了多少桥，修了多少路，积攒下大把大把的功德，才换来这辈子艳福齐天！当然，也免不了有人在背后唱上一两句反调：可别把话儿说早了，这件事还指不定是福是祸呢。王赓与陆小曼的婚礼在北平海军联欢社举行，排场可真够大的，光是女傧相（伴娘）就有九位之多，而且都是曹汝霖、章宗祥、叶恭绰这些名流高官的女公子，观礼的中外佳宾足足有千人之众，无论怎么讲，都算是轰动京城，极一时之盛！

按理说，天上掉下个林妹妹，王赓该用双手小心翼翼地掬着、捧着、守着、护着、怜她、惜她、娇她、宠她，千万别让她生烦恼，受冷落。须知，没有爱情捍卫的婚姻只是雪城沙垒，防线一触即溃。更不可以随便就唱空城计，哄得了自己，哄不了别人。王赓总是忙，陆小曼又一味的闲，谁来陪她解闷？这真是个微妙的难题。王赓开动脑筋，左思右想，最终请了好友加师弟徐志摩（他们同为梁启超的弟子）来当差。诗人天生风趣，浑身都是艺术细胞，有不少逗人开心的绝妙手段，又与小曼同为有闲阶级，正是护花使者的最佳人选。据说，胡适原本喜欢陆小曼，由于河东狮吼，他不敢有所作为，便怂恿徐志摩冲锋陷阵，做情场的"敢死队员"，胡大哥则站在旁边支招看戏，也可略解心头之馋。

陆小曼品貌上乘，她的如意郎君该是个什么模样？没谁说得清楚。王赓一表堂堂，不乏英武气概，却对男女风情不求甚解，于文艺不无爱好，又怎及徐志摩娴熟精通？王赓是一位不折不扣的事业狂，满心想的是如何平步青云，出人头地，居然掉以轻心，把个貌美如天仙的年轻妻子撂在冷冷清清的香闺，就好像把一件顶级的艺术品搁在深锁重门的祖屋；也不分点精力去好好地慰藉慰藉，温存温存。艺术品没有人性，任你如何冷落它，就算尘灰满面，它也绝无怨尤；美人却有灵性，她若是不甘寂寞，就绝对不会寂寞。且听小曼在《爱眉小札·序》中的一段自述：

婚后一年多（我）才稍懂人事，明白两性的结合不是可以随便听凭安排的，在性情与思想上不能相谋而勉强结合是人世间最痛苦的一件事。当时因为家庭间不能得着安慰，我就改变了常态，埋没了自己的意志，葬身在热闹生活中去忘记我内心的痛苦。又因为我骄慢的天性不允许我吐露真情，于是直着脖子在人面前唱戏似的唱着，绝对不肯让一个人知道我是一个失意者，是一个不快乐的人。这样的生活一直到无意间认识了志摩，叫他那双放射神辉的眼睛照彻了我的肺腑，认明了我的隐痛，更用真挚的感情劝我不要再在骗人骗己中偷活，不要自己毁灭前程，他那种倾心相向的真情，才使我的生活转换了方向，而同时，也就跌入了恋爱了。于是烦恼与痛苦，也就跟着一起来。

陆小曼的兴趣和爱好特别广泛，又是聪明人中的顶尖角色，还怕找不到消愁解忧破闷驱烦的灵方？何况探花者长队中突然跻进一位剑桥才子徐志摩。诗人毕竟是诗人，"太上忘情，其次不及于情，情之所钟，正在我辈！"他太喜欢这句话了。"热情一经激发，便不管天高地厚，人死我亡，势非至于将全宇宙都烧成赤地不可。……忠厚柔艳如小曼，热烈诚挚若志摩，遇在一道，自然要发放火花，烧成一片了，哪里还顾得到纲常伦教？更哪里还顾得到宗法家风？当这事情正在北京的交际社会里成话柄的时候，我就佩服志摩的纯真与小曼的勇敢，到了无以复加。记得有一次在来今雨轩吃饭的席上，曾有人问起我对这事的意见，我就学了《三剑客》影片里的一句话回答他：'假使我马上要死的话，在我死的前头，我就只想做一篇伟大的史诗，来颂美志摩和小曼！'"郁达夫在《怀四十岁的志摩》一文中对于徐、陆恋爱事件，表示由衷的钦佩，并给予道义上的支持，当年，这样的朋友可是不多啊！其中自然有个缘故，郁达夫与王映霞的结合应归属同一种版式，不同之处唯在王映霞未婚而陆小曼已婚，但他们都是那么不顾一切，如飞蛾扑火似的追求恋爱自由和婚姻自主。郁达夫声援徐志摩和陆小曼，实际上也就是为自己与王映霞的新感情找寻合理的依据。

陆小曼集诸般才艺于一身，还特别喜欢演剧，演一阕"春香逃学"就够了，志摩扮学究，小曼扮丫环，待到剧终人散，情苗便破土而出。好个情圣徐志摩，瞅准时机乘虚而入。王赓不健谈，不幽默，总是硬朗得像一块花岗岩，不会温存，不善逢迎，不记得嘘寒问暖，手面上也不够大方，举凡他的这些短处，徐志摩必续以所长。时不时进奉巴黎香水和名贵饰物，贿赂门公五百元，只盼佳人一顾，这些花活儿，以王赓的军人脑袋无论如何也想不周全。罗敷有夫，使君有妇，又何妨？双重锁链可凭情剑斩断，"幸福还不是不可能的"，这是志摩当时对小曼说得最多的一句口头禅。

丈夫固定了死板的角色，多半是只呆鸟，不可能比飞在花丛间的蜜蜂蝴蝶更浪漫；情人的耳、目、身如三军听命，无不全力以赴，全智以应，仅凭着一股子不胜不归的豪气和决心，通常就能占据上风。无论多么美丽的公主，在丈夫眼中都只不过是明日黄花、陈年挂历，被冷落一旁，而在情人眼里却是稀世奇珍，他山之玉，我见犹怜，丝丝缕缕都将茧结成百分之百的浪漫情愫。何况坐江山的满以为高枕无忧，永远都不如打江山的那么虎虎有劲，二者之间，尚未交战，便已胜负判然。

徐、陆的情缘刚开头就遇到了阻碍。陆父还好说，陆母则看重妇道，她实在不懂，女儿好端端地嫁了人，为何还要桑间濮上，奢求什么男欢女悦的爱情？她处处设防，遮断女儿与徐志摩的交往，以维护小家庭金瓯无缺为己任。盈盈一水间，脉脉不得语，热恋情人被强行隔绝，岂能不苦？难怪小曼气急时诘问母亲："一个人做人是自己做呢，还是为着别人做的？"（《小曼日记》1925 年 4 月 15 日）她母亲根本不可能理解女儿内心的渴求和怨忿，在她看来，嫁鸡随鸡，嫁狗随狗，天经地义，何况王赓前程似锦，徐志摩只是个浪荡成性的公子哥儿，仗着老爹有钱，在外面拈花惹草，除非瞎了眼睛，这样的人哪能托付终身？在感情问题上，天下父母与儿女十有八九都是这样锣不应鼓，板不对腔，难怪小曼会在 1925 年 3 月 11 日的日记中哀叹：

可叹我自小就是心高气傲，想享受别的女人不大容易享受得到的一切，而结果现在反成了一个一切都不如人的人。其实我不羡富贵，也不慕荣华，我只要一个安乐的家庭，如心的伴侣，谁知道这一点要求都不能做到，只落得终日里孤单的，有话都没人能讲，每天只是强自欢笑地在人群里混。

麻木不仁地混一世，这样的人不算少，他们冬眠着，未必不是一件幸事，一旦被唤醒，尤其是被爱情唤醒过来，他们反而会惶惶然不知所措。且听陆小曼在 1925 年 3 月 19 日的日记中的发问：

咳！我真恨，恨天也不怜我，你我已无缘，又何必使我们相见，且相见又在这个时候，一无办法的时候？在这情况之下真用得着那句"恨不相逢未嫁时"的诗了。现在叫我进退两难，丢去你不忍心，接受你又办不到，怎不叫人活活地恨死！难道这也是所谓天数吗？

时隔将近四个月，在 1925 年 7 月 17 日的日记中，小曼的疑虑已变得更深：

摩！我的爱！到今天我还说甚么？我现在反觉得是天害了我，为甚么天公造出了你又造出了我？为什么又使我们认识而不能使我们结合？为甚么你平白地来踏进我的生命圈里？为甚么你提醒了我？为甚么你来教会了我爱？爱，这个字本来是我不认识的，我是模糊的，我不知道爱也不知道苦，现在爱也明白了，苦也尝够了；再回到模糊的路上去倒是不可能了，你叫我怎办？

在徐、陆恋爱事件的全过程中，志摩自始至终都是一位"我心匪石，不可转也；我心匪席，不可卷也"的热血战士，他有足够的激情和决心，还有足够的韧劲，愈挫而愈奋，尽管有时调子也会低沉一点，但打破枷锁，重获新生的信念从未动摇。他曾想采取激烈手段，与陆小曼私奔，去南方，去国外，都可以。他在 1925 年 8 月 24 日的日记中给迟疑不决的小曼打气加油：

眉，只要你有一个日本女子一半的痴情与侠气——你早就跟我飞了，什么事都解决了。乱丝总得快刀斩，眉，你怎的想不通呀！

陆小曼毕竟不是莎士比亚笔下认定爱情至上的少女朱丽叶，也不是易卜生剧中追求人格独立的少妇娜拉，她缺少她们那种破釜沉舟的勇气。在此之前的三月间，迫于外界压力，小曼劝志摩先到欧洲去转一圈，一年也好，半年也好，让西风冷却冷却发烫的脑筋，也好让时间来考验考验彼此的感情。这一趟欧游，徐志摩意绪索然，仿佛那位在俄国吃了大败仗、只得仓皇退却的拿破仑大帝，天茫茫，地茫茫，心更茫茫。此后五个月，一个在海外惆怅，一个在闺中呻吟，万里长天阻隔了两地相思。其间，志摩的幼子在德国柏林不幸夭折，这样的惨事也只让他分心写了一首短诗敷衍过去。书信走得比蜗牛还慢，谣言倒是长了翅膀，某"友人"在酒桌上似无意又似有意发布了一条来自巴黎的消息，说是徐志摩在法国好不快活，成天出入欢场，而且还跟一位胖乎乎的洋女人同居。陆小曼听了这话，如闻霹雳，心若刀绞，好像一下子从十八层楼上跌下，更加苦闷和灰心。1925 年 6 月间，一场大病将陆小曼击倒在床，七月下旬，徐志摩从欧洲风尘仆仆地赶回。两人抱头痛哭，所有的误会顿时烟消云散。

叛逆，它是最烈性的助燃剂，能使一局原本平庸的男女之情显得格外非凡，焚情于令人窒息的旧道德铁板下，要将它破开一个逃生的口子，这样做，情人将尝到冒险的全套痛苦和乐趣。经典的爱情，戏剧中的罗密欧与朱丽叶，小说中的于连与德·瑞娜夫人，现实中的温莎公爵夫妇，他们通体上下为爱情而迸发出来的叛逆精神，莫不熠耀奇彩，无论生死成败，作为奖赏，爱情都将获得一时或永久的荣光。

1925 年春天，身在上海的王赓给身在北平的妻子陆小曼寄去一篇措辞强硬的哀的美敦书（最后通牒），静等她悔过自新，他也做好了既往不咎的打算，可是陆小曼到了上海，受到徐志摩的鼓动，非但不再向王赓示弱，还表明了分道扬镳的决心。大画家刘海粟古道热肠，极力撮合徐志摩和陆小曼，要使天下有情人终成眷属。恰在此时，王赓遇到了大麻烦，由于做军火生意不慎（白俄商人卷款潜逃）而身陷囹圄。既然到了这步田地，王赓只好主动让路，无可奈何地承认彼此姻缘已尽，同意与陆小曼离婚，并以醒悟者的口气感叹道：

"小曼这种人才，与我真是齐大非偶的！"

各自挣脱了羁绊，打碎了枷锁，徐志摩与陆小曼终于自由地结合在一起。"幸福还不是不可能的"，这句口头禅果然应验。新婚礼该怎么办呢？九个女傧相就免了吧，千人观礼也大可不必，只要亲友到场喝杯喜酒就算有所交待了，关键是爱神的虎符已经牢牢在握。可是千免万免千省万省，还是有一件事不可免不可省，那就是这对新人得当着大庭广众被梁启超痛责一顿，这是梁任公答应作证婚人（证婚人的第一人选本是胡适，但他有意回避）的先决条件。倘若没有这项内容，徐陆的婚礼也就称不上是一场奇特的婚礼了。请看，证婚人梁启超身穿一袭藏青色长衫，翩然出场，指着弟子徐志摩声色俱厉地诃责道：

徐志摩，你这个人性情浮躁，所以在学问方面没有成就；你这个人用情不专，以至于离婚再娶。……以后务要痛改前非，重新做人！

莫非真是响鼓还得重锤敲？小曼的脸色乍红乍白，志摩低着头，也是且惭且愧，他赶紧上前，向老师服罪讨饶："请老师不要再讲下去了，顾全弟子一点面子吧！"梁任公逞足了师道尊严，这才收起功架，赦免了这对十分窘迫的新人。

事后，梁启超写信给女儿令娴，竟然视陆小曼为"祸水""妖妇"，称她离婚再嫁为"不道德之极"，他说："我看他找得这样一个人作伴侣，怕他将来痛苦更无限，所以对于那个人，当头给了一棒，免得将来把志摩弄死。"幸而梁任公先归道山，否则，再过两年，他就真要悲叹"不幸而言中"了。

直道飙车，顺风跑船，这样的爱情不能算是经典的爱情，只有当情侣抱成一团，心无二骛地对抗强大的社会，并冲决重重壁垒，剑气琴心，一路张扬，这样的恋爱才令人刮目相看。然而绚烂之至便是平淡之始，有情人终于并头躺进红绡帐，完整结合后的灵与欲得到妥善保管，这恰恰是个天大的误区。无情的社会自有两套解决方案，强硬的做法是一举消灭那些叛逆者，阴柔的做法则是暂且容忍他们，眼看着失去压力的水管不能供水，失去压力的血管不能供血，剥落华彩的爱情一步步走向衰微，变得黯淡，那才是大可悲哀的结局。岂不闻智者言，大观园中那对璧人儿——宝玉和黛玉未能圆成木石前缘是悲剧，倘若真圆成了，则是更大的悲剧。王国维的《红楼梦评论》也有个观点值得细细玩味，他认为人生的痛苦原生于欲望不易餍足，"一欲既终，他欲随之，故究竟之慰藉终不可得也"，就算有朝一日欲望圆满了，翦除了痛苦的魔影，另一个祸害——厌倦之意又会大驾光临。难怪他的结论颇为消沉："故人生者如钟表之摆，实往复于苦痛与倦厌之间者也。"人生的两极一为"苦痛"，二为"倦厌"，其间是摇摆的过程，倦厌是苦痛的终点，也是它的起点，好似如来佛的五指山，任凭孙悟空身手高强，一个筋斗翻出十万八千里，也休想逃离无边无际的怪圈。

志摩与小曼自然不能例外。他们的欲望层层推进，起初两人只是渴望相见，然后是渴望相爱，最终是渴望结合，那两年也不知吃了多少苦，受了多少罪，看过多少白眼，听过多少流言，总算得偿所愿，郁积的痛苦一旦消弭了，便仿佛拨云见日，又好像乘上了直达天堂的快车。然后呢？童话妙在结尾，"他们从此过上了幸福的生活"，收束得恰到好处，应该可以打发你了。你若好奇心太旺，继续穷诘下文，下文便是："他们在天堂里找到了厌倦，背靠背猛打哈欠。"你说，这是不是大煞风景！

上海是富人的乐园，小曼又是金枝玉叶，志摩岂肯薄待她？他在法租界里租得一座花园别墅来作香巢，雇了好几个佣人，听候小曼的差遣。志摩有父亲给的一份家产，他赚钱的能力不算差，可还得在南京中央大学和上海光华大学教书，往返于宁沪两地，疲于奔命，同时兼做中华书局、大东书局的编辑工作，外加笔下勤于耕耘，一月所得，恒在千元以上（以当时货币的购买力，可抵今日十多万元），却仍然入不敷出，这就奇了。小曼最爱面子，她也的确有面子，好个京城交际花，经此婚变，更是誉满九州。当时，沪上名媛贵妇发起慈善募捐，每每要演义务戏，均少不了由她牵头。在恩派亚大戏院，她演过《思凡》和《汾河湾》，在卡尔登大戏院，她演过《玉堂春》和《贩马记》，而且都是与江小鹣、李小虞这些大名士合作，虽然只是戏剧票友，却常常压大轴，可见众人对她的爱重。她平日喜欢捧昆旦，马艳云、姚玉兰、袁美云等新秀，都是她一手捧红的，捧角方面，她向来出手大方，毫无吝色。

现在我们再看徐志摩婚后的《眉轩日记》，会惊异地发现，它比《爱眉小札》的热度大大下降了，而且多半只是寥寥数语，似乎在敷衍塞责。1926 年底（婚后两个多月）他写道："……爱是建设在相互的忍耐与牺牲上面的……再过三天是新年，生活有更新的希望否？"他心底似乎一片茫然，毫无把握。到了 1927 年元旦这一天，日记的调子更灰，尽管用的是强行振作的语气："愿新的希望，跟着新的年产生；愿旧的烦闷跟着旧的年死去。……给我勇气，给我力量，天！"蜜月刚刚过去不久，若是幸福的婚姻，他内心是不会显得这样落寞的。再看 1928 年 2 月 8 日他的心情写照："闷极了，喝了三杯白兰地。……（整）天是在沉闷中过的，到哪儿都觉得无聊，冷。"一场轰轰烈烈的婚姻，而且是叛逆社会伦理道德的婚姻，这么快就陷入了墓室般的冷寂，真是匪夷所思，出人意料啊！

郁达夫的夫人王映霞撰文《我与陆小曼》，披露了陆小曼对这场婚姻的特殊感受，其中的话语颇能揭谜和解秘："照理讲，婚后生活应过得比过去甜蜜而幸福，实则不然，结婚成了爱情的坟墓。志摩是浪漫主义诗人，他憧憬的爱，是虚无缥缈的爱，最好处于可望而不可及的境地，一旦与心爱的女友结了婚，幻想泯灭了，热情没有了，生活变成了白开水，淡而无味。志摩对我不但不如过去那么好，而且还干预我的生活。……我以最大的勇气追求幸福，但幸福在哪里呢？是一串泡影，转瞬化为乌有……"由此可见，对于这桩婚姻，两位主人公都是越来越悲观，越来越失望。他们梦想的是一座美丽的花园，找到的却是一片荒地，梦想宛如水晶球一般被现实的铁锤击成了永难修复的碎片。

可怜的徐志摩，先前王赓是陆小曼的合法丈夫，他去横刀夺爱，王赓守得破绽百出，他攻得不亦乐乎；现在攻守异势，他做定了合法丈夫的角色，变成了呆鸟，要守住匣中明珠可就难了。何况，昔日效用神奇的甜言蜜语、呵护温存，此时已如过季的时装，大打折扣。至于陆小曼在徐家二老面前公开发嗲，要徐志摩吃她的剩饭，抱她上楼等，适足以令徐志摩的父母生出反感，徐志摩本人也不会觉得如何受用。徐志摩的状况颇有点接近于俄国前辈情圣普希金，同样是娶了一位倾国倾城的大美人为妻，同样遭到一大群社交界的饿狼围追堵截。这却怨不得谁，正是徐志摩本人促成了这场明争暗斗的竞赛，他是始作俑者，那些洋场恶少、舞台红人也平空生出了觊觎之心、侥幸之心和偷天换日之心。只不过还没有丹特士那样雄赳赳气昂昂的索命无常腰间别一把左轮手枪找上门来寻他的晦气。

一个口口声声离不开"爱呀""梦呀""死呀""活呀""月亮呀""星星呀"的情人是容易讨好的，甚至是魅力四射的，因为他不食人间烟火；而一个埋头挣钱，既不满意这个，又看不惯那个的丈夫，则多少显得有点委琐讨厌，欠缺情怀，还谈得上什么磁石样的魅力？何况陆小曼是上海社交场上的明星，应酬不断，这里"请玉趾光临"，那里"请慧眼枉顾"，跳舞啦，看戏啦，演剧啦，打牌啦……，花样繁多，真是忙得恨无分身之术。陆小曼如鱼得水，徐志摩这一厢便遭大大的冷落了，正应了他先前的那句话，"成天遭强盗抢"，一点也没错，"忧愁他整天拉着我的心，像一位琴师操练他的琴"。昔日王赓身受的一切，现世现报，都加倍地奉还给了他。

据徐、陆二人收养的义女何灵琰回忆，陆小曼"是以夜为昼的人，不到下午五六点钟不起，不到天亮不睡"，这样的生活习惯真够人受的。她还回忆说，徐志摩出远门时，陆小曼"既不帮同整理行装，也不送他动身"，这位交际场上的明星如此冷淡，绝对算不上一位体贴丈夫的妻子。

在失败的婚姻中，往往夫妻都是"罪人"。志摩有志摩的错，小曼也有小曼的错。还是小曼母亲的那句评语讲得比较公允：

"志摩害了小曼，小曼也害了志摩。"

细想想，各人的爱情根器有大有小，徐志摩的极大，陆小曼的偏小，江河未满而井池已溢，这是谁都不能够怪怨她的。有的人打下江山就安心享受，有的人打下江山却还要不断建设；有的人结了婚就万事大吉，有的人结了婚却还要将爱情进行到底；这就是陆小曼后劲不足，徐志摩终于失望的原因吧。事情不只是这么简单，还有因性格和生活态度上的差异所形成的抵触，终于再次验证了那条古老的定理：不受祝福的婚姻是爱情的致命伤。

其实，徐志摩早在恋爱时就看清楚了陆小曼爱奢侈的毛病，1925 年 8 月 27 日，他在日记中写道："我不愿意你过分'爱物'，不愿意你随便花钱，无形中养成'想什么非要得到什么不可'的习惯；我将来决不会怎样赚钱的，即使有机会我也不干，因为我认定奢侈的生活不是高尚的生活。……论精神我主张贵族主义，谈物质我主张平民主义。"昔日他纵然是煮熟的鸭子，嘴头总还能硬一硬，现在则只能硬着头皮去挣钱，填补家中那个无底洞。小曼变成了"芙蓉仙子"（当时，鸦片被称为"阿芙蓉"），是拜翁瑞午所赐，翁是世家子弟（光绪皇帝的老师翁同龢的族孙）、昆剧票友，还是一位相当不错的推拿师，其为人喜欢信口开河，十分风趣。据王亦令的《忆陆小曼》所记，翁瑞午曾对他说："……小曼可以称为海陆空大元帅。因为：王赓是陆军，阿拉（翁是江南造船厂的主任会计师）是海军少将，徐志摩是从飞机上跌下来的，搭着一个'空'字。"当时陆小曼在场，虽然她被编派得有些过头，却不以为忤。陆小曼因堕胎健康吃过大亏，长年疾病缠身，翁瑞午的推拿功夫相当到家，能减轻她的痛苦，还让她试吸鸦片，小曼更觉精神陡长，百病全消，自然而然就上了瘾。对此，朋友们都觉得苗头不对，惟独徐志摩不以为然。陈定山在《春申旧闻》中记得分明："志摩有一套哲学，是说：男女间的情与爱是有区别的，丈夫绝不能禁止妻子交朋友，何况鸦片烟榻，看似接近，只能谈情，不能做爱。所以男女之间，最规矩、最清白的是烟榻，最暧昧、最嘈杂的是打牌。"张竞生博士绝对不算保守，他写《美的社会组织法·情爱与美趣的社会》，也反对打牌，原文是："天下最猥亵的事莫过于男女一桌赌牌：脸对脸儿，恐怕桌下还要脚勾脚儿。可是讲礼教的父母及半开通的丈夫们情愿其女儿及妻子与别人赌牌戏笑通宵达旦甚且'履舄交错'，不愿伊们有些正当的朋友，这个真是世风日下，有心世道之人不免要痛哭太息了。"陆小曼打牌没瘾，吸鸦片有瘾，最终深陷于毒坑，难以自拔。徐志摩急着劝她吹灭烟灯，重新振作，可为时已晚。他最后一次离沪赴京，便是因为他劝小曼戒烟，小曼大发雷霆，随手将烟枪往他的脸上掼去，虽未击中，他的金丝眼镜却掉在地上打得粉碎，他因而负气出走，去北京听林徽因的建筑学讲座。当时，不少朋友劝徐志摩赶紧了断这桩日益不幸的婚姻，但他出于两方面的考虑，难以挥出慧剑，一是捍卫自由恋爱的斗士怎能自毁长城？岂不是授人以柄，让那些等着看他笑话的人得意吗？二是倘若果真离婚，日渐堕落的小曼就彻底毁了，将在毒品的泥潭里遭致灭顶之灾。

1931 年 6 月 25 日，徐志摩从北平写信给上海的陆小曼，向他的"眉眉至爱"露出了一点不耐烦："……但要互相迁就的话，我已在上海迁就你多年……我是无法勉强你的……明知勉强的事是不能彻底的，所以看行情恐怕只能各行其是。"他所说的"各行其是"即是散伙之前的信号。四个多月后，一场飞机失事总算将破绽百出的婚姻掩蔽过去了。否则，谁还肯相信他们会白头偕老？

凡事有好的开篇，就难得有美的结局，陆小曼与徐志摩，起先爱成一团烈火，其后烈火燃成了灰烬。尽管如此，但他们有过相知，有过相爱，已远比世间那些"沙雕"（用志摩的话说，该是"陈死人"）要强胜许多。

徐志摩死后，陆小曼的精神一度十分颓唐，承认自己"已是一个失去灵魂的木头人了"，她的挽联也透露出若干消息：

多少前尘成噩梦，五载哀欢，匆匆永诀，天道复奚论？欲死未能因母老。

万千别恨向谁言？一身愁病，渺渺离魂，人间应不久，遗文编就合君心。

陆小曼的堂弟陆效冰曾劝堂姐用自己的才华出去做点实实在在的事情，既可利己，又可利人，他说："你的品貌、学问、才干、声誉，没一样不出人头地，为什么不贡献给社会？也等于散散心，免得郁郁寡欢。而且知道你的人很多，他们将欢迎之不暇，也不会使你委屈，而你还是名利双收。"小曼听了，淡然一笑，她答道："第一我不喜欢虚荣，第二我不会服侍人家。"她甘为"票友"，不愿长期周旋于社会大舞台上，成为万人瞩目的焦点。即便是宋子安（宋子文的弟弟）请客，她也不肯赴宴。徐志摩意外身亡，使她遭受到社会各界的轮番指责，似乎她才是造成撞机事故的那场大雾和那座高山，她都一一默忍下来。小曼一直想为志摩编辑全集，经过两年的苦心经营，她独力完成了八卷本的汇编工作，终于可以如她的挽联中所说的那样告慰志摩的在天之灵。只可惜这套尚有许多缺口的全集（志摩的部分手稿在胡适、林徽因和凌叔华手中，始终无法索回）因战乱而未能付梓。新中国成立后，徐志摩的作品在大陆遭到空前冷遇，其全集的付印更是遥遥无期，为了不使这套珍贵的纸版风云流散，陆小曼将它赠送给徐志摩的姻亲陈从周教授，后者在"文革"前将它交由北京图书馆妥为收藏，否则，它早已化为劫灰。

徐志摩死后，陆小曼穷无所归，依翁瑞午过活。翁瑞午愿抛妻别子，与她名正言顺地结缡，但陆小曼不同意，因为他老婆是旧式女子，一旦离婚，便无求生的出路。陆小曼一再声明，自己与翁瑞午并无爱情，只有感情，她心目中唯一的爱人是徐志摩。志摩遇难后，她一直身穿素服，不再披红著绿，她还用正楷录下白居易《长恨歌》中的诗句"天长地久有时尽，此恨绵绵无绝期"，压在玻璃板下。但她与翁瑞午无名无分不明不白地同居着，难免激惹非议。胡适一直喜欢陆小曼，眼看着那位"自负风雅的俗子"糟踏小曼的名誉，自然十分生气，到了20世纪40年代，他写信给陆小曼，提出三条："一、希望她戒绝嗜好；二、远离翁瑞午；三、速赴南京，由他安排新生活。"对胡大哥的好意，陆小曼未予理睬。于是自由主义者胡适竟使出了他并不娴熟的"撒手锏"，写信声称，如果陆小曼不肯终止与翁瑞午的关系，他就要与她绝交。做朋友可以这么盛气凌人，以自己的意愿强加于对方，丝毫不尊重不体谅一个女人的苦衷和苦处吗？文化大师讲出过分的话，使出无理的招，实在叫人难以信服。陆小曼没有在意胡大哥的威胁，她依然我行我素。

翁瑞午对陆小曼半生痴爱，可谓不惜工本，为了供养高消费的陆小曼，他变卖尽手中珍贵的字画和古董，荡尽家业，这一点是徐志摩和陆小曼的任何朋友都做不到的。完全可以这么说，若没有翁瑞午尽力悉心的照料，以陆小曼的体质和心气，她不可能活足六十二岁。陆小曼宁愿承受巨大的社会压力，也不愿离弃翁瑞午，并非全因糊涂。相比之下，倒是那些义正词严的朋友们（包括胡适）脑回路出了问题，当初徐志摩都不反感的局面，他们却要拆台。

1933 年，陆小曼赴硖石祭扫徐志摩的墓地，赋诗一首，活画出她当时的心境：

肠断人琴感未消，此心久已寄云峤。
年来更识荒寒味，写到湖山总寂寥。

可以说，徐志摩死于空难相当于"震惊疗法"，使陆小曼痛悔于心，渐渐回归正道，重新捡起了搁弃多年的绘事。1942 年，她在上海举办了个人画展，其师贺天健和大画家刘海粟等艺术界名人到场祝贺。1947 年，她还应好友赵清阁和徐志摩的学生赵家璧之约写作了短篇小说《皇家饭店》，揭露了孤岛时期上海妇女的两极命运，颇获文学界好评。50 年代初，在陈毅市长的关照下，她成为上海文史馆馆员和上海画院画师，还在堂侄的辅助下从事翻译工作，译出了《泰戈尔短篇小说集》。她的内心世界显然已经寒冰消融，又有了做事的热情和兴趣。

1949年，女作家苏雪林访晤过陆小曼，在她笔下，陆小曼的脸色白里泛青，"头发也是蓬乱的，一口牙齿，脱落精光，也不另镶一副，牙龈也是黑黑的，可见毒瘾很深。不过病容虽这样憔悴，旧时丰韵，依稀尚存"，苏雪林还留意到，陆小曼仍用鲜花供奉着徐志摩的遗像。

林徽因

林徽因（1904—1955），祖籍福建闽县，出生于浙江杭州，其父林长民是著名学者和书法家，与梁启超多年深交，短期担任过北洋政府司法总长。林徽因十六岁时随同父亲游历欧洲，适逢徐志摩就读于剑桥大学，这位青年诗人一睹其芳容，即惊为云中仙子，猝发的爱情高烧简直无药可医。他写信给林徽因，回复他的却是林长民："阁下用情之烈，令人感悚，徽亦惶惑不知何以为答，并无丝毫嘲笑之意，想足下误解了。"林长民儒雅开明，与徐志摩结为忘年之交，但他对"剑桥才子"使君有妇这一点颇存疑虑，于是他使了个釜底抽薪之计，带着女儿匆匆归国，行前未向徐志摩告辞。此招果然收得奇效，情随境迁，林徽因的少女情怀转向梁启超的二公子梁思成，一位热爱建筑学的青年。

1924年，林徽因在西山雪池养病，徐志摩与她走得很近，仍然功亏一篑。当时，林徽因认定他们之间的感情只是"inspiring friendship and love"（富于启迪性的友谊和爱），与真正的男女之情仍有所不同。

1927年，林徽因尚在宾夕法尼亚大学留学，恰巧胡适到了美国，她给胡适写信，吐诉了一番心里话："请你回国后告诉志摩，我这三年来寂寞受够了，失望也遇多了。告诉他我绝对不怪他，只有盼他原谅我从前的种种不了解。昨天我把他的旧信一一翻阅了，旧时的志摩现在真真透彻地明白了。过去的就过去了，现在不必提了，我只求永远纪念着。"

徐与林在一些错误的时间交集，以至于有缘无分。

理智果真能管领一切吗？不能。但它是驾驭烈马的缰索，对于一位骑术未精的人来说，总还有些用处吧。林徽因所受的教育东西合璧，便提供这种"骑手的理智"。

徐志摩殉难两个多月后，林徽因写信给胡适，推心置腹，讲出一篇大实话：

实说，我也不会以诗人的美诔为荣，也不会以被人恋爱为辱。我永是"我"，被诗人恭维了也不会增美增能，有过一段不幸的曲折的旧历史也没有什么可羞惭。……我的教育是旧的，我变不出什么新的人来，我只要"对得起"人——爹娘、丈夫（一个爱我的人，待我极好的人）、儿子、家族等等，后来更要对得起另一个爱我的人，我自己有时的心，我的性情便弄得十分为难。前几年不管对得起他不，倒容易——现在结果，也许我谁都没有对得起，您看多冤！……这几天思念他得很，但是他如果活着，恐怕我待他仍不能改的。事实上太不可能。也许那就是我不够爱他的缘故，也就是我爱我现在的家在一切之上的确证。志摩也承认过这话。

"不够爱他"，并不等于不爱他，这句大实话哽在林徽因的喉咙里，不吐不快。爱在潜滋默长，在两端用力拉拽，也是毋庸讳言的实情。假若徐志摩不死在 1931 年 11 月 19 日，而死在以后的另一时间，就不难预见，一场爱情的新冲突终将在海面上露出冰山一角。空难适时地消除了这种可能，这是天意，天意难违！

有一个细节显然是不可忽略的。徐志摩飞机失事后，梁思成亲赴现场，参与了善后事宜，他给妻子林徽因带回了一块飞机残骸上烧焦的木片作为纪念品。这块焦黑的木片显然被林徽因当作了徐志摩生命的象征，一直将它悬挂在卧室的墙壁上，整整悬挂了二十四年，直到她告别苍凉的人世。是爱情还是友情？何必非要作个非此即彼的甄别和分辨？它是人间不可多得的至真情谊，值得纪念到死，这已经足够了。

林徽因有一颗诗质的心灵，敏感细腻，控之在手的理智终究难敌荡之于怀的感情，她勇于承认事实："我们这一群剧中的角色自身性格与性格矛盾，理智与情感两不相容，理想与现实当面冲突，侧面或反面激成悲哀。"（《纪念志摩去世四周年》）徐志摩死后，在她内心这种情感的反弹遂变得格外强烈。1936年2月27日，她在写给沈从文的信中说："我所谓极端的、浪漫的或实际的都无关系，反正我的主义是要生活，没有情感的生活简直是死！……如果在'横溢情感'和'僵死麻木的无情感'中叫我来拣一个，我毫无问题要拣上面的一个，不管是为我自己或是为别人。人活着的意义基本的是在能体验情感。能体验情感还得有智慧有思想来分别了解那情感——自己的或别人的！"1937年11月10日，她写信给沈从文，再次强调："理想的我老希望着生活有点浪漫发生。或是有个人叩下门走进来坐在我对面同我谈话，或是同我同坐在楼上炉边给我讲故事，最要紧的还是有个人要来爱我。我做着所有女孩做的梦。"可惜志摩空难死矣，那种一呼一吸间都能沁人心脾的爱的芳馨已不复存在，为此她才感到格外难过。可惜她觉悟得稍晚了些，徐志摩未能成为这番憬悟的受益者。有个现成的问题是，林徽因为何频频向沈从文倾吐心声？除了他们之间多年的友谊，还有一个更重要的因素——沈从文是徐志摩最得意的弟子，是一个真正的知情者。他听到这番话，该为他的老师感到悯惜、感到悲哀了吧。

从智识上，林徽因非常欣赏徐志摩，后来她写诗，就更能欣赏作为诗人的徐志摩。除了欣赏他显而易见的才华之外，她还欣赏他的为人："你的心情永远是那么洁净；头老是抬得那么高；胸中老是那么完整地诚挚；臂上老有那么许多不折不挠的勇气。"（《纪念志摩去世四周年》）她还说："志摩认真的诗情，绝不含有丝毫矫伪，他那种痴，那种孩子似的天真实能令人惊讶。"

（《悼志摩》）像这样披肝沥胆真性情的朋友，别说放眼文坛，就是放眼人间，又能找到多少？愈是认清了这一点，林徽因便愈是珍重那份无价的情谊，也就会为了一场"日记风波"大动肝火，大伤心气。

事情的原委是这样的：林徽因与梁思成留美期间，将北京北总布胡同三号的房子借给陈源和凌叔华夫妇暂住一段时间，徐志摩即在此期间将一个文件箱托付凌叔华保管。可万万没想到所托非人。凌叔华的好奇心超过了她的教养程度，她设法打开了锁，偷看了志摩的《康桥日记》，还将它拣选出来，另藏别处。徐志摩遭遇空难后，林徽因从新月社作家叶公超处得知志摩的《康桥日记》已落入凌叔华之手。出于对自己少女时代那段特殊交往的好奇，也想看看在当年徐志摩笔下的自己有多么幼稚可笑，她便去找凌叔华索要这份"原始档案"，以便查阅，其要求可谓合情合理。当时，凌叔华正打算作《徐志摩传》，极欲占据第一手资料，于是以"遍找不着"和"在字画箱中多年未检"为由一再推脱搪塞。林徽因自然气恼不过，请出胡大哥胡适来居中调停，总算收回了那个文件箱。然而经过清点，那本《康桥日记》仍然不在其中，这显然是闺秀派作家凌叔华在玩缓兵之计。此后，又费去几番周折，林徽因总算拿到了那本"旧账"，却发现其中涉及到自己的部分全被凌叔华一字不剩地裁去了。徐志摩曾对林徽因说："叔华这人小气极了。"他的话这回得到了应验。《康桥日记》的关键部分石沉海底，1920年秋冬之际徐志摩的心路历程便从此漫漶于历史的风雨中，成为了无解的谜团，这不仅是林徽因个人的遗憾，而且是中国现代文学研究者的损失。

人与人的缘分真是一言难尽。徐志摩在雾都伦敦邂逅了林徽因，他只知道那是猝不及防的美，那是突如其来的爱，还不知道那就是浑然天成的诗，但他不可能绕得过缪斯的圣殿，命中注定要做希腊神话中俄耳甫斯那样的乐手。十一年后，他"御风而行，泠然而善"，谁知那一趟空中旅行的终点竟是天国？他急着去北京见林徽因，听她主讲古建筑学报告，谁知那竟是他最后一次赴约？志摩极重然诺，这也许是他一生中唯一的一次爽约。他们的缘分就此走到尽头，宛如一首诗，一阕词，一段旋律，戛然而止。缪斯并未离去，徐志摩的诗笔仍长留人间：

　　那一晚我的船推出了河心，
　　澄蓝的天上托着密密的星。
　　那一晚你的手牵着我的手，
　　迷惘的星夜封锁起重愁。
　　那一晚你和我分定了方向，
　　两人各认取个生活的模样。
　　到如今我的船仍然在海面飘
　　细弱的桅杆常在风涛里摇。
　　到如今太阳只在我背后徘徊，
　　层层的云影留守在我的周围。
　　到如今我还记得那一晚的天，
　　星光、眼泪、白茫茫的江边！
　　到如今我还想念你岸上的耕种：
　　红花儿黄花儿朵朵的生动……

　　这是林徽因的《那一晚》，是她的代表作，语感和意象都留下了徐志摩诗艺的鲜明印记。其中，"那一晚你和我分定了方向／两人各认取个生活的模样"，更是对徐志摩《偶然》一诗中"你我相逢在黑夜的海上／你有你的，我有我的，方向"的遥相呼应。可惜林徽因发表诗歌的那年（1931年）年底徐志摩便永远喑哑了歌唱的喉咙，要不然，在他的牵引下，林徽因必定能将她的诗笔变成一支魔棒，点醒更多美丽的意象，在缪斯的圣殿里，他们将相得益彰。

　　除开徐志摩，金岳霖也十分恋慕林徽因，为了她甚至终身不娶（这一点有争议，因为在 20 世纪 50 年代金岳霖与彭德怀的姨姐浦熙修无限接近于婚姻，却被疾病和政治形势拆散了）。一位理性思维异常严谨的逻辑学教授能够如此一往情深，无疑是件奇事，这足以证明林徽因具有非同寻常的魅力。据梁思成的续弦林洙说，林徽因与梁思成向来坦诚相待，一次她十分苦恼地告诉丈夫，自己同时爱上了两个人，不知该如何取舍。梁思成闻言，内心自然遭受了好一番颠覆，他终夜苦思，翌日一早眼圈晕黑，决定把抉择权完全交给妻子。他对林徽因说："你是自由的，如果你挑选金岳霖，我将祝你们永远幸福！"林徽因将梁思成这句话一字不落地向金岳霖复述了一遍，没想到这位逻辑学教授面对千载难逢的良机，竟选择了弃权："看来思成是真正爱你的。我不能去伤害一个真正爱你的人。我应该退出。"世间无数情爱纠葛倘若能遇着这样设身处地为他人谋想的当事人，将省去许多麻烦，减少许多悲剧。三人感情受此小幅震荡，并没有崩盘的危险。事后，他们内心全无芥蒂，金岳霖仍然是林徽因客厅中的常客，而且成为梁思成、林徽因之间偶发争端时唯一具有权威的仲裁者。林徽因多病，脾气不好，发起火来，梁思成即变成"烟囱"（朋友们给他取的绰号），金岳霖同情弱者，倒是偏袒梁思成的时候为多。至于他们夫妇合作建筑论文时会有出入，常常各执己见，互不相让，一方趁另一方睡着后偷偷改定，这档子事金岳霖就懒得管，也管不着了。

梁思成有大胸襟大怀抱，还有化情敌为挚友的独门功夫（并无家学渊源），肯给予妻子绝对的信任，林徽因对此特别认可。

当年（1928 年），梁启超对刚过门的儿媳林徽因赞赏备至："新娘子非常大方，又非常亲热，不解作从前旧家庭虚伪的神容，又没有新时髦的讨厌习气，和我们家的孩子像同一个模型铸出来的。"信中竟一连用了两个"非常"，这在一向吝于夸奖"女流之辈"的梁任公笔下确实非常难得。英国友人里查斯对梁思成、林徽因的婚姻既赞美又羡慕："他们两人在一起形成完美的组合……一种气质和技巧的平衡，即使在其早期阶段的成果也要比其他的组成部分的总和大得多，这真是一种罕有的产生奇迹的佳配！"更具有说服力的评价则来自梁思成、林徽因二人的多年挚友、美国学者费正清夫妇，费正清由衷地夸赞道："在我们历来结识的人士中，他们最具有深厚的双重学养，因为他们不但受过正统的中国古典文化教育，而且在欧洲和美国进行过深入的学习和广泛的旅行，这使他们得以在学贯中西的基础上形成自己的审美兴趣和标准。"费正清的夫人费慰梅则以感性的笔触描写林徽因和梁思成："徽——她为外国的亲密朋友给自己取的短名——是特别的美丽活泼。思成则比较沉稳些，他既有礼貌而又反应敏捷，偶尔还表现出一种古怪的才智。两人都会两国语言，通晓东西方文化。徽以她滔滔不绝的言语和笑声平衡着她丈夫的拘谨。"有人将钱锺书与杨绛、吴文藻与冰心、沈从文与张兆和、周有光与张允和、梁思成与林徽因称为老辈学人中的"五佳配"，就感情、事业上的和谐而言，当然远不止五佳配这个数，但他们的确不愧为"混合双打"配对中的种子选手，对此，想必不会有多少人持反对意见吧。

曾任民国时期中央研究院历史语言研究所所长的傅斯年于 1942 年 4 月 18 日致函国民党政府教育部长朱家骅，为梁思成恳求研究经费，信中提及林徽因，道是"其夫人，今之女学士，才学至少在谢冰心辈之上"，这并非谬奖。李健吾与林徽因交谊颇深，对她的滔滔雄辩自然多有领教，他在《林徽因》一文中用幽默的笔触写道："当着她的谈锋，人人低头。叶公超在酒席上忽然沉默了，梁宗岱一进屋子就闭拢了嘴，因为他们都发现这位多才多艺的夫人在座。杨金甫（振声）笑了，说：'公超，你怎么尽吃菜？'公超放下筷子，指了指口若悬河的徽因……"在萧乾的绝笔文《才女林徽因》中也有生动传神的描绘："她说起话来，别人几乎插不上嘴。别说沈（从文）先生和我，就连梁思成和金岳霖也只是坐在沙发上吧嗒着烟斗，连连点头称赏。徽因的健谈绝不是结了婚的妇人那种闲言碎语，而常是有学识、有见地、犀利敏捷的批评。我后来心里常想：倘若这位述而不作的小姐能像 18 世纪英国的约翰逊博士那样，身边也有一位博斯韦尔，把她那些充满机智、饶有风趣的话一一记载下来，那该是一部多么精彩的书啊！她从不拐弯抹角，模棱两可。这种纯学术的批评也从来没有人记仇。我常常折服于徽因过人的艺术悟性。"萧乾阅人多矣，能使他折服的才女又有几位？在哲学教授金岳霖笔下，才女林徽因的素描则颇具诙谐意味："她是全身都浸泡在汉朝里了，不管提及任何事物，她都会立刻扯到那个遥远的朝代去，而靠她自己是永远回不来的。"然而林徽因锋头太劲，难免会惹人嫉妒，冰心就写过短篇小说《我们太太的客厅》讽刺她，对此，林徽因一笑置之，也有人说她以牙还牙，送给冰心一坛老陈醋。在高级知识分子密聚的沙龙里，林徽因能够在其中唱主角，若非妙语连珠，见解独到，谁会受得了她的唠叨？谁还会以身处其客厅为荣为快？

　　林徽因选择中国古代建筑学作为专业方向，文学创作退居其次，仅仅作为副业，偶尔露峥嵘。尽管她有非凡的才识，却疏于动笔，基本上是述而不作，虽曾涉猎诗歌、散文、小说和戏剧等多种文学体裁，留下的作品却少之又少，只能算是一位相当简约的作家。她长才未展，这无疑是中国现代文学史的遗憾。林徽因早年患有肺疾，抗战期间颠沛流离，病情不断加剧，最终恶化为肺结核，这在当年可是不治之症。她病体支离，却还要强打一百倍的精神，陪同梁思成翻山越岭，到处寻访古建筑，在五台山佛光寺落满灰尘和蛛网的屋梁上，林徽因发现了中国迄今保存得最好的古木结构的建筑。始建年月为唐大中十一年（公元 857 年），她还幸运地找到那位女施主宁公遇的雕像，这是林徽因一生最感到自豪的事情。她与梁思成常去深山野地寻访古桥、古堡、古寺、古楼、古塔、古亭、古榭，透过厚积的尘垢，勘定其年岁，揣摩其结构，计算其尺寸，然后绘图、照相、归档、有条不紊。他们明知在战乱时期人命危浅（1937 年 11 月，她在长沙时，就险些被日本飞机扔下的炸弹炸成碎片），建筑学的研究只是不急之务，但作为具有使命感的学者，他们念兹在兹，乐此不疲。在李庄时，林徽因常将莎剧《哈姆雷特》里那句著名台词挂在嘴上："to be or not to be, that is the question！"逗得大家开心一笑，他们很自然地将这句台词的意思理解为："研究还是不研究，那是一个问题！"林徽因是林长民的女公子，是梁启超的儿媳妇，却能放弃安定小康的生活，甘于贫苦，为自己热爱的事业与梁思成四处奔波，难怪他们的朋友、美国学者费正清教授亲眼见过他们在川西小镇李庄的苦况之后，深为感慨地说："倘若是美国人，我相信他们早已丢开书本，把精力放在改善生活境遇上去了。然而这些受过高等教育的中国人却能完全安于过这种农民的原始生活，坚持从事他们的工作。"最难得的也许是他们此时还保持着"倔强的幽默感"，像一棵树在寒冬中固执着最后那片绿叶。且看林徽因写给费正清夫妇的两封信中十分传神的片段，前一封写于1940年11月，里面讲到哲学教授金岳霖的战时生活，可怜又可笑：

可怜的老金每天早晨在城里有课，常常要在早上五点半从这个村子出发，而没来得及上课，空袭又开始了，然后就得跟着一群人奔向另一个方向的另一座城门、另一座小山，直到下午五点半，再绕许多路走回这个村子，一整天没吃，没喝，没工作，没休息，什么都没有！这就是生活。

后一封信写于1941年8月，林徽因写信时眼见大队日军轰炸机从李庄上空飞过。

思成是个慢性子，愿意一次只做一件事，最不善处理杂七杂八的家务。但杂七杂八的家务却像纽约中央车站任何时候都会到达的各线火车一样冲他驶来。我也许仍是站长，但他却是车站！我也许会被辗死，他却永远不会。老金（正在这里休假）是那样一种过客，他或是来送客，或是来接人，对交通略有干扰，却总能使车站显得更有趣，使站长更高兴些。

信后有金岳霖的附笔：

当着站长和正在打字的车站，旅客除了眼看一列列火车通过外，竟茫然不知所云，也不知所措。我曾不知多少次经过纽约中央车站，却从未见过那站长。而在这里既见到了车站又见到了站长。要不然我很可能会把他们两个搞混。

这封信的结尾处当然少不了梁思成的结案陈词：

现在轮到车站了：其主梁因构造不佳而严重倾斜，加以协和医院设计和施工的丑陋的钢铁支架经过七年服务已经严重损耗，从我下面经过的繁忙的战时交通看来已经动摇了我的基础。

三人分别自比为"车站"（梁思成）、"站长"（林徽因）和"过客"（金岳霖），调侃对方也调侃自己。梁思成早年（1923年）因车祸脊椎受伤，落下残疾，他本人对此毫不避讳，自嘲时显示出建筑学家的当行特色。在消极厌世的情绪四处弥漫的战时，幽默感的确是他们精神赖以存活的最后一把救命粮草。

林徽因恪守学术良知，至死而不渝。为了保存北京古城墙、古门楼，她与梁思成殚精竭虑，别出心裁，设计出一套全新的可行性方案，将古城墙、古门楼改造为公园，呈报给北京市人民政府，然而他们的呼吁收效甚微。梁从诫撰文《倏忽人间四月天》，回忆母亲，其中这样写道："五百年古城墙，包括那些被多少诗人、画家看作北京象征的角楼和城门，全被判了极刑。母亲几乎急疯了。她到处大声疾呼，苦苦哀求，甚至到了声泪俱下的程度。……然而，据理的争辩也罢，激烈的抗议也罢，苦苦的哀求也罢，统统无济于事。"一次，林徽因出席文化部的宴会，恰巧与清华大学出身的北京市副市长吴晗同桌，她愤然抹下面子，当众指责身为历史学家和政府高官的吴晗保护古城不力，弄得对方尴尬不已。

林徽因病逝于1955年，才不过51岁，她似乎有先见之明，"逃过"身后两次大劫（"反右"和"文革"）。人间何世，这竟然要算作她无上的幸运！林徽因是出了名的"刀子嘴，豆腐心"，性格坦率，直言无隐。有一次，她见某位男生的素描画得不成样子，评语脱口而出："这简直不是人画的！"该男生一气之下转了系。在《林徽因》一文中，李健吾对她的观感很真切："绝顶聪明，又是一副赤热的心肠，口快，性子直，好强，几乎妇女全把她当仇敌。"试想，以林徽因的火暴性子，岂肯向人低声下气，委曲求全？又岂能在乱世韬光养晦，草间偷活？再说，林徽因病骨支离，脾气火爆，面对纷至沓来的种种糟心事，她怎么可能默尔而息？又怎么可能不默尔而息？内心的撕裂将不可避免。她想求得"玲珑的生，从容的死"，愿望必然落空。纵观古今，庄子笃定是一位言必有中的大预言家，那句"寿多则辱"，两千多年来已经不幸而言中了无数次。

"死者复生，生者不愧。"这句话很不简单，许多人都没有机会说，也没有资格说。梁思成亲手为妻子设计了一方简洁朴素的墓碑，上书"建筑师林徽因之墓"，这几个字也在"文革"期间被清华大学的红卫兵敲掉了。一位参与设计过共和国国徽的学者，死后竟受到这样的对待。

一身诗意千寻瀑，
万古人间四月天。

这是林徽因的两位挚友——哲学教授金岳霖和邓以蛰联名给她写的一副挽联。"四月天"典出于林徽因的诗题《你是人间的四月天》，在此处象征着博大的爱和不老的青春。很显然，他们的极赞之意既在言内，又在言外。

侠义女性

好一个『刺虎犹如刺绣时』，
大勇要捍卫的总归是大义！

兵燹战火，铁血交飞，国势危如累卵，生命坠若朝露，这样的大悲剧总是在乱世连轴上演。中华民国几乎天天都浸泡在战争的泪河血海之中，黎民百姓很难过上几天安生日子，和平就如同盲人渴求的光明，始终遥不可及。

战乱年代，受害面最广的弱势群体无疑是妇女和儿童，由于生理上的原因，妇女还特别多出一道危险，即惨遭兽兵的蹂躏。日本军人臭名昭著，在中国强奸妇女人数之多，杀害妇女人数之众，遍览人类历史，罕有其匹。

1937年12月13日，日本侵略军攻破民国首都南京，五个月内，共杀害城中手无寸铁的平民和放下武器的士兵三十多万人，奸杀妇女的兽行不断上演，可谓罄竹难书。

1938年2月19日，《大公报》的详细报道令中外震惊，人神共愤：

说到敌人奸淫妇女真令人气愤得无话可说，骂他是禽兽，他尚不如禽兽，他连狗的心肝都没有，他是完全丧失人性的！

日兵进城后，除抢烧杀，更重要的即是奸淫妇女，十一岁的幼女，五十余岁的老妇，都不免被辱，轮奸后，多被杀死。"花姑娘"，整群结队的"花姑娘"被捉到，有的送往上海"皇军俱乐部"，有的专供敌人长官以泄兽欲，一般敌兵到处搜寻女人，在街上，在弄堂口，许多女同胞被轮奸，惨叫和狂笑突破了死城的空气，送到我的耳鼓里，不禁使我战栗，我不知是恐惧，还是愤恨！

街上有许多轮奸致死的女同胞的尸身，通身被剥得精光，赤条条的，乳房被割下了，凹下的部分呈黑褐色，难看极了；有的小腹被刺破了好些洞，肠子涌出来，堆在身旁地上，阴户里有的塞一卷纸，有的塞一块木头……多惨痛啊，这是人的行为吗？同胞们！起来复仇呀！女同胞们，起来自卫呀！

起初，难民区较为安全，一般妇女都到区内躲藏，敌军是从未把国际公法放在眼里的，深夜擅入区内，我妇女或被奸污，或被掳去，虽经外人阻拦，亦不生效，且外人竟有因此而被殴打，金陵女大，中华女子神学院，皆有此种事实发生。日军为避免我妇女见其来而逃走，多趁黑夜到各民宅搜求妇女，且有换便衣者，敌军捉住男人，即指着小孩说："要小孩妈妈！"或者说："要花姑娘！"若答以没有，日军即行怒打，或以刺刀戳死。日军每捉到女人，即就地淫污，而迫令其夫或其父立于旁，目睹此非人行为，而奸后必将女人致死，这该多惨痛啊！

日本兽兵为了逞其淫乐，甚至威逼公公强奸媳妇，儿子强奸母亲，父亲强奸女儿，兄弟强奸姐妹，致使天伦灭绝，令人发指。第二次世界大战结束后，德国历届政府和德国民众一直忏悔战争罪恶。1970年，德国总理勃兰特向波兰华沙犹太人死难者纪念碑下跪，经过媒体传播，举世皆知。类似的举动，日本历届政府的首相谁做过？

"战争让女人走开"，这句话纯属扯淡，战争年代，男人流血还流泪，女人流泪还流血，同样会有性命之忧。此外，女人还会受到一些严重的附加伤害。

1919年12月12日，皖系军阀倪嗣冲所辖安武军一部闯入怀宁蚕桑女校，大白天狂纵兽欲，将100余名女教师和女学生尽行奸污。

1938年2月，日本兽兵闯入金陵女子大学，霸王硬上弓，强奸在校女生。

1946年平安夜，北京大学女生沈崇看完末场电影后，于回家途中，与两个美国大兵（海军陆战队伍长威廉斯·皮尔逊和下士普利查德）狭路相逢，他们截住她，挟持到东单广场附近树丛中，在那里，皮尔逊强奸了沈崇。此案激起了全国范围内的抗议浪潮，直接导致美军撤出中国大陆。沈崇案被定性为"20世纪中国十大谜案"之一，沈崇的真实身份和动机是什么？至今众说纷纭，莫衷一是。

1948年8月7日夜，美国空军人员借舞会之机，在汉口景明大楼5楼强奸了20多名中国妇女，相较于沈崇案，此案性质更为恶劣和严重，被强奸的女子有议长太太，有行政首长的如夫人，有著名女高音歌唱家周小燕的母亲和两位妹妹，有年轻女记者，有驻场歌女。案发后，国民党政府考虑到"国家名誉"和"盟邦友谊"，尽全力捂盖案情，但随后不久就被上海的《现代妇女》杂志掘地三尺，暴露无遗。奇怪的是，这次中国妇女遭美军集体侮辱的大案并没有激起全国性抗议浪潮，莫非是因为被强奸者多半是官太太和有钱人家的小姐，案发地点又是在衣香鬓影、灯红酒绿的舞池，大家便觉得她们自作自受，罪有应得？总之，此案最终不了了之。

在战乱年月里，女性坚忍求生的意志力一点也不逊色于男人，甚至有过之而无不及。龙应台著《大江大海1949》，写到她二十四岁的母亲应美君，在大溃退时（1949年1月），带着襁褓中的爱女（"肉肉的婴儿"）离开淳安古城，前往常州会合父亲龙槐生（时任宪兵队长）。应美君出门之际，连老母亲都没回头多看一眼，只平淡地说了一句："很快回来啦！"却再也没能回去，她随军乘船去了高雄。应美君与丈夫失散的那段日子，内心焦虑绝非言语可以形容，所幸她有主见，有胆识。"美君掏出身上藏着的五两黄金，找到苓雅市场，顶下了一个八台尺见方——也就是二米四乘二米四——的菜摊子，开始独立经营。晚上，两个庄稼少年睡在地面上，她就搂着婴儿躺在摊子上，共盖一条薄被。"其生存景况之惨苦正见出应美君生命力之顽强。

乱世苦雨凄风，人命危浅，中国女性身处困境和绝境，并非任由厄运宰割，她们"直面惨淡的人生，正视淋漓的鲜血"，或勇烈，或侠义，或忧国忧民，或赴汤蹈火，成绩极为出色，事迹特别感人。

一、1926年3月18日

刘和珍　杨德群　魏士毅

这是一个不争的事实：民国时期，女性的整体地位得以提高，权利意识逐渐苏醒，社会责任感大幅度增强。她们除了积极参加关系国民福利的各种募捐活动，还踊跃参加危险的政治集会。当时，军阀横行，强梁肆虐，她们这样做，缺乏勇气固然不行，但要是缺乏运气，生命就会如同鲜花在暴风雨中凋陨。

1918 年，第一次世界大战结束后，有一句毒舌话始自巴黎，迅速传遍世界，这句话是"中国不值二毛五"，它公然侮辱了全体中国人的尊严。北京私立协和女子大学学生会会长李德全具有异常强烈的爱国心，闻之怒不可遏，她立刻联合其他同学将抗议书"中国不值二毛五，全中国四万万五千万人，每人值 0.0000000005"摊放在美籍校长的书桌上，抗议欧美国家对中国的极端歧视。她这样做，美籍校长表示完全理解，在民主国家，此举合理合法，并未出格，但在当时的中国，李德全的举动已经算得上惊世骇俗。

五四运动时，女学生已经走上街头，参与募捐和宣传活动，冰心在《回忆五四》一文中对此有活灵活现的描写：

学生们个个兴奋紧张，一听到有什么紧急消息，就纷纷丢下书本，涌出课堂，谁也阻挡不住。我们三五成群地挥舞着旗帜，在街头宣传，沿门沿户地进入商店，对着怀疑而又热情的脸，讲着人民必须一致起来，反对日本帝国主义的侵略压迫，反对军阀政府的卖国行为的大道理。我们也三三两两抱着大扑满，在大风扬尘之中荒漠黯旧的天安门前，拦住过往的洋车，请求大家捐助几个铜子，帮我们救援慰问那些被捕的爱国学生。我们大队大队地去参加北京法庭对于被捕学生的审问，我们开始用白话文写着各种形式的反帝反封建的文章，在各种报刊上发表。

身为国民，理应有爱国的责任心，在当时，女生并不输给男生。

1919 年 6 月 4 日下午，北京十五所女校的学生走出校园，顶着狂风，前往总统府请愿。参与者吕云章描述道："女师师范部学生一律是淡灰裙、淡灰上衣，专修科学生则是蓝布褂、黑裙子，后头一律都梳一个髻；附中的学生也是淡灰裙、淡灰制服，头上则是左右一边梳一个小髻。队伍从下午1时后陆续出发，到总统府前变换队形排列站立，等代表们向军警交涉……好几个钟头之久，没有一个人坐下休息。"她说的"代表"有四人，钱中慧、吴学恒、陶斌、赵翠兰，她们进入总统府，将请愿书交给总统秘书，请他转达。请愿书的要点是："一、大学不能作为监狱，请从速释放被捕学生。二、不应以对待土匪的办法对待高尚的学生。三、以后不得命军警干涉爱国学生的演说。四、对学生只能告诫，不能拘禁虐待。"当年，中国女禁初开，她们的勇毅之举足以令政府官员大惊失色，大呼意外。

1926年3月18日，一个极不寻常的日子，鲁迅将它定性为"民国以来最黑暗的一天"，在北京这个"首善之区"竟然有数十名手无寸铁的请愿学生和市民喋血于执政府门前的铁狮子广场上，酿成震惊中外的"三一八惨案"。在无辜的死难者中，有三位风华正茂的女大学生，她们是北京女子师范大学的刘和珍、杨德群和燕京大学的魏士毅。

1926年3月18日上午，北京近万名学生和市民向段祺瑞执政府和平请愿，愤然抗议"大沽口事件"后八国使团对中国政府的最后通牒，强烈要求与政府首脑直接对话。当天下午，请愿群众在国务院东门遭到执政府卫队的残酷镇压，在这次骇人听闻的血腥惨案中，遭到枪杀、棒杀、砍杀的学生和市民多达四十七人，受伤者二百余人。

鲁迅的文章《记念刘和珍君》使无数读者认识了"始终微笑的刘和珍君""沉勇而友爱的杨德群君"和"一样沉勇而友爱的张静淑君"，令我们感佩的是"三个女子从容地辗转于文明人所发明的枪弹"，表现出"惊心动魄的伟大"，她们"在弹雨中互相救助，虽殒身不恤"，充分体现了中国女性的勇敢坚毅和临难不苟的精神。

当兽兵施暴时，刘和珍身中一弹，从背部射入，斜穿心肺，顿时血流如注，倒地不起。同学张静淑和杨德群见状，立刻奋不顾身，上前救助。张静淑身中四弹（后经医院抢救脱险），杨德群中弹后仍能挣扎着坐起，结果被一名兽兵撞见，跑过去对着她的头顶猛砸两棒，杨德群当即气绝身亡。

清华大学教师朱自清是"三一八惨案"的亲历者，他以悲愤的笔墨写下了《执政府大屠杀记》，文中描写了燕大女生魏士毅惨死的情形：

有些人虽幸免于枪弹，仍是被木棍、枪柄打伤，大刀砍伤，而魏士毅女士竟死于木棍之下，这真是永久的战栗啊！据燕大的人说，魏女士是于逃出门时被一个卫兵从后面用有楞的粗木棍儿兜头一下，打得脑浆迸裂而死！……卫队不但打人，行劫，最可怕的是剥死人的衣服，无论男女，往往剥得只剩一条裤衩为止。

只有邪恶的政府才会下令开枪镇压和平请愿的群众，只有兽性的军人才会虐杀无辜国民，剥下死者衣裤，抢掠受难者的财物。据当时《国民日报》所记载，种种情形简直令人发指：

北京教职员调查国务院将死尸取验时，见尸身衣服鞋袜帽等等全数剥下，即女学生也不代留一件小衣，情形惨不忍睹。并闻十八日之惨剧，有一怀孕妇人，亦遭杀害。据参与检验者云，该妇之腹，曾被刺刀刺开一大孔，身上并有踏伤多处……

刘和珍是女师大学生自治会的主席，这位性情温和、脸上总是带着微笑的女生曾领导女师大同学发起"驱羊运动"（驱逐校长杨荫榆），一度被学校开除，复校后，她的学籍得到恢复。刘和珍祖籍安徽合肥，生于江西南昌，北上求学前，她结识了新闻记者方其道，两人情投意合，订下婚约。刘和珍家境贫寒，她在北京读书的费用全由未婚夫方其道接济，而方其道由于受江西新闻界文字狱的迫害流落京城，正巧赶上"三一八惨案"，亲眼目睹爱人死于非命。刘和珍、杨德群二位烈士出殡之日，方其道前往执绋，他痛失爱侣，悲情难抑，泪下如雨，在场者无不凄然。在女师大的追悼会上，死难者的斑斑血衣乃是无言的控诉，然而在邪恶政府的统治下，这种悲剧还将一幕又一幕地重复上演，这既是国民的不幸，也是民国的不幸。

值得肯定的是，中国教育界和新闻界针对此次血案表现出了各自应有的良知。《京报》社长邵飘萍旗帜鲜明，立场坚定，全面且完整地报道了这次血案的始末，对反动执政府"以国务院为小沙场"，弹无虚发、尸横遍地的"战绩"发出了愤怒的谴责。教育界诸多著名人士，如梁启超、鲁迅、周作人、林语堂、王世杰、陈翰笙、高一涵、许士廉、闻一多、朱自清、刘半农、赵元任等，都纷纷发表文章和讲话表明他们对暴政猛于虎的愤恨。林语堂时任女师大教务长，是刘和珍的英文教授，他一向以幽默大师的面目示人，这一回，面对死难的学生，他再也无法幽默和沉默了。血案发生后第三天，他就写成《悼刘和珍杨德群女士》一文。痛切地认为这次血案是他"有生以来最哀恸的一种经验"，"二女士之死不尽像单纯本校的损失，而像是个人的损失"，她们"是代表我们死的"，"她们的死，于我们虽然不甘心，总是死的光荣，因此虽然觉她们死的可惜，却也死的可爱。我们于伤心泪下之余，应以此自慰，并继续她们的工作。总不应在这亡国时期过一种糊涂生活"。女师大的校友、才女石评梅在《京报》副刊上发表了《血尸》一文，一改往日沉郁的文风，代之以刚强之气：

……不要悲痛，现在我们不入地狱，谁入地狱？便是这样的死，不是我们去死，谁配去死？我们是在黑暗中摸索寻求光明的人，自然也只有死神和影子追随着我们。永远是血，一直走到坟墓。这不值得奇怪和惊异，更不必过分地悲痛，一个一个倒毙了，我们从他们的尸身上踏过去，我们也倒了，自然后边的人们又从我们的身上踏过去。……

这只是一个开头，绝非结束，民国女性的牺牲精神，以及干练坚决、百折不回的气概，是不可磨灭的，只要有鲁迅、林语堂、朱自清等人的文章在，只要历史的记忆神经尚未深度麻痹，她们的死就肯定不会是毫无意义、毫无价值的枉死。

二、一代女侠的非正常死亡

方君瑛

秋瑾之后，被世人普遍赞誉为"女侠"的革命家并不多，方君瑛就是这不多的"女侠"中的一员。这位温婉女子，并不像秋瑾那样发扬踔厉，也没有任何武术功底，但她是一位公认的现代民族主义革命家，一度主掌暗杀团，反抗清王朝的铁血专制。

方君瑛（1884—1923），字润如，福建侯官县（今闽侯县）人。其父方家湜，做过湖北汉口公信存转运公司经理，承办转运业务，在其友人眼中，他是一位开明绅士，"有远识，教育子女得风气先"。方君瑛生长在一个人丁兴旺的大家庭里，共有四兄弟七姐妹，她排行第七。

1905 年，方君瑛二十一岁，伯父方家澍资助她留学东瀛。此前，寡居的四嫂曾醒、六哥方声涛、六嫂郑萌、妹妹方君笄、弟弟方声洞已在日本站稳脚根。同年，方君瑛与曾醒、方声涛、郑萌、方君笄、方声洞一齐加入中国同盟会，被称为"举族起义"，一时传为美谈。方君瑛为人正直热情，刚毅沉着，对革命事业倾心竭力，深受孙中山、胡汉民、朱执信等革命党首要人物的敬重。

方君瑛赴日留学前，已由父亲包办，与富家子弟王简堂订婚。这位未婚夫倒也不是什么纨绔子弟，同样在日本东京留学。由于两人尚未拜堂成亲，方君瑛与王简堂自觉避嫌，来往不算密切，单独见面的次数少之又少。王简堂埋头念书，学业成绩出色，但他思想保守陈旧，一心只看重仕途经济，因此对于方君瑛及其兄嫂等人明确进行的革命活动不以为然，时不时向方声涛、方声洞兄弟吐露抱怨之词，对未婚妻方君瑛的不满之情更是溢于言表。试想，方君瑛追求革命理想，岂会乐意与这样一个冬烘先生结为夫妇？秋瑾已打碎桎梏，她怎能钻进樊笼？于是方君瑛萌生退婚之意，终因父亲不表赞成而未能如愿。当时，方君瑛毕业在即，从事革命活动贵在身份秘密，尽可能不引起外界关注，所以她也就暂时将此事按下不提。但她已暗下决心，从此独抱琵琶，终身不嫁。

在日本留学期间，方君瑛的民族革命思想日趋激烈化，她认为革命不能光靠坐而空谈，必须起而付诸暴力实践，在实力不对称的情况下，以定点清除的暗杀手段对付清廷要员，最能使专制奴才丧魂破胆，使革命风潮波及全国。

1905 年，侠士吴樾身怀炸弹，在北京正阳门东站刺杀出国考察西洋宪政的五大臣。这次刺杀虽未成功，但它轰动全国，激荡人心，极大地提振了革命志士的勇气，从此土制炸弹成为了激进革命者的首选利器。中国同盟会组织了一个专司暗杀之职的部门——实行部，方君瑛"智深勇沉，可属大事"，被众侠士推举为部长，主要成员有吴玉章、黄复生、喻培伦、黎仲实和曾醒等人。当时，中国同盟会中第二号人物黄兴在横滨设立了一个制造炸药的秘密机关，聘请俄国人为教授，喻培伦擅长化学，主持研制。中国同盟会中的女会员秋瑾、方君瑛、陈撷英、林宗素、唐群英、蔡蕙、吴木兰等人充当学员，均被誉为"苏菲亚式女杰"。

以今人的眼光去看，这些女革命家学习暗杀行动的重要步骤，岂不是与当今中东和中亚恐怖组织的"黑寡妇"毫无二致？她们的行为果然是正义的吗？这个问题应该如此分析："黑寡妇"将打击目标锁定为无辜平民，她们的恐怖行为所伤害的并不是民主、自由的天敌，因此这些视死如归的恐怖分子犯下的是不可饶恕的反人类、反人性、反文明的大罪。中国同盟会中致力于暗杀活动的侠士则截然不同，他们针对的仇敌是铁血专制政权的鹰犬爪牙，他们竭力避免殃及无辜平民，有时为了精确打击，行动计划一变再变，终告流产。1907 年 7 月 6 日，徐锡麟开枪击毙安徽巡抚恩铭。1912 年 1 月 26 日，彭家珍掷弹炸死宗社党头目良弼。与吴樾的暗杀行动如出一辙，他们的狙击目标均十分明确，针对的是专制政权的鹰犬爪牙，未曾殃及无辜平民。

方君瑛与一些职业革命家有明显的不同之处，一方面她致力于反清大业，另一方面她主张"力学救国"，从不荒废学业。经过三年苦学，方君瑛毕业于日本高等女子师范学校。1908 年，方君瑛与喻培伦、黄复生、黎仲实、汪精卫、曾醒、陈璧君七人组成暗杀团，将秘密机关设于香港黄泥涌道，试制炸弹。1910 年 4 月，汪精卫、黄复生将清朝摄政王载沣（末代皇帝溥仪的亲生父亲）锁定为刺杀的头号对象，以求取得最佳震慑效果，可惜他们尚未出击，刺杀行动即谋泄失败，两人被判处徒刑，终生监禁。方君瑛心系同志，悲愤不已。

1911 年 3 月，广州起义前夕，方君瑛与四嫂曾醒受广州起义总指挥黄兴委派，往来于香港、桂林之间，怀揣黄兴、赵声的亲笔书信与方声涛、耿毅等革命党人密切联络，共商大计。广州起义所需枪械均从香港码头启运，大部分装入棺材中，由方君瑛扮成孝妇，瞒天过海，运抵羊城。

1911 年 4 月 27 日，广州起义提前举事，胡汉民率领方君瑛、曾醒、黎仲实、陈璧君、李佩书等革命党人为后援，刚抵羊城码头，就听说起义失败了，清军全城戒严，大肆搜捕革命党人，他们只好退回香港，再作后图。

广州起义一役，革命党人损失至为惨重，黄花岗七十二烈士中，方君瑛的胞弟方声洞即在其列。方君瑛痛定思痛，"以未能作烈士而遗憾"。死者长已矣，生者或余悲，方声洞的妻子王颖在日本千叶医学专门学校学习，且有孕在身，还有一个刚满周岁的儿子，乍闻噩耗，她哀恸欲绝。此时方君瑛不失家姊的风范，立刻从香港乘船去日本，陪伴王颖母子归国。

1912 年，方君瑛回到福州，短期担任福建女子师范学校校长，四嫂曾醒任监学。中华民国新肇，方君瑛无意从政，有意求学，她的求知欲异常旺盛，认定真正的学问之府远在欧洲。1912 年下半年，方君瑛与幼妹方君璧、四嫂曾醒等人前往法国留学。

袁世凯摘走中华民国树冠的"蟠桃"之后，手段很快就由温和转为毒辣，他大肆打压革命党人，明捕暗杀，无所不用其极，中国政局日益动荡。1915年，强横无比的日本政府向袁世凯主宰的北洋政府提出"二十一条"不平等条约，消息揭诸报端，举国为之震怒，方君瑛在平静的书桌前再也坐不住了，辍学归国，决意有所行动。恰在此时，她的父亲遽然谢世，方君瑛内心更添悲伤。方君瑛回家办完丧事，眼看国势蜩螗，河决鱼烂，无从措手补救，没奈何，只好带着妹妹方君琦重返法国。

1920年，方君瑛的六嫂郑萌从国内汇寄八万余元给方君瑛，预存在她那里，这是郑萌为儿子方贤旭到法国留学准备的学费。款到不久，在波尔多读书的福建籍青年学生林秋生和黄国治，因家中没有及时寄来学费，生活无着，他们获悉方君瑛处有一笔刚从国内寄来的款项，就向她商借若干，暂停窘困，两人坚称，只要家中汇款一到，就立刻全额奉还。方君瑛生性慷慨，古道热肠，虽然银钱是六嫂托付的，但总不能见死不救。于是她拆借一万六千法郎给林秋生和黄国治，帮他们渡过眼前的难关。但事情却出现了意料之外的变故，欠债者迟迟没有还钱，方君瑛为此焦虑不安，深感愧对六嫂郑萌的嘱托，因而落下一块心病。

1921年秋，方君瑛修毕法国波多铎大学的数学课程，获得硕士学位，成为中国女留学生在法兰西获得硕士学位的第一人。有道是祸福相倚，方君瑛获得学位后不久，在法国街头遭遇交通事故，脑部受了重伤，留下较为明显的后遗症，记忆严重衰退，情绪波动起伏。

1922年冬天，方君瑛回国，汪精卫邀请她主掌广州执信学校，但该校仍在草创筹备期间，薪金无从谈起。此时，东南亚华侨领袖陈嘉庚创办的厦门集美学校想聘请方君瑛做教授，她也很想接受聘请，这样一来，经济上就能独立，每月既可以还些钱给六嫂，又可以尽一点抚养子侄和弟妹的责任。但集美学校所订的条件相当苛刻，开出的是"霸王合同"，方君瑛的教龄必须达到十年方可自由离职，校方却有权随时解聘。方君瑛将合约条款告知好友汪精卫和陈璧君，他们都不赞成她接受集美学校的聘书，她权衡再三，也觉委屈，因此作罢。

方君瑛未能就职，想尽快偿还债务的心愿就难以达成，内心难免受到苦闷和焦虑的煎熬。她着实心灰意冷，执信学校发来电报，催她与四嫂曾醒速往广州，汪精卫已将路费汇往福州曾醒处。在这节骨眼上，方君瑛大犯踌躇，不愿南下，她对汪精卫说："我在法国被汽车撞伤，留下头痛的毛病，脑力已经大不如前，执信学校人事复杂，恐担任校长不下来。"汪精卫回答她："此时已六月矣，七月中旬即放暑假，七姊到广州后，不必接事，可在筹备会中，与诸筹备委员筹备一切，暑假后度力能任，即任校长，力如不能，则先任教员，随后再任校长，亦无不可。"方君瑛将汪精卫的提议搁在一旁，未置可否。

方君瑛性格刚强，毅力过人，为何也会心灰意冷？清王朝被推翻后，中华民国却并非新瓶装新酒，这是一个不争的事实。方君瑛怀抱着科学救国的理想前往法国深造，十年间与寡嫂、子侄、弟妹过着俭朴单调的学校生活，本想学成之后，以一技之长报效国家，造福社会。然而，她所目睹的上海，中国的大都会，又是一番怎样的情形？在灯红酒绿的十里洋场，多的是纸醉金迷之徒。在革命发源地广州，地方军队包烟包赌还包娼，军阀割据为雄，到处乌烟瘴气。中国的进步在哪里？污浊如故，腐败如故，疾苦如故，混乱如故，甚至比清朝末期有过之而无不及。国是日非，民瘼依旧，志士仁人，情何以堪？方君瑛毫无心理准备，她愤怒、悲伤、失望，却无能为力。尤其是那些曾经不惜抛头颅洒热血的革命者竟也纷纷堕落了，追名逐利，养尊处优，理想和气节荡然无存，较之清朝官吏的腐败，有过之而无不及。"革命志士"陈炯明已蜕变为新军阀，公然背叛孙中山，为此兵戎相见。方君瑛对这些怪状和乱象痛心疾首，弟弟方声洞和许多同志的热血算是白洒了，头颅算是白抛了，她十余年的努力已付诸东流。老百姓倒悬如昔，苦水尤深，创伤更甚，革命的成功只不过造就出一大批新的官僚和军阀。念及于此，前途漆黑如茫茫冬夜，方君瑛内心深受刺激，狂悲不已，痛感生命和生活毫无意义，她时而愤慨，时而消沉，深陷其中，难以自拔。

早先，方君瑛已与未婚夫王简堂解除婚约，两人十年陌路，却难断纠葛。王简堂一直未娶，在道德上，似乎占据了一个制高点，他从福州不断发来函电，纠缠不休，执意要与方君瑛重修旧约，复燃死灰。方君瑛回复的电文中有这样一句决绝的话——"死者不可复生，断者不可复续"，王简堂不肯死心，使她极为厌烦。此时，方君瑛的万千烦恼丝，剪不断，理还乱，若有贴心亲友与她倾谈，为她排解，或许能够收效，但不巧的是，她最信任的亲友此时都不在她身旁，四嫂曾醒远在福州，陈璧君已前往美国，为执信学校募集款项，汪精卫是孙中山委派的驻沪办理和平统一全权代表，但他一直奔走于上海、广州、杭州、奉天之间，待在上海的时间少之又少。方君瑛积忧成疾，却没人及时察觉，更没人帮她解开心结，渡过难关。有一天，方君瑛对陈璧君的母亲卫月朗说："我今无牵挂，随时可死。"卫月朗以为方君瑛心情不好，随便说说，就问她："爱你之人奈何？"方君瑛的回答相当澹然："渠等哭数日就无事。"自杀前的征兆已经十分明显，可惜卫月朗未能引起高度重视，更别说严加防范。

1923 年 6 月初，汪精卫去奉天会见张作霖后返回上海，没过几天，6 月 8 日即离开上海前往广州，向孙中山报告他与张作霖接洽的情况。汪精卫离家前往码头乘船，方君瑛送他到门口，伫立良久，怆然挥泪。家中的佣人见此情形，以为是伤别的缘故，同样未能察觉异常。

1923 年 6 月 12 日夜，方君瑛吞食大量鸦片，腹痛难忍，汗流如注，卫月朗见状顿觉不妙，迅即请来名医牛惠霖，初诊为服毒，立刻送往医院救治，结果医药罔效，一代女杰遂于 6 月 14 日下午 3 时奄然物故。

方君瑛弃世后，卫月朗从她日常所用的小皮包中找到遗书，全文如下："君瑛之死乃出于自愿，非他人所迫也。盖因见社会之腐败不可救药，且自己无能，不克改良之，唯有一死耳！在世甚觉无聊，我对不住所有爱我者。我已去矣，所有之恩惠来世再报罢。六嫂之款七万二千，存在法银行，乃仲鸣弟经手，问之可也。伯母之款也存仲鸣弟处。六嫂尚有一万六千佛郎，被张国治、林秋生借去，请醒姊代追之，谅不至全数无着。瑛诚对不住六嫂，请恕我。瑛。绝命书。字据在第二小皮包内，请六嫂取之。"

一代女杰，赍志以殁。方君瑛之死，令人痛惜，也令人深思，这位理想主义者是因为悲观失望而服毒自尽的，她的社会生活和个人生活都有许多大缺陷，这样的"坑"，她凭一己之力无论如何也填不平。她有一颗受伤的脑，更有一颗受伤的心，在她看来，只有结束生命才能获得解脱，相比喧嚣躁动的现实世界，另一个世界更为安宁。至于身后有人泼洒污水，散布谣诼，捏造种种不实之词和难堪之语，诋毁方君瑛是汪精卫的情人，由于遭到陈璧君的当众羞辱愤而自尽，这类子虚乌有的"情史"，欺骗无知读者或许立竿见影，又何损方君瑛的冰清玉洁？以讹传讹者，以谣播谣者，趣味和境界过于低下，自是不值一哂。

三、快意恩仇

施剑翘

民国政坛刺杀成风，陶成章、宋教仁、郑汝成、陈其美、汤化龙、张绍曾、廖仲恺、杨杏佛、史量才、唐绍仪均为遇刺身亡，汪精卫遇刺受重伤，宋子文遇刺安然无恙，这些政治暗杀无一不在历史上留下重大疑点。当然，也有刺客为了报仇雪恨刺杀大人物的，如山东省政府副总参议郑继成为父报仇，刺杀直系军阀、"狗肉将军"张宗昌，就曾博得媒体和民众的普遍同情。

刺客需智勇双全，既要计划周密，又要身手矫健，还要视死如归，绝非胆小惜命的常人所能胜任，以男性的歧视眼光看来，女子更不可能挨边。然而，凡事总有例外。东汉酒泉女子赵娥为父亲赵安报仇，手刃仇家，其人其事载入了《后汉书·列女传》。这个历史故事的大致情节为：赵安被同县人李寿无端戕害，此前，他的三个儿子已经夭折，膝下荒凉，仅剩女儿赵娥，也已嫁为人妇。李寿欢喜庆贺，满以为赵家连个壮丁都派遣不出，这笔血债注定会要烂掉。仇家吃下了定心丸子，照旧为所欲为。赵娥不曾公开表态，复仇之心却坚如磐石。私下里她准备了一把锋利的短剑，藏在袖筒中，常乘帷车出门，静候仇家出现，十余年间，她一直未能如愿。也许真是皇天不负苦心人，赵娥终于在都亭与李寿狭路相逢，她拔出利刃，以迅雷不及掩耳的速度刺死仇家，然后前往县衙投案自首。赵娥如释重负，对县令尹嘉说："小女子的父仇已报，请大人定罪。"县令被赵娥的孝心感动，不忍加害于她，打算挂印辞官，与她一同逃亡。但是赵娥不肯隐姓埋名，流落异乡，以待罪之身苟活人世。她坦白相告："申冤报仇，这是我的本分。因此触犯刑律，该当如何处置，那是您的职分。我不想草间偷生，使国法遭到扰乱！"赵娥的言行义薄云天，尽管东汉法网严密，但各级官员纷纷出面为她求情，最终她获得朝廷特赦，成为了天下景仰的孝女。

两千年后，民国时期也有一位女子的行为和遭遇与赵娥十分相似，她刺杀的仇家来头比李寿更大，是直系军阀孙传芳，在佛堂实施的雷霆一击也比赵娥当年的壮举更加轰动。这位侠女和孝女就是施剑翘（1905—1979）。

高寿九十七岁的掌故家郑逸梅撰《女杰施剑翘善良》一文，这样开篇：

读袁子才《费宫人刺虎歌》："妾手纤纤软玉枝，事成不成未可知。妾心耿耿精金炼，刺虎犹如刺绣时"，觉虎虎有生气，如从楮素间出。不料三四百年后，女杰施剑翘，手刃显赫一时的军阀孙传芳，为父报仇，尤胜于费宫人多多。

袁子才是清代文学家袁枚，又号随园老人。据清代文士陆次云的《费宫人传》所记，费宫人是明末崇祯皇帝的宫女，专门服侍长平公主。李自成攻破北京后，崇祯皇帝朱由检仓皇逃赴煤山自缢，行前，他以袖遮眼，挥剑斫断长平公主的左臂。费宫人救主心切，于是易装假扮长公主，自投罗网，被李自成赏赐给罗姓猛将。费宫人于新婚之夜刺死烂醉如泥的"丈夫"，然后自杀。在金庸武侠小说《碧血剑》中，九难师太（独臂神尼）就是以长平公主为原型。京戏、昆曲中均有《刺虎》一剧，以费宫人的事迹为蓝本，只不过将罗姓猛将改为闯部大将"一只虎"李过。洞房花烛夜，费宫人刺死这头烂醉的猛虎，然后挥剑自刎。程砚秋尤其擅长此剧，他扮演费宫人，身段极好，唱作俱佳，老辈戏友撰文提及，无不津津乐道。

郑逸梅将施剑翘比作勇于刺虎的明末侠女费宫人，尽管情节有些比拟不伦，但两人的胆色确实不相上下。

施剑翘，原名谷兰，祖籍安徽桐城，从小生长于山东济南。其生父施从云是滦州起义的先烈，牺牲之后，女儿过继给胞弟施从滨。施从滨是山东军务帮办兼奉系第二军军长，在1925年11月的直奉大战中兵败被俘。大军阀孙传芳践踏战时不杀俘、不戮降的国际通则，下令斩决施从滨，枭首于安徽蚌埠车站。死讯传来，施剑翘痛彻心肺，发誓为父报仇。她赋诗明志：

> 战地惊鸿传噩耗，闺中疑假复疑真。
> 背娘偷问归来使，恳叔潜移劫后身。
> 被俘牺牲无公理，暴尸悬首灭人伦。
> 痛亲谁识儿心苦，誓报父仇不顾身！

当年，闺中女子抛头露面尚且不易，孙传芳统领百万大军，防卫滴水不漏，惩谁要手刃这位国内屈指可数的大军阀，都难于登天。因此，施剑翘起先将复仇的希望寄托在堂兄施中诚身上。施中诚童年丧父，施从滨对他关怀备至，悉心栽培。施中诚毕业于保定军官学校，得到伯父的呵护和照应，在军界步步高升。施从滨遇害后，他更是因祸得福，坐上了烟台警备司令的虎皮交椅。然而，此人血性凉薄，不愿断送自己的锦绣前程，去为伯父报仇雪恨。施中诚再三搪塞，施剑翘一怒之下，与之断绝了兄妹关系。

三年后，施剑翘重又燃起复仇的希望之火。施中诚在保定军官学校的同学施靖公，时任晋军谍报股股长，在施剑翘面前义形于色，将胸脯拍得山响，向她表态：一旦时机成熟，他就会去完成这项荆棘万丛的使命，虽粉身碎骨，肝脑涂地，在所不辞。世间还有如此古道热肠的侠义之士，施剑翘自觉嫁给他乃是苍天有眼。然而结缡之后，施靖公食言自肥，每次施剑翘提醒他兑现承诺，他就以巧辩为自己开脱：

"谷兰，你是真不知道还是假不知道？恶狼与绵羊的仇恨永难清算。孙传芳一生杀人如麻，这种吃骨头不吐渣的魔王，结下的仇家数不胜数，多行不义必自毙，我们不出头，也会有人出头。"

对这种胆色全无的懦夫和诚信不保的缩头乌龟，施剑翘不再心存好感，怀抱期待。1935 年 6 月，施剑翘带着孩子毅然离开山西太原，回到天津娘家。行前，她赋诗一首，感慨系之：

一再牺牲为父仇，年年不报使人愁。

痴心愿望求人助，结果仍须自出头。

世间有非常之人，然后有非常之事。施剑翘是一名闺中弱女子，又何尝不能做非常之人？把握稍纵即逝的机会，手刃杀父之仇，一雪心头之恨。施剑翘特别留意孙传芳的行踪，搜集与他相关的信息，可谓巨细无遗。

孙传芳鬼蜮其心，豺狼其性，专以寡人妻、孤人子、墟人庐、埋人井为赏心乐事。他曾说："秋高马肥，正好作战消遣。"这话极端无人性、无人气、无人味。这位大军阀视流血成河、积骨成山为人间最佳美景，以草菅人命、涂炭生灵为天下寻常儿戏。尽管他不曾像明朝末期的头号魔王张献忠那样立一块臭名昭著的"七杀碑"，公开标榜替天行道的杀人主义，说什么"天生万物以养人，人无一德以报天，杀杀杀杀杀杀杀"，但"孙屠夫"虐杀的生命未必就比张屠夫少。他不止一次搬出曾国藩麾下大将彭玉麟的那副对联"烈士肝肠名士胆，杀人手段救人心"来作挡箭牌，可是无论他怎样掩饰，穷凶极恶的魔王与侠肝义胆的烈士根本无法等量齐观、同日而语。即使"孙屠夫"穿上花花绿绿的戏装故作高姿态，博得满堂喝彩声，也很难让他的罪孽减轻分毫。

施靖公的话没错，孙传芳树敌多，结怨众，仇家遍国中，但施剑翘并不寄望侠士虬髯客御风而至，替天行道，将他连根铲除，她决定亲自动手，把孙传芳送入十八层地狱。施剑翘为信念而活着，刀山在左，火海在右，她也无所畏惧，若能达成目的，身死百次她也甘之如饴。古代刺客专诸、聂政、荆轲是如此，现代侠女施剑翘也是如此，她要仿效先烈，消灭元恶大憝，铲除天下公敌，私仇公仇一齐清算。

常言道，君子报仇，十年未晚。施剑翘屈指一算，从民国十四年（1925年）父亲被冤杀到民国二十四年（1935年），恰好十年。1926年，吴佩孚的军队与北伐军在汀泗桥正面交战，结果被杀得丢盔弃甲，落荒而逃。孙传芳不相信北伐军能够摧枯拉朽，也不甘心失去江西这块风水宝地，他亲临九江督师，强撑到年底，赣军全线崩溃，孙传芳满盘皆输。五省联帅眼看四面楚歌，穷途末路，只好灰溜溜地逃到大连，恳请奉系将领韩春麟出面斡旋，寻求张作霖的庇护。军阀之间的战与和均以现实利益为依归，张作霖这次打的是如意算盘，他要组织"安国军"，与北伐军抗衡，孙传芳虽是败军之帅不足以言勇，但他在苏、皖、闽、浙、赣五省仍有不可低估的号召力和影响力，让他出面收拾残部，添人置枪，或许还能干出名堂。于是，张作霖自任安国军总司令，以孙传芳为副总司令兼第一军团总司令，驻防南京。没过多久，孙传芳再次领教了北伐军的厉害，他的帅座下发生八级"地震"，南京就跟纸糊的城池差不多，被北伐军捅出一串大窟窿。危急关头，生死悬于一线，死马权当活马医，孙传芳犹如输红了两眼的赌徒，孤注一掷。龙潭大反攻是孙传芳一生中投注筹码最多的豪赌，最终输了个精光，他旗下的安国军被"小诸葛"白崇禧统领的北伐军打得溃不成形。这一年，孙传芳五十岁，五十而知天命，可是他惶惶如丧家之犬，岌岌如漏网之鱼，南方虽大，苦无容身之地，他只好寄迹于天津的英国租界中，自舔伤口，无限委屈地做起了寓公。国难当头之际，孙传芳图谋东山再起，他做梦都想做"华北王"，竟然置民族大义于不顾，与日本特务机关头目土肥原贤二私相授受，暗中勾结，企图倚仗日本军方势力，做出一番轰轰烈烈的"伟业"。此时，孙传芳已经堕落到罪不容诛、罪无可赦的地步。

1935年中秋节，施剑翘在法租界大光明电影院门口认出了孙传芳那辆牌号为1093的黑色轿车，散场后，她首次近距离见到那位戴着墨镜，依然趾高气扬的杀父仇人。因为散场时观众太多，她担心伤及无辜，踌躇未决之际，孙传芳已登上汽车，激尘而去。此后，施剑翘多次到英租界孙氏豪宅附近探察，看到高墙电网、扃闭的铁门和比猎犬更警觉的门房，她试图化名到孙家去做佣人，未能如愿。

五省联帅孙传芳昔日手握生杀予夺之权，无恶不作，今朝势穷力绌，惶恐于血债累累，决计放下屠刀，立地成佛，讨得现成的便宜。他曾潜赴苏州向当时佛教界首屈一指的大德印光法师皈依，未获应允。嗣后，这位孤家寡人返回北方，向佛教界捐赠了一大笔香火钱，经北洋政府前总理靳云鹏力荐，变身为天津居士林佛学会理事长。从此，昔日的五省联帅成了今日的智圆法师。从煊赫一时落到树倒猢狲散，从拥兵百万沦为孤家寡人，孙传芳口口声声"英雄到老终归佛，名将还山不言兵"，果然大彻大悟了吗？鬼才会相信他。

枫叶红了一秋又一秋，在国难方殷、人命危浅的岁月里，两眼看去，这一树树燃烧的血格外触目惊心。有一天，施剑翘在家中拧开话匣子，正好听到居士林佛学会智圆法师讲经，山东口音，相当耳熟，与孙传芳的口音一模一样。智圆法师——孙传芳，莫非是同一个人？施剑翘从衣钩上取下披风，匆匆出门，连母亲的询问也没来得及回答。她坐车到仁昌广播电台门前，正巧智圆法师完工出来，此人身着海青，仍掩不住凛凛杀气，果然是孙传芳，好几个马弁簇拥着他，仍旧耀武扬威。

杀父之仇，不共戴天，仇人相见，分外眼红。施剑翘苦等十年，坚忍十年，义气、侠气、勇气激荡于胸，滂沛于怀，但要让恶贯满盈的大军阀孙传芳血溅五步，她还得静候时机。

阴历十月初三，施从滨的忌辰。施剑翘决定在天津日租界花园街观音寺为父亲举行纪念法会，恭请居士林的富明法师前来诵经。她询问道：

"人死之后，诵经超度究竟有没有效验？"

"阿弥陀佛，诵经超度非常灵验，要不然孙联帅也不会虔诚信佛，尽心尽意做佛学会理事长。女施主，你不妨想想看，孙联帅刀口下的冤魂何止万千，他虔诚礼佛，化解戾气，尚且清济平安，何况常人的余地要比他大得多。"富明法师用雄辩的语气回答道。

"大德说的孙联帅是不是智圆法师？"

"不错，孙联帅就是智圆法师。"

"他什么时候到居士林诵经？"

"星期三是居士林道会之期，他从不缺席。"

"不知我这样的俗家女子可不可以旁听？"

"佛门广大，接纳一切有缘者，你只管去就是。"

施剑翘微微一笑，这一笑没人能觉察出其中暗藏的杀机。

1935 年 11 月 13 日，天公不作美，风片裹着细若牛毛的雨丝，满街枯叶飘零，行人寥落，显得尤为冷清。早晨醒来时，孙传芳感到精神有些不济，但他还是勉强起床，按时赴会。到了居士林，他直觉这一期来的道友不如以往多。也难怪，如今兵荒马乱，人心惶惶，今生尚且照顾不周，谁还有多余的心思关心来世？梵铃一响，孙传芳默默地趺坐在前排的蒲团上，开始屏息静心。

此前三期道会，施剑翘都参加了，她身着青色大衣，青色长裙，态度从容，谁都看不出她怀着血海深仇而来。她做好了充分的准备，可是因为与会的道友众多，恐怕动手时不慎伤及无辜，所以她未曾下手。今天，她眼看孙传芳身着黑海青（僧袍），以军人的步武走进居士林，心想，他顶多还能活半个钟头，神气什么？

那天，富明法师领诵《大佛顶首楞严经》，只听他用非常专业的语气念诵道："如是我闻。一时佛在室罗筏城祇桓精舍，与大比丘众千二百五十人俱，皆是无漏大阿罗汉，佛子住持，善超诸有，能于国土成就威仪，从佛转轮，妙堪遗嘱……"

施剑翘原本坐在后排，离孙传芳的座位较远，她故意提高声音说："后面的炉子烤得我太热了。"一位居士接过话头说："你不会坐到前排去吗？"她求之不得，立刻答应一声："好！"前挪数步，施剑翘趺坐在孙传芳的右后方，与仇人近在咫尺，她感觉从未有过的兴奋和紧张。待众道友跟着富明法师闭目琅琅哗诵，神不知，鬼不觉，施剑翘从皮包里掏出勃朗宁手枪，小心翼翼地打开保险盖，对准孙传芳的后脑勺，间不容缓地扣动扳机，猛然射出了第一颗子弹，紧接着又朝他的太阳穴和腰部各开一枪。"砰！砰！砰"，三声爆响，孙传芳的脑髓和血浆立刻迸溅出来。众道友如梦乍醒，魂飞魄散，一个个瘫坐在原地，竟然没人撒开脚丫子往寺外奔逃。施剑翘倏然站起身来，大声疾呼："各位道友不要怕，我为父亲报仇，决不会伤及无辜！"说完这话，她从坤包里掏出一把传单，散发给大家，只见上面写道：

各位先生注意：一、今天施剑翘（原名谷兰）打死孙传芳，是为先父施从滨报仇；二、详细情形请看我的《告国人书》；三、大仇已报，我即向法院自首；四、血溅佛堂，惊骇各位，谨以至诚向居士林及各位先生表示歉意。

仇女施剑翘谨启（红色手印）

传单的背面并非空白，录下两首七言绝句，施剑翘用诗歌表明了自己为父亲报仇的心迹：

父仇未敢片时忘，更痛萱堂两鬓霜。

纵怕重伤慈母意，时机不许再延长。

不堪回首十年前，物自依然景自迁。

常到林中非拜佛，剑翘求死不求仙。

道友们看了传单，表情无非两种，或赞叹，或惊恐，也有人嘀咕这是现世现报，天地间真的报应不爽！施剑翘从容致电家人，报告了大功告成的喜讯，然后她找到寺中性慧和尚，嘱咐他通知警局赶快来人，她决意自首，不想趁乱逃脱。

施剑翘被囚禁在天津第三监狱中。她身穿青绸衫，足蹬高跟鞋，手持小蒲扇，笑容可掬，态度闲逸。常有记者前来采访，询问施剑翘狱中生活如何，她以诙谐的语气回答道：

"这里蛮舒适的，近来天气渐渐燠热，不过我住在南檐下，好凉爽，反而觉得外面燥热难当。身在囹圄，权当是避暑消夏。"

施剑翘不见外，她把两位弟弟从日本寄来的书信拿出来给记者过目，里面有这样两句话："吾姊慈念似观世音，胆量雄心似拿破仑。"

记者通常总喜欢扮演铁路扳道工那样的角色，将问题纳入到自己能够掌控的轨道上来。一位《大公报》的记者就是个中高手。

"请问施女士，你身为公民，是否认为，除了手刃仇家就别无洗雪冤情的途径？也许在你的心目中，法律形同虚设？"

"在这种乱世，到处弱肉强食，莫非你天真到相信法律能伸张正义？我老老实实相信了整整十年，结果如何？军阀照旧肆无忌惮地杀人，许多惨案依然沉冤莫白。有道是，冤有头，债有主，杀父之仇，不共戴天。你是白面书生，以文雅为高尚，也许可以忍得下这口恶气，等待法律为你裁量，我是无论如何也忍不下去的！"

《大公报》记者当然听得出施剑翘语带讥诮，但他开了个好头，哪肯半途而废？于是一路穷追，紧咬不放：

　　"孙传芳已经放下屠刀，皈依佛门，正在忏悔罪孽，重新做人，你却纠缠于仇怨，将他刺杀于佛堂清净之地，这是不是太过分了？"

　　"孙传芳以前是大军阀，草菅人命再多，谁又能够奈何得了他？那时，我半点机会都没有。现在他穷途末路，变成孤家寡人，以学佛修行做个漂亮幌子，你却又说这不是我报仇雪恨的恰当时间。那么我倒想请教仁兄，我该在什么时候向他讨还血债，才算不过分？才算时机恰当？再者，光明慈悲的佛门岂可沦为藏垢纳污之地，尤其不该成为这种邪恶之徒的庇护所，你说对不对！"

　　施剑翘的话义正词严，连旁听的狱警也频频点头，记者见势不妙，赶紧再扳一道"铁轨"，转被动为主动。

　　"请问施女士，你手刃仇家，案件轰动全国，此举若被政府赦免，甚至予以表彰，将使如今血债负身的军界、政界大员人人自危，你是否担心这会对本案的判决不利？"

　　"我敢当众刺杀孙传芳，就早已将生死置之度外。但我相信一点，公道自在人心。至于民国的法庭是否肯给正义一线生机，大家不妨拭目以待。"

　　记者觉得这次采访已圆满成功，就换了个轻松的话题，一扫沉闷的气氛。

　　"请问施女士出狱以后有何打算？"

　　施剑翘理了理鬓边的几丝乱发，也从刚才激动的情绪中迅速舒缓过来，语气变得柔和了许多：

　　"讲出来不怕你笑话，出狱之后，我想写小说。狱中的犯人个个都有一段情节离奇曲折的故事，可歌可泣，足以感人，足以警世。我打算先访问各位女难友，把这些极好的素材收集齐全，以后将它们写成小说。"

　　施剑翘刺杀孙传芳一案，地方法院一审判决为有期徒刑十年，经辩护律师代为申诉，天津高级法院二审判决为有期徒刑七年。当时，社会各界较为一致的说法是"施剑翘刺杀罪恶累累、劣迹斑斑的大军阀孙传芳，其志可嘉，其情可悯"，全国妇女会、江宁妇女会、扬州妇女会、江都妇女会、旅京安徽学会、安徽省立徽州师范等团体尤其同情施剑翘的遭遇，纷纷通电呼吁，希望最高法院能对施剑翘援例特赦。电文中有这样一段话："况孙传芳曾南拒革命之师，又北窥齐鲁之境，今施剑翘之事，直接以复父仇，间接即除国慝。"此案还惊动了性喜打抱不平的冯玉祥将军，辛亥革命时期，他与施剑翘的生父施从云有袍泽之谊，闻讯后立刻与民国元勋李烈钧、张继等人联名呈请国民政府特赦为父报仇的孝女、为民除害的侠女施剑翘，以敦化人伦，弘扬正气。

施剑翘入狱将近一年后，1936 年 10 月 20 日，中华民国最高法院终于下达特赦令。施剑翘听到这个消息，神色异常平静，她脱去囚服，重获自由，并未欣喜若狂。抗战期间，施剑翘在四川合县发起捐献飞机的倡议，出任献机委员会指导长，她带头宣传动员，将个人的金银首饰和徐悲鸿馈赠给她的多幅书画悉数捐出。这次募捐活动大获成功，施剑翘代表群众将三架新战机捐献给抗日空军，因此受到中华民国航空委员会秘书长宋美龄的约见和表彰。

施剑翘素喜吟事和绘事，大画家马公愚主动收她为徒，其名赫然列入《耕石簃同名录》，当属一时佳话。1945 年，施剑翘四十初度，她回忆过往，憬然而悟，写下七言绝句一首：

四十年来一梦长，牺牲自我为谁忙？
醒时顿觉佛缘近，心印菩提万丈光。

此后，她的诗中就时不时地跳出禅意十足的句子，如"礼佛一心静，栽花十指香"，"痴来只道情无限，觉后方知色是空"。

早在 1925 年，施从滨遇难时，施剑翘就茹过素，念过六祖的《心经》。但她那时茹素并非悲悯众生，念经也并非敬信佛谛，在冤情无处申诉的年月，这样做只是为了减轻内心的痛苦。她刺杀孙传芳，幸获政府特赦，出狱后十年间有不少友人劝她学佛，种种诱导，人家苦口婆心，她付之一笑。直到抗战胜利，施剑翘的心灵仍漂泊于孤旅。1946年，她应苏州同乡会邀请，受冯玉祥、陶行知敦促和资助，在苏州创办从云小学，出任校长。也就在那时，她缠绵病榻，形单影只，倍觉凄凉，思念远方的白发慈母，不禁满怀怅触。"寒锁书斋愁锁天，孤灯挑尽未成眠；他乡游子思亲泪，万斛珍珠涌玉泉。"真是不可思议，她反复吟诵这样的断肠句，心情反而豁然开朗了。于是，她挥笔写下这样一段话来：

我今年四十一岁，再过五十年后，谁是我的父母？我是谁的姐妹？想到此处，不但感到眼前的一切都是如幻如梦，连自己这个躯壳也不能长保！到头来只是"万般将不去，唯有业随身"！世界上的功名、富贵、恩爱，哪一样是我们带得走的呢？想到此处，我明白一切皆空的道理，我兴奋地从床上跳下来，走进隔壁吴太太的佛堂中，向佛跪下了！我这样祷告："佛呵！我明白了一切皆空，我愿把灵魂献给佛，求佛指引，请你把普度众生的担子放在我的肩上吧！国法能制裁人们犯罪的行为，佛法能制裁犯罪的动机。我愿贡献出我今后的时间和精力，为弘法努力，为利生奋斗。"

施剑翘自觉善根成熟了，以往内心积存的迷茫困惑，都如同瘴雾，被觉悟的巨掌拨开。于是，她欣然且决然地皈依了苏州灵岩山寺的方丈妙真法师，"好像小孩子在门外受了惊恐，奔投于慈母之怀，有一种悲喜交集的情绪"。在灵岩山寺，施剑翘欣赏了丰子恺的"光明画集"，深受感动，发誓从此长斋茹素，永不吃荤。

有位老职友不明白施剑翘干嘛非要修行，非要受戒，对她说："大姐，你信佛我赞成。但又何必受五戒呢？"施剑翘一点都不恼，乐呵呵地回答她："五戒是'不杀生，不偷盗，不邪淫，不妄语，不饮酒'。我认为凡是想做一个标准好人的，都应当受此五戒；你说大姐不用受戒，你觉得大姐应当保留哪一条而不戒呢？如果大家都能戒杀就不会有相互残杀的事；戒盗，就不会有这许多贪污案件；戒邪淫，就不会有许多重婚、离婚和情杀的事；戒妄语，就不会有许多欺诈与是非；戒酒（包括一切麻醉性物品，如鸦片、吗啡等）才能保护以上四戒，并减少很多犯罪的引子。我觉得人人都应当受五戒，何止施大姐一个人呢？"

觉悟这样高，可以肯定，曾经快意恩仇的施剑翘用佛家的醍醐浇透了心中的块垒，就不会因为"我执"和"无明"而迷失本性了。

四、浴火的凤凰

赵一曼

抗日战争检验了中华民族在危局绝境中救亡图存的智慧和能力，也检验了中国人在寇氛敌焰下的意志和品质，爱国将领张自忠、佟麟阁、赵登禹、王铭章、唐淮源、左权、戴安澜、杨靖宇、赵尚志等人万死不辞，民族败类汪精卫、陈公博、周佛海、梁鸿志、褚民谊等人觍颜事敌，清逊帝溥仪扮演傀儡的角色，北大教授周作人被贴上汉奸的标签。他们的表现反差太大，评价呢，也有云泥霄壤之别。常言道：战争让女人走开。然而女人又如何能够绕开战争的血河泪海，插翅高飞？中国历史班班可考，每当敌寇入侵之时，国家危亡之际，总有梁红玉那样的巾帼英雄应运而生。抗日战争的过程至为惨烈，断头为塔，积骨成山，其中就有不少年轻女性为国捐躯，可歌可泣，赵一曼无疑是杰出的代表。

赵一曼（1905—1936），原姓李，名坤泰，又名一超，出生于四川宜宾县一个小地主家庭。她从小就具有叛逆精神，八岁入私塾，十岁时不肯裹脚，用菜刀剁烂裹脚布和尖弓鞋，因此受到长辈责罚，被邻里视为强摁牛头不喝水的犟妹子。她不仅自己不缠足，还组织妇女解放同盟会，会员多达一百八十余人，她们在街头张贴标语，绘制漫画，把那些土豪劣绅画成狐狗和鬼魅。当地的封建势力因此对妇女解放同盟会恨之入骨，扬言要用粪水泼她们满头满身。宜宾女子中学的学监遵照当局旨意，规定女校学生不许剪齐耳短发，也不许留披肩长发，而必须一律挽髻。赵一曼带领几个胆量大的女同学去找学监理论，当面给他出了一道难题："我们梳不来头，挽不来髻，请你给梳给挽吧！"以假道学著称的学监顿时尴尬不已，下不来台。嗣后，赵一曼拿出预先准备好的剪刀，咔嚓咔嚓，当场为自己剪了个男式短发，此举既挑衅学监，又蔑视校规，结果不出所料，她被校方开除学籍。赵一曼十三岁时，父亲病故，哥嫂对她严加管束，将她收集的进步书刊付之一炬，更有甚者，他们打算为她觅个凶婆婆，找个恶丈夫，嫁出去一了百了。

赵一曼岂肯轻易就范？有一天，她看到媒婆乐颠颠地跑到她家来，猜想三姑六婆穿门入室准没好事，就去割了一把藿麻守候在大门外面。媒婆吃过茶点，得了红包，乐颠颠地告辞出来，冷不防在门口撞见了赵一曼。赵一曼可没好声气，劈头就是一句硬话砸过去："媒婆，你听着，我家的事不用你来管！"她把手中的藿麻在媒婆眼前用力挥舞了几下，接着说，"以后你要是再敢上门来多管闲事，我就用藿麻收拾你。你要晓得，我是讲得出做得到的！"媒婆早就风闻赵家丫头是个狠人，这话吓得她一趔趄，赶紧表态："我不敢了，我不来了……"赵一曼转身进屋，气乎乎地对哥嫂说："要不要结婚是我个人的事情，不用你们包办！我知道，你们怕我连累你们。那好，请把添置嫁妆的钱给我，让我去读书。城里的中学正在招收女生，我要去考，离开这个家，省得你们天天烦恼！"嫂子一听这话，就冲着赵一曼大吼大叫："让你嫁人你不嫁，反倒要到学堂去读书，男女混杂，同进同出，成什么体统！"赵一曼很气愤，立刻顶嘴："男女都是人，为什么不可以在一起读书?"哥哥也冲到妹妹跟前，恶狠狠地训斥她："不嫁人，你就别想走出白杨嘴半步！读书，在家里读，钱，一个也不给！"赵一曼想到城里读书，这个要求却再次遭到哥嫂毫不通融地否决，于是她横下一条心，与这个旧式家庭一刀两断，彻底决裂。

1924 年，赵一曼担任宜宾县国民党党部代理妇女部长，登报宣布与兄嫂脱离关系。

1926 年夏，赵一曼前往武汉，考入中央军事政治学校，成为首期女学员，与女作家谢冰莹成为同窗好友。经过军校短期集训后，赵一曼随叶挺独立师讨伐叛将夏斗寅，她带病行军，从不掉队。

1927 年，国共关系宣告破裂，国内笼罩在白色恐怖之中，赵一曼从武汉转移到上海，然后前往莫斯科中山大学学习，在那里，她与同学陈达邦结婚。

1928 年冬，赵一曼奉调回国，在国内生下爱子宁儿（陈掖贤），由于工作需要，她只好忍痛将这块心头肉交托给小姑陈琼英抚养。在母子分别之际，赵一曼想到宁儿会长时间看不到自己，将来能否再见也很难逆料，禁不住潜然泪下。于是，她抱着宁儿去照相馆，坐在高背藤椅上合影一张。不久，她怀揣着这张照片，向北踏上凶多吉少的征途⋯⋯

1932 年春，赵一曼奔赴东北，领导哈尔滨电车工人大罢工。

1935 年秋，她出任东北人民革命军第三军一师二团政委。

在游击区范围里，赵一曼化名为李一超，当时她患有肺结核，身体瘦弱，被乡亲们亲切地称为"瘦李""李姐"。这位女政委，虽痼疾缠身，却活跃在东北抗日战场上，很快就名扬四方，东北占领区人民津津乐道其红枪白马出生入死的英雄事迹，连伪满州国报纸也刊登了题为《共匪女头领赵一曼，红枪白马猖獗于哈东地区》的新闻报道，尽管内容掺杂了污蔑谩骂之词，却也将她描绘得神乎其神。当时，赵一曼诗作《滨江述怀》流传甚广，这首诗显示出一位奇女子的凌云之志：

誓志为人不为家，跨江渡海走天涯。
男儿若是全都好，女子缘何分外差？
未惜头颅新故国，甘将热血沃中华。
白山黑水除敌寇，笑看旌旗红似花。

1935 年 11 月，赵一曼所在的部队遭到日军、伪军偷袭，她命令团长带队突围，自己带队担任掩护，团长坚决不同意她留下来，理由很简单：她是女同志。军情十万火急，赵一曼一改平日和蔼可亲的态度，厉声吼道："什么男的女的！谁说女同志就不能打掩护！"在这次激烈的战斗中，赵一曼的左手手腕中弹负伤，她转移时左大腿骨又被子弹击碎，因失血过多而昏迷被捕。

赵一曼被押解到哈尔滨后，日寇和伪满警察头目立即对她进行刑讯逼供。此时，她的伤口仍在流血，棉衣变成了血衣，可她的勇气有增无减，滔滔不绝地痛斥日寇侵占中国东北三省的暴行。负责提审她的日本鬼子大野泰治见她坚不吐实，就反复使用酷刑，用竹签钉她的手指，用鞭子戳她的伤处，用电熨斗烙她的肌肤，这些毒招固然会增加赵一曼身体的痛楚，却无法击溃她的精神防线。日寇见硬的不行，又来软的，将她送进医院，为她疗伤。不管日寇怎么出招，赵一曼都是见招拆招，四两拨千斤，让日本鬼子徒劳往返，一无所获。在这个斗智斗勇的过程中，医护人员甚至包括看守的警察都对她刮目相看，敬佩之情油然而生。当时，伪满警察董宪勋和医院女护士韩勇义负责看守赵一曼，日复一日，他们耳闻目睹她的英勇事迹，深受感动，毅然决然地成为了抗联队伍的地下成员。

1936 年 6 月 28 日深夜，赵一曼得到董宪勋、韩勇义的协助，逃出医院，乘坐马车，奔向抗日游击区。然而，不幸的是，在第三天凌晨，伪满骑警队追上了他们的马车，赵一曼再次落入魔掌。在遭受新一轮的酷刑时，她怒斥敌寇："你们可以将整个村庄焚为瓦砾，可以把活人剁成肉泥，可是你们消灭不了中国人抗日必胜的信念！"

1936 年 8 月 1 日，彻底丧失了耐心的日寇决定杀害这位抗联女勇士，他们将她押解到珠河县城，绑缚在一辆马车上游街示众。赵一曼神色如常，视死如归，牺牲时年仅三十一岁。日寇野蛮凶残之极，将赵一曼和同时牺牲的周百学暴尸荒郊，不许百姓收葬。

受刑前，赵一曼给她远方最亲最爱的宁儿写了两封催人泪下的遗书——

宁儿：

母亲对于你没能尽到教育的责任，实在是遗憾的事情。母亲因为坚决地做了反满抗日的斗争，今天已经到了牺牲的前夕了！母亲和你在生前是永久没有再见的机会了！希望你，宁儿啊！赶快成人，来安慰你地下的母亲！我最亲爱的孩子啊，母亲不用千言万语来教育你，就用实行来教育你！在你长大成人后，希望不要忘记你的母亲是为国而牺牲的！（1936 年 8 月 2 日你的母亲赵一曼于车中）

亲爱的我的可怜的孩子：

……母亲到东北来找职业，今天这样不幸的最后，谁又能知道呢？……母亲的死不足惜，可怜的是我的孩子，没有能给我担任教养的人。母亲死后，我的孩子要替代母亲继续斗争，自己壮大成人，来安慰九泉之下的母亲！……你的父亲到东北来，死在东北，母亲也步着他的后尘。我的孩子，亲爱的可怜的我的孩子啊！母亲也没有可说的话了。我的孩子自己好好学习，就是母亲最后的一线希望。（1936 年 8 月 2 日在临死前的你的母亲）

赵一曼牺牲后九年，在押的日本战犯大野泰治（曾任伪满洲国滨江省公署警务厅特务科外事股长）完成了一份篇幅很长的交代材料——《赵一曼被杀害的经过》。下面是该材料的节选：

俘获赵一曼的第三天，从哈尔滨来了两名宪兵。他们来到县公署，对我说："听说你们逮到一个了不起的女人。"我就把他俩带到赵一曼那里去了。宪兵用笨拙的中国话问她，她什么也没有回答，又是用愤怒的眼睛瞪着他们。宪兵失望地看了一看翻译，一点东西也没有得到。

从这里我觉得，我那样的审问方式对她是无效的。我以为既然逮到了，总要想法子让她对抗日组织起破坏作用，从而给自己取得功绩。我怀着这样的野心，决定把她押解到哈尔滨。我对赵一曼说："今天就到哈尔滨去。"赵一曼回答："就是到哈尔滨，也不想活下去！"接着她又寻思了一会儿，说道："在未走以前，请你们把那个可怜的姑娘开释了吧！叫她伴着我去哈尔滨可不行。"对她的顽强态度我简直无法应付，只好把那个姑娘释放了。珠河县派了三名警士同我和赵一曼一道坐火车去哈尔滨。到哈尔滨后，我们把她关进滨江省公署警务厅的地下看守所里。

特务科长山浦公久、特高股长登乐松、特高股长、警佐大黑照一连同我一共四个人商量怎样处置赵一曼。我详细报告了审讯经过以后，提出如下的意见："押起来，给她治好伤，当作破坏抗日组织的反间用。"大黑反对，说："这样顽固的女人，要想把她当反间用，办不到，而且伤那样重，还是杀了为妙。"大黑所以反对我的意见，是因为担心我负的责任太大。谈来谈去没有结果。我又说："其实，利用她，还是利用别人，都可以。总而言之，我们握有利用她的自由，如果利用得妙，比杀几百个抗日军效果还大呢！"山浦科长耐心地听罢我的解释，作了如下的决定，说："治疗所需的必要费用和监视的责任由大野来负，就这样，把她先看押起来吧。"

我把治疗赵一曼枪伤的事，委托给当时警务厅卫生科长王亚良。由于伤势太重，他感到为难。又请白俄外科大夫来看，他说不施行手术是没有希望的。可是赵一曼顽强地拒绝，她说，与其锯了她的腿，不如把她杀掉好。我十分为难，又同上述的那几个人商量，决定把她送到市立医院的治疗室去，由哈尔滨警务厅派几个警士到那里监视。

我因为担负着监视的责任，几乎每天或隔一天派外事股的翻译黄嘉时到病房去看看。

市立医院给她照了爱克司光片子，大腿骨碎了，碎骨片散乱在肉里。我当时曾在片子上数过，还记得，散乱在肉里的碎骨片一共有二十四块。大夫诊断：“若是把大腿锯掉，治疗的时间会快一些，若是不锯掉，身体不发烧，顺利地渡过去，也许会僵化的，僵化之后，只不过腿略微短一些。”由于赵本人坚决反对锯腿，就决定这样治疗了。我也想到，她拒绝锯腿，是不是企图逃走呢？就极力劝她锯掉，无奈她断然反对。

我负责执行监视的期间，大约有两周。当然我一直考虑继续审问她，把她当反间来利用。

有一天，我问她：“伤治好了以后，你打算怎样呢？”赵一曼说：“反正你们不能放我，如果我的伤治好了，我愿意做负伤的警察队员的看护妇”。我嘲笑她说：“你这是说胡话，若是叫你当看护妇，警察队会全部叛变的。”并恐吓她：“你把我当成傻子，那你可就打错了算盘。”

几天之后，她在一个纸片上写了一首诗，交给我，我拿去问省公署的翻译黄嘉时：“写的是些什么？”黄看了看，直摇头：“我看不懂，保安科长是个很有学问的人，拿给他看一看吧。”我拿给当时的保安科长吴奎昌，对他说：“你看写的是什么？”他略微一看说：“这是谁写的，写出这样诗的人，可是个有学问的人呀！”他接着对诗意作了解释，大意是为了中国人民的解放，立志抛了家，现在落到敌人的手里，今后怎么战斗下去才好呢。看起来是抒发自己的感情的，字句非常锋利。

大约是把赵一曼解到哈尔滨后的两周，我被调到长春检察官事务所受训去了。离开哈尔滨的时候，我到病房去了一趟，我记得那时候她还不能坐起来呢。两个月受训终了，我转调到阿城县，去阿城之前，我看见赵一曼已经能拄着拐杖在院子里散步了。

我到阿城不久，从报上看到："赵一曼在监视的警士和看护妇的援助下，从医院里逃跑了，在逃跑途中又被哈尔滨警察厅逮住。"

后来，特务科里的人，又把赵一曼从警察厅引渡到省公署警务厅，关在地下室里。

以后我见到大黑，他对我说："你让一个了不得的人活下去，结果呢，她同警士和看护妇结成一伙，逃跑了。"我说："我到阿城去的时候，也想到，她的腿好了，必须改变监视的方式。怎能这样说我呢？对一个能组织起三万多群众的人，就应该考虑到她会把警士和看护妇拉过去，失败的原因是把同一个警士和看护妇留在她身边的时间太久，而没有调换。"大黑说："好的是把她逮住了，若是让她逃回原来的地方，不知道将有多少我们的人被杀掉呢。我们是受了一次骗，凡是叫共产党的人，我认为杀了是没有错的。"从这些话里，也可以看出赵一曼这个人的侧影了。

此后几个月，我因病回日本休假。从日本返回阿城任所时，路过哈尔滨，仍住在大黑家里。问起赵一曼，大黑的同乡、当时正在大黑部下当警副的森口作沼对我说："赵一曼和周百学被引渡给宪兵队杀掉了。"为了让大野先生知道杀她们的情况，我要股长让我到现场去。这两个人是带着手铐脚镣，由四五名宪兵押解来的。她们坐载重汽车到枪杀中国人的郊外。从汽车上下来就让她俩坐下。上级宪兵对她们说："还有什么说的吗？"周百学说："我死后，要到母亲那里去，带着脚镣子走起路来不方便，给我把脚镣取下来。"宪兵苦笑着把脚镣取了下来。接着又问赵一曼："你有什么话讲吗？"赵一曼说："没有什么说的了，不过我家乡还留有一个七岁的女儿（作者注：实为儿子。面对敌寇，赵一曼故意这么说的，她只想传达自己的遗言），如果能把我的话传给她，就这样传吧：母亲为了抗日运动，不能留在你身边教育你，但是代替这个的，是母亲用实际行动给你指明了应该走的道路。仔细认清母亲的行动，不要走错了路。"这时候宪兵里的指挥者对已经举枪待放的四名宪兵下令："开枪！"枪声响了，两个人倒下了，她们态度从容，毫无惧色，令人震惊。

　　日本战犯大野泰治绝不会刻意美化一位抗日女战士，为她筑造永世不倒的丰碑。这只能解释为，大野泰治自觉或不自觉间已被赵一曼非凡的气度、才智和勇气征服了，也就是说，他敬佩她，发自残剩的天良，这绝不是什么天方夜谭，未曾泯灭的人性终究会在某个时刻复苏。

超级明星

远穹布满了一万颗泪钻，

在观众眼里，恍若星空……

中国电影起步于 1905 年，第一部电影短片是京剧大腕谭鑫培的《定军山》片段。此后八年间，中国电影中居然没有出现过一位女演员的身影，这种咄咄怪事可真算得上是一项世界纪录。世俗的陋见确定女人不宜抛头露面，去摄影镜头前"卖弄风骚"那还了得？轻一点说是有失体统，重一点说是有伤风化，这条清规戒律牢牢地束缚了中国电影腾飞的翅膀。当时，影片中所有女性角色一概由男演员反串，权且不论他们的扮相如何，单是那种忸怩作态的样子就够人大倒胃口了。

1913 年，香港电影导演黎民伟第一个"吃螃蟹"，他为华美公司拍摄故事短片《庄子试妻》，大胆起用自己的妻子严珊珊出任女配角（饰庄妻的使女），女主角（饰庄子之妻）则由他本人亲自反串。片中，严珊珊的台词只有寥寥几句，即便如此，也是开了中国女性登上银幕的先河。然而，严珊珊的出镜只是流星一闪，昙花一现，此后八年，中国电影里仍没有女性的立足之地。直到 1921 年，上海中国影戏研究社拍摄故事长片《阎瑞生》（剧本由一个谋财害命的真实故事改编而成），终于在影片中首次起用女性出演女主角，从良妓女王彩云饰演王莲英。《阎瑞生》一炮打响，场场爆棚，中国电影人终于看到了女演员的票房价值，在利益原则的强力驱动下，也就有了打破清规戒律的勇气。此后，女明星风发泉涌，殷明珠、王汉伦、杨耐梅、陈玉梅、张织云、宣景琳、范学朋、徐琴芳、黎明晖、胡蝶、阮玲玉、王人美、黎莉莉、周璇、周曼云、舒绣文、袁美云、陈燕燕、林楚楚、白杨、张瑞芳、王丹凤、秦怡等人比美竞妍，形成一道亮丽的风景线。

中国戏剧女明星的出道普遍要比电影女明星更早。起先，女艺人多半只能吃一口江湖饭，跑跑茶馆和码头，戏台上的女性角色全由男演员反串，京剧的"四大名旦"（梅兰芳、尚小云、程砚秋、荀慧生）哪个不是男儿身？民国时期，风气为之一变，各剧种纷纷起用女演员，河北梆子有刘喜奎、鲜灵芝、金玉兰，评剧有白玉霜，越剧有袁雪芬，豫剧有常香玉，汉剧有周伯华，粤剧有红线女，黄梅戏有严凤英。这些女明星多半出身贫苦，舞台生涯颇为辛酸，但她们热爱戏剧表演，创作出许许多多优秀的剧目。

　　中国流行歌曲的发源地是 20 世纪 20 年代的上海滩，中国第一首流行歌曲《毛毛雨》由著名作曲家黎锦晖创作，中国歌坛第一位歌星是黎锦晖的女儿黎明晖。当年，上海头顶着"东方夜巴黎"的艳誉，是亚洲地区最大的唱片集散中心，共计有十多个国家的唱片公司在上海设立远东总部，加上本土一些后起之秀，红歌手多达五六十人。二十多年间，这些唱片公司共录制了二千多首歌曲，出版了大量的唱片，其宣传、策划、制作的流程堪称国际化，版税制度也很完备。日后，走红的女歌星多半集中在上海滩，她们被称为"上海夜莺"，以各具特色的嗓音风靡一时。1944 年，日籍歌星李香兰（原名山口淑子）以一首《夜来香》独擅胜场，"那南风吹来清凉，那夜莺啼声凄怆，月下的花儿都入梦，唯有那夜来香，吐露着芬芳……"她将黎锦光的词曲唱出了十足的情韵。在李香兰大红大紫之前和之后，上海滩还出现过"五大歌后"，她们是：周璇、白光、吴莺音、张露和姚莉。此外，值得特别一提的是，在 20 世纪 40 年代，"中国之莺"周小燕以其美声唱法享誉世界。

　　周璇以主演电影《马路天使》中的歌女小红而一举成名，她在短短三十九年的人生历程中一共拍摄了六十多部电影，录制了二百多首歌曲，其中以《四季歌》《天涯歌女》《何日君再来》《花好月圆》《采红菱》等曲最为著名。张露（香港歌星杜德伟的母亲）于 1936 年出道，以一曲《小小羊儿要回家》成名，她风格百变，代表作《给我一个吻》堪称性感妖冶。吴莺音在抗战期间成名，经她唱红的歌曲有《明月千里寄相思》《我有一段情》《我等着你回来》《断肠红》等，她是五人中私生活最严谨，最低调，最少绯闻的一个。"五大歌后"中，白光入行最迟，争议最大，其姿容性感妩媚，声音慵懒而富于磁性。1942 年，二十二岁的白光开始在上海唱歌，战后又到香港拍戏，她演唱的名曲有《恋之火》《魂萦旧梦》《如果没有你》《假正经》《醉在你的怀里》等。白光以一双迷人的眼睛颠倒众生，被歌迷和影迷称为"一代妖姬"和"绝代尤物"。1998 年，香港评选"本世纪最性感女星"，白光竟成功地挫败了叶玉卿、朱茵等人，成为榜首人物，可见她的魅力之大。此外，姚莉既擅长国语演唱，又擅长英文演唱，国语歌《玫瑰玫瑰我爱你》《得不到的爱情》和英文歌《雪绒花》《叮当》是她的代表曲目，她和哥哥姚敏合作，更堪称"无敌组合"。

民国时期，红极一时的女艺人均是各路色魔欲兽垂涎觊觎的对象，她们陷身于日渐紧缩的围猎圈中，既要捍卫艺术的尊严，又要保全自身的清白，可谓左脚临渊，右脚履冰，其处境之艰危，受凌辱之不免，身世之不幸，皆可想而知。

一、美貌＋实力＝成功

中国电影在向女性开放的初始阶段，选择女演员的标准相当明晰：第一，要容貌出色；第二，要演技出众。女演员若具备以上两个先决条件，又能抓住机遇，就注定能够脱颖而出，一炮走红。

殷明珠　王汉伦

殷明珠是民国时期第一位走红的女影星，她出身于书香门第，天生丽质，能歌善舞，游泳、骑马、驾车样样皆精，因为她好穿洋装，摹仿外国影星惟妙惟肖，所以被人称为"F.F.（Foreign Fashion）女士"，意为洋派人物。殷明珠十五六岁时即已是上海交际场合中颇有名气的小皇后。也真是机缘凑巧，以绘制美女月份牌而著名的画家但杜宇决定拍摄一部比《阎瑞生》更精美的电影《海誓》，故事情节设定为：一位青年画家与纯洁少女相爱，两人立下誓言，负心者必蹈海而死。然而，好事多磨，那位少女一时恍惚，贪慕富贵荣华，决定与表哥成亲，婚礼上，她猛然记起旧日的誓言，幡然悔悟，于是奔向海边，决定践履毒誓。结局可想而知，画家及时赶到，救起了美丽的少女，有情人终成眷属。《海誓》的故事情节不算高明，但这部片子却是为殷明珠量身定制的，女主角美丽的容貌、漂亮的洋装、摩登的打扮和分寸感拿捏得恰到好处的表演，无不赏心悦目，令人迷醉。凭借此片，殷明珠成为了沪上妇孺皆知的大明星，成为了众多少女崇拜的偶像，阮玲玉立志从影就是受到她的强烈影响。这部影片也促成了殷明珠与但杜宇幸福美满的婚姻，后来这对恩爱夫妻继续成功地合作了多部影片。殷明珠的美貌有一个侧面的佐证：1952年，她的女儿但茱迪在香港小姐竞选中折桂，随后又在美国长堤举行的世界小姐竞选中荣获殿军，这是有史以来中国少女在世界选美舞台上所赢得的最高名次。

比《海誓》稍晚面世的影片《孤儿救祖记》捧红了另一位女明星，她就是王汉伦。王汉伦原名彭剑青，苏州人，出身于官宦家庭，毕业于上海最好的女子教会学校——圣玛利女校。她能讲一口流利的英语，容貌娟秀，性格柔中有刚。十六岁那年，由兄嫂做主，她嫁给一位买办为妻，婚后她发觉丈夫在外面拈花惹草，对日本人奴颜婢膝，内心深为不满，很快就与丈夫感情破裂，分道扬镳。她决定自食其力，当过一段时间的小学教师和英文打字员。《孤儿救祖记》招募演员时，她被郑正秋、张石川一眼相中，成为明星公司头一部长片正剧的女主角。王汉伦没有辜负郑正秋的期望，她将一位有大家风范、性格刚强、忍辱负重而不惜牺牲自我的女性形象（余蔚如）演绎得活灵活现。影片公映后，一时间好评如潮，票房成绩令郑正秋喜出望外。当初，王汉伦决意从影，遭到兄嫂的斥责，她嫂子说："我们家里过去都不许戏子坐高板凳，如今你去做戏子，丢尽了祖宗的脸。"她兄长还打算将她送交老家祠堂受处罚。王汉伦生性刚毅，不肯放弃自己的追求，哪能乖乖就范？她索性与兄嫂断绝了关系，甚至放弃了本姓，改姓为王，老虎头上有个"王"字，她借此表明自己虽是女儿身，但对于社会舆论的压力和亲人的指责毫无惧意，绝不退缩。有人说，王汉伦是中国最早的演技派演员，《孤儿救祖记》之后，她在《玉梨魂》一片中的表演更上层楼，将一位受纲常礼教束缚、想爱又不敢爱、以致忧郁而死的青年寡妇表演得极具心理深度，因此梨娘这个角色被评论家认定为中国电影史上第一个血肉丰满、性格突出的悲剧妇女形象。

陈玉梅　宣景琳

随着电影公司投拍的长片正剧大幅增加和片种日趋多样化，中国电影女明星不再是孤星闪耀，开始形成一片小小的星空。在殷明珠、王汉伦之后涌现出来的多位女星可谓各擅胜场。

拍古装片，首推陈玉梅。她原名费梦敏，1927年进入邵醉翁兄弟创办的天一影片公司，接连在《三笑》《夜光珠》《双珠凤》中饰演女主角，赢得观众叫好，上座率相当高。她嫁给邵醉翁后，更一跃而为天一影片公司的头号台柱子兼老板娘，风光一时，在1933年"电影皇后"的选举中，她荣膺榜眼，名在胡蝶之后，阮玲玉之前。有人认为，陈玉梅演技平平，但扮相甜美，又有邵醉翁为讨夫人欢心大把撒钱的广告效应，所以观众买账，能够红极一时。

论演技，王汉伦之后首推宣景琳。宣景琳本姓田，名今林，田今林是一个毫无女性色彩和气息的名字，她也意识到了这一点，先改姓宣，纪念远在法国的朋友宣姐，然后，郑正秋为她另取了一个谐音的艺名——景琳，"景"的古字同"影"，"琳"是美玉，景琳即电影界的美玉，可见这位明星公司的老板对宣景琳的期望之高。宣景琳与王汉伦同为苏州人，比王汉伦小四岁，生于1907年，她童年丧父，家境贫寒，以至于沦落风尘，后来她谈及自己的身世，曾坦然地说："我一生之中，永远忘不了最心痛的一件事，就是旧社会逼得我在少女时堕入火坑！"所幸她天赋表演才华，终有出头之日。1925年，明星公司大导演张石川为《最后之良心》一片寻找一名女配角——刁钻放荡的秦女，宣景琳被他慧眼相中。你别说，她头一遭上镜头，就将那个反派小角色演绎得形神毕肖，个性鲜明，令张石川十分满意。张老板点了头，宣景琳就用片酬赎身，跳出红火坑，走上演艺事业的青云之路，成为明星公司的签约花旦。同年，郑正秋为宣景琳量身定制，写作剧本《上海一妇人》，女主角吴爱宝是位身世不幸的风尘女子，形貌和经历与宣景琳有诸多相似处，同为天涯沦落人，宣景琳将这个受侮辱、被损害的妓女形象演绎得活灵活现，甚至催人泪下。宣景琳对人物分寸感的把握颇为精准，由于演技高超，她被人誉为"千面观音"，演什么像什么，演什么是什么，小姑娘、童养媳、少奶奶、老太婆、妓女、舞女、泼妇、交际花、女流氓、女侠客，这些角色千差万别，截然不同，她全都能够揣摩到位，愉快胜任。

二、影后是怎样炼成的

阮玲玉　胡　蝶

相比以上几位成名于20世纪20年代的电影女明星，比她们出道稍晚、成就更大的则是阮玲玉和胡蝶——20世纪30年代的双子星座。

阮玲玉（1910—1935），原名凤根，又名玉英，祖籍广东香山县（今中山市），出生于上海，父亲早亡，母亲为人帮佣。阮玲玉从小自立自强，品学兼优，对于国文和音乐尤其用心。1922年至1923年间，她观看了早期默片《海誓》和《孤儿救祖记》，对电影产生了深度迷恋。其后，明星公司拍摄《挂名夫妻》，向全社会公开招收女主角人选，阮玲玉麻着胆子前往竞争。她举止文静大方，虽然不是倾国倾城的绝色佳人，却也不乏脱俗的灵秀气，迥异于上海大都会中那些搔首弄姿、矫揉造作的摩登女郎。《挂名夫妻》的导演卜万苍当即拍板，让她角逐女主角，并且热情洋溢地说：

"密斯阮，我看你一定能演戏，让我来给你这个机会吧。"

事情出奇的顺利，阮玲玉反而犯愁了，她怕自己不是演戏的上佳材料，难以胜任《挂名夫妻》中的女主角，会辜负卜万苍导演的期望，她为此忐忑不安。至于明星电影公司那边，也有人唱反调："一个初出茅庐的黄毛丫头，虽说模样儿过得去，演技却无从谈起，哪有什么票房号召力？只要她稍微有点闪失，整部电影就会砸锅，公司可不能冒这个险！"卜万苍深信自己的直觉和判断准确无误，他力排众议，认定阮玲玉天生就适合干电影这一行，你瞧她的神情模样，就像清灵活泼的邻家女孩，身上有一股潜在的亲和力。两种意见相持不下，试戏就成了唯一的裁决办法。

这堂面试惊动了"大菩萨"，主考官由明星公司的决策人张石川担纲。性格羞怯的阮玲玉虽然酷爱表演，此前在学校也积累过一些舞台经验，但从未见过三堂会审的阵势，简直比小鬼见了阎王心里更发毛，别说饰演女主角，就连举手投足都有点不知所措。看到她脸色绯红，又紧张，又慌乱，卜万苍导演也爱莫能助。

试戏完毕，主考散去，阮玲玉自知无法及格，不由得好一阵难过。卜万苍心中的万里晴空也变得阴云密布，许久没说一句话。待他看到阮玲玉泪流满面，深深自责，内心又不禁生出怜惜之情，决定破例再给她一次试戏的机会。

这是一个不眠之夜。阮玲玉反复揣摩自己的角色——那位少女受包办婚姻的损害和欺凌，遭到接二连三的不幸，完全丧失了自己的人格尊严，没有希望，没有明天，更别说自由和幸福，就好比一只蛾子落在蛛网上，越挣扎就套得越紧。她联系自身的遭遇——与张达民不搭调的夫妻关系，感触自然更深，对角色也拿捏得更准。

阮玲玉不再挂怀这是她最后的机会，也不再顾虑自己将来能不能成为电影明星，只一门心思由着自己的理解力将少女妙文内心的悲苦、郁闷和忧伤演绎得淋漓尽致，她完全进入了状态，沉浸于角色之中，神情态度仿佛变成了另外一个人，该落泪时，泪水便潸然而下。

这一回，连大导演张石川的眼睛都看直了，脸上满是赞赏的笑意，他还与卜万苍交换了一下眼色，不约而同地点了点头。幸亏卜万苍一念之仁，阮玲玉才没有与电影失之交臂。然而，从影初期，阮玲玉在明星公司过得并不开心，张石川更喜欢走才子佳人的路线，而这种题材的电影限制了阮玲玉的表演天赋。

拍摄言情故事片《洛阳桥》时，男主角是号称"银幕情人"的朱飞，他随心所欲，吊儿郎当，很少能准时赶到片场，演戏时也常常漫不经心，激惹得张石川大光其火，但又拿他无可奈何，毕竟他外貌英俊，举止优雅，票房号召力相当不俗。于是，张石川迁怒于同剧组的其他演员，这下可就苦了出道不久的阮玲玉，她常常遭到莫名其妙的责骂，却只能忍气吞声，暗挥珠泪。回到家，夜里睡觉也很难安稳，常常做恶梦。

1928年春季，明星公司用重金挖来天一公司的头牌名角胡蝶，胡蝶跟阮玲玉年龄相仿，但步入影坛更早，成名也更快。在《白云塔》一片中，胡蝶领衔主演女A角（大家闺秀凤子），阮玲玉主演女B角（风流女子绿姬），这是两位巨星第一次也是唯一的一次银幕合作，拍片时，她们惺惺相惜。然而，《白云塔》囚困住了阮玲玉的创造力，饰演反派角色与阮玲玉的戏路格格不入，她的精神也额外地遭受折磨。对此，时隔半个多世纪，胡蝶在回忆录中仍为好友鸣不平："玲玉进'明星'也有二三年了，但不知为什么在'明星'总不得志。玲玉其实是擅长演悲剧正角的，她对反派女角并不喜欢，也不理解，记得张石川在导演时教玲玉'脸上要有虚伪的假笑，心里要十分恶毒'，可是玲玉总演不好，连我在一旁都十分同情她，因为她生性善良，这实在是难为她。"

张石川能够慧眼识胡蝶，还发掘过宣景琳等多位影界奇才，却因为艺术观的局限，识不得阮玲玉是精金美玉，这的确令人遗憾不已。

阮玲玉离开"明星"，转投"联华"，这步妙棋使她的事业迅速迈向辉煌的顶峰。她与优秀导演孙瑜、卜万苍（同样是由"明星"转投"联华"）、费穆、吴永刚、蔡楚生合作，自始至终相得益彰，她与一代影帝金焰联袂更是双星闪耀。

孙瑜是一位有主见有才华而且抱负不凡的导演，只要看一看他为《故都春梦》一片拟定的广告词，就可以略知一二：

复兴国片之革命军，

对抗舶来品影片之先锋队，

北京军阀时代之燃犀录，

我国家庭之照妖镜。

孙瑜对阮玲玉的评价很高："阮玲玉以她真挚准确的角色创造和精湛动人的表演，雄辩地证明了她不愧是默片时代戏路最宽、最有成就的'一代影星'。"有这样赏识自己的导演，又有才气逼人的黄金搭档——金焰，阮玲玉的心气顺了，演技得到了充分发挥。在《恋爱与义务》里，她饰演母女两个角色，在《小玩艺》中，她饰演的民间艺人叶大嫂从青年迈向中年，照样胜任愉快。仿佛泥人张，阮玲玉能将性格完全不同的人物拿捏得丝毫无误，塑造得形神毕肖。

卜万苍当初发现了阮玲玉这颗南国明珠，如今，他执导新片《三个摩登女性》，选择女主角时又大犯踌躇。片中女 A 角是工人周淑贞，这是一个面目全新的银幕形象。此前，阮玲玉在《白云塔》《情欲宝鉴》《故都春梦》中扮演的都是一些刁钻狡黠、风骚放荡的女性，与纯真女工的角色风马牛不相及。在默片时代，因为缺少语言的强力辅助，演员只能凭借自身的表情、动作、性格、气质去塑造人物形象，比如德国演员玛琳·黛德丽在《蓝天使》中就是"用隐藏在吊袜带与黑色花边下面的大腿的扭动"来突出她的淫荡。因此，演员的特色一旦定型，为观众所接纳所喜爱，就不宜再作大幅度的更改。当年，上海影坛的女演员各有所长：王汉伦擅长扮演绝境佳人，张织云擅长扮演深闺怨妇，林楚楚擅长扮演良母贤妻，王人美、黎莉莉和陈燕燕则分别擅长扮演文静、活泼、单纯这三种不同样式的少女。彼此分界清晰，绝不混淆。

阮玲玉打破了惯例，她在卜万苍执导的《三个摩登女性》中成功地扮演了女工周淑贞，令观众耳目一新。业内人士不禁惊赞：她的戏路真宽，适应力真强，与宣景琳一样，仿佛"千面观音"。此后，她扮演被黑恶势力压迫得抬不起头来的弱女子、被有钱人攀折的倡条冶叶、打破传统婚姻观念的新女性、觉悟而激进的时代青年，演一个是一个，真正做到了形神毕肖。影帝赵丹对阮玲玉的演技赞不绝口："穿上尼姑服就成为尼姑。换上一身女工的衣服，手上再拎个饭盒，跑到工厂里的女工群里去，和姐妹们一同上班，简直就再也分辨不出她是个演员了。"卜万苍引领阮玲玉进入多彩多姿的电影世界，又帮助她锤炼演技，难怪阮玲玉一直视他为无可替代的恩师。

阮玲玉的艺术感悟力极强，表演时分寸把握得恰到好处，每当她掌握了一个角色的精神基调之后，就不再需要日思夜梦，而是随时随地都可以从容自如地进入角色。对此，联华影业公司的《联合画报》第五卷第七期上有一段评语恰如其分：

各导演言，演员拍戏时，重拍最少者，女为阮玲玉。阮玲玉拍戏极能领略剧中人地位，临摇机以前，导演为之说一二句，即贯通理解。拍时，喜怒哀惧，自然流露：要哭，两泪即至；要笑，百媚俱生。甚有过于导演所期水准之上者，此密斯阮之所以独异于人也。

做导演的都希望遇到阮玲玉这种能随时入戏的演员。开拍前，只须稍加点拨，她就能充分理解导演的意图，在大多数情况下，总能一拍即成，极少返工，其他演职员也跟着少受许多劳累。尤其令导演感动的是，即使阮玲玉对导演具体规定的某些形体动作不以为然，也不会在镜头前停顿下来，去与导演争长论短，而是满怀信心地表演出她所理解的角色，使导演心悦诚服。

1933 年元旦，《明星日报》在上海创刊，为了招徕读者，扩大销路，报社发起了评选"电影皇后"的读者参与活动。这果然是一个金点子，影迷投票十分踊跃，短短两个月内，即收到数万张选票。2 月 28 日，《明星日报》邀请社会各界名流举行揭晓仪式，结果，明星公司的胡蝶以超过两万票的人气指数名列第一，荣登"电影皇后"的宝座，天一公司的陈玉梅和联华公司的阮玲玉分列第二和第三。

胡蝶当选"影后"，与她在电影艺术方面的造诣固然分不开，与她是明星公司的当家花旦也大有关系。1933 年，胡蝶与宣景琳联袂主演的《姊妹花》在上海新光大剧院上映，创造了连映六十四天，总计收获三十四万元的票房最高纪录（这一纪录一年后被王人美主演的《渔光曲》刷新）。胡蝶在此片中一身而二任，饰演性格和命运迥异的孪生姐妹角色，以传神的演技和美丽的容貌征服了不计其数的观众。胡蝶塑造的银幕形象多为雍容华贵、端庄娴静的淑女，这比阮玲玉饰演的底层角色更能讨人欢心，她的观众缘胜过阮玲玉，正如大观园中薛宝钗的人缘胜过晴雯，一点也不奇怪。若单纯论演技的高低，阮玲玉则不仅可与胡蝶匹敌，而且还要胜出一筹。

内行看门道，外行看容貌。当时市民阶层观众的普遍看法为：胡蝶、阮玲玉均为美艳女星，论仪容，胡蝶无阮玲玉之俏丽，阮玲玉无胡蝶之端庄；论艺术，则阮玲玉之表演活泼生动，作风浪漫，易受人爱，也易为人轻视；胡蝶演戏时有板有眼，态度落落大方，有人喜欢亦有人不喜欢。

胡蝶和阮玲玉都十分热爱电影表演艺术，有强烈的事业心。她们的不同之处能够真正见出彼此的高下：胡蝶比较善于理解导演意图，对导演言听计从；阮玲玉则富有独创性，注重展示角色复杂而微妙的心理变化。虽说阮玲玉当时年仅二十三岁，但其创作思想已相当成熟，艺术追求堪称苦心孤诣，她不单以美的形体和节奏明快的动作吸引观众，还以有张有弛、恰如其分的情绪感染观众，她的表演情感饱满而真实，具有很强的艺术活力和艺术魅力。面对影评家的褒美，阮玲玉冷静自持的功夫尤其出色，她对记者说：

"批评是我最关心的事，拥护，没有什么……老实说，只要中国影业发达，能有我一个位子便很光荣了，却不希望无意识地被人捧到天上去，我特别怕自己摔下来呀！"

成名之后，阮玲玉接戏颇有主见，不是她喜欢的角色，创作班子再齐整她也未必加入；若是她喜欢的角色，即使是新手执导，她也欣然应约。舞美出身的导演吴永刚筹拍《神女》时，很想邀请阮玲玉出演女主角，却又怕她嫌弃自己资历浅、经验不够而拒绝，因此顾虑重重。他让黎民伟将剧本送给阮玲玉过目，并没有抱多大希望，万万没料到阮玲玉看过剧本后，二话不说，就爽快地接了戏。

《神女》大获成功，通过这次全过程愉快的合作，吴永刚对阮玲玉的演技有了更直观更准确的认识，他用一个特别妥帖的比喻来说事：

"她有着非常敏捷的反应力，如同一张感光最快的底片，反应力非常快。尤其是她对于工作的严肃、一丝不苟的态度，使人感动。"

时隔半个世纪，吴永刚对阮玲玉卓越的表演天赋仍然推崇备至，在回忆录中，他十分动情地赞美道：

"我称阮玲玉是感光敏锐的'快片'，无论有什么要求，只要向她提出，她都能马上表现出来，而且演得那样贴切、准确、恰如其分。有时候我对角色的想象和要求还不如她体验得细腻和深刻。在拍片时，她的感情不受外界干扰，表达得始终是那么流畅、逼真，犹如自来水的龙头一样，说开就开，说关就关。"

在《神女》一片中，阮玲玉饰演一个神情黯淡、连名字都没有的下等妓女，与同类角色毫无雷同之处，既没有嘉宝主演的《茶花女》中玛格丽特那么雍容华贵、幽怨哀愁，也没有费雯丽主演的《魂断蓝桥》里玛拉那么柔媚娇艳、一往情深。阮玲玉饰演的"神女"是在底层挣扎的被侮辱被损害被践踏的角色，她将人物凄苦的内心世界刻画得丝丝入扣。

《神女》是阮玲玉的巅峰之作，该片的艺术价值经久不灭，在中国电影史上占有特殊的地位。1995 年，中国电影诞生九十周年之际，《神女》被评为十大国产佳片之首。

阮玲玉从影九年，在共计二十九部电影中塑造了社会各阶层的妇女形象，其中有交际花、歌女、舞女、妓女、尼姑、乞丐、农村少女、丫头、女工、女学生、小手工艺者、女作家，有正角也有反角。由少女演到老年，从吃人社会的殉葬者演到与命运抗争的时代女性。这些人物往往都有一个悲惨的结局，有的自杀，有的入狱，有的被逼疯，有的被害死。这些充满悲剧色彩的银幕形象合起来就是旧中国千百万苦难妇女的缩影。她们的不幸遭遇震撼着人们的心灵，激起观众无限的同情。阮玲玉能够准确到位地把握悲剧人物的心理，一方面固然因为影片中某些角色的际遇与她本人的身世颇有暗合之处；另一方面也由于她卓越的天赋和敏感的心灵能与受苦受难者的精神世界形成直接的感应和沟通。她是中国电影史上——尤其是默片时代——当之无愧的"悲剧皇后"。

在乱世，做女艺人难，做影后更难。影后美则美矣，幸则不幸，色魔垂涎于她们的美貌，媒体败坏她们的名声，小人盯住她们的钱包，因此痛苦总能找到她们的地址。在抗战时期，胡蝶从香港辗转逃往重庆，路途上丢失三十余箱行李，损失惨重。她到达大后方，立足未稳，处境恓惶，军统特务头目戴笠为了博取她的欢心，为她"追回"（实则自掏腰包照单购买）了失物，却在两年多时间内（从 1944 年到 1946 年）将她"保护"在枇杷山神仙洞公馆内，控制她的精神，霸占她的身体，一度想将她的婚姻拆散。1946 年 3 月 17 日，戴笠乘坐的飞机在大雾中撞上岱山，一场空难终结了这段孽缘，胡蝶与丈夫潘有声重新团聚。曾有人猜想，胡蝶心地善良，平生最不善于拒绝别人的好意，在战火纷飞、人命危浅的乱世，戴笠帮过她的大忙，而且是真心呵护她疼爱她，决定与她结婚，她很可能已经爱上戴笠，在她的心目中，戴笠是强人甚至是英雄的角色，而不是恶魔的形象，比起无拳无勇的潘有声来，戴老板更能够保障她的生命安全。对于这段往事,胡蝶一直讳莫如深,怹谁也别想撬开她坚闭的心扉,探明究竟。她与戴笠的瓜葛是不是她一生中最可怕最可恼的纠结?这个问题已无法从当事人那儿寻求到原始答案。

相比胡蝶,阮玲玉的性格更为脆弱,命运也更为悲惨,她遇人不淑,在经济上遭男人敲诈,在情感上受男人欺骗,最终她愤然弃世,做出的完全是弱者的舍命抗争。阮玲玉的故事一言难尽,令人歔欷,后文还会述及。

三、梨园悲欢

相比当今电影学院、戏剧学院招生时百里挑一的火爆场面,民国时期的梨园就要冷清得多,寒伧得多,"家有三斗粮,不入梨园行",这句话透露出若干信息。寒门子弟入梨园学艺,父母要签生死状。当年,戏剧演员地位卑下,身份低贱,"婊子无情,戏子无义",竟将他们与妓女相提并论,等同视之。然而社会生活要添加些新鲜趣味,则无论如何都离不开名优名伶的调鼎之功。

南岳大庙中有一副戏台楹联如此写道:"凡事莫当真,看戏不如听戏乐;为人须顾后,上台终有下台时。"诚所谓世界一舞台,人生如戏,各凭演技。

"捧角者兴剧",这话是不错的。清末时,老佛爷慈禧太后在宫中爱看京戏和地方杂剧,杨小楼、谭鑫培等名角幸遇恩宠。上有所好,下必有甚者焉,京、津、沪等大都会的戏园子家家火爆。

到了民国时期,捧角的除了男人,还有女人,其中就有唐瑛、陆小曼这样的名媛。同时,她们也是高水平的昆曲票友,登台亮相,常能艳惊四座。张元和、张允和、张兆和、张充和是典型的大家闺秀,她们的曾祖父张树声是李鸿章十分赏识的两位淮军大将之一（另一位是刘铭传），一度在津门署理过直隶总督。合肥四姊妹中，除了张兆和对昆曲的兴趣稍弱外，其他三位都是高段位票友，张允和、张充和多次登台演出，大姐张元和甚至嫁给了沪上名角顾传玠。有趣的是，张允和与周有光举办文明婚礼，新娘穿白色礼服，新郎穿燕尾服，打黑领结，与通体着红的传统婚俗相去甚远。更"离谱"的是，张充和犯了无心之过，她唱昆曲《佳期》中的一段，这段唱词讲的竟是男女间的云雨之事："一个斜欹云鬓，也不管堕却宝钗。一个掀翻锦被，也不管冻却瘦骸。"事后，周有光问张允和，四妹是否清楚自己唱的是什么。

在民国时期的戏迷中，知识女性确实是一支不容忽略的特殊队伍。

清朝末年，戏班子里无论生、旦、净、未、丑哪个行当，均由清一色的男人担纲，女戏子只能跑江湖，在天桥那种难登大雅之堂的地方表演节目。民国气象一新，妇女所受的限制大为减少，戏迷也想在京剧之外另寻趣致，于是一些地方戏中绰约多姿、娇俏婉媚的坤伶应运而生，走上正规的大舞台，与京剧四大名旦（梅兰芳、程砚秋、荀慧生、尚小云）分庭抗礼，唱对台戏，居然赢得无限风光。当年，河北梆子有刘喜奎、鲜灵芝两大坤伶，评剧有白玉霜，越剧有袁雪芬，豫剧有常香玉，她们以天仙化人的美貌和极其出色的唱功引领风骚，各擅胜场于一时，将一大班捧角的老少爷们颠倒出狂形痴态，将一班渔色的军阀政客逗弄得垂涎三尺，她们要洁身自好，不遭欺辱和玷污简直难于上青天。

刘喜奎

刘喜奎，小字桂缘，直隶南皮（今河北南皮）人，童年时父母双亡，被好心的邻居大娘收养。当地唱小曲成风，喜奎喉清嗓嫩，天资极高，往往一学就会。其后，乐师携喜奎到津门献艺，受名伶侯俊山、金月梅点拨，唱功突飞猛进。于是刘喜奎去沪上演出，数十场下来，即名噪南国。当年报章上对刘喜奎多有溢美之词，文人骚客可算是把各自的看家本领全使了出来，有人如此形容刘喜奎的美艳神态："远山之眉瓠犀齿，春云为发秋波瞳。娇羞灵艳妙难数，牡丹能行风能语。"又有人活画出戏迷怜香惜玉的真实心态："喜奎喜奎慎勿出，肌肤雪白畏风日。喜奎喜奎勿轻藏，一日不见思断肠。"还有人透露出内心私愿："歌喉戛玉声绕梁，舞回娇汗莲花香。几生修到青骢马，日日驾车驮喜娘。"如果说以上的诗句还不算太肉麻，那么肉麻者自有人在。《亚细亚报》的名记者刘少少是刘喜奎的超级"粉丝"，他曾将"牡丹花下死、做鬼也风流"的心思大白于天下："愿化蝴蝶绕裙边，一嗅余香死亦甘。"刘喜奎全盛时期，几乎压倒梅（兰芳）程（砚秋），推翻荀（慧生）尚（小云），以一人敌下京剧四大名旦，连当时的伶界大王谭鑫培都感叹道："男有梅兰芳，女有刘喜奎，吾其休矣！"

刘喜奎眉似春山，目如秋水，气质清丽脱俗，给她配戏的全是些百里挑一的美人，她未出场时，满台莺莺燕燕，个个貌若天仙，令人目不暇接。好一番铺垫后，刘喜奎款款登场，只听她一声婉转娇啼，戏迷心弦为之一颤，睁大眼睛再看，那些给她配戏的坤伶顿时相形见绌，眨眼间全成了庸脂俗粉。

当年，捧角者既有曹锟、张勋这样的大军阀，也有樊增祥、易顺鼎那样的老狂生，还有一些青年学子，个个欲据刘喜奎为己有，众人差不多迷到了食不甘味、寝不安枕的地步，因此闹出不少洋相。"北洋之虎"段祺瑞的侄子以十五块光洋的赌注与人打赌，赌他有没有胆量和本事当众强吻刘喜奎。一天晚上，刘喜奎在广德楼演出《西厢记》（扮演红娘），散戏后，刚走到后台门口，就被段狂徒一把抱住，一边口呼"心肝宝贝"，一边狂吻不休，直吓得刘喜奎花枝颤抖，玉容失色。这件丑事自然成为了小报的新闻猛料，好事之徒赋诗一首为证："冰雪聪明目下传，戏中魁首女中仙。何来急色儿唐突，一声'心肝'十五元。"此事还有另外一个版本，说的也是刘喜奎的一位"粉丝"为她疯魔，某日觅准机会，突然冲上前去，搂着刘喜奎大呼"乖乖"，强吻了她两下。这位狂徒被警察当场捉住，罚款五十元。有人撰联纪事云："一见卿卿三生幸，两个'乖乖'五十元。"这两个流传甚广的版本最大的出入在于赌金和罚金的数目，前者是十五元，后者是五十元。

论捧角之狂热，易顺鼎堪称古今第一人。易顺鼎字实甫，号哭庵，湖南汉寿人，是清末民初的著名诗家，风流才子。哭庵与老情人何翠琴住在一起，又与天桥女艺人冯凤喜过从甚密，但他意犹未尽，对于绝色绝艺的坤伶依然倾心以予。起先他最喜欢刘喜奎，常与罗瘿公、沈宗畸等戏友去这位名伶家中讨杯茶喝，以博得美人一粲为荣。每次登门探访，他必定狂呼："我的亲娘，我又来了！"诗人刘成禺以此为调侃题材吟诗一首："骡马街南刘二家，白头诗客戏生涯。入门脱帽狂呼母，天女嫣然一散花。"刘喜奎索性认哭庵为干爸爸，两相抵消，并拜他为师，学些诗文方面的绝活。哭庵放浪于形骸之外，对刘喜奎的痴爱形之于诗，其中不乏格调极低下极恶俗的《七愿》。

刘喜奎色艺双绝，所受的诱惑必多，所担的风险必大。椎鲁不文的"辫帅"张勋和以贿选总统而声名狼藉的曹锟，这两位淫邪的大军阀都曾将黑手伸向刘喜奎，她能从魔爪下逃脱，急中生智是一方面，幸运则是另一方面。张勋有五位美貌的姨太太，他仍嫌不够解馋，依然对刘喜奎垂涎不已，再三提出要纳这位梨园第一红伶为妾，均被刘喜奎巧妙推脱。1917 年 6 月，张勋率定武军入京，与赞成复辟的康有为一道拥立溥仪重登金銮殿，这位辫帅就任"北洋大臣兼直隶总督"，在各界要人大捧臭脚的欢迎堂会中，他重睹刘喜奎的绝代风华，不禁神魂颠倒，心痒难耐。这位淫魔决定抓住机会，挟迫刘喜奎做他的六姨太。眼看刘喜奎这回羊入虎口，劫数难逃，所幸段祺瑞急于"再造共和"，在天津马厂誓师，讨逆军以迅雷不及掩耳之势直扑北京，迫使张勋（元辅瘾只过了十三天）通电下野。刘喜奎这才侥幸逃过了张辫帅的霸王硬开弓。

北洋政府陆军部次长陆锦也打过刘喜奎的主意，他下足了功夫，见自己无从得手，于是阴暗心理作祟，为直鲁豫三省巡阅使曹锟拉皮条。曹锟这家伙平生只会一招鲜，博取美人欢心他用白花花的光洋，后来贿选总统也用白花花的光洋。他派人把一筐筐银元送到骡马街刘家，只等刘喜奎哪天吃不消，顶不住了，就一鼓成擒，金屋藏娇。但这回他找错了对象，白日梦泡了汤，如意算盘落了空，他的金钱攻势再猛，也未能击溃刘喜奎的心理防线。

1921年11月21日，曹锟六十大寿，北京名伶大演堂会戏，刘喜奎经不住陆锦的一再敦劝和保证，勉强参加了演出。殊不知，这是一个早已设计好的圈套，一等堂会结束，刘喜奎就被兽欲膨胀的曹锟强行留下。眼看此关难过，此劫难逃，侠义青年崔承炽（陆军部参谋）急中生智，找到曹锟的正室，挑穿曹锟的桃色阴谋，激发母狮子的醋劲和怒火，刘喜奎这才侥幸逃出虎穴，保全清白之身。

事后，陆锦惺惺作态，向刘喜奎赔礼道歉，装出一副既无辜又后悔还痛心疾首的样子，刘喜奎冰雪聪明，不可能原谅这位藏在阴暗处设局骗人的皮条客，她对陆锦说："你们做大官的人，应以名誉为重，不要为了一个刘喜奎，坏了你们的官声！"

据刘成禺《洪宪纪事诗本事簿注》记载，刘喜奎面对恶浊的世道，淫邪的人心，曾撰文自白，其中有一节谈及婚嫁，最能够彰显心迹，此处照录：

夫喜奎嫁与不嫁，果何与于人事？若以某某类推，漫京津间无一可嫁之人，即谓举世无可嫁之人可也。喜奎谨矢言：非得上马杀贼、下马草露布、光明磊落、天真烂漫之好男儿而夫之，宁终身不嫁。苟得其人，虽为之婢妾，亦所愿也。至若权豪纨绔之子弟，以及金玉其外、败絮其中之小白脸、咬文嚼字、纯盗虚名之假名士，喜奎固早尘土视之矣！知喜奎者，其唯此乎！罪喜奎者，其唯此乎！

在民国初年的京、津剧坛上，男有梅兰芳，女有刘喜奎，均是众星捧月、大红大紫的人物，他们丰姿雅韵，犹如两颗璀璨的双子星座，常被人称为金童玉女，他们的演出观者如堵，好评如潮。这两位德艺双馨的名角本是绝配，彼此也存有爱慕之心。然而，他们却未能走到一起。究其原因，刘喜奎爱护梅兰芳的盖世才华，深知世道艰难，人心险恶，不愿他被各路强梁视为情场的公敌和箭靶，遭到连环攻讦，所以她慧剑斩情丝，自动出局。

刘喜奎在一篇回忆录中写道："当我二十多岁，正所谓花容月貌、青春年少时，在艺术上也有一些成就，那些军阀阔少纷纷打我的主意。……看来不肯牺牲身体，就得牺牲艺术。"应该说，她还牺牲了爱情，代价不可谓不高昂。刘喜奎师事易顺鼎，吟诗填词毫不犯难，她曾作自况诗一首，道是："愁愁喜喜几经春，笑靥登场苦莫伦。半幅鲛绡数行泪，谁知侬是可怜人？"她说的没错，红艺人风光背后的辛酸的确非常人所能知晓万一。

一代名伶刘喜奎后来嫁给了青年军官崔承炽。此时已升任孙宝琦内阁陆军总长的陆锦见"肉汤"喝不到一口，又妒又恨，就挟怨报复，下令撤掉崔承炽的军职。京城非安身之地，崔承炽不敢逗留，他携娇妻前往天津租界定居，过起了隐姓埋名、与世无争的生活。所幸刘喜奎饶有积蓄，生计不成问题。结婚一年后，刘喜奎生下爱子，不久，崔承炽暴病身亡，江湖传言是陆锦暗中派人做下手脚，最具说服力的证据是：崔承炽尸骨未寒，陆锦居然就厚着脸皮派说客向刘喜奎示爱求欢。刘喜奎对来使斩钉截铁地回绝道："陆大人一心想要我做他的二房，教他做梦也休想，甭说是二房，就是明媒正娶当她的正房太太，我也不屑为之。咱们家从前固然穷些，却也是清白人家，而他呢？哼哼，不过是衙门口吹鼓手的儿子罢了！他要是逼急了我，拼着一死也要同他干上，害得人还不够吗！还想怎么着？"

从此，刘喜奎洗尽铅华，急流勇退，教育儿子，深居简出，不再踏足梨园半步。但她的美貌和才艺在中国戏剧史上已留下浓墨重彩的一笔，历经风雨也未曾褪色。

白玉霜　常香玉

两性之间的感情通常离不开这样的俗套：女人被男人追，盲目大意的总是女人，吃亏遭罪的也总是女人。刘喜奎在梅花桩上打拳，居然撑到了全身而退，已是顶不容易的事情。其他的姐妹，如"评剧皇后"白玉霜，这位"东方的梅蕙丝"（洪深的赞语）就曾遭到色魔算计，被上海当局当作"淫伶"驱逐出境，抗战期间还蒙冤入狱，而且很不幸，蹲的是日本人的大牢。那些色胆包天的家伙振振有词地说："你白玉霜不是喜欢扮演潘金莲吗？那我就来扮演西门庆！"至于白玉霜精湛的演技和低回婉转的"白派"唱法，他们哪有心思去细细品味和咂摸，这些好色之徒根本就是睁眼瞎和竖耳聋。

抗战期间，北京前门外有一家亲日报社，总编辑名叫吴菊痴。从名字即可看出此人是个花痴。他并不懂得评剧艺术的精髓所在，只不过垂涎于白玉霜的美丽容颜，每当剧终人散，他就到后台去强邀白玉霜外出吃夜宵。宵夜只是虚招，揩油才是实意。白玉霜不接他的茬，倒先请那位花痴饱饱地吃了几顿闭门羹。吴菊痴怀恨在心，决意报复，他先是在自家报纸上对白玉霜大泼污水，大造谣诼，肆意中伤，严重损坏白玉霜的名誉和形象，使她的演出受到干扰。面对这条正受庇于日本鬼子的"疯狗"，白玉霜手中没有洪七公的打狗棒，法律保护名存实亡，她只好忍气吞声，破财消灾，请爱莲君（评剧四大名旦之一）的亲戚、记者韩宝臣出面调停，摆上一席，与吴菊痴讲和，从此井水不犯河水。

事有凑巧，当天饭局散后，吴菊痴坐人力车经李铁拐斜街转赴和平门，途中遇刺，一命呜呼。吴某的暴死颇为蹊跷，日本宪兵队怀疑到白玉霜和韩宝臣的头上，将他俩逮捕归案。白玉霜在狱中受尽凌辱，其后她托人花了大把大把的银钱上下打点，左右疏通，此案才不了了之。

在那个畸形变态的社会里，女艺人中唯有"豫剧皇后"常香玉的遭遇是个特别的例外。这位名角十岁就已出道，在二十一岁那年，她遇上了一位既懂她的心又懂她的戏的知音，这人叫陈宪章，做过官，当过中学校长，为人和善，谈吐诙谐，从一开始常香玉就对他抱有好感。当时，常香玉身后不乏实力出众的追求者，权大的，名高的，钱多的，色色齐全，但她还是认定陈宪章人品端方，是个难得的人才，值得她去主动示爱，也不管姐妹们打趣她一个红透半边天的大明星反而倒贴着去追求男的。她找到陈宪章，郑重其事地摊牌："我有三个条件，你答应就结婚，不答应我就走。"她提出的三个条件是：一、她不愿意嫁个当官的；二、她不能给人做小老婆；三、他不能看不起她，她喜欢演戏，他必须与她同道。陈宪章让爱做主，对三个条件全盘应承下来，他们很快就以"私奔"这一最浪漫的形式结合了。此后，陈宪章放弃教职，钻研戏剧，无师自通，成为了一位有名有实的剧作家，他为常香玉量身打造出豫剧剧本《红娘》《白蛇传》《花木兰》，这些剧目都成为了她的保留剧目。在梨园，这个特别的例外既可说是常香玉命好，出奇的好，也可说是她的主动选择，有胆有识。

四、上海夜莺

周　璇

　　展开来看，王家卫执导的影片《花样年华》是一个褪了色、掉了彩的爱情故事，男女之间情欲纠结，犹如蝰蛇成团，叫人看了心底凉嗖嗖的。《花样年华》编剧的灵感从何而来？不得而知，按理说，与半个多世纪前的香港影片《长相思》的插曲《花样年华》脱不了关联，此片由周璇主演，插曲也由她主唱。"花样的年华，月样的精神，冰雪样的聪明，美丽的生活"，歌词是这般流水轻吟，一派空净澹泊。王家卫用这首歌做背景音乐，意在弥漫怀旧的香氛。时至今日，山河不殊，人事皆非，周璇缠绵缱绻的嗓音依然绕梁未绝。旧上海纸醉金迷，灯红酒绿，仍复被《花样年华》曲调的袅袅余音激活，不曾一风散去。

周璇（1918—1957），原名小红，江苏常州人。她的身世扑朔迷离，有传记作家武断，认定她的生母姓钟，出身青楼，从良之后被富商抛弃，迫不得已剃度出家，成为莲花庵尼姑。事实真相究竟如何？多年前，周璇的幼子周伟费尽周折，找寻到了关键证人和关键证据，终于揭开周璇的身世之谜。

周璇原本姓苏名璞，出身于小康之家，三岁时，被抽大烟上瘾的舅舅顾仕佳暗地里拐卖到金坛县王家。顾仕佳时任金坛县警察局长，财迷心窍，竟做出这种伤天害理的缺德事，直到临死前才吐露实情。周璇的生母顾美珍曾在国务院卫生处工作，多次去上海认亲，由于顾虑重重（顾美珍要讲清楚周璇谜一样的身世，就不得不讲出周璇舅舅顾仕佳曾在旧社会当过警察局长这段历史，正是他拐卖了周璇。这在当时"极左"的政治背景下，势必会给顾家和苏家带来毁灭性的灾难），这件事始终没有落到实处，也就情有可原了。

当年，周璇被拐卖到王家后，改名王小红。后来，王家夫妇离异，周璇被送给了上海的周姓人家，更名周小红。周璇的养父是一位瘾君子，在法租界工部局当翻译，待他用鸦片烟枪将家产烧光荡尽后，小红的命运就随之发生了重大转折。那时，她才十二三岁，明与暗的出路只有两条：一是去歌舞班混碗饭吃，二是去妓院做清倌人。旧上海的歌舞班倒是应有尽有，凡是欧美时兴的，上海即能具体而微之，"草裙舞""大腿舞""肚皮舞""呼拉圈舞""脱衣舞"，应有尽有。不过，小红发育未全，尚难定位。讲唱歌，她的嗓音太细；讲跳舞，她的腿太短；讲卖相，她的身板太瘦；讲出工，她的力气太小。如此看来，进青楼倚门卖笑，成了她唯一可走的独木桥。天无绝人之路，明月歌舞剧社（1931年由黎锦晖创办）的钢琴师、人称"胖姐姐"的章锦文同情小红的遭遇，介绍她去剧社报考小演员。当时，明月歌舞剧社的台柱子是王人美和黎莉莉，乐队由黎锦晖挂帅，另有聂耳、黎锦光和章锦文等骨干，班底不大，却人才济济。小红的嗓音细弱，国语也不够灵光，但有章锦文教她识简谱，严华教她国语正音，再加上她勤学苦练，进步神速。老板黎锦晖慧眼识珠，他认为小红唱歌时气声稳定，吐字准确，节奏感强，而那种天然的嗲味更是其独特之处，遂决心将这块璞玉雕琢成器。

在明月歌舞剧社中，小红与她的国语老师严华走得最近，严华不仅教她国文知识，而且在生活上无微不至地关心她，像是照顾自己的亲妹妹，这使小红内心感受到从未有过的温暖。

好事多磨，小红刚在歌舞剧《特别快车》中露出小荷尖尖角，明月歌舞剧社就由于台柱子王人美和黎莉莉被电影制片商重金挖走而在经济运作上陷入困境，面临解体的危机。社长黎锦晖眼看着自己多年的心血即将付诸东流，也无计可施，徒唤奈何。

小红倒没有那么多忧虑，她唱着《火玫瑰》中的插曲《民族之光》，从那句"与敌人周旋在沙场之上"的歌词中找到了自己的艺名"周旋"。有一次，黎锦晖打趣道："'周旋'二字很有意思，不过你是上海妹子，加个斜玉旁就更漂亮了！"从此，俗气的周小红就正式改名为雅气的周璇。

明月歌舞剧社解散后，一些朋友重新组合，先是砌好新月歌剧社的炉灶，没烧热，他们又改变思路，立起新华歌剧社的招牌，重金聘请当时影坛红角儿王人美、黎明晖、袁美云等来客串演出。1934年，周璇崭露头角，一跃而为新华歌剧社的台柱子。演剧之余，周璇还去电台唱歌，她颇有听众缘，大家都称赞她是"金嗓子"，一来二去就叫开了。1935年，尚未满周岁的新华歌剧社由于经营不善而宣告解散。从此，周璇踏入影坛，先是在影片《风云儿女》中客串小角色，随即被艺华影片公司聘为基本演员。

女大十八变，从前矮小干瘦的周璇变得苗条妩媚了，光亮的前额，清秀的眉眼，以及爱笑而略显俏皮的神情，都给人以天真可爱的印象。当时，电影同行对这位衣着朴素、举止文静的少女普遍抱有好感，亲切地叫她"璇子"或者"小璇子"。

1936 年，周璇接连在《花烛之夜》《化身姑娘》《百宝图》《喜临门》等多部影片中扮演角色，表现令人满意。这年春天，周璇情窦初开，投入了严华的怀抱。

1937 年春天，明星影片公司筹拍《马路天使》，这部影片的编剧和导演袁牧之颇具创新精神，定好男主角赵丹后，一时间竟找不到合适的女主角人选。他想来想去，金嗓子周璇既能唱又能演，何不让她来试试镜？不试不知道，一试心头笑，《马路天使》一片的女主角非周璇莫属。事实证明，袁牧之没有看走眼，周璇理解人物，进入角色的速度出奇的快，把不幸的歌女小红演活了，演绝了。片中插曲《天涯歌女》《四季歌》更是被她唱得荡气回肠，深深地感染了观众，一时间成为无人不知、无人不晓的流行歌曲，风靡全国，其"金嗓子"的美名从此确立。

上海"孤岛"时期，周璇红极一时，她为国华影片公司主演了多部电影，又灌录了多张唱片，成为令人瞩目的影、歌双栖明星和国华的两根台柱子之一（另一根台柱是周曼华）。国华的老板生财有道，与上海滩的地头蛇陈世昌和杨顺铨颇有渊源，又有一班汪伪要员、社会闻人大力捧场，自然是后来居上，将明星、联华、天一等公司比得黯然失色。在国华旗下，周璇身价未见增加，但名头越来越响。

当年，国华的老板唯利是图，拍电影根本不讲究艺术性，喜欢搞恶性竞争，一部《三笑》竟只用七天七夜连轴转就拍成了，粗制滥造，令人发指。在毫无艺术价值的软性烂片中，周璇出任主角，无疑是可悲的。她反抗国华老板的压榨，玩过人间蒸发，但她势单力孤，终究敌不过电影界吃人不吐骨头的黑恶势力。国华老板最见效的一招就是设下毒计破坏周璇与严华苦心经营的小家庭，使周璇从此失去了可靠的精神支柱。当时，小报上登出过这样的新闻，标题是："恶丈夫有意施虐，'金嗓子'无辜受害"。内容为："大明星周璇因一时口角，不堪忍受其丈夫严华的侮辱，昨晚借寓于一家旅馆，含愤服毒自杀，幸为茶房觉察，及早抢救，方免于难。"事情的真相如何？周璇与演员韩非擦出了爱情火花，严华又怒又妒，打了妻子一记耳光。所谓的"服毒自杀事件"则是报纸无中生有，添油加醋，故意炮制的猛料。其后，周璇与韩非私奔，严华聘请律师，以"卷逃"的罪名诉诸法律，他们的感情因此走上末路，降至冰点，再也无法破镜重圆。

1941年，周璇的演艺事业达到巅峰。《上海日报》发起"电影皇后"选举，周璇以毫无争议的优势折桂。出人意料的是，选举结果公布后，周璇当即发表《婉辞启事》："顷阅报载，见某报主办之一九四一年'电影皇后'选举揭晓广告内，附列贱名。顾璇性情澹泊，不尚荣利，平日除为公司摄片外，业余唯以读书消遣，对于外界情形极少接触。自问学识技能均极有限，对于'影后'名称绝难接受，并祈勿将'影后'二字涉及贱名，则不胜感荷，敬希谅鉴！此启。"周璇辞去影后荣名，却没有人敢硬着头皮顶替她，在当时，这无疑是大家津津乐道的话题。

从1942年到1945年，由于周璇缺乏主见，任人摆布，其演艺事业急转直下，她主演的那些"多情妹爱上薄情郎""痴心女遇到负心汉"之类的烂片，思想陈腐，格调庸俗，一个劲儿地投合市井趣味，虽然票房叫座，圈内却无人叫好，缺乏艺术新意的影片是没有生命力的。唯有卜万苍执导的长片《红楼梦》（周璇饰演林黛玉）是个例外。抗战胜利后，周璇的演艺事业一度大有起色，不论是她在《忆江南》中兼饰性格迥异的姐妹二角，还是在《清宫秘史》中饰演珍妃，都获得了好评。小说家茅盾便夸赞她的表演"颇有分寸，难能可贵"。令人痛惜的是，由于周璇在个人感情方面一再受挫，精神疾患日益加重，50年代初，她正当盛年，就像一颗闪亮的流星淡出了影坛。

"尽管周璇的演艺生涯曾一度大红大紫，但感情生活却有如《天涯歌女》一曲所唱的那样，'天涯呀海角，觅呀觅知音'，其过程简直就要动用李清照的词句'寻寻觅觅——冷冷清清——凄凄惨惨戚戚'才能形容。"周璇太命苦，她总是遇人不淑，老板吸她的血，丈夫和情人不领她的情，她那副林黛玉似的身子骨如何应付得了？严华、韩非和石挥（被观众誉为"话剧皇帝"）还马马虎虎，后来周璇放出"决不与圈内人成配偶，谈恋爱向外发展"的口风，立刻患上了"雪盲症"，爱上了"拆白党"朱怀德，这位商人工于心计，比周璇更会演戏，他热情里透着虚假，老练中藏着奸诈，最终利用周璇对他的信任，骗取了她大部分财产，将她收拾得毛羽凋零，精神分裂。

作曲家陈歌辛与周璇有过多次合作的经历，非常了解周璇的为人。有一回，他与文工团音乐创作班的学员谈及"金嗓子"在感情上一败涂地，不无惋惜地说："璇子很聪明，心肠也好，只可惜视力不佳！"学员们感到奇怪，问道："周璇的眼睛不是水汪汪的吗？"到了这会儿，陈歌辛不再卖关子，他当众抖开包袱："这只是个比喻而已，我是说她老看错人，不是受骗，就是上当。"诚然，周璇艺术天赋极高，却读书太少，阅世不深，与人打交道时不留退步，毫无城府，她长期被一群蚂蟥和水蛭包围，失血受苦，就成了日常。

1948年，《电影杂志》记者采访周璇，问她如何应对外界刺激，周璇神情忧郁，但回答得还算巧妙，她说："不如意事常八九，可与言人无二三。"周璇给人活泼开朗的印象，实际上，她的性格偏于内向，并不愿意把心事向人（尤其是陌生人）倾吐，抑郁症便一天天积累而成。

九年后，周璇患恶性脑炎不幸去世，年仅三十八岁。临终前，她拉着好姐妹黄宗英的手，将两个孩子周民、周伟托付给她，以悲颤的声音说："黄姐姐，我的命太苦了……活了一辈子，连自己的亲生父母也不知道……"真是造化弄人啊！

资深影评家方保罗评论道："在芸芸中华老影星、老歌星已濒临被人遗忘的当儿，在他们之中，却有一个人的名字依然烙印在上海、台北、香港及吉隆坡男女老少心中，她就是周璇……"不错，在20世纪华人女歌星中，被称为"金嗓子"而当之无愧的只有两位，一位是上海夜莺周璇，另一位是台北夜莺邓丽君。

五、红舞女和交际花

19 世纪 40 年代，上海开埠之初，西方冒险家不仅带来了害人不浅的鸦片烟，还带来了他们的生活方式，比如交谊舞。他们认为，吃得香，喝得爽，赚得腰包鼓鼓囊囊，这并非生活的全部，还必须玩得尽兴尽致，而要玩得尽兴尽致，没有香风细细、娇喘咻咻的美貌舞女搂在怀中，是绝对不行的。

20 世纪初，上海礼查饭店（现浦江饭店，由洋人创办）周末必有交际舞会，灯红酒绿，履舄杂陈，中国人还无缘厕身其中。上海玩家崇洋媚外，善于模仿，交际舞成了社会上优选的娱乐项目，建造西式舞厅就成了投资家的热门选择。上海百余家舞厅，最负盛名的有黑猫舞场、百乐门舞场、仙乐舞宫。嗣后，经过几番激烈的竞争淘汰，百乐门、仙乐宫、大都会和丽都脱颖而出，并称为上海四大舞场。其中，尤以百乐门广为人知。

1932 年，"远东第一乐府"——上海百乐门舞厅（Paramount）刚刚建成，一位不甘寂寞的无名诗人就赶来凑趣，其"芬芳扑鼻的马屁"被时人传为名篇：

月明星稀，灯光如练，

何处寄足？高楼广寒。

非敢作遨游之梦，

吾爱此天上人间。

当年，百乐门的确当得起"天上人间"的夸赞。为了建成它，盛七小姐共计斥资六十万两白银，由当时最负盛名的设计师杨锡镠绘制蓝图，建筑样式选择的是 20 世纪 30 年代国际流行的 Art Deco（装饰艺术），极其新颖时髦。百乐门楼顶中央矗立着高达九米的圆柱形玻璃银光塔座，璀璨无比的霓虹灯能熠耀一里开外。

百乐门的主体建筑共三层，第二层和第三层为舞厅。二楼舞池颇为宽阔，计有五百多平方米，号称千人舞池。舞池中央用汽车钢板整体支撑，当众人共舞之时，这种"弹簧地板"合着音乐的节奏，会出现倾斜和震颤，产生明显的波动感，可使舞步更为轻灵。百乐门是全上海独家装有"弹簧地板"的专业舞厅，其强大的号召力与此不无关系。舞池周围以十厘米厚的磨砂玻璃铺成，下装彩色灯泡，晶莹夺目。大舞池旁边有中池、小池、习舞池，中池、小池一般提供包场，习舞池配有专职教练员，免费教舞。三楼有回马廊，还有著名的金光小舞池。当时有人形容道："上也舞厅，下也舞厅。弹簧地板效飞腾，玻璃地板镶倩影。何幸！何幸！春宵一刻千金重。"

百乐门不仅出红舞女，还出红歌星。文学家梁实秋的第二任妻子韩菁清年轻时即是百乐门走红的歌后。百乐门的乐队——纳尔逊乐队和吉米金乐队——在上海也是首屈一指的人气组合。值得一提的还有，当年百乐门没有停车场，车子只能泊在远处小马路等候。为方便舞客，百乐门玻璃银光塔上安装了许多彩色灯泡，串成一个个数字。每辆等候的车子对应其中一个数字。当司机看到自己的车号在灯塔上亮起时，就知道主人要打道回府了。百乐门被外界赞为"远东第一乐府"，确实名不虚传。

有了舞场，以伴舞为职业的"货腰女郎"（舞女的谑称）自然应运而生，起先舞女多为外国妹，如西人创办的新华舞场，舞女均为西欧、白俄佳丽，日本人在虹桥开设的舞场，舞女均为东洋娇娃。后来，舞厅多了，规矩随之改变，中洋并取，水陆杂陈，各喜各好，应有尽有。

舞女的来源有四：一是茶楼酒家的女招待跳槽；二是妓女转行；三是情场或影坛的失意者来此寻求刺激；四是贫苦人家的女孩子为生计所迫而出卖腰肢。

她们的年龄通常在十六岁至二十五岁之间，实实在在吃青春饭。当年，上海只有几家大饭店附设的舞厅没有伴舞女郎，其他舞厅少则有三四十名，多则有近百名。除大牌红舞女外，普通舞女不拿固定薪水，全赖舞票收入。舞票须与舞场老板拆账，红舞女可得七八成，一般舞女仅得四五成。百乐门舞场的管理最为严格，舞女必须经过考核，持有百乐门签发的陪舞证方能进场伴舞，这在很大程度上保障了舞女、舞客的安全和利益。舞女还得跟老板签订合同，在合同规定的期限内，不管舞女个人生意如何清淡，收入如何微薄，每晚都得去舞场坐够几个钟头的冷板凳，不准中途走人另寻赚钱的门道。20世纪20年代末，一位半红半紫的舞女月收入高达一百八十元左右，而一位产业工人的月收入仅有十元上下，可见其进项不菲。不过，话说回来，做舞女也耗费本钱，她们的衣裙、鞋袜、首饰、化妆品和黄包车费是一笔相当不菲的开销，再加上舞女的家庭负担不轻，从表面看去，她们风风光光，暗地里却也得过紧日子，比如说，她们在舞场里抽的是白锡包的三炮台，回到家里则抽老刀牌；舞场里吃的是三明治火腿，回到家里则用油条、泡饭勉强对付。当然，红舞女另当别论。

在上海滩，舞女被称为"龙头"，舞客被称为"拖车"。手脚大方的舞客邀请自己心仪的舞女跳舞，照例先开香槟，香槟贵至十元一瓶，舞女扣佣10%至20%。有些相熟的"拖车"为了讨好"龙头"，还会想方设法塞钱给舞女。场内耳目众多，不便出手，又不便托付侍役代为转达，于是他们预先将小费包在花手帕中，当两人翩翩起舞之际，若有意若无意地塞给对方。

为了避免众舞客共争一舞女而酿成祸端，舞厅普遍实行"买钟"制，舞客看中某小姐，即买断某段时间，请她坐台，或聊天，或跳舞。舞客若要在舞女身上寻求刺激，必须另外给舞女小费，她们身体的每一个部位都有明码实价，纵然舞客手脚不干不净，他也得量力而行。客人看中了某舞女，要带她去别的场所消遣，则先得买"出街钟"才行。通常所说的"红舞女"就是那些被舞场豪客抢着买钟的"货腰女郎"，她们的舞票多，收入高，被地痞、流氓盯上的风险也大。有的红舞女人老珠黄，却不肯从良，她们摇身一变，由舞女转为大班

（又叫"妈妈生"或"公关经理"）。她们认识熟客多，人脉广，在江湖上吃得开，善于利用手中的资源为一些入行不久的新面孔牵线搭桥，借此抽取数额不菲的佣金。这些大班在娱乐业中举足轻重，她们负责管理舞女，发掘新人，拉拢豪客，掌控人气指数，与红舞女一样，是各大舞厅的灵魂人物。最重要的是，舞场宾客三教九流，鱼龙混杂，这些"大姐大"手腕娴熟，与黑白两道有交情，能够呼风唤雨，排忧解难，舞女遇到麻烦不能自己摆平，就得请她们出面。有道是，千军易得，一将难求，大舞厅对王牌大班的争夺往往趋于白热化。

舞场中最大的看点和卖点当然还是那些红舞女。20 世纪 30 年代，上海爵禄舞场的李丽娜，桃花宫舞场的欢笑凤，大华舞场的陈雪莉，都因为色艺俱佳而闻名遐迩。每天晚上，舞厅里围坐着一大圈舞女，但舞女大班总要为红舞女留出最好的位置，而这些"皇后"照例是姗姗来迟，方才显示出其身份之尊贵。红舞女的行头最为时髦，特别容易识别，而且每天必换，一星期内不会重复。头牌红舞女风姿绰约，纤秾合度，往往能使那些堕鞭公子、走马王孙销魂荡魄，一掷千金。

台湾小说家白先勇擅长塑造大上海和老台北的红舞女形象，他的著名作品《金大班的最后一夜》刻画了一位王牌大班——金兆丽，她决心从良，找个归宿，千挑万选，最终嫁了个够斤够两的大老板，从此要离开多年寄托灵肉的舞厅，心中既感到欣慰，又感到惆怅。在白先勇笔下，金大班世故通透，另一个人物尹雪艳则冷艳如梅，她原是百乐门中风姿绰约的红舞女，十里洋场的新贵们对她趋之若鹜。白先勇对尹雪艳形神两方面的描写着实拿出了看家本领。请看《永远的尹雪艳》中的两节：

……尹雪艳有一身雪白的肌肤，细挑的身材，容长的脸蛋儿配着一付俏丽甜净的眉眼子，但这些都不是尹雪艳出奇的地方。见过尹雪艳的人都这么说，也不知是何道理，无论尹雪艳一举手、一投足，总有一份世人不及的风情。别人伸个腰，蹙一下眉，难看，但是尹雪艳做起来，却又别有一番妩媚了。尹雪艳也不多言，不多语，紧要的场合插上几句苏州腔的上海话，又中听，又熨帖。有些荷包不足的舞客，攀不上叫尹雪艳的台子，但是他们却去百乐门坐坐，观观尹雪艳的风采，听她讲几句吴侬软语，心里也是舒服的。尹雪艳在舞池子里，微仰着头，款摆着腰，一径是那么不慌不忙的起舞着；即使跳着快狐步，尹雪艳也从来没有失过分寸，仍旧显得那么从容，那么轻盈，像一球随风飘荡的柳絮，脚下没有扎根似的。尹雪艳有她自己的旋律。尹雪艳有她自己的拍子，绝不因外界的迁异，影响到她的均衡。

尹雪艳着实有压场的本领。每当盛宴华筵，无论在场的贵人名媛，穿着紫貂，围着火狸，当尹雪艳披着她那件翻领束腰的银狐大氅，像一阵三月的微风，轻盈盈地闪进来时，全场的人都好像给这阵风熏中了一般，总是情不自禁地向她迎过来。尹雪艳在人堆子里，像个冰雪化成的精灵，冷艳逼人，踏着风一般的步子，看得那些绅士以及仕女们的眼睛都一齐冒出火来。这就是尹雪艳：在兆丰夜总会的舞厅里，在兰心剧院的过道上，以及在霞飞路上一幢幢侯门官府的客堂中，一身银白，歪靠在沙发椅上，嘴角一径挂着那波吟吟浅笑，把场合中许多银行界的经理、协理、纱厂的老板与小开，以及一些新贵和他们的夫人们都拘到眼前来。

孤岛时期，上海的舞厅呈现出一派畸形的繁荣景象，西藏路上舞场林立，人称舞场路，大小报刊上充斥着舞场的广告。汪伪政府统治期间，大大小小的汉奸最喜欢去百乐门这类大舞厅，因为那里面能给他们提供一份醉生梦死的快感。不过，大舞场也是暗杀事件频发的地方，许多汉奸正是在温柔乡里被无常鬼钩住了脚腕子。

看过曹禺《日出》的人，肯定对红舞女出身的交际花陈白露印象深刻。20 世纪 30 年代，在旧上海，大丰银行总经理潘月亭倾慕红舞女陈白露，他操纵选美比赛，使她获得"舞厅皇后"的美名。这位红得发紫的交际花、电影界的大明星风光一时，但随着女儿的不幸夭折，丈夫的愤然离去，她才猛然间意识到自己只不过是别人股掌间的玩物和名利场上的牺牲品，于是她万念俱灰，在黎明前服下了大剂量的安眠药……

一般来说，人们会先入为主地认为，旧上海的交际花是风月场中的尤物，她们容貌美艳，体态妖娆，善于打情骂俏，常年周旋于那些脑满肠肥的高官巨贾之间，依靠色魔供养，物质生活十分优裕，精神生活则异常空虚。实则大谬不然。

法国作家梅根·特里西德（Megan Tressider）在《爱的秘密语言》中写道："传统地说，真正的交际花并不仅仅是美貌的妓女。……历史上最成功的交际花，很多都修养出众，城府很深，她们喜欢拥有与个人才智相匹配的权力和影响。"交际花是颇具秒杀魅力的美女，秋波是她们的子弹，舞池是她们的猎场，那些大佬富翁则是她们"格杀勿论"的猎物。就连法国皇帝路易十五也成为了交际花蓬皮杜夫人的入幕之宾。烟花女不能等同于真正的交际花，巴尔扎克小说《交际花盛衰记》中的艾丝苔，小仲马小说《茶花女》中的玛格丽特，左拉小说《娜娜》中的娜娜，她们都只是阔佬的玩物，名为"交际花"，实则与烟花女子没有太大区别，跟旧上海最著名的那些交际花毫无可比性。

当年，上海滩那些甲级旅馆，例如"大东""东亚""大中华"，都有女客租住，在"国际""金门"和华懋公寓这类特级旅馆中，女客的"档次"更高，租期更长。香艳神秘的女人多半都吃"青春饭"，她们有的是上海各大舞厅中的红舞女，有的过去是书寓、长三堂子中的红人，从良之后，被夫家休弃，只好重操旧业，出来招蜂引蝶，有的是离家出走、被花花世界收入笼中的"金丝鸟"。她们过着纸醉金迷的生活，排场不小，在黑白两道之间游刃有余，但她们充其量只能算是"交际草"，离"交际花"还有一段难以缩小的距离。她们要获取"交际花"的资质认证，光有千娇百媚、万种风情，仍然功亏一篑。

起初，"交际花"是舶来的褒义词，非出身豪门的名媛不得称之。"交际花"与"交际草"的分际就在于她们是否为公认的"名媛"。有人戏言："交际花形同特工，后者以窃取情报为目的，前者以窃取感情为初衷。用一句话形容她们，'交际花'是交际场合的润滑剂和爽身粉，是乱世中粉饰太平的七彩流苏。"

老辈文史作家陈定山在其笔记《春申旧闻》中写到20世纪二三十年代上海滩的交际名媛，特别标举了以下几位："上海名媛以交际著称者，自陆小曼、唐瑛始；继之者为周叔苹、陈皓明。周（叔苹）是邮票大王周今觉的女公子，陈（皓明）则为（中华民国）驻德大使陈蔗青的爱女。其门阀高华，风度端凝，盖尤胜于唐（瑛）、陆（小曼）。自是厥后，乃有殷明珠、傅文豪，而交际花声价渐与明星同流。"

应该说，"交际名媛"与"交际明星"这两个名称在概念上有很大的区别。"名媛"必须出身于豪门巨族，即使不算钟鸣鼎食，其父祖叔伯也得有相当的政治地位和社会声望。"明星"则不必受此限制，寒门女子色艺俱佳，演得几部电影，唱得几首情歌，跳得几支洋舞，懂得几门外文，就能成为明星，在交际场合受人追捧。

陈曼丽

20世纪40年代初，百乐门红舞女中最富艳名的是陈曼丽。陈曼丽亭亭玉立，仪容娇媚，且多才多艺，她擅长京剧，与名角叶盛兰、马富禄合演过《鸿鸾禧》，她扮相甜美，唱作俱佳，为梨园行家所认可。当年，中国实业银行总经理刘晦之有幸赢得陈曼丽的芳心，在愚园路579弄的中实新村赁屋与之双宿双飞。按理说，陈曼丽有了强大的靠山，应该告别灯红酒绿的舞女生涯，过一种全新的家庭生活才对，但她天性放浪，刘晦之虽金屋藏娇，她却不愿被他一人独享。

1940年2月25日深夜，陈曼丽被刘姓、彭姓两位舞客买钟坐台，没有任何异常的迹象。转钟时分，陈曼丽正纵情谈笑，与舞客零距离接触的时候，突然从音乐台左侧跃出一位身材高大的西装青年，从腰间拔出手枪近距离对准陈曼丽连发三枪，一弹击中颈项，一弹击中臂膀，一弹击中腰腹，她当即倒地身亡。同座舞客刘其甫由香港来沪，被流弹击中右臂轻伤，另一彭姓舞客被流弹伤及背部，终告不治。百乐门血案发生前两小时，仙乐舞宫已发生过枪击事件，是军统地下特工刺杀了汪伪76号机要室主任钱人龙。据说，陈曼丽是军统潜伏人员，汪伪特工总部蓄意报复，就将这笔血债算在了她的头上。另一种说法则是，陈曼丽不拘形迹，与汪伪要员时相过从，军统地下特工以"锄奸"为名，一举"锄"掉了她；还有完全相反的第三种说法，陈曼丽是因为拒绝为日本军官伴舞而被日本军方派出的枪手暗杀于舞厅之中。百乐门血案最终变成了无头"谜案"，随着时光的流逝，岁月的掩埋，它的谜底已无法揭开。

唐　瑛

　　唐瑛与陆小曼齐名，两人多才多艺，各自在婚姻方面做尽轰动一时的波澜文章。陆小曼与王赓离婚，再嫁徐志摩，不吃"西点"（王赓毕业于美国西点军校）而吃"海宁菜"，曾引起轰动，成为话题女王。她捧昆伶，抽鸦片，与翁瑞午形影不离，也招致许多口舌非议。

　　唐瑛比陆小曼小七岁，生于1910年，她肤白如凝脂，貌美若仙妹。唐瑛比陆小曼更大方更洋气，这是当时交际场中登徒子的普遍品评。唐瑛的父亲唐乃安曾留学德国，是沪上名医，家境殷实。唐瑛的妹妹唐薇红晚年回忆，小时候家里光厨师就有四位，他们各司其职：两位厨师（一对扬州籍的夫妇）负责做中式点心，一位厨师负责做西式点心，还有一位厨师专门负责做大菜。由此可见一斑。她们姐妹去参加舞会，装备都很贵重，首饰且不说，一双精致的绣花鞋就价值二百块雪花花的大洋，当时拉黄包车的"骆驼祥子"从年头辛苦到年尾，也很难挣到她们的一只绣花鞋。其生活之奢华令人咋舌。

　　骏马配金鞍，美女的行头不可逊色于人。唐瑛有十口镶金大衣箱，昂贵的裘皮大衣挂满大橱，穿也穿不完。唐薇红回忆，她姐姐唐瑛极其注重修饰打扮，就算待在家里，一天也要换三次衣服，早上穿短袖的羊毛衫，中午穿旗袍，晚上家里有客人造访，就穿西式长裙。那时候的旗袍滚很宽的边，滚边上绣出各种花样。唐瑛最喜欢的一件旗袍滚边上有一百多只翩翩飞舞的蝴蝶，用金丝银线绣成，纽扣熠熠生辉，竟然颗颗都是红宝石。可以这么说，衣饰之类，但凡法国贵族小姐所有，则唐瑛不缺。

唐瑛有专配裁缝，她记性出众，每次逛街，看到新式洋服，觉得买下并不过瘾，而是将样式默记于心，回家后画出图样，在某些细部做些别出心裁的修改，然后吩咐裁缝用顶好的衣料做出。这样的洋服唐瑛穿在身上，绝对不必担心与任何名媛撞衫，其时髦前卫的水平，旁人无法看齐。

在女权薄弱的年代，唐瑛是天生的幸运儿，足以羡煞旁人。她父亲与宋氏三姐妹的父亲宋嘉树有得一比，同样深受西方文明的熏陶，唐家也跟宋家一样，是标准的基督教家庭，因此不但不会重男轻女，反而有点重女轻男。唐瑛生长在西式家庭氛围中，真是太有福气了，她十六岁踏入交际圈，参加成年少女才准参加的社交活动，根本不知道传统礼教束缚究竟是什么滋味。

唐瑛毕业于上海教会贵族学校——中西女塾，后来，此校易名为圣玛利亚女校。大略算起来，张爱玲是唐瑛的校友和学妹。唐瑛中、英文俱优，昆曲唱作俱佳，演技出众，造诣非凡，多次以票友身份登台，博得满堂彩。1927 年，上海妇女界慰劳剧艺大会在中央大戏院献演节目，十七岁的唐瑛与二十四岁的陆小曼联袂演出昆剧《拾画》，唐瑛毫不怯场。翌日，报纸上刊登两人的大幅戏装照，陆小曼轻摇折扇，唐瑛款走台步，可谓珠联璧合，相得益彰。有一次，英国王室到沪上访问，唐瑛演奏钢琴，清唱昆曲，其风头和光彩竟盖过了王室成员。1935 年秋，唐瑛与沪江大学校长凌宪扬在卡尔登戏院用英语表演京剧《王宝钏》，这是英语版的京剧在国内首次演出。唐瑛不仅扮相美丽，戏路娴熟，而且她讲的牛津口音英语颇为地道，她所受到的热捧，令许多女明星望尘莫及。

唐瑛身材苗条，亭亭玉立，皮肤白里透红，宛如出水芙蓉，打扮清雅脱俗，即使身穿雪白的旗袍，也掩不住骨子里的洋派风情。追求她的男士不少于一个团，其中就有宋子文、杨杏佛这样重装上阵的"敢死队员"。宋子文走得更近，情书写了许多封，但唐瑛的父亲对政客没有好感，宋子文近水楼台难得月。杨杏佛恋慕得更苦，为伊消得人憔悴，但他与唐瑛无缘无分，最终知难而退。

有其父必有其子，妹妹出众，兄长是否也出色？唐瑛的哥哥唐腴庐仪表堂堂，才智超群，是宋子文最亲信的秘书。1931 年 7 月 23 日，宋子文在上海火车北站遇刺，刺客以貌取人，认错了对象，开枪误杀了宋子文身旁的秘书唐腴庐。唐乃安痛失爱子，视宋子文为灾星，又岂肯把爱女许配给这样的祸害？宋子文侥幸捡回了小命，对唐家既愧疚于怀，又感戴于心，厚赠优抚少不了，对唐瑛的追求则从此抛锚搁浅。

唐瑛花信年华即由父亲"操盘"，嫁给沪上宁波籍豪商李云书的公子李祖法。这位毕业于美国耶鲁大学的留学生对唐瑛的美貌颇为中意。然而，门当户对也未必保险，婚后，夫妻性情圆枘方凿，格格不入。唐瑛的生活依旧如鱼得水，惬意舒心，交际花的排场，胜似明星的风光，她乐得一如既往地享受众星捧月的待遇。李祖法在上海担任一家人寿保险公司总代理人，善于经营，长于理财，但他对文艺不感兴趣，对妻子那种穿花蛱蝶般的交际花生活颇有微词。1937 年唐瑛与李祖法终告仳离，他们有一个六岁的男孩李名觉，受到母亲的影响，热爱文学和美术，日后成为了美国著名的舞台设计大师。唐瑛的第二任丈夫是北洋政府国务总理熊希龄的侄子熊七公子，时任美国美亚保险公司中国总代理。这位熊七公子相貌平平，却是个花样百出的大玩家，性情比化学分子还要活跃，唐瑛将他视为"同道中人"，引为"蓝颜知己"。夫妻都有很强的娱乐精神，这样的结合自然幸福。1948 年，唐瑛随熊七公子离开大陆，先逗留香港，后移居美国。20 世纪 70 年代中美建交，唐瑛曾回上海探亲，六旬老妇仍似青葱少女，毫无美人迟暮的哀愁，可见她保养身心之佳。

身为沪上首屈一指的交际花，唐瑛并不以香艳取悦于人，她貌美，艺精，文雅，品俊，婚前婚后，她的穿着打扮考究而前卫，是上海时尚潮流的风向标。当时的女性杂志《玲珑》就特别鼓励新女性向唐瑛看齐，将她当成榜样，要打扮，要交际，更多地参加社会活动。

有人说：唐瑛能压倒一众交际花而傲视群芳，是因为比她更漂亮的人不如她聪明，比她更聪明的人不如她漂亮，跟她一样聪明又漂亮的人又不如她富有，几头她都能占到优势，自然成为终极大赢家。

周叔苹

另一位交际名媛周叔苹也曾在上海滩红极一时，其父周今觉是位实业家，除开办工厂外，还投资上海租界中的房地产，随着租界的畸形繁荣，成为上海富商中的翘楚，安家于上海公共租界的摩西路（今陕西北路）富人住宅区。有趣的是，周今觉的名头并非来自办企业和经商，而是来自集邮。1931年2月12日，英国皇家集邮学会授予周今觉会士称号，他是享此荣誉的首位华人。这位"邮票大王"名不虚传，他收藏的珍邮总价值居全国集邮者之冠。其中清末红印花加盖小字壹元的四方联堪称世间孤品和绝品，据1941年《世界邮票年鉴》估价为五万美金。在当时，这可是一笔相当惊人的财富，能买十辆林肯房车或一幢高级花园洋房。后来他急于筹款，出让价高达三十根金条（实际上他只得到十五根金条，中间人做了手脚）。

周今觉有女儿缘，一口气生下八位千金，个个是天仙下凡。这八位娇娃从小锦衣玉食，哪知人间有"疾苦"二字。周家鼎盛时期，有洋房，有汽车，这还不足为奇，居然还有游艇。时不时，周家倾巢出动，驾乘游艇从外滩到吴淞口"逛海"，与那些顶多只能逛街的少女相比，周叔苹姐妹着实要风光得太多。上中学时，周叔苹姐妹坐轿车往返于学校和家园之间，这样的好日子，周家姐妹竟然过腻了。七妹周稚芙的回忆是："在中西女中读书时，我们就盼望下大雨，因为下大雨马路上会积水，家里来接我们的小轿车就不能开，我们就可以乘电车回家了。那时觉得乘电车很开心，那么多人乘一辆车，很热闹。觉得过点苦日子反而很新鲜。"

周叔苹毕业于上海中西女中，这是一所教会中学，西式教育十分成功，学生不仅功课好，而且能力强。中西女中的校训是："Live，Love，Grow。"翻译成中文，意思是：生，爱，成长。周叔苹中学毕业后不久，即嫁给富室子弟、工程师李祖侃，婚礼当日，盛况空前，社会各界的头面人物前来捧场，周叔苹的闺密向她投去艳羡的目光。难能可贵的是，周叔苹不仅是交际花，还是才华横溢的作家和恪守信达雅标准的翻译家，她翻译过一些英文作品，在高品位的杂志《西风》（林语堂主编）上发表。国民党元老张群曾为周叔苹的散文集作序，国民党高官蒋彦士为她翻译的外国长篇小说《拿破仑和黛丝丽》作序，可见其魅力之大，交际能力之强，人脉之广。1949 年，周叔苹前往香港，这一去就再也没有回到沪上。

王　吉

当年，在上海滩，交际名媛各有绝招绝活，但万变不离其宗：出身是门票，美貌是资本，才艺是光环。三者缺一不可。

上海滩能造就奇迹，沪上也有出身寒门的交际花，最著名的就是被多家小报称为"乱世佳人"的"黑猫"王吉。在择人而嫁前，王吉是上海黑猫舞厅的当红舞女，伴跳华尔兹和探戈等高难度舞种是她的拿手好戏，表演节奏奔放的西班牙舞和吉普赛舞也是她的绝活。王吉喜欢穿黑色旗袍，束玫瑰红辫带，这种搭配颇富神秘感。王吉的语言天赋很高，她能操英、法、日三国语言与人轻松交谈，于书画之道也颇有心得，她是沪上名画家符铁年的入室弟子，她还会演唱京剧、昆曲，而且能够登大雅之堂，作为票友，她与梅兰芳合演过《游园惊梦》，在剧中饰演春香一角。

王吉初嫁上海硝矿管理局局长秦通理，秦某善于钻营，他利用王吉的美貌和交际能力，结交了一批达官显贵和社会名流，狠狠地发了几笔洋财。王吉久惯风尘，却忍受不了秦某的铜臭味和官场习气，两人性格处处不合，终于分道扬镳。上海沦陷后，秦通理摇身一变，当了汉奸，却仍然不能忘怀王吉，一心谋求复合，王吉却对他嗤之以鼻："你以为当了汉奸就可以逼我就范？我去找个比你更大的汉奸让你开开眼界！"

这个女人从来不打诳语，说到做到，她果然嫁给了潘三省。潘三省受庇于日本人的卵翼，是上海"赌界大王"，有钱有势。他娶到交际花王吉之后，特意买下两座花园洋房，一座作住宅，另一座作会员制的赌场，即兆丰总会，王吉作为兆丰总会的"老板娘"，更加如鱼得水。王吉喜欢身穿黑色金丝绒旗袍，宛如黑猫一样轻灵，穿梭在各张赌桌之间，与豪客大佬和那些伪部长、伪次长级的汉奸不停地寒暄应酬。

1943 年，潘三省在外玩女人玩过了界，闹出丑闻，王吉愤而离婚。她万万没想到，这回可真是塞翁失马，因祸得福，无意之间幸运地躲过一场大劫。两年后，日本侵略军战败投降，大汉奸潘三省被判处十五年徒刑，全部家产被国民政府籍没。

到了 1949 年，旧上海的交际花多半去了港台和国外，曾经的繁华富丽都成了过眼云烟，那种令人难忘的馨香也在风中渐渐消散了。

六、明星之死

艾　霞　阮玲玉　李绮年

民国时期，演艺界红透半边天的女明星风光固然无限，待遇也优厚无比，但她们所处的社会环境相当恶劣。演戏、拍电影原本就是一桩大苦事，"金嗓子"周璇为香港永华公司拍《清宫秘史》时曾说："泪水积起来可以洗脸!"再加上那些军阀、政客、豪商对其美色垂涎三尺，恶少、地痞、流氓、拆白党也都想寻机揩油，还有黄色小报散布流言，大泼污水，如此一来，女明星被玩弄、遭践踏、受诽谤而至于红颜薄命的悲剧就接连上演。刘喜奎躲得开大军阀曹锟和张勋的百般纠缠实属万幸，但她的丈夫崔承炽却没能躲过暗处的毒手，死得不明不白；白玉霜蒙冤入狱，受尽日本人的凌辱；胡蝶被军统特务头子戴笠包占两年多，有家难归，直到戴笠的座机在戴山上撞成火球，她才重获自由；周璇受拆白党朱怀德的鬼话诓骗，失财失身，落下严重的精神分裂症；艾霞和骆慧珠痛感人心冷酷，社会黑暗，先后服毒自杀……这样的例子比比皆是。女艺人天生就比常人多愁善感，更容易因为切身的痛苦绝望而自寻短见。阮玲玉服药自尽就是典型的例子，她先是被两个男人玩弄和欺骗，然后又成为不良媒体的箭靶，最终顶不住强大的社会压力，超量吞服安眠药而香魂归西，她死时年仅二十六岁，光华远未吐尽。活着的女明星中，不少人早早息影，远离是非之地，性格刚强的或许能够挺到头，却难免伤痕累累。秦怡晚年感叹道，她一生中有三大不幸，其中之一是她从未尝到过爱情的甜蜜滋味，以至于在多部激情戏中找不准感觉，表演难尽如人意。可以这么说，女明星的悲剧不是孤立的，从中很容易看到那个社会淫邪狰狞的面目。谓予不信，20 世纪 30 年代电影明星阮玲玉的情变和自杀就是典型事例。

小时候，阮玲玉家境贫苦，父亲死得早，寡母何阿英带着她在上海一位张老爷家帮佣。这位张老爷是商场中精明的"土拨鼠"，家财颇为雄厚。他安富尊荣，饱享齐人之福，共有一妻八妾。他的正房夫人是个一惹就毛的醋坛子，典型的"门前清"，那八位狐媚娘无人能踏入张家大院。好在这位"河东狮子"的肚皮十分争气，齐刷刷生下四大金刚：长子慧冲，二子晴浦，三子惠民、幼子达民。日后，这兄弟四人与上海影坛都有着千丝万缕的瓜葛，其中尤以张慧冲和张达民涉足最深。张慧冲主演过武侠片《莲花落》《好兄弟》等片，他外表俊朗，造型洒脱，颇受影迷喜爱。张达民金玉其外，败絮其中，是彻头彻尾的纨绔子弟，是阮玲玉苦命和短命的总祸根。

张家四少爷在交际场上见多了浓妆艳抹的千金粉黛，阮玲玉却是清水芙蓉，天生丽质，她的美是超凡脱俗的美，淡淡的幽怨在眉眼间若隐若现，更加楚楚动人。张达民戴一副宽边金丝眼镜，身穿挺括的西装，脚蹬锃亮的皮鞋，日常扮演着护花使者的角色，其殷勤周到体贴温柔适时适地俘获了青春少女阮玲玉的芳心。

十六岁那年，有两件事决定着阮玲玉的命运：一件是女主人诬陷阮母何阿英偷钱，将她逐出张府。老娘唱白脸，少爷唱红脸，张达民出面租房，将阮母安顿得舒舒服服，里里外外百般照应，从而赢得了阮玲玉的欢心。另一件变故则是阮玲玉为生计所迫，从崇德女校退了学。当时，她不及细想，只单纯地认为跟定一个老实、温柔、多情的男人，孝敬母亲，共享天伦之乐，这样的人生就是幸福人生。殊不知，她的一念之差铸成了终身大错。

阮玲玉年少孟浪，跟张达民同居等于一个猛子扎进了河泥。结婚不像结婚，恋爱不像恋爱，这给她的人生预埋了一颗结结实实的悲剧种子。倘若张达民肯安分守己，与阮玲玉恩爱相伴，哪怕他平庸一点，阮玲玉也不会怎样埋汰他。可他是挥金似土的魔术师，尽管名下继承了多达十余万元的丰厚遗产，但他嫖赌逍遥抽鸦片，样样花钱，没几年光景就已囊空如洗。

阮玲玉不慎将终身托付给混世魔王，却未能等来浪子回头金不换的奇迹。为了奉养母亲，同时担心着前途，她决定谋求经济独立。也算天从人愿，阮玲玉进入电影界后，以其过人的艺术悟性和表演才能站稳了脚跟，并且迅速蹿红。

善良的美人容易落入恶俗之徒、淫邪之辈的化骨绵掌，"他生未卜此生休"，就是大概率的事情。张达民荡空遗产后，阮玲玉成了他唯一的摇钱树，他以做生意为名，欠下高利贷，然后花言巧语骗光阮玲玉的积蓄，去赌桌上寻求一掷千金的刺激。久而久之，阮玲玉对嗜赌如狂的张达民有所戒备。当她不再肯爽爽快快给钱时，张达民就使出"撒手锏"，拿阮母出气，不由分说，照准阮母脸上"啪啪啪"几记耳光。阮玲玉是孝女，眼看母亲无辜挨打，脸色气得煞白，身子抖个不停，她终于认清了张达民的狰狞面目，原本还寄望他改邪归正，这下幻想全化为了泡影。

阮玲玉觉悟日增，对赌棍、烟鬼、败家子不可能有良好的观感，也不愿嫁鸡随鸡，嫁狗随狗，但她性格软弱，很难拿出"蝮蛇一螫手，壮士急解腕"的决心。再者说，她看重名誉，生怕授人以柄，私生活的不快被那些闻腥起舞的苍蝇（黄色小报的记者）逮住，一顿胡编乱写，使之沦为市井之徒的"茶点"和"下酒料"。阮玲玉已见过不少同行被黄色小报污损之后再也无法翻身，她可不想步其后尘。于是，阮玲玉能忍则忍，对张达民的所作所为不闻不问，任由他吃软饭吃得心旷神怡，做无赖做得肆无忌惮。

1931年春天，出道五年的阮玲玉已是联华公司的台柱子，其名头与明星公司影后胡蝶并驾齐驱，片酬也提高到当时的一流水准。她有心过一种更独立更自主的生活，就从张达民名下的祖屋搬出去，卜居于上海法租界华格臬路大胜胡同。眼看羽翼丰盈的天鹅要飞走，张达民心里七颠八倒不是滋味，他一如既往地厚着脸皮找阮玲玉要钱，若不能得逞，就寻到摄影棚里大吵大闹，让阮玲玉下不来台。

张达民扑钱的花招很多，强行索取不奏效，就寻摸些带刺的题材去要挟阮玲玉，比如说，他将报纸上刊登的新闻"电影明星胡蝶诉未婚夫林雪怀无故解约案今日开庭，千余旁听者挤破法院门厅"第一时间快递给阮玲玉。不用说，这是借力打力，他有意让她思忖思忖，掂量掂量。阮玲玉细读这篇报道，方知胡蝶在法庭上经历了种种难堪，法官和林雪怀的律师提出了一大堆涉及个人隐私的问题，等于撕下内衣给众人细瞧，胡蝶不得不一一作答，法庭内的旁听者乐得偷窥大明星的隐私，简直比看电影更开心百倍，更过瘾千倍，时不时发一阵笑，起几下哄，逗惹得黑袍法官用法槌猛敲案桌，大呼"肃静"。阮玲玉设身处地想想，换成她，窘都会窘死，羞都会羞死，哪能够由着法官和对方的律师耍猴样折腾与摆布？张达民在一旁察言观色，又火上浇油地说：

"胡蝶的情变风波原原本本上了报纸，真叫一个绝，不过，你十六岁就跟我上床，这样的故事完全可以把它比下去。要不要我跟那些黄色小报的记者讲个梗概？我肯定，你这段情史准能卖个辣价钱！"

张达民此言一出，阮玲玉顿时花容失色。她深知，无行小人见利忘义，寡廉鲜耻，什么丑事、坏事都能做出，她立刻制止张达民：

"你千万别胡闹，这样做会毁了我的演艺前途。"

"我也不想翻旧账，可是一个铜板就能憋死英雄好汉……"

说到底，张达民除了要钱还是要钱，这回，他的威胁确实产生了立竿见影的效果。阮玲玉答应满足其要求，并且设法为他谋得一份体面的差事。她天真地认为，这家伙有薪水可拿，不会再像一条饥饿的癞皮狗老来纠缠了。没多久，联华公司董事长罗明佑不看僧面看佛面，聘用张达民为光华戏院的经理，月薪一百二十元。在当年，这份收入并不低，联华公司一般演职员的薪水每个月才不过四十元。

张达民当上经理后，阮玲玉总算耳根清静了一段时间。她暗自庆幸，胡蝶的悲剧将不会在自己身上重现。她特意登门探望过胡蝶，谈起那桩缠人、恼人、害人的诉讼，胡蝶悔不该与林雪怀对簿公堂。胡蝶的性格比阮玲玉要刚强许多，但她再讲起法庭上受到法官、律师盘诘的尴尬情形，仍然心有余悸；讲起那些小报记者可耻可憎的丑行，更是咬牙切齿。

1932 年，上海发生"一·二八事变"，阮玲玉为躲避战火，前往香港拍片。待战事平息，她想返回上海，张达民却乐不思沪，他明知长假不归的话，光华戏院经理的位置必定不保，但他另打如意算盘，想利用何东爵士认阮玲玉为干女儿这层关系，在香港谋得一份美差。这当然不难，何东爵士发句话，张达民就上太古轮船公司瑞安轮当了买办。张达民岂是有忍性的人？他难奈寂寞，斗胆挪用公司大笔现款，去澳门葡京狂赌三日，输了个两手空空，眼看无法交代，赶紧溜回上海。他沾明星老婆的福气，不必到外面辛苦打拼，日子照旧过得逍遥滋润。

此时，阮玲玉视张达民为死死纠缠的臭蟒，想方设法要摆脱他。有一天，她偶然从报纸上看到十九路军在福建驻扎的消息，猛然记起她的广东同乡、财政处长范其务。阮玲玉心想：倒不如把张达民托付给他，一者远离上海，二者置身异乡，或许能够使他变得老实规矩。有阮玲玉写信，张达民果然不虚此行，谋得了福清县税务所长这个肥缺，能与银钱整日打交道，他倒是乐意"屈就"。

张达民走了，阮玲玉的生活空间和情感空间虚掩着门扉，似乎正等待着谁，等待着某个机会。花花世界里从不缺少见色起心之徒。阮玲玉很快就撞着了"大运"，这一回，连上帝都在皱眉，只有死神忍不住微笑。

1932年底，在联华公司的聚会上，经影星林楚楚热情介绍，阮玲玉与上海茶叶大亨唐季珊正式相识。唐季珊年近不惑，是上海滩有名有数的"白相人"，他曾金屋藏娇，玩弄了当红影星张织云。他的毛病很多，其中之一就是喜新厌旧。唐季珊带张织云到美国转悠了一圈，然后撒出大把钞票就将她打发得远远的。如今，他又对阮玲玉垂涎三尺，犹如猎人用双管猎枪瞄准了美丽的羚羊。唐季珊频繁出现在联华公司的片场，有时带上一束鲜花，有时送上一件礼物，还不忘捎带满脸欢笑。也许是天公有意促成这段孽缘，恰巧《城市之夜》剧组要赴杭州拍摄外景戏，唐季珊抓住这个天赐良机，跑到西湖边充当半个东道主（他在杭州有茶庄），热情周到地接待《城市之夜》外景队，大家猛夸唐老板够义气够朋友，阮玲玉脸上有了光，心里也似乎有了底。回沪之后，唐季珊趁热打铁，登门拜访，对阿婆（阮母何阿英）尊重有加，对小玉（阮玲玉养女）疼爱不已，他的良苦用心收到了奇效。

阮玲玉与张达民已同居七年，现在刚满二十三岁，很难说，"七年之痒"是她寻求新感情的理由。多年来，阮玲玉被张达民当成摇钱树，当作出气筒，这回有人愿意为她一掷千金，对她体贴入微，她没道理不动心。再者说，论事业，张达民一事无成，只不过是一条永无翻身之望的赌棍；唐季珊是商界巨子，春风得意。论风度，张达民虽长身白面，却委琐贪婪，夸他玉树临风简直令人笑掉大牙；唐季珊年龄偏大，倒是神情爽朗，尽显成功者的气派。只须作简单比较，就是一个在地，一个在天。阮玲玉弃暗投明并不为错，她之所以迟疑不决，是担心唐季珊故技重演——玩一个扔一个。唐季珊为人机灵，他看穿了阮玲玉的心思，于是，一有机会，他就向阮玲玉大谈包办婚姻给他造成的痛苦，还小心翼翼地主动提及他与张织云的那段风流韵事。乍听去，他的解释绝对站得住脚：他与张织云双宿双飞，是为了追求梦寐以求的爱情；而两人中途分手，则是因为后者爱慕虚荣，贪图享受，令他极为失望。他贬过旧情人一通，又不失时机地掉转如簧之舌，大作赞美诗，夸奖阮玲玉不仅戏好人靓，而且心地善良，正是他梦寐以求的理想对象，倘若今生今世能一亲芳泽，即使下一分钟就断气死去，也余愿足矣。对于甜言蜜语，阮玲玉的免疫力并不强，何况她久困于恶梦般的生活，仿佛一位憋到肺炸的人突然闻到了鲜花的芳香，只会感到特别欣慰。罂粟花也是花，这恶之花更为艳丽，充满了难以抵御的诱惑力，隐含着致人死命的危险，面对唐季珊"爱如潮水"的攻势，阮玲玉的态度显然是半推半就。

饿得太狠的人往往为食物所噎，病得太重的人也往往为药物所伤。阮玲玉的感情抛荒得太久了，唐季珊急着要来烧荒，后果很可能是玉石俱焚，她已顾不得那么多。此前，曾有一位华侨富商向她表达过爱慕之情，颇有金屋藏娇的诚意，可她一打听，原来对方家中已有三妻四妾，阮玲玉不想变成阔佬手中的玩偶，一气之下，与他断绝了关系。如今，唐季珊有家有室，阮玲玉却并不计较，与他同居，岂不是违背了初衷？对此，她曾向一位好友袒露心迹：

"我太弱，我这个人经不起别人对我好。要是有人对我好，我也真会像疯了似的爱他！"

唐季珊老谋深算，将阮玲玉的弱点牢牢地攥在手中，他用心良苦，除了对阮玲玉体贴入微，还对阿婆和囡囡（即小玉）关怀备至，其"攻心为上"

的招法彻底打消了阮玲玉最后一丝疑虑。

阮玲玉和唐季珊开始在一些社交娱乐场合出双入对，引来了专好刺探名人隐私的狗仔。他们盯梢之后发现，唐季珊有时还在阮玲玉家中过夜。这条猛料就仿佛是 TNT 炸药，他们轻轻松松就制造出一枚又一枚重磅炸弹，投向市井细民，激起巨大的社会反响。

阮玲玉与唐季珊"结婚"时，已是影坛大姐大，收入很可观，并非贪图唐季珊的钱财。唐季珊人到中年，各方面的状态都趋于稳定，她稍感宽心。然而，张达民身在福建，被蒙在鼓里，他可不是一盏省油的灯。即使阮玲玉委托律师伍澄宇在报上刊登了维护名誉的声明——"阮女士面称渠向抱独身主义，并未与何人为正式配偶，现亦未与何人有婚姻契约"——也没用，那只不过是一纸空文。

1933 年 4 月 9 日，因公出差的张达民突然现身沪上，自然要回家探看虚实。不探不打紧，一探头皮冷，阮玲玉早已另择高枝。张达民怒气冲冲，寻到阮玲玉的新家，黑脸讨说法，猛可间瞧见客厅里端坐的竟是俨然若神的茶界阔佬唐季珊，他畏缩了。与此人硬碰硬？他张达民没这个胆量，也没这个实力。一座金矿，一棵摇钱树，任由别人霸占？张达民不甘心。怎么着，借黄色小报将阮玲玉弄臭？这种报复手段固然能出一口恶气，却会彻底断绝财源。他心乱如麻，良久才厘清头绪，决定向阮玲玉索要赔偿，那个数目够大，绝不会见笑于人。阮玲玉呢，只要能与张达民解除同居关系，她愿意给予对方经济补偿，其后两人所签《阮玲玉张达民脱离同居关系约据》第二款即明确规定："每月至多一百元为限，以二年为期"。

这一边，张达民得到了补偿，暂且偃旗息鼓，鸣金收兵。那一边，唐季珊却旧病复发，开始移情别恋，其热情减退之快并不输给钱塘江的潮水。如果说阮玲玉当初与张达民同居是闭着眼睛的年少孟浪，这一回重蹈覆辙，她可是睁开双眼看清了对方，而且先有同行姐妹张织云的教训殷鉴高悬，唐季珊是狂蜂浪蝶，早已留有风流案底，这可不是她的新发现。当阮玲玉察觉唐季珊见异思迁，泡上了红舞女梁赛珍的那一刻，她的情爱天空便轰然坍塌了。

1934年2月12日，艾霞服毒自尽，这是一位才华横溢、年仅二十三岁的女演员。可她尸骨未寒，一些黄色小报的记者就抓住其失恋和自杀的题材大做文章，猛泼脏水，将这位追求进步、向往光明的女演员糟践得面目全非，惨不忍睹。不良媒体公然肆虐，其丑行和恶行激起了正直影人的义愤，当时蔡楚生正在执导《渔光曲》，即萌生了为此拍摄一部电影的念头，以艾霞之死揭露丑恶黑暗的现实社会对职业女性的疯狂残害。嗣后，《新女性》一片成为了新闻界关注的焦点，阮玲玉饰演女主人公韦明，便被推到了舆论的风口浪尖。

在拍摄韦明自杀的场面时，每个镜头都需要阮玲玉真情毕露，声泪俱下，这对于她原本脆弱的神经无疑是大考验，为此她经常彻夜难眠，而拿起安眠药就会想起可怜的艾霞，她的泪水濡湿了一条又一条枕巾。当时，黎莉莉在拍片现场亲睹阮玲玉服药自杀的忘我表演，内心受到强烈的震撼。事后，她问阮玲玉：

"你在表演吞服安眠药的刹那间，心里想些什么？"

"很不幸。我也有过相似的遭遇，只是没有死成。我在演这场戏时，重新体验了自杀的心情。在自杀的刹那间，心情是万分复杂的，我想摆脱痛苦，可是反而增加了痛苦，有很多人的面孔浮现在眼前，其中有你最亲爱的人，也有你最憎恨的人。"

《新女性》剧本好，导演强，演员尤其出色。它精准地戳中了恶势力的痛感神经，因此公映之后，广大观众深受感动，争相观看，而反动当局、黄色小报和"软性电影"的主将对它恨之入骨，欲将《新女性》及其主创人员置之死地而后快。那些黄报记者比过街老鼠更讨厌，其丑陋嘴脸被暴露在银幕上，他们岂肯善罢甘休，于是一个个带着苍蝇的脏，却配着黄蜂的刺，要作凶狠的报复。他们使出撒手锏，抬出记者公会与联华相抗衡，蛮不讲理地提出三项补救条件：

一、联华影片公司登报向全国新闻记者道歉；

二、保证以后不得再有同样事件发生；

三、将《新女性》影片内有意侮辱新闻记者的部分截去。

导演蔡楚生、编剧孙师毅根本不吃这一套，对记者公会提出的蛮横条件不予理睬。碰了这个硬钉子，记者公会索性封杀联华的电影广告，这叫釜底抽薪，他们深知宣传是电影的命脉，断了这条路，不怕那些硬骨头不乖乖就范。最终，联华董事会考虑到公司的利益，背着蔡楚生、孙师毅等人，向记者公会作出了妥协和让步，删除了影片中黄色小报记者的若干镜头，还在报章上公开道歉。

尽管此片挨了剪刀的阉割，但阮玲玉含泪出卖肉体，为救女儿，决心"做一夜奴隶"的那场戏，仍催人泪下，阮玲玉的魔力丝毫未减。

《新女性》致残后仍然受到欢迎，黄报记者拿蔡楚生和孙师毅没办法，他们就掉转矛头，将阮玲玉当作攻击目标，"因为她颇有名，却无力"。他们大肆披露阮玲玉的"秽史"，怂恿张达民状告她单方面撕毁"婚契"，卷走家财，与人通奸。正如鲁迅在《论"人言可畏"》一文中所说的那样："她被额外的画上一脸花，没法洗刷。叫她奋斗吗？她没有机关报，怎么奋斗；有冤无头，有怨无主，和谁奋斗呢？我们又可以设身处地的想一想，那么，大概就又知她的以为'人言可畏'，是真的，或人的以为她的自杀，和新闻记事有关，也是真的。"阮玲玉本已心灰意冷，黄色小报的恶意攻击无异于雪上加霜，当她收到法庭的传票，必须于 1935 年 3 月 9 日到庭聆讯，去正面遭受她最害怕遭受的羞辱时，她便决定一死了之。

舆论的无影刀比张达民的讹钱和唐季珊的负情更为伤人，这样的痛又岂止是切肤之痛！舆论比铁扇公主手中的魔扇威力要大得多，它能煽动整个社会去敌视、奚落、嘲弄和辱骂一位无辜的女明星，齐声发出魔鬼般的磔磔冷笑，坐实她为可耻的荡妇，是罪不容赦的祸水，使她永世抬不起头来，直到将她完全废了，将她彻底毁了，才肯罢休。阮玲玉爱惜羽毛，作为天鹅，她怎能忍受粪水浇泼的凌辱？

一犬吠影，百犬吠声，阮玲玉听见满世界都是同调的狂吠，她不想再活在这尔虞我诈、充满阴谋和罪恶的人间，她要走"时代女儿"艾霞所走过的那条不归路。就在离开庭还有一天多的三八妇女节前夜，她将三瓶安眠药碾碎拌在面条中囫囵吃下去。影片《新女性》中，韦明临死前发出了愤怒的呐喊——"我要活，我要报复！"阮玲玉则选择以遗书的形式控诉众凶手的恶行：

> 我不死，不能明我冤。我现在死了，总可以如他心愿；你虽不杀伯仁，伯仁由你而死。张达民我看你怎样逃得过这个舆论；你现在总不能再诬害唐季珊，因为你已害死了我啊。我现在一死，人们一定以为我是畏罪。其实，我何罪可畏？因为我对张达民没有一样对他不住的地方，别的姑且不论，就拿我和他临别脱离同居的时候，还每月给他一百元。这不是空口说白话，是有凭据和收条的。可是他恩将仇报，以怨报德。更加以外界不明，还以为我对他不住。唉，那有什么法子可想呢！想了又想，唯有以一死了之罢。唉，我一死何足惜，不过，还是怕人言可畏，人言可畏罢了。

阮玲玉心地光明，无罪可畏，却又担心外界不明，人言可畏，所以要一死了之。这封遗书显得逻辑不通，思维混乱。第二封遗书的破绽更多——

> 季珊：
> 我真做梦也想不到这样快，就会和你死别，但是不要悲哀，因为天下无不散的筵席，请你千万节哀为要。我很对你不住，令你为我受罪。现在他虽这样百般地诬害你我，但终有水落石出的一日，天网恢恢，疏而不漏，我看

他又怎样地活着呢。鸟之将死，其鸣也悲，人之将死，其言也善，我死而有灵，将永永远远保护你的。我死之后，请代拿我之余资，来养活我母亲和囝囝，如果不够的话，请你费力吧！而且刻刻提防，免她老人家步我后尘，那是我所至望你的。你如果真的爱我，那就请你千万不要负我之所望才好。好了，有缘来生再会！另有公司欠我之人工，请代我收回，用来供养阿妈和囝囝，共2050元，至要至要。另有一封信，如果外界知我自杀，即登报发表，如不知，请即不宣为要。

这两封遗书同为谴责张达民，并无一词怨及唐季珊，还把他视为托母托孤的对象，读者不免感到困惑：她面对一个并非迈不过去的高坎，为何非要轻生不可，给爱人、母亲和养女留下难以平复的伤痛？阮玲玉的性格固然脆弱，但凡她心里还有爱，还有指望和依靠，就不至于轻率地踏上不归路。

所幸天下自有挖掘史墓的高手，上海作家沈寂就是这样一位有心人。他大胆质疑两封遗书的真实性，怀疑遗书的提供者唐季珊暗藏了猫腻。当时，唐季珊受到电影界人士的催促，先是拿出一份字迹潦草的"告社会书"，署名"阮玲玉绝笔"。一些熟知阮玲玉的电影界同人认定她另有遗书，因此一再追问，唐季珊迫不得已，在阮玲玉大殓之后公布了第二份"遗书"，仍是一味地谴责张达民，对唐季珊则充满歉疚，有不忍诀别之意。沈寂指出两大疑点：其一，阮玲玉虽然是著名影星，但在当时社会地位并不高，怎么可能在自尽前撰写"告社会书"？其二，无论是从少女时代就霸占阮玲玉的张达民，还是在占有阮玲玉前后玩弄过多位女明星的唐季珊，都是迫害她的元凶，她又怎么可能给后者留下"我很对不起你"的遗言？这显然是唐季珊故意造假，颠倒黑白，转移视线。数十年间，沈寂在浩如烟海的史料中淘金，皇天不负苦心人，他终于意外地发现了一份阮玲玉逝世一个半月后出版的《思明商学报》，上面刊登了两封阮玲玉的真实遗书，从而揭开了历史的谜团。据沈寂研究，这两封遗书的心态、口吻和文笔均可肯定是阮玲玉的亲笔无疑。一封是写给张达民的，对他的无耻行径作了愤怒的谴责，表示自己看清了他和唐季珊的丑恶面目，她写道："其实我何罪可畏？我不过很悔悟不应该做你们两人的争夺品，但是太迟了！"另一封是写给唐季珊的，指斥他是"玩弄女性的恶魔"，还道出了自己选择绝路的原因："没有你迷恋××，没有你那晚打我，今晚又打我，我大约不会这样做吧！"遗书中提及的"××"即歌舞明星梁赛珍。耐人寻味的是，《思明商学报》郑重声明，提供这两封真实遗书的正是梁赛珍姐妹。先来看这两封遗书的全文——

其一：

达民：

我是被你迫死的，哪个人肯相信呢？你不想想我和你分离后，每月又津贴你一百元吗？你真无良心，现在我死了，你大概心满意足吧！人们一定以为我畏罪，其实我何罪可畏？我不过很悔悟不应该做你们两人的争夺品，但是太迟了！你不必哭啊！我不会活了！你也不用悔改，因为事情已到了这种地步。

其二：

季珊：

没有你迷恋"××"，没有你那晚打我，今晚又打我，我大约不会这样做吧！我死之后，将来一定会有人说你是玩弄女性的恶魔，更加要说我是没有灵魂的女性，但，那时，我不在人世了，你自己去受吧！

过去的织云，今日的我，明日是谁？我想你自己知道了就是。

我死了，我并不敢恨你，希望你好好待妈妈和小囡囡。还有联华欠我的人工二千零五十元，请作抚养她们的费用，还请你细心看顾她们，因为她们唯有你可以依靠了！没有我，你可以做你喜欢的事了。我很快乐。

据编者的按语透露，阮玲玉自尽后，唐季珊迫于强大的舆论压力，竟要梁赛珍的妹妹梁赛珊代笔，伪造了两封阮玲玉"遗书"，并以"人言可畏"的托辞将唐季珊虐待阮玲玉致死的罪责完全推向社会。阮玲玉的临终绝笔终于使梁赛珍姐妹认清了唐季珊的丑恶嘴脸，出于良知，她们公布了阮玲玉的真实遗书。两相对照，我们不难看出唐季珊掺入了多少"添加剂"，"人言可畏"更是一枚极具发散力的酵母，他自以为高明至极，却还是露出了马脚，留下了破绽，阮玲玉的真实遗书揭去了他的画皮。张达民邪恶，唐季珊卑鄙，他们合力将阮玲玉推向绝境，作为凶手，都难脱干系！

阮玲玉死后，黄色小报记者、张达民和唐季珊都成了千夫所指的间接疑凶。张达民理屈词穷，唐季珊赶紧抛出伪造的遗书洗脱罪责，那些黄色小报的记者则一口咬定是阮玲玉主演的《新女性》一片"教唆"她服毒自杀。对此，《新女性》的编剧孙师毅愤然写下一副痛加驳斥的挽联：

谁不想活着？说影片教唆人自杀吗？为什么许许多多志节有亏、廉耻丧尽、良心抹煞、正义偷藏、反自鸣得意之徒，都尚苟安在人世？

我敢说死者，是社会胁迫她致命的，请只看罗罗皂皂是非倒置、泾渭混淆、黑白不分、因果莫辨、却号称舆论的话，居然发卖到灵前！

阮玲玉的自杀，狗仔队、张达民和唐季珊应分担罪责。尤其是后面这两位小丑似的男人在阮玲玉生前死后都扮演着极不光彩的角色，其丑恶表演令人作呕。

先说张达民，他在扬子舞厅听到阮玲玉自杀身亡的噩耗，立刻绞尽脑汁，思谋如何应付舆论的谴责。他慌慌张张赶到殡仪馆，趁隙溜了进去，见到阮玲玉的遗体，便掏出丝巾，在阮玲玉嘴角装模作样地揩拭了两下。第二天，张达民在记者面前亮出的丝巾上居然有两块殷红的血斑，他说这是阮玲玉留给他的最后的纪念。

他还咬文嚼字，大言不惭，告诉记者："余刻下所受之刺激及精神之痛苦，实甚于死者百倍。方寸间，乱不堪言，实无精神与君长谈，唯一言以蔽之，愧恨自己缺乏金钱，以及交友不慎，以致美满家庭有今日之结局，若《啼笑姻缘》中之沈凤喜与樊家树之结果。事实俱在，夫复何言？唯有由社会民众加以公评耳。"当记者问他对阮玲玉的遗书有何看法时，他居然振振有词："（遗书）已见报载，唯详查其字迹，与阮之笔迹不对，但尚不能确定，但余对于此事，决心追究，决不使犯法者逍遥法外。"

张达民内心之肮脏丑陋特别表现在他想借死者发财这一点上。他游说月明公司拍摄阮玲玉自杀题材的影片，名为《谁之过》，拟请何非光饰唐季珊，谈英饰阮玲玉，他亲自披挂上阵，要将张达民演成重情重义的君子，既发财（索酬一万元），又为自己洗脱罪责。但月明公司权衡再四，婉言谢绝了他的请求。1938年，张达民窜至香港世界影片公司，再度毛遂自荐，他要自编自演阮玲玉恋爱经过的故事片，内容无外乎诋毁死者，为自己脸上贴金，这部名为《情泪》的影片混淆是非，颠倒黑白，格调低下，被香港、广州、南洋的许多影院拒映，梦想大发死人财的张达民再次头撞南墙。此后，他穷困潦倒，三十五岁病殁于九龙。

再说唐季珊。他伪造两封遗书，蒙混过关，人们一时间尚未识破他的真实面目，他在报上刊登讣闻，称阮玲玉为"唐季珊夫人"，俨然以阮玲玉的合法丈夫自居，引起电影界人士的普遍反感。在阮玲玉入殓的仪式上，唐季珊更是惺惺作态，以手绢频频擦拭子虚乌有的"苦泪"，大谈他与阮玲玉的"真实的爱情"，痛骂张达民恶意兴讼，害死了天才明星，将自身的罪责推卸得一干二净。

唐季珊还挖空心思，使出奇招，特制珐琅纪念章数千枚，上面刻有"唐夫人阮玲玉女士纪念章"字样，派赠给前来送葬的各界人士。联华公司同人将纪念章一一退还，也有当即用小刀将"唐夫人"三字刮去的。

明星公司的态度异常明确，只要由唐季珊主持阮玲玉的丧事，"明星"就绝不以公司名义参加。理由很简单："唐（季珊）为电影界之罪人，致阮（玲玉）于死之导火线。"

若要人不知，除非己莫为。不论唐季珊装出多么无辜的模样，大多数电影界同人仍视他为逼死阮玲玉的元凶之一。

阮玲玉自杀后，唐季珊为博得大众的同情，一度声情并茂地宣称："余对玲玉之死，可谓万念俱灰。今生今世，余再不娶妻，愿为鳏夫至死。"可是不久后，他就食言自肥，不仅娶回一房新夫人，而且贼心如故，另外勾搭上一位酒吧女招待。唐季珊晚年破产，被迫卖掉别墅，穷愁潦倒而死。

大明星阮玲玉的自杀比后世大才女三毛的自杀引起更大的震动，有不少喜爱她的观众毅然追随其香魂而逝。上海戏剧电影研究所的项福珍，乍闻噩耗，仿佛五雷轰顶，旋即吞下鸦片以身相殉；绍兴影迷夏陈氏惊悉阮玲玉死讯，当天即吞服毒药；平日仰慕阮玲玉的杭州联华影院女招待员张美英，痛悼阮玲玉而服毒自尽。单是 1935 年 3 月 8 日这天，上海就有五名少女与阮玲玉结伴西游，外埠为这位明星自杀的追星族成员也有多位。她们留下的遗书内容大同小异，一言以蔽之：

"阮玲玉死了，我们活着还有什么意思！"

阮玲玉生前名闻天下，死后的哀荣也是盛极一时。1935 年 3 月 14 日，她的灵柩从万国殡仪馆移往闸北联义山庄墓地。阮玲玉生前友好差不多都到齐了，将近三百人。下午 13 时 10 分，由金焰、孙瑜、费穆、郑君里、吴永刚、蔡楚生、黎民伟等十二位影界大腕将灵柩抬上灵车，那一刻，他们含泪将一个美丽的灵魂（并非肉身）托举到天堂之上，空中的白云宛如天使的翅膀，远远地踏着春风来迎接她。

这天，送葬的队伍排成长龙，甚至有从南京、杭州专程赶来执绋的影迷。从万国殡仪馆到联义山庄墓地长达二十多里路程，灵车所经之处，万人空巷，沿途夹道致哀者多达三十万人。美国《纽约时报》驻沪记者见状极为惊奇，特意作了题为《这是世界最伟大的哀礼》的报道。文中还配发了一幅插图，送葬行列中有一壮汉，头扎白布，身穿龙袍。其寓意为：倘若中国仍有皇帝，也会前来参加葬礼。

在所有的"阮迷"中，只有生于广东，长在香港的李绮年（原名李梦卿）修成正果。她揣摩阮玲玉的表演艺术深有心得，后来成为了香港影坛的一线艺员，被称为"南国影后"和"阮玲玉二世"。当年，香港著名导演关文清灵机一动，根据阮玲玉的生平逸事，拍摄了《人言可畏》，由李绮年担纲主演，取得票房佳绩，连业内人士都夸赞她"活化了阮玲玉，仿佛使她又还阳到了人间"。

与阮玲玉一样，李绮年的婚姻相当不幸，再加上人老珠黄，事业一落千丈，最终她效法自己的前身，在金边一家旅馆里吞服了大剂量的安眠药，一瞑而不复视。

文艺女性

勤于编织美与爱的缪斯，
她们的憔悴又有谁知？

五四时期，胡适和陈独秀极力倡导文学革命。热烈响应者，如鲁迅、周作人、钱玄同、刘半农、郭沫若，都成为了文学大家。这时节，有一个十分可喜的现象，女士并未落后于男士，紧接鲁迅而拿起笔来创作白话小说的第二人就是湖南才女陈衡哲，胡适借给《小雨点》作序的机会亲切地称她为"我的一个最早的同志"。与陈衡哲同时期或稍后，还有冰心、凌叔华、冯沅君、白薇、丁玲、袁昌英、黄庐隐、苏雪林、罗淑、沉樱、石评梅、陆晶清、陈学昭、赵清阁、谢冰莹等多位女作家在文坛崭露风姿，给中国现代新文学注入了强劲的活力。柯灵曾称赞她们："大都出身于仕宦之家，还是清末的遗民，有的留学海外，浥欧风，沐美雨，或多才多艺，或作家而兼学者，格调高雅清婉，上承古典闺秀余绪而别具五四新姿。"这些女作家最可贵之处在于她们的思想契合时代的节拍，反抗吃人不吐骨头渣的纲常礼教，追求个性解放、男女平等和恋爱婚姻自由。她们对于母辈和自身所受的切肤伤心之痛印象鲜明，记忆深刻，一旦化为沥血带泪的文字，对纲常礼教吃人本质的揭露和批判就比手术刀更锋利，比男作家的作品更具穿透力，更能震撼读者的心灵。如果说五四时期的男作家用屠龙刀砍伤了中国纲常礼教的手足肢体，那么女作家则将倚天剑深深地插入了它的胸腔深处。

　　五四时期的女作家群星光璀璨，辉耀九州，可惜的是，她们中间长期保持创作活力的人并不多。陈衡哲只出版过短篇小说集《小雨点》《陈衡哲散文集》（上、下卷）和英文作品《一个中国女人的自传》，她大半生潜心研究西方文化史，著述颇丰，《文艺复兴史》等专著为她赢得的赞誉要远远高于她的文学创作。凌叔华是闺秀派作家中的代表人物，她多才多艺，画名甚至盖过了文名，也许是一心二用的缘故，尽管她高寿（九十岁），文学作品的产量却与之并不相称，只有短篇小说集《花之寺》《女人》《小哥儿俩》和散文集《爱山庐梦影》，另有十二部独幕剧和英文自传《古韵》。冯沅君也只留下三个短篇小说集——《卷葹》《春痕》和《劫灰》，她长期分心于绘画，并从事古典文学研究，与夫君陆侃如合著了《中国诗史》《中国文学史简编》等。白薇比凌叔华更高寿（九十四岁），她早年创作了《打出幽灵塔》《北宁路某站》等优秀剧本和长篇小说《炸弹与征鸟》《悲剧生涯》，由于长期遭病魔困扰，她的创作时断时续，40年代后即陷于沉寂。庐隐的笔头最勤，作品质量也较高，可惜光华尚未吐尽，便英年早逝了。庐隐的好友石评梅同样未尽其才，二十七岁上即患急性脑炎，溘然弃世。在五四女作家群中，真正寿高期颐而又著作等身的，统共只有四位——冰心、丁玲、谢冰莹和苏雪林。冰心淡泊明志，宁静致远；谢冰莹刚柔并济，孜孜不倦；苏雪林则慷慨激昂，锋芒毕露，有古剑侠之风，鲁迅以好动肝火而折寿，她以痛批鲁迅而长寿，也算是一个不大不小的奇迹；丁玲则完全属于另类，她一生陷入政治旋涡中难以自拔，由早期的玫瑰色作家转变为赤色作家，其间吃尽了苦头，后来也未必讨到了一个好，她受过整治，蹲过监狱，九死一生，其文学才华多半为政治理念所误，尤其令人惋惜。

20世纪三四十年代，由于国难方殷，生存处境迅速恶化，文学已成为人们并不急求的奢侈品，因此新进的女作家比五四时期要少得多，只有萧红、张爱玲、苏青、杨绛等寥寥数位。不过，令人欣慰的是，少而精，特色鲜明，较之前辈女作家，她们的文学才华毫不逊色，甚至呈现出后来居上之势。

至于绘画，近代以来，人才辈出，女性亦与有荣焉。何香凝、方君璧、潘玉良、关紫兰、蔡威廉、丘堤、孙多慈、梁白波等女画家都在画坛留下了自己的杰作，潘玉良、孙多慈二人更是以传奇浪漫的人生经历为后世津津乐道。

民国时期的文艺女性多半从传统教育中破茧而出，受到欧风美雨淋漓畅快的洗礼，她们既崇尚个性解放，心灵自由，精神超迈，又将对民族、国家、世界、人生的忧患意识融合为笔墨、油彩。她们极力摆脱因袭的重负，拆除纲常的藩篱，在作品中亮出新面目、新姿态、新思想、新观念，兴兴头头，展示她们的才华和本色。

一、让天空拥有翅膀

　　民国时期，开明家庭只要经济条件允许，皆乐见女孩子识文断字。

　　起初，他们邀请先生到家里来教几门旧学、新学的课程，打个像样的底子，然后再送她们入读洋学堂。张武龄就这样培养了自己的四个女儿（元和、允和、兆和、充和），他请来三位家庭教师，甘臣雨教古文，王孟鸾教历史、地理和白话文，吴天然教算术、常识、体育、舞蹈，还帮助他们编选教材。四个女孩子各自都有单独的保姆，保姆只照顾她们的生活起居，至于在功课的环节上，丝毫插不上手。

　　1921年，张武龄创办乐益女中，这所私学完全由他独资经营，十六年间，培养了二百多名毕业生，经费共计二十五万银元，不可谓不昂贵。但张武龄觉得很值当，校名"乐益"二字原本就有"乐观向上"和"益人益己"之义，何况他的宝贝女儿元和、允和、兆和都在这所学校读过书。乐益的女生剪短发，兼读古文和白话文，参加集会，爱好文学，关注时事，每天都有体育锻炼的时间。1937年，日本占领军将乐益女中改造成医院和监狱，这才终结了它的教育使命。

　　当年，除了私学，还有洋学堂。试想，那些小女孩平日在家中乖巧而安静，突然间有了求学的机会，可以读书习字，与小姐妹谈笑风生，交几个知心可意的好朋友，她们该是多么高兴。尽管教会学校的条件算不上顶好，洋文之外，还要读些线装书，但这些满脸稚气的女孩已经感到心满意足。

　　"天地当中有我"，初学这个句子，似乎很简单，可它如同打开了天眼，小女孩的自我意识憬然觉醒："我是一个女孩，我也是上帝的子民，我活着也有人格和尊严，更要紧的是，我的人格和尊严并不比谁更卑贱。"

上了学，女孩子的变化往往会由表及里，最大的变化首先体现在思想和精神方面。她们从日日手眼接触的读物中了解到，中国女性一直是逆来顺受、听天由命的，欧美女性则可以按照她们自己的意愿去选择生活方式，不但不要缠足，而且可以与男人一道外出散步和游玩，恋爱和择偶也可以自作主张，不受父母之命、媒妁之言的限制。

入了学，绝大多数女孩子仿佛从梦中惊醒，她们的心灵很快就像脱缰的马儿一样撒野了，像放飞的风筝一样撒欢了。当年，女孩子向父母提出放足的要求已算过分，她们暗地里拿定主意将来只嫁给自己中意的郎君则形同叛逆。但正是这样的"过分"和"叛逆"，她们的内心拥有了不可思议的勇气和想象力，她们的翅膀拥有了远比以往更广阔的天空。

冰　心

在教会学校里，女生既要学习外语、《圣经》、中文、历史、地理等课程，还要学习缝纫、编织等多项实用技能，至于琴、棋、书、画也被纳入学习的范畴之内，演剧和体育锻炼同样受到鼓励。可以说，当时教会学校的课目丰富多彩，女孩子在那里绝对不会感到沉闷和无聊。一些前辈女作家的作品常有关于学校生活的传神描写，冰心撰写的《我入了贝满中斋》即是一篇生动的记录。

贝满中斋是美国人 Bridgeman 捐资建造的，因此取其译音"贝满"为校名。中斋相当于中学，校长是一位修女，寄宿生一学期的学费为十六块银元，不算昂贵，也不算便宜，贫寒人家的女孩子读不起。校服是蓝衣青裙，庄重，素雅。除了学好主要科目，冰心还积极参与课余活动，比如演讲和演剧，她都兴趣盎然：

在贝满还有一个集体活动，是每星期三下午的"文学会"，是同学们练习演讲辩论的集会。这会是在大课堂里开的。讲台上有主席，主持并宣告节目；还有书记，记录开会过程；台下有记时员，她的桌上放一只记时钟，讲话的人过了时间，她就叩钟催她下台。节目有读报、演说、辩论等。辩论是四个人来辩论一个题目，正反面各有两人，交替着上台辩论。大会结束后，主席就请坐在台傍旁听的教师讲几句评论的话。我开始非常害怕这个集会。第一次是让我读报，我走上台去，看见台下有上百对眼睛盯着我看，我窘得急急忙忙地把那一段报读完，就跑回座位上去，用双手把通红的脸捂了起来，同学们都看着我笑。一年下来，我逐渐磨练出来了，而且还喜欢有这个发表意见的机会。我觉得这训练很好，使我以后在群众的场合，敢于从容地作即席发言。

在教会女中读书，冰心并没有变成埋首故纸堆的书蠹，一有机会她就与同学结伴出游，有一次，她与一些同学参加北京女青年会在西山卧佛寺举办的夏令营，骑着小毛驴走了远远一程，沿途风景旖旎如画，还结识了许多新朋友，彼此谈笑晏晏，玩得十分开心。

1918 年夏天，冰心以优异成绩从贝满中斋毕业，按照学校传统，她编写了"辞师别友"的歌词，在毕业典礼上作了"辞师别友"的演说。惜别之后，精彩纷呈的大学生活就紧锣密鼓地开幕了。

起初，冰心上的是协和女子大学理预科，由于她一心想学医，数、理、化成绩很不错，五四运动期间，她不仅积极参加学潮，还创作了《斯人独憔悴》等多篇名噪一时的文学作品，受到广泛好评，就这样，她决定转到文科。

1920 年，协和女子大学与通州潞河大学、北京协和大学三校合并为燕京大学，这是一所男女同校的教会大学，校长是美国人司徒雷登。男女同校是新生事物，男生与女生打消了瓜田李下的嫌疑，破除了授受不亲的关防，一时间还不是很适应。冰心在《我的大学生涯》一文中对此有一段妙趣横生的描写：

……我们协和女子大学就改称"燕大女校"，有的功课是在男校上课，如"哲学""教育学"等，有的是在女校上的，如"社会学"等。在男校上课时，我们就都到男校所在地盔甲厂去。当时男女合校还是一件很新鲜的事，因此我们都很拘谨，在到男校上课以前，都注意把头上戴的玫瑰花蕊摘下。在上课前后，也轻易不同男同学交谈。他们似乎也很腼腆。一般上课时我们都安静地坐在第一排，但当坐在我们后面的男同学，把脚放在我们的椅子下面的横杠上，簌簌抖动的时候，我们就使劲地把椅子往前一拉，他们的脚就忽然"砰"的一声砸到地上。我们自然没有回头，但都忍住笑，也不知道他们伸出舌头笑了没有？

冰心不怕男生，她从小与表哥、堂兄打成一片，吵架的时候经常是法定的胜利者，因此许地山、瞿世英、熊佛西等人都夸她"厉害"。活跃的女生自然是学生自治会中的骨干分子，冰心最上劲的是做社会福利工作，演戏可以卖票筹款，无疑是最方便容易的事情。她们排练过莎士比亚的戏剧，如《威尼斯商人》《第十二夜》。

那时我们英文班里正读着"莎士比亚"，美国女教师们都十分热心地帮助我们排练，设计服装、道具等等，我们也演得很认真卖力，记得有一次鲁迅先生和俄国盲诗人爱罗先珂来看过我们的戏——忘了是哪一出——鲁迅先生写过文章说爱罗先珂先生说我们演的比当时北京大学的某一出戏好得多。因此他和北大同学还引起了一番争论，北大同学说爱罗先珂先生是个盲人，怎么"看"出戏的好坏？我和鲁迅先生只谈过一次话，还是很短的，因为我负责名人演讲，我记得请过鲁迅先生、胡适先生，还有吴贻芳先生……

演莎剧，听名教授演讲，样样惬意。有一次，冰心主管分配角色的任务，女同学谁都不肯扮演剧中的新娘，她一急之下便自告奋勇："这又不是真的，只是逢场作戏而已。你们都不当，我也不等'父母之命，媒妁之言'，我就当了!"一群闺秀不再是日日与针线剪尺为伍的可怜虫，手脚已获得解放，精神自由，人格完整，她们是那个时代幸运而又快乐的新女性。

如果说冰心性情温婉，在学校里怡然自得，女才子游寿（1906—1994）极具个性，她在学生时代就堪称洒脱不羁了。游寿就读中央大学中文系时，王易（字晓湘）教授腹笥甚富而讷于言词，很多学生以听他的课为苦事。游寿诙谐善谑，戏拟《敕勒歌》，调侃道："中山院，层楼高。四壁如笼，乌鹊难逃。心慌慌，意忙忙，抬头又见王晓湘。"中大学生闻之无不大笑。由此可见，当年的女大学生已经不只是解放了手脚，还解放了头脑。

清华大学老校长梅贻琦与北京大学老校长蔡元培齐名，他有一句名言流传甚广："大学者，非有大楼之谓也，有大师之谓也。"实际上，清华大学不仅有大师，而且有大楼，四大著名教授（梁启超、王国维、陈寅恪、赵元任）固然是镇校之宝，清华大学图书馆也是大楼中的典范，这可以从 20 世纪 30 年代清华大学高材生杨绛的文章《我爱清华图书馆》窥见一斑：

我的中学旧友蒋恩钿不无卖弄地对我说："我带你去看看我们的图书馆!墙是大理石的!地是软木的!楼上书库的地是厚玻璃!透亮!望得见楼下的光!"她带我出了古月堂，曲曲弯弯走到图书馆。她说："看见了吗？这是意大利的大理石。"我点头赞赏。她拉开沉重的铜门，我跟她走入图书馆。地，是木头铺的，没有漆，因为是软木吧？我真想摸摸软木有多软，可是怕人笑话；捺住心伺得机会，乘人不见，蹲下去摸摸地板，轻轻用指甲掐掐，原来是掐不动的木头，不是做瓶塞的软木。据说，用软木铺地，人来人往，没有脚步声。我跟她上楼，楼梯是什么样儿，我全忘了，只记得我上楼只敢轻轻走，因为走在玻璃上。后来一想，一排排的书架子该有多沉呀，我光着脚走也无妨。我放心跟她转了几个来回。下楼临走，她说："还带你去看个厕所。"厕所是不登大雅的，可是清华大学的女厕所却不同一般。我们走进一间屋子，四壁是大理石，隔出两个小间的矮墙是整块大理石，洗手池前壁上，横悬一面椭圆形的大镜子，镶着一圈精致而简单的边，忘了是什么颜色，什么质料，镜子里可照见全身。

如此精美雅丽、豪华舒适的图书馆，换在以往，只可能是做学问的男性师生专用，闺阁女子无由问津。到了男女合校后，爱好文艺的女生也可以尽兴享用这些硬件设施，也可以读书破万卷，把文章写得顶呱呱的。

二、闺秀派

大家闺秀所受的教育优于普通家庭出身的女性，这意味着她们的眼界宽广，智识高超，接受新潮流、感知新事物的速度更快，从中获得的裨益也更大。在她们手中，文学艺术犹如银针彩线在绣女的手中，运用之妙存乎一心。由于她们心气过人，往往只做文学、艺术方面的票友，终归要回到书房潜心静气地做学问，而不是在社会上做空头文学家。苏雪林著作等身，尚且自称"从开始写文章时，便不想做一个文学家，若说我薄文学家而不为，也未尝不可以。我是欢喜学术的，只想在学术上有所成就"。她的不打自招一语道破了闺秀派女作家秘不示人的心思。

陈衡哲

陈衡哲（1890—1976），祖籍湖南衡山，祖父是晚清进士，翰林院庶吉士，父亲也是不大不小的官员。她凤慧天成，又生活在一个相对开明的家庭里，从小习诵诗书，少女时代即具有咏絮之才。

小时候，陈衡哲最喜欢舅舅庄思缄，这位长年在广西、广东做官的舅舅思想新潮，佩服西洋的科技和文化，他喜欢将见闻和感受讲给陈衡哲听，临到末了，总记得激励小外甥女："你是个有志气的女孩子，应该学习西洋女子的独立精神。"这话使陈衡哲深受触动，她问道："我怎样才能学得跟她们一样呢？"庄思缄就拿出一个现成的答案给她："进学校呀！……一个人必须要胜过他的父母尊长，方能有出息。没有出息的人，才要跟着他父母尊长的脚后跟亦步亦趋。"后来陈衡哲回忆道："这类的话，在当时真可以说是思想革命，它在我心灵上所产生的影响该是怎样的深刻！"她每见舅舅一次，要进学校的念头就加深一层，久而久之，上学就成了她心中强烈的渴望。

陈衡哲旺盛的求知欲最终战胜了一切。十三岁那年，她征得母亲的同意，随舅舅远赴广东，为此痛哭一场。"这哭是为着快乐呢，还是惊惧，自己也不知道。但现在想起来，大概是因为这个决定太重要了，太使我像一个成年人了，它在一个不曾经过感情大冲动的稚弱的心灵上，将发生怎样巨大的震荡呵。"总之，这一回梨花带雨，快乐成分居多。

由于不够学龄，陈衡哲在广东未能立刻入校就读。她不肯偷懒，跟着舅舅预习《普通新知识》《国民课本》，另外，她还阅读了一些充满新观念的报章杂志。她认为这种教育使她"由一个孩子的小世界中，走到成人世界的边际了。我的知识已较前一期为丰富，自信力也比较坚固，而对于整个世界的情形，也有从井底下爬上井口的感想"。她始终是感激舅舅的，这在她的回忆文章中充分显示出来："督促我向上，拯救我于屡次灰心失望的深海之中，使我能重新鼓起那水湿了的稚弱的翅膀，再向那生命的渺茫大洋前进着，舅舅实是这样爱护我的两三位尊长中的一位。他常常对我说，世上的人对于命运有三种态度，其一是安命，其二是怨命，其三是造命。他希望我造命，他也相信我能造命，他也相信我能与恶劣的命运奋斗。"

1911 年冬，陈衡哲随舅母前往上海，考入蔡元培等人创办的爱国女校，这一阶段（1911—1914）她自觉在学业上没有什么长进，但良好的英文成绩助她后来考取了清华学堂赴美留学的资格。陈衡哲先后在美国瓦沙女子大学和芝加哥大学研修西洋历史和西洋文学，历时六年，获得硕士学位。

在新大陆，陈衡哲不仅智识日进，而且眼界大开。1916 年，她与哥伦比亚大学哲学系高才生胡适通信相识，两人在书信中反复探讨白话文学的可能性和可行性，最终达成共识。当时，胡适呼吁文学革命，这一主张在中国留美学生中并不叫座，赞成者不多，连好友任鸿隽（后来成为陈衡哲的夫君）也不以为然，唯有陈衡哲毫无保留地认同。因此，胡适视陈衡哲为异性知己。

在美国留学时，陈衡哲标榜"不婚主义"，挡掉不少慕名而至的追求者，她与胡适的友谊自始至终金坚玉洁，远比男女之间的恋情更持久，也更加珍贵。陈衡哲婚后将胡适的照片放大，挂在客厅里，她从未想过要藏掖什么，一切出自真诚，别人如何误解，她是毫不在意的。1921 年，胡适为女儿取名素斐，即用莎菲（陈衡哲的笔名）的谐音。海外学者唐德刚据此怀疑胡适暗恋陈衡哲，夏志清教授则通过研究陈衡哲的小说《洛绮丝的问题》认为陈衡哲爱慕胡适。

1919 年，任鸿隽跨洋求婚的诚意感动了陈衡哲，她终于在二十九岁上抛弃多年坚持的"不婚主义"，与他订立婚约。翌年，他们在北京结缡，举行文明婚礼，"民国第一证婚人"蔡元培为之证婚。胡适的贺联是"无后为大；著书最佳"，颇具戏谑意味。

1920 年，北大校长蔡元培率先在大学教授队伍中开放女禁，致电陈衡哲，聘请她为历史系教授。陈衡哲属于柯灵所称道的"作家而兼学者"的典型，能成为北京大学第一位女教授，必定载入史册。陈衡哲还执教过东南大学和四川大学，专授西洋史。她的文学创作涵盖新、旧体诗、散文和小说，其中她对小说用功最深，《洛绮丝的问题》等小说关注女性角色的社会定位，富于思辨色彩。陈衡哲认为，爱情固然是重要的，事业成就更为重要，它是人格、尊严和权利的坚实基础和根本保障。这一主张出现在大多数女性仍在苦苦追求婚姻、恋爱自由的 20 世纪 20 年代，其先锋性不言而喻。

陈衡哲在《小雨点·自序》中说："我既不是文学家，更不是什么小说家，我的小说不过是一种内心冲动的产品。他们既没有师承，也没有派别，它们是不中文学家的规矩绳墨的。他们存在的唯一理由，是真诚，是人类感情的共同与至诚。……我每作一篇小说，必是由于内心的被扰。那时我的心中，好像有无数不能自己表现的人物，在那里硬逼软求的，要我替他们说话。他们或是小孩子，或是已死的人，或是程度甚低的苦人，或是我们所目为没有知识的万物，或是蕴苦含痛而不肯自己说话的人。他们的种类虽多，性质虽杂，但他们的喜怒哀乐却都是十分诚恳的。他们求我，迫我，搅扰我，使得我寝食不安，必待我把他们的意志情感，一一的表达出来之后，才让我恢复自由！他们是我做小说的唯一动机。他们来时，我一月可做数篇，他们若不来，我可以三年不写只字。这个搅扰我的势力，便是我所说的人类情感的共同与至诚。"她的观点显然有别于法国作家萨特的"每天必写一行"。

1935 年 8 月，任鸿隽就任四川大学校长，陈衡哲随夫入川。据任以都回忆："他们刚到成都，便有许多不认识的人一窝蜂跑到他们住的地方来，说是来看博士，问他们看什么博士呀？他们就回答说要看女博士。家母看到这个场面，觉得啼笑皆非，因为她并没有拿到博士学位，就算拿到了，女博士又有什么了不起呢？诸如此类的事情，使她深深感到四川的文化实在太落后了。"1936 年 3 月、4 月和 6 月，陈衡哲在胡适主编的《独立评论》上发表了三封公开信，即总称《川行琐记》的系列篇章，不料想这三封公开信引发了一场轩然大波。起因是，任鸿隽与四川军阀刘湘的关系搞不拢，他力图改革川大，刷新天府之国的教育现状，意欲解聘一些学力有限、人望不足的川籍教授，因而招致忌恨。陈衡哲的文章成了火药桶上那根滋滋冒烟的导火索。

在《川行琐记》中，陈衡哲秉笔直书，批评川人观念保守，行为落后，调侃四川的"二云"挥之不散，一是天上的乌云，二是人间的（鸦片）烟云。

"有些女学生也绝对不以做妾为耻"；四川的鸡蛋缺乏蛋味，水果缺乏甜味，兰花缺乏香味……她给川人开出"药方"：掘除鸦片烟苗的铲子、销毁烟具的大洪炉、太阳灯、鱼肝油和真牌社会工作人员。文章出炉后不久，陈衡哲即被四川新闻界的专栏记者和专栏作家"棉花匠""乡坝佬"和"佛公"，还有"义愤填膺"的读者，牢牢揪住，不肯放手。他们群起而诼之，群起而攻之，这来势汹汹的口诛笔伐中，不乏措辞极其恶毒的人身攻击，甚至还有一些协会指控她犯了"诽谤罪"，欲向法院提起公诉。当年，成都成了剑拔弩张的讨伐地，《新新新闻》和刘湘直接掌控的《新民报》是弹无虚发的打靶场。

陈衡哲被骂为"学了点洋皮毛的女人""摆洋架子和臭架子的阔太太""卖弄华贵的知识分子"和"文化领域中的汉奸"。有的作者攻得兴起，竟拿陈衡哲的私生活说事，揭露她心里暗恋的原本是胡适，因为江冬秀河东狮吼，不容许卧榻之侧还有其他女人酣睡，胡适没种而惧内，不敢离婚，她想做白话文祖师爷的如夫人亦不可得，没奈何才下嫁给川人任鸿隽。她挑剔川人的种种劣病，实际上是歇斯底里的泄私愤，是恨屋及乌。有些游击高手则更具政治敏感度，指出"陈衡哲的《川行琐记》，不是湖南女子眼中的四川，而是美帝御用学者眼中的中国"。当年，留学欧洲的学者多半看不起留学美国的学者，法国留学生李思纯即趁机起哄，质疑任鸿隽、陈衡哲的学者身份和地位。还有一些文化人将进攻的矛头直指整个独立评论派和胡适极力倡导的实用主义哲学。

平心而论，陈衡哲、胡适、任鸿隽，这些喝过洋墨水的知识分子，均具有强烈的民族意识，但他们对中国根深蒂固的乡土观念不以为然。1936年3月4日，黄炎培赴川大演讲，即提醒川大学生："就是做梦也要做爱国的梦，不要做思乡的梦。"正因为如此，陈衡哲以诤友的角色出现，她对乡土观念极强的川人横竖看不顺眼，批判起来毫不留情，连一点商量讨论的余地都不给。《川行琐记》确实贬损了川人的形象，有以偏概全之嫌。事后，陈衡哲也自承："有几位他们的太太不在成都的朋友近来对我说，'我们的太太看了您的第二封公信之后，不肯到成都来了，这怎么办？'"再者，该文发表的时机也不对，当时民族矛盾急剧上升，抗战已迫在眉睫，陈衡哲选定此时批判川人的种种弊病和劣根性，只会授人以柄。被惹毛了的川人发誓不肯饶恕她，乡坝佬上纲上线，指责陈衡哲的《川行琐记》完全是"发泄畛域观念，挑拨地方感情，有背中枢统一团结之旨"。至于那些老对头，他们又趁机找到了攻讦独立评论派的活靶子，对胡适大泼溷秽。

1937 年，陈衡哲忍无可忍，决意远离那片是非之地，任鸿隽也毅然辞去川大校长职务。尽管行政院、教育部和四川省政府均极力慰留，胡适、王世杰、翁文灏等好友诚恳劝驾，但是任鸿隽去意已决。

20 世纪 30 年代初，陈衡哲写过一本倡导妇女解放的小册子，她的观点是温和的，并不主张妇女敌视男性伴侣，无端地从家庭中叛逃，小册子中，她有这样的感慨：倘若连孩子洗澡这类事情，都要让爸爸放下手中的书本，跑去连哄带劝，那么做父亲的也就太累了，做母亲的也就太不称职了。她认为，妇女解放是从观念上和行动上把自己塑造成对家庭和社会有用有益的新人，而不是自求多福，孤立地反抗家庭和社会。所以说，一个得到了解放的妇女，不仅拥有与男人平等相待、平等相处的若干权利，而且应提高自身的整体素质，带给丈夫、子女、家庭和社会良好的影响，造成多赢的局面。陈衡哲非常忠实地践行自己的理论，在家中，她"独裁""专断"，任鸿隽心无旁骛地钻研学问，乐得享有遐迩皆知的惧内的美名。这真是一个奇异的对比，胡适的妻子江冬秀没多少文化知识，是传统妇女，遵行三从四德，按理说，做贤妻良母更加轻车熟路，事实上，江冬秀只做到一半，在家教方面根本乏善可陈，倒是喝过洋墨水、身为名教授的陈衡哲堪称最高标准的贤妻良母，她不单是能照顾好一家人的日常生活，还能帮助家人实现各自的人生价值。

20 世纪 30 年代后期，陈衡哲正当事业辉煌之际，毅然辞去教职，为的是从社会生活中抽身出来，做一位全职母亲，专心教育三个孩子。据说，她做出这个令人惊讶的决定，与胡适的女儿素斐不幸染病夭折有很大的关系，她突然醒悟到："母亲是文化的基础，精微的母职是无人代替的。……当家庭职业和社会职业不能得兼时，则宁舍社会而专心于家庭可也。"这句话出自一位五四时期功成名就的女作家和女学者笔下，与那句"推动摇篮的手即是推动世界的手"出自一代天骄拿破仑口中，同样耐人寻味。事实证明，陈衡哲付出的牺牲和努力获得了丰厚的回报，她的两女一子都很有出息：长女以都，颇有其母遗风，获美国哈佛大学博士学位，在美国任大学教授；三子以安获美国哈佛大学地理学博士学位，在美国任大学教授；次女以书毕业于美国瓦沙女子大学，颇有孝心，大学毕业后，回国照顾双亲，任教于上海外国语学院。真是一家两代五教授，实堪称书香满门。

据《任以都先生访问纪录》所述，迄至晚年，任以都对母亲的许多教诲仍然记忆犹新。陈衡哲曾对她说："我们那一代人出去留学，都有一个理想，就是学成归国，要为国家、人民尽点心力，做点事情。你们这一代人却对公众的事业根本没有什么理想，只愿念个学位，找份好差事，这算什么？"当年，任以都思想激进，言论偏颇，一再痛骂士大夫祸国殃民。陈衡哲用责备和开导的语气对女儿说："你知不知道士大夫阶级为国家、人民做过多少事？真正的士大夫，处处为国家、人民着想，从不考虑个人利害，这样过一辈子才算是有意义的。"有其母必有其女，言传身教的合力无穷，任以都不难开悟。

袁昌英

袁昌英（1894—1973），湖南醴陵人，出身于官宦家庭。其父袁雪庵历任山东、云南财政厅长等职，其母是农村妇女，生养了四个女儿，袁昌英是老大，三个妹妹未及成年，不幸夭折。在旧社会，妇以夫荣，母以子贵，袁昌英的母亲荣则荣矣，但由于肚皮"不争气"，贵却谈不上，她饱受亲戚邻里的冷眼嘲笑，郁郁而终。母亲的早逝，使袁昌英幼小的心灵创巨痛深。

十六岁左右，袁昌英被父亲接到上海，进入 20 世纪初国内顶好的教会学校——中西女塾。1916 年，袁昌英自费留学英国，考入苏格兰最高学府——

爱丁堡大学，专修英国文学。在英伦，袁昌英结识了中国留欧学生李四光、杨端六、周鲠生、张奚若、陈源等人，其中，杨端六是湖南长沙人，早年加入过国民党，由于反对袁世凯的专制独裁，一度被捕入狱。出狱后，他的兴趣由政治转向学术，远赴英伦，专修经济学。袁昌英与杨端六是湖南老乡，不仅谈得拢，而且情投意合。

1921 年，袁昌英获得文学硕士学位，旋即归国。几十年后，袁昌雄还记得这位同父异母的大姐身上散发出来的洋墨水味道："拉丁文是她的专长，英国文学也很深入，她常常在黑暗的房间里高声背诵莎士比亚的剧作，音调舞台味很重，也很准。她乐此不倦……"袁昌英回国后，头等大事就是与杨端六结婚，然后赴北平女子高等师范学校执教。袁昌英求知若渴，1926 年，她将年仅四岁的爱女杨静远托付给父亲和继母，只身前往法国，入读巴黎大学，专修法国文学，为期两年。

1929 年，袁昌英带着女儿去武汉大学任教，一年后，杨端六也来到武大，出任经济系教授，一对参商多年的夫妻从此团圆。袁昌英做学问十分严谨，读书卡片一大摞。由于她豪爽坦诚，胸无城府，热爱生活，珍重友情，因此家中客常满，朋友们打趣她，人生词典里没有"愁"字。与袁昌英私交甚厚的女作家苏雪林撰文《记袁昌英女士》，为好友画了一幅素描：

短小的身个儿，不苗条也不精悍。说她美，女作家容貌足称者本少，我们又何必讳求；说她不美，一双玲珑的大眼，配着一口洁白如玉的齿牙，笑时嫣然动人，给你一种端庄而流丽的感觉，但她的照片却往往不及本人之可爱，可见风韵之为物，原是活的。它好像一首美妙的歌，只能唱在口边，不能写到纸上。难怪古诗人有"意态由来画不成"之说了。

人是聪明而且敏捷，你同她谈话，才说上半句，她便懂得下半句。读书也如此，艰深的意义，曲折的文句，只匆匆看一遍，便会涣然冰释、怡然理顺地给你解释出来。这虽然得力于她平日学问的修养，资质的明敏似乎占了更多的关系。

袁昌英并不是那种困守书斋的学问家，她眼界开阔，兴趣广泛，而且关心国事。她特别重视妇女教育，抗战胜利之初，曾倡议创办一所中国女子大学，可惜这个愿望未能实现；她担任过武汉大学女生指导委员会主任委员，办好女生食堂，管理好女生宿舍的清洁卫生，开展课余文娱活动，事必躬亲；"九一八事变"后，她带领武大女生为马占山将军统领的抗日义勇军奔走募捐，日夜赶制寒衣。

早在国外留学时，袁昌英就开始文学创作。1929 年，她写成三幕话剧《孔雀东南飞》，以及《活诗人》《究竟谁是扫帚星》《前方战士》《结婚前的一吻》《人之道》五个独幕剧，引起较大反响。其中，现代剧《活诗人》描写三个男青年追求一位美丽聪颖的女郎，他们作诗比赛，谁胜出谁就赢得姑娘的爱情，结果是一个为拯救生灵而忘记作诗的青年获得第一名。剧尾写道："诗人必有诗人的人格，诗人必有诗人的情感。没有真挚的情感与高尚完美的人格，任他的诗写得天花乱坠，也不能成为真正的诗人，活生生的诗人……"作者将自己的见解和盘托出，令人有痛快淋漓之感。袁昌英创作戏剧，自有初衷："实地研究我国下层社会的悲苦或慰安的情形，来多创造维新戏剧，有生命的戏剧。因之可以影响及于改良社会，改良生活。"她带了个头，后来，曹禺、田汉将这一理念深深植入自己的戏剧创作之中，取得了举世公认的成就。

抗日战争爆发后，袁昌英出于爱国热忱，将自己的存款捐献给急需军费的国家。1937 年冬，武汉大学举校西迁，新校址选在山明水秀的川西小城乐山。1939 年 9 月 18 日，日寇狂轰滥炸，全城精华付之一炬，武大校舍被焚为废墟。袁昌英一家死里逃生，避居乡下，忍饥挨饿，艰难度日。即使陷入这样的困境，袁昌英仍然以饱满的热情给学生讲授莎士比亚戏剧、希腊悲剧、近代欧洲戏剧，同时写作抗战题材的剧本《饮马长城窟》和学术专著《法国文学》，她对文明战胜野蛮，理性战胜疯狂，从未丧失过坚定的信念。

苏雪林

苏雪林（1897—1999），原名苏梅，祖籍为安徽太平县，出身于士宦家庭，据族谱所载，她是苏辙的第三十八代裔孙。她慕明人高启《咏梅》诗"雪满山中高士卧，月明林下美人来"，取"雪林"为字而行世。小时候，苏雪林是有名的假小子和野丫头，舞刀抢棒，拉弓射箭，捉蟋蟀，放风筝，钓鱼虾，捕鸟雀，什么好玩玩什么，年龄相近的小叔叔、大哥哥都疯不过她。可以这么说，她对女孩子穿针引线、扮靓装娇之类的常规功课丝毫不感兴趣。

少女时期，苏雪林所受的教育并不规范，在祖父衙署内附设的私塾里，伴随小叔和大哥读一点经书、史书，平时则贪看通俗话本，诸如《三国演义》《水浒传》《西游记》《聊斋志异》《阅微草堂笔记》，间或也读些新式报刊和流行译著《天演论》《茶花女遗事》《迦茵小传》。随意杂食反而营养丰富，也许增长不了多少学问，但对于她的写作能力有很大的帮助。

苏雪林渴望进入正规的女子学校读书，想到极致而无法排遣时，甚至差点自杀。她在《我的生活》一文中回忆道：

愈遭压抑，我求学的热心更炽盛燃烧起来。当燃烧到白热点时，竟弄得不茶不饭，如醉如痴，独自跑到一个离家半里，名为"水上"的树林里徘徊来去，几回都想跳下林中深涧自杀，若非母亲因对女儿的慈爱，战胜了对尊长的服从，携带我和堂妹至省城投考，则我这一条小命也许早已结束于"水上"了。

1915 年，苏雪林在安庆考入省立初级女子师范。四年后，她完成学业即留在师范附小教书。苏雪林志存高远，渴望继续深造，祖母却以婚嫁为由多方阻挠，巧的是，苏雪林大病一场，因祸得福，祖母担心个性极强的孙女刚而易折，只好对她网开一面，挥手放行。

苏雪林在北京高等女子师范就读期间,五四新文化运动已卓见功效,连女生扎堆的地方也闹出不小的动静来,庐隐、冯沅君、石评梅、陆晶清一干才女不仅文章写得漂亮,而且崇尚独身主义,追求恋爱自由,花样不断翻新,苏雪林置身于大环境中,其野丫头的本性自然而然又发作了,她写白话文,还特别喜欢参加文艺论争,对一些敏感的政治问题和社会问题也喜欢发表迥异于流俗的看法。

1921年秋,苏雪林赴法国留学,考入国民党要人吴稚晖、李石曾在法国里昂创办的海外中法学院,先修习西方文学,后修习绘画艺术。这四年时间,苏雪林艰于度日,由于变故多多,父亲去世,自己病危,一番参悟之后,她皈依了天主教。

1925年,苏雪林迫于母命难违,回国与素未谋面的张宝龄完婚。张宝龄出生于商人家庭,是美国麻省理工学院的毕业生。婚后,他们在苏州安家,张宝龄执教于东吴大学,苏雪林担任景海女师中文系主任,并在东吴大学兼授古典诗词。怪只怪苏雪林当初出于孝忱,一念之差,才陷入这桩不痛快的婚姻。早在法国留学期间,她身边不乏追求者,也有令她心仪的对象,到头来,在母亲的哀求下,她做出了让步。作家苏雪林与工程师张宝龄缺少共同语言,性格时常冲突,几年后,这场婚姻就宣告解体。令人颇为费解的是,苏雪林在散文集《绿天》中将自己的婚姻生活描写得甜蜜温馨,妙趣横生,由此可见,文学不仅源于生活,而且高于生活,有了想象力,那几绺打结的烦恼丝就可以迎刃而解。

1931年,苏雪林受聘为武汉大学中文系教授,讲授中国文学史、基本国文和新文学研究。武汉大学建在珞珈山上,环境优美,再加上东湖波光潋滟,苏雪林终于摆脱了不幸婚姻的阴影,在文坛著书立说,在杏林得英才而教育之,同为赏心乐事,不过数年间,她已是名噪海内外的作家和学者。她的作品主要有长篇自传体小说《棘心》、散文集《绿天》《屠龙集》《归鸿集》、评论集《文坛话旧》、学术著作《试看红楼梦的真面目》《唐诗概论》《李义山恋爱事迹考》和《中国文学史》。

抗战伊始，苏雪林出于强烈的爱国热忱，将自己多年积攒的薪金、版税和稿费全部拿出来，购买五十两黄金，献给危难中的国家。此外，她还以纸为旗，以笔为枪，控诉日本侵略军在中国土地上所犯下的罄竹难书、擢发难数的罪恶，《乐山敌机轰炸记》《敌人暴行故事》，这些文章字字浸透了血泪。在艰难的环境里，苏雪林曾颓唐过，但她是一位天生的女斗士，精神决不会沉沦。

苏雪林的个性宛如剃刀般锋利，说她眼中容不下沙子也对，说她疾恶如仇也没错，关于这一点，她的得意门生唐亦男曾撰文论及：

苏先生曾在文章中说过，人类的"是非心""正义感""真理爱"，都是与生俱来的，而这些在她的性格中表现尤其强烈。无论对人对事，她都要辨明其是非曲直，然后严加褒贬，措辞直接锐利，有如春秋之笔；加上好善恶恶的性格，敢爱敢恨，敢说敢当，因此得罪不少"文坛名人"，也为自己招来种种奇耻大辱，她说如果不是有一种天生的木瓜气质，发生了抗毒作用，说不定早已羞愤自杀了。

最值得一提的是，苏雪林敌视鲁迅长达半个多世纪之久。事实上，她与鲁迅并无过节和宿怨，早年她称赞鲁迅是"中国最成功的乡土文学家"，认为鲁迅的小说集《呐喊》《彷徨》"已经使他在将来中国文学史占到永久的地位了"。1926 年女师大风潮后，苏雪林站在同情校长杨荫榆的立场上，对鲁迅公开"搅局"的做法不以为然，因此由钦敬转为厌恶。1936 年 11 月，鲁迅逝世还不到一个月，苏雪林就撰写《与胡适之先生论当前文化动态书·自跋》，大骂道："以鲁迅一生行事言之，二十四史儒林传不会有他的位置，二十四史文苑、文学传，像这类小人确也不容易寻出。"这样的措辞近乎骂街，已逾越了文学批评的正常范畴，遭到胡适的严厉批评。既然"反鲁"是苏雪林的"半生事业"，那么其评论集《鲁迅传论》是"观察""感想""评价"的总汇，对于打碎"偶像"之用力，就可想而知了。

鲁迅癖好阿谀，要人把他塑成偶像，居然"肉身成道"做了现代的"大成至圣先师"。

鲁迅的心理完全病态，人格的卑污，尤出人意料之外，简直连起码的"人"的资格还够不着。

鲁迅的性格是怎样呢？大家公认是阴贼，刻薄，气量褊狭，多疑善妒，复仇心坚韧强烈，领袖欲旺盛。

鲁迅这个人在世的时候，便将自己造成一种偶像，死后他的党羽和左派文人更极力替他装金，恨不得教全国人民都香花供养。鲁迅本是个虚无主义者，他的左倾，并非出于诚意，无非借此沽名钓利罢了⋯⋯

苏雪林在武汉大学的执教时间长达十八年，1949年她去了台湾。这位手执红披风的女斗牛士若是留在大陆，绝对创造不了"笔耕八十载，执教五十秋，出版著作近六十部，高寿一百零三岁"的奇迹，她的命运很可能与好友袁昌英的命运高度雷同，鉴于她在民国时期有过辱骂鲁迅这种"历史污点"，她的结局简直不可想象。

奇怪的是，苏雪林看不惯鲁迅的"霸道"，却看得惯蒋介石的霸道，不但看得惯他，而且还崇拜他，称这位长期独裁专制的"蒋岛主"具有"岳峙渊淳的气度"。如此一来，她极力标榜的"是非心""正义感""真理爱"，就未免有杂而不纯之嫌。

凌叔华

凌叔华（1900—1990），原名凌瑞棠，祖籍广东番禺，出身于官宦世家和书香门第。其父凌福彭，1894年与康有为同榜进士，清末官至直隶布政使，民国时期当过北洋政府的参政员，与北洋政府总理赵秉钧是拜把子兄弟。凌福彭精娴词章，酷爱绘画，与齐白石、陈寅恪等名家过从甚密，可谓家中客常满，谈笑有鸿儒。凌叔华从小受到文学艺术的熏陶，才不过六七岁光景，就迷恋上了绘事。她常在自家花园里用炭笔画素描，既有花鸟虫鱼，也有人物，无不栩栩如生，惟妙惟肖。凌福彭见女儿秀韵天成，于丹青之道颇具才分，就不吝重金礼聘宫廷画师、慈禧太后跟前的红艺人缪素筠来指点绘事，凌叔华的英文教习则为"东方怪杰"、北大教授辜鸿铭。有道是名师出高徒，凌叔华的才艺与日俱进。

1922年，凌叔华考入燕京大学预科，翌年升入外文系，主修英文，旁及法文和日文。课余，她常常陶醉于绘事之中，"偶一点染，每有物外之趣"。她的画作得到美学教授朱光潜的佳评："取材大半是数千年来诗人心灵中荡漾涵泳的自然……在这里面我所认识的是一个继承元、明诸大家的文人画师，在向往古典的规模法度之中，流露她所特有的清逸风怀和细致的情感……我们在静穆中领略生气的活跃，在本色的大自然中找回本来清净的自我。"

在凌叔华的心目中，绘画是一块磁石，文学则是另一块磁石。为了得到名师指点，她鼓足勇气写信给燕京大学教授周作人，信中有这样的话："这几年来，我立定主意作一个将来的女作家，所以用功在中、英、日三国文上，但是想找一位指导者，能通此三种文字的很少。先生已经知道的，燕大教员除您自己以外，实在找不出一个来。所以我大着胆，请问先生肯收我作一个学生不？中国女作家也太少了，所以中国女子思想及生活从来没有叫世界知道的，对于人类贡献来说，未免太不负责任了。先生意下如何，亦愿意援手女同胞于这类的事业吗？"周作人非常认可凌叔华的才气，就复信答应了她。

1924年初，凌叔华以瑞唐的笔名在孙伏园主编的《晨报》副镌上接连发表了《女儿身世太凄凉》《资本家之圣诞》等短篇小说，受到年轻读者的欢迎，被评论家称为"文学界的一个新惊喜"。同年5月，印度大诗人泰戈尔访问中国，凌叔华躬逢其盛，由于这个机缘，她与北京大学英文系主任陈源（西滢）一见钟情，从此来鸿去雁，联系密切。1925年1月，凌叔华的成熟之作《酒后》在陈源主编的《现代评论》上发表，这篇小说首次涉及中国小说中的一大禁区——女性性心理，可谓石破天惊。小说故事情节并不复杂：一位少妇在丈夫的朋友吃醉酒之后，产生了想去亲吻他的强烈欲念，请求丈夫同意她的越礼之举，哪怕只是短短一秒钟的亲密接触。丈夫说："夫妻的爱和朋友的爱是不同的呀！"但最后他还是拗不过她的央求，允许她去亲吻醉中的朋友。当她走到这位朋友身边时，却突然丧失了勇气。这篇小说的心理描写细致入微，技巧纯熟，令人折服："这腮上的酒晕，什么花比得上这可爱的颜色呢？——桃花？我嫌她太俗。牡丹？太艳。菊花？太冷。梅花？太瘦。都比不上。……不用说别的！就拿这两道眉来说罢，什么东西比得上呢？拿远山比——我嫌她太淡；蛾眉，太弯；柳叶，太直；新月，太寒。都不对。眉的美真不亚于眼的美，为什么平时人总是说不到眉呢？"她在其他小说中描写的"世态的一角，高门巨族的精魂"，甚至得到了鲁迅的赏识。此后两年，凌叔华的创作激情骤然增长，产量和质量颇为可观，新月社诗人扎堆，她无疑是其中不可多得的优秀小说家。"以一只善于调理丹青的手，调理她需要的文字的份量，将平凡的，甚至有点俗劣的材料，提炼成无瑕的美玉"，这是凌叔华独特的本领。

1926年夏，凌叔华从燕京大学外文系毕业，以优异成绩获得金钥匙奖，被北京故宫博物院聘为画师。也就在这个风荷正举的夏天，她与陈源共结连理。这是一对精神上高度和谐默契的文人夫妻，两人的天然爱好（写作和绘画）如出一辙，有趣的是，他们婚后从不在同一间书房用功。凌叔华的创作固然要对陈源保密，生怕自己的作品尚未成形，就被那位毫不留情的"铁面判官"（他连鲁迅的逆鳞都敢批）兜头一盆冰水浇灭了灵感的火苗；陈源写好文章后，也同样是秘不示妻，待作品见诸报刊，变成了既定事实之后，彼此才含笑交换"国书"。

1928年春，新月书店出版了凌叔华的首部短篇小说集《花之寺》，陈源的《编者小言》相当客观："在《酒后》之前，作者也曾写过好几篇小说。我觉得它们的文字技术还没有怎样精炼，作者也是这样的意思，所以没有收集进来。"在妻子的文学作品面前，丈夫偏偏要以批评家的面目出现，苛刻一点倒也没什么坏处。当然，另有好友徐志摩美言在后，他认为《花之寺》具有"一种七弦琴的余韵，一种素兰在黄昏人静时微透的清芬"。

1929年，凌叔华随同陈源赴武汉大学任教，卜居于武昌西北的昙华林，后迁居珞珈山，与同校的女作家袁昌英、苏雪林过从甚密，被好事者赞为"珞珈三杰"。凌叔华还与谢冰心、林徽因、韩湘眉并称为"学界四大美女"。

凌叔华气质娴雅，性情温柔，为人热情大方，苏雪林的《其文其人凌叔华》就是一幅不错的素描："叔华固容貌清秀，难得的是她居然驻颜有术。步入中年以后，当然免不了发胖，然而她还是那么好看。……叔华的眼睛很清澈，但她同人说话时，眼光常带着一点儿'迷离'，一点儿'恍惚'，总在深思着什么问题，心不在焉似的，我顶爱她这个神气，常戏说她是一个生活于梦幻的诗人。"入艺境者必痴诚，凌叔华的眼神迷离恍惚，多半就是这份痴诚的外现吧。

1930年，凌叔华的短篇小说集《女人》由商务印书馆出版，这是《花之寺》的延续。1935年，良友图书出版公司出版了她的儿童短篇集《小哥儿俩》，这是她的儿童文学结集，在当年可是稀罕之物。

在创作上，凌叔华深受俄国作家契诃夫和英国作家曼殊菲尔（今通译为曼斯菲尔德）的影响，尤其是后者，长于描写女性多变的心理和枯燥的灵魂，病西施似的苦闷和印象主义的色彩，从形式到内容都对凌叔华产生了醍醐灌顶的作用。徐志摩最崇拜的女作家就是曼殊菲尔，他曾用诗意的笔触赞美道："曼殊菲尔是个心理的写实派，她不仅写实，她简直是写真！随你怎样奥妙的、细微的、曲折的，有时刻薄的心理，她都有恰好的法子来表现；她手里擒住的不是一个个的字，是人的心灵变化真实，一点也错不了。……她的方法不是用镜子反映，不是用笔白描，更不是从容幻想，她分明是伸出两个不容情的指头，到人的脑筋里去生生捉住形成不露的思想影子，逼住他们现原形！"凌叔华学曼殊菲尔学到了形神兼备的程度，因此之故，她被沈从文、苏雪林誉为"中国的曼殊菲尔"。

1946年，陈源受国民政府委派，赴巴黎出任常驻联合国教科文组织代表。翌年，凌叔华带着女儿陈小滢到欧洲与陈源团聚，从此定居下来，主要从事西方文学和西洋艺术的研究。由于居大不易，她还得卖文鬻画，四处讲学，以帮补家用。

徐志摩曾赞美曼殊菲尔："一般小说只是小说，她的小说是纯粹的文学，真的艺术；平常的作者只求暂时的流行，博群众的欢迎，她却只想留下几小块'时灰'掩不暗的真晶，只要得少许知音者的赞赏。"实际上，移用这句话去赞美闺秀派代表作家凌叔华，也是颇为妥帖的。

冯沅君

冯沅君（1900—1974），原名恭兰，是与凌叔华齐名的闺秀派作家。她们两人有许多共同之处，比如说，同龄，同样出身于官宦世家和书香门第，同样接受过完备的教育，同样秀韵天成，凤慧早著，有才女之名，同样是二十出头就在文坛立稳足跟，同样是二十九岁时与自己心仪的学者结为伉俪。

1917年，冯沅君不甘心过一辈子"奉箕帚，侍严亲"的生活，毅然出走（与逃婚没什么区别），前往北京。1922年，她从北京高等女子师范学校毕业，考入北京大学国学研究所，继续深造。由于五四前后新思潮的激荡，她的创作欲望如同开启了大闸的洪流，一发而不可收拾。她接连创作出《隔绝》《隔绝之后》《慈母》《旅行》等短篇小说，以"淦女士"的笔名发表于《创造季刊》《创造周报》。冯沅君的作品以大胆著称，细致地刻画出新女性挣脱纲常礼教束缚后的恋爱心理，具有非同寻常的反抗精神。鲁迅为《中国新文学大系·小说二集》撰序，评价冯沅君的短篇小说《旅行》，相当中肯：

冯沅君有一本短篇小说集《卷葹》，……其中的《旅行》是提炼了《隔绝》和《隔绝之后》（并在《卷葹》内）的精粹的名文，虽嫌过于说理，却还未伤其自然；那"我很想拉他的手，但是我不敢，我只敢在间或车上的电灯被震动而失去它的光的时候碰触一下；因为我害怕那些搭客们的注意。可是我们又自己觉得很骄傲的，我们不客气的以全车中最尊贵的人自命"。这一段，实在是五四运动之后，将毅然和传统战斗，而又怕毅然和传统战斗，遂不得不复活其"缠绵悱恻之情"的青年们的真实的写照。和"为艺术而艺术"的作品中的主角，或夸耀其颓唐，或炫鬻其才绪，是截然两样的。

鲁迅曾说："卷葹是一种小草，拔了心也不死。"冯沅君的丈夫陆侃如在《卷葹·再版后记》中写道："'淦'训'沉'，取庄子'陆沉'之意。"《庄子·则阳》中说："方且与世违，而心不屑与之俱，是陆沉者也。"冯沅君取"淦女士"为笔名，即表明她虽寄迹于市朝，也许会遭到埋没，但仍要卓然自立，绝不与世俗同流合污。

在冯沅君的小说中，女主人公多半大胆、热烈、坦率、爱情至上。她们发誓："在新旧交替的时期，与其作已经宣告破产的礼法的降服者，不如作方生的主义真理的牺牲者！"她们宣言："生命可以牺牲，意志自由不可以牺牲，不得自由我宁死！"这种为了追求爱情而无惧无畏、遇佛杀佛、逢魔斩魔的坚强女性无疑具足了鲜明的时代特色。"人们要是不知道争恋爱自由，则所有的一切都不必提了"，作者认为争恋爱自由乃是每一个战士要走的第一步，这无疑与那个时代许多知识分子扔掉旧的婚姻包袱，追求恋爱自由的潮流相呼应相吻合，比如鲁迅之爱许广平，徐志摩之爱林徽因、陆小曼，郁达夫之爱王映霞，这样的例子比比皆是。其实，唯爱主义者同样是唯美主义者：

一切，一切，世间的一切我们此时已统统忘掉了。爱的种子已在我心中开了美丽的花了。房中——我们的小世界——的空气，已为爱所充满了。

遇到挫折后，女主人公也会有暂时的情绪低落，有沮丧，有挥之不去的悲观：

我诅咒道德，我诅咒人们的一切，尤其诅咒生，赞美死，恨不得把整个的宇宙用大火烧过，大水冲过，然后再重新建筑。想到极端的时候，不是狂笑，便是痛哭。

冯沅君的小说《卷葹》中的若干篇，取材于表姐吴天的婚姻悲剧。吴天是地主家的小姐，年轻时，经由媒妁之言、父母之命，许配给当地的富家子为妻，吴天不从，却反对无效。与此同时，吴天与北大物理系同乡王某产生了恋情。母亲见女儿另有苗头，立刻将吴天关进小屋子，不允许她到北京上学，吴天失去自由，以绝食抗议。幸亏吴天的两个哥哥（留学美国的青年）头脑开明，说服了顽固保守的母亲，吴天才得以重返北京。故事情节一波三折，吴天的哥哥在美国获得博士头衔后，心下瞧不起学历平平的王某。吴天自有主见，在表妹的帮助下，与恋人王某一道前往河南教育厅参加官费留学考试。

《卷葹》之后，冯沅君的小说集《春痕》和《劫灰》已趋于平淡，尽管女主人公仍标榜"吾性浪漫，悲喜无恒，高兴时乐而忘忧，愁苦时愤不欲生"，其性格终归是由勇敢而变为沉郁了。《春痕》中的五十封情书只如一堆情灰。冯沅君由进而退，由大胆而谨慎，可以说是成熟了，也可以说是困倦了，她的创作停顿下来。对此，鲁迅曾为之深感惋惜。

20世纪20年代后，女作家冯沅君即成为了女学者冯沅君，她埋首于故纸堆中，固然避免了成为空头文学家的危险，得到了内心的安宁，却也使自己的创作才华从此处于休眠状态，这无疑是现代文学的损失。值得一提的是，"中州才女"冯沅君的大哥是哲学家冯友兰，二哥是地质学家冯景兰，一门三杰，传为美谈。

三、打出幽灵塔

大时代来临了，女性数千年的恶梦惊醒了，她们不甘心被禁锢在母辈和母辈的母辈曾惨遭窒息的幽灵塔里，她们要冲出那间死气沉沉的铁屋子，获取自由和独立，找回人格和尊严。难能可贵的是，她们抵达安全地带后，并未欣然满足于自身的解放，还要先知觉后知，先觉觉后觉，使更多的女同胞除却千年之暗，灭掉万年之愚，她们这样做，自然是功德无量。

白　薇

白薇（1894—1987），原本姓黄名彰，湖南资兴人。白薇的父亲黄晦早年留学日本，加入过同盟会，参加过辛亥革命，他赞成女子受教育，但对待几个女儿的婚姻大事则相当草率，听任文盲妻子胡乱安排。十六岁那年，白薇被迫嫁往邻村，丈夫李登高，其母是出了名的恶寡妇。白薇的嫁妆只有几件衣服和一篓书籍，恶婆婆贪财，自始就将白薇视作头号假想敌，以欺侮新媳妇、伤害新媳妇为日常功课。恶婆婆心理变态，她仇恨新媳妇不能生养，自己的肚皮却又过分争气，偷人养汉次次命中靶心，刚扼死一个，又怀上一个。令人啼笑皆非的是，这位恶婆婆想嫁出门，偏要媳妇做主，年关将近，她把白薇叫到跟前，拿出菜刀、麻绳，直奔主题："三条路由你走一条，明年正月十五以前，你要答复我。第一，好好把我嫁出去，人家由我选；第二，要是不把我嫁出去，你就自己拿菜刀自杀罢；第三，如果不敢杀头，拿绳子上吊也可以。"资兴县地处湘南山区，风气闭塞，就算如此，白薇也不曾听说过乡下有媳妇嫁婆婆的先例。她内心固然痛恨恶婆婆，希望她能早点从自己眼前消失无踪，但也不敢贸然出此下策，去恭候别人指戳背脊骨。她偷偷跑到二舅家里讨主意，还好，二舅真心疼爱她，同情她的遭遇，便三番五次找到白薇的父亲黄晦，要他把女儿救出狼窝，而黄晦硬着心肠做算术题，做的还是减法，女儿八字不好，他爱莫能助，"磨死一个女儿，还有四个"。

最终，二舅教给白薇一个狠法子——砸锅灶。在资兴县秀流乡下，谁家锅灶被砸就意味着断子绝孙，这是最严重的挑衅和最恶毒的诅咒。倘若白薇做出此事来，婆婆势必状告媳妇，白薇就有个地方可以讲理。砸锅灶的计划白薇尚未实行，恶婆婆却因偷汉有妊，临盆在即，暂时收敛起雌威，指派白薇到离家很远的山岭去监督樵夫砍柴。一个年轻女子，单身在野外监督一群青壮男工干活，倘若意外失身，势必会毁掉一世名节。白薇左思右想，索性豁出去了，她用斧头砸了锅灶，连夜逃出婆家。

一个弱女子落到这步田地，要么投水上吊，从此一了百了；要么远走高飞，追求新生活。白薇先是入读衡阳女三师，由于率领同学驱逐洋教士，被校方视为害群之马。其后，她转学到长沙女一师，父亲黄晦寻踪而至，要挟迫她回去侍奉婆婆、丈夫，主动求和。开弓没有回头箭，与其回婆家沦为受敲挨打的奴隶，还不如流浪异乡。白薇对妹妹说了一句"若走不成，就跳进湘江死给他们看"的绝话之后，便只身逃往上海，彻底斩断了不幸婚姻的锁链。

1918 年，白薇二十五岁，在上海筹足盘缠，乘海轮去了日本横滨，得到一位同乡学姐的援手，找到落脚之处。起初，白薇在一位英国传教士家里当女佣，境遇不佳。她不信上帝是有原因的，人性的丑恶卑鄙她领教得太多，拇指受伤致残也未能博得女主人的怜悯，反倒是工资遭到克扣，一气之下，她离开了那户"上帝的选民"。所幸天无绝人之路，长沙第一女师马校长收到白薇的求助信后，心生恻隐，给白薇寄来了救命钱，白薇的父亲黄晦也终于良心发现，给女儿寄来一笔学费。白薇以优异的成绩叩开了日本女校的最高学府东京高等女子师范学校的大门，主修生物学，兼修哲学和佛学。此后，她经常出入社交场合，被中国留学生戏称为"茶花女"，她也不屑一辩。

令白薇痛心疾首的是，四妹重蹈覆辙，被迫嫁给了不良子弟。她怒不可遏，义愤填膺，给父亲写了一封措辞激烈的长信，充满谴责意味："以你一个革命者，何以竟做出这样惨无人道的事来？在你们是及早把女儿嫁了，完成任务。在女儿是比卖到妓院还遭殃。这些苦痛，你都看不到吗？如果看得到，而忍心一做再做，只管你们的人情做得厚，不管女儿怎样痛苦、悲哀、凄惨，生或死，或浮沉在生死线上，那惨苦难堪的岁月，等于把女儿赐死……"这场"家庭革命""父女革命"的后果是彼此断绝亲情，白薇对数千里外那个吞噬青春和希望的娘家不再残存丝毫留恋。

到处弱肉强食，尔虞我诈，只有冷酷、残忍、淫邪和肮脏。若将人性的切片放到显微镜下去观察，白薇相信，那情形一定是比任何病毒都要来得可怕的。还有什么比文学更能表达内心的痛苦、失望，更方便宣泄内心的愤懑、忧伤？在白薇的心目中，文学就是"宣战的武器"。何况她身边就有一位现成的好老师——湖南老乡田汉。白薇自觉就是《玩偶之家》中的娜拉，千辛万苦，总算找到了自由和独立，这显然是不够的，中国还有千千万万个娜拉正在令人窒息的包办婚姻中消磨意志，泯灭灵魂。西方文学名著启发了白薇，她要抨击黑暗的现实、丑恶的人性，将伤口撕裂开，让更多的人看到血淋淋泪浪浪的真实。

三十岁的白薇，在朋友们看来，仍然"像仙女一样"。然而她是最为可怜的仙女，从未品尝过真爱的滋味。她曾暗恋三湘才子凌璧如，但对方根本不肯接下她抛过去的绣球，妾有意，郎无情，此事令她黯然神伤。

1923 年，日本东京大地震，众人劫后余生，感情生活遭到颠覆。杨骚喜欢凌璧如的妹妹凌琴如，稍稍踌躇，就被三湘才俊钱歌川抢得先手，凌琴如更喜欢风趣幽默的阳光男生，杨骚太过文弱，在情场的激烈竞争中铩羽而归。

白薇与杨骚，两个情场失意者，各自收拾破碎冷落的心灵，从此同病相怜。杨骚写给白薇的第一封情书中有这样一句话："和你会面只有两三次，但你的生命之流，当我去年'死'在西湖时，已深深地潜入我的心中。"白薇历经磨难，总算让自己的爱情有了寄托的对象，她把杨骚视为上帝派来人间给她的依靠。但她的爱情过于炽热，杨骚感到了恐惧，一度逃到杭州。在杨骚的心目中，凌琴如始终都是首选"A"姑娘，白薇只是备胎"B"姑娘。白薇越是醋意大发，杨骚就越是集聚往昔点点滴滴的浪漫细节，饮鸩止渴。同是湖南辣妹子，白薇辣得杨骚直冒冷汗，凌琴如则辣得杨骚直掉热泪。白薇爱杨骚，要嫁给他，生一个美丽的女儿，她的这个构想却成为了杨骚生命中难以承受之重。

杨骚身在曹营心在汉，白薇心知肚明，但她已经管不得那么多，今朝有酒今朝醉，有个知音，有个可以倾诉的对象总是好的。何况杨骚已在书信中再度表白心迹："你不知道，我是多么爱你。我爱你的心、灵、影。爱你那艰苦奋斗的个性。因此，我的心灵也完全交给了你。你是我在这世上寻来找去的最理想的女子。"面对一个"最清新、最纯洁、不带俗气的男性"，白薇的情怀宛如春天的花园一般敞开，她要与自己的爱人共建那座文艺理想的魔宫。这当然只是一个虚无缥缈的美梦，杨骚的允诺并不能给白薇长久的安全感，他根本就是一位耽于幻梦、不能忘怀旧情的诗人。但白薇的"愚、痴、恋"已纠成千千结，难以解开，她在情书中倾诉道："我十二分的想你。凄凄切切地，热泪如雨滴。我的心痛极了。天天哭上三四潮。我只想看你，不知道为甚么要看；我只要爱你，不知道为甚么要爱。我只要常常得你的声息，好像你的声息，会叫我个血球跳舞来。爱弟弟！只是'我终身的爱人是你'这句话，无论如何，不能灌醉我的灵魂。"姐弟恋，受累的多半是姐姐这一方，这倒也正常。

没多久，白薇就失恋了，生病了，情书照写，寄往杭州，多情自古空余恨，那些信如同泥牛入海，杳无回音。她追到杭州，得到的只是旧日男友的一番责骂和羞辱。此后，杨骚避居漳州老家，然后去了新加坡，他写信给白薇，说是他要阅尽人间春色，完全懂得女人后，再来找白薇。读罢这封信，白薇手脚冰冷，泪眼迷蒙，该如何抚慰自己受伤的心灵？她只能拼尽残余的心力，创作诗剧《琳丽》，寄托内心的爱恨情愁。1926年，著名作家陈源在《现代评论》上撰文，称赞白薇的新作："一天，一个朋友送来一本白薇的剧本《琳丽》，我突然发现了新文坛的一颗明星。《琳丽》二百多页，藏着多大的力量！一个心的呼声，从第一页直喊到末一页，并不重复，并不疲乏，那是多么大的力量！"

《琳丽》确实是白薇的心血结晶和爱情挽歌，配得上陈源的揄扬。

苦命的白薇独自回到东京，暗自舐净伤口，包扎妥当。贫穷倒是次要的，去市区警察署领取"贫无依饭证书"也不羞愧，这位"漂泊惨苦的支那女学生"很清楚命运小儿在暗地里捣鬼。

1926 年冬，白薇踏上归程。在上海下船后，她受到了创造社作家成仿吾、郁达夫、王独清、郑伯奇等人的欢迎，这些在日本结识的好友现在抱有万丈雄心，要为革命文学开万世之基业。郁达夫在 12 月 3 日的日记中写下一段很有趣的话，那天他喝高了，跟几个朋友结伴去电影院看《三剑客》，十二点钟电影散场，他醉意犹浓，送白薇回家，竟有点难以把持住自己"危险的幻想"："因为时候太迟了，所以送白薇到门口的一段路上，紧张到万分，是决定一出大悲喜剧的楔子。总算还好，送她到家，只在门口迟疑了一会，终于扬声别去。"

一个多月后，郁达夫爱上了王映霞，他对白薇的那点幻想旋即烟消，不再危险。白薇写过一篇《回忆郁达夫先生》，关于那段交往，文中有所交代："当时不知是谁偷偷告诉我，说是郁达夫有意追求我，使我吓一跳。我深心尊敬他是文学先驱，是长辈！"白薇的年龄比郁达夫大了整整两岁，居然称郁达夫为"长辈"，真不知她出于何种心理？如果王映霞未曾及时现身，郁达夫和白薇之间是不是会产生一段轰轰烈烈的罗曼司？极可能还是没剧情。原因非常简单，郁达夫多愁多病，却偏偏喜欢健美、乐观的女人，白薇离不开药罐子，是典型的病西施，而且脾气火爆，心境灰沉，你说，郁达夫有无可能爱上她后欣然进入婚姻？王映霞在自传中揭示过小秘密："每次白薇离开回家时，郁达夫总叮嘱我将她用过的茶具等（物）用开水煮一煮。我很奇怪，这是为何？郁说：'她有毛病。'我听了很害怕，不敢与她多亲近。"一个男人若嫌恶一个女人的身体和气味，他就不可能真心实意地热爱她的精神和灵魂，除非他的脑子进了地沟油。

1928 年，白薇与杨骚在上海重逢，在一个屋檐底下，两人过起了柏拉图式的感情生活，互相帮衬着做饭，写字，翻译文章。这样也好，他们的作品频频问世，上海滩又多了两颗文学新星。然而平静的海面下隐伏着暗潮，凌璧如、凌琴如兄妹此时正在上海逗留，杨骚与凌璧如亲如手足，又岂有不交往的道理？在凌璧如家中，面对初恋未果的情人凌琴如，杨骚又有了豪饮的兴致，又拉起了闲搁已久的小提琴。五年来，他是头一次这么开心。白薇相当敏感，她从蛛丝马迹察觉到杨骚的变化，而在杨骚独居的房间里每天嗅到若有若无的香水气息，令她怒不可遏，气不打一处来，愤愤不平地杀上门去，大骂凌琴如不要脸，话语有失斯文，令人难堪。白薇对杨骚的口诛笔伐，只可能导致更大的感情裂痕，两人从此分道扬镳。他们的情书已沦为一堆余烬，集结为《昨夜》，1933 年由上海南强书局出版。他们把恩恩怨怨公之于众，也把时为高峰、时为低谷、时为烈焰、时为寒冰的情怀托付给逝水流光。白薇预言："你我的关系，总是一出悲剧，我觉得我爱着你就像爱着一只飞鸟，你永远是我的'流星'哟！"这预言应验了，杨骚确实只是她生命中无法把捉的"飞鸟"和"流星"。

分手之际，杨骚显示出了诗人的浪漫性情，在两人摄于 1929 年的合影背后他写下一首优美的小诗："流的云，奔的水，／多少峰峦下，多少浪花碎，／多少风的叹息，多少雨的泪，／多少大地飞迸，多少天星坠。／到如今啊，到如今才得／梦入春江花影醉。"

在女作家中，鲁迅对萧红的照顾最周到，其次即为白薇，他在《奔流》创刊号上刊登白薇的剧本《打出幽灵塔》，在《语丝》上刊登白薇的独幕剧《革命神受难》，还鼓励白薇创作长篇小说《炸弹与征鸟》。鲁迅当面开过白薇的玩笑："有人说你像仙女，我看也是凡人。"

白薇是首批加入"左联"和"左翼剧联"的作家，她如鱼得水，为丁玲主编的《北斗》和田汉、夏衍主编的《舞台与银幕》踊跃写稿。她受中共地下党指派，曾打进明星电影公司，争取过影后胡蝶。九一八事变之后，白薇的剧本《北宁路某站》《敌同志》《屠刀下》《塞外健儿》《一二八战士》《中华儿女》和长诗《火信》《祭郭松龄夫人》《马德里》，以及小说《受难的女人们》，均充满了不屈不挠的战斗豪情和不休不罢的抗争精神，在国难当头之际，白薇的这些作品鼓舞了民心，激励了士气，自有其不容低估的价值。

白薇是文学圈中有名的"病西施"，身病也就罢了，她还有心病，爱情的不如意令她受尽煎熬，小报上的无耻谰言令她黯然神伤，竟有人中伤她与当时"左联"多数成名的男作家都有不正当关系，她的悲惨境遇也未能获得广泛的同情……

1935 年春，白薇想到过死，自杀的念头如梦魇般挥之不去。她的心被毒箭射穿了，孤苦伶仃地活在世上，穷、愁、悲、苦、病犹如五只饿鬼撕掳咬啮她的心灵，但她并没有崩溃，她写道："不，不能！就这样死去，我不甘心！"虽然病弱，其心劲有时候毫不逊色于景阳冈打虎的武松，她决心活着，而且依旧按照自己的本色活着。她辗转挣扎在病床上，头晕也写，胸闷也写，掉泪也写，咯血也写，长篇小说《悲剧生涯》就是在完全悲苦的心境之下写成的。好在还有不少读者记挂她，为她筹款，向她致敬，这令她感到十分欣慰。

性格即命运。由于早年的精神创伤和长期的贫病折磨，白薇性格日益敏感，易怒，多疑，孤僻，遇事较真，出言坦率，她曾说："凡是狐鼠为奸的地方看不得，凡利用名誉来掩饰去沽名钓誉的地方看不得，凡是人们当自己是一朵红花能处处开，损人利己地把好人踩入地窖的行为看不得！""只得以烧灼的心，忍受挫折；不屈的胆，敢当天地无情！练习着冷眼看人，不放弃我要培养人间正气的目标！我自己是正直的，非正义的我就不为。"水至清则无鱼，人至察则无友。这样一来，她就很难与周围的人和谐相处。现代女作家中，不少人都有留学东洋或留学西洋的教育背景，性情温和者居多。唯独白薇，一直保持着原始野性，为了维护自己的爱情，她可以不计后果，径直打上门去，将情敌骂得狗血淋头；为了捍卫自己的尊严，她决不接受想吃回头草的杨骚，为此宁愿牺牲爱情，终身孤苦。白薇一直与命运角斗，只要她肯稍微屈服，甚至只要做个示弱的姿态，就会有好果子吃，可是她从不低头。

丁 玲

丁玲（1904—1987），本名蒋伟，字冰之，湖南临澧县人。传说，她是闯王李自成的后裔，她的叛逆性那么强，真可能有这样的血脉传承。十三岁时，她对族长集权制公开表示不满；年龄稍大，她又在长沙周南女子中学率领学生示威游行，包围湖南省议会，要求男女平等和妇女拥有财产继承权，并用旗杆敲打大老爷们的脑袋瓜子；在当时，蒋伟最出格的举动是坚决要求男女生同校，与她并肩作战的还有杨开慧，她们闹得省城哗然，居然得偿所愿，成为长沙岳云中学最早的两名女生。

1923年，蒋伟就读于上海大学，此校由中国共产党首任总书记陈独秀开办，尽管丁玲个子不高，模样也不够俊俏，算不上妖娆妩媚，她仍取了个艺名"丁玲"（后来成为她的笔名），非常渴望进入电影界，成为明星，但又接受不了电影界通行的潜规则。韦勒·斯诺（埃德加·斯诺的夫人）描写过丁玲的形象，笔下有传神之勾勒：

> 她是一个能使你勾想起乔治·桑和乔治·依列亚特那种伟大女作家的女子——一个女性而非女子气的女人。丁玲犹如生气勃勃的吉卜赛人，她的圆脸算不上漂亮。但她有热烈、发光、聪明的眼睛，丰满的嘴唇，坚实的下巴和天真迷人的微笑。她男式头发颇为光亮，有一卷美发随意下垂在一只眼睛那里，她有一种不寻常的癖习：含羞地说些惊人的话，然后侧着头，扬起眉毛，观察对于听众所产生的效果。她的声音是低的，但她所说的每一句话都果断而明确。她给你这样一个印象：完全合适做任何她着手做的事情，从投掷炸弹到演电影。她具有抑制不住的精力和极度热忱的推动力。

这位奇女子为自己取了"丁玲"这个艺名。丁玲是第一个率直地描写少女情感生活的女作家，在当年，她的《莎菲女士的日记》能令读者脸色潮红，呼吸急促，兴奋异常，尤其能令少女如醉如痴，可以说丁玲的胆大和才高震惊了文学界，她因此一跃而为众所周知的具有坦白文风和叛逆思想的女作家。

纸上谈情，丁玲堪称高手，现实生活中，其感情表现同样惊世骇俗。二十一岁时，丁玲与胡也频在北京西山碧云寺同居，关系居于姐弟和情侣之间，有朋友揶揄道："至少你可以和一个教授恋爱，来代替一个无名作者。"丁玲却不以为然。及至她与胡也频结婚之后，其浪漫主义的行为艺术更是迈进一大步，同时爱着丈夫胡也频和情人冯雪峰，还特意选择在杭州这个人间天堂构筑爱巢，他们三人同居的超级罗曼蒂克故事很快就成为了黄色小报记者笔下的爆款新闻，传播得沸沸扬扬，路人皆知。丁玲仍我行我素，不畏人言，藐视社会舆论一边倒的巨大压力，两位心烦意乱的男主角却有些招架不住。胡也频天性敏感，诗人气质显著，丁玲担心他会因此自杀，便被迫做出取舍，冯雪峰黯然出局（也有说是他主动撤退）。

1931 年 2 月 7 日，由于众所周知的政治原因，胡也频被国民党当局杀害，他留给丁玲的"遗产"只有一名小男孩和几册纪念他们罗曼史的薄薄的诗集。

"九一八事变"后，丁玲主编左联的机关杂志《北斗》。同年，她秘密加入共产党。1933 年 5 月，丁玲在上海遭到军统特务绑架，被秘密押解到南京软禁起来。她试图越狱，未能成功。外间谣诼蜂起，此前她与叛徒冯达之间"明知不是伴，事急且相随"，导致怀孕和生育。丁玲又恨又气，她回忆道："我真像一只被关在笼子里的老虎，怀着一颗饿狼般的心，只想吃人！"软禁期间，丁玲险些死于伤寒症。

丁玲遭遇绑架后，沈从文出于友情和正义感奋笔撰文《丁玲女士被捕》，为她鸣冤叫屈，还严词谴责国民党政府以党治摧残文学的罪行。当时，坊间盛传丁玲已经遇害，沈从文信以为真，在悲愤的心境下，以丁玲为原型创作了小说《三个女性》，其中始终没有直接出场的女主人公孟轲是一位知识女性，其特点为"不俗气""革命""吃苦""切实工作""朴素""不把那点经验炫人""不矜持""有些地方男子还不如她"，为了实现改造社会的理想最终遇害。《梦珂》是丁玲的小说处女作，具有鲜明的自传色彩，沈从文笔下的女主人公叫孟轲，其对应关系可谓彰明较著。可是丁玲的"左"与沈从文的"右"并不合拍，这对湘籍好友最终变成了陌路人。

1934年底，上海《良友》（发行量最大的杂志）将"标准女性"的桂冠颁给丁玲，当时，她尚在图圄之中，这个荣誉与文学无关，与政治无涉，虽有较高的社会认可度，却很难带给她精神上的慰藉。

1936年秋，丁玲得到朋友的暗中帮助，逃离了那个魑魅魍魉的世界，先是从南京潜往上海，然后乘火车直奔西安，化装为东北军战士进入苏区。丁玲是典型的新女性，既有圣女贞德的勇气，又有乔治·桑的才华，她选择延安作为安身立命之地，充满了"革命的浪漫主义精神"，堪称人地相宜。

在延安，丁玲如愿见到了契阔多年的老朋友毛润之，这时，毛润之已是陕北苏区的领导人，对丁玲的到来表示热烈欢迎，特意创作了一阕《临江仙》赠给她，全词如右："壁上红旗飘落照，西风漫卷孤城。保安人物一时新。洞中开宴会，招待出牢人。纤笔一枝谁与似？三千毛瑟精兵。阵图开向陇山东。昨天文小姐，今日武将军。"显然，毛润之对这位决心偃文修武的湖南同乡表示出罕见的激赏之意。

丁玲渴望获得百分之百的新生。做新人就要有新面貌，丁玲剪短了头发，穿上了神往已久的灰布军衣，她乐意过一种军事化、半军事化的生活，以土炕为马背，跳上跳下，乐呵呵笑个不停，不厌其烦地练习骑马的技术要领。她很健谈，豪饮也有惊人之处，还抽起了呛鼻的旱烟，精气神一点也不比军人逊色。38岁时，她嫁给25岁的文艺干部陈明，在当时的延安，这样的姐弟恋反而是一股清流，尽管不受众人待见。如果丁玲能够忍住火爆脾气，不写那篇批判现实的杂文《三八节随感》，她的日子就会好过得多。

当然，丁玲懂得要将自己的认知不间断地向左调整，调准的时间为1948年秋天，她的长篇小说《太阳照在桑干河上》顺利出版，并且脱颖而出，获得斯大林文学奖。彼时，在社会主义国家中，斯大林文学奖的重量和地位远远超过了诺贝尔文学奖。

谢冰莹

谢冰莹（1906—2000），原名谢鸣冈，字凤宝，湖南新化人。她天生有反骨，因为母亲不肯让她读书，她就绝食三日。

谢冰莹是个典型的假小子，男生爱做的游戏她也爱做，而且要当孩子王，从小就养成了天不怕地不怕的性格。她的回忆文章中洋溢着十足的自豪感：

我完全像个男孩，一点也没有女孩的习气，我喜欢混在男孩子里面玩，排着队伍手拿着棍子操练时，我总要叫口令，指挥别人，于是他们都叫我总司令。我常常梦想着将来长大了带兵，骑在高大的马上，佩着发亮的指挥刀，带着手枪，很英勇地驰骋于沙场。

我反对裹足，反对穿耳，我那时并不懂得什么男女平等，只知道同样是人，为什么男人可以不穿耳不裹足，而这些苦刑只给我们女人受，男人有资格出外读书，为什么女人没有呢？……妈妈早上替我裹脚，我可以在晚上的被窝里解开，到我哭闹着要上小学时，便把所有的裹脚布一寸寸地撕掉了。那是我与封建社会作战的第一声。

女孩子读小说，一百个人中，可能会有九十九个喜欢读脂粉气息浓郁的《红楼梦》，顶多也只有一个喜欢读江湖气息浓厚的《水浒传》，谢冰莹就是这样的特例。她的解释是："我讨厌林黛玉的哭，更讨厌贾宝玉那种傻头傻脑，只知道和女孩子鬼混的典型；我佩服《水浒》上所描写的每个英雄好汉，他们那种勇敢侠义的精神，给了我后来从军的许多影响。"十三四岁，谢冰莹就已经把《水浒传》读得滚瓜烂熟，那些义薄云天的英雄好汉总在她的大脑中演绎一幕又一幕打家劫舍、杀富济贫的精彩好戏。读小说太疯魔太用功，她的视力急剧下降，因此免不了要挨母亲的责备，可她不肯放下书本，态度十分强硬："禁止我看小说是不行的，即使成了瞎子，我也要看。"在夏日黄昏，人们到树下乘凉，照例要寻些趣味十足的话题，找些乐子，谢冰莹就适时适地成为了核心人物，不为别的，只为这小凤宝能像说书人一般讲水泊梁山上一百单八条好汉的故事，捧着饭碗的、拿着烟袋的、端着茶杯的、打着蒲扇的男女老幼围成一圈，听她讲鲁提辖怒打镇关西、林冲风雪山神庙、青面兽杨志汴京街头卖宝刀杀牛二，讲的人绘声绘色，听的人津津有味。有一回，谢冰莹讲武松景阳冈醉打猛虎，讲到忘形处，她进入了角色，竟把蹲在身边的一个小孩子当成了老虎，飞起一脚，踢倒在地，听讲的人哈哈大笑，那孩子犯痛，也不哭，跟着大家呵呵傻乐。

谢冰莹真正爱上文学，除了《水浒传》的魔力，还因为她读了莫泊桑的《二渔夫》和都德的《最后一课》，受到这两篇爱国主义小说的感染，她对文学产生了莫大的兴趣。当年，谢冰莹的二哥就读于山西大学，给妹妹寄来一本胡适翻译的域外短篇小说集，她很喜欢，想依葫芦画瓢，但是读了胡适论短篇小说的文章，她又觉得自己相当浅薄，一时间失去了下笔的勇气。

1920年，谢冰莹寄宿于一所离家两百多公里的教会学校——益阳信益女子中学。由于她思想激进，行为乖张，平时不肯做礼拜，在国耻日（5月9日）她带头发动抗议日本军国主义的游行示威，被学校开除学籍。

1921年，谢冰莹考入省立第一女子师范学校。很幸运，谢冰莹的国文老师是著名翻译家李青崖。他赏识谢冰莹的才智，但他的提携手法有点像是福楼拜教导莫泊桑，要求十分严格，甚至近乎苛刻。谢冰莹喜欢作文，向来自信满满，李青崖却给她的万字长文打了个"咸鸭蛋"，他这样做并非要给得意门生兜头泼下一瓢冰水，而是要教她戒骄戒躁，看清自己的不足之处。对于李青崖的苦心，谢冰莹很长时间都无法理解，甚至有些记恨，在《一个女兵的自传》中仍不乏怨言。二十年后，她与李青崖重逢，谈及往事，这才深深体会到恩师的"宽宏度量"和"慈爱心肠"。

1926年，谢冰莹毕业于省立第一女子师范学校。为了逃避由父母做主订下的亲事，她毅然出走，只身前往武昌，以优异成绩考入中央军事政治学校第六期女生部。当时，她的想法很简单：如果自己不参加革命，婚姻的痛苦就解决不了，文学的天才也难以发挥，从军是唯一可行的出路。

这年冬天，谢冰莹接受严格的训练。二百多名女同学，其中有大户人家的小姐，有不差钱的阔太太，有生过三四个孩子的母亲，还有姑嫂、姐妹、母女同班同寝室的，不少人都是小脚姑姑。"她们穿着军服，打着裹腿，背着枪，腰间围着子弹，英姿飒爽，好不威风，但是走起路来就像鸭子似的一扭一拐。"这些勇敢的新女性牺牲了天伦之乐和悠闲舒适的生活来到纪律化部队，外练筋骨皮，内练精神气。"我们的生活是再痛快没有了，虽然在大雪纷纷的冬天，或者烈日炎炎的夏季，我们都要每天上操，过着完全和士兵入伍一般的生活，但谁也不觉苦。"经过短期训练后，这支女兵队就参加了北伐，赴前线抢救伤员。谢冰莹的《从军日记》专门记录了战地的实感珍闻，取材新颖，视角独特，文笔优美，革命浪漫主义恰好与时代精神合拍，此书出版之后引起轰动，她初试身手即一举成名。

当初，谢冰莹将《从军日记》投寄给武汉《中央日报》，副刊主编孙伏园激赏有加。这组特殊的日记一经见报，果然好评如潮。连林语堂这样的大手笔也亲自出马，将它翻译成英文，在《中央日报》英文版上刊登，他还欣然命笔，为结集后的《从军日记》撰写序言：

自然，这些《从军日记》里找不出"起承转合"的文章体例，也没有吮笔濡墨，惨淡经营的痕迹；我读这些文章时，只看见一位青年女子，身穿军装，足著草鞋，在晨光熹微的沙场上，……戎马倥偬，装束待发的情景……或是听见洞庭湖上，笑声与河流相应，在远地军歌及近旁鼾睡声中，一位蓬头垢面的女子军，手不停笔，锋发韵流的写叙她的感触。

北伐战争半途而废，谢冰莹返回家乡，险些做了包办婚姻的牺牲品。在新婚之夜，她与新郎斗智，策略用得巧妙，道理讲得清楚，最终打赢一场贞操保卫战。这段奇特的经历，她写进了《一个女兵的自传》中：

　　我五岁被"指腹为婚"式地许配给一个叫萧明的未婚夫，那时他十岁。我参加北伐回来，家里就逼我结婚。我反对这门亲事，因为我根本不认识他，哪里谈得上感情？妈妈个性强，她一点也不通融，说我若不从她就死；我个性也强，也不通融，认定了的理，谁也改不了。爸爸说，为了妈妈你牺牲一下吧。我说，你杀了我，我也不从！爸爸说，你先去，然后跑。我带着无限的委屈依了爸爸，但我做好了"逃"的各种设想和准备。婚，只能成假，不能变真。我对萧明说，我是奉父母之命来你家的，我们结婚对你一点好处也没有，只有痛苦；我们可以做朋友，不能做夫妻。我和他谈了三天三夜，他困得不得了，熬不过，只好睡觉；我也困得要死，但不敢睡，只能硬挺着不停地在火炉旁写日记。萧明人很好，通情达理，终于放了我……

　　谢冰莹再次出走后，选定的落脚地不再是武昌，而是上海，她考入上海艺术大学，生活困苦之极，连御寒的棉袄都是同乡好友王克勤（电影明星王莹）赠送的，白天当衣穿，晚上当被盖。即使在这样的苦况之下，谢冰莹依然精神硬朗，"穷困时，就一个人跑到马路上喝西北风，躲在亭子间里喝自来水，或者索性蒙在被窝里睡两天，看看有趣的小说，以消磨可怕的长日。……虽然这样穷苦，但我这副硬骨头始终不屈服，不向有钱的人低头，更不像别人认为女人的出路是找个有钱的丈夫。饥饿只有加深我对现实社会的认识，只有加强我的勇气"。

　　1929 年，由于政治原因，上海艺术大学被当局强行取缔。谢冰莹不愿中断学业，乘船北上，考入北京女子师范大学。其后不久，由于赤色嫌疑，她被当局列入黑名单，只好辍学逃命，匆匆南旋。

　　1931 年 7 月，谢冰莹租住在上海江湾一间光线幽暗的阁楼里，仅用三个星期时间就完成了两部书稿——《青年王国材》和《青年书信》。她的进度极快，一天能写一万三千字。两部书稿出版后，她拿到稿酬陆佰伍拾元，这笔钱正好够她去东京深造。

1935年4月2日，伪满洲国皇帝溥仪访问日本，谢冰莹是留学生会的活跃分子，坚拒出迎，而且当众用鄙夷不屑的语气嘲弄道："溥仪是什么东西，不过是个遭到全体中国人唾骂的汉奸傀儡而已！"她根本不承认有什么"满洲国皇帝"。为此，她被日本警方拘捕，蹲了三个星期的监狱，受尽侮辱和酷刑，狱卒用饭碗粗的圆棒子击打她的头部（致使她落下头痛症），用四棱竹棍几乎压断她手指的骨节。南社诗人柳亚子听到谢冰莹入狱的消息后，立刻拍电报催促当时的中国驻日本领事馆和留学监督处保释，此外，也得力于日本友人的同情、帮助，她脱离虎口，回到祖国。

抗日战争初期，谢冰莹在长沙组织成立了"湖南妇女战地服务团"，自任团长，奔赴前线，抢救伤员。在战场上，她始终抱着"救一伤兵，就是杀一敌人"的信念。

1937年10月，诗人、剧作家田汉见到谢冰莹，口占七绝一首，对这位湘籍女兵作家赞扬备至："谢家才调信纵横，惯向枪林策杖行。应为江南添壮气，湖南新到女儿兵。"其后，赠诗给谢冰莹的诗人还有柳亚子、何香凝等多人，其中黄炎培所赠三首绝句中第二首对《从军日记》颇为推崇："投笔班生已自豪，如君不栉亦戎刀。文章覆瓿谁论价？独让《从军日记》高。"东汉的班超投笔从戎，立功绝域，毕竟他是一位热血男儿，谢冰莹乃闺中女子，却驰骋于战场与文坛之间，为世人所瞩目，确属新新人类。全面抗战八年间，谢冰莹创作了一系列报告文学作品，结集为《五战区巡礼》，鼓舞了全国军民的士气。

谢冰莹做过报刊主编，当过大学教授，与同时代许多作家有过密切交往。她著作等身，除了轰动海内外的《从军日记》《一个女兵的自传》外，还创作了大量的长、中、短篇小说，散文集，剧本。谢冰莹是一位大胆的女作家，与常人所接受的女作家不同，她坦承："我最佩服《邓肯自传》和《大地的女儿》，她们那种大胆的赤裸裸的描写，的确是珍贵的不可多得的写实工作。然而中国的环境比不上欧美，甚至连日本都不如，但我并不害怕。我照自己的胆量写下去，不怕社会的毁谤与攻击，我写我的，管他干什么呢？"谢冰莹不仅敢写，也确实能写，是个典型的写作狂，她说："我对于写作的态度，是非常认真的：只要一动笔写文章，我全副的精神都要集中在情节上，我没有心思来做别的事，甚至听到孩子的笑声，我也并不高兴。……在这个时候，不论什么人，他如果妨碍我的工作，我就把他当作敌人一般看待。"谢冰莹聚气凝神，专心致志，至老而不衰。九十多岁时，尽管视力减退，两耳重听，记忆力下降，牙疼时常发作，但她仍然笔耕不辍。

谢冰莹最鲜明的个性特点是六个字——能吃苦，不怕穷。前半生，她数次被捕入狱，三次婚姻中有两次失败，遭遇过一连串的艰难坎坷，但她个性刚强，言行果断，总能够咬紧牙关硬挺过去。从一个农村女子挺成一名军队女兵，又从一名军队女兵挺成一位文坛女作家，她的人生波澜壮阔，充满了传奇色彩。

1948 年，谢冰莹接到台湾师范学院国文系教授聘书，从此渡海而去。

四、文学的药和心灵的创伤

美国传记小说作家伊尔文·斯通撰写《碎了的心》，好一段揭秘文字："一名妇女的全生命就是一部情感的历史。心是她的世界，在这里她的野心想主宰一切！在这里她的贪性想得到那些隐秘的宝藏，她送出她的同情去冒险，她安置她的全灵魂在情感的交易上，如果船沉了，她的情况便毫无希望——因为这是一个心的破产。……她是她自己的思想与感情的伴侣；如果它们变成忧伤的宰辅，她还能到什么地方寻觅她的安慰呢？她的命运是受男子的求婚，为其所胜有；如果不幸加于她的爱情，她的心就如同被攻下了的堡垒，让敌人连锅端掉，却弃在一边任其荒芜。"诚然，心存浪漫念想的女性通常都是这样，现实太残酷了，人性太冷酷了，她们的心灵很容易遭遇重创，甚至被利刃狠狠刺穿。

在千磨万劫的年代，对于男性而言，文学是淬炼的剑，用于拼争和进取的利器；对于女性而言，文学是煎制的药，用于镇痛和疗伤的验方。这个比喻不一定很贴切，但自有它的道理。民国时期的女作家，由于性情和遭遇各异，她们所表现出来的精神面貌也迥然不同，或娴雅，或勇烈，或感伤。对于感伤者而言，文学多少具有宣泄和抚慰的作用，她们拿起笔来，就相当于病人端起药来，不免存有几许霍然而愈的幻想，正是这几许幻想赚足她们的悲欢。

庐　隐

庐隐（1899—1934），原名黄英，祖籍福建闽侯，出生于官宦人家，由于她的生日正巧与外婆的忌日撞上，从小就被父母视为丧门星，受尽歧视和虐待，幸得慈祥的奶妈竭力保全，将庐隐带往乡间，她才侥幸存活下来。

庐隐的外貌平平，个子不高，脸孔又瘦又黄，那些怜香惜玉的男人不会挑中她。但她在读书方面有相当不俗的天赋，居然没怎么费心费力就考上了北京师范学校预科，让一贯轻视她的家人和亲戚大跌眼镜。课余，她认真阅读了几部章回小说，《红楼梦》赚去她大把眼泪，《西厢记》也令她想入非非。十七岁那年，她从北京女子师范毕业，此后不到两年时间，她就挪了三次窝，先是在京城一所女子中学执教，嗣后，又应聘去安徽省立女师附小和河南女子师范传道授业解惑，可是她在哪儿都待不长。在河南开封，守旧势力仇视新文化新教育，他们使出"高明"的手段，从古书中找出一些僻典冷字，怂恿学生在课堂上频频发问，使庐隐羞愤难堪，只好卷铺盖走人。

"我从小就喜欢萍踪浪迹的生活，无论在什么地方，住上半年就觉得发腻，总得想法子换个地方才好。"

庐隐为自己没长性给出这番解释，可管不住表姊妹们当面嘲笑她为"一学期先生"。天下之大，无奇不有，居然有人对她这种不安其位、东不成西不就的闯劲表示由衷的钦佩，现代才女苏雪林就夸赞庐隐"以一个南方人，具燕赵慷慨悲歌之气"，这种男性化的评价让人一下子回不过神来。

教书不济，恋爱总能成事吧？远房亲戚林鸿俊来得正是时候，他在日本留学半年，因家境败落、父母去世而辍学归国。庐隐并不喜欢这位头不挨天、脚不着地的半吊子留学生，只是不讨厌他而已。林鸿俊听说庐隐喜爱读小说，就将《玉梨魂》借给她，等书还回时，他细心检索书页，发现某些页面上残留着泪痕，不禁心中窃喜。庐隐的母亲相当势利，平日对林鸿俊没给过好看的脸色，这就激发了庐隐的侠义心肠，执意选择林鸿俊为自己的未婚夫，令黄府上下都很窝火。然而同情毕竟不等于爱情，这是再浅显不过的道理。庐隐的大哥头脑精明，在这件事上，他不与小妹硬扛硬顶，而是采取缓兵之计，要求林鸿俊先念完大学再与妹妹完婚。这一耽搁，长达四年，庐隐与林鸿俊的人生轨迹自然而然就错开了。

1918 年，庐隐考入北京女子高等师范学校，更加活泼好动。"走路时跳跳蹦蹦，永远带着孩子的高兴，谈笑时气高声朗，隔了几间房子也能听见"，"说话时总要夹几句骂人的话，然而挨她骂的人，不唯不生她的气，反而更觉得她有趣"，这又是她昔日的同事、此时的同窗苏雪林的回忆。庐隐与女高师学生自治会主席王世瑛、文艺会干事陈定秀、程俊英形影不离，这"三英一秀"以战国"四公子"自命，庐隐为人豪爽热情，交游广泛，理应是"孟尝君"，这个绰号名头很响亮，全校师生对她刮目相看。苏雪林摹仿杜甫《酒中八仙歌》，作《戏赠本级诸同学》长歌一首，其中描写女中孟尝庐隐的四句是："亚洲侠少气更雄，巨刃直欲摩苍穹。夜雨春雷茁新笋，霜天秋隼搏长风。"由此看来，除了"孟尝君"的绰号，庐隐还自称过"亚洲侠少"。有了这种魅力和本事，庐隐该满足了吧？可她意犹未尽，还要摇动笔杆子写小说，为此她取了个笔名叫"庐隐"，可不是要结庐隐居，恰恰相反，她要给文坛一点颜色瞧瞧，别老是几张熟面孔晃来晃去的。她的第一篇小说是《隐娘小传》，差强人意，一直压在箱底，最终付之一炬。她的第二篇小说《一个著作家》发表在矛盾主编的《小说月报》上，凭着这张"门票"，她成为文学研究会的首批会员。这个起点足够高。

庐隐在事业上一帆风顺，在感情上却一筹莫展。她与林鸿俊貌合神离，后者年纪轻轻，却具有老和尚都不易修成的定力，总是劝她别参与那些社会活动（如爱国演讲、抵制日货、游行示威），以免吃亏。更有甚者，林鸿俊攻读工科，成绩优异，好端端的工程师不当，却去报考文官，削尖脑袋想做禄蠹。庐隐最讨厌官僚政客，认为他们对社会有百害无一利。于是，她的拗脾气重又发作，一咬牙解除了婚约，纵然有人骂她出尔反尔，她也毫不在乎。

庐隐经常参加福建旅京学生同乡会的活动，还出任会刊《闽潮》的编辑。在一次同乡会的活动中，她结识了北大法律系高材生郭梦良，交往之后，彼此都产生了好感。可是郭梦良使君有妇，并非自由身。按当时新女性的说法，必须先行割断旧的纽带，掸净身上的"老灰"，才可以给伟大的爱神焚上第一炷香（重获爱的权利）。正是恪于这种心理障碍，庐隐有意疏远了对方。然而爱情之为爱情，不是想罢手就能罢手的，郭梦良给她写了一封倾诉衷肠的长信，挽回了局面。尽管庐隐的答复着实有些消极，"人生本就是这样。环境恶浊，世道不清。你我都随遇而安吧"，她的表现却是积极的。

适逢假期，庐隐与郭梦良同游西湖，风月清透，情怀舒卷，他终于道出了心愿：做永守鸥盟的情侣和夫妻。庐隐的心中充满了喜悦，也充满了矛盾。

她不愿为着幸福，自私到逼迫所爱的人捐弃妻儿，使那位异乡苦守孤枕的不幸女子更加不幸。顶多顶多，她也只能以精神恋爱相许：

我们相知相谅，到这步田地，我今后的岁月，当为你而生；不过，我历来主张，人以精神生活为重，你我虽无形式的结合，只要两心相印，已可得到安慰了。

女性很难把握精神恋爱，她们一旦以心相许，以身相许就是迟早的事情。没多久，庐隐就与郭梦良同居了，她甚至都没有强求一个堂堂正正的名分。此举太过孟浪了，自然会招致亲友的非议，新女性骂她放弃原则，旧女性骂她不守妇道。庐隐之为庐隐，除非不做，做了就不畏缩。她与郭梦良离开京城，在上海一品香旅舍举行了一个简单的结婚仪式。嗣后，庐隐担任教职，照顾家庭，创作小说，郭梦良打理教务，研究哲学，勤于编著。男耕女织，夫唱妇随，按说，这样的生活虽苦犹甜，但她仍感到有些失望，将这种情绪巧妙地隐匿在小说《前尘》中，故事是：一个女人有心爱的情人，且与他结为夫妇，归宿不算糟糕，可她总觉得不满足，结婚后第三天就一个劲地抹泪，原因竟是"觉得想望结婚的乐趣，实在要比结婚实现的高得多"。这是典型的小资情调，乏味的现实哪能经得起深究？难怪庐隐会在小说《何处是归程》中发出浩叹：

结婚也不好，不结婚也不好，歧路纷出，到底何处是归程啊？

有一次，庐隐仿佛得着了什么灵界的秘密消息，竟口出戏言，"自料不能长寿"。郭梦良听了，赶紧去捂她的嘴巴，又气又急地说：
"讲这样的话，你不知道我听了是如何的难受！如果你不能长寿，我愿与你一齐死去。有后悔者，不是脚色！"

郭梦良体质虚弱，又积劳成疾，倒是他抢先撒手人间，踏上黄泉路，给庐隐留下一个年幼（不足十个月）的女儿和咀嚼不尽的悲恸。他们的结合满打满算只有两年。尤为伤心的是，庐隐不远千里护送丈夫的灵柩回到福州安葬，竟遭到郭家上下的鄙薄，处境之艰难，心境之凄苦，用她的话说，就是"在这半年中，我所过的生活，可谓极人世之黯淡"。庐隐写作熬夜，未能得到婆婆的体谅，后者嫌她点灯太久，耗油太多。庐隐的郁闷终于大爆发，带着女儿怒气冲冲地离开福建，回到北平。

　　稍可自慰的只有一点，庐隐用手中的笔墨将满腔郁积的情愫化为沥血泣泪的文章：《郭梦良行状》《寄天涯一孤鸿》《灵海潮汐致梅姊》《寄燕北故人》《寄梅窠旧主人》。庐隐与石评梅同病相怜，她失去了郭梦良，石评梅失去了高君宇。她们常游陶然亭，怀念逝去的爱侣，多次抱头恸哭。回到人前，她们又把自己粉饰成快乐女神，狂歌，笑谑，游戏人间。为了纾解精神苦痛，庐隐开始抽烟喝酒，那股子狠劲，简直就像要跟谁拼命。"最是恼人拼酒，欲浇愁偏惹愁！同看血泪相和流！"庐隐曾想象自己满怀英雄气概，双手握着寒光凛凛的雌雄剑，独自站在喜马拉雅的高峰上，傲然俯视人寰，大声宣告：她是为一切人世的不平而牺牲自己的，她是为一切人间的罪恶而挥舞双剑！这当然只是幻想和幻象，她必须用酒瓶牢牢地撑住日子，要不然精神就会崩盘。

　　一位著名的女作家，从来就不必担心没人仰慕。庐隐的新男友是比她年轻好几岁的瞿冰森，他就读于法政大学，尚未毕业。这段感情，庐隐在自传中绝口不提，但她以一贯的做法将这个题材巧妙地写成小说。在《归雁》中，她坦承自己尽管见过一些大阵仗，却并非八风吹不动的高僧，她只是一只疲惫的孤雁，落在无人居住的村落，忍受着被造物主狠心抛弃的悲哀，待在檀木的鸟笼里固然安全，但不羁的野性注定了她无论如何也做不成温柔依人的小鸟。她只好回到痛苦中去，自己舐舐自己的伤口，宁肯孤独，也不接受怜悯和同情。"我最怕人家窥到我的心，用幸灾乐祸的卑鄙的眼光，怜悯加之于我的时候，那比剐了我还要难过。"最终，庐隐为瞿冰森的前途着想，不愿这位有为青年在她的大缸苦水里浸出毛病来，断然拒绝了他的求婚。瞿冰森的悟性很有限，未能体谅庐隐的好心，赌着气很快就找了个漂漂亮亮的小女生去刺激前女友。

此后一段时期，庐隐对自己的写作生涯充满悲观情绪，她根本不知道快乐文学是怎么回事。《寄天涯一孤鸿》已将内心的消息透露无遗：

我常自笑人类痴愚，喜作茧自缚，而我之愚更甚于一切人类。每当风清月白之夜，不知欣赏美景，只知握着一管败笔，为世之伤心人写照，竟使洒然之心，满蓄悲楚！

当时的评论家若有意若无意地封庐隐为"描写恋爱的专家"，对此谑称她坦然受之，欣然领之。她的小说十有八九都是以爱情为主题，以苦恋的男女、落寞的恋情和不幸的婚姻为题材。她对知识女性的处境悲感丛生。在短篇小说代表作《何处是归程》中，庐隐认为一般男女视婚姻为便宜的捷径，这种想法显然大错特错了，真相该是：男子娶妻"为了家务的管理和性欲的发泄"，女子嫁人则"为了吃饭享福"。如此各取所需，婚姻还怎么算得上是心灵美好的归宿？小说中另有一位女强人，她抱定独身主义，将青春全部献给了妇女运动，却也郁郁寡欢，不胜寂寞之感："真的，我现在感到各方面都太孤零了。"如此看来，当时的知识女性在婚姻方面真是进退两难。

苏雪林说过，庐隐的作品"总是充满了悲哀，苦闷，愤世，嫉邪，视世间事无一当意，世间人无一惬心"。庐隐身上虽有狂放激烈的一面，其性格深处却蕴含着感伤的骨质，毕竟现实太黑暗太沉重了，她的弱肩扛不起那道铁闸。鲁迅是天字第一号的硬骨头，在1934年4月30日致曹聚仁的信中，也坦承道："多伤感情调，乃知识分子之常，我亦大有此病，或此生终不能改。"庐隐看不到知识女性的精神出路，就不难理解了。

大自然中，枯木逢春，有可能再发新叶。人世间呢？像庐隐这样收卷了浪漫情怀的女子，仍有第二春。这一次，追求庐隐的是清华大学西洋文学系三年级学生李唯建，一个比庐隐小八岁的大男生。有趣的是，李唯建在瞿世英家中初晤庐隐时，并未一见钟情，他的印象有点古怪：

　　站在我面前的这位女作家的身材并不算高，充其量属于中等，而且不为瘦。一副严峻、倔强的面部表情，令人望而敬畏，似乎不大容易接近的样子。隆突而长的额头，双眉的距离很宽，目光炯炯，颧骨高耸，肤色略呈黄色。一口流利的国语，态度十分豁达，举止异常大方，显得不卑不亢。刚毅果断，敢作敢当，毫无一点女性常具有的那种温柔之美，却颇有男子汉的气魄：勇敢、慷慨、量大，具反抗精神而且从不沾滞、后悔。服装朴素大方，无修饰雕琢的作风，一切顺乎自然，且不拘小节。

　　1981 年 3 月 8 日，在致传记作家肖凤的信中，李唯建作了以上的追忆。

　　庐隐如同起先躲避瞿冰森的狂热追求，再次躲避丘比特的穿心神箭，然而李唯建锲尔不舍的劲头令她既惊讶又暗喜。这个大男生相貌英俊，思想明晰，心灵未受世俗尘滓的污染，学业相当优秀，他写诗，爱文学，有着炽热的纯情和奔放的想象，与庐隐灵犀相通。真看不出，他内心居然会有俄狄浦斯情结（恋母情结）。李唯建发动一波又一波的爱情攻势，庐隐便以开玩笑的口气说：

　　"我可是有名的扫把星，你不怕？"

　　"怕，我只怕取不到最近的距离欣赏你！"

　　李唯建的回答十分巧妙，而且聪明。依照民间说法，女人若是扫把星，克夫一克一个准。庐隐未必真肯相信这样的胡说，只不过用吓人的话语试探试探那位乳臭未干的大男生。一旦克服了"原罪意识"，所有的心理症结就迎刃而解，"满灵魂的阴霾，都为他的灵光，一扫而空"。可畏的人言庐隐也不畏了，她高兴与这位勇敢的年轻人联袂对抗世俗偏见。庐隐看不惯社会，社会也看不惯庐隐，她的反应经由那句"生命是我自己的，我凭我的高兴去处置它，谁管得着"，异常倔犟地流露出来。仇视异端的社会四面围攻，不断施以冷嘲热讽和明枪暗箭。无聊小报比猎犬的嗅觉更为灵敏，怎会放过现成的"好题材"？都说庐隐不安于室，独独抱着伤风败俗的兴致和癖好，先前勾引有妇之夫，这回又勾引小白脸。由于年龄逆差，庐隐和李唯建的爱情被那些市侩定性为不伦不类的"畸恋"。纵然千夫所指，万口交攻，庐隐仍然秉持敢作敢为、我行我素的强硬态度，朋友们戏称李唯建是系在她裤腰带上的"小情人"，闺中密友舒畹荪也批评她盲目昏头了，认为她当初与使君有妇的郭梦良结婚已铸成大错，如今又走上另一条歧路，搞"姐弟恋"岂不是自讨苦吃吗？对于这些恶意的讥弹和好心的规劝，庐隐全都付之一笑，鼎沸的外界流言根本不足以扰乱她快乐的心境。

让我们是风和云的结合吧。我们永远互相感应，互相融洽，那末，就让世人把我们摒弃，我们也绝对的充实，绝对的无憾。

1929 年，李唯建自称为"异云"，庐隐自称为"冷鸥"，他们通信频繁，爱情迅猛升温。一度愤懑的庐隐重又变回了奔放的"孟尝君"。在她笔下，恰如当年在伊丽莎白·勃朗宁的笔下，激情的流泉飞瀑寓目可观：

我从沉浊肮脏的躯骸中逃逸了，我看见一朵洁白的云上，托着毫不着迹的灵魂，这时我是一朵花，我是一只鸟，我是一阵清风，我是一颗亮星。但是吾爱！你千万不要忘记这完全是你的赐予啊！倘若哪一天我失掉了你，由你心中摒弃了我的时候，我便成了一颗陨落的星，一朵枯萎的花，一阵萧瑟的风，一只僵死的鸟。

爱情，唯有爱情，能够死灰复燃。命运铁青的脸色确实难看，但庐隐决不肯低眉顺眼做个受气包。她乐观地认为，这寒凉的世界虽然风卷黄叶，雨打枯荷，但还不是一团糟糕。只要有爱情的温慰，烹文煮字可疗饥，创作生涯就不算太苦。她有禅心，有慧悟，有真诚，按理说，她可以拈花微笑了。

1931年2月，庐隐和李唯建去日本欢度蜜月。行前，她将《云鸥情书集》（共六十八封情书）交由天津《益世报》连载，仿佛爱情长跑，引得世人瞩目。一年后，上海国光社出版了这部充满狂热情话的书信集。女作家冯沅君曾将五十封情书结集为《春痕》，但那毕竟是小说集，庐隐才是中国现代第一位大量公开个人情书的女作家，单凭这一项，她的勇气就不让须眉，甚至超过郁达夫。在这部情书结集中，庐隐将自己始而迟疑、继而欢欣、终而热烈的情怀展现无余：

我来到这个世界上，什么样的把戏也都尝试过了。从来没有一个了解我灵魂的人，现在我在无意中遇到你，我们第一次见面，就是基于心灵的认识。异云，你想我是怎样欣幸？我常常为了你的了解我而欢喜到流泪，真的，异云，我常常想上天使我认识你，一定是叫你来补偿我此前所受的坎坷。

这回，生命得着了抚慰，心灵找到了归宿，庐隐有充分的理由感觉幸福。在日本欢度蜜月期间，她按捺不住自己的好奇心，央求李唯建和另一位朋友带她去探访流莺最多的柳岛，了解日本的娼妓生活。她简直不敢相信，在那座"人间天堂"里，公然上演着一幕幕兽性的活剧。

归国后，李唯建受聘于中华书局，做外文编辑，业余翻译卢梭的教育小说《爱俪尔》（现通译为《爱弥儿》）。庐隐重执教鞭（任教于法租界工部局女中），由于受到爱情的滋润和激发，她的文学创作大面积丰收，单是1931年至1932年这短短两年间，她就创作了两部长篇小说《象牙戒指》和《火焰》，以及《飘泊的女儿》等二十余个短篇小说，此外还有多篇散文、随笔。照此势头，照此创作动力，一路前行，她的文学成就未可限量。在《自传》中，庐隐对自己的作品充满自信：

未来的事情，无论谁也算不定的。不过在我却不能没有一个考虑，我愿将我全生命贡献于文艺。我愿我六十岁作自传的时候，我已有一二本成功的杰作，那么我就在众人的赞叹声中，含笑长逝吧！

庐隐的要求并不高，只用活够六十岁，想必仁慈的（同时也是悭吝的）上帝不忍拂其美意，再打折扣。可是，她的生命之灯在撰写这部自传的当年（1934年）就猝然熄灭了。庐隐死于难产后的子宫破裂，年仅三十五岁。在中国现代文学史上，还有一位女作家罗淑（1903—1938）同样死于难产，同样死于三十五岁，身为女人，她们所付出的代价十分高昂。

辞别红尘之际，庐隐有太多的留恋，有太多的不舍，留恋生命的此时此刻，不舍夫君和女儿。她喘着气，紧抱着李唯建的脖颈，泪流满面。她把大女儿郭薇萱叫到跟前，哽噎着嘱咐道："宝宝，你好好跟着李先生——以后不要再叫李先生，应当叫爸爸！"又对小女儿李瀛仙说："囡囡，你长大后要好好孝顺父亲！"她将最后一句心碎之语留给爱人："唯建，我们的缘分完了，你得努力，你的印象我一起带走——"

李唯建将庐隐的遗体安葬在上海公墓，棺内的陪葬品是她的毕生心血——已出版的所有作品。可惜她未尽天年，纵横捭阖、一往无前的才气还只发挥出十分之一二，就戛然而止了。这无疑是中国现代文学殿堂的一大损失。

佛家讲求福慧双修。论慧业，庐隐十余年的创作丝毫也不逊色于冰心八十余年的耕耘；论福报，庐隐却比冰心差得太远，冰心活至百岁高寿，婚姻美满，享誉海内外。这就是天意，抗不去，争不来，庐隐在九泉之下也无话可说。

石评梅

石评梅（1902—1928），原名汝璧，山西平定县人。十五岁时，石评梅赴山西省立女子师范求学，成绩出类拔萃，她擅长歌舞、体育，文笔娴熟，是众人心目中公认的才女。从山西女师毕业后，石评梅更上一层楼，考入北京女子高等师范学校。该年度，女高师国文科不招收新生，她就选择了体育科，立下"以健康之精神，做伟大之事业"的宏愿。

生长于乱世，石评梅"慨国事之日非，悯女学之不振"，谈及邦国倾危，每每潸然泪下。在当时，写白话诗还是新鲜事，她文才出众，得风气之先，热衷于此道，同校还集结了庐隐、冯沅君、苏雪林、陆晶清等才女，她们吟诗撰文写小说，无不表现出细腻婉约的情致，给男性作家主宰的文坛吹送去女性文学的清风。

毕业后，石评梅应聘到北京师范大学附属中学任女子部学级主任，执教体育和国文。她深受意大利作家亚米契斯《爱的教育》的影响，爱学生就像爱自家子弟，待人亲和热忱，授课声情并茂，因此深得学生的欢迎爱戴。

20世纪二三十年代，自由高雅的新女性宛如挣脱樊笼的翠鸟，纯粹的精神追求高于物质满足。男性普遍热衷的名利、地位均难入她们的法眼，唯有见了高山便想到流水的心灵和谐与听了霹雳便想到闪电的思想融洽，才为她们所珍视。似这样，巧舌如簧、工于心计的登徒子便张弓搭箭，专门"捕猎"新女性，往往手到擒来。

石评梅初入京城，人地生疏，老父石铭担心小女孤单无助，于是辗转托人去学校关照她。正是这个缘故，吴天放进入了石评梅的视野。吴某是外交部职员，薄有才学，诗文偶尔见诸报刊，在文坛上混了个脸儿熟。此人功夫在诗外，不仅口若悬河，谈笑风生，而且殷勤周到，懂得如何哄女孩子开心，隔三差五送鲜花，送美食，常记挂着写信、打电话问候，今朝西山观景，明日北海划船，变换不少花样。石评梅涉世未深，有人这般关心她呵护她，内心就只有感激，全无提防。少女春潮初涨之时，就是危险迫近之日。她轻信了吴天放的巧语花言和信誓旦旦，毫不犹豫地奉献出圣洁的初吻。她向吴天放保证："我将终生不再爱第二个男人！"然而她的初恋竟无异于明珠暗投，吴天放很快就露出了马脚，石评梅无意间撞见了他的全家福，这个在情场打零工的"票友"是玩弄爱火的有妇之夫！石评梅戳穿了吴天放的骗局，同时击碎了自己的梦想。她羞愤交加，挥剑斩情丝。吴天放仍心存侥幸，跪在地上求她谅解，还赌咒发誓，假以时日，他要娶她为妻，否则天打五雷轰，但他只字不提离婚的事情。新女性心高气傲，又岂肯低眉俯首做侍妾？她不再给吴天放任何可乘之机，只求这位轻薄浪子归还她的全部情书。吴天放见石评梅去意已决，立刻露出卑劣的本性，他大声威胁道：

"你要索回你的情书吗？休想！密斯石，如果你不答应我，我就把你的情书公诸于众！让全北京的人睁大眼睛看看，一位享有诗名的新女性在'五四'精神的感召下，如何争取自由，勾引有妇之夫！"

明明是吴天放欺骗了石评梅，他却恶狗反咬人。石评梅听了这话，不禁悔恨交加，悔的是当初轻信他的鬼话，铸成今日大错，恨的是他卑鄙下流竟至这个地步，活脱脱一副刁奸小人的嘴脸。就让该结束的一切尽快结束吧，不要再心软。石评梅不改一贯的真诚坦白，说出下面这番话：

"天放，我在理智上能够断绝你我的爱，可在感情上我又忘不了你。我可以绝情，却难以忘情！天放，你使我的心全然破碎，你毁了我的爱！……我不会再爱你！天放，你，你毁了我的一生啊！……我希望今生今世永远不再见到你！"

任由吴天放发出疯狗一样的狂吠，石评梅不再听它。临出门时，她将昔日爱情的结晶——那本诗歌唱和集扔进了熊熊燃烧的炉膛。

石评梅重情重义，一次被欺骗遭伤害的经历足够她半辈子消受。她感叹自己辗转因人，颦笑皆难，陷身于密织的尘网，难以获救，创巨痛深的心灵无药可医。她决定从此抱定独身主义，与世间的"臭男人"彻底两清。石评梅希望有一股强大的力量来托举她，鼓荡她，将她送往温暖光明的境地。但她不知道这股强力会来自何处。

1922年春，在山西同乡会上，石评梅与高君宇初次见面。高君宇算不上风神潇洒的美男子，但他志向远大，心地光明，眼界开阔，见解深透，具无畏之勇，有卓荦之才。他的豪情壮思，令人难以忘怀。

随着交往增多，高君宇和石评梅的友谊日渐加深。有一次，高君宇讲起自己过去的情史，竟是一个三角恋爱的故事，其中一位投了海，因为她的死，高君宇与自己爱恋的那一位也断绝了关系。从此他最不愿书写和碰触的就是"爱情"二字。石评梅也用苦涩的语气讲述了她与吴天放之间那段可悲可恼的恋情，讲到结局，她的泪水溢出眼眶。奇怪的是，这番诉说使她获得了前所未有的解脱，仿佛割去了胸口一颗沉甸甸的毒瘤。

大文豪萧伯纳说："男女恋爱是受生命力压迫所致，无论你是什么铁打的英雄豪杰，也逃不过这一关。"是距离产生美感，还是丘比特的神矢专射心房？石评梅的音容笑貌宛如无形的手指，总在风清月淡的静夜撩拨高君宇的心弦，那铮铮的弦索鸣响的都是《高山》《流水》的曲调。人生得一知己足矣，为此他感到庆幸。

1923年秋天，高君宇在西山养病，寄给石评梅一片采自碧云寺附近的红叶，上面有两句意味深长的题词：

满山秋色关不住，
一片红叶寄相思。

高君宇鼓足勇气，做出谨慎的试探，石评梅不敢面对。爱情的创伤和独身主义的誓言时刻提醒她，见到了红红的火焰，就不要再去做奋不顾身的飞蛾。她提起笔来，在红叶的背面写道：

枯萎的花篮不敢承受这鲜红的叶儿。

石评梅将红叶寄还给高君宇，明知他会失望难过，也不得不作残忍的回复。

神圣的恋爱势在必行，高君宇不想让石评梅在吴天放事件之后遭受相同的委屈，他决定离婚，为此致书岳父李存祥："我辜负令媛十年，几误尽其青春岁月，我不愿更蹉跎下去，致使异日更增加今日之追悔，故愿亟觅解决之道，且以为最适当者莫过于离婚再嫁。"自己解脱，也使他人解脱，李家和高家历经十年之久的痛苦等待，终未能等到高君宇的回头，这次总算爽爽快快地达成了共识：让两位旧式婚姻的受害者同时获得他们向往已久的自由。

高君宇挣脱了羁绊，解除了后顾之忧，爱火也更为炽热。有一次，他躺在病榻上，语带双敲，将一个问题抛给石评梅：

"地球上最远的地方是在哪里呢？"

"便是我站着的地方。"

石评梅机智的回答令高君宇凄然而笑，嗒然若丧，心中倍觉忧悒，但他还是作了一番激情的告白：

"你还有什么不放心？我是飞入你手心的雪花，在你面前，我没有自己。你所愿，我愿赴汤蹈火以寻求；你所不愿，我愿赴汤蹈火以避免。朋友，假如连这都不能，我怎能说是敬爱你的朋友呢！这便是你所认为的英雄主义时，我愿虔诚的在你的世界里，赠与你永久的骄傲。这便是你所坚持的信念时，我愿替你完成这金坚玉洁的信念。"

石评梅手中那柄独身主义的利剑已经伤及高君宇的心灵，伤得很重，伤得很深，她感到歉疚和难过，却不肯罢手。她平日有了烦恼和忧愁，总能够及时得到好姐妹、好朋友庐隐和陆晶清的慰解，而这一回，她们对她的做法不以为然。

庐隐也曾高擎独身主义旗帜，却没有人相信这位才情出众的女子能够善始善终。毕竟女性独身不是喊一两句口号就能蒙混过关的,它需要一个坚定的信念去长期自持。这个信念是什么?它就是:一位妙龄韶秀的少女刻意独身,固然是人生的一种缺陷,一种有目共睹的缺陷,但它未尝不是人间最美妙的行为艺术。独身主义的主张转化成艺术人生的主张,这才是令人特别担心的。眼下,庐隐正与北大才子郭梦良倾心相爱,已经绝口不唱独身主义高调。她认为独身是遭遇爱情之前的状态,一旦遭遇到爱情,独身主义就像一件雨衣,在大晴天应该收起。这位女中孟尝词锋锐利地说:

"你坚持独身,不但得不到纲常礼教的宽容,也得不到吴天放的赏识,反而会让他耻笑你的懦弱!评梅,稍纵即逝的青春和爱情,你应当用全力把握它,不要让它悄然逝去,也不要让它黯然消沉,千万要珍重啊!如若不然,一念之差,你就会遗恨百世,抱憾千古!"

三人中最年轻的"小鹿"(陆晶清)平日最乖巧,最知冷热,这回也忍不住一个劲地为高君宇鸣不平:

"高兄对你百分之百地倾心,梅姐,你为什么不肯爱他?是独身主义重要,还是人生幸福重要?怪只怪那该死的吴天放,一粒老鼠屎打坏了一锅汤!莫非你在理智上恨他,在感情上却还留恋他?"

"小鹿,你说得过分了,我一生从来不会恨人,我何必恨他!"

"该恨的,你恨不起来;该爱的,你爱不起来!梅姐,你这样心冷,不但会毁了自己,也会毁了高兄!"

"我抱定独身主义,山无陵江水为竭,此志不渝!"

在这个问题上,石评梅仿佛与谁赌气一般,死活不肯让步。其实,庐隐和陆晶清的话句句在理,石评梅也反复权衡过,她一会儿倾向于独身主义,一会儿又倾向于人生幸福。她当然知道,撇开爱情,人生幸福根本无从谈起。这样权衡来权衡去,她倒是拿定了主意:此事何必操之过急?时间有的是,高君宇真要是胸怀金坚玉洁的爱情,还怕等不到我接纳他的那一天?

石评梅读高君宇的来信,感觉太有意思了,在同一封信中,他会用举重若轻的语气谈他的革命事业，用漫不在乎的语气谈他的疾病和劳累，用越来越悲伤的语气谈他毫无着落的流浪儿似的感情。他的南方来信夹带了一件意想不到的礼物——一枚象牙戒指，白生生的，凉沁沁的，扣在手指上，感觉有些异样。他说：

……昨天我忽然很早起来跑到店里购了两个象牙戒指，一个大点的我自己戴在手上，一个小的我寄给你，愿你承受了它。或许你不忍吧，再令它如红叶一般的命运！愿我们用"白"来纪念这枯骨般死静的生命。

在信中，高君宇就不能说点快乐吉祥的话语吗？何苦说这悲哀的预言，静等日后去验证？果然，只过了半年，高君宇就戴着象牙戒指走向死神的洞窟，躺进了冰冷的墓地。四年后，石评梅则戴着另一枚象牙戒指渡过忘川的逝波。"我已经决定带着它和我的灵魂同在"，唯有她在《涛语·象牙戒指》中的表白依然在时空中回响。

1924 年 9 月 22 日，高君宇在由沪至穗的轮船上，给石评梅写了一封剖白心迹的长信，这一回，他披露胸臆，一点也没保留：

你中秋前一日的信，我于上船前一日接到。此信你说可以做我唯一知己的朋友。前于此的一信又说我们可以做事业度过这一生的同志。你只会答复人家不需要的答复，你只会与人家订不需要的约束。

你明白地告诉我之后，我并不感到这消息的突兀，我只觉心中万分凄怆！我一边难过的是：世上只有吮血的人们是反对我们的，何以我唯一敬爱的人也不能同情于我们？我一边又替我自己难过，我已将一颗心整个交给伊，何以事业上又不能使伊顺意？我是有两个世界的：一个世界一切都是属于你的，我是连灵魂都永禁的俘虏；但在另一个世界里，我是不属于你，更不属于我自己。

我只是历史使命的走卒。假使我要为自己打算，我可以去做禄蠹了，你不是也不希望我这样做吗？你不满意于我的事业，但却万分恳切的劝勉我努力此种事业，让我再不忆起你让步于吮血世界的结论，只悠久的钦佩你牺牲自己而鼓舞别人的义侠精神！

我何尝不知道：我是南北飘零，生活日在风波之中，我何忍使你同入此不安之状态；所以我决定，你的所愿，我将赴汤蹈火以求之，你的所不愿，我将赴汤蹈火以阻之。不能这样，我怎能说是爱你！从此我决心为我的事业奋斗，就这样飘零孤独度此一生。人生数十寒暑，死期匆匆即至，奚必坚执情感以为是。你不要以为对不起我，更不要为我伤心。

这些你都不要奇怪，我们是希望海上没有浪的，它应当平静如镜；可是我们又怎能使海上无浪？从此我已是傀儡生命了，为了你死，亦可以为了你生，你不能为了这样可傲慢一切的情形而愉快吗？我希望你从此愉快，但凡你能愉快，这世上是没有什么可使我悲哀了！

写到这里，我望望海水，海水是那样平静。好吧，我们互相遵守这些，去建筑一个富丽辉煌的生命，不管他生也好，死也好。

读罢来鸿，石评梅心为之喜，亦为之痛。高君宇尊重她的选择，并且以她的选择为选择，尽管字里行间流露出无奈和痛苦，但主意已定。石评梅何尝不看重高君宇，何尝忍心使他的情爱落空，何尝不想给这位可敬的朋友更多的幸福和快乐。但她的心灵受过伤害，悲观的人生态度也阻碍她不顾一切地去爱一个人。吴天放仍然纠缠不休，她的心境一再受到破坏。石评梅在《涛语·最后的一幕》中对自己的心理做了冷静的解析，她知道症结所在：

我自己常恨我的愚傻——或是聪明，将世界的现在和未来都分析成只有秋风枯叶，只有荒冢白骨；虽然是花开红紫，叶浮碧翠，人当红颜，景当美丽时候。我是愈想超脱，愈自沉溺，愈要撒手，愈自激恋的人，我的烦恼便绞锁在这不能解脱的矛盾中。

石评梅的话一点没错，她只要克服了内心的悲观和矛盾，问题就能够迎刃而解。然而她矛盾而生，矛盾而死。

高君宇为革命事业奔走呼吁，与穷凶极恶的反动军阀势力斗智斗勇，常处于危险之中。但他改造黑暗社会和丑恶世界的事业毕竟是值得拼命的英雄伟业。石评梅从不妨碍他的理想。只不过，她还须慢慢地松解自己的心结，暂时只能向他许诺冰雪友谊（柏拉图式的精神恋爱）。这当然不是高君宇希望获得的结果，为此他感到异常难过。

当事人在彷徨和迟疑，死神却勇决智断，一点也不含糊，它大步抢先，让石评梅再没有进退回旋的余地。

1925年3月3日，高君宇患急性盲肠炎，住进了北京协和医院，因他长期患有肺病，体质太过虚弱，手术后恢复不佳，仅过两天，就不幸去世了，年仅三十岁。

高君宇匆匆而别，带着满心的遗憾去了另一个世界，却不曾带走石评梅的一个吻和一声爱！她万分痛悔自己的踌躇不决，认为是自己掏空了他的心，遮断了他的希望，损害了他的健康，她认为这一切全是自己的过错。她在心里绝望地自责道："我不杀伯仁，伯仁因我而死啊！"假如能使君宇复活，她什么都可以放弃，什么都可以牺牲，什么都可以答应他，——用冰雪友情换取烈火熔岩般的爱！太晚了，她的忏悔太晚了，果然应验了庐隐当初说过的那句话："遗恨百世，抱憾千古！"此时，庐隐已去上海，只有小鹿（陆晶清）在石评梅身边，安慰她，陪伴她，可她的生命仿佛已追随高君宇去了另一个世界，只剩下躯壳，了无生意，偏偏还能够流泪，还能够抱恨，抱恨自己纵有千滴泪，也抵不了他的一滴血！

在医院的冰室（即太平间），石评梅见到了冥归的朋友，他的脸像蜡一样苍白，右眼紧闭，左眼却还微睁着，似乎等着与石评梅作最后的告别。特别醒目的是，他左手食指上戴着那枚象牙戒指，它原本象征着爱情，现在却代表着死亡。她抚摸高君宇冰凉的尸体，一边饮泣，一边默祷，祈求他安心上路，早日奔赴天国。临到入殓后，盖棺前，她把自己的一帧相片放在他的枕头边，低声说：

"君宇，让它代我伴你吧！不然你太寂寞了！……不过，你等着，你等着，要不了多久，我一定随你而去，永远伴着你！"

石评梅和高德全（高君宇的弟弟）遵从高君宇遗愿，将他安葬在宣武门外陶然亭，这是他生前最喜欢的旧游之地。他说过，"北京城的地方，全被权贵们的车马践踏得肮脏不堪，只剩陶然亭这块荒僻土地还算干净，死后愿葬于此"。石评梅亲笔书写墓碑的碑文，起首是德国诗人海涅的豪迈诗句：

我是宝剑，我是火花。
我愿生如闪电之耀亮，
我愿死如彗星之迅忽。

石评梅抱憾于高君宇的深情未能及时得到回应。"我不解你那时柔情似水，为什么不能温暖了我心如铁？"她一次又一次流泪，一次又一次自责，久久难以释怀。在高君宇的墓碑上，她刻下了这样一句深悲至痛之语：

君宇！我无力挽住你迅忽如彗星之生命，我只有把剩下的泪流到你的坟头，直到我不能来看你的时候。

她想过逃避，在《偶然草》一文中，她这样写道："天啊，让我隐没于山林吧！让我独居于海滨吧！我不能再游于这扰攘的人寰了。"然而她逃不开，总是不由自主地到陶然亭盘桓，可惜景物依旧，人事皆非。"更待菊黄家酿熟，与君一醉一陶然"，陶然亭不就是从白居易的这两句诗得名的吗？如今菊黄时节，纵有美酒斟玉杯，却与谁共饮，与谁同乐？她在高君宇的墓畔徘徊，有时歌哭，有时静默，有时任回忆咬啮心瓣，流多量的血，有时在覆雪的石桌上书写"我来了"三个字，有时则会想起小说《茵梦湖》中的那句哀词：

死时候呵！死时候，我只合独葬荒丘！

她将血泪相和的悲情苦念倾注笔管，在日记中写道："宇，世界上只有他才是我的忠诚的情人，只有他才是我的灵魂的保护者。当他的骨骸陈列在我眼前时我才认识了他，认识他是一个伟大而多情的英雄！"她还写成一篇又一篇凄绝的散文，单是看看那些题目，如《缄情寄向黄泉》《我只合独葬荒丘》《肠断心碎泪成冰》《梦回寂寂残灯后》，我们就可感觉她的痛苦悲伤刺骨锥心。她所失去的不只是恋人、知己，还是英勇的护卫者。

高君宇去世后三年，正是悲风苦雨交织的三年。石评梅的悲苦不断加码，北京政坛黑暗污浊，人们眼前只剩下一条出路，那就是跑到南方去革命。与石评梅相交最密的好友陆晶清毅然投奔何香凝。临别时，她留下一句话："梅姐，你还是尽早离开这片伤心之地吧！"石评梅何尝不想换个环境，江西九江的一位中学校长久慕她的才名，想聘她去当教务主任，她也乐意去庐山和鄱阳湖的山光水色间放松一下自己，可是她舍不得将高君宇孤凄地丢在陶然亭畔的孤冢里。何况她手头正在整理高君宇的遗文，她要报答他的深情，这项工作又岂可中断？还有一点，她预感到自己来日无多，生命之烛行将燃尽。

石评梅给高君宇作过一副挽联，其词为："碧海青天无限路；更知何日重逢君？"谁也没想到，这重逢的时间只隔了短短三年半。石评梅曾发誓："我有病，宁死不住协和医院！"因为她不愿再去那个伤心之地。

1928年9月18日，石评梅突发作急性脑炎，朋友们将她送进了医疗条件最好的协和医院，她住的正巧是高君宇去世的那间病室，更巧的是，十二天后，因医药罔效，她猝然去世，冥逝的时间也是午夜两点一刻，与高君宇冥逝的时间几乎一致。石评梅的校友和莫逆之交庐隐陪伴在病床前，握着她枯瘦如柴、寒冷如冰的手，听她颤声说出自己的遗愿——"死后将我葬在君宇的墓旁"，为她擦去脸上最后一滴清泪，将来还要为她写下长篇小说《象牙戒指》，纪念凄美绝伦的"高石之恋"。

陆晶清从南方匆匆赶回，堪堪迟到一步。她整理遗物时，发现了一片殷殷如血的西山红叶，夹在日记册页里，跳出两行娟秀的字迹：

> 生前未能相依共处，
> 愿死后得并葬荒丘！

陆晶清哭了，庐隐哭了，王静贞哭了，所有送葬的朋友全都哭了，既为石评梅的深情而哭，也为她的短命而哭。她们履行逝者的遗愿，历经一年多的周折，终于将她葬在深爱的知己身边。陆晶清受石评梅母亲的嘱托，将一个装着全套梳头用具和几件纪念品的红漆木盒放在灵柩前的小石几上。封闭墓洞时，她撮起一捧新掘的黄土撒向坟头，庐隐在她身后用悲沉的语调吟诵着诗句"质本洁来还洁去，一抔净土掩风流"。凡是读过《红楼梦》的人都知道，这是林黛玉《葬花词》中的名句，与此时的情境再切合不过了。所不同者，林黛玉葬的是桃花，她们葬的则是"梅花"。

陶然亭有香冢一处，颇为著名，传说是香妃的墓地，冢铭为："浩浩愁，茫茫劫！短歌终，明月缺。郁郁佳城，中有碧血。血亦有时尽，月亦有时灭，一缕香魂无断绝！是耶非耶？化为蝴蝶！"距香冢不远处就是高石之墓，高君宇和石评梅早已化蝶而飞，时间和距离不再是他们的敌人。

萧 红

萧红（1911—1942），原名张廼莹，黑龙江呼兰县人。她出生于一个殷实的家庭，父亲张廷举受过良好的教育，毕业于黑龙江省立优级师范学堂，母亲姜玉兰也粗通文墨，熟读唐诗宋词，针线活做得出色，还打得一手好算盘。

萧红是家中长女，出生时哭声洪亮，不止不休，接生婆石太太把她从水盆中拎出，即兴打出评语："这丫头蛋子，真厉害，大了准是个茬儿。"由于父母的脑子里满是男尊女卑的思想，萧红并没有得到应有的疼爱。她的生日是端午节，这天是屈原的忌辰，民间认为，在这个日子出生的孩子长大后命运堪忧。老祖父童心未泯，只有他喜欢萧红，将淘气的孙女视为好玩伴。

1927年秋，萧红离开家乡，考入哈尔滨东省特别区第一女子中学，对美术和文学有浓厚的兴趣。萧红十八岁时，继母暗中操纵，给她订亲，逼她放弃学业，乖乖就范。在小县城，这桩联姻关乎势利，男方王恩甲的父亲王廷兰时任呼兰县游击帮统，家中饶有资财。王恩甲是小学教员，抽烟有瘾，习气很深，与萧红理想中的爱人相去甚远。萧红受到表哥陆振舜的鼓励和感召，决心抗拒包办婚姻。她从哈尔滨乘火车逃到北平，与陆振舜同住，对外以舅甥关系示人。当时，萧红写信给好友沈玉贤，笔歌而墨舞，"我现在女师大附中读书。我俩住在二龙坑的一个四合院里，生活比较舒适。这院里，有一棵大枣树，现在正是枣儿成熟的季节，枣儿又甜又脆，可惜不能与你同尝。秋天到了，潇洒的秋风，好自玩味"。他们与来自东北的李洁吾等人过从甚密，除了一起看电影，还一起畅谈理想、时事和文学，天马行空，自由自在，只可惜好景不长，由于经济上捉襟见肘，入不敷出，再加上双方家长严词谴责他们伤风败俗，在多重压力下，1932年1月，萧红返回呼兰，被父亲送到伯父家，遭到严密看管。萧红受够了打骂，看够了白眼，终于发飙，在苦命姑姑的帮助下，逃出伯父的圈禁，躲在偌大的哈尔滨，万人如海一身藏，把种种饥寒交迫的屈辱领略了一个遍，最终她走投无路，找到昔日的未婚夫王恩甲，表示愿意跟他同居。此前，王家已经解除婚约，萧红此举十分孟浪。王恩甲对萧红旧情未断，也乐得不负责任地玩一玩恋爱游戏。

1932年2月，萧红再次前往北平，没过多久，王恩甲寻踪而至，对身处困境之中的萧红软硬兼施，萧红无奈，与之同回哈尔滨，入住东兴旅馆，总共住了七个多月，欠下六百多元食宿费，王恩甲说是回去拿些银钱来还债，鞋底抹油开了溜，从此杳如黄鹤，是生是死都没个准信。此时，萧红即将临盆，却随时都有被旅馆老板卖到道外妓院区圈楼去抵债的危险。

万般无奈之下，萧红急中生智，写了一封求救信给《国际协报》副刊主编裴馨园，请他发慈悲，伸援手。裴馨园动了恻隐之心，找来舒群、萧军、白朗等几位青年作家，请大家想办法。萧军开玩笑说："我头上的长发算是唯一的富余，如果能够卖钱，我愿意将它们连根拔起。"虽然款项一时难以筹措齐备，裴馨园还是出面去探望了萧红，给予她很大的精神安慰，同时他亮明身份，警告旅馆老板，叫他千万不许胡来，否则报纸就会揭露他的恶行。

1932 年 7 月 13 日，萧红打电话给裴馨园，请他借几本文艺书给她解闷。这不是难事，裴馨园立刻写了一封介绍信给萧军，让他把书送去。初见萧红，萧军并没产生好感，但他看了她的诗和画，听她倾诉完遇人不淑的遭遇后，那种大丈夫庇护弱女子的侠义心肠不禁为之一热，决心要把这件事一杆子管到底。

萧军走后，萧红心潮难以平复，连夜写下《春曲》三首，其中一首是这样写的："我爱诗人又怕害了诗人，／因为诗人的心，／是那么美丽，／水一般地，／花一般地，／我只是舍不得摧残它，／但又怕别人摧残，／那么我何妨爱他。"爱情以不可抵挡的势头破空而至，翌日夜间，萧军就按捺不住内心的冲动，向萧红当面表白了自己的爱情。患难与共，志趣相投，萧红与萧军无须多余的手续，就结为伴侣。萧军在乡下有妻子，也没把它当成障碍，毕竟他的性观念是开放的，萧红也别无选择。萧红的疑心很重，有天夜里，她做了一个梦，梦中听说萧军对某个陌生女子有意，立刻大泼其醋："把你的孤寂埋在她的青春里。我的青春！今后情愿老死！"萧军身上所具有的性格魅力确实吸引过情窦初开的少女，但他将那些诱惑拒之门外，对萧红呵护有加。

1932 年夏天，一场突如其来的洪水将哈尔滨淹成汪洋泽国，也将萧红的欠债一笔勾销了。她与萧军搬入裴馨园家，不久即生嫌隙，裴馨园的仗义是有限度的，他妻子的挑唆更使这层朋友关系变得脆弱不堪。及至萧红临产，萧军向裴馨园求援，裴只肯借给他区区一块钱。人情冷暖，世态炎凉，确实深可慨叹。萧军再次行蛮，将萧红强行送进产房，可怜那名初生的女婴，一连哭了几天，连母亲的面都没见到，就被送给了公园的临时看门人。萧红的住院费无法清缴，又是萧军以玩命之徒的狠劲吓住院方，得以免除。二萧相依为命，相濡以沫，苦到极处，爱情依然圣洁，萧军写给萧红三首定情诗，第二首是这样写的："浪抛红豆结相思，结得相思恨已迟。一样秋花经苦雨，朝来犹伴并头枝。"为了生计，萧军当过家庭教师，教过武术，但他们还是糊口维艰，萧红在散文中写到自己饥肠辘辘的感觉："我拿什么来喂肚子呢？桌子可以吃吗？草褥子可以吃吗？"她还用了两个比喻，"肚子好像被踢打放了气的皮球"，"我坐在小屋，饿在笼中的鸡一般"，蜜月里他们也只能吃黑面包蘸盐，苦况可以想见。当时，萧红才二十二岁，竟自觉"只有饥寒，没有青春"，头上愁出了星星白发。

1933 年，萧红开始在长春《大同报》副刊上发表一系列作品，既有小说、散文，也有诗歌，尽管她的作品在语言、技巧两方面显得稚嫩，但内在的激情却十分充沛。尤其不同凡响的是，萧红将自己充满同情的目光不断投向东北大地上遭受奴役和践踏的父老乡亲，从一开始就越过浪漫虚幻的风花雪月，直接描写悲惨的社会生活，揭示血淋淋的人性。她与萧军第一部小说散文合集《跋涉》差不多全是小人物的命运图景，那种杜鹃啼血般的痛楚无所不在，如同电流一样令人战栗。

1934 年夏，东北局势骤然紧张，警方黑名单中赫然可见萧红与萧军的名字，他们被迫离开哈尔滨，走海路，从大连去青岛，上船的时候接受检查，萧军险些未能过关。好友舒群在青岛为他们租到观象山下临海一座幽静的小楼房。得益于这里宁谧、安全的环境，萧红顺利完成了她的成名作《生死场》，这是一部最早面世的抗日题材小说，东北民众英勇不屈的形象令人耳目一新。

萧红与萧军抵沪不久，1934 年 11 月底，他们在内山书店拜见了敬仰多年的鲁迅。鲁迅特别看重两位来自东北敌占区的热血青年，尤其喜爱孩子气十足的悄吟太太（即萧红），他不仅将二萧介绍给上海的左翼作家胡风、茅盾、叶紫和聂绀弩，还巧妙运筹，使萧红的长篇小说《生死场》突破官方封锁线，植入"奴隶丛书"，顺利抵达读者手中。鲁迅对《生死场》评价很高，在《萧红作〈生死场〉序》中他写道："这自然还不过是略图，叙事和写景，胜于人物的描写，然而北方人民的对于生的坚强，对于死的挣扎，却往往已经力透纸背；女性作者的细致的观察和越轨的笔致，又增加了不少明丽和新鲜。精神是健全的，就是深恶文艺和功利有关的人，如果看起来，他不幸得很，他也难免不能毫无所得。"田军（即萧军）的《八月的乡村》比《生死场》稍前出版，也是鲁迅作序。1935 年，二萧在上海文坛异军突起，与鲁迅鼎力推介息息相关。待到狄克（张春桥）射出暗箭，鲁迅挺身而出，写下杂文《三月的租界》，揭穿狄克向敌方缴械献媚的本质，及时保护了萧军。

鲁迅以侠义心肠给予萧红事业上诸多帮助，将她的作品介绍给良友图书印刷公司编辑赵家璧，还将她的小说推荐给日本翻译家。在上海文坛，萧红成为一颗上升速度最快的新星。她的创造力得到了最大限度的激发，脑子里灵感闪烁，笔头下才思飞遄。1935 年、1936 年是萧红创作的丰稔之年，也是她生活上的幸福之年。鲁迅的关怀是她获得安慰的源泉。萧红常去大陆新村鲁迅家，让许广平很烦恼，她既理解也同情萧红的痛苦、寂寞，不可能不欢迎她光临，但萧红往往一坐就是半日或半夜，吐的又尽是苦水，她很粗心，根本不留意别人的感受。

1936 年 10 月 19 日，鲁迅猝然病逝，其时萧红旅居日本，得悉噩耗，立刻回国。此前，萧军移情别恋，爱上了萧红的闺蜜许粤华。二萧的感情遭遇空前的危机，出现明显的裂痕，萧军动怒时，甚至家暴，将萧红揍得鼻青脸肿。萧红的组诗《苦杯》有所透露："说什么爱情！／说什么受难者共同走尽患难的路程！／都成了昨夜的梦，／昨夜的明灯。""往日的爱人，／为我遮蔽暴风雨，／而今他变成了暴风雨了！／让我怎来抵抗？／敌人的攻击，／爱人的伤悼。"她在日本写信给萧军，这样形容自己悲苦的心境："就像被浸在毒汁里那么黑暗，浸得久了，或者……会被淹没的。"萧军说萧红就是一个没有

"妻性"的女人，他还自相矛盾地断言自己从未向萧红要求过"妻性"，但事实胜于雄辩，他要求萧红更"进步"、更温柔体贴、更少个性，这在事实上却并不可能。当然，除了硬暴力，萧军的软暴力（看不起萧红的作品，与外人一起嘲弄她）对萧红的自尊心更具杀伤力。

1937年，为了散心，萧红去北平住了几个月，见到故友李洁吾，与舒群一道去八达岭游览长城。此后，她被萧军决心改过自新的书信打动，又回到战云笼罩的上海。七七事变后，上海已变成岌岌可危的孤城，不少文化人都从上海撤退到武汉，萧红和萧军也在其列。

1938年2月初，一大帮从上海撤出的作家去了西北的临汾，任教民族革命大学，萧红与萧军担任文艺指导。当时，丁玲与萧红交往甚密，后来她撰文《风雨中忆萧红》，印象颇为鲜明："骤睹着她的苍白的脸，紧紧闭着的嘴唇，敏捷的动作和神经质的笑声，使我觉得很特别，而唤起许多回忆，但她的说话是很自然而真率的。我很奇怪作为一个作家的她，为什么会那样少于世故，大概女人都容易保有纯洁和幻想，或者也就同时显得有些稚嫩和软弱的缘故吧。"待到日寇攻陷太原，临汾危在旦夕，民族革命大学准备撤离，萧军想留下来打游击，萧红却打算随丁玲的西北战地服务团去运城，二萧各执己见，相持不下，谁也不肯让步。萧红没别的想法，她只是预感到自己来日无多，希望找到一个安宁的写作环境，不愿再受许多折磨，也不希望萧军冲动，死在战场，毕竟她心底还是爱着萧军的。说穿了，二萧的矛盾乃是彼此角色上的错位，萧军认为萧红应该做个好妻子，萧红偏要做个好作家；萧红认为萧军应做个好作家，萧军却偏偏不务正业，对写作心不在焉，并且后悔自己入错了行当，他想成为好军人。再者说，他们彼此伤害对方的次数太多了，积累到那个程度，难免总爆发，结果一发不可收拾。在节骨眼上，端木蕻良的介入起到了引爆的作用。

萧军对端木蕻良的观感极差劲，《从临汾到延安》一书中有段文字能够说明问题："他说话总是一只鸭子似的带点贫薄味地响彻着。这声音和那凹根的小鼻子，抽束起来的口袋似的薄嘴唇，青青的脸色……完全是调配的。近来我已经几多天没有和他交谈，我厌恶这个总企图把自己弄得像个有学问的'大作家'似的人，也总喜欢把自己的幸福建筑在别人的脖子上的人——我不独憎恶他，也憎恶所有类似的可怜的东西们。"端木蕻良同样被萧红骂过，而且很难听——"装腔作势的胆小鬼、势利鬼、马屁鬼"，但端木在萧红眼中有两大优点（恰恰是萧军所不具备的）：一是性情温和，二是善解人意。萧红赠给端木蕻良四颗相思豆（原是鲁迅和许广平送给萧红的礼物）和一根小竹竿，这两件定情物包含了她的心愿：相思豆代表爱，而小竹竿则象征坚韧和永恒。丁玲和聂绀弩都动员萧红去延安，可是当萧红得悉萧军已到达延安的消息后，就打定主意：凡是萧军现身的地方她就远离。尽管其后不久他们又在西安邂逅了，但二萧的婚姻气数已尽，必将分道扬镳。

萧红与萧军性格差异明显：一个多愁善感，另一个豪爽坦荡；一个是稳不住情绪的神经质病女，另一个是捺不住脾气的炮仗型猛汉；他们的共同点是自尊心强，因此二萧仳离是迟早的事情。多年之后，萧军给出一个令人信服的答案："如果按音乐做比方，她如同一具小提琴拉奏出来的犹如肖邦的一些抒情的哀伤的，使人感到无可奈何的，无法抗拒的，细得如发丝那样的小夜曲；而我则只能用钢琴，或管弦乐器表演一些 sonata（奏鸣曲）或 symphony（交响曲）！……钢琴和提琴如果能够很好地互相伴奏，配合起来当然是很好的；否则的话，也只有各自独奏合适于自己特点和特性的乐曲了。无论音量、音质和音色……它们全是不相同的。"萧军注释萧红的书简时，更是坦白承认，他只爱史湘云、尤三姐那类爽朗、刚烈的人物，而像林黛玉、妙玉和薛宝钗那种富藏心机的闺中弱质，他不愿领教。很显然，在萧军眼中，萧红是属于薛、林一类的女子。

美国作家、翻译家葛浩文在《萧红评传》中对萧军有明确的指责，他同情萧红"多年做了他（萧军）的佣人、姘妇、密友以及'出气包'"。端木的出现使萧红产生幻觉，似乎看到了一捆救命稻草。

1938 年 4 月，萧红拖着四个多月的身孕，与端木蕻良返回武汉，胡风等朋友都对她的新婚姻表示质疑和非议。萧红原本想打胎，可是费用昂贵，而且流产属于非法，最终还是将孩子生了下来。历史惊人地相似，当年萧红与萧军初识，她肚子里怀着王恩甲的孩子，现在萧红与端木蕻良结合，她肚子里却又怀着萧军的孩子。萧红在重庆一家小医院产下了一个白白胖胖的小男婴，三天后婴儿就莫名其妙死去了，院方不解，萧红的挚友梅志和白朗也很疑惑，这个谜团，除了萧红，恐怕无人可以解开。这就令某些研究者更加言之有据，萧红不仅缺乏妻性，而且缺乏母性。

1940 年 1 月 19 日，萧红与端木蕻良从重庆飞往香港。萧红的日常生活缺乏必要的节制，抽烟、喝酒很凶，心情长期抑郁，此时她已经病入膏肓。端木蕻良贪睡懒觉，生活低能，与萧红相处得并不和谐。那时候，肺结核三期就相当于现在的肺癌晚期，可不是闹着玩的，咳嗽，疼痛，失眠，盗汗，再加上精神焦虑，内外夹攻，使她不堪其苦痛，不胜其烦忧，以致心力交瘁。令人吃惊的是，她的创作量并未锐减，除了剧本《民族魂鲁迅》，她还抱病完成了长篇小说《呼兰河传》，另一部长篇《马伯乐》则是未竟之作，还有散文《给流亡异地的东北同胞书》《九一八致弟弟书》，短篇小说《小城三月》《北中国》等，真可谓"春蚕到死丝方尽，蜡炬成灰泪始干"。

1941 年 12 月 8 日清晨，太平洋战争爆发，日军以闪电般的速度占领香港、九龙。萧红辗转多处，颠沛流离，加之药物匮乏，心境惨苦，她自知来日无多。所幸东北籍青年作者骆宾基在左右贴心地照顾她，厮守四十四天。

由于庸医误诊，萧红被动了开喉手术，病况急转直下，年仅三十一岁，萧红死不瞑目。一年前，在重庆，萧红对好友白朗说："我将孤寂忧悒以终生。"她没说错。据骆宾基回忆，萧红不愿在医院受到冷遇和薄待，反复念叨："如果萧军在重庆，我打一个电报给他，请他接我出去，他一定会来接我的。"

萧红生前写了一张字条给骆宾基，内容仅四个字——"我恨端木"，她为什么恨他，字条上没细说。她将自己最看重的三部作品《商市街》《生死场》

《呼兰河传》的版权分别赠予弟弟、萧军和骆宾基，端木蕻良一无所获。

在北中国生，在南中国死。"我将与蓝天碧水永处，留得那半部《红楼》给别人写了。""半生尽遭白眼冷遇……身先死，不甘，不甘！"萧红艰难走完了八千里路云和月，无须感叹三十功名尘与土。她说过"作家不是属于某个阶级的，作家是属于人类的。现在或者过去，作家的写作的出发点是对着人类的愚昧"，愚昧和野蛮是否惧怕文字的手术刀去解剖？它们像癌细胞一样四处转移。

鲁迅曾向美国记者史沫特莱推荐萧红的长篇小说《生死场》，预言道："她是我们女作家中最有希望的一位，她很可能取丁玲的地位而代之，就像丁玲取代冰心一样。"这个预言应验了，但萧红苦命如斯，短命如斯，鲁迅也始料未及。

五、生活是一袭华美的袍

张爱玲在其发轫之作《天才梦》中写道："生活是一袭华美的袍，爬满了虱子。"锦袍之华美与虱子之密布合而为一，则可爱者不复可爱，可恶者更其可恶。她的感受，十多岁时的感受，就已经如此到位，难怪后来她喜欢权衡世事，洞察人性。张爱玲，还有苏青，其心灵极不安分，孤岛上海能给她们提供的表演舞台却相当窄狭，这两个不可多得的瑰宝女人，在惨淡的灯光下表演得元气漓漓，神采奕奕。她们将文学握在手掌中，缺乏政治的高钙而自成骨骼，缺乏哲学的微量元素而自成筋脉，缺乏历史的蛋白质而自成血肉，她们着力于表现暗面的人性和灰调的人生，这份非常特殊的天赋，别无第三人能出其右。

张爱玲

张爱玲（1920—1995），上海人，她的曾外公李鸿章、祖父张佩纶，都是近代史上赫赫有名的人物。其父张廷重是大家子弟，喜好诗书小说，其母黄逸梵是大家闺秀，也是新女性，在绘画和音乐方面颇有造诣。

大家闺秀，名门淑女，张爱玲的文学启蒙居然要感谢鸳鸯蝴蝶派，起点似乎偏低，那份艺术滋养却相当有益。《歇浦潮》《啼笑姻缘》《海上花列传》是她特别喜欢的读本，张恨水是她特别喜欢的作家。妙就妙在，她是"先看言情小说才知道得有爱的"。一位十三四岁的中学女生竟写出了六回《摩登红楼梦》，支遣着曹雪芹笔头嘘活的那些才子佳人陀螺似的团团转，在现代社会里再演悲欢离合，宝玉与黛玉分手，怡红公子单身出洋，更使这对璧人额外地遭受了许多现实人生的忧烦苦恼。由于精神太落寞，家庭如枯井一般生趣索然，张爱玲才多有幻想和郁积，一一诉诸笔端。母亲是家中的过客，父亲则是昏君，她没法讨好姨娘（父亲的小妾），父母仳离后，她更无法取悦那位性情酷虐的继母，她被禁闭于一室，饱尝铁窗滋味。当飞机掠过天顶，她不禁恨恨地祈求，赶紧丢一颗炸弹下来吧，好与这个无情无义的家庭同归于尽！她终于设法脱身，逃到大门外，依着往昔的性子，念念不忘省钱，与车夫拉锯似的讲价，花去一盏茶的工夫，她到了母亲那儿，背脊上冒出冷汗，才感到几分后怕。张爱玲的母亲早年留法，受过顶好的西方教育，现在女儿挣脱了樊笼，前来投靠，没有不收留的理由，但她的积蓄已被丈夫榨干，手头正觉艰窘，只好向女儿摊牌：你要是想早点嫁人，我给你置嫁妆，想继续读书，我给你交学费，二者只能选一。张爱玲选择了读大学。

"我是一个古怪的女孩，从小就目为天才，除了发展我的天才外别无生存的目标。"

张爱玲就读于香港大学，文学才华已显山露水。上海《西风》杂志向全社会征文，她的《天才梦》初定为第一名，终定为第十三名，卒章所言"生命是一袭华美的袍，爬满了虱子"，这种感慨非沧桑尽阅、世味遍尝者不应有，哪像是出自一位十八岁少女的笔端？

"出名要趁早呀，来得太晚的话，快乐也不那么痛快。快，快，迟了来不及了，来不及了！"战火延烧的面积愈广，她也就愈发肯定自己的认识无差。她以竞走的流星疾步抢到了队伍前列。她要成名，要有自己的生活，要有很多很多钱，要有一大柜子漂亮衣服。姑姑张茂渊常常笑话她是财迷，"不知你从哪儿来的一身俗骨"，而张爱玲也乐于承认自己"一学会了'拜金主义'这名词，我就坚持我是拜金主义者"。这样的人注定了俗是真俗，雅是大雅。香港沦陷后，她回到上海定居，与孑然一身的姑姑相依为命。《沉香屑——第一炉香》和《沉香屑——第二炉香》就是在这个时候点燃的，当它们摆放到鸳鸯蝴蝶派的首领周瘦鹃的案头时，似张爱玲这样的年轻女子是很容易让人怀疑她的创作能力的。好在周瘦鹃目光如炬，立刻看出这是一位天才的小说家，老来犹能识此才，自然欢喜得嘴都合不拢。这两篇小说相继在《紫罗兰》杂志上刊登，张爱玲一炮走红。上海沦陷后，顿时成为真空地带，左翼文学已失去市场，右翼文学被人厌弃，张爱玲适时地避开了黑烟缭绕的政治炉鼎，唯以"剥出血淋淋的人性"的文学作品应世。文学就是文学，不是油漆刷子之类的工具，她的作品受到读者欢迎，虽在意料之外，却在情理之中。

性格孤僻的天才总喜欢离群索居，对政治的溷秽气息缺乏必要的嗅觉。在沦陷区上海，她只是埋头写写小说，抬头看看天空，小说的基调是悲观的，天空也总是一成不变的死灰煞白。二十一岁时，张爱玲越是精心茧结自己的情感空间，越是故意封闭自己的精神世界，就越不能说明她心如古井，她比常人更渴望爱情，渴望浪漫。她想象某个风和日丽的上午，一位风度翩翩的英俊男子捧着大簇鲜艳欲滴的玫瑰花，神情欢悦，从门前的碎石甬道上兴冲冲地走过来。

那个人果然来了，他就是胡兰成，官居《中华日报》主编、汪精卫伪政府文化宣传部次长。他在自传《今生今世》中不打自招："我是政治的事亦像桃花运的糊涂。"你骂他是汉奸，没错；你称他是才子，也对；你夸他是情圣，更好，这是他一生最洋洋得意的冠名。

"我以为人在恋爱的时候，是比在战争或革命的时候更朴素，也更放恣的。"

张爱玲以为如此，就该是如此了。她与胡兰成晤言一室之内。两人都谈些什么？谈音乐、戏剧、美术，当然少不了文学的凑趣，居然达成默契，政治的话题丝毫也不涉及，他不说，她也不问。胡兰成不难看清张爱玲于文学艺术之外的弱智，这正是他感到莫名欢喜的，经验告诉他，这样的女人一旦爱上谁——用她的话说，即"心居落成"——谁就铁定是她的主人。她的傻更胜过普通女子的傻，她的痴更胜过普通女子的痴。

"你的人是真的么，你和我这样在一起是真的么？"

张爱玲会反反复复问胡兰成，为同一个答案问上一千遍，不厌其烦，这才是在爱情中深度沉浸的女子，这才是醺醺然的浓醉。他要一张玉照，她就去照相馆用心拍来，在相片的背面她用谦卑之极的语气写道："见了他，她变得很低很低，低到尘埃里，但她心里是欢喜的，从尘埃里开出花来。"

唯高傲者能如此谦卑才是神奇，她崇拜他，"女人要崇拜才快乐，男人要被崇拜才快乐"，她乐得谦卑，使这个男人百倍地高大，高大到云霄里去，放出金灿灿的光辉。

缘分是怎么回事？张爱玲给出的答案是："于千万人之中遇见你所要遇见的人，于千万年之中，时间无涯的荒野里，没早一步，也没晚一步，刚巧赶上了，那也没有别的话可说，唯有轻轻地问一声：'噢，你也在这里吗？'"她喜欢《诗经·邶风·击鼓》中那四句诗："死生契阔，与子成说，执子之手，与子偕老。"这本是战友之情，不知为何七传八传之后就被转换成了男女之情，直传到孔仲尼耳朵里去，老夫子尊重人性，可不像他的徒子徒孙们那样假正经，他觉得这首诗有一百个理由收入《诗经》。

上海的沦陷注定要毁灭一些人，成全一些人，炸断许多故事的尾巴，也必然胶续许多故事的头颈。倾城之恋才好呢，她认定自己一生有托，托给这个叫胡兰成的男人，正如她的小说《倾城之恋》中的白流苏将终身托付给浪子范柳原，从此清偿积欠了十辈子的情债，"生及相亲，死得无恨"，就是"纵被无情弃，不能羞"啊！

1944 年 8 月，二十三岁的张爱玲嫁给了三十八岁的胡兰成，怀着新娘子所有的美梦，她想飞，直飞往伊甸园东篱。胡兰成刚解脱了旧婚姻的羁绊，就马不停蹄、争分夺秒地迎娶上海顶尖才女张爱玲，他的虚荣心得到极大的满足，从未有过的满足，他向来自命风流，这是最得意的一次。他神魂颠倒，欲死欲仙，也没忘记对自己的如花美眷恭维有加："前人说夫妇如调琴瑟，我是从爱玲才得调弦正柱！"大谎精的谎言脱口，世间尽有痴情女子爱听。

许多人肯定会嘀咕，胡兰成是汉奸，是汪伪政府的要员，张爱玲哪能嫁他？这岂不是将自己的名节往粪坑里扔吗？应该说，持疑者并不真正懂得女人。台湾女作家张晓风在《一个女人的爱情观》中有这样一段话，相当于揭看底牌：

爱一个人就是在他的头衔、地位、学历、经历、善行、劣迹之外，看出真正的他不过是个孩子——好孩子或坏孩子——所以疼了他。

张爱玲就是这样疼了胡兰成。她拿起笔来，铺开白纸，仿佛铺开整整一生，比任何时候都更笔歌墨舞地写道："胡兰成与张爱玲签订终身，结为夫妇。"多么平实的一句话，换了谁也不可能写得比这更平实，幸福原是不必多加华彩描绘金边的。她把笔递给胡兰成，仿佛递过一支袖珍的接力棒，他略一沉吟，"愿使岁月静好，现世安稳"的句子就跳下笔端，他很得意，张爱玲也觉得这十个字浑然天成，仿佛得于神意。行了，就用这样一篇短短的婚书，作成一生一世的契约，彼此能始终信守不渝吗？炎樱，这位张爱玲一生的知己，此时此刻作为证婚人，也在婚书上签下自己的名字。

不愿满城去跑，不想多方交际，两人只是那么痴痴傻傻地守着，一个是欢郎，一个是梦姑，待在屋子里，"男的废了耕，女的废了织"，居然别成一个净土生花的欢乐世界。张爱玲文思极畅，比山间的飞瀑还畅，一篇篇散文、小说宛如一尾尾活泼泼的鱼儿直游到上海的各大报刊上去。"桃红的颜色里闻得见香气"，香气氤氲，只可惜不能绵绵持久。自古多情伤离别，当胡兰成回返南京本部时，她就在窗前苦苦地守望黄昏，"忽见陌头杨柳色，悔教夫婿觅封侯"，这样的情绪大抵也是有的。

　　"那时你变姓名，可叫张牵，或叫张招，天涯海角有我在牵你招你。"

　　这样深情的话，是张爱玲在胡兰成前途日趋黯淡时说的，却如秋风射马耳，他的一只手伸给了张爱玲，另一只手则偷偷地伸向广大的空间。

　　好一位胡情圣，不过是一晌贪欢的浪子，世事离奇，偏偏浪子最惹人爱。婚后不到半年，胡兰成的馋病骤然发作，汉阳医院里那位十七岁的漂亮护士周训德正是白玉盘中的珍馐美味，"还将旧时意，怜取眼前人"，他哪里肯爱肯怜？只是狂蜂浪蝶似的戏弄一番，只是解渴，他总是很渴，只是解馋，他总是很馋。他拿捏得准，连这样的风流过错张爱怜也会原谅他，不过他还是吃了一惊，她在信中大度地说：

　　"我想过，你将来就只是我这里来来去去亦可以。"

　　他如逢特赦，从此更加恣意放纵。日本人投降了，胡兰成的青云之路猝然中断，作为被通缉的汉奸，他只能躲到温州，靠张爱玲的接济为生。见面时，张爱玲看到这位负情汉与一位斯家小妾范秀美打得火热，该寒心了吧，她却依然固执地要求胡兰成在她与周训德之间作出选择，她真正绝望，把自己放得很低很低，去争回命运的眼色，却又把自己看得很强很强，去力挽狂澜于既倒。胡兰成一味地要滑，支吾其词，不肯在两人之间做出非此即彼的抉择。

　　"我待你，天下地下，无有得比较，若选择，不但与你是委屈，亦对不起小周。人世迢迢如岁月，但是无嫌猜，按不上取舍的话。"

　　"你与我结婚时，婚帖上写着'现世安稳'，你不给我安稳！"

张爱玲还在据理力争，内心深处希望的沙塔已经崩塌。伤心无益，岂能挽回旧日情怀？张爱玲哽咽良久，唯有叹息，"你是到底不肯，我想过，我倘使不得不离开你，亦不致寻短见，亦不能再爱别人，我将只是萎谢了。"

遇人不淑，萎谢是必然的结局，多少痴情女子遭逢此厄，天才如张爱玲，也未能例外。但她还是从自己的积蓄中拿出一笔钱来周济胡兰成这位宿世冤家，直到 1947 年 6 月 10 日，胡兰成已解除通缉令，成为自由身，她才将绝交书寄去，同时赠给他"安家费"三十万元，可谓仁至义尽。这封"特函"只有寥寥数语：

我已经不喜欢你了。你是早已不喜欢我了的。这次的决心，我是经过一年半的长时间考虑的。彼时唯以"小吉"故，不欲增加你的困难。你不要来寻我，即或写信来，我亦是不看了的。

昔日抽刀断水水更流，今日慧剑斩情丝，一根也不剩，这才叫你是你、我是我的诀绝，没有任何藕断丝连的余地。

许多年泥丸走阪，风流云散，20 世纪 60 年代初，张爱玲从美国给身居台岛的胡兰成寄去短函，索要一本胡兰成的自传《今生今世》，想看看那章"民国女子"中自己是何言语面目。胡兰成寄去了书，还附上一封情辞婉转的信笺，希望重温昔年鸳梦，但终成入海泥牛，再无消息。

张爱玲坦白承认："一般所说'时代纪念碑'似的作品，我是写不来的，也不打算尝试……"她小说中的人物多半是小奸小坏，没有英雄，也没有十恶不赦的坏蛋。即使是罂粟花和曼陀罗花，也各有各的真实，各有各的美丽，精刮世故的浪子佟振保与范柳原一流的"红颜杀手"或许自私了些，放荡了些，但这些人言语有味，面目可爱，倒反而让人恨不起来。至于她笔下的那些柔弱女子，白流苏、王娇蕊、葛薇龙……，一边切实地顾及着自己作为女人应有的利益，一边又幻想着玫瑰花般的爱情，其捉襟见肘的心思，飞蛾在火焰上的挣扎之态实在太凄美了。在《沉香屑——第一炉香》中，葛薇龙与丈夫乔琪坐车看到街上的流莺，她说："她们是被迫的，我是自愿的。"天下多少痴情女子看到此处，都会掩卷同悲吧。即便淫荡如葛薇龙的姑姑，阴鸷如《茉莉香片》中聂传新的后母，变态如《金锁记》中的曹七巧，那样的"坏"也都是人性的异形扭曲，她们害人也受害，是不该被推出午门去问斩的。王小波曾说，张爱玲的小说中"有忧伤，无愤怒；有绝望，无仇恨；看上去像个临死的人写的"（《关于幽闭型小说》）。这并不奇怪，他喜欢更富有生趣的东西，而张爱玲的作品中充斥着那种挥之不散的阴郁和烦恼，像是六月天的闷罐车。

"生命也是这样的罢——它有它的图案，我们唯有临摹。"

这就是张爱玲预先准备的辩解词。你很可能无法相信，张爱玲最欣赏的中国作家是鲁迅而不是别人，她认为鲁迅的作品勇于暴露中国人的劣根性和阴暗面，后来的小说则多半文过饰非。她走的路子与鲁迅一脉相承，但左翼作家们故意误读或干脆装作看不懂，反而对她大加责难。

唯独大翻译家傅雷为天下惜才，化名"迅雨"写了一篇《论张爱玲的小说》。他先是明说他不喜欢《连环套》的"漫画"趣味，认为那样一种繁缛的叙事和做作的风格浪费了她的才华；继而他又表态，欣赏《金锁记》，并给予这篇小说极高的认可。出于对一位天才女作家的爱护，傅雷劝张爱玲"少一些光芒，多一些深度，少一些词藻，多一些实质，作品会有更完满的收获。多写，少发表，尤其是服侍艺术最忠实的态度"。傅雷抵触政治概念化的东西，他说："我们的作家一向对技巧抱着鄙夷的态度。'五四'以后，消耗了无数笔墨的是关于主义的论战。仿佛一有准确的意识就能立地成佛似的，区区文艺更不成问题。"在文章的结尾，他还真诚地提醒她："一位旅华数十年的外侨和我闲谈时说起：'奇迹在中国不算稀奇，可是都没有好收场。'但愿这两句话永远扯不到张爱玲女士身上！"傅雷欣赏张爱玲出众的才华，因此重槌擂响鼓。对于这位不知何方神圣的"迅雨"的酷评，当时志骄意满的张爱玲并不服气，很多年后她在美国重读旧作，汗为之涔涔下，承认傅雷当年目光如炬，那篇《连环套》的确不成样子。

柯灵与张爱玲有过交往，他撰文《遥寄张爱玲》，这样说："我扳着指头算来算去，偌大的文坛，哪个阶段都安放不下一个张爱玲；上海沦陷，才给了她机会。"于是，有人质疑，她在沦陷区大红大紫，在汉奸办的《苦竹》和《杂志》上发表散文、小说，其立场何在？张爱玲在政治上的色盲很让一些人生出反感，但要硬生生逼着她去窄条的政治平衡木上狂舞干戚，她不情愿，也确实很难站稳足跟。沦陷区只是个鲜花下的陷阱，"饿死事小，失节事大"，这是一些人苛责于她的古老罪名，犹如水蛭咬住腿肚不放。她埋头写作，向大众贡献才华，并无不妥。"她竟然连汉奸也肯嫁咧！"这话更咄咄逼人。张爱玲一生害怕听交响乐，她觉得交响乐就像政治，急管繁弦，各种巨响总是浩浩荡荡地冲来，让人无力抗拒。她显然没法习惯政治对于人性的蔑视和凌驾，也不肯屈服于舆论的压力。尽管柯灵和郑振铎护惜她，要买断她新作的版权，留待战后再一一出版，但她没有那份耐心。1948 年初，喜剧《太太万岁》遭到围剿，张爱玲憬然意识到像她这样独立于各个政治阵营之外的异己分子已没有立身藏影之地。但她还是忍不住在《十八春》（后改名为《半生缘》）中巧借主人公慕瑾的话来表明自己对于政治的"鄙见"：

我对政治从来不感兴趣，我总想着政治这样东西范围太大了，也太渺茫了，理想不一定能实行，实行起来也不见得会理想。我宁可就我本人力量所及，眼睛看到的地方，做一点自己认为有益的事，做到一点是一点。

在精神极度亢奋的年代，张爱玲这种情调的小资低腔无法及格，很难过关。好在她猛然认识到"政治决定一切。你不管政治，政治要找上你"，赶紧从越收越紧的罗网中抽身，远走高飞。这位"民国世界的临水照花人"在新社会注定水土不服。1952 年夏，张爱玲经过一番"又可怕又刺激"的阶段之后，从内地去了香港，三年后，又从香港去了美国。她不懂政治的游戏规则，只是凭着手术刀似的理解力洞悉了红色帷幕后的灰调人生，在自由世界，她用英语创作了两部与时政有千丝万缕关系的长篇小说《秧歌》和《赤色之恋》，尽管其中不免掺杂了美国新闻处的官方意志，但也并非全然是代人捉刀，颠倒黑白。令人吃惊的是，她对视野之外的农村生活和农民形象的刻画描写也栩栩如真，其批判的矛头直指那些一根筋的"左公"，令他们暴跳如雷，这样的急就章虽然未能尽展其艺术风华，却百分之八十地继承了"鲁迅笔法"，将某些赤裸裸的真相呈现在世人眼前。此后，她受到美国文坛长期冷落，竟至于声名寂寞。张爱玲为生计所迫，在60年代由好友宋淇引荐，为香港电懋影业公司创作了大量的喜剧脚本，如《情场与战场》《桃花运》《人财两得》《南北和》之类，总共十余部，将大好才华和年华零敲碎卖，如同砸锅卖铁一般，真是太可惜了。所幸她还创作了《色·戒》《五四遗事》那类小说，编译了《爱默森文选》，用国语和英语翻译并注释了吴语小说《海上花列传》，尤其令人赞叹的是，她在失去左派丈夫赖雅的日子里，摆脱掉"绕树三匝，无枝可栖"的悲苦心境，总积十年的研究功夫，圆成《红楼梦魇》，这样的心血结晶一生不可多得。

"没有人是一座孤岛。"这说法由来已久。

张爱玲偏要唱反调，她说："我有时觉得我是一个岛。"还说："在没有人与人交接的场合，我充满了生命的愉悦。"她最喜欢的一句谚语是："让生命来到你这里。"早在其发轫之作《天才梦》中，张爱玲就预见到自身个性中有两个要素将决定她的一生，其一是对语言及文学非同寻常的敏感，其二是对社交活动由衷的厌恶。她一辈子的确是隔着适当的距离目击人生，隔着安全的距离爱国，她与很多人事之间都会划出一道深广的鸿沟，不可逾越。这样一位曾经大红大紫的作家，一生的好友屈指可数，甚至可以开列出清单来：炎樱、苏青、宋淇夫妇、夏志清兄弟、麦加锡、司马新、庄信正，再往里塞人就会发生"交通事故"。她无疑是孤独的，是一位大孤独者。童年、少年时期在极度匮乏父爱母爱的家庭中成长，这对她的性情产生了扭曲作用。其性格的怪异之处，比如离群索居，落落寡合，随年纪增大而愈益彰显。

普通人的一生再好些也是"桃花扇"，撞破了头，血溅到扇子上，就在上面略加点染，成为一支桃花。

在《红玫瑰与白玫瑰》中，张爱玲如此写道。画功总有高下，她是最出色的绘手。

苏　青

苏青（1913—1982），本名冯允庄，早期笔名为冯和仪，浙江宁波人，出身于书香门第。苏青的经历平淡无奇，毫无罗曼蒂克的色彩。年轻时她嫁给一位没出息的普通少爷，为讨取家用挨了对方一巴掌，就此甩手离婚。即使是那些长舌妇，专喜欢打听东家长西家短，然后到处传播谣言、挑拨是非，也嫌这个故事式老套了些。看看别人张爱玲，经历多具有传奇性啊！她先嫁汉奸文人胡兰成，后嫁美国白胡子左公赖雅，缠绵悱恻的故事成色十足，尤其是她与胡兰成那档子爱情故事和爱情事故，经由三毛的电影剧本《滚滚红尘》铺排渲染，早已将世人的胃口吊得高与天齐。再说，张爱玲性格怪僻，平日不待理人，凡事懒得纠缠，神龙见首不见尾，身上的每个细胞都充满了神秘感。苏青则是直肠子，言辞爽利，动情时摘肺掏肝，生起气来呼天抢地，行事风风火火，清浅得一览无遗，像是邻家大婶，过于操劳，过于热络，反倒拿不准火候。此外，张爱玲的爱情故事写得特别撩人，《红玫瑰与白玫瑰》《倾城之恋》中的调情话至今读来仍令人想入非非，既够情窦初开的年轻男女学上三天，也够刀枪入库的油腻叔婶回味三日。苏青没这本事，《结婚十年》并未引领猎奇的读者窥见红绡帐里的半点风情，她只是独沽一味地自说自话，文笔摇曳生姿也救不了情节平淡无奇；那篇《蛾》写了一位欲望受到压抑的女子，在静夜连喊三声"我要……""我要……""我要……呀"，也只是草草地与人偷吃了禁果，受了一番流产的苦痛，仍要去做那扑火的飞蛾。这有什么新鲜呢？如今不知有多少女子正乐此不疲。尽管苏青写起散文、随笔来远比张爱玲大胆泼辣，但读者嫌她的那点痛快劲过犹不及，仿佛是拉断了皮筋的弹弓。

时代性啊，该死的时代性，它是文学的红眼仇家，"时过境迁"这四个字使天下的无数文章一文不值。张爱玲是天才，她的翅膀能凌越时代高飞而起，径直飞往白云乡；而苏青，可怜的苏青只是个顶尖的人才，没有天使的翅膀，只能在大地上盘桓，终于滞留在那个时代愈益浓重的暗影中，一天天模糊下去。

张爱玲写过一篇《我看苏青》，笔下真心诚意地讲："如果必须把女作者特别分作一档来评论的话，那么，把我同冰心、白薇她们来比较，我实在不能引以为荣，只有和苏青相提并论我是甘心情愿的。"在女作家聚谈会上，张爱玲讲得更明确："近代的最喜欢苏青，苏青以前，冰心的清婉往往流于做作，丁玲的初期作品是好的，后来略有点力不从心。踏实地把握住生活情趣的，苏青是第一个。她的特点是'伟大的单纯'。经过她那隽洁的表现手法，最普通的话成为最动人的，因为人类的共同性，她比谁都懂得。"张爱玲认为"所有的女人都是同行"，但她与苏青并未同行生嫉妒，而是惺惺相惜。苏青也说过女作家的作品她不大看，平日只看张爱玲的小说和文章，她还盛赞张爱玲为"仙才"。对于张、苏二人的互相吹捧，肯定有人不以为然，偏爱冰心、丁玲的读者固然不肯认账，就是喜欢张爱玲的读者也觉得她过于谦虚，苏青怎么能够与她相提并论！

苏青就这么憋憋屈屈地被人踢来踢去，像只泄气的皮球。你若肯认真读一读半个世纪前她的文字，读懂了——不是说读懂了字面意思，而是读懂了她的心灵，读懂了她的生命，也会由衷地赞美一句"这个女人不简单"。逆境造就了她，时代成就了她，于平朴处见奇特，于奇特处见隽永，人们真该换一副眼光、换一个角度去仔细打量她。

　　苏青在南京中央大学外文系只读了一年，就辍学了，因为结婚的缘故。这场婚姻是旧式的，与"爱情"二字不沾边。读大学时，她有过一回动情，但开头算不上浪漫，结局只剩下悲凄。在自传体小说《结婚十年》里，应其民知道她有未婚夫，唯一过激的反应是将一枝三颗的樱桃摘去最小的那颗，然后把连理的两颗递给她，伤心地说："我是多余的。"她也没想过要打破包办婚姻的桎梏，没办法安慰他，两人就这样哭过一场算了，真令人丧气。从这件事可以看出，苏青自始就不是敢打冲锋的女性主义者，后来成了过河卒子，玩命地往前冲，都是给生活的鞭子猛可间抽打成那样，无可奈何。苏青的丈夫李钦后做过律师，但从未出人头地，他缺少那股子杀开一条血路的精气神。"其实她丈夫也不坏，不过就是个少爷，如果能够一辈子在家里做少爷少奶奶，他们的关系是可以维持下去的。苏青本性忠厚，她愿意有所依，只要有千年不散的筵席，叫她像《红楼梦》里的孙媳妇那么辛苦地在旁边照应着招呼人家吃菜，她也可以忙得兴兴头头。"这是旁观者张爱玲对局中人苏青的看法。而当事人似乎并没有这么乐观，苏青颇感无奈地说："我知道世界上有许多女人在不得已的生着孩子，也有许多文人在不得已的写着文章。至于我自己，更是兼这两个不得已而有之的人。"当少爷常在外面胡来，交不出家用，只交得出一记耳光时，他的混账话更令人伤心："你也是知识分子，可以自己去赚钱啊！"于是，苏青决定争一口硬气，她离了婚，含辛茹苦地带着孩子，单靠一支笔挣饭吃，她正有满腹的苦水要倒，一事两便，何乐不为？凡物不平则鸣，这么说更好，也是没错的。"我要说我所要说的话，写我所要写的故事，说出了写出了死也甘心。我把自己的生活经验痛快地写，一字一句，说出女人的痛苦，有时常恨所有的形容字眼不够应用。我焦急地思索着，几乎忘却了自己的存在。"她把上海沦陷区的读者招引过来，苦其所苦，愤其所愤，悲其所悲，有一批忠实的跟随者，于愿足矣。

　　这个女人以写作维生，身上有张爱玲所说的"天涯若比邻的广大亲切"，能够唤醒人人熟悉而又最容易忽略的"古往今来无所不在的妻性和母性的回忆"，她认为，天下决没有逃避责任的母亲，她就是其中之一。"一个女人可以不惜放弃十个丈夫，却不能放弃半个孩子，他们都应该是我的，是我的呀，我要抚育他们到长大，我要！我要！我要！"又是一口气三个"我要"，但这一回催动的不是《蛾》中的情欲，而是母爱。唯其割舍不下这份母爱，她无论怎么努力，也始终成不了彻底的女性主义者。有人说，苏青的眼光过于近视，只看到有关女性生存状态的若干问题，没有更高层次上的考量，没有更高境界上的鼓动，于是，她才会卑之无甚高论："我敢说一个女人需要选举权、罢免权的程度，决不比她需要月经期的休息权更深切……"当代读者不太喜欢苏青，就是因为她的思想贴地而行，过于泥泞，把真话当真话说，把酒精当酒精卖，太老实了吧？难道就不能兑点水，贴上名酒的标签？

苏青之前，没有一个中国女作家像她那样直言不讳地谈性，她把女人温情脉脉的面纱撕掉，还原出另外一张真面目，"饮食男，女人之大欲存焉"，将逗号前移一格，效果迥异，不仅会使许多贤妻良母花容失色，也会激怒卫道士们，使之火冒三丈，她"赤裸裸的直言谈相"实则令不少没心没肺的读者挑灯夜读，捂在被窝里窃笑。

男人是坏的，因为他们爱情不专一，不永久，但其实这可能是他们生理上的本能，他们至少是真实的。他们喜欢年轻美貌的女人，因为年轻美貌直接引起性的刺激，那就是真实。女人口口声声说是喜欢某男人的道德，某男人的学问，或者内心暗自估计他的地位金钱……（《论红颜薄命》）

性的诱惑力也要遮遮掩掩才得浓厚。美人睡在红绡帐里，只露玉臂半条，青丝一绺是动人的，若叫太太裸体站在五百支光的电灯下看半个钟头，一夜春梦便做不成了。总之夫妇相知愈深，爱情愈淡，这是千古不易之理。恋爱本是性欲加上幻想成功的东西……（《论离婚》）

他说："我不会使你养孩子的。"她点点头，眼泪直流下来。她知道，她此刻在他心中，只不过是一件叫做"女"的东西，而没有其他什么"人"的成分存在。欲望像火，人便像扑火的蛾，飞呀，飞呀，飞在火焰旁，赞美光明，崇拜热烈，都不过是自己骗自己，使得增加力气，勇于一扑罢了。(《蛾》)

这是个退潮的时期，人心彷徨，畏缩，什么都行不通，女人究竟如何是好呢？目前只有一条路，即卖淫是也。……一切权力都集中在少数男人之手，女人没有别的特殊东西可以与之争衡，只剩下一个女人的肉体，待不卖淫，又将何为？(《女性的将来》)

苏青拿捏得非常准确，就像是一名心中有数的"内应"，伸手揭看了两性关系的底牌，这能讨好谁？她没打算要管住自己的嘴巴和笔头，别人 —— 尤其是大捞猛料的新闻记者和杂志编辑 —— 自然乐得从她那里听到"婚姻取消，同居自由"之类的观点，惊世骇俗，耸人听闻，乃是招祸之门，但她不怕挨骂。"夫妻是否日日同居或夜夜同床，尽可由他们自己去决定，分居并不碍着众人什么事，同居亦不见得肯分惠些什么给众人也。"她这样的发言多了，别人就对她另眼相看，多半是侧目而视。

苏青索性豁出去了，她既懂得女人的心思，也深知男人的心机。在她眼里看来，男人极不可靠，都是些见异思迁的花心萝卜，家中有一个妻子，外面还要有一个情人，仍不满足的话，就出去嫖娼。她用拉家常的语气谈论这些事，总能妙语连珠：

嫖对于男人本来是稀松的事，并不是男人非吃这汤团不可，也决不会有男人拿汤团来当饭吃。太太好比阔人家的饭，虽然不一定需要，不过一日三餐的时间到了，总不免要循例的扒上几口。交际花是精美的点心，也可以补饭之不足，然而不一定人人都吃得起，吃得起的人也决不肯天天只吃此一种。(《交际花》)

男人在外面如何如何，她对此不曾咬牙切齿，深恶痛绝，她只是恼恨那些在外面一味胡调鬼混而大撒把（对老婆孩子不管不顾）的男人。她不是激进的女性主义者，并不怂恿那些日子过得不顺心的家庭妇女破釜沉舟，效仿离家出走的娜拉，与坏丈夫一刀两断。她反而是苦口婆心地劝她们要审慎，劝合不劝离。对于世道的艰难，苏青看得清楚："娜拉并不是容易做的，娜拉离开了家庭，就是'四海虽大，无容身之所'了。"她真正关心的是儿童公育、尊重职业妇女、改进避孕方法这些基础项目，其姿态始终都是弱者姿态，偏偏同时代的人还认为她过于好强。

　　在张爱玲眼里的苏青，"应当是高等调情的理想对象，伶俐倜傥，有经验的，什么都说得出，看得开，可是她太认真了，她不能轻松，也许她自以为轻松的，可是她马上又会怪人家不负责"。的确，苏青与男人往感情深处交往，总能让他们倍感安心，而且令他们觉得不亏欠她什么，凡事该由她自己负责。这样一来，她在谋生之外谋爱时，想要的新女性的自由和旧女性的安全感就必然发生冲突，难免失望，她所接触的男人都是那么恶心，那么小气。她说过"女朋友至多只能够懂得，要是男朋友才能够安慰"的隽语，然而，又有哪位男朋友能安慰她？苏青离婚后，身边从未缺少过"风雅之士"，他们赞赏她的文章，引她为红颜知己，还与她推心置腹，可说是亲密无间，"结果终不免一别"。她从温馨的情境中跌到冷漠的现实里，发现"他们别开我，就回家休息了，他们有妻，有孩子，怎肯放弃他们已经建筑起来的小家庭呢？……我恨他们，恨一切的男人，我是一个如此不值得争取的女人吗？"恨也是没用的，她的个性解放远不如比她早生一百一十年的乔治·桑那么彻底，也不及那位法国女作家好运气，能一连遇到两位有恋母情结的大才子——缪塞和肖邦。苏青恨过之后，却还得与那些没心没肺或烂心烂肺的男人周旋，她离不开感情的牵引和温慰，人生的寂寞是一块大冰，总得想法子化解它吧。对方虚与委蛇，她却是全情付出，"吃了亏，没处诉说"，拿得起却放不下，又如何能在两性游戏中潇洒来去？"我这才佩服欢场女子敲竹杠的手段，没有爱情，给人玩了还有金钱补偿，自己不幸是良家妇女，人家不好意思给钱，也乐得不给，但爱情也仍是没有的。如果我一样要花钱，他也许宁愿追求红舞女去了。想到此处我不禁又气又难堪，用力揪自己的头发，恨不能把自己毁了。"

张爱玲认为，苏青长相不错，她告诉胡兰成："苏青的美是一个'俊'字，有人说她世俗，其实她俊俏，她的世俗也好，她的脸好像喜事人家新蒸的雪白馒头，上面有点胭脂。"可惜能看到这一层的人不多，苏青自觉相貌平平，算不得美女作家。她特意在《女人与老》一文中发出忠告："尤其是写文章，女作家若不肯老老实实写，只一味表示自己美呀，年青呀，喜欢风花雪月呀，则即使人家承认你是美人了，又与作品的优美何涉呢？"

当年上海，鱼龙混杂，蛇鼠成群，怒视苏青放言无忌的人会时不时放出几支冷箭，中伤她，挖苦她。苏青与张爱玲被称为"小姐"，在某些苍蝇似的小报作者看来也是对神圣称呼的亵渎，令他们痛心疾首，"不禁汗毛为之站班"。张爱玲懒得理睬，苏青却有话要说，她的《小姐辩》发出惊人之论：

……不过据鄙人的意见，"小姐"称呼原来只要她未嫁就可，至于其本身是否处女似乎可以不必过问；否则，每个女人一定要经卫生署检定确实膜的部分并无破裂现象，然后才颁发"小姐"身份证明书，则滔滔者上海小姐恐不多矣。——你的汗毛要站班，伤了风可不干我们的事。

真是铁齿铜牙，什么东西都不愁嚼不烂。把大好精神徒然浪费在打笔仗上，不免让人为苏青感到可惜。大翻译家傅雷肯化名"迅雨"去批评张爱玲的小说《连环套》，却对苏青的作品不置一词，也许是不屑一顾？

写作之余，苏青馨其所有创办《天地》杂志，她与张爱玲初识就缘于约稿，那句"叨在同性"的话差点令张爱玲喷饭。苏青心里头全然没有政治那根弦，要不然她的重点作者名单中就不会列入汪伪政要周佛海、陈公博，也不会包括粘连着汉奸嫌疑的周作人。苏青与陈公博过从甚密，更是贻人口实，小报一再暗示她是陈某某的情妇。她的文章发在汉奸刊物《杂志》里，也被人诟詈不休。她承认自己缺乏抗战意识，但从未歌颂过"大东亚共荣圈"，保持中立总可以吧，莫非男人丧权辱国，却要孤儿寡母宁死不屈？这是哪门子道理？艺术家应该爱惜羽毛固然不错，可是总还得吃饭，身先不存，毛将焉附？"饿死事小，失节事大"，这话也没几人有资格去说，那些国统区里只钻钻防空洞的"救国英雄"还是先照照镜子去。苏青快口直言不仅树敌，而且犯众，有人将她与陈公博的交往采用连环画的形式大加丑诋，还诬蔑她广蓄面首，大敲竹杠，无所不为，简直就是一位放荡不羁的妖妇。有人居心险恶，暗中造谣，说什么"苏青听见胜利和平了便大哭三天三夜，眼泪哭出十大缸"，说什么"苏青把家具什物装了六卡车不知逃往何处"，更有"苏青羡慕做妓女"——"苏青已经做妓女"——"苏青做妓女没人要"之类的连轴"新闻"，有人将她比拟为"马寡妇开店"中的马寡妇，破口大骂她为"劳合路上夜莺都不如的"。小报如此胡诌恶搞可以理解，就连《文汇报》那样的大报也在 1945 年 9 月 6 日创刊号上横切一刀："……至于色情读物，年来更见畅销，例如所谓女作家苏青和张爱玲，她们颇能在和平作家一致的支持下引起上海人普遍的注意，其实她们的法宝只有一个：性的诱惑！"这个时期，抗战刚刚胜利，价值标准混乱不堪，大抵有一种现成的看法，沦陷区里绝对没有什么好东西，怎样贬低都不算过分。

　　某些文化打手欺负弱者以逞其强，这正是他们表明革命立场的法门。《前进妇女》(一本仅出过一期的刊物)竟直呼苏青为"文妓"，强烈要求国民政府对她"严惩不贷"，罗织的罪状耸人听闻："霸占文坛，造成一种荒糜的文风……奴化上海妇女的思想，麻木反抗的意识，使人忘却压迫，忘却血的现实。"简直不杀不足以平民愤。既然苏青写的都是些麻痹人毒害人的书籍，禁止流通，就地销毁，乃是题中应有之义。张爱玲被抓进班房后，"文化街"那些没心没肝的书贩倒是乐了，他们拿了苏青的书，正好赖账，吃定苏青这会儿无依无靠，又撞在刀口上，不敢与他们对簿公堂。那些奸商凌孤暴寡真是会找时机。面对种种欲将自己置之死地而后快的舆论，苏青不肯忍气吞声，她的愤怒形于辞色，在《关于我》一文中，她藐视群丑，直陈胸臆：

我在上海沦陷期间卖过文，但那是我"适逢其时"，盖亦"不得已"耳，不是故意选定这个黄道吉期才动笔的。我没有高喊打倒帝国主义，那是我怕进宪兵队受苦刑，而且即使无甚危险，我也向来不大高兴喊口号的。我以为我的问题不在卖文不卖文，而在所卖的文是否危害民国的。否则正如米商也卖过米，黄包车也拉过任何客人一般。假使国家不否认我们在沦陷区的人民也尚有苟延残喘的权利的话，我就如此苟延残喘下来了，心中并不觉得愧怍。

1945 年，上海光复，原先在沦陷区笔歌墨舞的文人纷纷改名换姓，唯恐洗刷不尽过去的干系，这种近乎赖账的方式又比掩耳盗铃高明几分？苏青却仍是本色的苏青，"文章可以不写，笔名不可更换"，大报担心会受到她的骂名连累，便不肯接纳这样的顽固分子，她为了一日三餐，还得烹文煮字，因为"胜利不曾替我带来生活费，相反的是物价更高了，我不得不在挨骂声中日以继夜地写下去"，文章发在小报上，委屈在"木匠强奸幼女"的标题之下，她也忍了，毕竟做人的原则未变。有人劝苏青识时务，撰文吹捧某位妇女界大领袖，只要马屁拍得舒服，对方稍施援手就能改善她的处境。苏青是硬骨头，对此美意婉言谢绝。在不少人看来，苏青太倔犟，太执拗，太刚烈，那她就活该受穷，在唾骂声中万劫不复。他们搬出"天作孽，犹可为；自作孽，不可活"的古话诅咒她，甚至连苏青的全部积蓄一朝失窃也有人拍手称快，人心卑劣冷酷，以至于此！

苏青诚心诚意要做"红泥小火炉"，让别人暖手暖足暖身子，却得不到应有的回报。她含恨而逝，再也无法看到身后那点"流萤渡高阁"的荣光在世间闪现。其实，她无须担忧，文学史不可能永远被谁一手遮天，论及抗战时期上海的废墟文学，苏青与张爱玲的地位无人可以取代。

六、漂泊的画魂

20世纪中国的新艺术几乎全是"宫外孕"——在传统艺术的"宫腔"之外受孕，尤其是油画一脉，完全从欧洲输入。刘海粟曾说："不去欧洲，就别想学好油画。"女画家中，潘玉良、方君璧、蔡威廉、孙多慈留学法国，何香凝、关紫兰、丘堤留学东瀛，日本的油画也是辛辛苦苦从欧罗巴学来的。

在女画家中，潘玉良的经历颇为传奇，孙多慈的爱情颇为浪漫，蔡威廉的结局颇为悲惨，她们的绘画成就都很高，盛名却多半得自画外。

潘玉良

潘玉良（1899—1977），本名陈玉清，祖籍镇江，出生于扬州。她尚在襁褓时，父亲贫病而逝，八岁那年痛失慈母，从此孤星血泪，寄养于舅氏樊篱下，换姓改名为张玉良。玉良的舅舅人面兽心，待她长到十四岁，竟将她诓骗到安徽桐城，卖入青楼。玉良身材高挑，发育早熟，却生成一副刀条脸，算不上清秀妩媚，后世三大美人巩俐、韩再芬和李嘉欣在电影或电视连续剧中扮演过潘玉良，单以容貌而言（气质另当别论），绝对属于善意的美化。

潘玉良寄身怡春院，起先只是烧火做饭的粗使丫头，但她聪明伶俐，闲空里跟着师傅学唱曲子词和黄梅戏，过耳留心，一学就会，不仅喉清嗓嫩，合辙合调，而且还蕴含着令人动情的韵味。鸨母倒也有好眼光，见玉良聪慧过人，就让师傅多多提点她。当年，在安徽地界内，清倌人真要是把曲子词和黄梅戏唱好了，客官饱享耳福就觉着特别开心，任她相貌平平也无妨碍。此后，两三年下来，论唱曲子词和黄梅戏的功夫，在桐城，玉良已是顶呱呱。

1913年，潘赞化出任桐城海关监督，履新之日，当地政府及工商界头面人物照例要设宴为他接风洗尘。除了酒席上的觥筹交错，商会马会长还特意安排了余兴节目，叫玉良弹琵琶，启朱唇，清歌一曲。潘赞化原是本地的富家子弟，留学日本，毕业于东京名校早稻田大学，是同盟会的老会员，见过不少世面。他看玉良只有中等样貌，却成了头牌歌手，就预料此女必有不俗的才艺。一曲《卜算子》，玉良唱得珠圆玉润，情致拿捏得妥妥帖帖，果然令人神思为之惝恍，心旌为之摇曳——

不是爱风尘，似被前缘误。
花落花开自有时，总赖东君主。
去也终须去，住也如何住？
若得山花插满头，莫问奴归处。

这阕《卜算子》的作者是南宋天台营妓严蕊。当年，大理学家朱熹任浙东提举，他公报私仇，弹劾其治下台州太守唐仲友狎妓，有伤官体。严蕊身居下贱，勇敢正直，蹲大牢，遭逼供，受折磨，始终无一言一词诬陷唐仲友。两个月后，朱熹改官，岳霖（岳飞之子）接任，察觉严蕊案中颇有冤情，于是在大堂上让她作词申诉。严蕊才情了得，用一阕《卜算子》剖明心迹，随即被当堂释放，还蒙岳太守恩准，解除乐籍，从此跳出火坑。这阕小令从玉良口中唱出来，韵味悠邈，耐人品咂。

"你念过书吗？"

"回大人，我没念过书。"

席间，就这么平淡对话，竟在潘赞化心中激起密密层层的涟漪，他对这位委身于风尘的才女油然而生怜惜之情。

马会长两眼贼精，巴结有术，他见潘赞化青睐玉良，就打好了算盘。他派人去怡春院打招呼，当天夜里，潘赞化就收到一份"不成敬意的薄礼"。潘赞化留过洋，接受过现代教育，向来尊重人权，眼下，他收到这份活色生香的"薄礼"，震惊之余，人格仿佛受到了侮辱。但玉良是无辜的，他不想伤害她，就叫她先回去，改日来做导游，桐城的名胜风景值得一看。

玉良回到怡春楼，免不了挨鸨母一顿臭骂，说她真是个没人要的废物垃圾。那天夜里，她含悲饮泣到天明。玉良陪潘赞化出游，很快就拉近了两人的距离，她看出来这位官爷博学风趣，正派善良，同情民生疾苦，为人行事都与当地政界、商界的头头脑脑大相径庭，似乎不愿与彼辈同流合污。玉良暗自心喜，她寄身于花街柳巷，犹如漂萍无所依托，若不及早从良，日后倚门卖笑，皮肉生涯必定苦不堪言。若要从良，还有比眼前这位潘爷更好的男人吗？她心底一忽儿乐观，一忽儿悲观，做梦也是有时笑有时哭，整个人神思恍惚，连鸨母、龟奴和堂子里的姐妹都瞧着她好生诧异。

一天傍晚，潘赞化游兴阑珊，吩咐车夫送玉良回去。此时，玉良已下定决心跳出红火坑，她"扑通"一声跪下，眼泪如散珠般纷纷坠落，浑身颤抖，哀恳道：

"大人，请您开恩，留下我吧！"

潘赞化已喜欢上这位聪明伶俐的少女，但他深知，这种潜滋默长的感情不合时宜，将被那些窥伺一侧的奸商和政客巧妙利用，此后他就不得不听人摆布，做一些既违心又犯法的勾当。他不愿欠下这份人情，这份注定会像雪球一样越滚越大的人情。

"大人，我也不想做他们的诱饵，引您上钩，可要是今晚我再回去，他们准定会打断我的腿，要不然就会找些地痞流氓来糟蹋我。我不是瞎子，看得出大人是正派人，跟那些贪官污吏不同，可是我……我回去就是死路一条啊！"

玉良把话挑明了说，潘赞化顿时大犯踌躇。他心想，自己的官声固然重要，这位姑娘的人生就不重要吗？她未存丝毫恶意和歹心，被逼无奈，才充当诱饵。那一夜，潘赞化让玉良留下来，住在客房。她果然没有看走眼，这位潘大人是典型的正派绅士，他既然敢冒狎妓的嫌疑留她过夜，就决不会将她置之死地而听之任之。

玉良渴望识字已不止一天两天，原以为这辈子只能做个睁眼瞎，哪存想竟会有人帮她圆成读书梦。潘赞化的爱心用得恰到好处，玉良拥有了前所未有的喜悦，昔日的隐忧和苦闷骤然间犹如初春的积雪一样消融得干干净净。

只花了两个月时间，玉良就学完了那套高小国文课本，识字作文的成绩相当不俗，进步之快，潘赞化看在眼里，喜在心头。一天，他用诚恳的语气对玉良说：

"我想替你赎身，然后送你回扬州老家，你自由了，高兴干什么就干什么。"

"大人有所不知，玉良已经无亲无故，无依无靠，除了能唱几支曲子，不曾学到别的养身技能，回扬州能干什么？等着我的仍是火坑。大人要是不嫌弃玉良笨手笨脚，就留下我做个粗使丫头吧，我心甘情愿终生服侍大人。"

说到这儿，玉良两眼噙泪，话中带着呜咽的哭音。潘赞化本就是性情中人，听了玉良的话，早心软了。他把自己的疑虑告诉玉良，他比她年长十二岁，家中已有妻儿，不忍心委屈她做二房，耽误她的青春。

"怎么会委屈呢？我高攀还高攀不上。再说，我乐意给大人端茶倒水，铺纸研墨，我真的乐意！"

外面的谣言越来越多，马会长要挟潘赞化在关税上做出让步。于是，潘赞化将计就计，娶张玉良为侧室夫人，而且在报上公开登出结婚启事，摆几十桌像样的酒席，请同窗好友陈独秀来当证婚人，婚礼办得风光体面。马会长赔了夫人又折兵，一时间沦为笑柄。

十四岁那年，张玉良改叫潘玉良，为何要改姓？因为感恩。婚后，潘赞化在上海重庆路渔阳里安家，为的是让她接受更系统的教育，他可不想将她困在桐城，做一只慵懒无聊、恹恹无力的"金丝雀"。

潘玉良读书之余，迷上了绘画。有一天，她从邻居洪野家门前经过，见洪野正在香樟树下挥洒丹青，笔触所到之处，要有竹石就有竹石，要有兰花就有兰花，要有林泉就有林泉，要有人物就有人物，要有小桥流水就有小桥流水，要有枯藤老树昏鸦就有枯藤老树昏鸦，无不栩栩如生，真是太神奇了。此后，玉良一有空闲就跑去邻舍看洪野作画，她在一旁凝神静气，两眼放光，仿佛亲临画境。作画间歇，洪野时不时与潘玉良聊上几句，兴致高时甚至还会教她画上几笔，每次她都是一学就会，把握分寸恰到好处。洪野决定收她为徒，写信给潘赞化：潘夫人的天资和悟性都有过人之处，专心学画，必有所成。

1914 年，张玉良十五岁，报考上海美术专科学校，她递交的素描自问不比别人差，监考教师惊异的目光就是最好的注脚。回家后，洪野说："玉良，你尽管放宽一百个心，就算你不是今科状元，也跑不掉榜眼、探花。"

然而，好事多磨。放榜时，玉良从榜头寻到榜尾，姓潘的倒有一个，却不是她，她名落孙山。怎么会是这样的结果？潘玉良脸色苍白，如患重病。

所幸洪野古道热肠，他见玉良神色怔忡，又听说她榜上无名，料想此中必有蹊跷，于是他跑去教务处讨个说法。经办人员见洪教授亲自出面，真菩萨跟前不打诳语，便讲明原委：

"本校裸体模特那场纠纷尚未平息，在这节骨眼儿上，要是录取出身青楼的女生，岂不是再次授人以柄？"

教务处这么说，洪野非常生气，一不做二不休，他索性去找刘海粟校长，他是享誉海内外的大画家，口口声声要树艺人才，难道只是叶公好龙？眼下人才已经来了，却又将她拒之门外，这讲得过去吗？他一开腔就明显带着三分火气：

"龚定庵有两句诗深入人心，'我劝天公重抖擞，不拘一格降人材'，这可不是唱什么花腔。我想问校长一句话：学校录取新生，究竟是凭成绩，还是看出身？"

"当然是凭成绩。"

"那潘玉良怎么就糊里糊涂地变成了牺牲品？"

"嗯，这确实做过了头。洪先生，你放心，我这就去把她的名字添到榜上。"

刘海粟承认这是校方的失误，应该及时纠正，他提着那支饱蘸墨汁的毛笔，就像武林奇侠提着一柄雪花宝剑，令看榜的人好生惊奇，不明白他要删除谁的名字，断送谁的前程。可他们看到的却是他在第一名左端空隙处添上"潘玉良"三个字。

上海美专的大门终于向潘玉良敞开，艺术殿堂的大门也不再对她扃闭。

当年，上海美专在国内开风气之先，特设人体素描课，面对讲台上玉雕般的裸体少女模特，男同学的神情略显拘谨，潘玉良也感到难为情，因为心慌手拙，授课老师批评她笔下的人体造型显得笨拙僵硬。

到哪儿才能画到千差万别而又鲜活生动的裸体？首选公共澡堂。在那里，潘玉良可以描摹到人体的静态和动态。她跑回宿舍，取了炭笔和速写本，在热气氤氲的浴室找个不显眼的位置和便于观察的角度，立刻"嚓嚓嚓"地画起来。在澡堂中，潘玉良所作的动态素描显然要比在课堂上所作的静态素描更有艺术感觉。为此她也付出了应有的代价，那些"义务模特儿"又羞又怒，让她领教了一顿花拳绣腿。

大凡画家，多半都喜欢画自画像，对着镜子仔细揣摩，可以抓住自身最鲜明的性格特征。梵高的自画像显示出他的精神狂放，伦勃朗的自画像透露出他的内心痛苦，他们将自画像由形似推向神似，臻于艺术化境。玉良受到大师的启发，回家掩紧门窗，脱光衣服，只见镜中的女子丰胸细腰，肤质白嫩，"镜前人似月，皓腕凝霜雪"，还有迷离的目光，恍惚的神情，真是造物、的杰作，美术家对它唯有赞不绝口。"嚓嚓嚓"，炭笔快速移动，在忘我的意境中，画家的右手成了上帝的右手。这幅自画像极富神韵，将一位女子真切的肉感和复杂的内心世界和盘托出，犹如智慧的所罗门王展示他库存的宝藏，令人生出惊奇之感。正是凭着这幅《自画像》，潘玉良成为上海美专优秀毕业生。然而，此画一经公开展览，立刻招致谤议，那些食古不化的道学家甚至利用现成的题材攻击西洋美术。在他们看来，女人露出了胴体，就露出了欲望，这是绝对不能允许的，她们长得太丰满就是见不得人的罪过。在画布上，在美术作品中，允许女人裸体，还是不允许女人裸体？允许女人长肉，还是不允许女人长肉？这可以见出整个社会男性群体是否自信。道学家多半是精神上去势的可怜虫，潘玉良的《自画像》摆在那里，他们恼羞成怒，忍不住要意淫，恐慌和逃避就是极端不自信的表现。女性裸体画在西方美术作品中比比皆是，欣赏的态度一目了然，男人固然以它们为艺术，女人也以展示自己的胴体为骄傲，以流芳百世为光荣。然而，中国的道德家多于牛毛，女性裸体画仅能作为暗室相传的春宫图，供男人夜间流着口水在床头偷看。两相对照，处于意淫状态的中国传统美术何其悲哀。

数年来，刘海粟校长因为他的"越轨行为"屡遭攻讦，大军阀孙传芳甚至扬言要对他不利，这类"家常便饭"吃多了，他的心情好不到哪儿去，胃口也坏不到哪儿去。不过，他为潘玉良着想，劝她去法国深造，待将来国内的环境好转，西洋画得到应有的尊重，再回国不迟。校长的话既在情在理，又充满善意，玉良也认为这是唯一可行之路。她只担心，这一去，山长水阔，天各一方，她与潘赞化将饱受长相思的煎熬。为了玉良的事业和前途，潘赞化再次选择了无私的赞许。

1921年夏，潘玉良乘坐加拿大皇后号邮轮前往艺术天国法兰西，她考取的是公费留学资格。这段求艺之路，潘玉良行得顺风满帆。她先是在里昂中法大学补习法语，然后以优异的成绩考入国立里昂美专。1923年，她转学到巴黎国立美专。在此期间，她与徐悲鸿有过同窗之谊，结伴游览巴黎的凯旋门，登临埃菲尔铁塔，在波光粼粼的塞纳河上留下泛舟的身影。1925 年，潘玉良顺利结束巴黎国立美专的全部学业，前往意大利罗马国立美专深造，与那些巴洛克式建筑和哥特式建筑结下不解之缘。在罗马，她成为琼斯教授的免费生。1928 年，她从油画系毕业，顺利考入琼斯教授的雕塑班。

在 20 世纪二三十年代，中华民国政局动荡，深陷军阀混战的泥潭。潘赞化性格过于耿直，既不愿讨好直接上司，又不肯给当地奸商大开方便之门，因此招致地头蛇的忌恨，桐城海关监督的职务终告不保。他的经济来源断绝了，玉良就只能靠菲薄的留学津贴购买画具，维持一日三餐，手头拮据时，甚至饿着肚皮上课，由于营养不良晕倒在课堂上。潘玉良咬紧牙关忍受困苦，精进不辍，她坚卓的求艺精神使琼斯教授和学友们既同情又钦佩，大家伸出援手，帮她渡过难关。天道酬勤，在欧亚现代画展上，潘玉良的油画《裸女》获得一笔奖金，这真是雪中送炭的救命钱。

1930 年，潘玉良在异国他乡已漂泊九年，终于学成归国，应母校之聘，担任上海美专绘画研究室主任兼导师。

万里乘风去复来，潘玉良眼含热泪，又见吴淞口，又见上海滩，最开心的是，她与深爱的夫君潘赞化深情拥抱，泪擦了还流，人哭了还笑。

潘玉良回国才两个月，王济远就在上海为她举办了"中国第一个女西画家画展"。展品两百多件，在相对沉闷的国内画坛引起巨大的轰动，《申报》刊发专题消息，正在国外游历的刘海粟校长也从意大利罗马发来贺电。昔日的留法同窗徐悲鸿现在是南京中央大学艺术系主任，他对潘玉良的画作赞不绝口，聘请她去中大艺术系执教。

有人破茧成蝶，也有人毫无长进。1936 年，潘玉良举办第五次个人美展，《人力壮士》最能见出其画风的嬗变，不少同行对这幅油画赞赏有加。但意外的是，某无良之徒妒火中烧，趁人不备，将一张纸条——"妓女对嫖客的颂歌"——粘贴在《人力壮士》上，这是故意污损潘玉良的人格。

潘玉良性格豪爽，留短发，好饮酒，不拘小节，说话时声震屋瓦，气势不让须眉。抗战期间，潘玉良以极大的热情投身于当时美术界的义展义卖活动，发表演讲，批评一些知名画家远离现实，话多画少，因此她受到忌恨。个别同行出于阴暗的报复心理，在公开场合抹下脸来，恶声恶气地叫嚣："不许妓女玷污象牙之塔！"多次耳闻目睹这类卑鄙下流的人身攻击，潘玉良的心中除了悲愤，还是悲愤。

一波未平，一波又起，画展刚结束，潘赞化的大太太就来大发雌威。出于礼貌，玉良对这位大太太能忍则忍，但也并非奴颜婢膝，低三下四。大太太不满意了，语气又凶又狠：

"常言道：国有国法，家有家规；正房为尊，小妾为卑。你别以为喝过洋墨水，当了什么劳什子教授，就可以跟我平起平坐！"

潘赞化左右为难，要正室息怒是白费工夫，看着玉良受欺负，又于心不忍。倒是玉良想通了，权当为赞化弄个安宁的后院，她给大太太恭行大礼。当时，她并没觉得有何异样，但事后想来，以她好强的性格，哪能长期吞声忍气，认小服低？还是走吧，走得远远的，惹不起，躲得起，彼此不搭界，不沾边，要不然，赞化将很难过上几天安生日子，两个不肯服输的女人足以将他的心撕成碎片。

还是太平洋，还是加拿大皇后号邮轮，唯有心情前后迥异。此行，潘玉良的心情比天上的积雨云还要沉重。她匆匆去国，与潘赞化难约归期，这一别竟成永诀。

回到巴黎，潘玉良仍旧住在米斯太太家，这位异国房东，为人纯朴热诚，她们相处得非常融洽。有时她去母校巴黎美专画苑作画，有时她到郊外写生，犹如酿酒人，有了得意之作，就珍藏起来，只出售一些次要的画作维持生计。心情宛如一片幽静的空谷，里面没有奇花异卉，甚至听不到跫然足音，唯有潘赞化的身影在梦境中来去，她醒后怅然若失。遥隔万里关山，亲情不可触及，也不可言说，内心深处的孤独弥漫至全身每根神经的末梢，最终凉透骨髓，丝丝缕缕抽绎不绝。所幸她的学生王守信常照顾恩师，对她的艺术创作和日常生活关怀备至。王守信毕业于南京中央大学艺术系，为人善良，富有同情心，他侨居法国，在巴黎圣·米歇尔街开办中餐馆，取名"东方饭店"。工作之余，他去看望潘玉良，陪她到公园散步，有时一同前往自家餐馆用餐。他还为老师修理漏雨的画室，解救燃眉之急。通过他的大力推荐，中国乐园主持者李林专程找上门来，请潘玉良承订一座格鲁赛雕像，报酬六千法郎，为期三个月。为了出色完成这尊高品味的雕像，潘玉良倾注了大量心血，务求完美无缺。叶赛夫对东方美术颇有研究，是权威鉴赏家，一向以严格挑剔著称，当他看完玉良的这件作品后，也忍不住翘起大拇指，连连称赞："好极了！好极了！"后来，他还研究了玉良的绘画特质，给出中肯的评价："她的作品融汇中西绘画之所长，又赋予它们强烈的个性色彩。她的素描具有中国书法的笔致，以生动的线条来形容实体的柔和与自在，这是潘夫人的风格。她的油画含有中国水墨画技法，用清雅的色调点染画面，色彩的深浅疏密与线条相互依存，很自然地显露出远近、明暗、虚实，气韵生动……"

一方面是玉良艺术造诣的日益精进，另一方面却是故国山河的急剧沉沦。1938年，日本侵略军占领南京，玉良与亲友失去联系。赞化还活着吗？她渴望收到故乡的来鸿，却又害怕接获凶耗。此时此际，多亏王守信陪伴她，安慰她，才好歹挨过了那段揪心之极的日子。一次，潘玉良与王守信到塞纳河边写生，后者捧出真诚爱意，向她求婚，玉良既感动，又感伤，眼中噙满泪珠，好一阵沉默后，她喟然叹息道：

"守信，你比别人更了解我的心境。我只能抱歉地告诉你，我没有这个权利，我比你大十二岁，何况我早已成家！"

"那又有什么关系，年龄不是问题，至于你的婚姻，早已名存实亡。你头一次来巴黎是为了求学，你第二次来巴黎又是为什么？你有痛苦，有不幸，有难言之隐，这是瞒不了我的，我爱你胜过世上的一切！"

潘玉良原以为今生今世断绝旧爱，应当死心，却想不到在花都巴黎又遭遇了新的激情，她是应该高兴，还是应该苦恼？是应该热回应，还是应该冷处理？是应该接受，还是应该拒绝？她不想伤害心地善良的王守信，却又不得不讲出残忍的真话来：

"朋友，我不讳言，我有痛苦，但也有宽慰，那就是赞化和我真诚相爱，我与他之间虽然遥隔着茫茫海天，但我不能辜负他啊！"

王守信闻言，良久沉默，终于无可奈何地收卷起雪月情怀，但他仍然给自己心爱的人送上一大簇鲜艳欲滴的玫瑰，他认潘玉良为他的义姊。从此，他就是她的学生和义弟，这样也好，他一如既往尽心尽力照顾她。

1950年，潘玉良前往瑞士、意大利、希腊、比利时四国举办巡回画展，历时九个多月，获得一枚比利时皇家艺术学院艺术圣诞奖章。她载誉回到巴黎，在《晚邮报》上看到一则消息："中共重用艺术家，徐悲鸿任中央美术学院院长，刘海粟任华东艺术专科学校校长。他们的个人画展，由官方分别在北京、上海举办，盛况空前。"战争的阴云消散了，玉宇澄清，一切似乎正变得美好光明，她最感欣慰的是收到了潘赞化从中国大陆寄来的家书，千言万语合成一句话，祖国统一安定了，盛世必兴文艺，希望她早日归国！

潘玉良既高兴，又不无踌躇，听说新中国实行一夫一妻制，她与潘赞化的关系仍不受法律承认，她此时回去，即算潘赞化肯与大太太离婚，也会激起物议沸腾，她可不愿意任由别人拿她的青楼出身大作混账文章，也不允许卑鄙小人狂泼粪水，将什么"婊子""妓女"之类有标签贴在她神圣的画作上。况且，她要潜心创作，同时为几个画展准备作品，也非短期内可以抽身。此后，潘赞化的热情消退了，书信也日益减少，不是干巴巴的三言两语，就是索然寡味的客套话，什么"汇款收到，家中还好""谢谢你的支持，望善自珍重""政府英明，给我照顾"之类。再到后来，就干脆音信杳然。潘玉良从法文报纸上看到来自东方的消息，心底会好一阵悸动，即刻生出不祥的预感，但遥隔千山万水，她唯有焚一柱檀香，为潘赞化和老校长默默祈祷。

孙多慈

孙多慈（1912—1975），上海人，祖籍安徽寿县，出身于书香世家，父亲孙传瑗是大学教授，担任过直系军阀孙传芳的秘书长。孙多慈自幼热爱绘画，童年时期就显示出过人的艺术天赋。

1930 年 9 月，孙多慈赴南京中央大学美术系做旁听生，恰值著名画家徐悲鸿担任美术系主任，讲授西洋油画。孙多慈聪慧多悟，勤勉好学，徐悲鸿识才，悉心栽培她，许为前途无量。平日里，徐志摩很少带学生去自己的画室观摹，孙多慈却是个例外，他还特意为她画了多幅素描。男师与女生交往过于密切，这无异于授人以柄，所谓的"不伦恋"也就有风可捕，有影可捉了。蒋碧薇十八岁就跟徐悲鸿私奔，去法国留学，胆量天大，但气量就要狭小得多，孙多慈不慎踢爆了这个醋坛子，便见识到从未见识过的雌威。徐悲鸿退避三舍，孙多慈一溃千里。蒋碧薇将孙多慈的名字写在黑板上，前加"狐狸精"，后缀"不要脸"。她还用水果刀划破孙多慈的画作，恫吓道："小妮子，当心你的脸也会跟这幅画一般下场！"

1931 年夏，孙多慈以满分成绩考入中央大学美术系。此后四年，徐悲鸿有意避开蒋碧薇的百般取闹，他云游西欧和南洋，在海外举办画展，很少在南京露面。徐悲鸿在艺术上喜欢标榜"独持偏见，一意孤行"，然而在感情生活上他是个举棋不定的人。尽管旧爱蒋碧薇的分量越来越轻，新欢孙多慈的分量越来越重，他也不敢公开表态。蒋碧薇仅具中人姿首，一副大小姐脾气，好奢华，图享受，她在法国修过音乐和绘画，却始终只是半吊子。孙多慈年轻漂亮，富有艺术才华，性格柔和温婉，事亲孝，待友诚，与之相对，如沐春阳，如饮醇醪，人人觉其可爱。两相比较，徐悲鸿的取舍自明。他创作过一幅《台城夜月》，画中一男一女，一个席地而坐，一个侍立一旁，在皓月下，两情脉脉流动。蒋碧薇见到这幅国画，气不打一处来，也不管它是艺术杰作，也不怕暴殄天物，竟将它撕成碎片。孙多慈大学毕业后，有意赴法国深造，徐悲鸿原打算陪她一同前往，却被蒋碧薇"洞烛其奸"，抢先发难，令一对情侣黯然话别。嗣后，徐悲鸿与孙多慈天各一方，只得通过好友舒新城转递信件，互诉相思之苦。徐悲鸿绘制《燕燕于飞》赠给孙多慈，画面为一古装仕女，容光瘦减，满目含愁，仰望空中翩翩飞舞的小燕子，神情异常落寞，画上题款为："乙亥冬，写燕燕于飞，以遣胸怀。"其传情写意，尽在言外。孙多慈收到礼物后，回赠红豆，一字不著，两心相照。徐悲鸿睹物思人，当即吟成《红豆》三首，以抒发胸臆：

灿烂朝霞血染红，关山间隔此心同。
千言万语从何说，付与灵犀一点通。

耿耿星河月在天，光芒北斗自高悬。
几回凝望相思地，风送凄凉到客边。

急雨狂风避不禁，放舟弃棹匿亭阴。
剥莲认识中心苦，独自沉吟味苦心。

抗战时期，他们的爱情本来有一个绝佳的机会达致圆满结合，却由于孙多慈性格软弱和一念之差而化为泡影。

1937年，孙多慈一家西行，由上海辗转迁徙至长沙，徐悲鸿闻讯而动，从广西抽身前往湖南与孙多慈会合，将她一家接到更为安全的桂林，并且通过朋友的门路为她在广西省政府谋得一个清闲的职位。他们从未有过如此自由自在的相处，常常一起去漓江边写生，泛舟水上，雨脚绵密，山色空濛，执手相看，仿佛神仙眷侣。就在这年，徐悲鸿在《广西日报》上刊出一则与蒋碧薇脱离同居关系的启事。其好友沈宜申有意居中撮合，他自告奋勇，去游说孙多慈父亲。哪知他刚提及徐悲鸿求婚的美意，观念守旧的孙老爹勃然大怒，一口回绝，不给沈宜申半点转圜余地，而且促令全家离开桂林，前往浙江丽水。在这个关键时刻，孙多慈怎么办？或者违抗父命，选择与徐悲鸿私奔，或者坚持留在广西，不再向异地迁移。然而她在最不应该示弱的时候示弱了，在最不应该屈服的地方屈服了，孙父大获全胜，"慈悲之恋"则成为牺牲品。

1938年10月，徐悲鸿携带大批画作去南洋举办画展，其后又应诗人泰戈尔之邀去印度访问讲学，为期三年多，直到1942年春才启程回国。分手后，孙多慈在丽水的一所中学任教，郁郁寡欢，迫于父命，嫁给了当时浙江省教育厅厅长许绍棣。许某某四十多岁，丧偶后，与郁达夫的夫人王映霞闹过惊世绯闻，后来被郁达夫《毁家诗纪》公之于世。也不知许绍棣哪世积德，修来好命，冷手捡了两个香粑粑。

1942年，徐悲鸿与图书管理员廖静文结合，他与孙多慈十年风雨的浪漫旋律从此画上了永恒的休止符。

1953年9月26日，徐悲鸿在北京病逝，噩耗传至台北，当时蒋碧薇与张道藩正去中山堂参观画展。她在展厅门口的签名处与孙多慈打了个照面，这对多年前结怨的情敌四目相视，都不由得一怔，但时过境迁，恩怨已泯。蒋碧薇将徐悲鸿病逝的消息告诉了孙多慈，孙多慈闻讯后十分悲恸，泪水夺眶而出。她万万没有料到，这是她与蒋碧薇第一次，也是唯一的一次不带敌意的谈话，话题却是徐悲鸿去世。

孙多慈师承徐悲鸿，兼擅国画和西画，其西画为纯粹的正统派，赋色沉着，笔法细腻，给人以庄严深邃的感觉。孙多慈的素描功夫尤其出众，被誉为"国内第一手"。1936年，中华书局印行《孙多慈素描集》，美学家宗白华欣然作序，褒赞她"落笔有韵，取象不惑，好像生前与造化有约，一经晤面，即能会心于体态意趣之间，不唯观察精确，更能表现有味，是真能以艺术为生命为灵魂者"，夸奖她"观察敏锐，笔法坚实，清新之气，扑人眉宇"，还称许她用湖笔徽墨画人物肖像"落墨不多，全以墨彩分明凹凸，以西画的立体感涵泳于中画的水晕墨章中，质实而空灵，别开生面。引中画更近自然，恢复踏实的形体感，未尝不是中画发展的一条新路"。 孙多慈于国画尤善画鹅，被女作家苏雪林戏称为"孙鹅儿"。

1949 年，孙多慈随父母和丈夫去了台湾，担任台湾师范大学艺术系主任，50 年代两度赴美国和法国进修，艺境更臻炉火纯青。

职业女性

她们何曾怕过吃苦呢？
只怕不能独立自主。

得益于近代中国工商业的迅速发展，以及教育的普及，民智的开启，华夏女性走出闺门，自食其力，首先获得经济保障，继而寻求人格独立、尊严完整和心灵自由。她们用头脑和双手揭示了这样一个事实：凡是男人能够做到的事情，她们也完全可以做到，甚至做得更好。

维新改良者有一个痛切的认识，欲图强国保种，男人固然要百倍振作，妇女也必须彻底解放。康有为著《大同书》，提出一个前瞻的设想：朝廷开设女科举，颁布专门保护妇女的法律，女性有权利从事各类职业，甚至参政议政。尽管康有为的主张带有浓厚的乌托邦色彩，但它为妇女就业开启了观念上的大门。

19 世纪 70 年代初，在上海租界内，一些烟馆为了招徕顾客，尝试雇佣少女做跑堂的"女堂倌"，这类烟馆包含色情服务，却比青楼妓院的价格低廉许多。如此一来，那些低收入者，诸如小商贩、店伙、佣工、轿夫、杂役，无不趋之若鹜，到花烟馆作日常消遣。烟馆获利丰厚，女堂倌的收入也很可观，但她们必须出卖色相，仍算不上纯粹的职业妇女。何况，鸦片烟败人家业，毁人身体，女堂倌诱使"无瘾之人因之成瘾"，"年轻之辈恋恋灯前，妮妮枕畔，实为诲淫之阶梯，藏奸之渊薮"，被世人目为妖孽。1873 年 3 月，上海道台会同英、美、法各国领事发布查禁告示，取缔了花烟馆中的女堂倌。

1872 年，侨商陈启源在广东南海创办缫丝厂，所招收的女工多达六百余人。起先，资方使用女工受到舆论的普遍非议，卫道士们认为，工厂不设界限，男女混杂，足以乱俗败常，使妇人女子丧名坏节，于人心世道大有妨害。因此，女工上班常常会遭到家人阻拦，甚至有夫家去工厂捣乱，寻衅滋事。但闹腾归闹腾，生计是硬道理，经济全面击溃道德只须假以时日。1881 年，广州附近已出现十一家缫丝厂，女工人数大有呈几何级数增长的趋势。上海开埠较早，工商业发达，缫丝厂的规模更大，女工人数也比广州更多。由于女工做事手脚麻利，工价便宜，1888 年前后，上海的一些茶栈、丝栈也纷纷招收女工拣茶、选茧，女工可选择的行业进一步拓展。当年，上海的贫家女子——无论是小家碧玉，还是半老徐娘——都争做女工，她们很快就成为棉纺、火柴、造纸、卷烟等行业的骨干力量。

在中国社会，男女分工向来十分明确："男子治外，女子治内。"随着女性进工厂，获得经济自主权，传统的"妇道"遭到了兜底颠覆，这是比任何空对空的思想启蒙更厉害的手段。从此，妇女解放运动拥有了强劲的外部推动力。

女学的兴起十分奏效，不仅更多的女子能够识文断字，能够独立思考，她们的社会责任感也由自发递进为自觉。突出表现为，她们办报办刊，为爱国运动和妇女解放运动鼓与呼。从 1901 年到 1911 年十年间，中国知识女性在海内外创办的妇女报刊多达二十余种，其中不乏有深远影响者：

1902 年，陈撷芬在上海创办《女学报》；

1903 年，丁初我在上海创办《女子世界》；

1905 年，张展云在北京创办《北京女报》；

1906 年，燕斌在东京创办《中国新女界杂志》；

1907 年，秋瑾在上海创办《中国女报》；

1911 年，唐群英在东京创办《留日女学生杂志》。

先锋女性办报办刊，不仅拓宽了妇女的就业范畴，而且借助社会公器表达了女性强烈渴望平等、自由的内心吁求，对男性思维模式作出有效的校正。以往说"天下兴亡，匹夫有责"，现在也可以说"天下兴亡，匹妇有责"，这就成功地突破了中国近代妇女解放运动仅局限于智识、婚姻和经济层面的狭小瓶颈，从而将剑锋指向最根本的禁锢——政治锁链。辛亥革命后，唐群英创办《女权日报》，为妇女争取参政权，这是职业女性所作的最了不起的斗争，尽管一时难以取胜，但已充分传达出中国职业女性至高无上的政治诉求。

随着民族工商业的迅速发展，据统计，1916 年，全国共有男工三十九万多名，女工二十四万多名，仅江苏、广东、山东、安徽、浙江五省就有女工二十万名，占女工总数的 84% 左右。其中前四省女工均比男工多。江苏、广东两省女工分别是该省男工的两倍以上。然而我们也必须看到，当时女工所从事的多半是一些劳动强度大、生产条件苦、工资待遇低的职业。

1916 年，北京中国银行鉴于"女子心思缜密""女子俸给可低于男子"，而且不易有"派别关系""不致见异思迁"，率先在银行业中使用女子司账。沪上舆论对此表示谨慎的乐观："北京某中国银行采用女司账员，一时传为美谈，近闻上海某银行总裁亦有采用女子司账之提议，且不日可见诸事实。"当时，银行方面虽有此重大改革，却无意在男女同工同酬方面作出让步，他们肯用女工，说白了是为了省钱。但这些领取低薪的白领丽人仍足以令一般女子羡慕不已。

民国之前，饭馆酒店中都由男人跑堂，民国时期出现了女招待，一时间传为新闻。据 1913 年 6 月 2 日上海《时报》报道："佛山西便巷口有汾江酒楼一间，于前月中旬始行营业，专做中西酒菜茶点。聘用女招待员数人，均是花信年华，苗条态度。一般登徒之辈，如蚁附膻。该楼因此获利颇丰，大有应接不暇之势。世风日下，夫何足怪，但不知有地方之责者应否干涉耳。"记者对此居然大惊小怪，呼吁当局禁止，可见女子抛头露面之难。更有甚者，1914 年浙江省警察厅为整饬风化起见，拟令杭州城内外凡有女子营业之商店无论何种名目，一律取缔。政府之颟顸霸道，轻视女权，由此可见一斑。然而凡是符合历史潮流的新生事物绝非任何禁令可以阻止。五四运动后，从一般产业女工到女护士、女医生、女会计、女司机、女警察、女接线员、女飞行员、女营业员、女教师、女记者、女作家、女画家、女演员、女律师、女干部、女企业家，七十二行行行都有女性的身影和位置。至此，职业女性已经是整个社会中不可或缺的组成部分，她们出去工作，不再是为了养家糊口，而是为了更高的目标：实现个人价值，保全人格、尊严、权利的相对完整。

一、上海滩的女老板

西汉时期，卓文君与大才子司马相如私奔，连夜跑到成都去，由于受不了家徒四壁的清贫和日食一餐的窘困，没过多久，她又带着丈夫返回临邛，当垆卖酒，大大方方地做起了老板娘。卓文君此举完全是耍心计，其用意在于制造舆论压力，迫使老爹卓王孙分给她百万家私和众多僮仆。嗣后，她果然如愿以偿。司马迁以其生花妙笔将这个故事写在《史记·司马相如列传》中，千古之下，仍有人羡慕司马相如的艳福和好运。"风吹柳花满店香，吴姬压酒劝客尝"，李白《金陵酒肆留别》一诗中的"吴姬"想必也是老板娘吧，肯定别有风情，要不然谪仙人李白又怎会饮得那么欢，以至于诗兴大发？由此可见，在禁锢未严的汉唐时期，女子做店主，当老板娘，并非稀奇事。南宋之后，程朱理学将女子一个无遗地赶回闺阁，老板娘的身影便在江湖上失踪了。

清朝末期，有些大商户开始学习西方的经营管理模式，比如北京同仁堂，由出身名门的女掌柜许叶芬掌管，她事必躬亲，知人善任，当时就确定并实行了低工资加售药提成的弹性制度，一般工人每月底薪一至两块银元，其他部分由每日售货总额中提取 1%—3%，这在较大程度上提高了员工的积极性，同仁堂的活力也因此被激发。

民国时期，上海滩十里洋场充满了黄金的魅惑，机遇伸手可得，成败立竿见影，被人称为"冒险家的乐园"，正是孕育各类奇迹的渊薮。男人中的龙虎之辈固然可以在沪埠一展才智，女人中的佼佼者也同样可以白手起家，开辟新天地。在上海滩，除了大批名媛和女明星，还有另一个女性群落受到广泛关注，她们就是日进斗金的女老板。常言道，商场如战场，战场通常是男人与男人斗智斗勇的地方，女人——尤其是刚刚被解放的女人要在商场中游刃有余，谈何容易。然而，世事无绝对，上海滩的女老板不乏成功的显例，张幼仪开办上海女子商业储蓄银行和云裳公司，汤蒂因成为"金笔女王"，董竹君创办锦江酒家和锦江茶室，无不经营有方，生财有道，令人啧啧称奇。"凡是男人能够做到的事情，女人在艰难的环境下也能做到"，这条定律在商场中居然屡试不爽，应验无误。

盛爱颐

盛爱颐（1900—1983），清末民初官僚资本家盛宣怀的女儿，兄弟姐妹中排行第七。七小姐相貌妍丽，气质高华，吟诗刺绣，巧思过人，是父亲的掌上明珠。宋子文刚从美国留学归来时，默默无闻，屈就盛爱颐的四哥盛恩颐（汉冶萍公司总经理）的英文秘书，他在盛府初见花信年华的七小姐，惊为天人，即刻心生爱慕，无法自已。

盛恩颐在上海滩是首屈一指的大少爷，交游广，玩兴大，过着昼夜颠倒的生活。宋子文在美国已养成守时的习惯，每天早上八点准时到盛府点卯，主人尚在黑甜乡中难以自拔。宋子文求之不得，正好抓住天赐良机与七小姐热络一番。宋子文泡妞确实有两把"刷子"，他主动请缨，辅导七小姐学英文，经验丰富的男人一旦觅得了与少女单独相处的机会，使她情窦初开就只是时间问题。

盛宣怀死后，盛府由庄夫人（七小姐的生母）当家，她对宋子文出身于传教士和暴发户的双料家庭抱有成见，何况宋子文尚未发迹，只是一名小秘书，他诚惶诚恐向七小姐求婚，自然而然遭到了庄夫人的婉言拒绝。七小姐是如何打算的？她内心十分矛盾，既不想忤逆母亲，又不肯慧剑斩情丝。

1923 年 2 月，孙中山在广州平定陈炯明兵变，建立大元帅府，紧急电召宋子文，催促他从上海南下广东，参与重建革命政权的工作。宋子文早就有步入政坛的志愿，这回天赐良机，飞黄腾达指日可待，不由得欣喜万分。此外，他还打着与盛爱颐私奔的如意算盘，可是福无双至，任由他摇唇鼓舌，七小姐始终拿不出这份勇气。

在广州，宋子文果然发迹了，他先是担任中央银行行长，嗣后又晋升为国民政府财政部长。有了高官厚禄保底，宋子文牛气冲天，几年不见，七小姐在他心目中已渐渐淡忘成一抹缥缈的鸿影。也许是受过伤的自尊心隐隐作痛吧，宋子文无意重拾旧爱。

1927 年秋，庄夫人病逝，盛家的大宗财富被三位公子（盛恩颐、盛重颐、盛升颐）瓜分一空，七小姐和八小姐尚在闺阁未嫁，居然被排除在遗产继承者之外。七小姐心地善良，但她不想逆来顺受吃哑巴亏，便依据民国法律修正案上关于男女平等的条款，提起诉讼。七小姐盛爱颐、八小姐盛方颐与三位兄长对簿公堂，理直气壮地争取遗产继承权，此举在中国绝对史无前例。这场官司得到了宋氏姐妹（宋霭龄、宋庆龄）的鼎力支持，宋子文念及旧情，也在暗地里出力相助，盛七小姐和盛八小姐一举打赢了这场轰动沪上的官司。

初恋破灭后，七小姐心如死灰，直到三十二岁才嫁给表哥庄铸九。就在新婚那年，她从自己所得遗产（一百伍拾万两现银）当中拨出六十万两白银，建造了上海头号大舞场——百乐门。七小姐是大家闺秀，眼界高，凡事讲求尽善尽美，她手头比较松活，对待员工也不够严格，这就是说，她并不适合当老板，经营、管理非其强项。百乐门开张初期接连亏损，以致亏损额高达六十万元，差不多资债相抵，已变成极其烫手的山芋。七小姐无奈，只好将它转手抛售。百乐门易主后不久，正赶上沪埠舞业兴盛期，静安寺附近属于繁华地段，天时、地利、人和样样不缺，生意好到爆棚的程度。人们都说，盛七小姐建造百乐门是为他人作嫁衣裳，这话一点也没错。

张幼仪

张幼仪（1900—1988），学名嘉玢，幼仪是小名，她出生于江苏宝山县（现属上海）的名门世家，祖父是高官，父亲是名医，二哥张嘉森（字君劢）是哲学家和政治活动家，民社党创立者，四哥张嘉璈（字公权）是中国银行总裁。由于张幼仪是徐志摩的元配妻子，常被后人附带提及，这很不公平，要知道，她自足成名，在徐诗人的风流韵事中固然只能扮演受气包的角色，但她绝对不是一个傻女人。

世间有许多事情自始至终从未正确过一秒钟，徐志摩与张幼仪的婚姻就是如此。她听从四哥张嘉璈的选择和安排，十三岁订婚，十五岁嫁人。八年间，这对夫妻聚少离多，居然没好好说过几句话，更别说互相了解。徐志摩第一次看到张幼仪的照片，就嘲笑她是"乡下土包子"，但在同时代人的笔下，大家闺秀张幼仪形象不赖，"其人线条甚美，雅爱淡妆，沉默寡言，举止端庄，秀外慧中"。婚后，徐志摩很少用正眼瞧瞧年轻的妻子，他履行基本的婚姻义务，只不过遵守"不孝有三，无后为大"的古训，他"帮助"张幼仪生育儿子阿欢（徐积锴），满足了两位高堂含饴弄孙的愿望，就算是责任和义务两清了。

1920年冬，张幼仪离开上海，前往法国与徐志摩团聚，轮船驶进马赛港，还相隔老远，她就看出徐志摩未修边幅，满脸不耐烦。从巴黎飞往伦敦，张幼仪晕机呕吐，她再次从徐志摩口中听到了黄蜂般螫人的五个字："乡下土包子！"更令人心寒的事情还在后头，她在英国沙顿再次怀孕，徐情圣正忙于追求林徽因，居然勒令她打掉孩子。张幼仪有些不安地嗫嚅道："我听说有人因为打胎死掉了。"徐志摩的语气冷若冰霜，讽刺道："还有人因为坐火车死掉呢，难道你看到人家不坐火车了吗？"某日，徐志摩带才女袁昌英到家中吃饭，袁小姐身穿毛料海军裙装，打扮入时，也很洋气，双脚却是三寸金莲。袁昌英走后，徐志摩问张幼仪对客人印象如何，张幼仪直话直说："她看起来很好，可是小脚与西装不搭配。"这句话就好像踩到了猫尾巴，徐志摩恼羞成怒，厉声尖叫道："我就知道，所以我才想离婚！"诗人多少有些病态，他对张幼仪的大脚，以及大脚所代表的刚健精神并无好感。

在张幼仪看来，离婚就是被休弃，而她自认为没有触犯"七出"中的任何一条，临近产期，她更加害怕孤独。徐志摩没有耐心与妻子磨蹭，怒气冲冲地撇下她，一走了之。玩了一段时间失踪后，徐志摩拿来离婚协议书，逼迫张幼仪就范。她痛定思痛，同意与徐志摩离婚，好让自己及早获得解脱，协议书上讲定五千元赡养费她一个子儿也没要。徐志摩欢天喜地，写了一首诗《笑解烦恼结》送给张幼仪，在诗里，他认为忠孝节义是个死结，它"把人道灵魂磨成粉屑"。在最末的诗节中，他这样写道：

> 如何！毕竟解散，烦恼难结，烦恼苦结。
>
> 来，如今放开容颜喜笑，握手相劳；
>
> 此去清风白日，自由道风景好。
>
> 听身后一边声欢，争道解散了结儿，
>
> 消除了烦恼！

离婚后，徐志摩心情舒畅，张幼仪则心境悲苦，但她并未就此消沉。嗣后，她考入柏林裴斯塔洛齐学院，专攻幼儿教育学，掌握了当幼师的一技之长。

1926 年，张幼仪学成归国。此后，徐家二老待她胜过亲生女儿，为了表明诚意，徐申如将家产一分为三：儿子徐志摩和陆小曼一份，孙子徐积锴和张幼仪一份，他们老两口一份。实际上，自从幼子彼得在柏林夭折后，徐志摩也开始对这位脱胎换骨的"乡下土包子"刮目相看，他在写给陆小曼的信中提及张幼仪时有这样一句话："C（张幼仪）是个有志气有胆量的女子……她现在真是'什么都不怕'。"

张幼仪与徐志摩离婚后，致信二哥张君劢，略述苦况，张君劢的回信是："张家失徐志摩之痛，如丧考妣。"他还叮嘱妹妹："万勿打胎，兄愿收养。"张幼仪听从二哥的安排，在巴黎的近郊租住了一段时间，然后随七弟去德国求学。张幼仪在柏林求学期间，曾有适龄男子追求她，她的回答很简单："我还不想结婚。"那时，四哥张嘉璈告诫她，为了保住张家的颜面，她在未来五年里，都不能教别人看见她跟某个男人同进同出，以免别人认为徐志摩与她离婚是因为她不守妇道。不公平的是，张幼仪如此严格自律，徐志摩那边却风流快活，变本加厉，失之东隅，收之桑榆，没有追到林徽因，却追到了陆小曼。

起先，张幼仪帮助公公徐申如理财，十分得力，也算是磨炼了基本功。1927 年，张幼仪受到邀请，出任上海女子商业储蓄银行副总裁，她的人脉资源和四哥的照应是她出任此职的要件。她还担任云裳时装公司总经理，这家成衣公司由她八弟和徐志摩等人投资。她每天上午九点正准时到银行办公室上班，她的办公桌摆在最后头，整个银行的状况一览无遗。有人开玩笑说，她这种分秒不差的守时习惯是从德国哲学家康德那儿学来的。除了负责银行的经营，每天下午五点，她还要补习一小时国文。六点她再到云裳时装公司打理财务。张幼仪很有经商理财的头脑，她在大风大浪的股市里赚了不少钱，在家附近建新房，给徐志摩的父母住。战争期间，她囤积军服染料，直到价格上涨一百倍才果断出手。她还炒作过风险更高的棉花和黄金，同样能够获利了结。由于张幼仪为人极守信用，战时，女子储蓄银行竟然撑过了一道又一道难关。

张幼仪一生恪守中国传统道德，她曾对侄孙女张邦梅说过一句耐人咂摸的话："我要为离婚感谢徐志摩。若不是离婚，我可能永远都没办法找到我自己，也没办法成长。他使我得到解脱，变成另一个人。"她心存仁恕，悟性得到了极大的提升。

1953 年，张幼仪在香港与相邻的中医苏纪之结婚。婚前，她写信征求二哥的意见，张君劢的回信中有六个关键字："妹慧人，希自决。"她还写信到美国征求儿子的意见，理由很简单："因为我是个寡妇，理应听我儿子的话。"

她儿子徐积锴是土木工程师，回信不仅富于辞采，而且情真意切，令人动容："母孀居守节，逾三十年，生我抚我，鞠我育我，劬劳之恩，昊天罔极。今幸粗有树立，且能自赡。诸孙长成，全出母训。……综母生平，殊少欢愉。母职已尽，母心宜慰，谁慰母氏？谁伴母氏？母如得人，儿请父事。"

迄至暮年，张幼仪在口述自传中颇有些酸楚地说："我不是有魅力的女人，不像别的女人那样，我做人严肃，因为我是苦过来的。"也许正因为如此，她至死无法原谅徐志摩的放纵风流，她评论道："文人就是这个德性！"她也不承认林徽因和陆小曼对徐志摩的感情达到了爱的程度。"如果她林徽因爱徐志摩，为什么在他离婚后，还任他晃来晃去？那叫做爱吗？""人们说陆小曼爱他，可我看了她在他死后的作为（拒绝认领遗体）后，我不认为那叫爱，爱代表善尽责任，履行义务。"结论自然而然就出来了："在他一辈子遇到的几个女人里面，说不定我最爱他。"张幼仪的确说得起这句硬话，至少，台湾版的《徐志摩全集》就是在她的精心策划下由梁实秋主编而成的。

张幼仪精明干练，长年喜欢与算盘打交道，她的爱情中以理智的成分居多，缺乏浪漫的诗意，所以徐志摩并不领情。

汤蒂因

汤蒂因（1916—1988），原名汤蕚，祖籍江苏吴县，出生于上海贫民之家。少女时期，汤蒂因聪明勤奋，由于父母重男轻女而早早失学。她对于外面的世界充满好奇，不愿整天困坐在阁楼中描花刺叶。有一天，她从上海《新闻报》上看到广告，益新教育用品社招收女店员，初中毕业是先决条件，但这难不倒她。汤蒂因照着报纸上提供的地址，给益新教育用品社写了一封情辞恳切的长信，希望对方能给她一个参加甄选考试的机会。天从人愿，这位十三岁的小学生居然击败了许多比她年纪大、学识高的中学生，为自己赢得了一份女店员的工作。

汤蒂因被老板分配在金笔柜台,她很快就熟悉了业务,尽管那些金笔黑白红绿,式样各异,性能、特点和价格也不尽相同,但她心中有数。最可贵的是,她待人热诚,常常能够视顾客身份和教养程度的高低,提出合理化建议,让顾客乘兴而来,满意而返。久而久之,汤蒂因卖金笔居然积攒了人气,也卖出了名气。

当年,中国的金笔制造业尚属幼稚型工业,在上海,仅有关勒铭、金星、华星等屈指可数的几个品牌,至于工艺,比舶来品逊色许多。日本的金笔价格低廉,在中国市场占据了大份额。美国"康克今""华脱门""爱弗释""犀飞利"和"派克"等老牌金笔则以其良好的口碑深受富有阶层的青睐,以及读书人的喜欢。由于受洋货的猛力挤压,国产金笔的市场已萎缩到可怜的地步,上海著名的"永安百货""先施百货""新新百货"等大卖场根本不给国产金笔一席之地。

上海金星金笔厂的老板周子柏为了让自己的金星金笔在永安公司的柜台上亮相,可谓挖空心思,竟采取一条送肉上砧板的苦肉计。他先是派人不断跑到永安公司的柜台询问"有没有金星笔",然后再托人向永安公司的金笔柜长、进货部长送礼说情,请求他们试销。好一番破费后,永安公司总算答应采取"寄售"的方式试销一段时间,但要等到整批货物卖完后双方才结账。如果一个星期内金星金笔受到冷落,无人问津,货物就全部退回。周子柏把金星金笔送进永安公司后,每天都派厂里人和家里人装扮成购买金星金笔的顾客,造成金星笔大有销路的假象。所幸他这条苦肉计最终奏效,永安等大百货公司对它网开一面。

汤蒂因只是普通店员,但她喜欢钻研业务,比如说她将顾客分为三种类型:"第一种是目标明确的,需要买什么,我们就拿出什么。第二种是想买,但举棋不定,这就需要我们做参谋,帮顾客出主意,拿主意。对方要买金笔,我总是重点推荐'关勒铭''金星''新民'等国货,讲它们的优点。说到美国货,质量是不错,但价钱贵;日本货便宜,但质量不好;中国货价廉物美,我们中国人还是用中国货好……第三种人是潜在的顾客，他们完全无目的，只不过来逛逛、看看而已，这种人我们照样要不厌其烦，服务周到，因为他们今天不是买主，留下良好的印象，说不定明天就是我们的买主。"

1932年，日本侵略军兵临城下，上海市民出于强烈的爱国心，纷纷抵制东洋日货，汤蒂因看准时机，更是大做国产金笔的宣传，争取了大批顾客。就在这一年，十六岁的汤蒂因被提升为门市部主任，不久又被提升为自主权更大的进货部主任。然而，令汤蒂因深感意外的是，益新教育用品社的老板除了赏识她的才干，脑袋里还打着如意算盘——纳她为小妾！对于一位新女性来说，做小老婆显然是一种耻辱，根本不在考虑之列。汤蒂因赶紧脱身，抢先炒了老板的鱿鱼，自己另起炉灶，开办一家"现代物品社"，并将自己的名字由汤葶改为汤蒂因。

益新的老板见小妮子不识抬举，不肯就范，就来了一招釜底抽薪，向零售商放出口风："上海最近有一家文具批发店，大发广告，招摇撞骗，请勿轻信；如有吃亏上当，责任自负，与本店无关。"汤蒂因的现代物品社尚在初创阶段，资本规模不大，受此排挤和打压，自然是岌岌可危。益新的老板打出的直拳够狠，汤蒂因还击的勾拳更加有力。她根据在益新工作时所掌握的准确信息，决定大胆一搏，销售方面，她对那些信用可靠的客户适当给予优惠，采取放账或邮购的方式，用户收到通知，只需寄来一张订货单，等收到货物、验过质量之后再付款。如此一来，零售商的风险降到了零，金笔质量也有保障，他们何乐而不为？至于进货方面，汤蒂因专找益新搞不定的大商家，诸如"合记""合众""育新""鼎新"等文具店，他们才不会傻到有现成的生意不做。

这两记勾拳打出，现代物品社的生意顿时兴隆无比，汤蒂因恨无分身之术，就算忙得晕头转向，她也是快乐的。她把生意人的信誉看得比黄金还要珍贵，因此在任何一个环节和细节上绝不马虎。她的经营方式富有人情味，在寄出的货物里附上简短的致谢信和新的货物详表，在商业往来的过程中与主顾自然而然结成互惠互利互诚互信的感情纽带。

汤蒂因的经营思路十分灵活，要扩大规模就得从外部渠道吸纳雄厚的资金，于是她改独资为合股，将一指变成十指，将十指化为一个拳头，实力的几何级数增长使她的生意越做越大。

1937 年，淞沪之战打响，上海局势急转直下，隆隆炮火之下，百业萧条，汤蒂因的现代物品社也无法幸免，亏损巨大，顿时陷入困境之中。此后，汤蒂因几经辗转，在昆明开办了一间"上海现代物品社昆明分社"，把文具生意做到了贫穷偏远的云、贵、川等地。

1940 年，汤蒂因祸不单行，先是至交好友毕子桂去世，紧接着，她从上海托运的一百五十多箱文具在海防被日本占领军没收，现代物品社的股东们见势不妙，纷纷撤股，汤蒂因再次陷入困境。乱世经商，处处都有风险，资金链一旦断裂，汤蒂因支撑一个门市部也开始感到力不从心。但她愈挫愈奋，很快就找到了翻身的契机，她设计出一种名为"绿宝"的时髦金笔，在笔尖的小斜方块里嵌上绿色，令年轻人一见倾心，由于宣传到位，这种金笔很快打开了销路。汤蒂因一不做二不休，她索性开办绿宝金笔厂，请出从不做广告的越剧皇后袁雪芬在电台为"绿宝"做广告，此招极为灵验，"绿宝"从此跃升为国内名牌，汤蒂因也从此被人誉为"金笔大王"和"金笔汤"。

董竹君

董竹君（1900—1998），出生于一个充满忧患的年头，八国联军攻破北京，腐败的清王朝踩着"庚子之乱"这块巨大的香蕉皮疾速滑向亡国的边缘。她家位于当时上海有名的臭水沟洋泾浜边上，父亲本姓东，后改姓董，性情耿介自尊，拉黄包车，照样能挺直腰杆做人，女儿显然继承了他的性格。母亲姓李，勤俭能干，风火急躁，因为家计艰难，常常叫苦连天。父母受穷，心气却并不低，眼看着女儿聪明漂亮，总想让她多读点书，将来好嫁个像模像样的人家，别受委屈。读私塾，她的成绩能压男孩子一肩，只因家底太薄，父亲患伤寒症，体质每况愈下，经济来源日益枯竭，无奈之下，她中途辍学。那时，"三寸金莲"还很吃香，缠脚"艺术"仍被旧派人物看重，董竹君却拗着性子，宁肯做"半截观音"，被街坊白眼相看，也要保全天足。父亲病怏怏的，拉不动黄包车，家里到了揭不开锅的地步，万不得已，只好剜去心头肉，来医眼前疮，父母忍心将女儿抵押给长三堂子，为期三年，价钱三百块。董竹君从旧书上面读到过"割股疗亲"和"卖身葬父"之类的传奇故事，为着一个惊天地、泣鬼神的"孝"字，她明知前面是红红的火坑，仍然奋不顾身地跳下去。做"小先生"和"清倌人"，卖艺不卖身。两年后，她装病逃出淫窟，与常出入青楼的革命党人夏之时结婚，潜赴日本，入读东京女子高等师范学校。他们的婚姻本该是幸福的，可是夏之时为人机械刻板，心胸狭隘，不喜欢与人沟通，表现出十足的大男子主义，身上缺乏浪漫情调。

1915 年 12 月，蔡锷在云南举事，打响护国战争第一枪。夏之时奉命回川，行前，他交给董竹君一把手枪，教她防贼，倘若做了什么对不起他的事，则可用它来自杀。他还急召在上海南洋中学读书的四弟夏乃逑到日本陪二嫂读书，用意无非是要监视她的一举一动，以免她获得自由就红杏出墙。董竹君平生最痛恨亲友无端看扁她的人格，夏之时对她如此不信任，令她心里火冒三丈。

1917 年秋，董竹君从东京御茶之水女子高师毕业，原想补习法文，前往巴黎留学，但夏之时连发十八道金牌，一催再催，她只好启程回国，远赴四川合江。

一位喝过洋墨水的知识女性要在一个勾心斗角的旧式大家庭中理顺婆媳妯娌关系，谈何容易！董竹君相当用心，她先是在省城购买了一大堆洋货作为见面礼，打点老老少少大大小小，一个不漏，他们的口被封住了，不好意思一上来就揪她的辫子，找她的茬子，剩下的事再见招拆招，随机应变。夏家老太太嫌弃董竹君是个下江人，有过青楼卖笑的案底，居然还留过洋，恐怕不好使唤，就敦劝老二（夏之时）将她休掉，另娶一房新媳妇，这事被夏之时顶了回去。董竹君拿出十成功力，里里外外精明贤能，终于让夏家上上下下生出敬意，连老太太也改变了根深蒂固的成见，还亲自主持操办了一个旧式婚礼，让已为人父人母的夏之时与董竹君高烧红烛，重新拜堂，算是正式接纳她为夏家的媳妇。

夏之时出任四川靖国军总司令后，一改初衷，做起了地方军阀，凭仗枪杆子欺负商民，从中渔利，钱倒是捞了不少，但他原先的革命理想变成了一个不折不扣的笑话。董竹君看到这一点，对他的所作所为深感痛心，劝他改行正道，保全清名，这些规劝招来的却是轻蔑的骂声——"女人头发长见识短"。

1919年，由于夏之时在四川军界内部白热化的派系斗争中站错了队，跟错了人，被正式解除军职，从此在成都过起了求田问舍的赋闲生活。他创办过锦江公学，但只是短期行为。他喜欢赌钱，一把把钞票随手而空。他喜欢敲木鱼念经，假把式学佛。他抽鸦片烟上瘾，董竹君看不惯，将烟具藏起来，他就恶语相侵："就算把房子吸成灰，也不是花你娘家的钱！"因为不得志，夏之时的脾气越来越糟糕，经常无理取闹，甚至把手枪拍在桌子上，扬言要一枪崩掉她。令董竹君难过的是，她患肺病避居花园亭子，休养三个月，他从未去探望过她。他重男轻女，见董竹君连生四个女儿，口头没说过什么，心里却相当恼火。当年，夏之时的母亲生下第二个女儿，曾残忍地将她淹死，此后胎胎生儿子，夏母居然将这种恶行当作经验加以推广，董竹君宅心仁厚，闻之亦深恶而痛绝。董竹君怀第四个女儿国璋时最辛苦，因为劳碌过度，胎气不足，共怀孕十五个月才分娩，身体亏损极大，夏之时却极少有关怀之意和体贴之举。董竹君苦口婆心地规劝丈夫放下往日都督、司令的架子，多接受点新文化、新思想，多兴办几项实业，多做些有益于社会的事情。她拜托国民党内头号理论家戴季陶写信劝导夏之时重拾雄心。殊不知，戴氏本人意志薄弱，动不动就想到自杀（最终于1949年自杀成功），是个如假包换的衰人，结果有辱使命。

军阀割据，工商凋敝，教育废弛，民不聊生，在这样的乱世里，董竹君仍然自强不息，开办"富祥女子织袜厂"和出租黄包车的"飞鹰公司"。起先，生意差强人意，可是受到大环境下实业不景气的影响，经营日趋惨淡。

1929 年春，董竹君将工厂关闭，将公司盘出，带着四个女儿（将最小的儿子留在四川）前往上海，与夏之时会合，这原本是他们讲信修睦的最后机会，夏之时却将它白白浪费了。他的指责、怀疑（疑心她卷空家产）和辱骂，以及手持菜刀一路追杀，令董竹君再也无法容忍，她咬紧牙关提出离婚通牒。

分居五年后，董竹君与夏之时在上海正式签署离婚协议。她只提出了两点要求：一是夏之时不要断绝抚养费，以免孩子们长大后，只知有母不知有父；二是天有不测风云，人有旦夕祸福，一旦她有个三长两短，请夏之时念及儿女情分，培养四个女儿大学毕业。这两点要求合情合理，令在座的见证人个个感叹唏嘘，夏之时也走过来，握手下泪，对她说："竹君！今天才知道你的人格。你提出的要求，完全可以办到。"事实上，夏之时返川后，就暴露出本来面目，他不仅分文不汇，还向戴季陶、李伯申（夏、董二人的离婚律师）等人诬告董竹君隐匿款项，叮嘱他们"勿予接济"，并且请他们设法以共党嫌疑罪将她驱逐或拘禁，逼她交出孩子，其用心不可谓不毒。后来，他洋洋洒洒地写了一封长信痛陈董竹君数条罪状：胳膊肘外拐；视女若男；交友不慎；对新文化、新思想趋之若鹜；忘恩负义；经营不善而使工厂和公司倒闭。信末他提出三项"善后办法"，无外乎是要董竹君带着女儿返回四川，这当然是白日做梦。所幸戴、李等人还算明白事理，并没有为难董竹君。只不过中间添出一个插曲，戴季陶和夫人纽有恒极力笼络董竹君，要介绍她加入国民党，她以不懂政治、对政治毫无兴趣为由巧妙地推脱了。

夏之时与董竹君的婚姻原本有点英雄救美的意味，不乏革命浪漫主义色彩，到头来却演变为反目成仇的结局。应该说，夏之时算不上行侠仗义的英雄，董竹君却绝对是一位坚毅好强的美人；夏之时只有一时惝恍的爱美之心，董竹君却有永久珍视人格和尊严的主见；过气的英雄长年以恩公自居，觉悟的美人则不愿一辈子保持女奴姿态。于是，这桩在外人看来异常美满的婚姻最终从内部玉碎（说"瓦解"可能更准确）了。离婚后，夏之时干出种种卑劣行径，更将董竹君心中残余的爱意和敬意化为了烟尘和齑粉。

在《娜拉走后怎样》一文中，鲁迅断言："……娜拉或者也实在只有两条路：不是堕落，就是回来。"此外还有第三条根本不算路的"路"：饿死。董竹君，这位中国上海的娜拉居然打破了这个魔咒，尽管她所遭遇的社会环境比挪威奥斯陆的娜拉更为险恶，但是她凭着勇敢和智慧走通了别人想都不敢想的第四条路，那就是独立之路、创业之路、自我完善之路。

鲁迅对女界现状极感悲观，在同一篇文章中，他有一句话倒是说对了："梦是好的；否则，钱是要紧的。"董竹君比别人更能够深切地理解这句话的含义。试想，一个离婚的女人带着四个女儿，要在大上海的花花世界里立足存身，已经很不容易，倘若还要白手起家，赤手空拳杀出一片生天，更是难乎其难。董竹君偏偏就有破釜沉舟、置之绝境而后生的勇气。这位织梦者决心织造出生命中应有的绚丽云锦，即使要为此付出沉重的代价，她也在所不惜。

离婚后的最初几年，董竹君将平日不用的首饰典当殆尽，她毫不心疼；贵重点的衣服抵押一空，她也不心酸；而大女儿国琼的乐器大提琴被抵押出去，她才真真切切地感到了心痛。囊空如洗，手头拮据，迫使她一再搬家，即使栖身在最便宜最阴暗的亭子间，她仍要为房租发愁。

受医生郑德音的影响，并由她引荐，董竹君一度打算加入共产党，却未能如愿，于是她就做了一位不签字的党员。那位姓李的神秘人物给她指出了一条创业的光明路，这方面她在四川已积累了不少经验。董竹君也想到过办实业，可是大笔资金从何而来？她找到二叔，二叔赞成她开办纱管厂。董竹君见门路可靠，便东拼西凑，集资四千元。

1930 年春，董竹君办起了小规模的群益纱管厂。由于资金周转困难，她在销售方面下足了功夫，直跑得双腿肿胀，患上关节炎。当时，女子办厂在上海还是新鲜事，很难赢得上海银行界和实业界的信任，可想而知，找他们贷款和拆借资金均吃闭门羹。好在天无绝人之路，董竹君经高人指点，远涉重洋，去菲律宾马里拉华侨界招回一万元股资，从而扩大了生产规模。

1932 年 1 月 28 日夜，侵华日军悍然进攻上海闸北，群益纱管厂遭到炮击，被迫停工。海外股东不明真相，立刻有不少流言中伤董竹君，说她是"拆白党"，即今日所谓"空手套白狼"的骗子。为了恢复生产，董竹君想方设法筹措资金，一时心急，她险些中了专门设局坑人的"翻戏党"张云卿的圈套，待她识破张氏的鬼把戏后，张氏不但没有恼羞成怒，反倒敬佩她在商机无限、危机也无限的上海滩敢闯敢干，还无偿地资助了她一笔钱，以解燃眉之急。

屋漏偏逢连夜雨，船行又遇打头风，总之祸不单行。这期间，董竹君的母亲去世，父亲重病，债主催迫一日紧似一日。眼前八面悬崖，看不到半线生机。她"顿时觉得四海茫茫，束手无策。一阵心酸，一阵沮丧，自杀之念油然而生"，甚至觉得死是最好的解脱，可以了却万般烦恼。但这个念头闪现之际，她耳畔响起了夏之时的那句预言："到头来，如果你不弄得走投无路，带着四个孩子跳黄浦江，我手板心煎鱼给你吃。"

大成功者除了自身具备勇气和实力，通常还会得到意想不到的贵人相助，董竹君否极泰来，重新崛起，也不例外。

有一天，董竹君家中来了一位不速之客——四川人李嵩高，此人曾经留学法国，是四川地方军队的军火采购员。他慕名而来，听说她会经商，资金方面遇到了难处，就慷慨解囊，愿意借给她两千元做生意，这岂不是雪中送炭吗？此人语气诚恳，并未提出任何非分要求，董竹君欣然收下了这笔救命钱。她仔细琢磨，办厂太难了，只好放弃，办川菜馆，也许更有奔头？当时，在上海酒菜业中最受欢迎的是粤菜和闽菜，川菜并不吃香，主要是因为川菜太麻、太辣、太咸，不对下江人的胃口。若将川菜的花色品种加以重新组合和改造，未见得不能与粤菜、闽菜争一日之雄。

想到就做，谋定不夺，这是董竹君的一贯作风。打从一开始，她的定位就极高。在中国民以食为天，吃饭不仅是吃饭，还是食文化，瞄准了这一点，她开川菜馆，就不单纯出于赚钱的商业目的，还要把它当作文化产业来经营。取店名，她无须挖空心思，绞尽脑汁，"锦江"二字是现成的。四川成都依傍着美丽的锦江，因此古时候它被称为"锦官城"和"锦城"。在锦江边，有一座著名的望江楼，曾是唐朝女校书薛涛吟诗会客的地方，后来成为川中名胜。游人风雅，也许还能背诵楼中那首七绝：

> 望江楼上望江流，人自望江江自流。
>
> 人影不随江水去，江声不断古今愁。

董竹君与薛涛均出身青楼，天涯沦落，虽然异代永隔，但两心相契。以"锦江"作店名，可说是川味十足，诗意十足，雅气十足。她意犹未尽，还拿出了与之相称的设计，店徽是一片青青竹叶。

1935年3月15日，在上海法租界内华格臬路，锦江川菜馆正式挂牌营业，开门就是满堂红，此后生意节节攀升，简直好到爆棚的程度。上海滩青帮、红帮头面人物杜月笙、黄金荣、张啸林固然捷足先登，南京及上海军政要人也经常在此设宴，默片时代的头号明星查尔斯·卓别林访问中国，在此品尝过香酥鸭子，还在他的回忆录中特意提到一笔。满座的时候，竟连杜（月笙）老板也得排队，有一回，他等得实在不耐烦了，就让招待员捎话给董竹君，赶紧扩充店面，房间不够，就用他的名义跟房东孙梅堂打商量。董竹君求之不得，孙梅堂误以为杜老板是她的靠山，便尽心尽力玉成。锦江向后弄深入，必须搭天桥过去，又是杜老板出面疏通，促使法租界工部局破天荒签发了特许营业执照。扩充店面后，锦江的生意更加蒸蒸日上，董竹君名声大噪，被视为神通广大的女强人。

在当时的酒菜业中，还没有人像董竹君那样讲求文化品位，室内装潢十分考究，除了红木雕刻的宫灯、意大利样式的雕塑，墙上还挂有张大千画的丛竹、郎静山拍的照片和郭沫若写的条幅。这里应特别提及郭沫若，他困居上海期间，一直由锦江照料饮食，因此他称赞董竹君为一饭救韩信的"漂母"，还写诗填词以表谢意，其诗为：

患难一饭值千金，而今四海正陆沉。
今有英雄起巾帼，娜拉行踪素所钦。

1936年初，董竹君开办锦江茶室，给社会贤达名流提供一个幽雅整洁、安静舒适的清谈环境。茶室全用女招待，却从不播放靡靡之音，以示正派经营。董竹君将锦江川菜馆和锦江茶室办得红红火火，与其经营理念和严格管理固然分不开，但更为重要的是她能在三教九流各路神仙中周旋自如，诸如官场中人上海警备司令杨虎、国民党政要戴季陶、红人郑毓秀，黑道上青红帮头目杜月笙、黄金荣、张啸林，白道上文、教、法、工、商、报界诸名流，她都能够摆平，不开罪任何一方，在商言商，不卷进政治漩涡，尽管她也掩护和资助过一些爱国人士和地下共产党员，但做得天衣无缝，就算是后来军统特务沈醉有所察觉，也没能抓到硬把柄，不敢轻举妄动。

当年，与锦江齐名的是梅龙镇酒家，女掌柜吴湄曾做过演员，交游甚广，是《时报》名记者陈万里的夫人。抗战期间，陈万里前往西南边陲采访，撰写《西行艳异记》，逐日刊载在《时报》上，由于深入瘴乡，不幸失踪，未曾生还。吴湄在南京西路静安别墅开设酒家，由威海路出入。梅龙镇酒家菜式多样，味美价廉，因而食客常满。梅龙镇由小变大，由一家变为数家，虽然两次失火，却越烧越旺，在南京西路上站稳了脚跟，分店遍布全市。

"人怕出名猪怕壮"，这话没错。董竹君身上的传奇色彩极浓，有名声，有事业，如此成熟的美女，身后自然不乏追求者，烦心事也就会如影随形。上海法租界工部局董事、法国哈瓦斯通讯社上海分社负责人张翼枢深有背景，与黑白两道的大人物都有拜把子交情，他来扣弦琴挑——打董竹君的主意，自以为十拿九稳。张某请吃请玩，送花送礼，表情表意，高招低招用尽，董竹君只是虚与委蛇。她早掐准他有家有室，而且有摆脱不了的隐衷，就急中生智，巧妙地将了他一军："你想要我与你结成眷属，我也同意。但你必须先和家里的妻子离婚。"她的"认真"令张某大吃一惊，她摆明了态度——不可能做小老婆偷偷摸摸过一辈子。张某色心未死，仍旁敲侧击地说："像你这样美貌、聪明而且事业心强的女性确实少见，但是你要知道，没有政治和经济力量来支持你的事业，想继续发展是困难的。"说这话，表明他已泄气，只不过硬撑局面。于是，董竹君不失时机地抱怨道："看来，你的意思是不肯离婚，那你也太不替我着想了！"这次口头交锋之后，张某一票水撤退得无影无踪，再也没来找董竹君的碴，毕竟是他理亏，怨不得别人美女不给机会。

1940 年冬，董竹君搭乘一家荷兰公司的轮船前往菲律宾马尼拉，一是探望大女儿国琼，二是为锦江两店募集新的股金。孰料日本远征军于翌年入侵东南亚，董竹君与女儿沦为难民，险些死于菲律宾新兵的枪口（误以为她们是日本间谍），幸亏朋友跪地作证，才逃过劫数。董竹君临危不乱，关照大家必须穿戴整洁，妇女略施脂粉，因为菲律宾是美国的殖民地，尊重富人和女士，打扮得漂亮些更容易博取同情，获得救助。事实证明，她这是神机妙算，在日本飞机的狂轰滥炸下，他们果然多次得到意想不到的援手，逃脱死神的魔掌。

1945 年初，在菲律宾受困五年后，董竹君乘日本红十字会难民船回到上海。这片沦陷区早已面目全非，日本人的"善治德政"通过汪伪政权尽展"魅力"，有钱有势的人纸醉金迷，没钱没势的人忍气吞声。她回国后，立刻发觉锦江两店（饭店和茶室）的代理人张某某贪污严重，经营额已急剧下滑，倘若她再晚回数月，锦江两店势必会落入他人之手，她的心血就将付诸东流。董竹君急于筹集资金，结果在证券交易所里栽了跟头，屋主要挟收回店面，1946 年下半年，国民党政府发行法币和金元券，物价疯涨，锦江两店险象环生。董竹君临渊履冰，战战兢兢，但她相机行事，化险为夷。

有人将世纪老人董竹君形容为"中国的娜拉"和"中国的信子"。前者强调的是她的人格觉悟，能够毅然摆脱男权色彩浓厚的家庭；后者强调的是她的青楼出身，能够赤手空拳开辟一片事业的疆域。生逢艰难时世，她毫无背景，毫无靠山，却时时护惜着翼下四只雏鸟，义无反顾做"娜拉"，确实堪称神勇，白手起家做"信子"，更是智慧超群。在中年和晚年，董竹君还遭受过两次牢狱之灾，其坚定的信念却毫发无损，这样刚强卓越的女企业家，无疑是特例中的特例，典型中的典型。

二、大学女校长

在数千年漫长的岁月里，女性受教育的权利被男权社会剥夺殆尽，及至清朝末期，这种铁打的局面才终于有所改观，女性上私塾，入读教会学校，进而留学日本和欧美，女权主义方始有了一丝微弱的胎息。

1917年初，蔡元培主掌北京大学，翌年，他聘请陈衡哲执教历史系，中国第一位女教授应运而生，这是一个巨大的进步。在此之前，1907年左右，吴芝瑛出任浙江吴兴浔溪女校校长，开了中国女性掌校的先例。1920年，她又集资在上海创办一所纪念秋瑾的竞雄女校，自任校长。曾国藩的曾孙女曾宝荪早年留学英国，获得了伦敦大学理科硕士学位，1920年她在长沙创办艺芳女校，还担任过湖南省立一女师、省立第二中学校长。另一位湖南女子张默君也热心于教育，她是同盟会老会员、南社老社员张通典（字伯纯）的女儿，凤有家学渊源，诗文了得，被誉为"不栉进士"。1918年，她赴欧美考察教育，旋入哥伦比亚大学专攻教育学，当选为中国留学生纽约同学会的第一任女会长，毕业后，她游历欧洲数国，著《战后欧美之女子教育》一书。回国后，张默君出任上海《时报》妇女周刊编辑，又欣然接受江苏省立第一师范学校校长聘书，以"真善美"为该校校训。张默君是一位严谨的教育家，曹聚仁夸赞她"笔下不错，诗词都来得，样儿更使入迷醉"，在她身上发生过极其浪漫的爱情故事，值得在此交代一笔。张默君事业心綦重，一不小心就耽搁了花信年华，三十多岁仍未成婚。放在今日，也算是剩女了。辛亥革命后，她暗恋比自己小一岁的挚友蒋作宾（后为国民革命军陆军上将），邀请他到老家湘乡去玩，意在让准岳母见见准女婿。然而天意弄人，蒋作宾误中副车，对张默君的三妹张淑嘉一见钟情，急请黄兴做月老，正式提婚。手心手背都是肉，张母将错就错，这桩婚事一锤定音。因为是亲妹妹抢得先机，张默君便以豁达的心情乐见其成。此后数年间，她苦守空窗，发誓终生不嫁。世事总难料，张默君暗恋蒋作宾，良愿已成虚，邵元冲明恋张默君，则好事总多磨，他比她小七岁，苦恋她长达十年。张默君风头正劲时，这个小弟和部下自然难入她的法眼。数年后，张默君为另一个妹妹张侠魂择定少年美才竺可桢为佳婿，此时的邵元冲已经非复吴下阿蒙，她有感于他多年眷恋的诚意，终于首肯他的第 N 次求婚。1927 年，他们在上海结缡，张默君已经年过四十。据毛彦文自传《往事》记载，张默君的女权意识极强，客人来访，倘若告诉门房"求见邵元冲先生"，门房照例谎报"邵先生不在家里"，连秋瑾的女儿王灿芝都吃过这类闭门羹。唯有客人告诉门房"拜见邵先生和夫人"，方可"芝麻开门"。1936 年，邵元冲在西安事变中遭到乱兵枪击，不幸身亡。张默君半生寡居，工诗、善画、能书，以此慰藉精神，她还是一位手眼相当不俗的古玉收藏家。

在中华民国历史上，有两位知识女性不可忽略，一位是杨荫榆，另一位是吴贻芳。她们同为女子大学的校长，地位相当，命运迥异。前者是坏校长的标本，后者是好校长的典范，这是半个多世纪以来盖棺之后的定论。但任何历史都不是铁板一块，尤其是那些负面人物，"一居下游，则天下之恶尽归焉",这种最方便的做法不无可议之处。何况当年给杨荫榆判处"极刑"的人是文豪鲁迅,就更值得我们重新审视一番。虽然不能使杨荫榆超生,至少能够还原一些真实。

杨荫榆

杨荫榆（1884—1938），小名申官,江苏无锡人,出身于书香门第。早年,她在兄长杨荫杭创办的锡金公学就读,学习近代数理知识,开男女生同校风气之先,二十岁左右,她就读于苏州景海女中和上海务本女校。1907年,江宁学务公所官费派遣女生留学日本,杨荫榆幸运成行,她先入青山实践女子学校,嗣后转入东京女子高等师范学校理化博物科学习。1911年,杨荫榆毕业回国。1913年,她在江苏省立第二女子师范学校担任教务主任。1914年,她在北京女子师范学校担任学监。1918年,教育部首次甄选教师派遣欧美留学,她在获派之列,入美国哥伦比亚大学攻读教育专业。1922年,杨荫榆获得硕士学位,成为国内为数不多的喝过洋墨水的女学究,受到章士钊的赏识。两年后,她荣任北京女子师范大学校长。

迄至1924年,杨荫榆四十岁前,她的履历表上没有任何污点,她是中国有史以来第一位师范大学女校长,这可算是一项光荣的纪录。

杨荫榆早年的经历理应比一份履历表更生动,所幸她的侄女杨绛手中有一支生花妙笔,尽管彼此关系疏远,好感不多,但杨绛还是撰写了散文《回忆我的姑母》,描绘出杨荫榆鲜为人知的婚姻生活：

三姑母皮肤黑黝黝的,双眼皮,眼睛炯炯有神,笑时两嘴角各有个细酒涡,牙也整齐。她脸型不错,比中等身材略高些,虽然不是天足,穿上合适的鞋,也不像小脚娘。我曾注意到她是穿过耳朵的,不过耳垂上的针眼早已结死,我从未见她戴过耳环。她不令人感到美,可是也不能算丑。即使她是个丑女儿，也不该把她嫁给一个低能的"大少爷"。当然，定亲的时候只求门当户对，并不知对方底细。据我父亲的形容，那位少爷老嘻着嘴，露出一颗颗紫红的牙肉，嘴角流着哈拉子。三姑母比我父亲小六岁，甲申年生，小名申官。她是我父亲留学日本的时期由祖母之命定亲结婚的。我母亲在娘家听说过那位蒋家的少爷，曾向我祖母反对这门亲事，可是白挨了几句训斥，祖母看重蒋家的门户相当。

我不知道三姑母在蒋家的日子是怎么过的。听说她把那位傻爷的脸皮都抓破了，想必是为自卫。据我大姐转述我母亲的话，她回了娘家就不肯到夫家去。那位婆婆有名的厉害，先是抬轿子来接，然后派老妈子一同来接，三姑母只好硬给接走。可是有一次她死也不肯再回去，结果婆婆亲自上门来接。三姑母对婆婆有几分怕惧，就躲在我母亲的大床帐子后面。那位婆婆不客气，竟闯入我母亲的卧房，把三姑母揪出来。逼到这个地步，三姑母不再示弱，索性撕破了脸，声明她怎么样也不再回蒋家。她从此就和夫家断绝了关系。那位傻爷是独子，有人骂三姑母为"灭门妇"；大概因为她不肯为蒋家生男育女吧？我推算她在蒋家的日子很短，因为她给婆婆揪出来的时候，我父亲还在日本。一九〇二年我父亲回国，在家乡同朋友一起创立理化会，我的二姑母、三姑母都参加学习。据说那是最早有男女同学的补习学校；尤其两个姑母都不坐轿子，步行上学，开风气之先。三姑母想必已经离开蒋家了。那时候，她不过十八周岁。

也许是不幸的婚姻早早破坏了杨荫榆的心境，这位被人咒为"老孤婆""灭门妇"的女学究性格刻板，遇事较真，一点也不通融，总给人捉摸不透和格格不入的感觉，再加上她一次离婚、两次留洋的特殊经历，当时，一般男女都对她敬而远之。

1935年盛夏，杨绛与钱钟书在苏州完婚，大喜之日，赋闲在家的杨荫榆前往道贺，她身穿一套新潮白夏布衣裙，足蹬无锡人认为很不吉利的白色皮鞋，其他贺客"以为她披麻戴孝来了"，不禁侧面诧怪。

杨荫榆一生大起大落，她在1925年的"倒行逆施"帮她"赢得"了在《鲁迅全集》的注释中数十年不变的定性——"推行帝国主义和封建主义奴化教育的代表人物之一"。肩头被这一沉重的骂名压着，可不比希腊神话中推石头上山的苦役犯西西弗斯更轻松，时至今日，仍见不到她卸下骂名的尽期。

身为大学校长，杨荫榆强调校风校纪，反对女生分心于功课之外，这并无大错。其兄长、教育家杨荫杭就曾大声疾呼"赈学荒"，并且认为"学荒之凶更甚于岁荒"。想必杨荫榆深有同感。但她昧于大势，不知党派力量已经渗透大学，仍然按照美国式教育制度办学，试图剥离来自外界的政治影响，这就势必开启招怨之门。她撰文宣称，"窃念好教育为国民之母，本校则是国民之母之母"，一时间这句话被女生当成笑谈，暗地里讥讽她为"国民之母之母之婆"。

1925年8月1日，北京女子师范大学校长杨荫榆硬杠学生的"驱羊（杨）运动"，先是以校评议会的名义开除女师大学生自治会几位干事（刘和珍、许广平等人），然后召来军警，截断电话线，殴打女生，关闭伙房，强行解散预科甲、乙两部的四个班级。北洋政府教育总长章士钊又火上浇油，明令停办女师大，以国立女子大学取而代之，此举彻底激怒了北京学界诸多知名人士（鲁迅、马裕藻、沈尹默、李泰棻、钱玄同、沈兼士、周作人等）。他们"驱羊打獐"，撰文抨击杨荫榆，视之为标靶，口诛笔伐，这不过是佯攻，主攻的对象则是铁杆守旧派分子、教育总长章士钊，北大评议会决议退出教育部，也并非声援女师大那么简单，实际上是两个不同阵营的一次对决（其中也掺杂了个人恩怨和权力诉求）。杨荫榆便成为了局中一枚尴尬的棋子。最终北洋政府扛不住强大的舆论压力，只好息事宁人，将杨荫榆当成替罪羊，免去她的校长教职，以平公愤。

当年，鲁迅逮住杨荫榆所导演的全武行，用杂文《校长的男女的梦》将她捅爆：

我不知道事实如何，从小说上看起来，上海洋场上恶虔婆的逼勒良家妇女，都有一定的程序：冻饿，吊打。那结果，除被虐杀或自杀之外，是没有一个不讨饶从命的；于是乎她就为所欲为，造成黑暗的世界。

这一次杨荫榆的对付反抗她的女子师范大学学生们，听说是先以率警殴打，继以断绝饮食的，但我却还不为奇，以为这是她从哥仑比亚大学学来的教育的新法，待到看见今天报上说杨氏致书学生家长，使再填入学自愿书，"不交者以不愿再入学校论"，这才恍然大悟，发生无限的哀感，知道新妇女究竟还是老妇女，新方法究竟还是老方法，去光明非常辽远了。

鲁迅的另一篇杂文《寡妇主义》笔墨尤为辛辣："在寡妇或拟寡妇所办的学校里，正当的青年是不能生活的。青年应当天真烂漫，非如她们的阴沉，她们却以为中邪了；青年应当有朝气，敢作为，非如她们那么萎缩，她们却以为是不安本分了，都有罪。只有极和她们相宜，——说得冠冕一点罢，就是极其'婉顺'的，以她们为师法，使眼光呆滞，面肌固定，在学校所化定的阴森的家庭里屏息而行，这才能敷衍到毕业……"

当然，学界也有理性的声音，认为这样的闹法适足以使教育受损。上海光华大学教务长朱经农写信给胡适，便说"女师大风潮久延不决，愈闹笑话愈多。杨荫榆脑筋固然太旧，女学生的举动也未免太新奇了"。平心而论，在安稳时期，杨荫榆何尝不能成为一名合格甚至优秀的大学校长，可是她身处乱世，劲敌太多，政治上歧道纷出，尤其令她无所适从。她不赞成学生上街游行，荒废学业，用心是好的，处理方法却是糟的，招引警察入校，使对抗的烈度骤然升级，尤为不妥。没有沟通就不会有理解，没有理解就不会有同情，许多悲剧由此产生。文化界、教育界诸名人处处翼庇学生，用心是善的，效果未必就佳。学生受到多方鼓励，遂以闹学潮为进步，在嗣后不久的"三一八"惨案中，刘和珍、杨德群等女师大学生于执政府前广场喋血殒命，遂成痛事。

文化名宿梁启超不赞成闹学潮。1925 年，他为《晨报》副镌撰写文章《学生的政治运动》，可谓头脑清醒，目光锐利，见解深刻："中国现在并没有政治。现在凡号称政治活动的人，做的都不是政治活动。现时所谓政治活动，不外拥护某人，排斥某人，勾搭这一系，打倒那一系。不管挂有政党招牌也罢，不挂也罢，所谓政党标有主义也罢，不标也罢，所谓的主义的内容好也罢，不好也罢，都不相干。顽来顽去总是那一套。质而言之，脱不了二千年前六国策士朝秦暮楚纵横捭阖的心理。那些政客们做这行生意，吃这行饭本无足责。可怜成千累万的青年，做什么梦发什么狂，替他们捧场？"

教育家蔡元培也从不鼓励学生闹学潮。蒋梦麟在《西潮・新潮》中即写到这方面的情况，五四运动期间，蔡元培担心"北京大学……今后将不容易维持纪律，因为学生们很可能为胜利而陶醉。他们既然尝到权力的滋味，以后他们的欲望恐怕难以满足了"。蔡元培的方法是苦口婆心地劝导，实在劝导不了，也就只能放行，准备善后，而不是招来大批军警封校。他的这个态度，五四时期的学生领袖傅斯年、罗家伦是认可的，傅、罗后来都当过大学校长，基本上也是对学生能劝导则劝导，不能劝导就做好善后工作。杨荫榆一味行蛮，方法上就不可取。

倘若易时易地考量，学潮会被哪家政府所乐见？大学栽培的是莘莘学子，爱国者要"直面惨淡的人生，正视淋漓的鲜血"，也先须具备足敷所用的学识、才能和判断力，此理千古不废。然而一个"理"字并不能轻松走遍天下，于是乎无党无派的杨荫榆就被众人推下深渊，万劫不复了。

鲁迅对杨荫榆的打击绝对具有毁灭性质，使她身败名裂，从此与"反动"一词有了洗脱不净的干系。她羞愤出京，回到苏州，赋闲了一阵子。1927 年，杨荫榆重出江湖，再作冯妇，赴苏州女子师范学校任教，并在东吴大学兼授外语。由于名声狼藉，苏州女子师范学校的学生并不待见她，更谈不上应有的尊重。当时《苏州日报》文艺副刊编辑是鲁迅的学生，多次在报纸上重提女师大旧事，指斥杨荫榆为"专制魔君""女性压迫者""教育界蟊贼"和"反革命分子"，弄得杨荫榆在苏州的处境极为狼狈，整日如履薄冰，如临深渊，如探沸汤，如坐针毡。

1935 年，杨荫榆辞去教职，但她对教育事业的热情丝毫未减。不久，她自掏腰包，利用私宅，在苏州盘门小新桥巷十一号创办女子补习学校——二乐女子学术社，自任社长，招收女生。

1937 年，日军侵占苏州，奸淫掳掠，恶行累累，当时，杨荫榆居住在盘门，四邻小户人家饱受日军蹂躏，她开办的二乐女子学术社是女学生集中的地方，自然也无法幸免。杨荫榆忍无可忍，她跑去日本军营，递交用日文撰写的抗议书，当面斥责日本军官纵容部曲奸淫掳掠，肆意违反国际公法。日本军官见杨荫榆气度非凡，日语讲得十分流利，估计她是地方上有名有数的人物，就勒令部下退还他们从杨荫榆四邻抢走的财物。如此一来，街坊上那些被日本兽兵视为"花姑娘"的妇女都将二乐女子学术社视为首选安全避护所，杨荫榆出于正义感和邻里之谊，对她们来者不拒，悉数收留，为此她拿出积蓄，扩建房舍。这种情形显然不是敌酋所乐见的，于是他们想出毒招，征用杨荫榆的住宅。杨荫榆怎肯搬家，于是双方形成激烈对抗的局面。

1938 年元旦，两个日本兵来到杨荫榆家中，用一番鬼话哄她出门，在吴门桥上，一名兽兵突然朝她后背开枪，另一名兽兵则猛然将她踹入寒冷的河水里，他们发现杨荫榆落水后还在继续扑腾，又连发数枪，直到河水泛红，才扬长而去。一个为杨荫榆造房子的木工将她从河里打捞上岸，装殓遗体时，棺木太薄，不敷所用，只好在棺外仓促加钉一层厚厚的木板，既没刨光，也没上漆。杨绛认为，"那具棺材，好像象征了三姑母坎坷别扭的一辈子"。

老诗人杜兰亭留下《饮河轩诗词稿》，其中有一首叙事诗《哀榆曲》，对杨荫榆的悲惨结局寄予无限同情。诗前有一小序导出事由："吾邑杨荫榆女士，卜筑苏州，敌酋占其居，杨不服，竟遭惨杀。侯先生病骥为文记之，吾又于吴先生迅如处闻悉杨平生行事，有感其人，为作《哀榆曲》。"杜兰亭与杨荫榆同为无锡老乡，比杨荫榆小二十二岁。1937年冬，日寇占领苏州，他亲历痛事。且看《哀榆曲》："城市山林小筑新，鹊巢自古恨难伸。飞飞一对堂前燕，犹向当檐觅主人。旧主杨家女学士，军门怒去争情理。将须虎口语铮铮，却得胡酋声唯唯。奴隶如何有主权，回头性命片时捐。淙淙桥下清波浅，凄咽声嘶说可怜。铜驼荆棘悲如许，彤管何人传烈女？白发侯生洒泪书，空垅吴季伤心语。"前四句用鸠占鹊巢的典故，点明杨荫榆的房舍被日寇强行占据，后八句描述杨荫榆前去军营据理力争，日寇佯装答应她的要求，却将她骗到吴门桥上，从背后开枪，然后将她踹入冰冷刺骨的河水中。杨荫榆身受重伤，尚自扑腾，兽兵又连开数枪，致使杨荫榆顷刻殒命。杜兰亭此诗作于杨荫榆惨遭杀害后不久，他所讲的杨荫榆的死因是站得住脚的，这个说法虽不及挺身而出保护年轻姑娘的贞操那么大仁大义，但也足见其不肯屈服于倭寇凶焰淫威的超凡勇气，同样令人叹服。

抗战期间，在前线杀敌与在沦陷区斥敌，同是英勇壮烈的举动，何况杨荫榆一介老妇毫无惧色，为了争取自己正当的居住权而据理力争，正气凛然，痛斥气焰万丈的日本兽兵，丝毫也不逊色于任何一名热血男儿。她牺牲后，烈士之名落空，全是因为她早年被鲁迅的投枪钉在了历史的耻辱柱上，铁案难翻。现在看来，当年杨荫榆两眼只紧盯教育，缺乏政治嗅觉，思想偏于保守，固然可议，但她身为女师大校长，反对学生闹学潮，则情有可原。杨荫榆错就错在手段过激，盲目引用强权和武力解决棘手的难题，以致酿成乱局，引发公愤。但无论如何，她晚节无亏，对教育事业的热诚也值得敬佩。至于所谓的"定论"，后人理应做出更接近客观事实的分析才对。当代作家陈群写过一篇文章《杨荫榆之死》，里面有这样一句话："抗日，有各种方式，有拿枪的，有徒手的，有杀敌的，有斥敌的，杨荫榆的行为，不愧是抗日英雄的行为。"当代学者陆建德写过一篇论文《母亲、女校长、问罪学》，以学理和事实剖析是非，还杨荫榆应有的清白，更是功德无量。杨荫榆遭受屈辱多年，倘若她在九泉之下有知，应该可以稍感欣慰了。

吴贻芳

吴贻芳（1893—1985），江苏泰兴人，祖籍浙江杭州。早年，其遭际十分悲惨，十七时，父亲在湖北投江自杀，两年后，她又相继失去母亲、哥哥和姐姐。1916 年，吴贻芳考入金陵女子大学，在上海浸礼会怀恩堂接受洗礼，皈依基督教。由于学业出众，组织才能超群，吴贻芳被推选为金陵女子大学首届学生会会长，带领全校女生响应五四运动。1919 年，吴贻芳大学毕业，在北京女子高师担任外文系主任，女作家苏雪林听过她的课，留下了"教法优良"的好印象。1922 年，由教育部简派，吴贻芳赴美留学，适值某外国总理访美，演讲时信口雌黄，竟诬蔑"中国不能算一个国家"，吴贻芳闻之义愤填膺，撰文痛加驳斥，此举赢得了华侨和留学生的敬意。六年后，她毕业于美国密执安大学研究生院，获得生物学博士学位。1928 年 8 月，她回到南京，出任金陵女子大学校长，履新时，未满三十六岁。就职致辞时，吴贻芳确定金陵女大的办学宗旨是"造就女界领袖，为社会之用；培养人才，从事于中国的各种工作"。

从 1928 年到 1951 年，吴贻芳执掌金陵女子大学校政长达二十三年。在金陵女子大学的"999 朵玫瑰"（毕业生的约数）中，绝大多数都得益于她的栽培。吴贻芳的教育思想中包蕴了宗教的悲悯情怀，校训一词以蔽之，即"厚生"。吴贻芳常给金陵女大学生作讲解："人生的目的，不光是为了自己活着，而是要用自己的智慧和能力来帮助他人，造福社会。这样，不但有益于别人，自己的生命也因之而更为丰满。"这一宗旨与"己欲立而立人，己欲达而达人"的儒家精神也完全合拍。

身为校长，吴贻芳很细心，给身姿不佳的女生开矫正体操班，使她们拥有美观的体态；给发育不良的女生另加营养餐，金陵女大的伙食有口皆碑，是首都各大学中办得最有风味的；她从不禁止女生恋爱，为她们的安全考虑，在女生宿舍附近辟出专门场所，接待外校的男生来谈心，金陵女大的学生为此造出 Local 一词（由 love+call 组成），谁的男朋友来访，其他人就纷纷打趣道，"你的'Local'来了"。然而令人费解的是，金陵女大的毕业生中有不少人终身不肯踏入围城，莫非她们都是受吴校长的影响？石西民曾当面询问过吴贻芳为什么不结婚，后者给出的答案是：旧社会的门第，女博士的高名，大学女校长的身份，都对婚姻造成妨碍，少女时期的自尊和矜持一度令她错过良缘，后来强烈的事业心则促使她将个人的终身大事抛之脑后，如此等等。1948 年 8 月，吴贻芳任金陵女子大学校长二十周年，在纪念活动上，几位调皮的女生别出心裁，编演话剧，献给敬爱的吴校长，剧情妙趣横生：吴家小姐才貌双全，不少社会贤达登门提亲，没一个能入她的法眼。最终，儒雅俊朗的"教育之神"当面求爱，吴小姐欣然首肯。此剧诙谐之中饱含敬意，一时传为佳话。

吴贻芳的态度总是那么和蔼平易，她让女生猜谜语，谜面是"象牙坛，紫檀盖，里面坐个小白菜"，谜底是什么？是"莲子"。她说："做人要一生洁白如象牙，刚毅如紫檀木，平易如小白菜。"然而吴贻芳为了翼护金陵女大的师生，也有极其严正的一面，在她主持校政期间，在学生运动最高潮时期，军警也从未进入金陵女大抓捕过激进的左翼女青年。

吴贻芳在她所著的《金女大四十年》中阐述了自己的办学思路：金陵女子大学的文、理科所设专业不同，"教育学是全校学生的必修课，体现了学校的师范学院性质。可是教育系只用作辅修系，不用作主修系，校方认为，学生毕业后如果担任教学工作，应当懂得教育学，具备正确的教学方法；但能够掌握所教的专业知识更为重要。校内附设有一所实验中学，作为学生毕业前的教学实习场所。这一设施使学校更具备师范学院的条件"。吴贻芳的教育思想和教育实践，在当时不仅富于开创性，而且尽收实效，为办好师范学院积累了宝贵的经验。

金陵女大文理学院教育系主任兼教务主任、美国人明妮·魏特琳（中文名华群）与吴贻芳多年合作愉快，她曾深有感触地说："同吴博士一道工作，使我真正认识到，她的确是当代中国的女界领袖、人中英才。她才智超群，为人坦诚，工作起来不知疲倦，是一名不折不扣的纯粹的基督徒。"

明妮·魏特琳的事迹绝对值得后人大书特书一笔。1937 年 8 月 15 日，日本军机轰炸南京。同年 12 月，吴贻芳校长带领金陵女大的学生长途跋涉，迁校至成都华西坝，继续校务。1938 年，南京城陷落，美国教育家明妮·魏特琳是金陵女大的留守成员，人称"华大姐"（她的中文名是华群），她冒死犯难，行事毅然决然，在金陵女子大学校园内收留了数万名中国妇孺，以教会学校和她美国公民的特殊身份做挡箭的盾牌，使她们免遭凌辱和杀害。但她亲眼目睹了南京大屠杀的惨象，经历了地狱般的折磨，这种可怕的经历最终摧毁了她的肉体和精神。返美治疗一年后，为了摆脱病痛煎熬，明妮·魏特琳在家中拧开煤气阀自杀身亡。

在南京大屠杀期间，明妮·魏特琳大无畏的义举赢得了全世界善良、正义人士的广泛称颂。1938 年 7 月，民国政府感谢明妮·魏特琳保护中华妇孺，秘密授予她采玉勋章；1941 年 6 月，又颁布政府令，褒扬她的仁风义举。明妮·魏特琳的同事在发布其死讯时，强调指出："像在战场中倒下的士兵一样，明妮·魏特琳女士也是在战争中牺牲的。"吴贻芳亲笔撰写《华群女士事略》，表彰明妮·魏特琳："女士深得基督教之博爱精神，待人接物无不具有爱心，故能舍己为群，乐善不倦。"

明妮·魏特琳的墓地位于美国密西根州雪柏德镇郊区，墓碑上镌刻着四个醒目的中文大字："金陵永生"。

1937 年 8 月至 1940 年，明妮·魏特琳记下数十万字的日记，这无疑是一部研究南京大屠杀历史的目击式史料，弥足珍贵。对这位大慈大悲的"华大姐"，当年的许多幸存者都心存感激，终生难以忘怀。

女作家冰心比吴贻芳校长小七岁，她对后者推崇备至，怀有深深的敬意，这在她的散文《一代的崇高女性——记吴贻芳先生》中有所流露：

记得我第一次得瞻吴先生的风采，是在一九一九年，北京协和女子大学大礼堂的讲台下，那时我是协和女大理预科的学生，她来协和女大演讲。我正坐在台下第一排的位子上，看见她穿着雅淡而称身的衣裙，从容地走上讲台时，我就惊慕她的端凝和蔼的风度，她一开始讲话，那清晰的条理，明朗的声音，都使我感到在我们女大的讲台上，从来还没有过像她这样杰出的演讲者！从那时起，我心里就铭刻上这一位女教育家的可敬可爱的印象，我时常勉励自己，要以这形象为楷模。

我和她见面较多的时期，是在一九四一年以后的重庆国民参政会上。我是参政员，她是参政会主席团成员之一，我最喜欢参加她主持的会议。我又是在会堂台下，仰望吴主席，在会员纷纷发言辩论之中，她从容而正确地指点谁先谁后，对于每个会员的姓名和背景她似乎都十分了解。那时坐在旁边的董必武同志，这位可敬的老共产党员，常常低低地对我说："像这样精干的主席，男子中也是少有的！"我听了不知为什么忽然感到女性的自豪。

1941年3月，在国民参政会第一次大会上，吴贻芳当选为五人主席团中唯一的女主席，其组织才干、活动能力引起社会各界广泛的关注和好评。1945年初，吴贻芳作为中国代表团十位成员中唯一的女代表赴美参加联合国成立大会，并发表演讲，签署《联合国宪章》。1946年，因对国民党官场的腐败实质"产生了十分的厌恶"，她断然拒绝担任参政会执行主席和国民政府教育部长。宋美龄登门做说客，话说得既动人又有理："你要贯彻'厚生'思想，当了教育部长不是更好贯彻吗？"吴贻芳始终笑而不答，宋美龄只好作罢。1949年3月，南京城已陷入混乱，吴贻芳再次拒绝担任国民政府教育部长，并且拒收飞往台湾的机票。

吴贻芳学贯中西，誉满中外。1979年，美国密执安大学的女校友会授予她为世界杰出女性专设的"智慧女神"奖，充分肯定她数十年来树艺女性人才的非凡业绩。

三、开业女律师

郑毓秀

民国初期，从事高端职业的女性屈指可数，女律师之稀罕犹如凤毛麟角。1915 年，北洋政府司法部颁布章程，明确规定开业律师应为"中华民国之满二十岁以上之男子"，女人根本没在考虑之列。对于这种毫不隐讳的性别歧视，世人恬不为怪。

世间有"螃蟹"，就必定有吃"螃蟹"的人。中华民国第一位获得法学博士学位的女律师，第一位省级女政务官，第一位地方法院女院长与审检两厅女厅长，竟是同一位传奇人物，她就是郑毓秀。

郑毓秀出生于广东新安县的官宦家庭。祖父郑姚绰号为"界木姚"，这位郑氏家族的头号功臣是当地有名有数的细木匠，中年后靠做粮食、木材生意发财，挣下偌大一份家业，他建造的绮云书室规模宏伟，至今犹存。他在本乡本土兴办教育、慈善等事业，可谓不遗余力，清廷褒赏其善行，慈禧太后颁赐给他一块"乐善好施"的金字牌匾。郑毓秀的父亲郑文治是朝廷命官，母亲是大家闺秀。她在富贵乡里长大，居然表现出十足的叛逆性格，五六岁时就不肯裹脚就范，顽强地保住了自己的天足。少女时期，她自作主张，写信给未婚夫（两广总督的儿子），解除婚约，引爆当地舆论。1905 年，郑毓秀就读天津崇实女塾，接受西式教育的熏陶。1907 年，郑毓秀与姐姐郑书案留学日本，翌年，经廖仲恺介绍，年仅十七岁的郑毓秀加入中国同盟会，竟成为"敢死队"成员，积极从事刺杀行动。

1909 年，汪精卫、黄复生意欲刺杀清廷摄政王载沣，郑毓秀职在为他们传递炸弹。辛亥革命期间，郑毓秀愈益活跃，为革命党人偷运军火，暗送情报，积极参与了刺杀宗社党首领良弼的行动。值得一提的是，刺杀良弼的烈士彭家珍当时正与郑毓秀姐姐郑书案处在热恋之中，他自知生还无望，仍然诀别爱侣，英勇赴义。郑毓秀暴露身份之后，被迫避祸出国。这样也好，她认识到革命单靠流血拼命还远远不够，革命党人应该做好各方面的准备才行，于是她考入法兰西索邦大学（巴黎大学前身）法学院，刻苦攻读将近十年，终于成为了中国历史上首位法学女博士。

留学期间，郑毓秀仍旧萦心国事，系念同胞。1919 年初，巴黎和会召开，中国以战胜国身份与会，却等同战败国待遇，蒙受奇耻大辱，原本被德国强占的山东半岛竟然再度易主，被划归到日本名下。消息传回国内，引发北京五四运动。在巴黎城，郑毓秀激于义愤，单独前往中国代表团住地，拜会团长陆征祥。她心生一计，从花园里折断一根粗壮的玫瑰枝，藏入衣袖。见面时，她出其不意，用它顶住陆征祥的后背，声色俱厉地告诉他："你要去签字，我这支枪可不会放过你！"陆征祥明知是诈，也乐得就坡下驴，省得去凡尔赛宫签字用印，中国政府因此保留了收回山东失地的权利。此后，郑毓秀将那根魔杖一般的玫瑰枝带回祖国，展示于客厅中，视之为镇宅之宝。

女强人喜欢走姐弟恋的路线，喜欢晚婚，张默君如此，郑毓秀也不遑多让。其夫魏道明同样毕业于巴黎大学法学院，比她年轻将近十岁。在法国时，两人交往密切，日久生情。回国后，他们共同创业，在上海开办律师事务所。魏道明绝非等闲之辈，他的履历清楚地显示了他的才能：1930 年，他做过南京特别市市长；1942 年，他接替胡适出任中国驻美大使；1947 年，他做过国民党台湾省政府首任主席。

郑毓秀取得法国律师执照后，立刻闯入男性特权区，她现身于法租界的法庭上，接手办理重案要案，因此名声大噪。她代理过孟小冬和梅兰芳的离婚案件，为孟小冬争得四万元分手费，当时的报纸称赞她"有办法"。她还接手别人不敢碰触的政治案。1926年，民主人士杨杏佛被捕，郑毓秀担任他的辩护律师，巧妙利用自己的人脉资源，向法庭频频施压，最终使杨杏佛无罪获释。

从1927年开始，郑毓秀历任上海审判厅厅长、江苏地方检察厅厅长、上海临时法院院长、国民党政府立法委员会委员、建设委员会委员和《民法》起草委员会五位委员中唯一的女性委员，成为法界和政界炙手可热的红人。值得称道的是，郑毓秀将"人人生而平等"的理念引入《民法》，规定未婚、已婚女子，与男子同享平等的继承权；承认夫妻彼此有继承遗产的权利；未婚成年女子有权签订或废止婚姻契约；已婚妇女有权保留自己的姓氏，不冠夫姓。这些条目在今人看来，不算稀奇，在当年却极具价值和意义。于繁忙的法务之余，郑毓秀尚有著述，《国际联盟概况》《中国比较宪法论》弥补了当时中国法学出版物的两个空白。

1948年，郑毓秀与丈夫魏道明双双退出政界，移居美洲，在巴西经商，未获成功。她壮心未已，客厅中仍旧展示着那枝令她终身自豪的法国玫瑰，然而疾病缠身，归国路断，毕生功业已成逝水云烟。

四、女医生

张竹君

20世纪初，中国女子留学海外，有识之士兴办女学，都已成为事实，妇女的职业发展获得了更好的契机和更大的空间。1896 年，留美女生康爱德、石美玉学成归国，被梁启超等维新人士创办的中国女学堂聘为西文教习。其后，康爱德和石美玉分别在江西南昌和九江两地创办医院，医院聘用欧美女医生和本国女看护，从而使中国妇女在择业方面由洼地走向高丘。

张竹君（1876—1964）既是女权先驱者，又是著名的女医师。她出生于广东番禺，父亲是三品京官，家境富裕，不虞匮乏。马君武撰《女士张竹君传》，特述其本源："竹君生数岁而患脑筋病，并身觉麻木不仁，其家则送之于其城之博济医院，嘱美利坚医士嘉约翰医之，渐愈。时竹君虽幼稚，已能觉西医之精妙，绝胜中国疲癃老腐之所谓医生者，乃发愿留博济医院学医，既十三年，而尽通西国内外科之学，得执照焉。"冯自由的《革命逸史·女医士张竹君》则称这家医院为"柔济医院附设之夏葛女医学堂"，不知他俩的说法哪个更准确。

1901 年，张竹君与好友徐佩萱（后改名宗汉，黄兴夫人）合伙，在西关荔枝湾创办禔福医院，继而在河南柳波桥侧创办南福医院，乐为贫民治病，她出任院长，广东女子掌理医院自她起始，可谓独着先鞭。冯自由描写张竹君，可谓妙笔生花："恒西装革履，乘四人肩扛之西式藤制肩舆，前呼后拥，意态凛然，路人为之侧目。"

张竹君志不在小，她不仅创办医院，还"隐然执新学界之牛耳"，创办育贤女学，为全粤女学之先声。她将《岭海报》作为自己的宣传机关，与胡汉民、谢英伯结盟，周旋于革命党和保皇党之间，游刃有余。她建造福音堂，举行周末演讲会，宣传基督教福音，批评时政，鼓吹维新学说，标榜女权，被誉为"妇女界之梁启超"，城中报界及新闻界进步人士皆为之倾倒。"每讲学时，未尝不痛惜抚膺，指论时事，慷慨国艰也"。其女权思想的要点是"女人不可徒待男子让权，须自争之"，要争权就先须"求学"，弃"中国旧日诗词小技之学"，而勉力研究"今日泰西所发明极新之学"。她还特别强调女性要"合群"，落单则易陷险境。

张竹君张扬个性，男人踞坐四抬敞篷椅轿，她也踞坐，还在轿上看洋书，不怕别人骂她为"招摇过市的男人婆"。她曾对好友陆丹林说："我是基督徒，基督都能从容上十字架，我必步着他的后尘，替女同胞尽力，和恶势力斗争，至死不变。"

武昌起义是一个擦枪走火的偶然事件，却是一群特殊人物必然现身的中心舞台。黄兴要去武汉密晤黎元洪，主持军事，途中如何避开各路奸细的耳目？掩护工作便由张竹君负责，她将黄兴化装为医生的助手，与她所领导的上海红十字救伤队同乘江轮。事隔多年，这位民国功臣仍笑称"黄克强曾经当过我的助手"，自豪之情溢于言表。

在上海疫病流行期间，张竹君以自己的影响力募款集资，开设时疫医院，出诊施药，救治了不少病人。1919年，山东饥荒，她奔赴灾区力行赈济。淞沪战争爆发后，她年事已高，仍然亲临医院，救死扶伤。上海沦陷后，张竹君任教于人和高级助产学校，偶尔还会出诊治病。

女强人总是情途多艰，婚姻难圆，张竹君事业心重，年至不惑，仍然云英未嫁。她对"终身大事"的解释是："现在还没找到适合的对象，如果找到了，我会随时宣布结婚的。"据冯自由的《革命逸史》所记，张竹君有过两段浪漫史："竹君往还诸绅富中，有卢宾岐者，其子少岐，少有大志，与竹君相谈时事，过从甚密，因有定婚之议。少岐久拟东渡求学，厄于家庭不果，赖竹君慨然假以旅费二百元，乃得成行，少岐去后半载，竹君与卢府中人发生嫌隙，遂与少岐日渐疏远，婚约无形解散。同时，有马君武者，桂林人，而康氏万木草堂弟子也，能文章，美词藻，从广西至粤攻读法文，闻竹君在教会演讲福音，语涉时政，异常崇拜。自是福音堂布教，恒有马之足迹，渐露爱恋之意。卢少岐遇之，辄视为情敌。一日，马忽在张之客室取去张之诗扇一柄，张四觅无着，旋得马之法文求婚书，情词恳切，张不能从，乃以素持独身主义一语拒之。未几，马亦赴日本求学，尝作《竹君传》，登诸横滨《新民丛报》，附以七绝诗一首，誉扬备至。有'女权波浪兼天涌，独立神州树一军'之句。此辛丑、壬寅间（1901年至1902年）事也。时胡汉民尚在广州，备知其详，尝语人谓：此一幕剧为'驴马争獐'。"胡汉民如此谑虐，对张竹君实为大不敬。但冯自由的记载与事实略有出入，马君武附赠的七绝共计两首，第一首诗中有"莫怪初逢便倾倒，英雄巾帼古来难"的表白，把自家心思都和盘托出了。

张竹君也遇到过麻烦，由于笞责学生伍庙藩、黄素波，引发学潮，经绅商界多方调解才告平息。她便舍弃两所医院，迁居上海，尊犹太富商哈同的夫人罗迦陵、外交家伍廷芳的夫人何妙龄为谊母，尊富商李平书为谊父，倡建医院数所，较之在广州时风头更劲。

张竹君终身未嫁，其繁茂的母性自有用处，她收养了二十多个孤儿，善待他们，视如己出。悲天悯人的医者之心，功成不居的仁者之爱，她应有尽有。

青楼女性

生张熟魏，送往迎来，
见识人性的明暗、善恶、美丑……

早在四百多年前，墨西哥学者兼诗人琼安娜·英那思修女（1651—1695）就作了一首奇特的诗歌，对良家女子堕入青楼的根本原因洞若观火：

错误地指控女人，

你——愚蠢的男人，

假如你没能看出，

你正是造成你所谴责事物的原因。

你如果拥有无尽的焦虑，

那么你将自取其辱，

为什么要求女人守身如玉，

自己却不能忠贞？

……

在失败者的情绪中，

谁该受到更大的责难？

是堕入男人诱惑的女人，

或是诱惑女人堕落的男人？

虽然正确地说，没有人纯洁无染，

但谁是那有罪的？

是收受酬劳的女人，

还是为原罪付费的男人？

答案之一：经济杠杆决定一切，在造孽的买方市场，谁付费，谁就有罪。

答案之二：诱人堕落，其邪恶甚于受诱而堕落。

中国人确实奇怪，对于草莽英雄他们向来不问出身，比如说，刘邦年轻时做流氓死乞白赖，朱元璋年少时当乞丐偷鸡摸狗，都可以领袖群伦。然而他们总喜欢用有色眼睛去挑剔美女的来历，大有"一入青楼便无足观"的意思。更富于讽刺意味的是，在两千多年禁锢女性肉体和灵魂的冰封期内，恰恰是那些青楼女子更新鲜、更温润、更妖娆，也只有她们才算是如动物凶猛的男人最喜爱咬食的"活肉"。中国古代绝大多数真情至性、侠肝义胆、才艺上乘的奇女子均出身于青楼，她们不仅使男人膨胀的色欲得以纾解，还滋养他们更不争气的精神躯干。大唐才子杜牧感叹"十年一觉扬州梦，赢得青楼薄幸名"，表面看去，他似乎有点羞愧，甚至有点懊悔，其实他骨子里满满的都是洋洋得意。至于那位大宋才子、"白衣卿相"柳永，更是耽老于勾栏瓦肆，不乐意拿浅斟低唱换取高位浮名。试想，他们的才华、胸襟、气质和胆识，哪一件哪一桩不曾受益于青楼众蛾眉？

娼妓现象往往被诗人美化为一种文化现象，实则大谬不然，女人出卖性爱自主权，出卖尊严和人格，可谓万分无奈而极其可悲。许多人间丑事、恶事和坏事都源自男人好淫，妓女沦为受害者，却被视为受益者，这是人间的大悖谬之一。

1917 年，英国社会学家甘博尔做过一项调查，世界八大城市公娼与城市总人口的比率因此出炉，伦敦为 1∶906，柏林、巴黎、芝加哥为 1∶400 到 1∶500 之间，北京为 1∶258，上海的情形不容乐观，高达 1∶137。这项调查仅将政府注册登记的公娼纳入计算范围。郭箴一著《中国妇女问题》，书中有个更全面的说法，倘若算上私娼，当年的北京每 81 名居民或每 21 名女性中就有一人从事性交易，这个比率高得令人咋舌。八大胡同也是僧多粥少，底层窑姐的生活苦不堪言。

妓院老板总图谋将利益最大化，逼迫妓女超量接客，不惜损害其身心健康，具体做法是逼迫她们吃草纸灰、坐冷水盆、喝冷盐水、吞活蝌蚪，造成人为的停经，以便连续接客。在避孕措施极端落后的民国时期，妓院老板还会在每年春节期间强迫妓女喝下"五毒汤"，这种绝后药能彻底毁坏妓女的生殖机能，偶有例外，妓女怀孕，老鸨则会逼迫妓女吞服麝香一类的打胎药，甚至采取最野蛮的方式，将孕妇摁倒在地，用大方桌压住其隆起的腹部，命人上去全力踩踏，其情其景着实触目惊心，令人毛骨悚然。

妓女营业额不佳或违反妓院的规规条条，认打认罚都很寻常，喝洗头水，跪搓衣板，挨鸡毛掸子，灌黄龙汤，只算轻松发落。妓院老板动用"家法"，打人最有讲究，通常是打身不打脸，打后不打前，打猫不打身，用烧红的通条烫臀部，用香烛燎大腿，使犯事者饱尝皮肉之苦。"打猫不打身"尤为阴狠，叫法却极其雅气——"雨打梨花"，即将小猫咪放进妓女的裤裆里，然后扎紧腰带，束住裤管，施刑者以木棍或竹杆打猫，猫受痛不过，即在妓女两腿之间上下左右乱跑乱窜，利爪将妓女的皮肉抓破，那种痛楚不堪言状。

在剧作家曹禺的名剧《日出》中，妓女翠喜对非人生活发出过这样的控诉：

有钱的大爷们玩够了，取了乐了，走了，可是谁心里的委屈谁知道，半夜里想想：哪个不是父母养活的？哪个小的时候不是亲的热的妈妈的小宝贝？哪个大了不是也得生儿育女，在家当老的？哼，都是人，谁生下就这么贱骨肉，愿意吃这碗老虎嘴里的饭？

由于贫穷，良家少女沦落于妓院，如纵身跳进火坑。山西有一首民间小曲这样唱："闭上眼，咬紧牙，想的是，一尺土布，二斤棉花。"少女为如此之少的报酬出卖肉体，其悲哀可以想见。

《近代中国娼妓史料》上卷录有民国年间乐亭大鼓"妓女告状"一段，极言妓女生前死后的悲惨情状，闻之令人鼻酸："……三年多折腾得我骨瘦如柴，二十岁那年，就把杨梅大疮害，不到二年就让我小命归了西。狠心的老鸨子把我的衣裳全部剥下来，一张破席两根绳，穿心杠子把我抬，一下扔在西门外，狼吃狗啃后，剩下骨架来。狠心的骨头匠，做了骨头麻将牌，死后还要被人玩来任人摔。"

1987年，一位旧时代做过妓女的老人接受《上海娼妓（1919—1949）》

作者贺萧的采访，直言不讳地道出妓女如何说服自己忍受屈辱的性剥削，她说："你是要有个念头支撑着，否则和几万个男人睡觉是根本做不到的。开始当然是没办法的，相信命苦，后来也就信了别的姐妹的话，最可笑的理由是：别以为男人玩我们，我们也玩着男人；男人玩完了丢了钞票，我们玩完了挣了钱，占便宜的是我们。"这样自宽自慰无非是自己给自己打麻醉药。

尽管妓女被社会歧视，被嫖客侮辱，被鸨母剥削，被性病残害，但真正情深江海、义薄云天的奇女子多半栖身于青楼之中，她们无畏无惧，强力强行，往往能突破男权社会的天然壁垒，打拼出一片天地来。尤其难能可贵的是，她们的爱国心从未输给过那些满嘴仁义道德的男人，梁红玉援桴击鼓，李香君血溅桃花扇，柳如是投水殉国，小凤仙掩护蔡锷将军逃出魔都，都是显例。

1927年，武汉妓女金雅玉率领二十多位青楼姐妹挥舞彩旗，裸体游行，她们旁若无人地高呼口号："打倒军阀！打倒列强！中国妇女要解放！"她们理直气壮地认为："裸体游行也是革命！"然而由于她们是青楼女子，那些道貌岸然的正人君子消受不下，一口咬定妓女根本没有爱国的资格，"妓女"二字即象征着淫贱和羞耻，只要标上这个"红字"，她们就被打入十八层地狱，永世不得翻身。

一、堕入烟花误一生

赛金花

社会偏见的力量巨大无比，法国作家莫泊桑的小说《羊脂球》早已深刻地揭示了这一点：一位妓女即使牺牲自己的肉体，从普鲁士军官手中救出旅伴，仍然难逃他们的鄙视和轻蔑。堕入烟花误一生，这个定律放之四海而皆准。我们从"中国的羊脂球"赛金花身上同样能够看清世人的虚伪本质。

　　赛金花（1873—1936），本姓赵，乳名彩云，安徽休宁人，祖上家境富有，因逃避太平天国战乱迁往苏州萧家巷，从此家道败落。赛金花十三岁时，受一位"拉纤女"（淫媒）金云仙诱骗，上仓桥浜的花船出了几回"条子"（陪客）。其后，她得到祖母和母亲的许可，索性一不做二不休，挂了个富彩云的芳标（曾朴的长篇小说《孽海花》中女主角傅彩云即以她为蓝本），成了"清倌人"（卖笑不卖身的雏妓）。小时候，彩云最喜欢吃一种"状元饭"（苋菜汤与热猪油拌饭，颜色鲜红），便有人开玩笑，说她将来一定会嫁个红状元，作状元娘子。清倌人的交际范围很宽，生张熟魏，送往迎来，她们的幻想当然就是尽快在那帮趋之若鹜的堕鞭公子、走马王孙中寻觅个称心如意的好郎君，如嫁作如夫人。彩云吃状元饭果然没有白费功夫，巧的是，她真就遇着了隐居苏州张公巷为母守孝的晚清状元洪钧，"红状元"原来是洪状元，这是他们的缘法。洪钧虽年近半百，风流精神却不减当年。彩云席间侑酒（劝酒），笑靥如花，吐气如兰，一双秋瞳能剪水，真是南国璧人。洪状元走过许多地方，喝过不少花酒，眼界开阔，顶尖的南都粉黛、吴下名姬也没少见识，说句阅尽人间春色的话不算吹牛。可他这回见了彩云的姿首，立刻着魔，为之倾倒。何况彩云绣口锦心，绝非庸脂俗粉可堪比并，洪钧对她的青睐更加三分。洪状元的旧友个个都是人精，早就瞧出了他的风流行藏，于是从旁撺掇，笑闹着要吃几盅喜酒。这事不难，他们一齐帮衬黄土及颈的老状元用绿呢轿（不是花轿，而是官轿）和状元灯将凤冠霞帔的彩云娶回家。洪钧不忍委屈她为篷室（小妾），而昵称她为"新夫人"，宠之以专房。这位昔日的彩云，今日的梦鸾（洪钧替她取的新名字），才不过豆蔻年华，就大有与洪钧元配王氏平起平坐的势头。其后不久，洪钧泛洋，出任德、俄、奥、荷四国钦差大臣，老妻王氏不肯同履风波，彩云便自告奋勇，也不怕那洋毛子会生吃人肉，倒要去看看西方的花花世界。

彩云由清倌人升格为钦差"夫人"，这样的飞升堪称火箭速度。在欧洲，她大开眼界，与德国朝野名流（包括铁血宰相俾斯麦）时相酬酢，还陪同洪钧晋谒了德王与王后，其衣香鬓影别具东方风味，异域男子无不为之倾倒。可惜春秋代谢，好景不长，洪钧任满归国，升迁为兵部左侍郎，卜居于京城邸宅。洪钧早先患有消渴症（糖尿病），回国后病情加剧。在德国时，彩云难耐闺榻寂寞，曾经与年轻力壮的仆人阿福私通，生下一女，名为德官。洪钧眼明心细，侦知奸情，赶走阿福，从此便落下一桩心病。恰在这关头，"好朋友"张荫桓给了他致命一击，上奏朝廷，指控洪钧从德国重金采购的大批武器都是破铜烂铁，身为钦差大臣，在军火买卖中被坑骗，无疑是严重渎职。洪钧这一惊非同小可。三下里毒火交攻，不久就一命呜呼了。应该说，洪钧是个仁厚君子，他深知彩云水性杨花，故态复萌，正与武戏子孙三勾搭，将来必定还会有几番折腾，绝不可能为他守节，他仍然给她五万银元，好歹作了五年夫妻，彼此没个亏欠。可这一大笔钱后来并没有真正落到彩云手中，而是被洪钧的族弟洪銮暗地里吞占了。

洪钧死后，他的旧友——尤其是亲家陆润庠（其女嫁洪钧之子）——处处维护他的清誉。洪钧尸骨未寒，彩云就在沪上重操旧业，他们固然大为不满，也不好怎么着，只要求她不再使用"富彩云"和"梦鸾"的旧名作为标榜，多少替洪状元留些体面。彩云就依从这一条，芳标改用假名"曹梦兰"，她的艳帜依然极具号召力。后来，彩云的姘头武戏子孙三在上海惹下祸事，难以存身，只好仓皇北上，彩云索性独立门户，自称赛二爷，在天津成立金花班，与京津两地的显贵亲密周旋，"赛金花"的芳标从此名噪天下。

庚子之乱，赛金花由天津逃难到北京。八国联军进入京城后，痛恨义和团，凡是形迹可疑者就不问青红皂白，按倒就杀。当德国士兵恣行暴虐时，赛金花不惧危险，上前用德语交涉："他不是义和团，我敢担保。"当年，以中国之大，能讲德语的女子寥寥无几，赛金花凭仗这一绝招救了许多人的性命，还结识了八国联军统帅瓦德西。稍后，粉面含春的赛金花博得了瓦德西的信任，她乘机进言："义和团听说你们要来，早逃窜得无影无踪了，眼下滞留在京城的只是些安分守己的百姓，他们已受过义和团的蹂躏，现在又被误控为义和团，弄得家破人亡，岂不是太冤枉了吗？"赛金花意犹未尽，又字斟句酌地说："德国为欧洲文明之邦，军队素有纪律，德国军人历来以名誉为第二生命，尤其不应该示外界以野蛮狂虐，自隳大好声誉。"她的一席话胜过任何隔靴搔痒的外交辞令，瓦德西是标准的职业军官，身上颇具骑士古风，赛金花既能够讲流利的德语，又做过大使夫人，他自然而然就对她产生了好感，将她当成贵妇，因此对她的劝说言听计从，下令制止了八国联军在京城烧杀淫掠的种种暴行。中华古都的文明古迹能幸免于浩劫，百万平民能保住性命，赛金花的功劳不可低估。

六十八岁的瓦德西入驻清宫仪銮殿，与赛金花作一夕倾谈，心下感觉舒爽，当即送给她几套高档衣裙和一大笔银钱。余下的事情就是投桃报李。瓦德西有充分的理由相信这并非短暂的艳遇，而是异国的黄昏恋，是一局东西合璧的爱情，是自己晚年的最后一"春"。赛金花留宿于宫内，不免惺惺相惜，有认瓦德西为英雄的意思。古人骑鹤下扬州，神气十足，她还要出更大的风头，竟然骑马入皇宫，单单这件事，就轰动整座古都，恐怕是中国女界古今未有过的壮举，俨然是腥云滚滚、死气沉沉的紫禁城中一抹顶鲜亮的色彩，观赏这幕活剧的北京市民翘起大拇指，都称呼她为"赛二爷"，简直就是"赛菩萨""赛神仙"，连那些王公子弟也乖模巧样地拜她为干娘，认她为靠山。

《辛丑条约》行将签订之际，清政府对于德国公使克林德惨遭戕害，有一种特别的表示，那就是立碑纪念。这一道歉方式得到列强认可，唯独克林德夫人不以为然，德国政府也想借此题材大做文章，从中攫取更多的好处，于是命令瓦德西强行作梗。赛金花并没有特别敏感的政治神经，也没有意识到外患迟迟不能解决，国家行将危亡，但她凭着女人的直觉，看出大事不妙。于是，她主动拜访克林德遗孀，一番话使后者深信：中国人诚心诚意为克林德立个大牌坊，这是遇难公使的无上哀荣，在东方古国，再没有比这更隆重的典礼了。固执己见的克氏遗孀居然让步，再加上英、法、俄、美等国频频施加压力，问题得到了圆满解决。当年，《克林德碑铭》由清朝两位顶级大臣奕劻和李鸿章合拟，可谓郑重其事。第一次世界大战结束后，此碑被临时政府执政段祺瑞下令拆除，挪至中央公园（今中山公园），改名为"公理战胜牌坊"，时隔十七年，总算找回了一点心理平衡。据《赛金花本事》所记，她还在纪念会上发了言，表了功，事后还与一群大人物合了影。

辛丑年（1901年），慈禧太后的鸾舆从西安返回北京，赛金花也在接驾之列，她记得西太后避难归来，穿一袭普通的蓝缎袍服，并没有多余的修饰。叶赫那拉氏见接驾的群臣中夹杂着一位陌生女子，就询问她是何人。某大臣当即出列，将赛金花面谏洋帅瓦德西，一语解纷，保全宫中宝物和城中百姓的事迹大略呈明，西太后装模作样地夸赞了赛氏几句，也没动用斤两十足的形容词。慈禧太后心知肚明，同样是女流之辈，她与赛金花一个在朝一个在野，自己贵为天朝母后，仓皇间将百姓遗于豺虎，将宫室弃与洋人，失威失得够多了，丢脸丢得够大了；赛金花只不过是一位倚门卖笑操持贱业的青楼女子，却把握机遇，触底反弹，成了救世主和活菩萨。试想，西太后心头的那团暗气如何能平？但她碍于八国联军统帅瓦德西的这层关碍，表面上的和颜悦色还是要维持的。赛金花操得一口流利的德语，善于在洋人中间周旋，慈禧太后不想再惹上任何麻烦。

"世无英雄，遂使妓女成名"，那又如何？羊脂球比她同行的任何一位绅士都更为侠义更为高贵，事实如此，胜过雄辩。然而暴得大名也给不了中国的羊脂球多少实惠，待瓦德西归国，一代名妓赛金花又回到了李铁拐斜街鸿升店，高张艳帜，重操旧业，卖笑生涯正未有穷期。

敏感的人容易被这样的词句弄得触目惊心："流光容易把人抛，红了樱桃，绿了芭蕉。"昔日春风得意的清倌人富彩云，如今已是犹抱琵琶半遮面的半老徐娘赛金花，所幸马樱花下，枇杷门前，尚未完全冷落。郁达夫曾道"江山也要文人捧"，名山胜水如是，昔日的青楼女子就更需要社会名流的揄扬。赛金花的身世摆在那儿，顶现成的大好题材，作文不愁无情造，吟诗也不用掐断数茎须。风流名士樊樊山（樊增祥）创作前、后《彩云曲》，序言中道是"甚愿知之者不为，而为之者不惑耳"，这类便宜话弄足一箩筐。《前彩云曲》的结尾是："君既负人人负君，散灰扃户知何益？歌曲休歌金缕衣，买花休买马塍枝。彩云易散琉璃脆，此是香山悟道诗。"樊樊山搬出白居易晚年的觉悟（这位临老入花丛的大诗人有樊素之口可亲，有小蛮之腰可握，何尝真的觉悟），坐在岸边，眼睁睁地看着赛金花从船上掉到水里，扑腾扑腾，等她快没戏唱了，说句"人生无常"，显然十分讨巧。相比之下，他的《后彩云曲》倒是在有意无意之间讲了几句实话，"彩云一点菩提心，操纵夷獠在纤手"，说的是她劝瓦德西约束联军那桩故事，读之稍稍令人透气。比起樊樊山的忸怩作态来，李鸿章的孙女婿杨云史就要大方得多，他作诗礼赞赛金花：

京阙生尘万户空，平康女侠鲁连风。
宫中宝玉闺中秀，完璧都从皓齿功。

他称赞赛金花为烟花女子中的鲁仲连（中国历史上大名鼎鼎的和平主义者，善于排解国际争端），有古侠士之风，保全了京城的子女玉帛。

文人的赞美终究是算不得数的，赛金花的悲剧命运还要一直演到头，中途落幕的可能性不大。1912年，赛金花三十八岁，已不堪风尘之苦，决定择人而嫁。白门秋柳不摇曳向人，又待如何？第一回她嫁的是洪状元洪钦差，梅开二度仍想尽量缩小差距，她挑中了曾任江西民政厅长的魏斯炅（字卓瓯），此公是一位老名士和革命党人（因着这份资历，他后来做了中华民国参议员），向来风流自赏。据虞麓醉髯《赛金花案》所记，当年，政客徐光弼与魏斯炅是莫逆之交，前者将赛金花介绍给后者，魏斯炅倒也凑趣，善于解嘲："甘蔗老头甜，越老越新鲜。"他与赛金花十分投缘，此事即成妙局。也有好友劝魏斯戤好端端的名士别做"剩王八"（《红楼梦》中，柳湘莲不愿做剩王八，决意收回信物，结果害得刚烈的尤三姐横剑自刎），魏斯戤再度自我解嘲："剩下的都属于我，有何不可？"回答堪称绝妙。结婚那天，一对老来俏坐上花马车，仪仗队奏铜管乐，行文明礼，证婚人是驻沪大将军李烈钧，报上发了消息，炒得沸沸扬扬热热闹闹，可谓风光无限。没多久，魏斯戤时来运转，成了中华民国的参议员，赛金花也不再叫赛金花，魏议员为她掸落满身风尘味，帮她恢复原姓（赵），改名为"灵飞"，仍然视她为既有灵光又能高飞的天鹅。她好不开心，昔年是清朝钦差"夫人"，今日是民国议员太太，好歹摘掉了头顶那对羊角引号。然而，这还算不得终成正果。十年后，魏斯戤一命归西，赛金花不能见容于魏氏家族而遭到驱逐，从此江河日下，生计艰窘。

据当年天津《大公报》所记，赛金花寓所坐落于香厂居仁里，门额有"江西魏寓"的斑驳字样，颇能象征主人命运之衰微。院中葡萄成荫，果实累累，室内较为窄狭，布置仍有相当品味，壁间悬挂多幅外国油画，虽然蒙尘，颜色不改，另外有一帧赛氏三十年前在沪上豪宅拍摄的相片，曩昔的明眸皓齿自然迥异于此时的鸡皮鹤发。将军怕白头，美人恐迟暮，赛金花心底的悲哀宛如寒泉幽咽，三天三夜也诉说不完。到了这步田地，她还哪有揽镜自照的兴致？赛氏失望于人，则移情于物，家中豢养了三头西洋犬和两只波斯猫，这正暗合了希腊哲学家斯多噶的那句名言："我认识的人越多，就越喜欢狗。"至少狗不会嫌她日穷月蹙，也不会嫌她人老珠黄。

赛金花晚年声名未烬，文人墨客与她多有往还。徐悲鸿画了四幅骏马图送给她，她将其中一幅赠予屡次在困境中向她援手的王青芳，其他三幅都变卖了，换些日用品。与赛氏结缘的文人很多，其中曾朴、刘半农和张竞生值得一提。赛金花向人说过曾朴追求她不遂，所以借长篇小说《孽海花》厚诬她。曾朴辩白道：他与洪钧沾亲带故，按辈分要叫洪钧为太老师，叫赛金花为小太师母，他们相识时，赛金花十六岁，曾朴十三岁，还不解恋爱为何物。曾朴对赛金花并无诋毁之词，他这样描述："赛风度甚好，双瞳灵活，纵不说话，而眼中传出一种像是说话的神气。譬如同席吃饭，一席十人，赛可以用手、用眼、用口，使十人俱极愉快而满意。总之，决不冷落任何人。"这门本领，赛金花将它用于风月场中，自然可以通杀和通吃了。刘半农是一员新文化运动的悍将，对晚近传奇人物的事迹怀有浓厚的兴趣，他与弟子商鸿逵多次拜访赛氏，细谈达数周之久，积累了不少素材，打算以生花妙笔作《赛金花本事》，可惜他中年即归道山，这本三万多字的小书最终由商鸿逵完成。当初，刘半农与商鸿逵答应赛氏，一旦此书付梓，就将版权完全赠送给她，充作她晚年一笔可靠的进项。可后来商鸿逵只送给赛金花五本新书，除此之外，别无表示。性学博士张竞生古道热肠，他与另外几位"赛迷"合捐了二十五元钱，寄给赛金花，以解她的燃眉之急。张博士原打算发起一个"赛会"，为赛金花定期筹募资金，无奈热心者不多，这事也就告寝了。但有人出于同情，单独捐赠国币一百元给赛金花，由国文学校转交，此人就是山东军阀韩复榘，此事经由报端渲染，一度成为人们茶余饭后津津乐道的谈资。

张竞生博士的信写得很有意思，他拿赛金花与慈禧太后作比，建议她为抵抗日寇再尽绵薄之力，还想给她写一个电影剧本，这足以见出那位饱受物议的张博士真性情中饶有趣味的另一面。此信的节选文字值得一读：

灵飞女士：

北平苦热否？珍重为佳！

此间近时炎虐满天，使我只好看云，云极多种的，然都善于变幻。本是一个妙华丽女，倏忽变为老媪，再一会儿连影迹也消散了。然而在那一边又幻成一个美人似的胎形。

……

女士，你看云吧！北平的云当比上海的更华丽更变幻啊。我当看了许多花，你就在云与花中认识你的人生，或不至于太痛苦吧。

闻你现极热诚念佛——阿弥陀佛，最好就在看云玩花时不知不觉中念了一二声救苦救难观世音。

我常喜欢把你与慈禧并提，可是你却比她高得多呢！假使她在你的位置，什么事都显不出。最多只能被作为"哭娘"（慈禧是以此出身的）。若你有她的势力嘛，当能变法，当能做出许多新政治。你虽位卑，人格并不微，当联军到北平，她抛却人民和宝贝的太监们溜走了。只有你在金銮殿中与外帅折冲，保卫了多少好人民。

佛号是无灵的，唯有人力的奋斗。华北又告警了。你尚能奋斗吗？与其空念阿弥陀佛，不如再献身救国，一切慈善事均可加入的，看护妇也极可为。若能领率一班女同胞作有规模社会活动，更是好不过的。

……

我们对你是极愿帮助的，然而为力甚微弱。无阔友，有也赶不及了。无大腹贾作后头账房，自己又穷得可以。所以登报后到此日结束，只收到这点款（数目捐者另纸附上）。可是我们对你心情并不因此结束也。

我个人曾与明星电影经理郑正秋先生计划为你编一部电影剧。据他说费用过大……。在这样穷的我国电影界，只好暂时放下，可是我并不肯将此放下。将来扮演你的，自有许多女明星。郑君说，胡蝶极称职的，可惜她比你胖一些些，你那一张俊俏脸儿，添上两个酒窝，尽够延长你的美丽的生命到天长地久了。

你看！你个人生命是长存的。

顺此，祝你

福寿无疆！

张竞生　谨具

1934年7月12日

张竞生信中所谈到的计划（为赛氏拍一部电影）没能实现。1936年，"四十年代剧社"在上海金城大戏院上演了夏衍创作的七幕剧《赛金花》，内容完全是赞美性的。由此可见，那个时代的文人对赛金花的传奇经历抱有极其浓厚的兴趣，而且褒多贬少。这样的剧作出现在抗战时期，十分耐人寻味，有评论一语揭开谜底："在国家飘摇之秋，兵荒马乱之际，一个妓女身上还闪动着爱国热情，尤其同那些鼠窃狗盗者比较起来，更显得她的人格神圣伟大！"《赛金花》剧组到各地巡演，1937年1月在南京民国大剧院卖票，这等于是把手指头直接戳到了蒋介石的背脊骨上，结果可想而知，这部话剧被民国政府明令禁演。

赛金花收到张博士寄来的二十五元赠款，深为他的义举所感动，旋即回鸿致谢，这封信刊登在1934年9月12日天津《大公报》上，此处全文照录，赛氏晚年的境况依稀可见一二。

张竞生先生台赐：

日前捧读来函，很使我感念到万分！要论在现代的社会人情上，阁下足算是一富具热心的人了，替我这样的尽力，使我多么感佩啊！愧是远隔山河，恕我不能面谢，迫得机会时节，再拜谢你的美意吧！我现在的境遇很好，不过是敷衍生活罢了，老迈残颜，不堪言状。回忆当年，唯有用这一腔的热泪将它顺送下去。现在的时期不同了，又道是知足者常乐，现在只是闭门隐渡，别的一切热闹交际，绝对是消极的。我的相片现在还没有找到，找到时一定寄上。帮助我的江先生等四位，暂且替我谢吧！你先生我这里先谢谢你。所寄下的二十五元钱，现已完全收到，请放心吧！敬祝文祺。

魏赵灵飞拜

信的末尾部分写得稍显凌乱，但整封信措辞还算得体，可见她的水平并不算太差。赛金花红透半边天的时候，日进斗金，哪里会担心将来受穷犯愁，现在竟然要为区区二十五元千恩万谢，今昔之落差何其巨大。

值得一提的是，1936年秋，山东军阀韩复榘得悉赛金花晚景凄凉，困居穷巷，特意资助她国币一百元。赛金花不胜铭感，赋诗致以谢忱："含情不忍诉琵琶，几度垂头掠鬓鸦。多谢山东韩主席，肯持重金赏残花。"此事被记者披露于报端，成为闾巷谈资。

民间说，富得流油，穷到滴水，真是所言不差。赛金花一生命运仿佛庐山瀑布大起大落，从青楼女子到钦差"夫人"，这是飙升；从钦差"夫人"到青楼女子，这是狂跌；从青楼女子到八国联军统帅的"异性好友"，这是飙升；从八国联军统帅的"异性好友"到青楼女子，这是狂跌；从青楼女子到国会议员太太，这是飙升；从国会议员太太到枯守穷巷的寡妇，这是狂跌。赛金花的一生好比一只反复震荡的股票，不是疯涨，即为狂泻，涨能涨到云间，泻能泻到谷底，浮沉之速，更迭之疾，着实令人捉摸不定，啧舌不已。

由于赛金花的经历充满了波诡云谲的传奇性，有许多不可思议的地方，所以史家一直怀疑她是撒谎专家和扯白大王，与瓦德西的那段风流韵事尤其遭到后人的质疑，认为她是"婊子演戏丑邀功"（唐德刚《晚清七十年》）。她到底是不是中国的羊脂球（当然啦，真要是如赛氏所述，时人所记，那么她的行为就比羊脂球更伟大）？久而久之，已变成了一笔呆账和死账，谁也清算不了。有人将她这段经历全盘否定，显然过于武断，证据并不充足。依我看，关键是应打几折，究竟是打九折，打七折，还是打五折？百年前的故事，我们就姑妄言之，姑妄听之吧。只是妓女救国这样的情节，不太光彩，正人君子一定会斥之为妖言惑众，就算是证据确凿，也决计上不了台盘，进不了历史教科书。要不然，大人先生们的屁股可以舒舒服服地搁在柔软的皮沙发上，那张脸就该搁往尿桶屎盆间去了。全世界最讲究风度的法兰西绅士一路上吃了羊脂球的食物，得了她的解救——相映成趣的是，倒霉的法兰西绅士们遇上的也是宿敌德国鬼子——尚且觍颜赖账，中国的遗老遗少们赖上一回，又有什么稀奇！

都说造化弄人，从赛金花身上你能充分看清命运翻手为云、覆手为雨的整套把戏。它比旧时街边的猴儿操要好看得多，三通锣响，就能让人看傻一双眼睛。

1934年10月，天津《大公报》的记者金东雷采访了六十一岁的赛金花，撰写了一篇精彩的对话体访问记。其中两句为：

金问：女士一生经过，如此复杂，个人作何感想？

赛答：人生一梦耳，我现在念佛修行，忏悔一切。

别人吃斋念佛，将木鱼敲烂千百条，也未必真能了生断死，赛金花却是完全可以看破红尘的。一辈子人上人下，得意失意，载浮载沉，荣华寂寞，她都尝到了最深处的况味，试问，还有什么困惑的阴翳能遮住她觉醒的双眼？要说，赛金花不入佛门，就真的没人可入佛门了。

1936 年 12 月 4 日，赛金花病逝于北京寓所。她的身后事由热心人张罗，史学家张次溪为她树立墓碑，诗人杨云史为她撰写碑记。其实这很正常。要知道，林旭（"戊戌六君子"之一）都迷恋过赛金花，为她赋诗两首，其中一首颈联为"君王自失河南地，颜色能骄四海花"。 文人捧场也有捧过了头的，潘毓桂作《赛金花墓表》，竟把她比作汉代出塞和亲的王昭君，如此比拟不伦不类，着实令人喷饭。

赛金花病逝后八日，天津《天风报》刊出"花界董狐"刘云若的《彩云散传奇》，采取的是逐日连载形式。刘云若对赛金花推崇备至："赛二爷之死，在我的心目中，以为事件并不比国葬的人物来得轻微。她是有历史性、国际性、文艺性的一位尤物，毕生经过如许的大事，曾阅兴亡，经盛衰，享繁华，受贫苦，生在山温水软的江南，流转于国内的通都大邑，最后结束余生于古城返照的故都。综她一生的事迹，真是一本意致深远的掌故笔记，一首幽艳凄婉的长篇史诗。这笔记令人挹之不尽，这史诗更使人读之凄心。这样人不特古来少有，现代也无比肩之人。"那些政治人物若看了这段文字，不知作何感想。身为妓女而能获得几代读书人欣赏褒赞，将赛金花放在古今中外"校书"的平台上打量，也是最不可思议的尤物之一。

从小处说，赛金花是中国的羊脂球（她可比莫泊桑小说中的法国妓女羊脂球漂亮多了），无怨无悔地救助了许多同胞；从大处说，赛金花是中国近代的女娲，使皴裂的天空暂时恢复了完整。然而因为她是一位堕入烟花丛的妓女，身份不清不白，其历史功绩就被掌握着话语霸权的众大人抹煞干净，甚至连中国近代史专家唐德刚也在他的著作《晚清七十年》中詈骂赛金花"婊子演戏丑邀功"，成见的威力真是太大了。

二、神女生涯原是梦

　　青楼女子有一宗闺阁女子不易有的好处，那就是她们能广泛地接触社会，与三教九流各色人等打交道，什么商界巨贾、江湖豪客、达官贵人、英雄才子，都有可能成为她们的入幕之宾。如此一来，她们自由择偶的机会更多，歧路亡羊的可能性也更大。运气好的提前上岸，比如潘玉良和董竹君，前者成了名画家，后者成了大店主，她们竭尽所能，实现了自己的人生价值。运气不好的，就得在情天欲海中饱受煎熬，一旦人老珠黄，就会陷入悲凉孤凄的境地不能自拔，这样的失意者数不胜数。此外，还有两种特殊情况：一是青楼女子习惯了自由自在的生活，从良之后，受不了诸多约束，仍旧回炉，再张艳帜，比如薛丽清和小桃红；二是青楼女子已在滚滚红尘中找到知己爱人，却由于命运的戏弄，最终从幸福的峰头重又掉回悲苦的渊薮，这方面以小凤仙最具代表性。

薛丽清　小桃红

　　薛丽清，又名雪丽清，江苏人，生卒年不详，系八大胡同南部清吟小班的名妓。她并非绝色佳人，但皮肤白皙，态度温雅，谈吐非凡，举止得体。

袁世凯之子袁克文（号寒云）耽溺于风月，以诗词名世，放出豪言"收拾起大地山河一担装"，牛皮吹得作鼓响，却全无实际。他在八大胡同进进出出，见过不少美人，却独独倾心于薛丽清，后者正当妙龄，并未厌倦风尘，但她考虑到袁克文是袁世凯之子，跟着他必有享不尽的荣华富贵，便也曲意相就。袁克文纳薛丽清为妾后，称她为雪姬，带着她终日游园泛舟，低吟浅唱，饱享清福。薛丽清爱热闹，觉得这种清流生活毫无趣味，令人憋闷，不禁大失所望。其后不久，袁克文作《感遇》二首，其中有"绝怜高处有风雨，莫到琼楼最上层"二句，暗谏其父袁世凯不要称帝，其兄袁克定心心念念想当储君太子爷，对此大光其火，袁克文险遭不测。薛丽清见袁克文独沽一味，整日拈酸，对富贵荣华并不措意，现在又斗胆冒犯老爹和大公子，势必会被幽禁起来，她可不想遭池鱼之殃，于是匆忙弃下襁褓中的儿子，三十六计走为上计。

　　1916年秋，洪宪皇帝袁世凯被病魔和死神合力收拾，尸骨未寒，薛丽清就在汉口重张艳帜。据《汉南春柳录》所记，薛丽清畅谈入宫的那段经历时，对袁克文的评价可是不高："予之从寒云也，不过一时高兴，欲往宫中一窥其高贵。寒云酸气太重，知有笔墨而不知有金玉，知有清歌而不知有华筵。且宫中规矩甚大，一入侯门，均成陌路，终日泛舟游园，浅斟低唱，毫无生趣，几令人闷死。一日，同我泛舟，作诗两首，不知如何触大公子之怒，几遭不测。我随寒云，虽无乐趣，其父为天子，我亦为王子妃，与彼同祸患，将来打入冷宫，永无天日。前后三思，大可不必，遂下决心，出宫自去。且历代皇帝家中，皆兄弟相残，李世民则杀建成、元吉，雍正皇帝杀其兄弟多人。克定未做皇太子，威福尚且如此，将来岂能同葬火坑？不如三十六着，走为上着为妙也。袁家家规太大，亦非我等惯习自由者能忍受。一日家祭，天未明，即梳洗已毕，候驾行礼，此等早起，尚未做过。又闻其父亦有太太十余人，各守一房，静待传呼，不敢出房，形同坐监。又闻各公子少奶奶，每日清晨，先向长辈请安，我居外宫，尚轮不到。总之，宁可再做胡同先生，不愿再作皇家中人也。"

薛丽清出走之日，袁克文已被幽禁在北海瀛台，心中苦涩不堪，却又无可奈何，他终于意识到薛丽清当初相中的可不是他袁公子的诗才，只图谋他袁家的荣华富贵，一旦人间富贵沾带杀气，她就躲避得远远的。既然袁克文醉心于笔墨云霞，也就注定了薛丽清迟早会拂袖而去。

1915 年 9 月 16 日，袁世凯五十六岁生日，家中大张筵席，为他祝寿，男女老少都按辈分高低分班跪拜。轮到孙辈时，家中老妈子抱着一个婴儿行礼，袁世凯好奇地问道："这小孩子是谁？"老妈子满脸堆笑，回答道："二爷新添孙少爷，恭喜！恭喜！"袁世凯又问这孩子的母亲是谁，怎么没听人讲起过？便有仆妇出面遮瞒撒谎："他母亲住在府外，因未得大人允许，不敢入宫。"这天，袁世凯兴致高，心情好，立刻下令将袁克文的外室迁进新华宫，等待他召见。说来也巧，薛丽清出走后，无人知其去向，现在事情紧急，只好临时寻找一位替身。八大胡同中的姑娘很多，有一位小桃红是袁克文的旧相好，这回中了"六合彩"，被活捉进宫，顶替薛丽清的空位。袁克文待小桃红还算不错，称她为琼姬，但强扭的瓜不甜，两三年后，小桃红离开他，易名为秀英，去天津干回老本行。

薛丽清和小桃红都热爱自由，总统府和皇室的生活太多拘束，做姬妾也没有多高的地位，却附带着大拘束、大风险，倒不如由着自己的性子卖笑、卖唱、卖身更松爽快活，因此她俩从良后都像鲤鱼选择了"从深井返回大河"，得其所哉。

小凤仙

历史上，小凤仙确有其人。据易宗夔《新世说》所记，小凤仙即筱凤仙，原籍河南，姓张，十六岁入京师乐部，工皮簧，善酬应，丰肌玉貌，笑颊梨涡。但也有更为可靠的资料显示，小凤仙本名凤云，姓张，原籍湖北黄陂（小说家高阳即坚持此说），其父经商，家境富裕，但因交友不慎，受到拖累而破产。光绪年间，张家流寓湘地，小凤仙被卖为奴婢，不久即沦落风尘，辗转至上海而入乐籍，后北上淘金长住京都。也有人说她出身于官宦人家，父亲是清末武官，落职之后生活潦倒，将女儿卖到青楼。众说纷纭，莫衷一是。

1913 年 10 月，蔡锷奉调入京，袁世凯心怀猜忌，虽让这位能够强力上垒得分的青年军事天才身任数职，月薪高达五千光洋（按当时的购买力折算，至少相当于现在的五十万元），但对他心怀戒惧。蔡锷智虑极深，要避祸，就须掩人耳目，打消袁世凯的疑心。为此，他率先在劝进表上签名。然后有事没事就到八大胡同去遛一趟转一遭，故意以好色之徒的形象示人。堂子里，姑娘们听说这位面容清癯的贵客做过云南督军，现在是昭威将军，于是，一个个小鸟依人，趋奉唯恐不及。闲聊时，蔡锷听说云吉班有一位性情孤傲的清倌人小凤仙，经常怠慢客人，这倒是勾起了他的好奇，乐意一睹芳颜。小凤仙算不上南班中的顶尖美女，只能说是小家碧玉，她脸圆圆的，丹凤眼，柳叶眉，强在有精神。小凤仙通晓文墨，爱好诗词，天生一双慧眼，品鉴人物，功夫相当到家，不仅能从狎客的气质、风度、才华八九不离十地判断出他的职业和地位，还能估摸出他的德行，也就是说，她目光犀利，能够透过表象，看清对方的底细。

蔡锷穿便装时，就像个跑单帮的普通商人，他肯点小凤仙的芳标，令老鸨暗喜。蔡锷清瘦如竹，风神俊逸，自是不俗，小凤仙见到他，密密的鼓点就在心里敲个不停，这可是以往从未有过的事情。小凤仙问蔡锷做哪行，蔡锷说是经商。小凤仙嫣然一笑，当即点破那层窗户纸：

"小女子久落风尘，生张熟魏见过不少，可从来没有见过一位商人不怒而威。"

"姑娘说我不怒而威？有意思，那你说吧，我是干哪一行的？"

"先生眉如剑，目如电，步武生风，神色威严，应该是军人，而且是将军。"

"姑娘确定？"对小凤仙高超的眼力，蔡锷心中已暗自惊诧。

"小女子确定。"

"京城是龙虎盘踞、车辇繁华的地方，各色人等混杂难辨，姑娘竟然能看山是山，看水是水，这般眼力想必得过高人点拨？"

"小女子识得先生是将军，还识得先生是顶天立地的英雄，眼下时机未到，只能韬光养晦，藏锋掩机，要不然，先生也不会到八大胡同来寻消遣。"

蔡锷暗想，小凤仙真是了不得，她不仅能够猜测出他的身份，还能够琢磨透他的心思。这心思太敏感太危险了，他只对恩师梁启超交过底，在慈母王老太太、发妻刘侠贞和如夫人潘蕙英面前也是守口如瓶，并无第三人知道。现在，小凤仙居然洞若观火，这太不可思议了。蔡锷表面上神色泰然自若，内心里却对这位破瓜之龄（十六岁）的小姑娘刮目相看。

"你何以断定我现在是韬光养晦，藏锋掩机？"

"瞧先生的神情，貌似轻松，实为凝重；外显欢愉，内存郁结。将军权高位重，何愁金钱、美色不能到手？必另有抱负，遭受屈抑而未获舒展。凤陷荆丛，龙困浅水，不韬光养晦，藏锋掩机，又能如何？"

论眼力、见识，小凤仙绝非普通女流之辈，想不到秦楼楚馆中竟有这等傲娇人物。蔡锷不再提问考究，目光中自然而然流露出对小凤仙的欣赏。小凤仙的美是智慧之美、神秘之美，令他着迷。

蔡锷留意闺房布置，檀香袅袅，风铃叮叮，绮阁清华，绣帘幽静，砚台已洗，卷轴未开，这倒像是班昭、李清照清雅的闺阃。他站起身，信手翻看笥中藏品，问道：

"这里有许多条屏，姑娘最喜欢哪件？"

"尽是泛泛不着边际的浮词，并不切合小女子的心境，没什么高明可言，我倒有一个不情之请，只不知将军肯不肯赏我一联？"

蔡锷是武将，早年在时务学堂却得过梁启超、谭嗣同、唐才常众大家名家的亲炙，文学方面造诣过人，待小凤仙铺好宣纸，濡透湖笔，他一挥而就：

凤仙女史粲正：

莫道美人皆薄命，

由来侠女出风尘。

下款怎么落？蔡锷提笔而立，踌躇未决，小凤仙看出他的顾虑，于是诚恳地请求：

"上款既蒙署及贱名，下款务请署及尊号。将军与我虽然贵贱悬殊，但相见就是有缘。何况将军又不是通缉犯，何必隐姓埋名？"

小凤仙把话说到这份上，蔡锷就不再推辞，落款为"松坡"（蔡锷字松坡），不打马虎眼。

"姑娘现在知道我是谁了，小报常说我的坏话，想必你也略有耳闻吧。"

"那些小人只知整天嚼蛆，何必理睬他们！"

小凤仙算不上云吉班中大红大紫的姑娘，"叫条子"（出本班之外应酬）轮不到她，客人若误打误撞，撞到她的名下，十有八九不欢而散。久而久之，枇杷门前异常冷落。这回，客人倒是乘兴而至，尽兴而返，她还依依不舍地将他送到院门外，真是女秀才破题头一遭，老鸨和龟奴面面相觑，以为太阳从西边出来了。

蔡锷勤到云吉班走动，外界无聊小报疯传蔡锷的风流韵事，他索性一不做二不休，让云吉班张灯结彩，他要梳拢小凤仙，宴请京城的头面人物。顾鳌、杨度、孙毓筠、胡瑛、阮忠枢、夏寿田这些袁世凯帐下的高参红人悉数到场，就连一向与蔡锷面和心不和的总统府秘书长梁士诒也大驾光临。如此名流荟萃，贵人齐集，鸨母和龟奴乐翻了天。贵客们写好"局票"，不过两三盏茶的工夫，八大胡同的名妓就纷纷前来报到，个个花枝招展。蔡锷将军的面子大，向来不在场面上周旋的小凤仙今儿成了众星捧月的红姑娘。八大胡同里新闻天天不断，这可是近来最轰动的一桩奇闻。云吉班的鸨母心里盘算着赚头，自然笑得合不拢嘴，不停地吩咐龟奴：

"小心侍候客人！咱们凤仙姑娘今儿个可长脸了！"

这一夜罗帐低垂，红烛高烧，小凤仙将自己处子之身奉献给了蔡锷——她心目中的英雄。你千万别以为蔡锷风流潇洒，在青楼之中，与一位纯情少女肉袒相见，这可是他平生第一遭，他决意今生今世要好好怜惜小凤仙，怜惜这位心比天高的红颜知己。

蔡锷沉迷于醇酒妇人，旷废公务，连杨度都当面讥笑自己这位同乡"假道学难过美人关"，袁氏亲信更是大进谗言，尽说他的坏话。袁世凯为人奸诈，可不是那么容易糊弄过去的，他叹息道："蔡松坡真要是乐此不倦，我才能高枕无忧，怕只怕他醉翁之意不在酒，借此瞒天过海，暗渡陈仓！"

为了把这场戏演得更逼真，蔡锷连白发慈母那儿也懒得早晚问安，至于结发妻子刘侠贞，受到的冷落还更大。他特意托梁士诒代购前清某侍郎废宅一所，装饰一新，扬言要金屋藏娇。他还给小凤仙题了一副嵌名联：

此地之凤毛麟角，
其人如仙露明珠。

不用说，蔡锷这些明目张胆的举动，小报如数家珍，桩桩件件都作了浓墨重彩的渲染，刘侠贞不明真相，早已气不打一处来，她出身于大户人家，识得体面，起初并没有恶语相侵，倒是捺着怒气劝诫蔡锷。她说：

"酒、色这两样东西，一个是穿肠毒药，一个是伐性之斧，你的体质向来欠佳，更不可流连花丛。你常说，大丈夫要为国家建功立业，流芳百世。眼下你意志消沉，岂不是违背了平生志愿！"

平日，蔡锷在家中脾气温和，与妻子相敬如宾，今天他却陡然变出一副金刚面目，暴跳如雷，先是把几件珍贵的花梨木家具砸得稀巴烂，接着又重重地甩了刘侠贞一个耳光。都说刘侠贞打翻了醋坛子，蔡锷抡起了霸王拳，流言越传越离谱，连袁世凯也被惊动了，赶紧派自己的亲信王揖唐和朱启钤两人前去调停、劝解，要蔡锷别闹得太难看。经过这番折腾，袁世凯的戒心开始松懈，在他看来，连家庭矛盾都无法摆平的男人，很难腾出心思犯上作乱。

蔡锷我行我素，三天两头跑云吉班，常常在小凤仙的香闺过夜，刘侠贞忍无可忍，扬言要回南边去。蔡锷说："那好啊，我正想把小凤仙接回家来。"刘侠贞生性刚烈，见蔡锷对她情意已冷，也不想再受眼前气，勉勉强强维持这个家庭，至于督军夫人、将军夫人的地位和名分，她并不看重。打从一开始，蔡锷的母亲王老太太就同情儿媳，只要逮住机会，她就一把鼻涕一把泪地数落儿子的不是，还说北方的冬天漫长，老是窝在家里，她不习惯，媳妇回南边，她也要跟着回去。平日十分孝顺慈母的蔡锷这回居然没讲半句慰留的话，倒有些高兴的样子。老母和贤妻都离京南下了，蔡锷长舒一口气。他假戏真唱，招招式式见真功，就连袁世凯这只老狐狸也没有识破他导演、主演的苦肉计。

蔡锷住在京城演乐胡同，与皇四子岳家天津一位徐姓盐商为邻。袁党特务侦知云南方面多次派密使与蔡锷暗中交往，袁世凯怀疑蔡锷蓄有异心，当即命令军政执法处假借搜查徐宅为由，"误入"蔡锷家，翻了个底朝天，原以为能搜到蔡锷与南方革命党暗通款曲的铁证，可没想到动众劳师，一无所获。事后，特务狡赖说，因执法人员看错门牌，造成误会，这个借口破绽百出，难以自圆其说，中外舆论一片哗然。军政执法处负责人陆建章被迫登门谢罪，还装模作样地枪毙了一个小角色吴宝鋆。蔡锷受此惊扰，自知京城已非安身之地，于是当机立断，三十六计走为上计。

蔡锷打算在袁世凯鼻尖下玩一回"人间蒸发"的魔术，小凤仙当然不会阻拦，她毅然决定与爱人生死相依，荣辱与共。蔡锷沉吟良久，摇头说：

"此次我挣脱樊笼，是要向袁氏开战，戎马关山，千难万险，无暇顾及其他，你还是留在京城较为安稳。待到功成之日，我一定与你会合！"

小凤仙以大局为重，不再固执己见。她为情人斟酒，为他唱歌，也为他流泪。她内心有个不祥的预感，这一别将是他们的生死永诀。小凤仙当日唱的歌词，流传至今：

其一，调寄《柳摇金》：

骊歌一曲开琼宴，且将之子饯。蔡郎呵！你倡义心坚，不辞冒险，浊酒一杯劝，料着你食难下咽。蔡郎，蔡郎，你莫认作离筵，是我两人大纪念。

其二，调寄《帝子花》：

燕婉情你休留恋，我这里百年预约来生券，你切莫一缕情丝两地牵。如若所谋未遂，或他日呵，化作地下并头莲，再了生前愿。

其三，调寄《学士中》：

蔡郎呵！你须计出万全，力把渠魁歼！若推不倒老袁呵，休说你自愧生旋，就是侬也羞见先生面。要相见，到黄泉！

蔡锷握紧小凤仙的纤纤素手，眼眶湿润。家中虽有发妻刘侠贞和如夫人潘蕙英，但她们只认他为夫君，唯有眼前这个身陷尘网的女子才洞悉自己的肝胆胸臆，才堪称红颜知己，从小凤仙这儿，他品尝到了爱的滋味。蔡锷动情地说：

"待了却国事，我必解甲归田，与你偕老于长林丰草，不负你今日的一往情深！"

1915年11月10日，是个大雪天，哈汉章为祖母八十寿诞宴客于钱粮胡同聚寿堂，蔡锷与哈汉章早年同窗，交情颇深，自然前往道贺。当天，还有名角谭鑫培和小叫天演剧。蔡锷对哈汉章说："今天大雪封门，在这儿可打长夜之牌。"于是，哈汉章托好友刘成禺安排，蔡锷握着刘成禺的手说："我跟你做了三年的牌友，今天要畅聚一夜，你可要谨慎挑选对手。"刘成禺点了两个人的名字，张绍曾够癫，丁槐够笨，行不行？就这样吧，蔡锷点了点头。为了避人耳目，牌局移到聚寿堂隔壁的云裳家，蔡锷还叮嘱侍者，演剧时不必来请他们。四人鏖战了一整夜，一直拉开窗帘，暗探可以看到房中灯火辉煌，蔡锷摸牌出牌的姿势十分潇洒。快天亮时，蔡锷出去上厕所，衣帽都挂在显眼处，片刻后，他重新入局，也就在这时侍者进房掩拢了窗帘，冻得瑟瑟发抖的暗探并未在意。又打了一圈，蔡锷提出撤局，他有急事要到总统府应卯。于是，蔡锷告辞哈汉章，从侧门出去，乘车直入新华门，门卫感到惊讶，以为是总统紧急召见。那些死守在哈宅外的暗探仍被蒙在鼓里，还以为蔡锷赌兴犹酣，正拍出红中、白板、发财呢。蔡锷来到总统办事处，侍者也惊讶于他的早到，蔡锷推说是怀表快了两小时，他故意当着侍者的面打电话给小凤仙，约她中午十二点半到某某地方吃饭。他还在办事处里转悠了一圈，然后趁人不留神，由政事堂出西苑门，乘坐三等车去了天津，从恩师梁启超手中拿到直开日本横滨的船票。

蔡锷与小凤仙合手使出障眼法，来了个"大变活人"，彻底挣脱了袁世凯的羁绊。一旦蛟龙入海，猛虎归山，后面倒袁护国的大戏就有得好瞧了。蔡锷失踪后几小时，暗探才感觉不对，哈汉章自然受到怀疑，刘成禺、张绍曾、丁槐也被一一盘问，小凤仙的嫌疑最大，因为蔡锷与她约了饭局。但暗探们追诘来追诘去，均不得要领，只好谎报小凤仙用骡车将蔡锷送去丰台，恐怕已经南下，以此敷衍塞责。刘成禺等人也大肆宣扬小凤仙如何侠义，用来掩人耳目。于是，小凤仙挟走蔡将军的美谈越传越奇，刘成禺有诗为证：

当关油壁掩罗裙，女侠谁知小凤云？
缇骑九门搜索遍，美人挟走蔡将军。

"小凤云"即小凤仙，"挟走"一词用得颇为传神，可谓一语双关，一指小凤仙有迷人的绝大魅力，二指小凤仙有救人的上乘手段。

蔡锷离京后，小凤仙更加懒于梳妆，干脆闭门谢客，天天细读报章，只关心爱人的行踪去迹。她总算收到了蔡锷的来鸿，说是自护国军兴，喉痛和失眠加剧，现担负四川政务、军务重责，难卸仔肩，唯有勉力撑持，待诸事处置停当，就派人赴京迎接。

护国战争胜利后，小凤仙从报纸上获悉，陪伴蔡锷前往日本疗病的是潘蕙英夫人和儿子蔡端，她心里十分难过。这时节，她不能晨昏陪伴于爱人身边，侍奉汤药，而只能悬揣着焦急的心情，盼望奇迹出现，着实心急如煎。待到这年（1916年）11月8日，一声晴空霹雳，因医药罔效，蔡锷病故于日本九州福冈医院。

蔡锷英年早逝，小凤仙悲恸欲绝，一对红尘知己从此生死异路，人天永隔。噩耗传来，国人震悼，国民政府选在北京中央公园举行社会公祭，小凤仙身著白衣白裙，悲容戚戚，千万人中她挥泪最多。

> 万里南天鹏翼，直上青天扶摇，剧怜忧患伤人，萍水因缘成一梦；
> 几年北地燕支，自悲身世沦落，赢得英雄知己，桃花颜色亦千秋。

有人说，小凤仙的这副挽联是由当红文人曾朴代为捉刀，不知是真是假。但情意传达到位，堪称掏肝摘肺的名联。小凤仙还另撰了一副挽联，于悲情之中寄寓赞美：

> 不幸周郎竟短命，
> 早知李靖是英雄。

小凤仙将蔡锷比为英年早逝的东吴少帅周瑜和雄才大略的唐代名将李靖，很妥帖；她自比为独具慧眼的侠女红拂，能够识英雄于韬光养晦之时，也并非王婆卖瓜。令人扼腕叹惜的是，这一回英雄竟比美人更短命。英雄由美人来哭，或美人由英雄去吊，其悲哀凄凉并无分别。

小凤仙赢得了英雄的爱情，却无福消受人间的欢乐，所幸其艳名与蔡锷的英名已同归不朽。英雄与美人均为天地间菁华中的菁华，不该作潦草的判断，说谁成就了谁，其实，他们是金声玉振，彼此应和，相互成全，如月之升，如日之恒，照亮历史大片盲区。

由于受过蔡锷将军的特别垂青，在八大胡同，小凤仙艳名大噪，那些名利场中的登徒子无不奔走于云吉班，个个肯出重金，企望获得小凤仙的一夕温存，赢得与蔡锷将军做"同靴兄弟"的厚遇。小凤仙侠肝义胆，傲气凌云，视金钱如粪土，怎会糟践她与蔡锷的爱情，毁损蔡锷的一世英名？此后多年她不事铅华，不碰丝竹，不展歌喉，甘于贫穷寂寞，甚至避人耳目，流落民间，长期不知去向，音讯杳然。

1951年春，梅兰芳赴沈阳演出，下榻于政府交际处招待所。某天，门卫送来一个纸条，字迹娟秀，署名竟是失踪三十余年的小凤仙。

梅同志：

　　我现在东北统计局出收部张建中处做保姆工作，如不弃时，赐晤一谈，是为至盼。

梅兰芳当然记得小凤仙，后者曾捧过他的场，当时跟她一起观剧的就是那位玉树临风的蔡锷将军。看罢纸条，梅兰芳立刻让秘书许姬传出面约见小凤仙。

翌日，小凤仙如约而至，她衣着简朴，形容憔悴，头发花白，年龄在五十开外，垂垂老矣。但她颇为健谈，向梅兰芳讲述了早年身世，以及与蔡锷将军相识相知并助他逃离虎口的经过。及至讲到蔡锷将军取得护国战争胜利后，犹力疾视事，不幸病逝于日本，她顿时泪如雨下，泣不成声。梅兰芳关切地询问她后来的生活经历，她感慨万端，三十年来颠沛流离，饱尝艰辛。

她先是嫁给东北军一位师长，师长在抗战期间阵亡，后来她嫁给一位工人，生活颇为拮据。梅兰芳听了小凤仙的讲述，心有戚戚焉，他柔声安慰道：

"你的生活问题，我跟交际处商量一下，人民政府一定会照顾你的。"

"我觉得靠劳动吃饭最光荣。东北解放时，我进被服厂工作，以后一直在做保姆。"

梅兰芳宴请了小凤仙，离别时还送给她一笔钱。梅兰芳回北京后，又收到小凤仙来信，感激他古道热肠，慷慨援手，并告知自己的近况：

蒙交际处李处长介绍，在东北人民政府机关学校当保健员。……我的前途光明，是经梅同志之援助，始有今天。

有道是"美人自古如名将，不许人间见白头"，小凤仙若非沦落到如此地步，怎会现身人前，求取援助？俱往矣，那一段英雄美女情，那一场风花雪月事，留给后人许多谈资，以及不少感慨："只有悲剧才能给爱情正名。"这条人间法则从未失效，蔡锷和小凤仙又何能例外！

叛逆女性

在歧路上，她们迷失了自我，
在穷途中，她们丧失了自我。

五四运动后，民国女性受到西方思潮反复激荡，开始解放头脑，张扬个性，她们叛逆纲常礼教和旧道德，叛逆社会成见和家长意志，追求更大的空间以供行动自由。然而叛逆者一旦与政治势力频繁交集，其变异就会身不由己，很难用常情常理去推测，进步的固然极其进步，堕落的也特别堕落。

陈璧君一度被誉为勇毅绝伦的女革命家，但她受到权力欲望的持续腐蚀后，竟然见利忘义，赞成汪精卫卖身投靠日本侵略者的怀抱，做定铁杆儿汉奸。川岛芳子曾经是清朝的王室格格，却认贼作父，反噬自己的祖国，沦为民族罪人。她们的丑恶表演已被历史记录在案，可恨可耻之余，又何尝没有可悲可叹之处。

一、东方魔女

陈璧君

汪精卫是中国现代史上"最大的汉奸头目"，这个定论早已板上钉钉，尽管海内外有不少作家和学者（如章诒和、赵无眠、高伐林）为他鸣冤，为他翻案，为他招魂，但在东方古国，名节历来凌驾于是非之上，他一旦沦为咸鱼，就很难再有翻身之日。《大公报》总编张季鸾早就在《建国与锄奸》一文中下过断言："汉贼不两立。谁附敌助敌，就是贼。不论用何名义，亦不问其为何人，要之附敌就是汉奸，是叛逆，是中华民族不赦的罪人。"中国士大夫重视民族大义，当外敌压境时，主和派无法保全清誉，何况汪精卫卖身投靠的对象是日本侵略者，其所为实属不可宥、不可谅之恶行劣迹，就休想纳须弥于芥子。

青年时期，汪精卫以贯虹之侠气意欲刺杀清朝摄政王载沣，其事未遂而身陷囹圄，人人壮其肝胆勇烈；中年时期，汪精卫以凌云健笔为孙中山起草临终遗嘱，足见"国父"素所倚俾，素所信任；再加上汪精卫的伟词雄辩英风俊貌堪称一世无几，这些都是令世人痛惜他落水的原因。"卿本佳人，奈何做贼！"这声感叹十分沉重。男怕入错行，女怕嫁错郎，汪精卫一介血性书生，往死里用劲干了一回政治，政治也往死里用劲干了一回他，直把他干到身败名裂的地步，其间的输赢胜负荣辱得失，早已定谳，容不得他在阴曹地府叫屈鸣冤。

做诗人，做文人，汪精卫胜任愉快；至于做男人，他素患惧内之疾，则有些勉为其难。汪精卫的夫人陈璧君是母狮子，她咆哮起来，别说汪精卫吃不消，连蒋介石也畏惧三分。在民国女性中，陈璧君绝对是一个不可多得的特异品种，够强悍、够横蛮、够泼辣。她的一生可以分为三个阶段：先是女中豪杰，后是国中泼妇，最终是狱中囚徒，她的人生就是这样大起大落，与中庸毫不沾边。

1891 年 11 月 5 日，陈璧君出生于马来西亚槟榔屿乔治市陈姓华商家。其父陈耕基，原籍广东新会，与梁启超是同乡，其母卫月朗，原籍广东番禺。年轻时，陈耕基携妻闯荡南洋，凭着聪明勤劳白手起家，成为当地富有的橡胶商和体面的绅士。陈璧君生长在优渥的家庭环境里，接受的中英文教育相当完备。"绝对清洁，但不齐整。爱好天然，不事装饰，除去爽身粉外，一生未涂过脂粉。不会唱歌，不会跳舞，好听优美的音乐，但是不懂。好看新、旧、中、外的画，但自己一条直线都画不出来。"这就是陈璧君的自我描述。

在华商中，陈耕基对政治较为超然，陈璧君的母亲卫月朗识大体，明大义，正如她的名字那样，是位光风霁月的女子。青少年时期，陈璧君颇得母亲的真传，有主见，也有胆魄，比一般女生更有思想、更有个性、更有决断力和行动力。她阅读进步书刊，对汉民族的历史文化充满兴趣，关注中国的内忧外患。

1907年，陈璧君16岁，在槟城同盟会会长陈世荣家莎兰园，她见到年方二十四岁的革命才子汪兆铭，即汪精卫。汪精卫下笔千言，倚马可待，相貌英俊，风度潇洒，是玉树临风的美男子，古代的潘安也未必能够望其项背。徐志摩在《西湖记·十月一日》中有过这样的描写："前天乘看潮专车到斜桥，同行者有叔永，莎菲，经农，莎菲的先生Ellery，叔永介绍了汪精卫。一九一八年在南京船里曾见过他一面，他真是个美男子，可爱！适之说他若是女人一定死心塌地的爱他，他是男子……他也爱他！精卫的眼睛，圆活而有异光，仿佛有些青色，灵敏而有侠气。"诚如徐志摩所描绘的那样，汪精卫身上最俊朗的地方是他那双电力十足的眼睛，别说女人抵御不了他的魅惑，就是男人与之接触也容易被吸引，胡适的话并非戏言。陈璧君情窦初开，对汪精卫一见倾心，极为中意。不为了别的，就为了能够常常见到汪精卫，与他共效于飞，陈璧君脑海里产生出一个大胆的想法，远赴东瀛留学，加入中国同盟会。一个女人向往革命，倘若有浪漫的爱情强力牵引她，死神就无法阻遏其脚步。陈璧君的心思已昭然若揭，汪精卫洞若观火，他有意回避她，无论陈璧君明挑或暗示，他一概装聋作哑。当时，汪精卫的苦衷鲜为人知，他是有妇之夫，与家乡的刘姓女子结缡数年，虽在异域他乡奔波数载，夫妻关系名存实亡，毕竟无形的"纸铐"尚未正式解除。汪精卫旅日期间，由于在《民报》上宣传民族革命，触怒清廷，通缉令上标记悬红十万银元，他担心牵连兄长汪兆镛，遂宣布与之断绝关系，同时单方面解除与刘氏有形无实的婚姻，去信表示"彼此夙无爱情，不宜再生纠葛"。偏偏刘氏是难得的烈性女子，对夫君忠贞不渝，拒绝离婚，托人转告汪精卫，她决定终身守节，好女不事二夫，这段婚姻便依旧悬而未断。

无论是充当干柴，还是充当烈火，陈璧君都胜任有余，但她只有中人之姿，并非绝色美貌女子，汪精卫对她的呵护更像是兄长善待小妹，他心里绝对没有一棵大樟树被雷电劈中的感觉。于是，他对陈璧君露骨的爱慕之情做巧妙的冷处理，不告而别，避免节外生枝。

单相思苦，苦在有呼无应，有往无回。陈璧君天性执拗，她拿定主意，定要化苦为甜。她暂且不管汪精卫同不同意，先争取父母做同盟军，此举有百利无一害。

陈耕基听说女儿爱上了有妇之夫汪精卫，心头怫然不悦，其过激的反应与宋嘉树当年听说宋庆龄要嫁孙中山一般无二，但他不像后者的态度那样强硬，而是苦口婆心，晓之以理，嫁个革命党，做寡妇的可能性大，过安生日子的可能性小。何况陈璧君已经与表兄梁宇皋订婚，岂能说悔婚就悔婚？这成何体统！

患上单相思就像中了烈性蛊毒，必用圆满的爱情做解药，才能治病救人。卫月朗通情达理，她看到女儿茶饭不思，心神恍惚，身形日益消瘦，就提出一个折中的方案，由她亲自陪同陈璧君前往新加坡，探明汪精卫的心思后再做计较。

陈氏母女到了新加坡，孙中山特意选在晚晴园设宴，为她们接风洗尘。年过半百的卫月朗亲睹了一代伟人孙中山的风采，亲聆了三民主义主张和创建共和的远景描绘，随即心驰神往，她似乎全然忘记了自己来到新加坡的初衷，竟然产生从未有过的冲动，不仅允许女儿去日本留学，她本人也要加入中国同盟会。陈璧君是妙龄少女，她深爱汪精卫，汪精卫若革命，她就革命；汪精卫若反革命，她就反革命。盲目的爱情足以牵引她朝着汪精卫的怀抱奔去。

1908 年，陈璧君赴东瀛寻梦，兴致之高，绝对不亚于富家千金远赴花都巴黎挑选当令时装，"心旌耀耀，一如辅翼凌空，翔飞万里"，她的豪情是那个时代狂飙激进者特有的豪情。陈璧君乘船抵达东京后，结识了大批同盟会革命志士。他们各尽所能，有的帮陈璧君补习英文，有的指导她骑马射击，有的教她如何制作土炸弹。有趣的是，偏偏只有日本语文没人教她，陈璧君也从未提出要学。陈璧君晚年谈及此事，仍百思不得其解。

有一天，孙中山对陈璧君说："君感情过人自是好现象，但不知能允我一事否？即君他日无论有何困难、危险，非至支持不住时，万勿愤而自杀。自杀只可为人，不能为己。因从今日起，已是君实行时候，既实行，则监狱、拘捕、苦刑、饥饿、穷困、疾病、枪决，均将可能连续而来，君决不至软化及投降，我信得过，能否'不惮烦、不自杀'，我颇担心。"陈璧君年轻气盛，她的回答斩钉截铁："我誓不自为，除非他人迫杀我，或因保护秘密及其他同志之安存始自杀。"

同盟会的一些同仁见陈璧君自信满满，就时不时跟她开玩笑。某日，孙中山等人到陈璧君寓所商议事情，当谈论到革命者要有胆略之类的问题时，邓慕汉故意打趣陈璧君："陈君，你不怕死的勇气，我们都信得过，因为你有一张英国臣民的出生纸，故可以大言不惭。假如有急难，或被清廷逮捕，将此法宝一抛，英国的使领馆便可根据'治外法权'出来干涉，你便不至于死了。"

"是啊！"在场的人多半应声附和。

陈璧君表情肃然，一言不发。邓慕汉的话使她的自尊心受到了刺激和伤害。她出生于英国殖民地，英国臣民的出生证就是最好的护身符。她离家前，陈耕基知晓女儿加入革命党的迫切心理，为预防不测，他将出生证放在陈璧君的行囊中，以备患难时应急之需。这件事不是什么秘密，邓慕汉顺手拿来做了玩笑的题材。陈璧君动了气，发了火，她走进房中，将行李箱打开，取出身份证明，二话不说，当众将它撕成碎片。大家没料到陈璧君会动真格的，错愕间，那张护身符已化为乌有。

孙中山见状，立刻批评陈璧君太过意气用事，他说："君曾作誓谓决不自杀，今如此，省非另一种自杀？须知吾辈革命党人，固应为革命的真理而'不怕死，不避死'，但不是'轻于一死'，因一次不死，便多了一次做事机会，十次百次不死，不啻多了十个百个有行事经验的好同志。出生纸何罪？在如何用之。君负令尊，不明吾之苦心，我很担忧。"陈璧君闻言知错，也自觉过于冲动了。这件事显然使她增长了记性和悟性，直到晚年，她在狱中作洋洋两万余言的自白书，仍强调此事的正面效应："这便是为什么精卫死时我不死，失自由时我不死，诸同志纷纷就死时我不死，移禁今监时我不死的一种强有力的理由。因我只要有一线可生之机，我都不死。"在监狱中她有过数次绝食抗议之举，都是做做样子。

1910年，汪精卫决意亲赴北京刺杀清政府摄政王载沣，以回击外界对同盟会高级干部的质疑（认为他们是怕死鬼，是缩头乌龟，只知怂恿别人流血革命，自己却躲在幕后唱高调）。壮行之前，他写了一封《致南洋同志书》，慷慨陈词："此行无论事之成败，皆无生还之望。即流血于菜市街头，犹张目以望革命军之入都门也。"情词勇烈，与戊戌变法时期的谭嗣同相比，也不遑多让。刺杀清廷的高官大吏是极其冒险的行动，可谓十去九不回，陈璧君非但没有拦阻汪精卫，还毅然与之同行。当时行动经费奇绌，筹措甚难，陈璧君的母亲卫月朗得悉实情后，立刻典质衣服、首饰，给他们提供川资。"天下慈母之心，目击其所生及爱如所生之人，相将入万死之地，不尼其行，且务有以成其志。如吾母者，似非'慈'之一字足以形容也。"陈璧君对母亲的大情大义没齿难忘。

由于细节方面的疏漏，汪精卫和黄复生的刺杀行动尚未实施，就已经泄露行藏，警察顺藤摸瓜，捕获汪、黄二人，将他们打入死牢。按常理推测，人证、物证俱在，汪精卫的口供亦无所隐讳，坦承他要刺杀的对象不是别人，正是摄政王载沣，清政府将大逆不道的革命党人"明正典刑，以儆效尤"，乃是一贯的做法。但汪精卫和黄复生意外地遇到了一位善主——肃亲王善耆。当革命党刺杀成风、起义不断时，善耆说过以下颇具见地的话："革命党人，早已甘心鼎镬，不畏一死，酷刑重罚，决难禁止其谋。为今之计，只宜刷新政治，以去党人口实；宽容党人，开其自新之路……"宣统三年（1910）春，善耆细阅汪精卫的供词之后，慨叹"其才出色，其志可悲"，称道汪精卫是不可多得的人才，"与其杀掉，莫若令其改变志向，为国尽瘁"。经肃亲王善耆力争，汪精卫和黄复生幸免一死，仅被判处终身监禁。自大清律例施行，这是破天荒头一遭。

汪精卫与黄复生入狱之后，陈璧君与方君瑛重返北京，竭力营救。有一天晚上，陈君璧买通巡夜的狱卒，给汪精卫传递了一封情书，内容是："四哥如面：千里重来，固同志之情，亦儿女之情也。妹之爱兄，已非一日，天荒地老，此情不渝。但此生已无望于同衾，但望死后得同穴，于愿已足。赐我婚约，以为他年作君家妇之证。忍死须臾以待之，其当字覆许我也。"署名"冰如"。狱中生死未卜之际，汪精卫被陈璧君的挚爱感动，于是他步清初顾贞观寄吴兆骞之《金缕曲》原韵，填词一阕，赠陈璧君："别后平安否？便相逢，凄凉万事，不堪回首。国破家亡无穷恨，禁得此生消受。又添了离愁万斗。眼底心头如昨日，诉心期夜夜常携手。一腔血，为君剖。泪痕料渍云笺透。倚寒衾循环细续，残灯如豆。留此余生成底事，空令故人僝僽。愧戴却头颅如旧。跋涉关河知不易，愿孤魂缭护车前后。肠已断，歌难又。"顾、吴二人是云天高谊，汪、陈二人是江海深情，都有令人心折处。在这阕词后，汪精卫还另书五字——"勿留京贾祸"，表达了他的殷殷关爱。在回信中，受到鼓舞的陈璧君彻底表明了心迹："我们两人虽被牢狱的高墙阻挡无法见面，但我感到我们的真心能穿过厚厚的高墙。我将遵从你的忠告，立即离开北京，不过在此之前有一件事想和你商谈。你我两人已不可能举行形式上的结婚仪式，但你我两人从现在起，在心中宣誓结为夫妇，你看好吗？"汪精卫自料必死无疑，有约如此，理应遵行不悖。他咬破手指，写了一个红红的"诺"字，认同了陈璧君的方案。对此，曾有"高人"指出，陈璧君耍足了心计，用情用得狡黠。这话未免有些扯淡，生死关头，谁还会拨打小算盘？

1911 年 10 月 10 日，十八星战旗插上武昌城头。不久，清廷覆灭，汪精卫出狱，成为全国景仰的大英雄。陈、汪二人聚首上海，重逢之时，回想前尘往事，唏嘘再三，格外激动。

1912年3月10日，袁世凯宣誓就任临时大总统。就在这个月，汪精卫和蔡元培发表《告别京津同胞书》，他离京返沪，正式宣布和陈璧君缔结百年之好。4月8日，孙中山偕胡汉民、汪精卫、陈璧君等二十余人乘联鲸号兵舰去武汉，汪精卫把酒临风，意气洋洋，填一阕《念奴娇》："飘飘一叶，看山容如枕，波浪如簟，谁道长江千里直，尽入襟头舒卷。暮霭初收，月华新浴，风定微波皱。翛然携手，云帆与意俱远。记否烟树凄迷，年年漂泊，泪洒关河遍。恨缕愁丝千万结，才向东风舒展。野藿同甘，山泉分汲，襄袂平生愿。呢喃何语，掠舷曾笑双燕。"这阕词淋漓尽致地表明了革命家的浪漫情怀，也表明了汪精卫与陈璧君功成身退、偕隐林泉的心愿。你若说他为赋新词，强作洒脱，那就错得离谱了。4月下旬，汪精卫和陈璧君回到羊城，正式举行婚礼，陈璧君的伴娘是何香凝。其时，同盟会志士齐聚广州，公祭黄花岗烈士牺牲一周年，因此汪、陈的婚礼办得非常气派，观礼的人很多。

袁世凯膺任民国总统后，聘请汪精卫为"高等顾问"，对于这份美差，汪精卫敬谢不敏，还辞去民选的广东都督一职，对做官不感兴趣。他与陈璧君一心想去法国留学，这个想法遭到陈耕基的激烈反对。陈耕基对女儿说："尔辈辛勤缔造之民国，恐不久便变本加厉，如不勤为守护，剔除害虫，加速建设你们的一切，以前尚有王法，今为尔等破坏，又不改设，诸恶虫害兽，冬则穴居蛰伏，春则抬头。快回去，看好尔辈之作品罢。"陈璧君素来不信服父亲，因此对这话不以为然。直到多年后，她才后悔革命党人赴法留学是孟浪之举，是走弯路，是做无用功。

1924年1月，在中国国民党第一次全国代表大会上，陈璧君出尽风头。她不仅是仅有的妇女界与会三名女代表之一，而且当选为国民党中央监察委员，正式步入政坛。她得到孙中山的赏识，主要还是凭靠自己的实力，汪精卫夫人的身份固然使她叨光，但她是老同盟会员，美洲之行在海外华侨中取得过募捐的佳绩，为国民党筹集资金三十多万元。

1925年春，孙中山病逝于北京。同年7月，汪精卫当选为国民政府主席、国民政府军事委员会主席和国民党中央执行委员会主席，集党、政、军大权于一身，陈璧君平步青云，成为令人仰慕的"第一夫人"。

汪精卫主政广东国民政府期间，蒋介石很想与汪精卫义结金兰，这种称兄道弟的江湖把戏是中国特色的政治秀，自从刘备、关羽、张飞在桃园玩转之后，后世效尤者不乏其人。陈璧君对蒋介石没好感，她担心汪精卫千辛万苦得来的大权将被蒋某人的鹰爪轻易攫去。有一次，她看到汪精卫在信函中称呼蒋介石为"介弟"，一股无名火倏然腾上心头，她数落道："你愿意做他的把兄，我还不愿意做他的把嫂呢！"汪精卫听出了言外之意，弦外之音，于是他顺从夫人的旨意另行起草，两巨头之间所谓的"兄弟情分"就这样被陈璧君的一句话彻底勾销了。

1926年，蒋介石气走汪精卫，将军事委员会主席、中央组织部长、国民革命军总司令、中央军人部长、国民党中央执委会主席、中央政治会议主席6项要职抓在手中。其后数年，汪精卫东山再起，出任行政院长兼中央政治会议主席，已经退而居其次。陈璧君何等强势，何等狂恣，尽管她贵为显赫的院长夫人和主席夫人，但较之昔日，总觉低人一肩，因此心有悻悻然。陈璧君肯服输吗？她另寻胜筹，以其超常规手段，为丈夫找补几许亮色。她注重享受，居则富丽堂皇，穿则奇装异服，食则美味佳肴，热心社会慈善事业，只为了猎取美名。宋美龄行事高调，夫人外交笑靥生春，陈璧君看不顺眼，妒意和敌意齐齐发作，便嗤之以鼻："她是什么东西，早年我做第一夫人时，她在何处凉快呢？"于是，蒋介石与汪精卫在政坛上掰腕子，陈璧君与宋美龄在后院中斗心气，两方面的戏份都很充足。

1935年11月1日，国民党四届六中全会在南京丁家桥中央党部召开。由汪精卫主持大会，开幕式后，全体中央委员前往会议厅门口合影，汪精卫与林森、张学良、阎锡山等要员站在前排。摄影完毕，大家陆续返回会场，准备开会，摄影记者孙凤鸣突然拔枪，连发三弹，汪精卫倒卧在血泊之中。

陈璧君见状，心知不妙，她拨开人丛，向前施救。此时汪精卫浑身是血，双眼紧闭，她将他紧抱在怀里。所幸汪精卫神智清醒，他用颤抖、断续的语音对陈璧君说："我为革命……结果如此。我……我……毫无遗憾。"

陈璧君神色镇定，与数年前廖仲恺遇刺时何香凝的表现有得一比。她强忍悲痛，安慰汪精卫："四哥，人必有一死，即使你遇不测，我们仍要继续努力，将革命进行到底。"

汪精卫与蒋介石的矛盾愈积愈深，成为死结，难以打开。九一八事变后，他们一度携手合作，共同推行"攘外必先安内"的政策，但这种貌合神离的关系难以为继。巧的是，合影时蒋介石借故没有参加，他的嫌疑最大。

第二天，陈璧君强行闯入蒋介石的办公室，她严词厉色地质问道："蒋先生，你不要汪先生干，汪先生不干就是，何必下此毒手！"蒋介石确实不知道这次刺杀行动究竟是何人暗中主使，面对陈璧君咄咄逼人的质问，他脸上红一阵，白一阵，不便发作，还得反过来安慰陈璧君："汪夫人息怒，汪夫人息怒，我一定查清此事，斩断幕后黑手！"陈璧君板着脸，鼻子里重重地"哼"了一声，拂袖而去。

性格即命运。汪精卫与陈璧君的性格正好相反，一个是水，一个是火。汪才思敏捷，待人温和，可他办起事来瞻前顾后，缺乏魄力，柔韧有余，刚猛不足。陈璧君是炮仗脾气，快人快语，勇决智断。这就不奇怪了，贵为国民党二号人物，汪精卫反而要处身于老婆大人陈璧君的卵翼之下，受其保护。汪精卫若在政治上遇到重大难题，总喜欢与夫人商量，陈璧君也乐此不疲，为夫君出谋划策。久而久之，陈璧君便养成习惯，事无巨细她均要插手过问，汪精卫的左右就苦不堪言了。汪精卫曾说："陈璧君不但是我的妻子，而且是老同盟会员，许多事当然要听她的意见才能决定。"这就等于他亲口承认了陈璧君是其主心骨。陈公博是汪精卫的死党，他背后的议论颇具说服力："汪先生离开陈璧君干不了大事，但没有陈璧君，也坏不了大事。"

1936 年 2 月，陈璧君破例让汪精卫独自一人前往欧洲治病养伤，她本人留在国内，搜集情报，静待时机，幻想有朝一日重温"第一夫人"的美梦，舒吐胸中那口恶气。两个月后，在结婚纪念日那天，汪精卫收拾心情，赋诗赠陈璧君："依然良月照三更，回首当年百感并。志决但期能共死，情深聊复信来生。头颅似旧元非望，恩意如新不可名。好语相酬惟努力，人间忧患正纵横。"这首诗见情见性，陈璧君在汪精卫心中的位置显然不可替代。这样看来，他一生不赌不嫖不抽，并非惧内所致，而是敬内所致。

抗日战争爆发后，蒋介石打算以空间换时间，先避战，后抗战，汪精卫力主和谈，他认为，中国军队根本不是日军的对手，与其以卵击石，不如委曲求全，他的妥协论调受到舆论的强烈反对，国民党内反汪倒汪的呼声迅速高涨。这一回，蒋介石是幕后推手。汪精卫深知蒋介石的厉害，强争必然大败，他一度心灰意冷，决定退党赋闲。人在江湖，身不由己，他手下的那些小弟，尤其是陈璧君，绝不会允许他金盆洗手，他们要为他找寻出路。

有一天，广州《民国日报》编辑陈曙风去汪府做客。席间，陈曙风谈到抗日宣传深入民心，国人众志成城时，陈璧君立刻打断其话尾，揶揄道："行了，行了，别吹了。前方军事失利，报纸上不说'败退'，而用'转进'替代，一天到晚，老是'转进''转进'，不知还要'转进'到什么地方去！"

陈曙风闻言一怔，好在他反应奇快，不久前获胜的台儿庄战役是个现成的好例子。陈璧君却认为一俊难遮百丑，她说："算了吧！抗战以来，上海丢了，南京丢了，撤退到武汉。这不，没有办法，又把黄河花园口炸开，放水阻拦。日军没挡住，倒把中原三省变为一片汪洋。其实我们哪里是日本人的对手，能从日本人手中得回黄河以南的地方已经算满足了。连黄河以北，甚至东北都想收回，谈何容易！"陈璧君越说越放肆，把谬论当成高论，和盘托出："东北本来就不是中国的地盘，奉天是满清带来的嫁妆，他们现在不过是把自己的嫁妆带回去罢了，有什么可反对的呢？"陈曙风内心并不苟同陈璧君的说法，但陈璧君气焰逼人，他虽有腹诽，也吱声不得。

当年，日本军方野心勃勃，意欲从中国战区抽出部分兵力远征南亚和东南亚各国。他们请汪精卫出马收拾中国沦陷区的人心，可谓一举两得，一事两便。汪精卫深知，这一步迈出去，就算踏上了不归路，他迟疑不决，徘徊难定，召集手下干将周佛海、梅思平商议对策，陈璧君列席旁听，竟给汪精卫拿主意，定基调："只要日本御前会议承认汪先生出来领导'和平运动'，汪先生是愿意出来的。"

1938年11月，梅思平受汪精卫指派与日方秘密达成协议，初步拟定汪精卫脱离重庆另组政府的行动计划。对于协议内容，汪精卫斟酌再四，并不感觉屈辱，他能够接受，但他是堂堂的国民党副总裁、中央政治委员会主席和国民参政会议长，他若与日寇合作，必定名节亏丧殆尽。东晋权臣桓温尝言，"不能流芳千古，亦当遗臭万年"，汪精卫一直有士大夫情结，他更想流芳，不愿遗臭。当然，找个聊以自慰的理由还是不难的，从事和平运动是为了救民于水火，解民于倒悬，理应以大乘佛家精神为之，我不入地狱，谁入地狱？汪精卫的内心受到日复一日的煎熬，并不像后人臆测的那样，他一开始就急不可耐地投靠日本军政府。

陈璧君只认一个死理，蒋介石一手遮天，汪精卫在国民党内日益被边缘化，地位岌岌可危，与其这样，还不如换个地盘，另起炉灶。她见丈夫举棋不定，就再次越俎代庖，话说得相当难听："难道当汉奸也要坐第二把交椅？谁不愿意走，只管留下好了，我是一定要走的！"陈璧君去意已决，她一把火烧掉了《日华协议记录》，消除隐患。梅思平赴港之际，她在饯行酒会上发飙，逼迫汪精卫当众表态："梅先生明天就要走了，这次你可要打定主意，不能反悔！"逼上梁山的事情会发生，逼上贼船的事情也会发生，汪精卫视陈璧君为主心骨，她拍了板，他也就豁出去了。"一失足成千古恨，再回首是百年身"，与其说是时势使然，还不如说是陈璧君使然。

1938年12月18日，汪精卫出走河内，29日发出"艳电"，公开投靠日本。这条不归路自始就是凶险万分的。1939 年 3 月 21 日，一伙军统蒙面杀手身负极峰的命令，趁着夜色掩护，摸入越南河内高朗街 27 号汪氏夫妇居住的花园洋房，实施暗杀行动，可是阴差阳错，他们打死打伤一男一女，分别是汪精卫的政治秘书曾仲鸣和他的妻子、著名画家方君璧。汪精卫和陈璧君侥幸逃过一劫。但这次幸免于难的经历显然在汪、陈二人心中投下了浓重的阴影。

一朝权在手，便把令来行。陈璧君终于餍足了自己多年梦寐以求的权力欲望，她网罗亲信，安插私人，不仅在党政部门布下众多耳目，而且倚赖亲属为心腹爪牙。1939 年 8 月，汪精卫召开"国民党六大"，陈璧君的两个弟弟和妹婿、侄子、干女婿以及家庭教师都当选为"中央委员"。其后，这批亲属顺杆子往上猛爬，纷纷升迁，成为汪伪政府中的显要官员。陈璧君将汪伪政权视为家族公司，只相信自己的至亲，她"量才器使"，胞弟陈耀祖和陈昌祖荣膺要职，前者出任广东省主席，后者出任航空署署长，她的几位侄子悉数鸡犬升天，陈春圃任行政院秘书长、建设部长、组织部长，陈国琦任侍从室第一室主任，陈国强、陈国丰、陈常焘也都主管要害部门，她的妹婿褚民谊任行政院副院长兼外交部长，干女婿林柏生任宣传部长，汪府的家庭女教师陈君慧也任中央政治委员会经济专门委员会主任。此外，汪精卫的两个侄子，一个任广东省财政厅厅长，另一个任广州警备处处长。这样的"家族公司"，陈璧君打理起来，自然是得心应手。

陈公博一直被汪精卫倚为股肱和心腹，他属于国民党改组派悍将，喜欢自行其是。1939 年 12 月，陈公博从河内前往香港，以老母病重为由，深居简出，大有中隐隐于市之意。翌年 3 月，陈璧君奉承汪精卫旨意，专程去香港劝导陈公博出山，就任汪伪政府立法院院长。二陈相见，犹如两阵对圆，陈璧君采取先声夺人的战法。她虎着脸，将陈公博狠狠地数落了一顿，骂他忘恩负义，只可同安乐，不可共患难，愧对汪先生多年来对他的信赖和栽培，眼下百废待举，汪先生正在用人之际，他却匿居香港闹市，首鼠两端。这劈头盖脑的指责使陈公博疲于招架，他确实感觉愧疚，心思不免松动了。陈璧君察言观色，拿捏火候，大棒一收，立刻奉上"胡萝卜"："忠臣必出于孝子之门，公博在香港陪母亲养病是孝子，到了紧要关头，急公近义，先国后家，也是难得的忠臣。"许多人都误以为陈璧君只会以本色示人，其实她演技高明，亲自登门看望陈公博的母亲，一番好言相慰之后，倒是陈母出面催促陈公博"赶紧去帮汪先生办理大事"，陈公博忠孝两难全，只好乖乖就范，听由陈璧君穿了他的牛鼻子，牵回南京。

权势最能扭曲人异化人，使廉者贪，使清者浊，使智者癫，使勇者顽。陈璧君把持权柄，炙手可热，气焰日益嚣张。她的脾气越来越坏，不分对象，不顾场合，稍不如意，即颐指气使，甚至暴跳如雷。汪精卫只能苦笑着自我解嘲，陈璧君到了更年期，不是这副样子，还能是什么样子？她变得痴肥了，变得暴躁了，都是正常的。有时候，汪精卫与来客娓娓深谈，刚过约定的时间，陈璧君就会推门而入，大声发出逐客令："你们应该让汪先生休息了，有话改天再谈。"有时候，汪精卫设宴待客，饮酒正酣，谈兴犹浓，陈璧君轻咳一下，或叫声"四哥"，汪精卫就会立刻放下酒杯。在众人面前，他对"妻管严"从未流露过抵触情绪，这一点太难得了，许多人都佩服他超好的涵养。汪伪政府中那些官员对陈璧君无不畏之如虎，被她辱骂了，被她冷遇了，被她责罚了，都只能忍气吞声，不敢还以颜色。

1943年，汪精卫枪伤复发，胸背及两肋疼痛难忍，沪上名医为之束手，只好送往日本动外科手术，无奈旧弹头的铅毒已经渗入骨髓，虽削去其三分之二的脊骨，仍然无济于事。1944年11月10日，汪精卫高烧后陷入昏迷，医药罔效，一命呜呼。

汪精卫撒手而去，陈璧君顿失凭依，她将一张写有"魂兮归来"字样的纸条黏附在丈夫的尸体上，对自己的前景头一遭感到了茫然。可想而知，南京政府的那些大小官吏早已受够了老板娘的窝囊气，也该是他们拿出个态度的时候了。昔日宾客如云、走卒如蚁的汪公馆，如今门可罗雀，那些攀龙附凤之徒绕道而行，不再登门。陈璧君眼看南京不是自己的安身之地，便去坟前哭别汪精卫，她决定前往广东投靠两位胞弟。

此时，汪伪政府风雨飘摇，陈璧君已踏上穷途末路，等待她的将是一个接一个的坏消息。她的胞弟、广东省主席陈耀祖被爱国志士刺杀身亡，侄儿陈春圃见大势不妙，也挂冠而去。陈璧君唯有指靠妹婿褚民谊，请他出马来主持广东政局。然而今时不同往日，"国民政府"的老板已换成陈公博，他对陈璧君的电函不以为然，理由是"民谊不能离开中央，有许多事要借重于他"，这个硬钉子直把陈璧君碰得火冒三丈。汪精卫尸骨未寒，陈公博就没把她放在眼里了，这还了得。接下去，一场文戏就变成了武戏，陈璧君直闯主席官邸，一脚踹开陈公博的办公室，捶胸顿足，拍案狂呼："汪先生一向待你不薄，呃，你就这样对待他的未亡人！"云从龙，风从虎，风云未见，龙虎当前，陈璧君突然从天而降，陈公博这一惊非同小可，他深知今天大白日撞鬼了，若不让她满意，自己就无法过关。于是，陈璧君如愿以偿，褚民谊出任广东省主席。

1945年8月15日，日本天皇向全世界宣布日军无条件投降，陈璧君如遭雷殛，自知大限将临。轮到她向亲信训话时，她好不容易才找出一套说辞自欺欺人："慌什么，汉奸才发慌呢，我们又不是汉奸。我们的目的是求和平，现在和平已经实现，我们的任务已经完成，有什么可慌的！"她心里能不慌吗？汉奸罪即是叛国罪，死有余辜。

这节骨眼上，陈璧君惶惶如丧家之犬，只有妹婿褚民谊肯来跟她打商量，与其说他们是拴在一根绳上的蚂蚱，还不如说他们是"瞎子牵瞎子，相将入深池"，谁也帮不了谁。小聪明帮大忙，平时或许灵，现在也只能死马当活马医。陈璧君授意褚民谊给蒋介石发去电报，试探蒋介石的态度，电文如下：

敌宣布投降后，共军乘机蠢蠢欲动，正三三两两潜入省防，不良居心昭然若揭。愿谨率所部严加防范，力保广东治安，静候中央接收。

翌日，陈璧君心有不安，毕竟前面的电文没讲到她在此形势下有何作为，于是她让褚民谊再补发一封电报：

汪夫人愿为中央效犬马之劳，誓将广东完璧归还中央，盼蒋委员长训示。

两封电报发出之后，如同泥牛入海。此时，广州城内，锄奸行动正在紧锣密鼓地进行，陈璧君躲在寓所里，忧心如焚，一日数惊。

某些不待见的人，换个时刻，就变成了救星。当国民党军统局广州站主任郑介民现身时，褚民谊如逢大赦。郑介民带来了蒋介石的密码电报：

重行兄：

兄于举国抗战之际，附逆通敌，罪有应得。惟念兄奔走革命多年，自当从轻处理。现已取得最后胜利，关于善后事宜，切望兄能与汪夫人各带秘书一人，来渝商谈。此间已备有专机，不日飞穗相接。

弟　蒋中正

褚民谊，字重行，他反复细读电文，恨不能从字缝里看出字来，他将信将疑，但又不敢说出自己的疑虑，只向郑介民打听了赴渝的日程安排。

陈璧君为人骄躁，但她并不天真，她读了蒋介石的电文，疑心这是一个请君入瓮的圈套，但褚民谊比她乐观，一方面他认为他们有旧功可以折新罪，另一方面他认为蒋介石会看在彼此"反共"目标一致的份上，给他们效犬马之劳的机会。陈璧君进退两难，她说："去吧，弄不好，自投罗网；不去吧，蒋介石倘是出于真诚，倒是自己错失良机，到头来敬酒不饮饮罚酒，岂不罪加一等？"最终，她拿出一枚硬币，用它卜定了自己的行止。陈璧君让人上街买了两筐刚上市的洋桃，准备带到重庆，一筐送给宋美龄，另一筐送给国民党元老吴稚晖，请他代为缓颊说项，他的话蒋介石还是会听的。

郑介民欺骗了他们，陈璧君和褚民谊登车之后，很快就失去了自由。军统特务收缴了他们随身携带的武器和全部贵重物品，用一架军用飞机将他们押送南京，关在宁海路 25 号看守所。陈璧君沦为了阶下囚。

抗战胜利后，汉奸逆案成为全国瞩目的重案，如何惩处这批卖国求荣、认贼作父的汉奸，成了一道受媒体和大众喜爱的竞猜题。在法庭上，昔日趾高气扬的汪府大员，一个个垂头丧气，唯独陈璧君硬着头皮，依旧霸气，她拒不承认自己是汉奸，厉声质问众位法官："日寇侵略，国土沦丧，人民遭殃，这是蒋介石的责任，还是汪先生的责任？若说汪先生卖国，重庆统治下的地区，由不得汪先生去卖；东北、华北、华东沦入日本人之手，还不是蒋委员长拱手相让的！当初日本人进攻广东，国府大员闻风而逃，你们何曾尽过守土之责，这难道也是汪先生的责任？南京统治下的地区，是日本人的占领区，并无寸土是汪先生断送的，相反只有从敌人手中夺回权利，还有什么国可卖？汪先生倡导和平运动，赤手收回沦陷区，如今完璧归还国家，不但无罪，而且有功。……汪精卫投靠日本是汉奸，蒋介石投靠美国英国是不是汉奸？"此言一出，法庭大哗。陈璧君被判处无期徒刑，罪名为"通谋敌国，图谋反抗本国"。当庭宣判时，她大声抗辩道："本人有受死的勇气，而无坐牢的耐性，所以希望法庭改判死刑！"

1949 年 4 月，中国人民解放军全面接管苏州，将陈璧君从狮子口江苏第三监狱移送到公安局看守所。数月后，陈璧君被押解到上海提篮桥监狱，其余生最后十年便在此度过。

1949 年 9 月，中国人民政治协商会议在北京举行，会议期间，宋庆龄与何香凝找到毛泽东、周恩来，特意为陈璧君说情。宋庆龄、何香凝与陈璧君私交很深，念及旧谊，请主席和总理特赦陈璧君。

毛泽东同意了这个请求，他说："陈璧君是个很能干、也很厉害的女人，可惜她走错了路。既然宋先生、何先生为陈璧君说情，我看就让她写个认罪声明，人民政府下道特赦令，将她释放。"

当晚，宋庆龄与何香凝经过一番斟酌，由前者执笔，给陈璧君写了一封情辞恳切的信：

陈璧君先生大鉴：

我们曾经在国父孙先生身边相处共事多年，彼此都很了解。你是位倔强能干的女性，我们十分尊重你。对你抗战胜利后的痛苦处境，一直持同情态度。过去，因为我们与蒋先生领导的政权势不两立，不可能为你进言。现在，时代不同了。今天上午，我们晋见共产党的两位领袖。他们明确表示，只要陈先生发个简短的悔过声明，马上恢复你的自由。我们知道你的性格，一定难于接受。能屈能伸大丈夫，恳望你接受我们的意见，好姐妹，殷切期待你早日在上海庆龄寓所，在北京香凝寓所畅叙离别之情。

谨此敬颂大安。

庆龄（执笔）香凝

1949 年 9 月 25 日夜于北京

陈璧君并未欣领宋庆龄和何香凝的善意，她给宋庆龄、何香凝回信婉拒，大意为：共产党要我悔过，无非还是持蒋政权的旧观点，认为我是汉奸。汪先生和我都未卖国，真正的卖国贼是蒋介石。这不用我历数事实，二位先生心中有数，共产党心中有数。正由于二位知道我的性格，我愿意在监狱里送走我的最后岁月。衷心感谢你们对我的关心和爱护。

死硬的陈璧君真就把牢底坐穿了。不管你是否认定她的汉奸身份，但你肯定会对她尽心尽力饰演的硬派角色留下难以磨灭的印象，这样硬气的男子汉尚且不可多得，何况她年老体衰呢。

二、乱世妖姬

川岛芳子

谁能想到日本侵略军谍报机关"一枝花"川岛芳子竟然会是龙的传人？这位艳谍直接参与了"皇姑屯事件""九一八事变""满洲国独立"等军事活动和政治阴谋，并且亲手导演了震惊中外的上海"一·二八事变"和"转移婉容"的大活剧，她在热河组织定国军骑兵团，充当日本侵略军的鹰犬。川岛芳子被时人称为"乱世妖姬"、"东方的玛塔·哈丽"（荷兰女子，第一次世界大战期间投身于德国情报机构，后被法国政府处决），她的事迹极具传奇色彩。

川岛芳子（1906—1978），姓爱新觉罗，名显玗，字东珍，常用名金璧辉，是清朝肃亲王善耆的第十四个女儿。善耆在清朝担任过首任民政尚书、崇文门监督、理藩部尚书、镶红旗汉军都统等要职，确立了当时的警察制度。他比清王室中绝大多数成员更开明，也更有见地，对君主立宪颇为热心。汪精卫刺杀摄政王载沣未果，被捕入狱，善耆办案，居然刀下留人。

肃亲王府十四格格尚未及笄成年，中国政局就发生了重大更迭，清朝宣告灭亡了，中华民国取而代之。肃亲王善耆眼看宗庙倾覆，政权旁落，心有不甘。他联络日本浪人川岛浪速，由后者游说日本军部出兵干涉南方革命党的"叛乱"，同时，他策动蒙古王公喀喇沁王与惯匪巴布扎布组织蒙古义勇军，企图造成"满蒙独立"的事实。然而形势强于人，他的美梦一一化为泡影。善者深感复辟无望，因此着眼于未来，他派遣几个儿子分头去满洲、蒙古和日本，要他们卧薪尝胆，还将掌上明珠显玗送给结拜兄弟川岛浪速做养女，施以魔鬼式的调教。

1912 年，爱新觉罗显玗年仅六岁，改名川岛芳子，跟随养父川岛浪速漂洋过海，前往东瀛。此后十多年，她从川岛浪速那儿接受了政治事务、军事技能、情报收集等多种专门训练。至于松本高等女子学校的课程，川岛芳子敷衍了事，一场沸沸扬扬的裸照风波后，她被勒令退学。对此她一点也不难过，反倒似野雀逃脱了樊笼。她剪去满头青丝，疯狂地投入到"男性运动"（骑马、击剑、柔道、射击）中去，她宣称自己"永远清算了女性"。

1928 年春，日本关东军决定秘密敲掉"东北大王"张作霖。为了迅速达成目标，关东军特务处派遣倔田正胜少佐回国，游说他的老师川岛浪速，希望他以大日本帝国的利益为重，安排川岛芳子去奉天协助关东军完成一项秘密的军事任务。川岛浪速见芳子跃跃欲试，就一口应承下来。她重新变回肃亲王第十四格格的身份，在故国擂台上大打"形意拳"，猛踢"无影脚"。

当年，川岛芳子以"省亲"为名抵达东北，并不急于去旅顺探望生父，而是滞留在大连，见缝插针，搜集东北军方面的情报。这位前清公主的诡秘行踪并未引起奉军情报部门的怀疑，她下手又准又快，以色相套牢张学良的侍从副官郑某，从而刺探到张作霖乘坐慈禧花车返回热河的日程安排，随即向关东军总部详细汇报。

1928 年 6 月 4 日凌晨 5 点左右，"东北大王"张作霖在皇姑屯被炸死，川岛芳子立下首功，从此她成为"谍报新星"，倍受日本特务机关的青睐。然而川岛芳子与生父肃亲王善者一样顽固坚持"满蒙独立"的主张，日本军方持有戒心。有段时间，这位"东方的玛塔·哈丽"被日本谍报机关闲置起来。肃亲王善者抱憾而终，川岛芳子原本落寞的心情更是一落千丈，她搭乘商船回到日本，接受新一轮的充电。在船上，她对同行的日本关东军谍报员大村骏的弟弟大村洋一见钟情，暂且将养父川岛浪速抛诸脑后，去了大村洋在日高的别墅，这对快活的野鸳鸯其乐融融。两个月时间，大村洋不仅教会了川岛芳子一流的床上功夫，强化了川岛芳子"把美色当成炸弹"的意识，而且将"满蒙中的日本"这一信念牢牢地植入川岛芳子的大脑深处。大村洋对她说："满蒙独立必须以日本为轴心来运作才能成功。……满蒙是日本的弟弟，兄弟合作，建立亲睦的大家庭，才能立于不败之地。"大村洋洗脑成功，川岛芳子与日本军方更加"同心同德"，步调一致。她回到中国，在日军特务机关长官田中隆吉的直接指导下，变成了日本军方插入中国心脏的一枚锋利的毒针。田中隆吉是暴徒，桀骜不驯，精力旺盛，同样逃不过川岛芳子的"九阴白骨爪"，他们共赴巫山，一对"神经脖"从此抱成一团，互相激励，要干一番轰轰烈烈的"大事业"。

九一八事变后，川岛芳子奉田中隆吉之命赶赴奉天，投靠板垣关东军高级参谋的帐下。她能纯熟地运用中、日两国语言，还能讲一口流利的英语，加上清王室公主的金字招牌，出面为日本关东军做了不少稳定人心、厘顺各大城市租界关系的绥靖工作，成天忙得席不暇暖，食不甘味。当时，在沈阳坐镇的日本特务机关长土肥原贤二秘密策划建立傀儡政权——伪满州国，拥立清朝废帝爱新觉罗·溥仪为皇帝，他果然神通广大，将溥仪从天津静园秘密接到旅顺大和旅馆。由于是顶风作案，走得太过匆忙，溥仪的侍从班子和"皇后"婉容仍然滞留于津门，不妙的是，婉容误以为自己被溥仪抛弃，因此歇斯底里，闹得天翻地覆。日本军方为了安抚溥仪，尽快实施"大东亚共荣圈"计划，派遣川岛芳子作为秘使，去天津迎接婉容，此事不宜声张，必须来无踪去无影，神不知鬼不觉。川岛芳子再三琢磨，最终采取偷梁换柱之计，用一口棺材将婉容运出津门，送达关东军手中。伪满州国建立后，日本关东军论功行赏，特别嘉奖川岛芳子，授予她陆军少佐军衔，成为日本军中军阶最高的女子。川岛芳子还从一些旧财阀和满清遗老那儿获得好感和好处，募集了一笔数目不菲的军饷，用来招兵买马，组建定国军骑兵团，美美地过了一回总司令的官瘾。

1932年初，日本军方为了分散国际社会对"满洲独立"的注意力，决定在上海挑起事端。这一历史性的重任又落在了川岛芳子肩上。1月18日午后4时左右，被川岛芳子收买的几十名三友实业公司工人袭击了五名日本莲宗僧侣和信徒，致使三人重伤，其中一个叫水上秀雄的，因伤势严重于1月24日死亡。事发后，川岛芳子又赶紧收买由日侨组成的"支那义勇军团"，对三友实业公司工人实施报复性袭击，烧毁了该公司的厂房，双方各有死伤。1月24日，川岛芳子派人纵火焚烧了日本驻华公使重光葵的公馆，然后反诬是中国军人所为，事态迅速恶化。由于英、法、俄、美等国均在上海拥有租界，国际注意力因此由东北迅速转移到了上海。

1932年1月28日夜，日本侵略军悍然进攻上海闸北，蔡廷锴将军、蒋光鼐将军毫不示弱，指挥第十九路军与日寇展开激战。在此节骨眼上，川岛芳子只身潜入吴淞炮台，查清了该炮台的火力配置，给日本军方送去准确情报。嗣后，川岛芳子易装假扮成富家公子，在夜夜笙歌的百乐门大舞场出手豪阔，一掷千金，结识国民政府行政院院长孙科，抢先刺探到蒋介石即将下野的消息。日本军部便重新制定对华侵略政策、调整战略部署。事后，田中隆吉对川岛芳子的谍报才能赞不绝口，称她"可抵一个精锐的装甲师团"。川岛芳子的魅力和魔力的确不小，她先后将国民政府中央政治会议秘书长唐有壬和国民政府行政院院长孙科拉下水，害得他们一个遭通缉，一个被弹劾，在危急时刻，她向他们伸出援手，赢得感激之情。有人认为，超级艳谍川岛芳子堪称日本"战争机器"的最佳润滑剂，难怪日本军部将她视为不可多得的特殊人才，对她宠任有加。

川岛芳子算不上绝代佳人，但她神态妖冶，身材火爆，无论是身穿笔挺的西服、华美的和服，还是合体的旗袍，无不魅力四射，电光灼人。据30年代著名歌星李香兰（山口淑子）的自传《我的前半生》所记，川岛芳子"在人群中有一张非常引人注目的笑脸，她个子不高，匀称的身材包裹在男人的大褂里，却显示出女性的婀娜，气度雍容华贵"，奇就奇在这位威风八面的定国军女司令肩头总喜欢扛一只猴子招摇过市。川岛芳子娴于辞令，很会察言观色，比一般女子更解风情，那些如狼似虎的男人无不认为她是一块值得一咬的"活肉"，却又对她浑身毒刺心存畏惧。川岛芳子是情场高手，她一生究竟征服了多少男人，连她自己也没个准数，日本军官山家亨、蒙古枭雄甘珠尔扎布（她的丈夫）、日本特务大村洋、田中隆吉、多田俊、稻田正纯、伪满洲国将军方永昌……真是一妇当关，万夫莫敌。

1935 年到 1940 年，川岛芳子逐渐被日本军方冷落，由于她口无遮拦（到处说她与日本首相东条英机的妻子如何熟稔），险些招致杀身之祸。她寓居天津，成为东兴楼的大老板，汉奸和日本人常来光顾这家饭店，因此生意颇为兴隆，然而她志不在此，内心颇感烦闷。

日军攻占北京后，川岛芳子与国民党军统特务头子戴笠暗结孽缘，她称王称霸，作威作福，大施淫威，广敛钱财，一些缺乏背景的阔老板受到敲诈，只好忍气吞声。有一次，梨园名角马连良不小心怠慢了这位十四格格，也只得在矮檐下低头，乖乖地奉上二万元"道歉费"，才得全身而退。川岛芳子寓居北平时，除了玩猴，跳舞，画画，也没什么正经事好做。

1945 年 8 月 6 日凌晨，两颗原子弹（"小男孩"和"胖子"）分别在日本的广岛、长崎上空爆炸，又黑又大的蘑菇云顷刻间吞噬了十多万人的生命。其后，8 月 15 日，日本裕仁天皇受到极度震慑，宣布投降。"东方的玛塔·哈丽"随之走向了她的末路，被国民政府当作头号女汉奸逮捕归案，关进北平第一监狱。当局对川岛芳子礼遇有加，不仅让她住单间，而且解除手铐，据说这是经北京军统局特意关照过的。嗣后河北省高等法院多次提审这位日本间谍，但她百般狡赖，将自己犯下的罪行推卸得一干二净。河北省高等法院掌握的证据相当有限，庭上仅出示了三件物证：第一件是川岛芳子身着戎装的照片，这是她作为日本侵略者的帮凶定国军司令的确凿证据；第二件是刻有司令字样的四方大印；第三件是日本作家村松梢风写的《男装丽人》和《满洲的黎明》两本小说。法庭按疑罪从有的原则定谳，川岛芳子被判处死刑。

据监督行刑的检察官何承斌回忆：川岛芳子胆大不怕死，中华民国最高法院核准的处决令已经下达，她依旧神色如常，只抱怨了一句法官没有证据而判她死刑，实在冤枉。另据负责警戒的宪兵少校谭良泽回忆：刑场内有法官、典狱长、行刑的法警、法医、两名记者以及监督行刑的9团2营4连的宪兵队。被带到刑场中央的川岛芳子，由于经常吸食鸦片，注射吗啡，再加上一年多的牢狱生活，面色蜡黄，脸颊浮肿，一头齐耳短发，看上去四十多岁。川岛芳子神态很沉着。法警按照法律程序核对姓名，验明正身，向她宣布了罪状和死刑判决书。

行刑前，执行官照例询问川岛芳子有何要求，她什么也不说，连例餐（两个馒头）也不想吃，只打算给养父川岛浪速写一封信，这个请求得到执行官的准许。原信用日文写就，翻译过来是这样的：

父亲大人：

终于三月廿五日的早晨执行了，请告诉青年们永远不止地祈祷中国之将来，并请到亡父的墓前告诉中国的事情，我亦将于来世为中国效力。

义女芳子

综合当年北平多家报纸如出一辙的描述，处决艳谍金碧辉（川岛芳子）一事弄得颇为神秘，我们不妨检视其中一则旧闻："3月25日凌晨，记者们获悉大名鼎鼎的日军密探、女汉奸金壁辉执行死刑的确切消息后，即不顾夜间街道的黑暗，急忙赶到关押金壁辉的第一监狱门前集合，准备报道现场情况。这次法庭也采取了出乎常规的行动，为了将处决清朝末裔女子的情况传播到社会上，特请摄影记者前来拍摄现场情况。三十多名新闻记者赶到第一监狱，在紧紧关闭着的铁门外等了又等，却看不出有打开铁门的任何迹象。不管是推门、敲门，还是叫门，都毫无反应。时间不停地过去，大家十分焦急。到清晨4点左右，监狱长总算是从里面略略打开了铁门，但他只允许三十多名记者中的两名外国记者进去，其他中国记者严禁入内。据说这是一个叫吴盛涵的审判官下达的命令。但不像他个人的主意。尴尬的记者还不死心，他们沿着监狱高高的围墙转了一圈，企图找到一个入口，结果只能是徒劳。天亮前，突然听到从关押川岛芳子的牢房附近传来一声沉闷的枪声。天大亮时，第一监狱的大门前，挤满了看热闹的人群，不一会儿，监狱里出动了约两百名警察，他们将看热闹的人群赶到远离大门的地方。接近中午时分，大门里面才有些动静，监狱又重又厚的大门打开了，从里面抬出一副担架，担架上就是处死的女囚——川岛芳子的尸身。由于事先日方请求按日本人的风俗安葬，法院根据这一要求，决定把遗体交给战前就住北京的日本长老古川大航。古川揭开席子一看，只见她蓬头散发，从脸到脖子全是血污和泥土。一代天骄金司令的仪表已烟消云散，毫无踪影。以古川长老为首的两三个日本人，立刻将事先准备好的白布铺在地上，把遗体紧紧裹住，再盖上绣着五颜六色花样的布。长老简单地念了几句经，便将遗体抬到卡车上。下午两点多钟，即运往朝阳门外日本人墓地火化。"

　　既然是处决犯有战争罪的间谍，官方大可不必这么掩人耳目，此事弄得越神秘，外界的猜测就越多，这些猜测有的勉强着调，有的相当离谱。一些传记作家百思不得其解，也屡屡质疑。日本作家渡边龙策在他撰写的《女间谍川岛芳子》一书中讲得比较透彻：报道引起了一连串的疑问。民国政府杀一儆百，把川岛芳子当成反面典型，大肆宣传，甚至将公审的部分实况拍成纪录片。然而最为关键的行刑场面，干嘛搞得如此神秘？处理得如此草率？为什么无视国际惯例，连新闻记者被排拒在现场之外？为什么只许两名外国记者进入现场？为什么将面部等处弄那么多血污和泥土，以致难于辨认罪犯的真面目？蹊跷的是，为什么要选择辨认不清面孔的夜间执行死刑？

　　由于受到冷落、轻慢和戏弄，川岛芳子被处决的第二天，北平各家报社联合刊登了致司法当局的抗议书。这么一倒腾，川岛芳子之死成了不折不扣的谜案，狱方是否使用了掉包计？此事背后是否另有冤死鬼？一时众说纷纭，谣诼蜂起。

狱方始料未及，川岛芳子被处死会导致舆论哗然，北平第一监狱为了纠正大众的猜疑，避重就轻，让一位监狱女看守向媒体发表谈话，公开川岛芳子受刑前的情形："法警来后，我才知道这件事。我将川岛芳子从睡梦中叫醒，她就被带走了。开始，我并没有觉察到是执行死刑。我带她一起出了牢房，当走到女监长廊的尽头时，只见门口站着两名男看守在等着她。因为我是女看守，任务就是把她送到这里，当我刚要返回时，才恍然大悟，想到是要执行死刑。不大工夫就听到了枪声。"法院方面也积极配合，让一位老看守长出面澄清事实，他说："被叫出来的金壁辉，对死是有充分思想准备的，当最后一线生存的希望断绝时，她还想穿上她父亲送给她的白绸裤子，但没有得到准许，她也就老实地服从了。"

有意思的是，狱方和法院方面越是努力澄清事实，被媒体引导的大众就越是觉得官方欲盖弥彰，川岛芳子之死必有猫腻。甚至连川岛芳子的亲哥哥爱新觉罗·宪立也不能断定妹妹究竟是死是活，他的日记中有这样一段存疑的话："……芳子处刑后的尸体，如果没人认领，就会被运送到公共墓地，同许多尸体堆放在一个坑里埋葬。因为我不希望那样做，所以托了日本和尚认领尸体，而且必须立即火葬。因此日本和尚领尸后，就立刻火化了。这是事实。这具尸体，是否是芳子的？我还没有足够的材料做出判断。收领尸体的和尚并不认识芳子，即便看见脸面，因为子弹是从头后部打进，从面部穿出，炸得令人难以分辨。所以很难说究竟是什么样的模样。芳子现在是生是死？我却无法做出判断。"既然真相不明，中国老百姓的想象力就迎头赶上，补其所缺。

1948年愚人节，报纸上突然登出一条有鼻子有眼睛的新闻："……在行刑前的头天夜里，川岛芳子的牢房里进来一个国军军官。他在川岛芳子耳边小声嘱咐：处决您的日子就要来临了，大约是在后天黎明之前。但是请您放心，执行者用的子弹不是实弹，而是空包弹。请您一听到枪声就立刻倒下。因此 3 月 25 日被处死的女汉奸金璧辉业已潜逃，其替死鬼是第一监狱关押的女囚犯刘凤玲，她母亲贪图十根金条，同意让身患绝症的女儿去代替川岛芳子受刑。事后，刘凤玲的妹妹发现狱方言而无信，于是将丑闻抖露出来。"这种内幕奇闻可信度几何？有人疑之为故弄玄虚，也有人信以为真。这并不奇怪，老百姓差不多天天都在过愚人节，报纸新闻到底孰真孰假，当信当疑，真不是那么容易辨别的。

2006 年，长春青年女画家张钰主动揭秘，她姥爷段连祥临终前告诉她，曾在长春市郊外隐居了三十年的方姥就是举世闻名的艳谍川岛芳子。这无疑是一个爆炸性消息。经中日专家合作调查，爱新觉罗·德崇（清太祖努尔哈赤十一世孙）出面做证，法医反复比对骨骼结构，验明死者留下的数件遗物，确证方姥就是汉奸川岛芳子。当年，川岛芳子被判处死刑，日本人本多松江（川岛芳子的家庭女教师，宋美龄留学美国时的同窗）、头山满（川岛芳子的父执）等人为之疏通，直达极峰，蒋介石卖个顺水人情并非难事。重病在身的刘凤玲为换取十根金条养家糊口，自愿做了替死鬼。川岛芳子偷偷出狱，潜往东北投靠段连祥（此前两人早已相识，有过通信往来，她认定段连祥值得信赖）。段连祥凭着自己的人脉关系，将川岛芳子安置在长春远郊的一位村长家里，从此隐居下来，身份严格保密。1978 年，川岛芳子病死。死前她从未受到过任何来自官方的怀疑和民间的惊扰，一个比铁桶更为严密的社会组织竟然网漏吞舟之鱼？历次政治运动竟未曾波及她，这太不可思议了。

日本军方豢养川岛芳子，将她训练成为"帝国谍报之花"，反噬其祖国，可谓大逆不道。日本国内的右翼势力至今仍对这位 20 世纪不可多得的"巾帼英雄"赞誉有加，自然是对中国不怀好意。无论川岛芳子的经历多么传奇，但她屈身事敌，卖国求荣，劣迹斑斑，罪恶累累，乃是成色十足的女汉奸，这一盖棺论定已经板上钉钉。